왕회전 상 王會傳 上

역주자 신해진(申海鎭)

경북 의성 출생
고려대학교 국어국문학과 및 동대학원 석·박사과정 졸업(문학박사)
현재 전남대학교 인문대학 국어국문학과 교수
BK21플러스 지역어 기반 문화가치 창출 인재양성 사업단장
전남대학교 인문학연구원장

저역서 『이와전·투첩성옥·옥당춘낙난봉부』(보고사, 2016)
『왕경룡전·용함옥』(역락, 2016)
『금산사몽유록』(역락, 2015)
『금화사몽유록』(역락, 2015)
『한국 고전소설의 이해』(공저, 박이정, 2012)
『조선후기 몽유록』(역락, 2008)
『역주 내성지』(보고사, 2007)
『조선중기 몽유록의 연구』(박이정, 1998)
이외 다수의 저역서와 논문

왕회전 상 王會傳 上

초판 인쇄 2017년 11월 1일
초판 발행 2017년 11월 10일

원저자 김제성
역주자 신해진
펴낸이 이대현
편 집 박윤정
디자인 최기윤
펴낸곳 도서출판 역락
주 소 서울시 서초구 동광로 46길 6-6(반포동 문창빌딩 2F)
전 화 02-3409-2060(편집부), 2058(영업부)
팩 스 02-3409-2059
등 록 1999년 4월 19일 제303-2002-000014호
이메일 youkrack@hanmail.net

ISBN 979-11-6244-000-1 (전 2권)
     979-11-6244-002-5 (94810)

* 이 도서의 국립중앙도서관 출판예정도서목록(CIP)은 서지정보유통지원시스템 홈페이지(http://seoji.nl.go.kr)와 국가자료공동목록시스템(http://www.nl.go.kr/kolisnet)에서 이용하실 수 있습니다.(CIP제어번호: CIP2017029077)

한국학중앙연구원 장서각 소장 유일 한문필사본 역주서

왕회전 상王會全 上

金濟性 원저
申海鎭 역주

역락

한국학중앙연구원 장서각 소장 <왕회전(王會傳)>(청구기호 : D7C 72)은 유일본으로 72장 한문필사본이다. 작품의 말미에 "歲 崇禎紀元後四庚子三 月下澣 南湖居士記"라고 적혀 있는바, 명나라가 망한 1644년 이후로 네 번째 경자년이 1840년이니, 남호거사(南湖居士) 김제성(金濟性, 1803~1882)이 1840년 3월 하순에 지은 작품임을 알 수 있다.

상하 2권 1책의 <왕회전>은 상권이 7회 38장 76면으로, 하권이 6회 34장 67면으로 나누어져 총 13회로 구성된 작품이다. 표지에는 '王會傳' 이라 한문으로 적혀 있고, 그 다음 장에는 '王會傳 上 目錄' 아래 부분에 제7회까지의 회장체 제목이 제시되어 있다. 본문 첫머리에는 '왕회전'과 함께 '남호몽록(南湖夢錄)'이라는 제명(題名)이 병기되어 있다. 하권도 같은 방식이다.

이 작품은 <금화사몽유록(金華寺夢遊錄)>을 바탕으로 하여 개작한 것이 지만, 그와는 꽤 다른 내용들이 담겨 있어 상당한 차이를 보이는 재창작 작품이라 해도 좋을 정도이다. 몽유록의 액자구조 틀에서 벗어나 회장체 소설 형식을 취했는가 하면, 작품의 공간적 배경을 금릉(金陵)에서 낙양(洛 陽)으로 변경해 그곳이 서사의 중심임을 드러내기도 했고, 시대적 배경도 원(元)나라 지정(至正) 말년에서 명(明)나라 숭정(崇禎) 기묘년(己卯年: 1639)으 로 바꾸어놓기도 했기 때문이다. 또한 작품의 지대한 분량을 존명세력이 반대세력을 누르고 압승하는 역사영웅들의 군담으로 채워 넣었기 때문이다. 특히, 항우(項羽) 및 한신(韓信)과의 군담은 '출정→유세→배반→계략→사로잡힘→후일담'의 순으로 이루어져 있어서 군담적 통속성을 강화하고 있다. 이러한 변모는 개작 과정에서의 작품구성과 주제구현 방식 등을 살피도록 하는 것이다. 사건 전개 방식, 인물 재현 방식, 갈등의 구체적 서술 등을 통해 바로 김제성이 작품을 새롭게 개작하고자 한 의도, 곧 존명배청(尊明排淸) 의식의 그 허상에 대해 회의하면서도 구현하려 했던 춘추대의의 정신을 규명할 수 있는 지점이라 하겠다. 이에서 조선조 화이론(華夷論)의 정신사적 추이가 어떠한지 아울러 살필 수 있을 것으로 여겨진다.

한편, <왕회전>의 말미에서 "명나라 숭정 기묘 연간에 한 서생이 정처 없이 이리저리 떠돌다가 강남의 금화사에 이르러 날이 저물자 투숙하였는데 그날 밤 한 꿈을 얻었다.(大明崇禎己卯年間, 有一書生, 放浪遊散, 至於江南金華寺, 日暮投宿, 其夜得一夢.)"고 한 기록을 준신하여 <금화사몽유록>의 창작 연대를 1639년으로 보고 있다. 그러나 ≪계곡선생만필(谿谷先生漫筆)≫ 권1의 <공성신퇴지호걸(功成身退之豪傑)>의 "韓世忠, 起自卒伍, 爲中興名將, 致位王侯, 旣釋兵, 杜門謝客, 時跨驢携酒, 從一二奚童, 縱游西湖以自樂。卒免秦檜之害, 可謂智矣."라는 기록이 <금화사몽유록>에서 "韓世忠, 起自卒伍, 爲中興名將, 致仕王侯, 旣釋兵, 杜門謝客, 時跨驢携酒, 徒二三孩童, 從遊西湖以自樂."으로 옮겨져 있어서, 그러한 창작시기의 추정은 재고될 필요가 있다.(『금화사몽유록』, 역락, 2015, 머리말 참조) <금화사몽유록>의 작자가 장유(張維, 1587~1638)의 글을 옆에 놓고서 보지 않았다면 도저히 있을 수 없는 현상인 바, 그대로 베꼈다고 할 수밖에 없을 것이다. 그런데 계곡집(谿谷集)은 원집(原集) 34권과 만필(漫筆) 2권의 18책으로 구성되었는데, 장유의 아들 장선징(張善澂)이 1643년에 목판으로 간행한 것이다. <금화사몽유록>의 작자가 장유와 교유한 인물이 아니라면, 이와 같은 착종 현상이 생긴 이유는 <왕회전>이 변화되어 가는 '중화(中華)'에 대한 인식 추이를 드러내 보이기 위해 역전적 시간 구성을 고안하였고 아울러 '회고(回顧)'의 방식을 사용하여 역사의 순환 논리를 확고히 하고 있다는 지적에 맞닿아 있는 것으로 보인다.

이처럼, <왕회전>의 연구는 <금화사몽유록>과의 대비를 통한 몽유구조의 수용과 변용, 군담의 활용과 난신적자의 정벌, 화이론(華夷論)의 역사의식과 한계 등에 대한 성과를 보여주고 있지만, <왕회전>만이 지니고 있는 본질적인 작품론 등 보다 심화된 논의가 아직까지 전개되지 못한 것으로 생각된다. 다양한 논자들에 의해 텍스트의 정밀한 독서가 가능해야 활발하면서도 심도 있는 논쟁의 장이 펼쳐질 것인 바, <왕회전>의 꼼꼼한 주석과 정치한 번역이 필요한 이유이다.

<왕회전>의 인명, 지명, 고사, 준거 등 필요한 주석들을 빠뜨리지 않으면서 분량에 구애받지 않고 세심하게 작업하였다. 번역도 오역함이 없이 유려하면서 정치하도록 나름대로 최선을 다하고자 했다. 하지만 여전히 부족할 터이라 대방가의 질정을 청한다.

이제, 상권만을 상재하지만 이 책이 <왕회전>에 대한 심도 있는 논의

의 장에 기여하기를 바랄 뿐이다. 하권의 역주작업도 곧 마무리되기를 기대한다. 원문을 부록으로 첨부할 수 있도록 승낙해 준 한국학중앙연구원에 감사의 마음을 전한다. 끝으로, 편집을 맡아 수고해 주신 역락 가족들의 노고에 심심한 고마움을 표한다.

2017년 9월 빛고을 용봉골에서
무등산을 바라보며 신해진

차례

원문과 주석

■■■■
일러두기

이 책은 다음과 같은 요령으로 엮었다.

1. 번역은 직역을 원칙으로 하되, 가급적 원전의 뜻을 해치지 않는 범위 내에서 호흡을 간결하게 하고, 더러는 의역을 통해 자연스럽게 풀고자 했다.
2. 이 역주서 발간하는데 있어서 다음의 자료는 직접적으로 많은 도움을 입은 것이다.
   金華寺夢遊錄, 『몽유소설』, 한석수 역주, 도서출판 개신, 2003, 54~121면.
   金華寺夢遊錄, 『교감본 한국한문소설 몽유록』, 장효현 외 4인, 고려대학교 민족문화연구소, 2007, 225~332면.
   『역주 通鑑節要』 1-9, 성백효 역주, 전통문화연구회, 2006~2009.
   『금화사몽유록』, 신해진 역주, 역락, 2015.
3. 원문은 저본을 충실히 옮기는 것을 위주로 하였으나, 활자로 옮길 수 없는 古體字는 今體字로 바꾸었다.
4. 원문표기는 띄어쓰기를 하고 句讀를 달되, 그 구두에는 쉼표(,), 마침표(.), 느낌표(!), 의문 표(?), 홑따옴표(' '), 겹따옴표(" "), 가운데점(·) 등을 사용했다.
5. 주석은 원문에 번호를 붙이고 하단에 각주함을 원칙으로 했다. 독자들이 사전을 찾지 않고도 읽을 수 있도록 비교적 상세한 註를 달았다.
6. 주석 작업을 하면서 많은 문헌과 자료들을 참고하였으나 지면관계상 일일이 밝히지 않음을 양해바라며, 관계된 기관과 여러분들께 진심으로 감사드린다.
7. 이 책에 사용한 주요 부호는 다음과 같다.
   1) ( )：同音同義 한자를 표기함.
   2) [ ]：異音同義, 出典, 교정 등을 표기함.
   3) " "：직접적인 대화를 나타냄.
   4) ' '：간단한 인용이나 재인용, 또는 강조나 간접화법을 나타냄.
   5) < >：편명, 작품명, 누락 부분의 보충 등을 나타냄.
   6) 「 」：시, 제문, 서간, 관문, 논문명 등을 나타냄.
   7) ≪ ≫：문집, 작품집 등을 나타냄.
   8) 『 』：단행본, 논문집 등을 나타냄.
8. <왕회전>과 관련된 논문은 다음과 같다.
   임치균, 「王會傳 연구」, 『藏書閣』 2, 한국학중앙연구원, 1999.
   정용수, 「<王會傳> 연구」, 『동양한문학연구』 14, 동양한문학회, 2000.
   이병직, 「<王會傳> 연구」, 『고소설연구』 14, 한국고소설학회, 2002.
   김현영, 「<王會傳>의 서사적 특징과 그 의미: <금화사몽유록>과의 대비를 통하여」, 『고소설연구』 21, 한국고소설학회, 2006.
   임치균, 「<王會傳>의 八字評語 연구」, 『藏書閣』 30, 한국학중앙연구원, 2013.
   박혜인, 「<왕회전>의 군담소설적 성격 연구: 장편화 양상을 중심으로」, 이화여자대학교 석사학위논문, 2014.
   김수현, 「<王會傳>의 시간구성과 중화의식」, 『東方學』 33, 한서대학교 동양고전연구소, 2015.

한문필사본 <왕회전 상>
역문

한고조가 열국의 창업주를 초청한 성대한 연회를 열고,
제갈량이 진시황과 초패왕을 물리치다
漢高祖大會列國, 諸葛亮智却二君

화설(話說). 천하에는 큰 주(州)가 9개 있으니, 동으로는 청주(靑州)요, 서로는 양주(梁州)요, 남으로는 서주(徐州)요, 북으로는 기주(冀州)이며, 동북으로는 연주(兗州)요, 서북으로는 옹주(雍州)요, 동남으로는 양주(揚州)요, 서남으로는 형주(荊州)이다. 이 8개 주의 가운데에는 예주(豫州)가 있고 예주 안에는 낙양(洛陽)이 있으니, 낙양은 천하의 중앙으로서 동서남북으로 각각 5천리이다. 사방으로 도리(道里: 길의 里數)가 고르고 적당하였기 때문에, 왕도(王道)로써 천하를 다스리는 사람의 도읍지로 일컬어진다. 단지 풍광이 수려한 곳일 뿐만 아니라 또한 조회하도록 하거나 세금을 바치도록 하기에 편리한 곳이다. 그 땅[낙양]은 북쪽으로 대하(大河: 황하강)에 위치해 있고 남쪽으로 형산(荊山)과 접하며, 동쪽으로 형문(荊門)을 바라보고 서쪽으로 기산(岐山)과 화산(華山)에 다다르니, 사방으로 막힘이 없는 사통오달(四通五達)하는 천하의 요충지이다. 옛날의 주공(周公)이 토규(土圭: 측량기구)를 사용해 낙양 땅의 중심을 측량하고 터를 잡아서 사방 제후들의 조공(朝貢)

을 받아들였다. 그 이후로도 나라를 다스리는 자들이 낙양을 도읍지로 삼는 경우가 많았다.

숭정(崇禎) 기묘년(1639) 한고조(漢高祖: 劉邦)가 범수(氾水)의 북쪽에서 즉위하고 곧 조서(詔書)를 내렸으니, 다음과 같다.

「하(夏)·은(殷)·주(周) 삼대 이후로 바른 음악소리가 아득해지면서 왕풍(王風)의 시가들이 시들었으니, 춘추시대(春秋時代)와 전국칠웅(戰國七雄)시대에는 아침이면 싸우고 저녁이면 싸움을 멈추면서 천하가 솥에 물 끓듯 하여 구주(九州)가 기와 깨지듯 찢어지고 말았다. 과인의 대에 이르러서 대통일의 기운이 비로소 모였지만, 그 후로 이 세상이 어떠했는지 알지 못한다. 오호라! 달리는 천리마를 문틈으로 바라보는 것과 같은 세월이라, 개미굴의 부귀영화는 손가락 한 번 튕길 짧은 시간에 불과하리니, 장릉(長陵)의 송백(松柏)을 다시금 누가 알겠는가. 짐은 무덤 속에서 말라빠진 뼈다귀가 된 지 이미 오래이다. 하지만 삼혼칠백(三魂七魄)은 아직 흩어지지 않았기 때문에, 오래도록 경(卿)들과 함께 운향(雲鄉: 帝鄉)을 노닐며 평소에 아직 다 끝내지 못한 인연을 죄다 이어가는 것이 어떠하겠는가.」

모두 이마가 땅에 닿도록 공손히 절하고 사례하자, 즉시 소하(蕭何)에게는 당상(堂上)에 잔치를 베풀게 하고 숙손통(叔孫通)에게는 당하(堂下)에 음악을 연주하게 하였다. 여러 신하들이 각기 벼슬의 높고 낮음에 따라 차례로 나아가 장수를 빌며 술잔을 올리는데, 8가지의 악기[八音]가 잘 어울려서 오성(五聲)이 번갈아 연주되었다. 한고조가 크게 기뻐하여 말했다.

"오늘에야 황제의 존귀함을 알겠다."

이어 술에 거나하게 취해서 일어나 춤추며 노래를 지었으니, 그 노래는 다음과 같다.

큰 바람이 일어나니 구름이 날아오르도다.　　　大風起兮雲飛揚
위풍을 온 천하에 떨치고 제왕이 되었도다.　　威加海內兮爲帝王
임금과 신하 함께 즐기며 선경에 노니노라.　　君臣同樂兮遊仙鄕

노래가 끝나자, 장량(張良)이 아뢰었다.

"홀로 음악을 즐기는 것은 여러 사람과 더불어 즐기는 것만 못하다고 하니, 원컨대 열국(列國)의 창업주(刱業主)를 청하여 태평연(太平宴)을 베푸는 것이 어떻겠습니까?"

한고조가 "좋다." 하고는 곧 장량을 보내어 당(唐)나라, 송(宋)나라, 명(明)나라 삼국의 창업 제왕들을 초대하게 하였다. 장량이 서쪽으로 장안(長安)에 들어가 당태종(唐太宗)을 초대하니 당태종이 허락하였다. 장량이 다시 동쪽으로 변경(汴京)에 이르러 송태조(宋太祖)를 초대하니 송태조 역시 허락하였다. 장량이 이내 다시 금릉(金陵)으로 들어가 대명(大明) 태조 고황제 폐하(太祖高皇帝陛下)를 뵙고서 사배례(四拜禮)를 마치고 땅에 엎드려 아뢰었다.

"저희 임금께서 당나라와 송나라를 창업한 임금들을 초대하여 태평연을 베푸시는데, 이 모임에 폐하께서 없어서는 아니 되므로 신(臣) 장량을 보내어 감히 초대케 했나이다."

상(上: 명태조)이 기뻐하며 말했다.

"짐(朕)은 천여 년 뒤에 태어났는지라, 시운(時運)을 같이하지 못한 것이 한스러웠도다."

장량이 명태조에게 공손히 하직하고 되돌아와서 보고하였다.

"여러 나라의 임금들께서 정말로 은혜롭게도 기꺼이 허락하셨습니다."

한고조는 몹시 기뻐하여 즉시 자리를 쓸고 기다렸다. 상(上: 명태조)이 바로 채석강(采石江)에 배다리(舟橋)를 만들도록 하니, 길이가 100여 리나 되었다.

숭정(崇禎) 12년(1639) 춘3월에 거가(車駕: 명태조가 탄 수레)가 금릉을 출발하였는데, 호위하는 우림(羽林: 황제 금위군)의 군사들은 모두 융복(戎服: 군복)을 입고서 행차를 따랐으며, 깃발은 서로 맞닿은 것이 900여 리나 되었다. 거가가 예주(豫州)에 이르자, 한고조는 상국(相國) 소하(蕭何)를 보내어 공경히 맞이하도록 하였다. 상(上: 명태조)이 낙양(洛陽)에 이르니, 당나라와 송나라의 각 임금이 이미 먼저 와 있었다. 한고조는 법가(法駕: 임금이 타는 수레)를 갖추어 도성 밖 10리까지 나가 상(上: 명태조)을 맞이했는데, 궁궐로 들어와 인사를 마치고는 손님과 주인으로 나뉘어 앉았다. 상(上: 명태조)은 당나라와 송나라의 각 임금과도 인사의 예를 행하고 좌정하였다. 한고조가 상(上: 명태조)을 청하며 말했다.

"과인(寡人)이 있는 대하(大河: 황하강)의 남쪽과, 임금[君: 명태조]이 있는 장강(長江: 양자강)의 동쪽은 바람난 말이나 소라 할지라도 서로 미치지 못하는 곳이었소. 오랫동안 우레가 귀에 울리듯이 훌륭한 명성을 들었으나, 얼굴을 뵙고 말씀을 들을 길이 없으니 늘 서글피 우러렀소. 오늘 왕림해주시니 실로 한없는 광채를 비추는 듯해 고맙기 그지없소."

이에, 상(上: 명태조)이 자리에서 일어나 경의를 표했다.

한고조가 즉시 성대한 잔치를 베푸니, 온갖 풍악이 어우러지고 술잔과 산가지가 뒤섞였다. 술잔이 몇 차례 돌자, 한고조가 근심에 싸여 길게 탄식하며 말했다.

"포의(布衣)로 짧은 칼 한 자루를 쥐고 풍성(豊城)과 패현(沛縣)에서 떨쳐일어났을 때, 조그마한 땅도 나의 소유가 아니었고 한 사람의 백성도 나의 소유가 아니었소. 그러나 3년이 지나서 진(秦)나라를 멸하고 5년 만에 초(楚)나라를 멸하여 몸이 만승(萬乘)의 천자가 되었지만 나라를 세운 지 오래지 않아 죽었으니, 어느 때에 당(唐)이 일어나고 어느 때에 송(宋)이 일어나며 어느 때에 명(明)이 일어나리라는 것을 어찌 알았겠습니까? 오늘 풍경이 딱 좋고 손님이나 주인이나 더할 나위 없이 아름다운데, 술을 마시는 사이에 예전의 일을 언급하자니 절로 슬픈 감회가 사무치지만, 각기 공업(功業)을 논하건대 당태종(唐太宗)은 한 번 싸워 관중(關中)을 평정하였고, 송태종(宋太宗)은 하룻밤에 천하를 취하였소. 그렇지만 명태조(明太祖)의 공업은 오히려 우리 세 사람보다 뛰어났소."

당태종이 말했다.

"횡포하고 잔악한 자를 베어 없애겠다는 법삼장(法三章)을 약속하였으니, 비록 은(殷)나라 탕왕(湯王)이 하(夏)나라의 포학한 걸왕(桀王)을 추방하고 주(周)나라 무왕(武王)이 상(商: 은나라)의 정치를 뒤집었을지라도, 어찌 한고조보다 더 할 수 있겠습니까? 이로 인해 나라를 창건하고 자손들이 이어받을 수 있도록 하여 400년이나 이어졌으니, 그 공업은 네 나라 가운데 으뜸이 될 만합니다."

한고조가 말했다.

"과인이야 더러운 덕으로 공업을 세웠으니, 어찌 감히 삼대(三代: 夏·殷·周)의 성군(聖君)을 바라겠소? 한나라의 400년 기틀을 마련할 수 있었던 것은 진실로 여러 신하들에 힘입은 것이지 과인의 능력이 아니라오. 장량(張良)은 군막 속에서 전략을 세웠고 소하(蕭何)는 근본을 굳게 지켰으며, 진평(陳平)은 계책을 세웠고 수하(隨何)는 형세를 정하였으며, 역이기(酈食其)는 그 다스려지고 어지러운 것을 말했고 육고(陸賈)는 그 이기고 지는 것을 논했으며, 장창(張倉 : 張蒼 오기)은 율령을 정하였고 숙손통(叔孫通)은 예절과 의식을 제정하였으며, 한신(韓信)은 싸우면 반드시 이겼고 조참(曹參)은 정벌을 잘하였고 관영(灌嬰)은 용병을 잘하였으며, 번쾌(樊噲)와 왕릉(王陵)은 만 명의 장수라도 당하지 못할 용맹함을 지녔고 기신(紀信)과 주가(周苛)는 오래도록 빛날 불멸의 절개가 있었으며, 주발(周勃)은 안에서 충성을 다하였고 팽월(彭越)은 밖에서 기세를 돋우어주었기 때문에 과인의 공업을 이루었소. 원컨대 여러분들의 유능한 신하에 대해 듣고 싶소."

당태종이 말했다.

"과인도 또한 여러 신하들의 힘을 입었습니다. 장손무기(長孫無忌)는 충성을 다하였고 위징(魏徵)은 직간하기를 잘했으며, 방현령(房玄齡)은 나라를 잘 다스렸고 이정(李靖)은 용병을 잘하였으며, 두여회(杜如晦)는 일 처리함에 결단력이 좋았고 저수량(褚遂良)은 나라를 걱정하면서 백성을 애휼하였으며, 봉덕이(封德彝)는 국사에 힘썼고 울지경덕(尉遲敬德)과 설인귀(薛仁貴)는 적과 맞서서 죽고사는 것을 돌보지 않았으며, 굴돌통(屈突通)과 은개산(殷開山)은 진을 치면 기회를 결단하였고 유문정(劉文靜)과 이적(李勣)은 두루 서적을 보아 깊이 알았기 때문에 과인의 공업을 이루었습니다."

송태조가 말했다.

"저의 신하로 조보(趙普)는 지모가 남음이 있고 조빈(曹彬)은 용맹과 지략을 다 갖추었으며, 석수신(石守信)은 위풍이 늠름하였고 묘훈(苗訓)은 뛰어난 기상이 당당하였으며, 이방(李昉)과 범질(范質)은 안으로 그 문장으로써 도와주었고 왕전빈(王全斌)과 이한초(李漢超)는 밖으로 도둑의 무리를 물리쳤기 때문에 과인의 공업을 이루었습니다."

상(上: 명태조)이 말했다.

"과인의 신하로 특별히 일컬을 자는 없습니다. 그러나 만일 옛사람들에 견준다면 유기(劉基)와 서달(徐達)은 장량(張良)과 한신(韓信)의 지혜와 용기에 방불하고 화운룡(花雲龍 : 華雲龍 오기)과 경병문(耿炳文)은 기신(紀信)과 주가(周苛)의 충절과 흡사하며, 등유(鄧愈)와 탕화(湯和)는 울지경덕(尉遲敬德)과 설인귀(薛仁貴)의 용맹에 견주고 호대해(胡大海)와 곽영(郭英)은 석수신(石守信)과 묘훈(苗訓)의 장렬한 위엄에 함께할 만합니다. 이 밖에도 문무(文武)를 다 갖춘 신하들이야 많습니다."

한고조가 말했다.

"하나의 나라가 세 나라의 인재를 겸하였으니 천고에 길이 남을 위대한 공적이라 이를 만하오."

이에, 상(上: 명태조)이 사양해 마지않았다.

한고조가 말했다.

"이 같은 성대한 연회는 고금에 드무니, 각기 중흥군주(中興君主)들을 초청하여 함께 즐기는 것이 어떠하겠소?"

모두 "좋습니다." 하였다. 이에, 한나라 고조는 소하(蕭何)를 보내어 광무제(光武帝)와 소열제(昭烈帝)를 초청하고, 당나라 태종은 배적(裴寂)을 보내어 숙종(肅宗)을 초청하고, 송나라 태조는 이방(李昉)을 보내어 고종(高宗)을 초청하였다. 이윽고 문밖에 수레와 말들이 늘어서는 소리가 먼 곳에서부터 가까워지더니, 문지기가 말했다.

"네 분의 임금이 도착하셨습니다."

여러 사람들이 영접하는 예를 마치고 동쪽 누각에 이르렀다. 장량(張良)이 나아와 아뢰었다.

"여러 나라의 신하들이 한곳에 모여 어지러이 뒤섞여 있는데도 그 차례와 서열이 있지 아니하니, 바라건대 폐하께서는 인물들을 구별하시고 등급을 정해주십시오."

한고조가 "좋다." 하고는 곧 번쾌(樊噲)로 하여금 오색(五色)의 깃발을 남쪽 누각 위에 세우게 하고, 삼통고(三通鼓)를 울린 뒤 소리쳤다.

"무략(武略)이 있는 사람은 청색 깃발 아래로 가고, 문사(文詞)가 있는 사람은 홍색 깃발 아래로 가고, 지모(智謀)가 있는 사람은 황색 깃발 아래로 가고, 절의(節義)가 있는 사람은 백색 깃발 아래로 가고, 용력(勇力)이 있는 사람은 흑색 깃발 아래로 가시오."

여러 사람들은 눈을 휘둥그렇게 뜨고 서로 물끄러미 보며 끝내 먼저 나서지 않았다. 또 소리쳤다.

"황제의 명을 지체해서는 아니 되니 속히 행하시오."

여러 사람들이 모두 숲처럼 죽 늘어서 있을 뿐 움직이지 않자, 숙손통(叔孫通)이 나와 말했다.

"지금 여러 나라의 신하들이 비록 그 능한 바가 있을지라도 그로 하여금 스스로 천거하는 것은 신하가 할 일이 아니옵고 또한 어진 임금께서 신하를 대우하는 도리도 아니옵니다. 옛날 우순씨(虞舜氏: 순임금)는 고과(考課)의 법으로써 어진 관리를 올리고 어리석은 관리를 내쳐서 모든 공적이 다 넓혀졌으니, 제왕(帝王)의 다스림은 이때 가장 성하였습니다. 공평하고 정직한 선비를 가려서 신하들의 고하(高下)를 판단하여 차례와 서열을 나누어 정해준다면 우열도 모두 제 자리를 얻게 될 것이라서, 뒤섞여 어긋나는 폐단이 없을 것입니다."

한고조가 "좋다." 하고는 세 황제를 돌아보며 말했다.

"우리들은 각자 공정한 사람을 천거하여 고하를 정하는 것이 어떻겠소?"

당태종이 말했다.

"과인의 생각으로는 소하(蕭何)가 그 소임을 가장 잘할 수 있을 듯합니다."

송태조가 말했다.

"과인의 생각으로는 위징(魏徵)이 좋겠습니다."

상(上: 명태조)이 말했다.

"한갓 지혜와 한갓 재능을 지닌 선비야 어느 시대인들 없었겠습니까? 그러나 이 일에 이르러서는 평범한 사람이 마음대로 할 수 있는 바가 아닙니다. 자기 임금을 가르치고 명하는 데는 이윤(伊尹)과 부열(傅說) 만하고, 나라를 받들고 임금을 돕는 데는 주공(周公) 만하고, 전쟁터에 나아가면 장군이 되고 평시에는 재상이 되는 데는 태공(太公) 만한 자라야, 이 중대한 소임을 감당할 수 있을 것입니다. 그러나 예전에 듣건대, 서촉(西蜀)의 제갈량(諸葛亮)은 천하를 다스릴 만한 재주와, 나라를 안정되게 할 책략을 품은 데다 사람을 알아보는 능력이 귀신같아 사람의 마음속을 꿰뚫어 보는 것으로 지금까지 일컬어지는데 조금도 입에서 끊이지 않으니, 만약 이 사람이 아니라면 합당할 수가 없을 것입니다.”

좌중에 있던 사람들이 “좋습니다.” 하였다. 조보(趙普)가 홀로 말했다.

“제갈량은 천하를 통일한 공이 있지 않으니, 이 중대한 소임을 감당할 수 없을 것입니다.”

송태조가 조보를 책망하며 말했다.

“무릇 지모야 사람에게 있지만 나라의 흥망은 하늘에 달렸거늘, 만약 경(卿)의 말과 같다면 자사(子思)와 맹자(孟子)가 도리어 소진(蘇秦)과 장의(張儀)만 못하단 말인가? 공명(孔明 : 제갈량)은 삼대(三代)의 인물이다. 견주건대, 그는 세속을 떠나 남양(南陽)에 살며 무릎을 끌어안고 휘파람을 길게 불면서 널리 알려지는 것을 구하지 않았는데 소열제(昭烈帝: 유비)의 삼고초려(三顧草廬)에 이르러서야 비로소 일어났으니, 그 출처는 이윤(伊尹)과 같은 것이리라. 중원(中原)으로 군사를 끌고 떠나던 날에 후주(後主: 劉禪)에게 출사표(出師表)를 올려 임금의 덕을 깨우치고 권면하였으니, 그 간곡한 마음은 부열(傅說)·주공(周公)과 똑같으리라. 처음 낙산(樂山: 隆中에 있는 산)을 아직 떠나지 않았을 때에 이미 천하가 솥발 모양처럼 삼국(三國)으로 정립된 형세를 살피고는 박망파(博望坡)에서 주둔지를 불태우고 백하(白河)의 물을 이용하여 하후돈(夏侯惇)과 조인(曹仁)의 무리들로 하여금 간담이 모두 찢어지게 하였고, 맹획(孟獲)을 일곱 번이나 사로잡았다가 놓아주어 남만(南蠻)의 사람들을 마음으로부터 복종케 하였고, 여섯 번이나 기산(祁山)에 올라 사마중달(司馬仲達 : 司馬懿)이 혼비백산하였으니, 웅대한 지략은 태공망(太公望: 강태공)과 같은 부류이리라. 그러니 왕자(王者)나 패자(霸者)를 보좌하는 대수롭지 않고 예사로운 자와 견줄 수 있으리오? 경(卿)은 망언을 하지 말라.”

조보는 부끄러워 얼굴을 붉히고 물러났다.

한고조가 즉시 명하여 공명(孔明 : 제갈량)을 나오게 하니, 그 사람은 풍채와 태도가 단정하고 진중하였으며, 행동거지가 남보다 월등하였다. 눈은 고금의 영웅을 가볍게 보는 듯하고, 가슴속은 천하의 대장부들이 지닌 도략(韜略)을 품은 듯하였다. 그가 나와 배알하는 예를 마치자, 한고조가 말했다.

"여러 나라의 신하들이 한 곳에 모여 어지러이 뒤섞여 있는데도 아직 등급을 정하여 줄을 세우지 않았으니, 경(卿)은 고하를 자세히 살펴 차례와 서열을 나누어 정해주오."

공명(孔明 : 제갈량)이 머리를 조아려 사양하며 말했다.

"신의 변변치 못한 재주와 얕은 식견으로 어찌 이처럼 중대한 소임을 감당할 수 있겠습니까? 엎드려 바라옵건대 폐하께서는 신의 소임을 속히 바꾸시고, 여러 나라에서 사리 식별과 시비 판단이 고명한 자를 택하시어 포폄(褒貶)을 공정하게 하소서."

한고조가 말했다.

"경의 재주와 식견은 짐이 이미 알고 있거니와 여러 사람의 의론도 이미 똑같으니, 경은 부디 사양하지 말라."

공명이 사양하다가 마지못하여 바야흐로 포폄을 행하려 할 즈음, 문지기가 갑자기 보고하였다.

"진(秦)나라 시황제(始皇帝), 진(晉)나라 무제(武帝), 수(隋)나라 문제(文帝), 초(楚)나라 패왕(覇王)이 도착하셨습니다."

한고조가 눈살을 찌푸리며 말했다.

"진시황과 초패왕은 모두 탐욕스럽고 도리에 어긋난 사람들이니 한 자리에서 즐길 수가 없소. 어찌해야 하겠는가?"

공명이 아뢰었다.

"그 처치는 쉽사옵니다. 나라를 다시 일으켜 세운 중흥주(中興主)는 동루(東樓)로 가게하고 패권을 잡은 왕은 서루(西樓)로 가게하면 자연히 시끄러운 일이 없을 것이옵니다."

한고조가 "좋다." 하고는 즉시 궁전의 문에 큰 글씨를 쓰도록 하였으니, 이러하다.

「나라를 다시 일으켜 세운 중흥주(中興主)는 동루(東樓)로 가고, 패권을 잡은 왕들은 서루(西樓)로 가되, 나라를 세운 창업주(刱業主)가 아니면 이 문을 들어오지 못하리라.」

이윽고 진시황은 섬리마(纖離馬)를 탔는데, 태아검(太阿劒)을 차고, 밝은 달처럼 빛을 발하는 야광주(夜光珠)를 드리우고, 취봉(翠鳳)을 장식한 깃발을 세우고, 영타(靈鼉)로 만든 북을 두드렸으니 마음먹은 생각이 구름을 능가하고 기세가 하늘의 해를 치켜들 듯하였다. 말을 재촉해 와서는 곧장 궁궐의 문에 들어가려 하자, 공명이 앞을 가로막으며 말했다.

"나라를 다시 일으켜 세운 중흥주(中興主)는 동루(東樓)로 가야합니다. 조금 전에 한나라 광무제(光武帝), 한나라 소열제(昭烈帝), 당나라 숙종(肅宗), 송나라 고종(高宗)이 이미 먼저 가서 폐하(陛下: 진시황)를 위하여 자리를 청소하고 기다리는 지 벌써 오래되었습니다."

진시황이 호랑이 수염에 벌 눈으로 노하여 말했다.

"그대는 무엇 하는 자인가?"

공명이 말했다.

"한나라 승상(丞相) 무향후(武鄕侯) 제갈량(諸葛亮)이옵니다."

진시황이 말했다.

"누가 너에게 나를 막으라고 하였는가?"

공명이 말했다.

"한고조와 당나라, 송나라, 명나라 세 나라의 창업주(刱業主)께서 태평연

(太平宴)을 베푸셨는데, 폐하(陛下: 진시황)는 중흥주(中興主)이시기 때문에 저로 하여금 폐하께 고하여 동루(東樓)로 가시게 하였습니다.”

진시황이 대노하여 말했다.

“짐이 동주(東周)와 서주(西周)를 병탄하고 여섯 나라[六國]를 멸망시켜 천하를 통일하여 그 위세가 온 세상에 떨쳤으니, 공업은 오제(五帝)를 능가하고 도덕은 삼황(三皇)을 겸하는데 어찌 나라를 세운 제왕의 업이라 이르지 않겠는가?”

공명이 말했다.

“폐하께서 고업(古業)을 계승하여 전인(前人 : 商鞅)이 남긴 계책을 따라 동주(東周)와 서주(西周)를 병탄하고 여섯 나라를 멸망시켜 천하를 통일하였다고 하시니, 공업이야 성대하다 이를 만합니다. 그러나 일의 형편을 논할진댄 중흥(中興)이라 할 만하지 창업(刱業)이라고는 할 수 없으니, 어찌 창업주의 자리에 참예할 수 있겠습니까?”

진시황이 말했다.

“그러면 경이 감히 나를 막겠다는 것인가?”

공명이 말했다.

“감히 막겠다는 것이 아니오라 사리(事理)로써 고한 것입니다. 폐하의 큰 공업을 선왕께 돌리지 않으시고 자처(自處)하시겠다면, 신이 어찌 감히 말하겠습니까?”

진시황이 노기를 그치지 않으니, 이사(李斯)가 간하였다.

“공명의 말이 옳습니다. 폐하는 공업을 선왕께 돌리시고 중흥주(中興主)로 자처하시는 것이 좋겠습니다.”

진시황은 밖으로 그 분함을 드러내지 않고 참으며 한참 후에 말을 돌려 동루(東樓)로 갔다.

항왕(項王: 항우)이 오추마(烏騅馬)에 앉아 손에는 방천극(方天戟)을 들었는데, 위엄과 풍채가 늠름하였으며 건장한 기운이 당당하였다. 기세 드높게 오다가 공명을 보고서 물었다.

"이 연회를 주관하는 사람이 누구인가?"

공명이 말했다.

"한고조께서 당나라, 송나라, 명나라 세 분의 창업주(創業主)와 태평연(太平宴)을 베푸셨습니다. 뜻밖에 대왕께서 오시니 실로 다행입니다."

항왕이 하늘을 우러러 크게 웃으며 말했다.

"하늘과 땅이 뒤집히기도 하고 해와 달이 차고 이지러지기도 하지만, 유계(劉季 : 유방)는 주인이 되고 항적(項籍: 항우)은 도리어 손님이 될 줄을 어찌 알았겠는가?"

말을 마치고는 말을 내달려 곧바로 들어가려 하자, 공명이 앞을 가로막으며 말했다.

"패권을 잡은 왕은 서루(西樓)로 가십시오. 창업주가 아니면 이 연회에 참예할 수가 없으니, 대왕께서는 궁궐의 문을 들어올 수가 없습니다."

항왕이 크게 노하며 말했다.

"내가 천하를 횡행할 때 나를 따르는 자는 살고 나를 거스르는 자는 죽었다는 것을 너도 알 것이로다. 나는 유계(劉季) 보기를 어린아이 보듯 하였으니, 그 나머지 애송이들이야 어찌 마음에 두었겠느냐?"

공명이 말했다.

"대왕께서는 뛰어난 무용(武勇)이 세상을 덮을 만하여 호령하면 천 명의 사기를 떨어뜨리고 꾸짖으면 만 명의 혼을 빼버렸으니, 전쟁터를 짓밟으며 일월검(日月劍)을 들고서 가는 곳마다 대적할 자가 없었다는 것은 신이 알고 있는 바입니다. 그러나 사리로써 논한다면 패업(霸業)이라 이를 수 있을지언정 창업(刱業)이라 이를 수는 없을 것이고, 대왕을 패왕(霸王)이라 부른 것은 천 년 동안 모두가 들은 바이니, 어찌 세상을 속이고 사람들을 속이면서 창업주를 위한 연회에 참예하겠습니까?"

항왕이 눈을 부릅뜨고 크게 꾸짖으며 말했다.

"나는 말 하나를 타고 거록(鉅鹿)에서 진(秦)나라 군사 40만을 격파하였으며, 수수(睢水)에서 한(漢)나라 군사 50만을 곤경에 빠뜨렸다. 당시에 나의 풍모(風貌)를 들은 자들이 머리를 쳐 박고 쥐구멍을 찾았으니, 후세에 나의 명성(名聲)을 들은 자들은 간담이 서늘하고 정신이 아찔할 것인데, 그대는 유독 무엇 하는 자이건대 감히 당돌하게도 완강히 가로막는단 말이냐? 지금 창 하나를 비껴들고 홀로 말 한 필을 타고 돌진하면 너희 무리들은 남아나지를 못할 것이다. 잠시 동안만 남은 목숨을 빌려주노니, 다시는 여러 말을 하지 말라."

공명이 말했다.

"옛날 규구(葵邱)에서 회맹(會盟)할 때 제(齊)나라 환공(桓公)이 한 번 얼굴빛을 바꾸자 배반한 나라가 아홉이었고, 한 사람의 밑에서 몸을 굽혔다가 만승(萬乘 : 천자)의 윗자리에서 자신의 뜻을 펼친 사람은 탕왕(湯王)과 무왕(武王)이었습니다. 원컨대 대왕께서는 유념하십시오."

항왕이 한참 동안 잠자코 있다가 넋이 나간 듯 멍하니 말했다.

"차라리 닭 부리가 될지언정 소꼬리는 되지 않는다 하였으니, 마땅히 가서 서루(西樓)의 주인이 되어 다시 홍문연(鴻門宴)을 베푸는 것이 좋겠구나."

마침내 말을 돌려 서루를 향해 갔다.

제갈공명이 여러 신하들을 포폄하고,
명나라 태조가 여러 제왕들을 품평하다
孔明褒貶羣臣, 明祖評論諸帝

차설(且說). 공명(孔明)이 들어가 진(秦)나라와 초(楚)나라의 두 임금[진시황과 항우]이 각기 동루(東樓)와 서루(西樓)를 향해 갔다고 보고하였다. 한고조가 크게 기뻐하며 말했다.

"승냥이나 늑대 같은 포학한 왕을, 벌이나 전갈 같이 독기 품은 왕을 경(卿)이 가로막고 쫓았으니, 임기응변 일처리에 잘하는 자라 이를 만하도다."

이어서 상을 후하게 내리자, 공명이 사양해 마지않았다.

상(上: 명태조)이 말했다.

"한무제(漢武帝)는 흉노에게 원수를 갚은 전공이 있고, 진원제(晉元帝)는 강좌(江左: 양자강 하류의 동남 지역)를 평정한 공업이 있고, 당헌종(唐憲宗)은 회서(淮西)를 정벌한 전공이 있고, 송신종(宋神宗)은 삼대(三代)의 이상을 회복하려는 기풍이 있었으니, 지금 이 연회에 모두 초청하여서 함께 즐기는 것이 어떠하겠습니까?"

좌중에 있던 사람들이 "좋습니다." 하였다. 그리하여 한고조가 사람을 보내어 초청하니, 조금 후에 네 나라의 임금이 모두 이르렀다. 좌중에 있던 사람들이 영접하고 서로 인사를 마치자, 네 임금을 동루(東樓)까지 전송하였다. 홀연히 문밖에서 원소(袁紹)·조조(曹操)·손책(孫策)·이밀(李密) 등이 이르렀다고 보고하였다. 한고조가 즉시 불러들이도록 명하여 인사를 마치자, 그들을 서루(西樓)까지 전송하였다.

한고조가 즉시 연회를 베풀도록 명하니, 술이 나오고 풍악이 울렸다. 상(上: 명태조)이 한고조에게 말했다.

"포폄하는 일은 여러 나라의 신하들을 모두 한 자리에 모이게 한 뒤에 시행하는 것이 좋겠습니다. 지금 동루(東樓)와 서루(西樓)에 있는 임금들을 초청하여 이 연회에 함께 오게 하면, 사람들이 각기 자기의 주군을 따라 올 것입니다."

한고조가 말했다.

"그대의 말씀이 심히 좋소."

즉시 사람을 보내어 동루와 서루에 있는 임금들을 초청하니, 여러 임금들이 모두 흔쾌히 왔다. 그리하여 연회석을 널리 펼치고 차례로 자리를 정하니, 신하들이 모두 뜰아래서 자기의 주군들을 모시고 섰는데 관복(冠服) 차림이 위엄 있게 성대하였고 칼과 패옥 소리들이 쟁쟁하였다. 한고조가 공명에게 말했다.

"여러 나라의 신하들이 모두 대궐 뜰에 모여 있으니, 경(卿)이 우열을 구별하여 신하들로 하여금 각각 그 마땅함을 얻게 할 수만 있다면 어찌 세상에 매우 드문 훌륭한 일이 아니겠는가?"

공명은 머리에 윤건(綸巾)을 쓰고 몸에 학창의(鶴氅衣)를 걸치고서 왼손으로 상아홀을 잡고 오른손으로 깃털 부채를 잡고 종종 걸음으로 나와 절을 하고 앞에서 아뢰었다.

"소신(小臣)은 재주와 학식도 변변치 못할 뿐더러 식견까지 천박하니, 이와 같이 중대한 임무는 천 번 만 번 부당하옵니다. 엎드려 바라옵건대 폐하께서는 일월(日月) 같이 밝은 총명과 하해(河海) 같이 넓은 도량으로 신(臣)의 우매한 충정을 살피시고 신의 보잘것없는 지혜를 헤아리셔서 신의 임무를 바꾸도록 고명한 사람을 널리 뽑아 대신하게 하신다면, 신의 죄를 거의 없앨 수 있을 것이며 신의 책임도 겨우 면할 수 있을 것이옵니다.”

한고조가 말했다.

“많은 사람들 중에서 지혜와 능력에 식견까지 갖춘 자가 비록 많을지라도 경(卿)과 같은 재주 있는 자가 없으니, 경은 고집스레 사양하지 말고 신속히 임무를 수행하라.”

공명이 사양하다가 할 수 없어서 두루 살펴보고 나서는 다시 아뢰었다.

“송나라 신하로서 주돈이(周敦頤), 정호(程顥), 정이(程頤), 장재(張載), 소옹(邵雍), 주희(朱熹) 같은 이들은 학문적으로 천리(天理)와 인성(人性)을 궁구해 도통이 공자(孔子)와 맹자(孟子)와 이어져 세상 선비들이 추앙하는 자들이니, 신(臣)이 망령되이 평하고 멋대로 논할 자들이 아닙니다.”

한고조가 말했다.

“경(卿)이 황제의 명을 공경히 받들어 공적으로 포폄하는 것을 어찌 망령되이 멋대로 논했다고 하겠는가? 여러 사람들의 마음은 이미 다 같으니, 다시는 의심하거나 염려하지 말라.”

공명이 절을 네 번 하고 머리를 조아리며 명을 받들어 즉시 여러 사람들로 하여금 차례로 나누어 서게 하고서 고하였다.

“제가 변변치 못한 재주와 좁은 소견으로 이미 황제의 명을 받들어 비록 포폄을 행하지만, 그러나 만일 재주의 우열을 견주는 사이에 터럭만큼이라도 사사로운 뜻이 있다면 하늘이 반드시 벌할 것이고 신이 죽일 것입니다. 여러분들은 모두 내 말을 따르시오.”

여러 사람들이 말했다.

"그대의 재주와 학식은 아주 오랜 세월 동안 많은 사람들이 모두 다 아는 바이고 성스런 임금께서 택한 바이라, 필히 그 직무에 마땅할지니 여러 사람들은 마음으로 모두 우러르고 있소이다. 바라건대 그대는 겸양하지 마시오."

공명이 이에 말했다.

"송나라 주돈이(周敦頤)는 백대의 뒤에 일어나 수천 년 전 성인의 도통을 열었으며, 송나라 정호(程顥)는 맹자(孟子) 이후의 한 사람으로서 거의 안회(顏回)에 가까울 것입니다. 송나라 정이(程頤)는 학문이 실생활에 필요한 옷감이나 곡식 같아 일상생활에서 지켜야할 법도가 되었으며, 송나라 장재(張載)는 하나의 이치로 관통하니 하(夏)·은(殷)·주(周) 삼대의 다스림을 감탄하고 본받으려 하였습니다. 송나라 소옹(邵雍)은 월굴(月窟)을 찾고 천근(天根)을 밟듯 천지 음양의 이치를 알았고 안으로는 성인과 밖으로는 임금의 학식과 덕행을 겸비하였으며, 송나라 주희(朱熹)는 해조(海潮)처럼 온갖 하천을 삼켰고 우레처럼 많은 집들을 열게 하였습니다. 송나라 한기(韓琦)는 그처럼 배울 수 있겠느냐고 하면 나는 흠잡을 것이 없으며, 송나라 부필(富弼)은 도량이야 실로 한기(韓琦)에 미치지 못하나 호방한 기개는 오랑캐를 꺾을 수 있습니다. 송나라 범중엄(范仲淹)은 마음속에 사심이 없고 천하를 먼저 걱정했으며, 당나라 한유(韓愈)는 팔대 동안 쇠미했던 문장을 일으켜 백대의 스승이 되었습니다. 송나라 동중서(董仲舒)는 광천(廣川) 출신의 박학다식한 유학자로 강도(江都)의 어진 승상이었으며, 송나라 소식(蘇軾)은 어떠한 주문관(主文官: 지공거)이라도 바꿀 만한 사람이 없었습니다. 송나라 장식(張栻)은 위국공(衛國公: 장식의 부친인 장준)에게 자식 된 도리를 다한 자로 회옹(晦翁: 주자)과 뜻이 같았으며, 송나라 여조겸(呂祖謙)은 중원(中原)의 문헌을 후세에 본보기로 삼도록 했습니다. 송나라 채침(蔡沈)의 시는 도연명(陶淵明)과 위응물(韋應物)의 풍격이 있었고 학문은 아버지 채원정

(蔡元定)과 스승 주자(朱子)를 이어받았으며, 송나라 사마광(司馬光)은 시위한 군졸들이 이마에 손을 얹고 기다렸지만 먼 곳의 오랑캐는 머리를 움츠렸습니다. 한나라 장량(張良)은 높은 하늘로부터 깊은 못에 이르기까지 용이 날아오르듯 하고 구슬나무에서 매미가 허물 벗듯 하였으며, 송나라 소철(蘇轍)은 형 소동파(蘇東坡)와 우열을 가리기가 어려운 난형난제였고 아버지인 노천(老泉)이 알아주는 자식이었습니다. 당나라 이백(李白)은 자연을 벗 삼은 이로 시와 술독에 빠진 신선이었으며, 당나라 두보(杜甫)는 시성(詩聖)으로 곤궁하여 더욱 공교해졌습니다. 명나라 송렴(宋濂)은 금화(金華) 출신의 고결한 은둔지사로 옥서(玉署: 한림원의 별칭)의 유현(儒賢)이었으며, 육유(陸游)는 남송(南宋)의 문장가로 금나라의 정벌에 대한 포부를 지녔습니다. 송나라 구양수(歐陽脩)는 가우(嘉祐) 연간에 인재가 융성하도록 한 이로 고문을 부흥하려는 한유(韓愈)의 후신이었으며, 한나라 사마천(司馬遷)은 사관이 갖추어야 할 재주와 학문과 식견 세 가지를 만고토록 오랫동안 세상에 알렸습니다. 송나라 이방(李昉)은 나랏일을 돕는데 성심을 다한 이로 군주를 도와 오랫동안 이야기들을 채집하였으며, 범질(范質)은 비록 후주(後周)의 세종(世宗)을 위해 한 몸 바치지 않은 흠이 있으나 진실로 재상에 합당하였습니다. 한나라 소하(蕭何)는 한고조(漢高祖)의 현명한 부인 격이고 조참(曹參)의 훌륭한 스승 격이었으며, 당나라 유안(劉晏)은 나라와 백성에 대하여 더할 나위 없이 훌륭하고 아름다웠습니다. 한나라 진평(陳平)은 옥처럼 잘 생긴 이로 책 읽기를 좋아하였고 많은 금을 써서 항우 진영의 장수들을 잘 매수하였으며, 명나라 유기(劉基)는 왕을 보좌할 재능을 자부하여 명태조의 스승으로 불렸습니다. 당나라 방현령(房玄齡)은 천리를 떨어져 있어도 마주보고 말하는 것처럼 아뢰어 한 시대에 재상이 될 만한 재목이었으며, 당나라 두여회(杜如晦)는 비심(神諶)처럼 처음 세운 계획들에 대해 계로(季路)처럼 한마디 말만 듣고도 결단하였습니다. 당나라 육지(陸贄)는 내

상(內相)이라 불릴 정도로 경륜이 뛰어나 덕종(德宗)을 보좌할 재주와 기량이 있었으며, 당나라 배도(裴度)는 곽자의(郭子儀)처럼 큰 공업을 세웠고 만년에 오교(午橋)에서 풍류를 즐겼습니다. 송나라 조보(趙普)는 번진의 폐단을 그치게 했을지라도 송태종에게 제위(帝位)를 전하라는 글을 담은 금궤(金櫃)를 저버리지 못했으며, 한나라 곽광(霍光)은 재주가 없었지만 주공(周公) 같았고 배움 없이도 이윤(伊尹) 같았습니다. 남송(南宋)의 이강(李綱)은 일신이 쓰일 때와 버려질 때에 따라 천하가 안정되었다 위태했다 하였으며, 조정(趙鼎)은 남송을 중흥시킨 삼공(三公)과 함께 예원진(禮元鎭) 출신의 한 사람이었습니다. 초나라 범증(范增)은 또한 걸출한 인물로 한고조의 일을 거의 그르치게 할 뻔했으며, 진(秦)나라 이사(李斯)는 살아서는 창고의 쥐를 부러워하였고 죽음에 임해서는 저잣거리에서 누런 개를 한탄하였습니다. 한(漢)나라 조참(曹參)은 깨끗하고 그윽한 정치의 방도는 합공(蓋公)을 따랐고 약법(約法)은 소하(蕭何)가 만든 그대로 좇았으며, 한나라 숙손통(叔孫通)은 그가 제정한 의례는 비록 옛 법에 부합하지 않았을지라도 재주는 실로 시폐(時弊)를 바로잡았습니다. 동진(東晉)의 왕도(王導)는 비록 중흥을 도왔으나 끝내 백인(伯仁: 周顗)에게 부끄러워했으며, 한(漢)나라 육고(陸賈)는 임금 앞에서 시서(詩書)를 말하였고 남번(南藩)의 사신들이 이어지도록 했습니다. 당나라 우세남(虞世南)은 한 부의 기밀문서와 같은 사람으로 오절(五絶: 德行·忠直·博學·文詞·書翰)을 갖춘 뛰어난 인재였으며, 당나라 장손무기(長孫無忌)는 당고종(唐高宗: 李治)의 외숙으로 훌륭한 기둥이 되었다 할 것입니다. 수(隋)나라 양소(楊素)는 재주와 기예가 남달리 뛰어났고 부귀가 가까이 올까 두려워하였으며, 당나라 배적(裴寂)은 이처럼 우리 두 사람 뜻이 잘 맞는데 어찌 빈천함을 걱정하겠는가 하였습니다. 당나라 유문정(劉文靜)은 아득하게 널리 보고 연못처럼 깊게 알았으며, 당나라 이필(李泌)은 황대과사(黃臺瓜詞)로 숙종(肅宗)임금을 경계한 뒤 벼슬을 버리고 형산(衡山)으로 돌아갔습니다. 한(漢)나라 급암(汲黯)은 대장군 위청(衛靑)에게 절을 하지 않고 읍(揖)만 한 이로 사직(社稷)의 중신(重臣)이었으며, 당나라 위징(魏徵)은 관중(管仲)이 공자 규(糾)가 죽을 때에 한 것처럼 하였고 급암(汲黯)이 한(漢) 왕조를 즐거이 보좌한 것처럼 하였습니다. 당나라 저수량(褚遂良)은 충성을 기울여 임금을 친근히 따른 이로 절개를 다하다가 군주를 위해 목숨을 바쳤으며, 송나라 조변(趙抃)은 권세에 굴복하지 않아 철면어사(鐵面御史)라 불린 이로 서경(西京: 낙양)의 청렴한 관리였습니다. 송나라 윤수(尹洙)는 당대 맑은 조정에서 명망이 높았던 이로 문단의 웅걸한 재사(才士)였으며, 동진(東晉)의 주의(周顗)는 신정(新亭)에 올라 눈물을 흘렸고 대(臺: 尙書省)에 곧바로 들어가고 돌아보지 않았습니다. 남송(南宋)의 진량(陳亮)은 가슴에 만고의 포부를 품고 한 시대의 지혜와 용기를 안중에 두지 않았으며, 동한(東漢)의 방통(龐統)은 서산(西山)에서 검을 걸어놓고 병서(兵書)를 읽고 있던 이로 남주(南州)의 선비들 중에서 제일인자였습니다. 진(晉)나라 양호(羊祜)는 소심해서 제왕의 기운이 있다는 할아버지의 묘를 팠던 이로 오나라를 평정하는 방략을 남겼으며, 위나라 순욱(荀彧)은 팔용(八龍)이라 하여 한 집안의 명성을 떨쳤던 이로 3일 동안 앉았던 곳에 향내가 남아 있었습니다. 진(晉)나라 장화(張華)는 두루 서적을 아우르고 풍성하게 본 박물학자로 흠이 있는 곳을 보충하여 충성을 다했으며, 동한(東漢)의 장완(蔣琬)은 재능이 고작 백리 땅을 다스릴 것이 아니어서 천하를 삼분하려는 제왕의 대업을 도왔습니다. 남송(南宋)의 우윤문(虞允文)은 문인이면서 무략(武略)에 능했으니 한낱 유생으로도 이러한 것을 갖추었으며, 송나라 왕안석(王安石)은 외고집을 부리다가 업적이 무너졌지만 간악한 것을 청하면 하지 않았습니다. 당나라 유종원(柳宗元)은 어찌 소인배들을 알아보고서도 사마광처럼 오히려 유주(柳州)로 좌천되었으며, 송나라 증공(曾鞏)은 문장으로 세상에 이름을 떨쳤고 제고문(制誥文: 관원을 임명할 때 그 사실을 기록하던 문서 양식)을 짓는데 모범을 보였습니다. 한(漢)나라 수하(隨何)는 맡겨진 임무에 능하였고 형세를 잘 살폈으며, 한나라 장창(張蒼: 張蒼의 오기)은 진(秦)나라 때의 경력이 많은 아전이었고 한나라 때의 훌륭한 계책가(計策家)이었습니다. 당나라 무원형(武元衡)은 재상으로서 업적을 세우기도 전에 애석하게도 반도들에게 살해되었으며, 당나라 이강(李絳)은 나라를 제도하려는 포부가 있었고 보불(黼黻)이 되어 태평성세를 도왔습니다. 한(漢)나라 소무(蘇武)는 흉노의 칼끝에서도 굴복하지 않았고 움집에서도 눈을 씹고서 절개를 더욱 지켰으며, 남송(南宋)의 홍호(洪皓)는 소무처럼 한결같은 절개로 냉산(冷山)에서 십여 년을 보냈습니다. 당나라 장순(張巡)은 일편단심으로 수양성(睢陽城)을 지켜 만세토록 강상(綱常)의 모범이었으며, 당나라 허원(許遠)은 어사중승(御史中丞)을 지낸 장순(張巡)과 함께하면서 증조부 허경종(許敬宗)의 부끄러움을 삼가 씻어내었습니다. 명나라 경청(景淸)은 문곡성(文曲星)의 영험한 기운을 받았고 공민혜황제(恭閔惠皇帝)에 대한 절의가 빛났으며, 한(漢)나라 사마상여(司馬相如)는 씩씩한 뜻을 승선교(昇仙橋) 기둥에 쓴 뒤에 황제의 조서(詔書)나 유시(諭示)를 수정한 걸출한 인재였습니다. 송나라 황정견(黃庭堅)은 오계(浯溪)의 마애비(磨崖碑)에 쓴 초서(草書)의 대가로 강서시파(江西詩派)의 조종(祖宗)이었으며, 송나라 여대방(呂大防)은 원우당인(元祐黨人)을 잘 처리하였고 충선(忠宣: 범순인의 시호)과 뜻을 같이하였습니다. 송나라 범순인(范純仁)은 이름난 아버지 범중엄(范仲淹)의 풍절(風節)과 옛사람의 충서(忠恕: 충성과 용서)가 있었으며, 당나라 요숭(姚崇)은 사람들이 태종(太宗) 때의 어진 재상 방현령(房玄齡)과 두여회(杜如晦)와 함께 일컬었지만 스스로는 제(齊)나라의 명상 관중(管仲)과 안영(晏嬰)으로 자부하였습니다. 당나라 장구령(張九齡)은 학을 타고 인간세상에 내려온 신선이요 천보(天寶: 현종의 연호) 연간에 일어난 안록산의 난을 신령한 거북처럼 예견하였으며, 당나라 봉덕이(封德彝)는 임금의 덕을 찬양하고 나랏일에 부지런히 일하였습니다. 동한(東

漢의 비위(費禕)는 낡은 수레를 타는데서도 우열이 구별되었고 바둑을 두면서도 도량을 드러내었으며, 동한의 동윤(董允)은 절실한 정성으로 임금의 잘못을 바로잡았고 준엄한 뜻으로 환관들이 함부로 설치지 못하게 하였습니다. 당나라 송경(宋璟)은 철석(鐵石) 같은 강직한 지조를 지녔고 유창한 문장을 짓는데 훌륭한 솜씨를 지녔으며, 교고(校皐: 枚乘의 오기)는 한(漢)나라 때의 재주가 출중한 사람으로 양효왕(梁孝王)의 정원에 드나들면서 시문을 지었습니다. 한(漢)나라 동방삭(東方朔)은 금마문(金馬門)에서 세상을 피한 참된 은자(隱者)이었고 때맞춰 임금을 잘 보필하였으며, 한나라 장건(張騫)은 뗏목 배를 타고 만 리나 갔고 변경 지역의 길을 개척하였습니다. 송나라 호안국(胡安國)은 울창한 소나무가 우뚝 뻗은 듯하였으니 어찌 그가 진회(秦檜)에게 아부했겠으며, 송나라 호전(胡銓)은 굴욕을 감수하는 소조정(小朝廷)에서 구차히 사는 것을 부끄러워하고 동해로 가서 빠져죽기를 맹세했습니다. 송나라 종택(宗澤)은 재능이 하늘을 떠받칠 만했고 황하(黃河)를 건너는 데에 뜻을 두었으며, 수나라 왕통(王通)은 넉넉히 공자의 문하에 들만했으나 불행히도 시류를 따랐습니다. 송나라 문언박(文彦博)은 세 황제를 모신 원로 재상으로 사방의 이민족에게까지 명성을 떨쳤으며, 송나라 범조우(范祖禹)는 ≪당감(唐鑑)≫ 한 부를 지었고 경연(經筵)에서 직간하는 신하의 참모습을 얻었습니다. 명나라 해진(解縉)은 젊은 나이에 장원급제하고 피눈물로 만언(萬言)의 상소를 하였으며, 당나라 이순풍(李淳風)은 성안의 승려처럼 형세를 잘 포착하여 궁녀가 화를 면하도록 하였습니다. 동한(東漢)의 관우(關羽)는 천지에 가득한 의기로 고금에 우뚝하였으며, 한(漢)나라 한신(韓信)은 병법에 신선 같은 자이나 도를 실천하는 데에 이르지 못했습니다. 진(秦)나라 왕전(王翦)은 늙어서도 겁이 없어서 군진(軍陣)에 임하여 무엇을 하고 노는지를 물었으며, 진나라 몽염(蒙恬)은 멀리 변경에까지 위세를 떨쳤고 만리장성을 쌓도록 하여 이름이 높았습니다. 명나라 서달(徐

達)은 산하를 가로질러 큰 공을 세웠는데도 해와 달이 비추는 듯한 밝은 마음이었으며, 송나라 조빈(曺彬)은 네 나라나 항복한 왕의 포박을 풀어주면서 한 명도 망령되이 죽인 적이 없었습니다. 남송(南宋)의 악비(岳飛)는 하늘을 떠받치고 땅 위에 우뚝서서 산을 몰고 바다를 가로질러 공을 세웠으며, 동한(東漢)의 등우(鄧禹)는 가정내의 예의 범절을 닦아 정돈하였고 공신(功臣)으로 운대(雲臺)에서 으뜸이었습니다. 동진(東晋)의 조적(祖逖)은 두려워하고 복종하기보다도 더 부지런히 진(晋)나라의 중흥을 기대하였으며, 당나라 곽자의(郭子儀)는 백년토록 노래하고 춤출 수 있도록 천하의 위태로움을 안정시켰습니다. 한(漢)나라 팽월(彭越)은 양왕(梁王)이 되었다 해서 무슨 죄가 있겠습니까만 한고조(漢高祖: 유방)께서 전공(戰功)을 꺼렸으며, 진(秦)나라 왕분(王賁)은 국토를 능히 넓히고 통일토록 하여 집안의 명성을 실추시키지 않았습니다. 진(秦)나라 장한(章邯)은 함양(咸陽)으로부터 지시를 받아오도록 했다가 원수(洹水)에서 눈물을 흘렸으며, 명나라 상우춘(常遇春)은 개평충무왕(開平忠武王)으로 무녕(武寧: 서달)과 우열을 가리기 어렵습니다. 당나라 이광필(李光弼)은 신발 속에 칼을 넣어 다니며 충성을 독려하여 벽루(壁壘)와 정기(旌旗)가 정채(精彩)를 발하기 시작하였으며, 동한(東漢)의 풍이(馮異)는 많은 장애물들을 제거하여 관중(關中)을 평정하였으면서도 나무 아래로 물러나 전공을 논하지 않았습니다. 남송(南宋)의 장준(張浚)은 잃어버린 국토를 회복하려는 데에 뜻을 두어 명망이 만리장성처럼 융성하였으며, 송나라 적청(狄青)은 천상에서 내려온 무곡성(武曲星)이란 사신인데 구리로 만든 가면을 쓰고 전투에 임해 추밀원정사(樞密院正使)에 올랐습니다. 당나라 이정(李靖)은 이씨(李氏: 당나라 고조와 태종)의 일월(日月) 같은 덕을 보고서 육화진(六花陣)으로 바람과 구름처럼 모여들었으며, 수나라 고경(高熲)은 계획을 세우고 결단하는 것이 귀신 같았는데 거울처럼 닦으면 닦을수록 더 빛났습니다. 진(晋)나라 두예(杜預)는 《춘추좌씨전》에서 의리를 드러내었고 숙자(叔子: 羊祜)와 시문을 남겼으며, 남송(南宋)의 한세충(韓世忠)은 비단옷에 총마(驄馬)를 타고 군진 앞에 서서 눈을 번쩍이면서 뇌성치는 소리를 질렀습니다. 한(漢)나라 위청(衛靑)은 한무제(漢武帝)가 사람을 제대로 아셨으니 전공(戰功)이 어찌 하늘에 말미암았겠으며, 한나라 주발(周勃)은 중후하여 꾸밈이 없어서 온전히 화덕(火德)을 숭상한 나라를 안정시켰습니다. 한(漢)나라 이광(李廣)은 고황제(高皇帝: 유방)를 만나지 못하여 위관(尉官) 정도였어도 의뢰함이 두터웠으며, 동한(東漢)의 마원(馬援)은 동주(銅柱)를 우뚝하게 세웠으나 애석하게도 운대(雲臺)에 들어가지 못했습니다. 오(吳)나라 주유(周瑜)는 청춘 시절에 소장(少將)이 되어 적벽대전(赤壁大戰) 승리의 주인공이었으며, 당나라 마수(馬燧)는 서쪽의 자현(慈縣)에서 뒤쫓아가 도운 공로가 지대하여 북평왕(北平王)에 봉해졌습니다. 수나라 하약필(賀若弼)은 한 방면을 감당할 만한 재주는 있었지만 세 가지 지나친 경솔함이 있었으며, 한(漢)나라 곽거병(霍去病)은 고연산(姑衍山)에서 지신(地神)에게 제사를 지낸 공로로 기련산(祁連山)의 모양을 본떠 무덤을 만들었습니다. 동한(東漢)의 경엄(耿弇)은 지혜로워 거짓으로 유자여(劉子輿)라고 한 왕랑(王郞)을 분별하였고 용감하여 전쟁에서 패하지 않았으며, 수나라 한금호(韓擒虎)는 씩씩하게 싸워 진(陳)나라를 평정하였고 비결(祕訣)을 이정(李靖)에게 전수하였습니다. 당나라 이적(李勣)은 장수로 복 있는 사람을 기용하였고 본보기로 군주의 아끼는 사위를 베었으며, 당나라 혼감(渾瑊)은 주차(朱泚)의 반란을 힘써 막아 당나라의 사직을 회복하는 데에 충성을 다했습니다. 한(漢)나라 관영(灌嬰)은 강후(絳侯) 주발(周勃)과 같은 반열이었고 풍경(馮敬)을 감당하였으며, 동한(東漢)의 제준(祭遵)은 군시령(軍市令)이 되어 법령을 굳게 지켰고 투호(投壺) 놀이를 하면서 아시(雅詩)를 노래하였습니다. 명나라 이문충(李文忠)은 무략(武略)으로 중원(中原)을 평정하였고 문식(文識)으로 태학(太學: 국자감)에서 강론하였으며, 남송(南宋)의 오개(吳玠)는 동남에서 기둥이었고 천섬(川陝)과 촉도(蜀道)의 크나큰 반석이었습니다. 당나라 이성(李晟)은 나라만 생각할 뿐 집안을 잊었으니 하늘이 그를 낸 것은 사직을 위해서였으며, 한(漢)나라 번쾌(樊噲)는 패왕(霸王) 같은 이가 오히려 장사(壯士)라 하였습니다. 한(漢)나라 이릉(李陵)은 비록 조말(曹沫)이 아니었지만 원래 위율(衛律)도 아니었으며, 동한(東漢)의 마성(馬成)은 오계(五溪)의 오랑캐[蠻]를 정벌하고 삼하(三河)의 오랑캐[羌]를 평정하였습니다. 한(漢)나라 왕릉(王陵)은 조금 고지식하나 무방하다고 하셨으니 대신이 이와 같아야 하며, 동한(東漢)의 오한(吳漢)은 입 무겁기가 세 겹으로 봉해진 듯하고 진중하기가 하나의 국가와 같았습니다. 당나라 울지경덕(尉遲敬德)은 철편(鐵鞭)을 휘두르면 산처럼 시체가 쌓였고 무수히 창을 찌르면 바람에 쓰러지듯 하였으며, 동한(東漢)의 마무(馬武)는 남양(南陽)에서 임금에게 투항하고 손바닥을 치면서 북쪽 변경을 향했습니다. 동한(東漢)의 가복(賈復)은 속으로 사사로운 원수 갚으려 했지만 문을 닫고 칩거하면서 위엄을 길렀으며, 명나라 호대해(胡大海)는 먼저 채석기(采石磯)에 올랐고 파양호(鄱陽湖)에서 크게 싸웠습니다. 당나라 굴돌통(屈突通)은 수나라에 보답하는데 뜻이 있어 충성스런 마음으로 분기하여 자기 아들에게 활을 쏘았으며, 동진(東晉)의 도간(陶侃)은 8개의 날개가 돋은 꿈처럼 이미 높은 지위에 있었지만 분음(分陰)을 오히려 아꼈습니다. 동한(東漢)의 구순(寇恂)은 하내(河內)에 보내는 것이 끊임없이 계속되어 영천(穎川)의 백성들이 머물러 있기를 바랐으며, 오(吳)나라 노숙(魯肅)은 일을 당하면 구차하지 아니하였고 부(部)의 경계 안에 직임을 폐함으로써 죄를 지은 사람이 없었습니다. 남송(南宋)의 오린(吳璘)은 임기응변이 귀신 같아 적국(敵國)이 하늘의 위엄을 두려워하듯하였으며, 명나라 이선장(李善長)은 중서성의 훌륭한 관료로 으뜸 개국공신이었습니다. 동한(東漢)의 잠팽(岑彭)은 정남대장군(征南大將軍)에 임명되어 천 척의 배를 집결시켜서 서천(西川)을 공격하였으며, 오(吳)나라 육손(陸遜)은 괵정(虢亭)에서 촉나라 군영(軍營)을 불태웠고 형호(荊湖)에 짚을 실은 배를 띄웠습니다. 동한(東漢)의 강유(姜維)는 어찌 충성스런 뜻이 없었겠는가마는 환관이 간악하였으니 어찌겠으며, 명나라 곽영(郭英)은 새로운 나라의 기틀을 잡는데 도운 공로가 있었고 연(燕)나라를 방어하는데 힘을 다했습니다. 진(晉)나라 왕준(王濬)은 삼도(三刀)의 꿈과 딱 들어맞아 만곡선(萬斛船)으로 전공을 세웠으며, 남송(南宋)의 유기(劉錡)는 순창성(順昌城)에 깃발을 세우고 괴자마(拐子馬)를 쳐부수었습니다. 당나라 한홍(韓弘)은 거듭 재상을 지냈고 삼군(三軍)을 통괄하였으며, 명나라 등유(鄧愈)는 명군(明軍)과 함께 3천 리를 달리면서 한 마음이었고 16세 때 그 용맹함이 으뜸이었습니다. 동한(東漢)의 장비(張飛)는 무용(武勇)이야 말할 것도 없지만 선비를 예우함이 가상하였으며, 당나라 설인귀(薛仁貴)는 창 한 자루로 요동(遼東)을 정벌하였는데 일찍이 화살 세 발로 천산(天山)을 평정하고 한관(漢關)으로 들어갔습니다. 당나라 이소[李愬]는 오리 떼를 놀라게 하여서 공격하는 기이한 계책을 내었고 동개[筒介]를 갖추어 예절을 알게 하였으며, 송나라 석수신(石守信)은 주상을 추대하는데 온 힘을 다하였지만 병권(兵權)을 내놓고 한가하게 지냈습니다. 명나라 탕화(湯和)는 지혜와 용맹으로 사람을 복종시키고 공을 세워 이름이 세상에 떨쳐져서 몸을 보전하였으며, 동한(東漢)의 조운(趙雲)은 어찌 한낱 무부(武夫)였겠습니까 백집사(百執事)에 알맞았습니다. 오나라 여몽(呂蒙)은 원숭이가 나뭇가지를 움켜잡고서 귀신처럼 돌아다니듯 하였고 독사가 뱃속에 숨은 듯 기이한 책략이 많았으며, 위(魏)나라 허저(許褚)는 호랑이처럼 용맹하였으나 미련하여 호치(虎癡)라는 별명을 가졌고 소를 거꾸로 메치자 적들이 달아났습니다. 동한(東漢)의 왕상(王常)은 아전(衙前)의 폐단을 개혁하고 위엄을 하서(夏西)에 떨쳤으며, 동한의 마초(馬超)는 복파장군(伏波將軍: 마원)의 훌륭한 후손으로 위구(渭口)의 전투에서 웅결찬 명성을 떨쳤습니다. 위(魏)나라 장요(張遼)는 관운장(關雲長)과 의리로 사귀었고 손권(孫

權)의 군대를 격파하여 맹위를 떨쳤으며, 송나라 묘훈(苗訓)은 흑룡의 상서로운 기운을 알고서 황포(黃袍)를 입을 군주를 추대하였습니다. 위(魏)나라 서황(徐晃)은 한수(漢水)와 면수(沔水)를 종횡하였고 장요(張遼)·허저(許褚)와 승부를 가르지 못할 정도였으며, 동한(東漢)의 내흡(來歙)은 부절을 지니고서 외효(隗囂)를 정벌했지만 자객으로부터 맞은 칼을 뽑고 죽자 그의 직책은 마성(馬成)에 의해 대신되었습니다. 오나라 감녕(甘寧)은 두 손에 쇠사슬을 들고서 환성(皖城) 위에 올랐고 백 명의 기병으로 조조(曹操)의 군대를 기습하였으며, 송나라 왕전빈(王全斌)은 청렴으로야 비록 조빈(曹彬)에게 뒤질지라도 전공(戰功)으로야 촉나라를 평정하였습니다. 동한(東漢)의 왕패(王霸)는 강물이 얼었다고 속였으나 군중(軍衆)을 안정시켰고 시중에 나가 군사를 소집하여 반도(叛徒) 왕랑(王郞)의 목을 베었으며, 동한의 황충(黃忠)은 능히 일개 졸개로도 촉한(蜀漢)의 오호대장군(五虎大將軍) 반열에 나란하였습니다. 수나라 사만세(史萬歲)는 하약필(賀若弼)이 기병의 장수라 하였고 제갈량(諸葛亮)이 나보다 나은 자라 하였으며, 당나라 이효공(李孝恭)은 관서(關西)에서 의로운 길을 따랐고 강남(江南)에서 반란군을 무찔렀습니다. 위(魏)나라 전위(典韋)는 (80근짜리) 쌍극(雙戟)을 들고서 나는 듯하여 만인의 적을 모두 쓰러뜨렸으며, 당나라 진숙보(秦叔寶)는 천책상장(天策上將: 이세민)으로 하여금 군사를 통솔토록 보좌하여 능연각(凌煙閣)의 공신이 되었습니다. 동한(東漢)의 장궁(臧宮)은 함양(咸陽)에서 연잠(延岑)을 꺾고 이오(伊吾)의 북쪽을 향하기 위해 우는 검을 어루만졌으며, 위(魏)나라 장합(張郃)은 용맹을 떨치면서 거듭 제갈량(諸葛亮)을 막았는데 함성소리가 30리를 진동하였습니다. 당나라 은개산(殷開山)은 나라 세우는 것을 도운 공이 높아서 화각(畫閣: 능연각)의 공신이었으며, 송나라 이한초(李漢超)는 관남진(關南鎭)을 지키면서 북쪽 변방을 말끔히 소탕하였습니다. 당나라 정지절(程知節)은 본명이 교금(鮫金)으로 용감무쌍하여 선리(仙李: 당나라)의 으뜸 공신이었으며, 남송

(南宋)의 양기중(楊沂中)은 10년 동안 어전장군(御前將軍)이어서 곽령(郭令: 곽자의)과 똑같이 여겨졌습니다. 오(吳)나라 태사자(太史慈)는 의리로 문거(文擧: 孔融)에게 보답하고 백부(伯符: 孫策의 자)와 용감하게 싸웠으며, 위(魏)나라 등애(鄧艾)는 (말이 어눌하다고 놀리자) 재주가 민첩하여 봉황으로 대답하였고 (험한 벼랑길을) 마치 물고기를 한 줄로 꿰듯한 계책으로 지나갔습니다. 동한(東漢)의 관흥(關興)은 호랑이 아버지[虎父: 關羽]의 아들로 용양장군(龍驤將軍)에 올랐으며, 동한의 장포(張苞)는 용맹이 연함(鳶頷: 張飛)을 뒤따를 만하여 호익장군(虎翼將軍)의 지위에 있었습니다. 이도종(李道宗)은 강하친왕(江夏親王)으로 당나라가 일어날 때의 명장이었으며, 당나라 설만철(薛萬徹)은 싸우면 반드시 크게 이겨서 명장이 되었습니다. 동한(東漢)의 왕평(王平)은 가정(街亭)에서 적에게 완전히 항복을 받아 성고(成固)에서 적을 물리쳤으며, 한(漢)나라 기신(紀信)은 황옥거(黃屋車)를 타고서 절개를 지켰고 목숨을 초개같이 버려 향기를 남겼습니다. 동한(東漢)의 장익(張翼)은 강직하여 오랑캐가 두려워하였으니 조상의 이름을 욕되게 하지 않았으며, 오나라 서성(徐盛)은 군신(君臣)을 욕보이는 위(魏)나라 사신(使臣: 邢貞)을 수레에서 내리게 하였고 갈대를 묶어 (가짜로 성벽을 쌓아서) 조비(曹丕)를 물리쳤습니다. 동한(東漢)의 관평(關平)은 명군(明君: 劉備)의 신하로 그 아버지에 그 아들이었으며, 남송(南宋)의 악운(岳雲)은 사랑하는 우리의 붕거(鵬擧: 岳飛의 자)에게 이런 호랑이 같은 아들을 두었는가 하였습니다. 위(魏)나라 하후돈(夏侯惇)은 화살을 맞은 눈알을 빼내어 집어삼키는 매서운 기세를 지녔고 제방을 쌓는 좋은 계책을 지녔으며, 오(吳)나라 정보(程普)는 손권(孫權)을 섬기는데 정성이 깊었으나 자신이 나이가 많다고 주유(周瑜)를 업신여겼습니다. 동한(東漢)의 엄안(嚴顔)은 호랑이에 비유될 정도의 선견지명을 가졌고 한호(韓浩)를 참살할 정도로 매우 용맹하였으며, 오(吳)나라 한당(韓當)은 적벽대전(赤壁大戰)에서 황개(黃蓋)의 소리를 식별하고 오림(烏林)으로 물러가서 무예

를 떨쳤습니다. 오(吳)나라 정봉(丁奉)은 눈 속에서의 단병접전(短兵接戰)으로 유명하였고 물에서도 아주 능한 재주가 있었으며, 동한(東漢)의 위연(魏延)은 신 같은 용기를 지니고서 어찌 반골 기질이 있었겠습니까. 당나라 이광안(李光顔)은 의리상 변경(汴京)의 기생에게 돌아가야 했지만 용감하게 회서(淮西)의 반군 오원제(吳元濟)를 토벌하였으며, 당나라 남제운(南霽雲)은 손가락을 깨물어 충정을 드러내었고 화살로 절의 탑을 쏘아 의기(義氣)를 드러내었습니다. 당나라 뇌만춘(雷萬春)은 6개의 화살을 맞고도 꼼짝하지 않아 쌍묘(雙廟: 장순과 허원의 사당)와 함께 의기가 높았으며, 남송(南宋)의 곡단(曲端)은 금나라 우두머리도 두려워한 이로 철상(鐵象: 말 이름)이 애석하다고 하였습니다."

그 나머지 사람들도 각각 그 행실의 잘하고 못한 것을 논하였다. 논하는 말이 끝나자, 공명(孔明)은 백 번 절하고 머리를 조아리면서 아뢰었다.

"신(臣)이 근거 없는 이야기와 함부로 지껄이는 말로 망령되이 여러 현자(賢者)들을 논하였으니, 그 죄는 죽어 마땅하옵고 마땅하옵니다."

한고조가 말했다.

"경(卿)의 재주와 식견은 짐이 비록 들었지만 이처럼 고명한 줄을 미처 알지 못하였다. 자세히 살피니, 행실의 잘잘못에 대해 오늘 평하고 논한 것이 사람마다 마땅하였고 한 사람 한 사람에게 딱 들어맞았는지라 만세토록 바뀌지 아니할 말이라 할 만하도다."

이어서 여러 나라의 뭇 신하들에게 두루 물었다.

"공명의 옳고 그름을 가린 것이 어떠한가?"

여러 사람들이 모두 우러러 탄복하며 "좋습니다." 하였다.

갑자기 한 사람이 나타났는데 반열에서 나와 눈물을 뿌리고 공명에게 말했다.

"선생님은 제자를 알아보지 못하십니까? 제가 종회(鍾會)에게 투항한 것은 죽기를 두려워하여 살기를 탐한 것이 아니라 끝내 대계(大計)를 위해 한(漢)나라 황실을 회복하고자 함이었습니다. 만약 하늘이 보살펴주셨다면 서촉(西蜀) 땅이 사마소(司馬昭)의 손에 들어가지 않았을 것이고 후주(後主: 劉禪)의 수레가 허도(許都)의 먼지를 밟지 않았을 것이니, 시대의 운수가 불행한 것이라서 죽었어도 원혼(冤魂: 원통한 혼령)이 되었을 것입니다. 오늘 선생님께서 만일 저의 충의를 헤아려주지 않으신다면 이 마음의 원통함과 답답함을 어디에서 털어놓고 하소연하겠습니까?”

여러 사람들이 보니 바로 강유(姜維)이었다. 공명이 그의 손을 잡고 눈물을 흘리며 말했다.

“내 어찌 그대의 충의를 알지 못하겠는가? 그러나 나라의 형편이 어지러운 때를 당해 적에게 투항하여 사로잡히는 신세가 되었으니, 절개를 지켜 의롭게 죽은 것만 못하구나.”

강유는 <이 말을 듣고> 탄식하고 물러났다.

한고조가 즉시 잔치를 베풀도록 명하여 동루(東樓)와 서루(西樓)의 여러 임금들과 함께 자리를 같이하며 술에 취하여 기뻐하였는데, 술이 몇 순배 돌자 한고조가 복받쳐 슬픈 듯 길게 탄식하였다.

“천지(天地)는 무궁하나 인생(人生)은 유한하여 덧없는 세상의 일은 해와 달이 서쪽으로 기울 수밖에 없고 강물과 바다가 동쪽으로 흐를 수밖에 없는 것과 같으니, 백년의 지난 자취가 한 줌의 거친 흙과 같도다. 이 때문에 진시황(秦始皇)이 섬월(纖月)의 노래에 원한을 풀고 맹상군(孟嘗君)이 옹문주(雍門周)의 거문고 곡조에 눈물을 흘린 것이었으니, 풀잎 조각배와 개미 떼 같은 미천한 목숨이 무슨 말을 더 할 수 있으랴. 천고(千古)의 흥망을 생각해 보니 다만 슬픔만 간절할 뿐이도다.”

자리의 많은 사람들은 모두 슬퍼하고 아무런 말이 없었다.

갑자기 서편자리에 있던 한 군왕이 두 눈을 부릅뜨고 눈썹을 치켜세우고서 겹눈동자로 소리쳤다.

"홍문연(鴻門宴)에서 옥결(玉玦)을 든 범증(范增)의 계책을 쓰지 않았다가 해하(垓下)에서 도리어 호랑이 새끼를 키운 후환을 만났으니, 비록 저승의 원혼일랑 되었지만 오강(烏江)에서 자결한 한을 잊기가 어렵도다."

좌중이 그를 보니 바로 항왕(項王: 항우)이었다. 송태조가 말했다.

"임금께서 제 용력(勇力)만을 믿고 범증(范增)의 계획을 듣지 않아서 패망에 이르렀으므로, 계략이 뛰어난 신하의 손에서 옥결도 부질없게 하였고 장사(壯士)들의 힘 앞에서 보검도 아무런 쓸모가 없게 하였던 것이오. 일이 이미 이 지경에 이르렀으니, 말해 보아야 아무 소용도 없고 후회해 본들 어찌 미치겠소?"

상(上: 명태조)이 말했다.

"비통한 말은 우선 제쳐놓고 각기 통쾌했던 일을 이야기하는 것이 좋겠습니다."

진시황이 말했다.

"진(秦)나라에는 세 가지의 통쾌했던 일이 있었습니다. 왕전(王剪) 등을 보내어 육국(六國)의 제후들을 사로잡아 들여 아방궁(阿房宮)의 계단 밑에 무릎을 꿇어앉혔으니, 이것이 첫째의 통쾌했던 일입니다.

몽염(蒙恬)으로 하여금 북쪽으로 흉노를 정벌하고 만리장성(萬里長城)을 높이 쌓게 하여 오랑캐가 감히 남쪽으로 내려와 말을 기르지 못하였고 오랑캐의 군사들이 활을 당겨 원수를 갚기를 생각하지 못하였으니, 이것이 둘째의 통쾌했던 일입니다.

서시(徐市)를 보내 삼신산(三神山)의 불사약을 구하도록 하였고, 안기생(安期生)과 함께 구계(胸界)에서 놀았으니, 이것이 셋째의 통쾌했던 일입니다."

한고조가 말했다.

"과인(寡人)은 죽을 고비에서 겨우 살아났으니, 어찌 통쾌했던 일이 있겠는가? 다만 경포(黥布)를 물리친 후에 고향으로 돌아와 마을의 장로들을 만나 술자리를 베풀려는 즈음, 큰 바람이 일고 구름이 날려 바로 과인의 기상과 같았는지라 일어나 춤추고 노래지었으니, 이것이 첫째의 통쾌했던 일이오.

낙양(洛陽)의 남궁(南宮)에서 태상황(太上皇 : 한고조의 부친)에게 장수를 비는 뜻으로 술을 바치니, 상황(上皇)께서 기뻐하며 말씀하시기를, '네가 옛날 밭 갈았을 때에 어찌 오늘날이 있을 줄을 알았겠느냐? 부모에게 자식이 바치는 즐거움이 이보다 더할 수가 없구나.' 하셨으니, 이것이 둘째의 통쾌했던 일이오."

상(上: 명태조)이 그 말을 듣고서 눈물을 머금으며 슬픈 마음이 있으니, 한고조가 말했다.

"대장부가 어찌 아녀자와 같은 모습을 보이는 것이오?"

상(上: 명태조)이 눈물을 뿌리며 대답했다.

"과인(寡人)이 어려서 부모님을 모두 여의고 살아가면서 비록 진시황과 같은 통쾌한 일이야 있었을지라도 한나라 황제와 같은 즐거움은 있지 않았으니, 사람의 마음이 목석이 아닌 바에야 어찌 슬프지 않을 수 있겠습니까?"

한고조가 말했다.

"이것이야말로 효성이 지극한 것이오."

이윽고 여러 사람들에게 통쾌했던 일을 물으니, 당태종이 말했다.

"과인이 집을 변화시켜 나라로 만들 때에 돌궐(突厥)을 격파하고 힐리(頡利)를 사로잡자 월상(越裳)·교지(交趾)가 앵무새를 바쳤고 대완(大宛)·서역(西域)은 준마를 바쳤으니, 이것이 첫째의 통쾌했던 일입니다.

여러 신하들과 능연각(凌烟閣)에서 술잔치를 베풀었는데, 상황(上皇 : 당태종의 부친)께서 친히 비파(琵琶)를 타셨고 과인이 일어나 춤을 추었으며 신하들이 장수를 비는 뜻으로 술잔을 받들어 올렸으니, 이것이 둘째의 통쾌했던 일입니다."

송태조가 말했다.

"과인에게는 별로 통쾌했던 일이 없었지만 다만 새 궁실을 짓고 담장을 말쑥하게 하여 헌각(軒閣: 궁전)이 탁 트여서 시원하였는데, 중문(重門: 대문 안에 거듭 세운 문)을 활짝 열면서 '조금이라도 사악하게 왜곡함이 있다면 사람들이 모두 그것을 보게 될 것인바 바로 과인의 마음과 같을 것이라'고 하였으니, 이것이 첫째의 통쾌했던 일입니다.

조보(趙普)와 정치하는 도리를 논하고 조빈(曹彬)과 난리를 평정하여 과인이 누운 자리 옆에 다른 사람들이 와서 코를 골며 자지 않게 할 수 있으니, 이것이 둘째의 통쾌했던 일입니다."

이어서 여러 사람들에게 두루 물으니, 여러 사람들이 말했다.

"별로 통쾌했던 일이 없었습니다."

이때 조조(曹操)가 나아와 말했다.

"신에게도 한 가지 통쾌했던 일이 있으니, 욕되지만 감히 아뢸까 합니다. 의병을 일으켜 황건적(黃巾賊)을 격파하고 승여(乘輿: 천자의 수레)를 받들었습니다. 이때에 장수(張繡)가 무릎을 꿇고 여포(呂布)가 머리를 바쳤으며, 공로(公路: 袁術의 자)가 들에서 죽고 본초(本初: 袁紹의 자)가 패망하였습니다. 황제의 명령을 받들어 죄 있는 자를 토벌해서 깃발이 남쪽을 향하니, 유종(劉琮)이 두 손을 들고 항복하였습니다. 수군(水軍) 80만 명을 다스려서 장강(長江: 양자강)을 따라 동쪽으로 내려가는데 전투함은 꼬리를 물며 천리에 이어졌고 깃발들은 하늘을 뒤덮었습니다. 이교(二喬)가 눈 아래에 들어오고 삼오(三吳)를 손바닥 위에 놓고 움직일 수 있었는데, 달은 밝고 별은 드문데 까막까치 남으로 날아가는지라, 술을 걸러 강을 굽어보며 마시고 창을 뉘어 놓고 시를 지었으니, 이것이 첫째의 통쾌했던 일입니다."

무리들 가운데서 호대해(胡大海)가 조조를 가리켜 크게 비웃으며 말했다.

"저놈이 일컫는 통쾌했던 일이란 것이 바로 황제 자리를 찬탈하려는 음모이었습니다."

조조는 얼굴색이 흙빛과 같게 되더니 몹시 부끄러워하며 물러갔다.

한고조가 상(上: 명태조)에게 청하였다.

"삼대(三代) 이후로 공평한 의론이 이미 사라진데다 정론(正論)마저 행해지지 않아 나라의 다스려지고 다스려지지 않은 것과 제왕의 어질고 어질지 않은 것이 역사서에 더러 실리지 않았으니, 세상에 전해지지 않게 된 것이 많소이다. 임금께서는 백세(百世)의 뒷날에 살아서 여러 군주들의 업적들을 환히 알 수 있을지니, 번거롭고 수고롭다 하여 사양하지 말고 자세히 평가하는 이야기를 가하여 백대(百代)의 본보기가 되도록 하는 것이 어떻겠소?"

상(上: 명태조)이 말했다.

"공자께서 말씀하시기를, '내가 남에 대해서 누구를 헐뜯고 누구를 칭찬하겠는가?'라고 하셨으니, 성인의 마음으로도 오히려 이와 같은데 하물며 범부(凡夫)야 함부로 남을 비방하고 칭찬할 수 있겠습니까?"

여러 사람들이 말했다.

"우리들이 비록 한때의 좋은 운세를 만나 황제가 되고 왕이 되었지만, 임금은 어리석고 신하는 아첨만 하여 공정한 말을 들으려 하지 아니하여서 그저 백대의 웃음거리가 되었으니 지금에 이르러서도 한스럽습니다. 만일 고명한 의론으로서 각기 그 업적을 말하여 시비가 분명해 알 수 있게 하시면 실로 천만 다행이겠습니다."

상(上: 명태조)이 말했다.

"그러하다면 먼저 기상(氣像)을 살펴 논하고 뒤에 시비(是非)를 말하는 것이 좋겠습니다."

＜두루 살피기를 마치고 나서＞ 이내 말했다.

"삭풍(朔風: 북풍)이 세차게 불고 파도가 거세게 용솟음치는 것은 진(秦)나라 시황(始皇)의 기상입니다. 봄바람이 화창하게 불고 가을의 찬 서리가 살을 에는 듯한 것은 한(漢)나라 무제(武帝)의 기상입니다. 뙤약볕이 뜨겁게 내리쬐고 천둥이 천지를 진동하는 것은 한(漢)나라 광무제(光武帝)의 기상입니다. 하늘이 끝없이 넓고 가을빛이 가파르고 험한 산봉우리에 있는 것은 한(漢)나라 소열제(昭烈帝)의 기상입니다. 가없이 넓고 큰 장강(長江)이 혹 물결치고 혹 졸졸 흐르는 것은 진(晉)나라 무제(武帝)의 기상입니다. 꾀꼬리가 그윽한 골짜기에 지저귀고 표범이 깊은 산에 숨는 것은 진(晉)나라 원제(元帝)의 기상입니다. 동쪽에서 해가 떠오르고 서쪽에서 비가 부슬부슬 내리는 것은 수(隋)나라 문제(文帝)의 기상입니다. 용의 문채에다 봉황이 휘황찬란하며 하늘이 높으니 해가 밝은 것은 당나라 태종(太宗)의 기상입니다. 큰 바다의 떠다니는 배에 닻줄도 노도 없는 것은 당나라 숙종(肅宗)의 기상입니다. 새벽 하늘빛이 창창하고 샛별이 깜박이는 것은 당나라 헌종(憲宗)의 기상입니다. 곤륜산(崑崙山)의 백옥, 여수(麗水)의 황금 같은 것은 송나라 태조(太祖)의 기상입니다. 천지가 어두컴컴하고 해와 달이 가리어 일그러진 것은 송나라 고종(高宗)의 기상입니다. 세찬 바람에 소낙비 오고 천지가 진동하는 것은 초나라 패왕(覇王: 항우)의 기상입니다."

한고조가 말했다.

"이것은 ＜마음을 밝혀주는＞ 보배로운 거울이오만, 유독 과인의 기상만을 말하지 아니한 것은 무엇 때문이오?"

상(上: 명태조)이 말했다.

"용이 구름과 비를 얻으니 변화가 무궁한 것은 한고조의 기상입니다. 만일 시비를 논할진댄, 진시황(秦始皇)은 6대에 걸쳐 선조가 남긴 공적을 떨치며 긴 채찍을 휘두르면서 천하를 통치하였는데, 온 세상을 자기 집으로 삼고 효산(崤山)과 함곡관(函谷關)을 궁궐로 삼은 뒤, 스스로 철옹성이 천 리이니 자자손손들이 제왕을 계승할 만한 만세의 기업(基業)이라고 여겼습 니다. 그러나 세 세대에도 미치지 못하고서 망하였으니 무엇 때문이겠습 니까? 어떤 이가 일컫기를, 백성들의 재력을 아끼지 않고 창고의 재물을 모두 기울여서 부질없이 흉노를 정벌하고 헛되이 만리장성을 쌓았으니 나 라 밖은 튼실하게 하였지만 나라 안은 부실하게 하였기 때문이라고 합니 다. 과인도 생각건대, 선비는 나라의 원기(元氣)인데도 죄다 구덩이에 묻어 버렸고, 시서(詩書)에는 성현의 말씀이 실려 있거늘 그것을 모두 불살랐으 며, 태자(太子)는 나라의 근본인데도 장자 부소(扶蘇)를 쫓아냈으니, 이야말 로 빨리 망할 수밖에 없는 길이었습니다."

진시황이 말했다.

"과인이 부모형제의 권세를 등에 업고 온 천하를 다스렸는데 나라를 다 스리는 방도는 생각지 않고 행한 일이 잔혹하여 재앙이 거의 몸에 미쳤고 자손까지 멸망하였으니, 지금에 이르러서 생각하건대 후회가 막급입니다. 명태조(明太祖)가 과인의 죄악을 말씀한 것은 진실로 달게 받는 바이지만, 과인이 만일 궁중에 있었다면 조고(趙高)가 어찌 감히 모반을 일으킬 수 있 었겠으며, 장한(章邯)이 어찌 초나라에게 항복할 수 있었겠습니까?"

상(上: 명태조)이 말했다.

"그것은 하늘이 정한 운수에 관계된 것이라서 사람의 힘으로 할 수 있 는 바가 아니니 이제 후회한들 어찌하겠습니까?

한고조(漢高祖)는 관대한 정치의 길을 열어서 선한 말을 받아들임이 목 이 마른 듯하고 간언을 따르는 것이 물이 흘러가듯 신속하여 영웅들이 있 는 힘을 다하고 모든 계책들이 하나도 빠짐없이 시행된 지 3년 만에 진 (秦)나라를 멸망시키고 5년 만에 초(楚)나라를 쳐서 대업을 이룩하셨으니, 어찌 그 공적이 저토록 장할 수 있겠습니까? 만일 기지(機智)와 국량(局量)

이 크게 남보다 뛰어난 분이 아니면 이와 같이 할 수 있겠습니까? 그러나 다만 하나의 단점이 있다면 선비를 가벼이 힐책하고 시서(詩書)를 업신여겨 깔본 것인데, 이런 까닭으로 옛 예법이 회복되지 않고 옛 음악이 지어지지 않았으니 애석하기가 이루 말할 수 있겠습니까!

한무제(漢武帝)는 문제(文帝)와 경제(景帝)가 백성들을 부유하게 기르려 한 업적을 이어받았지만 모든 병력을 기울여 전쟁을 일삼았고, 백성에게 가혹하게 하면서 귀신을 지나치게 섬겼기 때문에, 재력이 탕진되어 천하가 텅 비었습니다. 만약 <추풍사(秋風辭)>의 후회와, 윤대(輪臺)의 조서(詔書)가 없었다면 역시 진(秦)나라를 망하게 했던 전철이 이어졌을 것입니다.

후한(後漢)의 광무제(光武帝)는 몇 대 동안 권력을 잃은 것을 노여워하고 강한 신하[彊臣: 王莽]가 명령을 도둑질한 것을 분하게 여겼는데, 천명을 받고 중흥하사 동서로 토벌하고 싸워서 화란(禍亂)을 평정하고 엄정한 모습으로 정치를 하여 뜻이 천하를 다스리는데 있었어도 보필했던 재상들이 그러한 사람은 아니었으니, 애석하기가 이루 말할 수 있겠습니까?

촉한(蜀漢)의 소열제(昭烈帝)는 한나라가 어지러워진 것을 당하자 도원결의(桃源結義 : 의형제 맺음)하고 삼고초려(三顧草廬)하여 임금과 신하가 서로 어진 사람을 만났으니, 마치 훨훨 기러기 날개가 순풍을 만나 하늘을 나는 듯했고, 호쾌하게 거대한 고기가 넓은 바다에서 노는 듯했으니, 천년에 한 번 만날 만한 기회였습니다. 그러나 아깝게도 창업을 반도 못 이룬 채 중도에 세상을 떠나셨으니 어찌 천명이 아니겠습니까?

진무제(晉武帝)는 부모형제의 권세를 등에 없고 온 천하를 다스렸으나, 사치할 마음이 점점 싹터서 늙도록 놀이와 향락에 빠져 나랏일을 태만히 하며 후손을 위한 지략은 생각지 않으면서 오직 양(羊)이 마음대로 수레를 끌고 가는 곳에서 향락을 일삼았으니, 이와 같이 하고서 나라를 다스리는 것이 어찌 장구할 수가 있었겠습니까?

진원제(晉元帝)는 미약한 기질로써 왕업의 기반을 처음으로 일으켰는데 공손함과 검소함은 충분하였으나 총명함과 결단성이 부족하였기 때문에 대업을 회복하지 못하고 화란이 안에서 일어나고 말았습니다.

　　수문제(隋文帝)는 천성이 엄중하여 명령하면 행해지고 금지하면 중지되었으며, 검소함에 힘쓰고 나랏일에 부지런하였습니다. 그러나 시기하고 가혹하게 살피며 아첨하는 말을 믿고 잘 받아들여서 대대로 공로가 있는 신하들을 마구 죽였으며, 심지어는 아들 형제들도 모두 원수와 적처럼 여겼으니, 이것이 모두 그의 단점입니다.

　　당태종(唐太宗)은 집안을 일으켜 나라를 만들었는데, 전쟁을 끝내고 문치를 닦으면서 정신을 가다듬고 좋은 정치를 하려 하여 몸소 태평시대를 이루었고 형벌을 폐지하여 쓰지 않았으니 또한 세상에 드문 어진 군주입니다. 그러나 군왕이 지녀야 할 덕으로써 논할진댄 사사로이 모시는 궁인(宮人)을 사용하여 자기 아버지[高祖]를 위협하였고 형을 죽이고 동생을 해쳐서 형수를 맞아들여 자식을 낳았으니 그 잘못이 몹시 심합니다. 규문(閨門)이 이와 같으니, 그의 자손들이 어찌 집안을 바로잡는 법도가 있었겠습니까?

　　당숙종(唐肅宗)은 영무(靈武)에서 군대를 수습하여 군대를 돌려 동쪽으로 가서 옛 강토를 잃지 않았으니 어질다고 이를 만합니다. 그러나 장구한 계책을 생각하지 않고 오로지 임시변통의 정사(政事)를 하여서 절도사(節度使)가 군사들로 말미암아 폐하고 세워졌으니, 그 다른 것은 알 만합니다.

　　당헌종(唐憲宗)은 변방의 반란을 평정하고 참역(僭逆)의 죄인들을 죽여 없앴으니 그 공적이 성대하였습니다. 그러나 한유(韓愈)를 먼 곳에 귀양을 보냈고 부처의 사리를 맞아서 궁궐 내로 들였으니, 어찌 도를 갖춘 군주라고 일컬을 수 있겠습니까?

　　송태조(宋太祖)는 일찍이 학문을 하지 않았지만 만년에야 독서하기를 좋아하였는데 궁중에서 가죽 채찍으로 매질하는 것이 행해지지 않도록 하였고, 꾸짖으며 욕하는 것이 공경(公卿)들에게 미치지 않도록 하였기 때문에, 신하들이 훌륭한 일을 할 수 있어서 군주에게 충성하고 나라를 사랑하는 마음이 크게 생겨났습니다. 조빈(曹彬)에게 명하여 강남(江南)을 정벌할 때에는 모질게 대하거나 노략질하지 말라고 경계하였으며, 항복한 오월왕(吳越王)을 본국으로 돌려보내어 억류하지 않겠다는 뜻을 알게 하였으며, 장수와 재상들을 처리할 때에는 서로 편안한 마음으로 깨우쳤으며, 항복한 여러 군주들을 빈객(賓客)의 예(禮)로 대우하였으며, 여러 진(鎭)의 절도사(節度使)들을 유신(儒臣)으로 바꾸고 덕행과 효행이 있는 선비들을 천거하여 예의(禮儀)와 염치(廉恥)의 기풍을 높이게 하였으니, 넓고 공평한 도라 일컬을 수 있을 것입니다.

송신종(宋神宗)은 마음을 다해 훌륭한 정치하기를 도모하여 위로 당우(唐虞: 요순)를 사모할 새, 임금과 신하 사이에 이 도(道)를 이루려 하여 일찍이 요순(堯舜)으로 기약하지 않은 적이 없었으니, 삼대(三代) 이후로 일찍이 없었던 일입니다. 행여 다시 도유우불(都兪吁咈)의 정치를 볼까 하였습니다. 그런데 애석하게도 왕안석(王安石)에게만 미음이 기울어 흉악한 자와 간사한 자들을 등용하여 다스려짐을 뒤집어서 혼란함으로 만들어 놓아 천하 사람들로 하여금 소란스러워 사는 것을 좋아하는 마음을 잃게 하였으나, 염락(濂洛)의 여러 현철(賢哲: 주돈이, 정호, 정이 등)들이 일찍이 한 사람도 상신(相臣)의 지위에 오른 지가 없었으니, 이것이 사문에 참여하지 못한 이유입니다.

남송의 고종(高宗)은 간사한 자들을 신임하고 충성스러운 어진 선비를 쫓아내었으며, 양궁(兩宮: 徽宗과 欽宗)을 거의 돌아오게 하였는데 진회(秦檜)가 악비(岳飛)를 교살하였지만 마치 못 들은 것처럼 하였으니, 하늘에까지 사무칠 만한 죄를 피할 수가 없습니다.

육조오계(六朝五季)는 아침에 나라를 얻었다가 저녁이면 잃어버렸으니 세상이 나빠져서 이에 이르러 파괴되고 혼란함이 지극하였습니다. 명색은 군신간이나 실상은 원수와 적이었으니 어찌 이루 다 말할 수 있겠습니까?"

문득 서쪽에서 나타난 항왕(項王: 항우)이 큰소리로 떠들어댔다.

"제왕(帝王)을 논하는 데에 내 어찌 간여하지 않겠습니까?"

상(上: 명태조)이 말했다.

"임금께서 죄를 지은 것이 쌓이고 쌓인 데다 나쁜 짓을 행한 것이 가득 찼는지라 대략 말해도 열 가지 큰 죄가 있기 마련이니, 임금께서 만약 수치를 무릅쓰고 듣고자 하면 무슨 어려움이 있겠습니까?"

항왕이 말했다.

"그래도 그 말을 듣고 싶습니다."

상(上: 명태조)이 이에 항우(項羽)의 열 가지 죄목을 하나하나 들어가며 말했다.

"약속을 저버리고 한왕(漢王: 유방)을 파촉(巴蜀)의 왕으로 삼은 것이 죄목의 첫 번째요, 경자관군(卿子冠軍 : 송의)을 교살한 것이 죄목의 두 번째요, 진(秦)나라 항복한 군사 20여만 명을 생매장한 것이 죄목의 세 번째요, 조(趙)나라를 구한 다음 초회왕(楚懷王)에게 알리지 않고 제멋대로 제후(諸侯)들을 겁박하여 관중(關中)으로 들어간 것이 죄목의 네 번째요, 진(秦)나라 항복한 왕 자영(子嬰)을 살해한 것이 죄목의 다섯 번째요, 진(秦)나라 궁실을 불태우고 진시황(秦始皇)의 무덤을 파헤쳐 그 재물을 사사로이 한 것이 죄목의 여섯 번째요, 제장(諸將)들을 좋은 땅에 왕 노릇 시키고 옛 군주를 내쫓은 것이 죄목의 일곱 번째요, 의제(義帝)를 내쫓고 스스로 팽성(彭城) 땅에 도읍하면서 한(韓)나라와 양(梁)나라 땅을 빼앗은 것이 죄목의 여덟 번째요, 사람을 시켜 몰래 의제(義帝)를 시해한 것이 죄목의 아홉 번째요, 정사를 펼침이 어질지 못하고 맹약을 주관함이 신의가 없어서 대역무도(大

逆無道)한 죄를 저지른 것이 죄목의 열 번째입니다."

항왕은 잠잠히 있으면서 아무런 말이 없었지만 부끄럽기가 그지없었다. 상(上: 명태조)이 자리를 뜨며 말했다.

"터무니없는 말과 패악한 이야기로 망령되이 시비를 논하였으니 마음에 편하지가 않습니다."

좌중이 모두 말했다.

"우리들은 당시에 이런 말들을 듣지 못하였으므로 사리에 어두웠고 깨닫지 못해 큰 허물에 이르렀습니다. 지금 임금께서 사람의 나쁜 점을 고치게 하는 약석지언(藥石之言)으로 명쾌하게 시비를 논하여 깨닫지 못하는 사이에 사람들로 하여금 시원스레 구름과 안개를 걷어내고 하늘의 해를 보게 하니, 실로 천만 다행이라 할 것입니다."

한고조가 말했다.

공명(孔明)이 여러 신하들을 포폄(褒貶)한 것과 명태조(明太祖)가 여러 제왕들을 논한 것이 경법(經法)과 권도(權道)를 들어 길고 짧음을 헤아려 말한 것이니 진실로 만세토록 변치 않을 말씀이오."

말술을 들이마신 문신들은 헌시를 짓고,
좌우로 나뉜 무장들은 무예를 겨루다
飮一斗文臣獻詩, 分兩隊武將較藝

차설(且說)。 한고조가 여러 나라 가운데 장수의 재주를 가진 사람, 재상의 재주를 가진 사람, 문무를 겸비한 사람, 충의를 품은 사람, 지모를 쌓은 사람들로 하여금 일어나 춤추고 노래하게 하니, 첫 번째 무리는 장량(張良), 소하(蕭何), 한신(韓信), 진평(陳平), 기신(紀信)이요, 두 번째 무리는 제갈량(諸葛亮), 관우(關羽), 이정(李靖), 장순(張巡), 허원(許遠)이요, 세 번째 무리는 조빈(曹彬), 악비(岳飛), 서달(徐達), 유기(劉基) 등인데, 풍채와 골격이 우뚝하고 기개와 도량이 커서 작은 일에 구애받지 않았다.

장량이 기뻐하며 일어나 춤추면서 낭랑한 목소리로 노래를 불렀다.

황석공에게 병서를 받아	受書黃石
한고조를 찾아가 도울 새,	贊業赤帝
팔년 동안이나 전략을 세워	八年運籌
천 리 밖의 승리를 결정하였네.	千里決勝
진나라 멸하여 한나라에 보답하고	滅秦報韓

초나라 무찔러 한나라를 세울 새,　　　　　　馘楚興漢

한나라 삼걸의 으뜸으로　　　　　　　　　　三傑之魁

만승천자의 스승이었어라.　　　　　　　　　萬乘之師

공업을 이루고는 스스로 물러나서　　　　　功成身退

영화도 사양하고 벼슬도 피하여,　　　　　辭榮避位

높고도 높이 나는 학　　　　　　　　　　　昂昂之鶴

물위에 둥둥 떠 있는 물오리를 벗 삼았네.　泛泛之鳧

청주와 제주 땅의 만호는 감당했지만　　　敢當青齊之萬戶

적송자 따라 삼신산에서 놀기를 바라네.　願從赤松於三山

소하가 노래했다.

도필리(刀筆吏)가 되어　　　　　　　　　　刀筆爲吏

그저 글로 이러쿵저러쿵했을 뿐,　　　　　文墨持論

말이 땀 흘리는 노고는 없었어도　　　　　勞無汗馬

사냥개의 공은 세우지 않았네.　　　　　　功非獵狗

군량이 떨어지지 않게 하니　　　　　　　　餽餉不乏

식읍(食邑) 받은 것이 유독 많았어라.　　　封食獨多

오늘 밤은 무슨 저녁이기에　　　　　　　　今夕何夕

임금과 신하가 함께 즐기는고.　　　　　　君臣同樂

한신이 노래했다.

홍문연에서 섬길 주군을 알고　　　　　　　鴻門識主

험준한 산속 길로 출병하였으니,　　　　　鳥道出兵

삼진을 평정하였고　　　　　　　　　　　　定三秦

위표를 사로잡았고　　　　　　　　　　　　虜魏豹

조헐을 사로잡았으며,　　　　　　　　　　擒趙歇

연나라 제나라를 바람 따라 쓰러뜨렸고　　燕齊從風

초나라 항우의 머리도 베었도다.　　　　　　楚項授首
높이 나는 새 다 잡으면 좋은 활이 감춰지고　高鳥盡兮良弓藏
교활한 토끼 죽으면 사냥개가 삶겨지고　　　狡兎死兮獵狗烹
적국을 깨뜨리면 계책 내던 신하가 죽을지라도,　敵國破兮謀臣亡
몸이 아녀자의 손에 죽은 것은　　　　　　殞身於兒女子之手
천백 년이 지난 오늘에도 원한이 맺히도다.　結寃於千百載之下

진평이 노래했다.

똑똑한 새는 나무를 가려서 깃들고　　　　良禽擇木而棲
훌륭한 신하는 임금을 택하여 섬기매,　　　賢臣擇君而事
8년 동안 정벌 전쟁에 나섰으니　　　　　八年從征
6번이나 기묘한 계책을 내었도다.　　　　六出奇計
날도 이미 좋고 때도 좋은지라　　　　　日旣吉而辰良兮
연회에서 옛 주군을 모시고　　　　　　侍舊主於宴會
덩실덩실 일어나 춤을 추고 노래를 부르니　蹲起舞而作歌
그런대로 천고의 다하지 못한 즐거움을 다하네.　聊以盡千古未盡之歡

기신이 노래했다.

형양에서 위태하고 다급해지자　　　　　滎陽危急
나라의 형세가 갈팡질팡 어지러운데　　　國勢蒼黃
계략의 신하들이 침묵하니　　　　　　謀臣閉舌
용맹한 군사들이 활을 버리는지라,　　　壯士抛弓
일편단심 한왕을 위하여　　　　　　　丹心爲漢
황옥거를 타고 초나라를 속이며　　　　黃屋誑楚
외로운 넋을 화염에 흩었으니　　　　　散孤魂於火炎
죽은 혼령이야 풀 허수아비에게 의탁했어라.　托遺靈於草偶

제갈량이 노래했다.

몸을 낮추어 세 번이나 왕림하심에 감동하여	感屈駕於三顧
풍진세상에서 부려지는 것을 허락하고는,	許驅馳於風塵
군대가 패하였을 때 임무를 받았고	受任顚沛
나라가 위태한 지경에 명령을 받들었네.	奉命危難
물고기가 물을 만난 것처럼 밀접한 관계로	魚水密契
촉(蜀) 땅이 결딴난 판국이 되자,	蠶叢獘局
한결같은 마음으로 부지런히	一心孜孜
어린 임금 부탁한다는 명을 저버릴까 두려워하며,	恐負托孤
5월에 노수(瀘水)를 건넜고	五月渡瀘
6번이나 기산에 올랐지만,	六出祁山
하늘이 돌보지 아니하매	皇天不吊
오장원(五丈原)의 별로 질지라도,	星落五丈
몸과 마음을 다 바치어	鞠躬盡瘁
죽은 뒤에야 그만둘 것이었어라.	死而後已

관공(關公: 관우)이 노래했다.

도원에서 의형제를 맺고	桃園結義
유황숙(劉皇叔)을 형으로 섬겼는데,	兄事皇叔
손에 청룡언월도(靑龍偃月刀)를 잡고	手中靑龍
가랑이 사이로 적토마를 타며.	胯下赤兔
천지를 흘겨보고	睥睨天地
산하를 마구 흔들었지만,	掀動山河
시대의 운수가 불행하여	時運不幸
간계한 계책에 잘못 빠졌네.	誤陷奸計
가을바람 부는 맥성에서 눈물을 뿌려야 했고	淚灑麥城秋風
넋은 달밤에 사른 옥백의 연기 따라 돌아왔네.	魂歸玉帛夜月

이정이 노래했다.

대장부로 도략(韜略)을 품고　　　　　丈夫抱韜
젊어서 영명한 주군을 알아보고서,　　早識英主
한결같은 마음으로 당나라를 위해　　一心爲唐
한 자 길이의 칼로써 오랑캐를 없애버렸네.　尺劍掃胡
밝은 재상과 훌륭한 장수들이　　　　明相良將
오늘 함께 모였으니,　　　　　　　今日同會
춤을 추며 노래하면　　　　　　　且舞且歌
즐겁기론 더 즐거울 수가 없네.　　樂莫樂兮

장순이 노래했다.

위기일발의 고립된 성에는　　　　　一髮孤城
달무리가 겹겹이 에워싸는데,　　　月暈重圍
밖으로는 구원병이 없었고　　　　　外無援兵
안으로는 군량이 없었네.　　　　　內乏糧食
적의 선봉이 성에 오르는데　　　　賊鋒登城
힘이 다하고 몸에 병이 생기자,　　力竭身病
이 목은 베일지라도　　　　　　　此頭可斷
이 마음은 변치 않으리라 했어라.　此心不改

허원이 노래했다.

비바람이 몰아치듯 포위된 성에서　　風雨圍城
해와 달이 비춘 듯 맑은 마음이었으나,　日月照心
화살도 떨어지고 힘도 다하였으니　　矢盡力竭
어찌 적을 대항할 수 있었으랴만,　　何以拒賊
변치 않을 충심으로 격동되어　　　丹衷激厲

붉은 피가 흥건히 흘러나오도록 싸웠는데,	赤血淋漓
동도 낙양(洛陽)이 끝내 복속되지 않았으니	東都不屈
쌍묘(雙廟: 장순·허원) 의기가 함께 높았어라.	雙廟同高

조빈이 노래했다.

술을 관리하다가 마음이 드러나 보였는지라	掌酒見心
부월 잡는 장수가 되어 정성을 바쳤더니,	仗鉞輸誠
은혜가 깊게도 얼굴을 씻겨주시고	恩深沃面
감격이 지극하게도 등을 쓰다듬어주셨네.	感切拊背
사방으로 주제넘은 왕들을 사로잡고	四縛僭王
벼슬이 우뚝하여 사상에 이르렀더니,	位極使相
임금과 신하가 함께 즐기는 것이	君臣同樂
오늘에야 보기에 이르렀네.	至于今日

악비가 노래했다.

정성과 충성을 다해 나라에 보답하고자	精忠報國
등에 문신하고 깃발에 수놓았으니,	涅背繡旗
동창의 계교를 누차에 걸쳐서 거슬러가며	屢忤東窓
북쪽 변방의 오랑캐 소탕할 것을 맹세하였네.	誓掃北塞
양궁(兩宮: 徽宗·欽宗)이 미처 돌아오지 않았는데	兩宮未返
몸이 극시에서 죽었으니,	身死棘寺
넋이야 비록 저승에 돌아갔을지라도	魂雖歸於九原
원한은 천 년 뒤에도 사라지지 않았도다.	恨莫消於千秋

유기가 노래했다.

| 호서에서 조짐을 미리 알고서 | 湖西望氣 |

강남에서 제업(帝業)을 도우니,	江南贊業
명나라의 시대이요	大明日月
홍무제의 세상이라.	洪武乾坤
천자는 엄숙하게 계시고	天子穆穆
어진 신하들이 셀 수 없이 많으니,	賢臣濟濟
성자신손(聖子神孫)들이 계승하여	聖繼神承
천 년 만 년 영원히 이어지리라.	於千萬年

서달이 노래했다.

대장부가 이 세상을 살아감은	丈夫處世兮
현명한 군주를 만나려 함일세.	遇明主
현명한 군주 만남은	遇明主兮
공명을 이루려 함일세.	立功名
공명을 이룸은	立功名兮
세상이 맑아지는 것일세.	四海淸
세상이 맑아짐은	四海淸兮
천하가 태평해지는 것일세.	天下太平
천하가 태평함은	天下太平兮
임금과 신하가 함께 즐거워하는 것일세.	君臣同樂
임금과 신하가 함께 즐거워하니	君臣同樂兮
다시 무엇을 구할 것이랴.	更何所求

여러 사람들이 노래하기를 이미 마치자, 한고조가 각각의 기상을 논하면서 서달의 노래를 제일로 삼았고, 그 나머지도 모두 차등이 있었을지라도 각각 술을 내리며 아름다움을 칭찬하였다.

상(上: 명태조)이 말했다.

"오늘의 모임은 고금에 드무니, 어찌 한 마디 말씀이라도 하여 이 즐거운 일을 기록하지 않을 수 있겠습니까?"

한고조가 말했다.

"대대로 이어 내려오는 동안 글 짓는 재주가 능한 인물들이 많으니, 누가 으뜸이 될 만하오?"

모두가 말했다.

"옛날 이백(李白)은 천상의 태백성(太白星)으로서 <황정경(黃庭經)>의 한 글자를 잘못 읽어서 인간 세상에 유배를 왔지만, 웅혼한 글로 성당(盛唐) 시절에 이름을 떨쳐 세상 사람들이 시중천자(詩中天子)라 불렀으니, 이 사람이 아니면 아니 됩니다."

한고조가 즉시 이백에게 명하였다.

"경(卿)은 한 자리에서 술 한 말을 마시고 시 백편을 썼다는 명성이 있고, 오늘 이 기쁘고 즐거운 모임을 맞이하여 기록하지 않을 수 없으므로, 이에 경에게 명하여 민첩하게 짓는 재주와 훌륭한 문장 솜씨를 보고자 하노니, 의당 모름지기 시 한 수를 지어서 태평연(太平宴)을 떠올릴 수 있도록 표현하는 것이 옳도다."

즉시 어온(御醞: 임금이 마시는 술) 한 말과 문방사보(文房四寶: 문방사우)를 내리니, 이백은 고개를 숙이고 어명을 받들어 단번에 다 마셔버리고는 펼쳐진 종이 위에다 단숨에 써내려갔는데, 문장이 더 손댈 데가 없었다. 그 시는 다음과 같다.

혼돈상태에서 천지가 개벽한 후로	混沌開闢後
삼황이 하늘의 뜻을 이어 법을 세우자,	三皇繼天極
만물의 이치가 다 온당함을 얻게 되어	萬理咸成務
만물이 맨 먼저 나오고서 숨을 쉬니,	庶物首出息
사소한 것조차 모두 닮고 닮은 데다	芒忽都因因
공업의 자취가 아득해 알기 어려워라.	功迹杳難識

복희씨와 헌원씨가 검을 시행한 후에 義軒劍始後

오제가 서로 교대로 선위하자, 五帝相代禪

크나큰 허공엔 뜬구름들이 지나가고 大虛浮雲過

오회 때엔 상서로운 햇빛이 두루 비추니, 午會瑞日遍

공경하고 밝은 요임금과 깊고 명철한 순임금이 欽明與濬哲

부지런히 일하다가 연로하여 쉬셨네. 勤勞老而倦

요임금과 순임금이 승하한 후에 殂落陟方後

세 성왕(聖王)으로 또 서로 이어지자, 三王又相繼

박도 밖 천리에 걸쳐 비가 내리고 亳都千里雨

도산에 모든 나라가 조공을 바쳤으며, 塗山萬國幣

풍호가 팔백 년 왕업의 터전이 되어 豊鎬八百基

창희 계통이 길이 후세에 전해졌네. 永垂蒼姬系

진시황 때의 지독한 추위를 겪은 뒤에 嬴秦大寒後

한나라 은덕으로 봄날 같은 정사가 펼쳐지자, 漢德布陽春

넓은 도량으로 영웅들을 포용하고 恢度包英雄

한 자 길이 칼로 전쟁에서 적을 쓸어버렸으며, 尺劍掃風塵

태뢰로써 공자의 사당에 제사를 지내어 太牢祀聖廟

한나라 왕업이 곧 이로 말미암았네. 洪基卽此因

수나라 왕실이 난리를 겪은 뒤에 隋室離亂後

성스러운 당나라가 천명을 받자, 聖唐受天命

정벌하는데 무력으로 평정하고는 征伐武功定

전쟁을 그만두고 문교를 펼침이 성하니, 偃修文德盛

제위에 오르신 지 23년 동안 光御卄三載

지극한 정치로 온 천하를 다스렸네. 至治寰海夐

오대(五代)의 혼란한 긴 밤을 겪은 뒤에 五季長夜後

문운(文運)이 열려 송나라가 다스려지자, 奎運啓宋治

도성 머리에 자줏빛 구름이 피어나고 城頭紫雲起

진교(陳橋) 위에 붉은 햇빛이 상서로우니, 橋上紅日瑞

구중 대궐 대문을 활짝 열어젖혀도 洞開九重門

침대 곁에는 코골며 자는 이가 없네.	榻外無鼾睡
오랑캐 원나라의 백년이 지나간 난 뒤에	胡元百年後
대명이 천하를 밝히자,	大明光天下
비로소 금릉의 기운에 응하여	始應金陵氣
굳건히 명나라 사직을 세우니,	鞏立紅羅社
만년토록 꺾이지 않는 터전이요	萬年不拔基
성덕(聖德)으로 길이 중원을 다스리리라.	光宅御中夏
아득히 삼대(三代) 이후로	邈矣三古後
뭇 성군(聖君)들이 크게 시운을 받으셨으니,	列聖誕膺時
오백 년의 운을 만나기도 하시고	或值五百運
천년에 한번 있을 법한 운을 만나기도 하셨도다.	或當千一期
한고조, 당태종, 송태조, 명태조께서	漢唐與宋明
서로 이어 나라를 일으키시고,	相繼而興邦
네 임금께서 대업을 이룩하니	四后創大業
그 문치와 무치는 세상에 짝할 바가 없도다.	文武世無雙
비단 풍모가 빼어날 뿐만 아니라	非但神姿挺
또한 천명을 받아 천자가 되셨으니,	抑又天命受
항상 상서로운 조짐이 보이고	往往祥符見
저마다 신령스런 징조가 있었도다.	箇箇靈瑞有
난왕이 진나라를 공격했던 해에	赧王入秦歲
신룡(神龍: 유방)이 패수에서 태어났는데,	神龍出沛水
동정성(東井星)에 뭇 별들이 모였고	東井列星聚
망산에 오색구름이 서리어 있었으니,	芒山五雲起
밝고 밝은 유씨(劉氏) 한나라 왕조가	煌煌金刀業
사백 년이나 그 왕통을 드리웠도다.	垂統四百年
거룩하고 성스러운 우리 황제께서	神聖我皇祖
용이 되어 진양의 하늘로 날아오르매,	龍飛晉陽天
하남에는 버들 꽃이 떨어지고	河南楊花落
강북에는 자두 꽃이 활짝 피었도다.	江北李花榮

칠덕과 구공을 춤추며	七德九功舞
난리를 평정하고 또 왕업을 계승해 지켰는데,	戡亂又守成
책을 중시하며 문명을 여니	圖書啓文明
지극한 치세의 형태가 먼저 드러났도다.	至治先露形
협마영에서 태어나며 특이한 향기를 지녀	夾馬生異香
흑룡이 상서로운 영험을 드러낸 격이니,	黑龍見祥靈
말 위에 앉혀져 황포(黃袍: 천자의 옷)를 입고	馬上纏黃袍
점검에서 황제의 자리에 올랐도다.	點檢登皇極
호상의 기운이 무성하더니	葱蘢濠上氣
오랑캐의 포악한 짓을 단번에 쓸어내었는데,	一掃胡穢德
물고기를 꿈에 주가항에서 잡았고	魚夢朱家港
나무에 인장을 홍무라는 글자로 새겼도다.	樹篆洪武字
손 안에 왕문이 있었으니	手中有王文
하늘과 땅의 상서로움이 서로 걸맞았고,	玄符叶黃瑞
어지러움이 극에 달하면 곧 다스려지는 운명은	亂極當治運
하늘과 사람이 모두 하나의 이치일러라.	天人共一理
성스런 임금의 크나큰 공업은	聖主洪功業
필히 어질고 훌륭한 선비에게 힘입었으니,	必賴賢良士
황제는 모래바람을 꿈꾸고서	黃帝夢風沙
역목(力牧)·풍후(風后)를 장수·재상을 삼았도다.	牧后爲將相
판천의 들판에서 크게 무찔렀고	阪泉成功大
탁록의 들판에서 무력을 드날렸는데,	涿野耀武壯
마음을 합해 돕는 데는 같은 몸이라	協心同一體
공동산 선인(仙人)도 황제의 행차 호위하였네.	崆峒護仙仗
아, 요순시대의 성대함이여	猗歟唐虞盛
현명한 임금과 어진 신하가 많고 많았으니,	明良登濟濟
팔원(八元)과 팔개(八凱) 모두 임금을 보좌하였고	元凱咸贊襄
사악(四岳)과 십이목(十二牧) 모두 조아렸으며,	岳牧共拜稽
천년만의 한 번 모인 기회에 만나서	千載一際會

읍양하고 세 잔의 술을 마시도다.	揖讓三杯醴
아, 아름다운 은나라 시대여	美哉殷商世
이윤과 부열은 서로 우열을 가릴 수가 없으니,	伊傅相伯仲
옥백으로 부지런히 세 번 초빙하였고	玉帛勤三聘
꿈 한번 꾸고서 감응한 대로 화상이 그려졌으며,	丹青感一夢
<함유일덕(咸有一德)>과 세 편 <열명(說命)>은	一德與三命
말마다 반드시 합당함이 있네.	言言必有中
문왕은 훌륭히 보필할 신하를 얻어	文王得賢輔
사냥 수레에 여상을 태웠는데,	獵車載呂尙
위수에서 옥황(玉璜)을 건져 올린 늙은이요	渭川釣璜叟
목야에서 매가 위엄 떨치듯 한 장수이니,	牧野揚鷹將
용병술은 후세의 본보기가 되었고	用兵爲後法
육도삼략은 전장에서 변화무쌍하였네.	韜畧風雲盪
장량과 진평은 한나라를 일으키니	良平興漢祚
지모가 신기하게 많았으며,	智謀多神奇
소하와 조참은 도필리이니	蕭曹刀筆吏
의논하는 데에 문묵만 잡았으며,	論議文墨持
한신과 팽월은 용기와 지략이 많으니	韓彭多勇畧
싸움에서 이기는 데에 기세를 더욱 돋웠으며,	戰勝助聲勢
강후(絳侯)와 관영은 충직하고 온후한 자이니	絳灌忠厚者
전쟁에서 세운 공도 같은 반열이로네.	武功同一例
건무 연간에 중흥의 장수들이	建武中興將
마음과 힘을 다해 서로 격려하였으니,	心力相勉勘
한나라가 일어난 지 사칠 즈음에는	業贊四七際
28명의 장수들은 화상이 그려졌네.	貌揚卄八畵
남양에 은거하던 와룡 제갈량이	南陽高臥龍
천자의 은혜 입고 부려지는 것을 허락하니,	受恩許馳驅
촉 땅이 결딴나는 것을 탄식하던 차에	蠶叢歎疲獘
물고기와 물이 때를 만난 듯 감격이었거늘,	魚水感際遇

금관성 밖의 사당에서도	錦官城外祠
군신으로 한 몸 되어 제사 함께 올렸네.	一體君臣同
장공(張公: 장화)이 두 용검을 가지고서	張公兩龍劒
바둑판을 밀치고 왕업을 도왔으니,	推枰贊成功
오나라를 평정한 장사 원개(元凱: 두예)는	平吳壯元凱
현산(峴山)에 올라 숙자(叔子: 양호)를 기렸네.	登峴歟叔子
방현령과 두여회는 성조(聖祖: 당태종)를 도와	房杜佐聖祖
태평한 세상에 신선이 되었으며,	昇平世仙□
이적은 만리장성과 같은 구실을 하였고	李勣爲萬里
위징은 십점소를 올렸으니,	魏奏十漸疏
공신 24인은	功臣二十四
능연각(凌煙閣)에서 나란히 명성을 날리네.	烟閣幷馳譽
개원 연간과 지덕 연간에는	開元及至德
호걸들이 계속해서 일어났으니,	豪俊接踵起
요숭은 소통을 송경은 법치를 숭상하였으며	姚宋通法尙
이광필은 엄격하고 곽자의는 너그러웠네.	李郭寬嚴以
마음을 같이하는 한두 신하가	同心一二臣
원화 연간의 정치를 협력하여 도왔는데,	協贊元和治
서대(犀帶: 배도)가 빛나는 광채를 드날리며	犀帶揚輝光
20년 동안 국가의 안위를 걸머쥐었으니,	廿載繫安危
창려(昌黎: 한유)가 아름다운 문장으로	昌黎雲錦詞
회서(淮西) 평정한 것을 지어 바쳐서 기렸네.	解撰平淮頌
다섯 별이 규성의 별자리에 모이자	五星聚奎躔
여러 어진 이들이 모두 송태조를 도왔으니,	諸賢咸佐宋
원융(元戎: 조빈)이 참람한 오랑캐 평정하여	元戎平僭僞
번방에서 코 골며 자는 이가 없었고,	藩邦無鼾眠
학구(學究: 조보)가 논어를 공부하여	學究論語工
부족한 것을 깁고 꿰매어서 임금에게 아뢰었네.	補綴奏御筵
태극이 현묘한 이치임은	太極玄妙理

염옹(濂翁: 주돈이)이 그림으로 잘 나타내었으며,	濂翁善摸畫
하남의 두 정씨[兩程氏: 정호와 정이]는	河南兩程氏
성리학의 연원과 유래를 궁구하였네.	洙泗究源派
파초는 자후(子厚: 장재)의 집에서 자라났고	蕉苗子厚宅
매화는 소옹의 거처에서 꽃을 피웠네.	梅發邵翁窩
심의(深衣: 사마광)는 독락원에 은거하며	深衣獨樂園
신룡으로 낙수 물가에 누워 있었고,	神龍臥洛波
갈대 붓을 어디에서 얻을 수 있으랴만	荻筆何處得
여릉에는 바른 학자[正儒: 구양수] 있었으며,	廬陵有正儒
미산현의 초목 정기를 받아	眉山草木精
소식(蘇軾)과 소철(蘇轍)이 태어났네.	大蘇又小蘇
이마(泥馬) 타고 남쪽으로 강을 건넌 후에도	泥馬南渡後
장수와 재상에 어질고 훌륭한 이가 많았으니,	將相多賢良
정충 악비라는 글자를 쓴 깃발이	精忠岳字旗
도처에서 위무를 떨쳤으며,	到處威武揚
비단옷에 총마를 탄 한태위(韓太尉: 한세충)와	錦驄韓太尉
나라 지키는 인물 장위공(張魏公: 장준)이 있었네.	干城張魏公
선학과 후학을 이어주던 일들에 대해	繼往開來業
고정(考亭: 주자)이 참된 공부를 체득하였으니,	考亭得眞工
아홉 구비가 있는 무이산 골짜기에서	九曲武夷洞
연영전에 세 번이나 올랐네.	三登延英殿
서달(徐達)과 유기(劉基)가 명태조를 도와서	徐劉佐明皇
공업이 사해에 베풀어져 안정되었으니,	功業四海奠
예로부터 임금과 신하가	從古君與臣
의기투합하는 것은 모두 이와 같네.	際會皆如是
공적은 정(鼎)과 이(彝)에 기록되고	功烈記鼎彝
성명은 청사에 빛나니,	姓名耀靑史
제왕들과 현인들이	烈聖與羣哲
오늘 함께 서로 만났도다.	今日共相會

제왕들이 위풍당당 의상을 늘어뜨리고	穆穆垂衣裳
재상들이 질서정연 관대를 갖추니,	濟濟趨冠帶
태평연을 크게 베풀고	大設太平宴
네 성황(聖皇)께서 아주 높이 앉으셨네.	四聖位最高
금술동이엔 천일주요	金樽千日酒
옥쟁반에는 만년도이며,	玉盤萬年桃
깃발들엔 용과 뱀이 꿈틀대고	旌旗龍蛇動
가락엔 난새 봉새의 노랫소리가 어우러지네.	律呂鸞鳳鳴
주고받는 술잔에 화기애애하고	酬酢成和氣
웃으며 말하는데 환호로 가득하매,	言笑作歡聲
도산의 모임보다 훨씬 뛰어나니	絶勝塗山會
진실로 규구의 회맹을 능가하였네.	允邁葵邱盟
술 취해 노래 부르는 사람마다 호걸이고	酣歌人人豪
덩실덩실 춤을 추는 저마다 영웅이어라.	蹲舞箇箇英
저도 본래 주선으로서	小臣本酒仙
술 한 말로 통쾌히 머리까지 적시네.	一斗快濡首
그지없는 황제들의 은택에	不盡北極誠
술잔 올려 남산처럼 장수하시기를 비오며	拜獻南山壽
시를 지어 이 좋은 일을 전하오니	題詩傳勝事
이 연회는 후세에 전할 만한 것이리라.	此會可傳後

쓰기를 끝내고 올리니, 한고조와 뭇 제왕들이 그것을 보고서 크게 기뻐하여 말했다.

"항간에 떠도는 말에 이르기를, '명성 아래에 헛된 선비가 없다.(名下無虛士)'고 하였는데, 바로 이를 두고 한 말이옵니다."

특별히 시신(侍臣)에게 명하여 큰 술잔에 가득 술을 따르게 하여 이백(李白)에게 하사하며 말했다.

"경(卿)은 본디 술을 즐기는 사람이기 때문에 이 술로써 글을 지어준 것에 대한 상으로 삼으려고 하니, 경은 시원하게 마시면 좋겠다."

이백은 머리를 숙여 공경히 받들어 사례하고 술을 받아 마시고는 물러났다.

상(上: 명태조)이 말했다.

"문신들은 이미 훌륭한 시가들을 지었으니, 무장들도 각기 무예를 겨루는 것이 어떠하겠습니까?"

좌중의 사람들이 "좋습니다."고 하자, 한고조가 말했다.

"그러하다면 각기 동서로 나뉘어 같은 편의 무리로 삼는 것이 좋겠소."

즉시 여러 나라의 제왕들을 동대(東隊)와 서대(西隊)로 나누니, 동대는 한고조, 당태종, 한나라 무제, 한나라 광무제, 당나라 숙종, 한나라 소열제, 당나라 헌종, 초패왕, 조조, 원소이고, 서대는 명태조, 송태조, 진시황, 송나라 신종, 진(晉)나라 무제, 송나라 고종, 진(晉)나라 원제, 수나라 문제, 손책, 이밀이었다. 편 나누기가 다 마치자, 성에서 10리 밖으로 나가 동쪽과 서쪽에 각기 진형(陣形)을 갖추고 장수가 지휘할 장대(將臺)를 쌓았다. 안배가 다 끝나자, 한고조는 즉시 번쾌로 하여금 과녁판 하나를 집어서 100걸음 정도 되는 지점의 수양버들 가지 위에 걸게 하였다. 양 진영의 여러 장수들이 몸에 두건과 도포를 걸치고 허리에 활과 화살을 차고서 숲처럼 빽빽이 선 것이 엄정하니, 사람마다 호걸이요 저마다 영웅이었다.

동진(東陣)에는 청홍색 깃발들이 빽빽하게 늘어서 한일[一] 자로 벌여 섰는데, 큰 북을 세 번 쳐서 사기를 진작시키는 예식[三通鼓]이 끝나자 대장 1명이 나오니 곧 한신(韓信)이었다. 머리에는 청색 두건을 쓰고 몸에는 홍색 도포를 걸치고서 활을 집어 들고 화살을 메겨 쏘아 화살 하나가 과녁판의 정중앙에 꽂히니, 징소리 북소리가 요란하고 여러 사람들은 일제히 기쁜 소리로 크게 외쳤다. 서진(西陣)에는 홍백색 깃발들이 나란히 한일[一]

자로 벌여 섰는데, 큰 북을 세 번 쳐서 사기를 진작시키는 예식[三通鼓]이 끝나자 대장 1명이 나오니 곧 서달(徐達)이었다. 머리에는 홍색 두건을 쓰고 몸에는 백색 도포를 걸치고서 활을 집어 들고 화살을 메겨 쏘아 화살 하나가 과녁판의 정중앙에 꽂히니, 징소리 북소리가 요란하고 여러 사람들은 일제히 기쁜 소리로 크게 외쳤다. <누락> 서진에서 이정(李靖)이 나와 화살 하나를 과녁판의 정중앙에 꽂으니, 여러 사람들은 일제히 기쁜 소리로 크게 외쳤다. 동진에서 이광(李廣)이 나와 화살 하나를 과녁판의 정중앙에 꽂으니, 여러 사람들은 일제히 기쁜 소리로 크게 외쳤다. 서진에서 왕전(王翦)이 나와 화살 하나를 과녁판의 정중앙에 꽂으니, 여러 사람들은 일제히 기쁜 소리로 크게 외쳤다. 동진에서 오한(吳漢)이 나와 화살 하나를 과녁판의 정중앙에 꽂으니, 여러 사람들은 일제히 기쁜 소리로 크게 외쳤다. 서진에서 적청(狄靑)이 나와 화살 하나를 과녁판의 정중앙에 꽂으니, 여러 사람들은 일제히 기쁜 소리로 크게 외쳤다. 동진에서 곽자의(郭子儀)와 이광필(李光弼)이 나와 화살 하나를 과녁판의 정중앙에 꽂으니, 여러 사람들은 일제히 기쁜 소리로 크게 외쳤다. 서진에서 하약필(賀若弼)과 한금호(韓擒虎)가 나와 화살 하나를 과녁판의 정중앙에 꽂으니, 여러 사람들은 일제히 기쁜 소리로 크게 외쳤다. 동진에서 관공(關公: 관우), 장비(張飛), 조운(趙雲)이 나와 화살 하나를 과녁판의 정중앙에 꽂으니, 여러 사람들은 일제히 기쁜 소리로 크게 외쳤다. 서진에서 악비(岳飛), 장준(張浚), 한세충(韓世忠)이 나와 화살 하나를 과녁판의 정중앙에 꽂으니, 여러 사람들은 일제히 기쁜 소리로 크게 외쳤다. 동진에서 한홍(韓弘)이 나와 화살 하나를 과녁판의 정중앙에 꽂고 서진에서 조적(祖逖)이 나와 화살 하나를 과녁판의 정중앙에 꽂으니, 양 진영에서 일제히 기쁜 소리로 크게 외쳤다. 서진에서 소패왕(小霸王) 손백부(孫伯符: 손책)가 나와 화살 하나를 과녁판의 정중앙에 꽂았지만, 동진에서는 끝내 나와서 활 쏘는 자가 없었다.

갑자기 항왕(項王)이 나와 활을 집어 들고 화살을 메기며 크게 소리 질 렀다.

"그대들은 백보에서 과녁 정중앙에 명중하는 것을 어찌 제일이라고 할 만한 것이라? 내 활 쏘는 법을 보라."

그리하여 물러나 천 걸음 되는 곳으로 나가서는 활을 들고서 과녁판을 한 번 보더니 막 화살을 쏘려는 찰나에 자기도 모르게 힘이 들어가 활을 너무 세게 잡아당겨서 자신이 있는 서진에 화살이 떨어지고 말자, 장졸들 이 모두 크게 비웃으며 말했다.

"항왕께서는 산을 뽑는 장군이 아니라 활을 부러뜨리는 장사입니다."

서로 다투어 야유하기를 그치지 아니하니, 항왕은 부끄러움이 생겨 진 노하며 크게 고함치면서 말했다.

"너희 진(陣)에서는 도대체 활을 부러뜨리는 힘센 놈이라도 있단 말이 냐?"

서달(徐達)이 벌컥 성을 내며 나와 각궁(角弓) 3장을 한 번에 다 부러뜨리 면서 말했다.

"내가 활을 쏘면 백보에서도 명중할 수 있고 힘도 능히 각궁 3장을 부 러뜨릴 수 있다. 어찌 저처럼 호랑이를 그리다가 제대로 되지 않더라도 도리어 개조차 되지 못하는 자와 같겠는가?"

항왕은 말없이 부끄러워서 들어갔다. 한고조가 그것을 보고 크게 웃으 며 말했다.

"항왕은 원래 힘이 매우 센데 오늘 실수가 있어서 많은 사람들에 의해 조롱을 당했도다. 그렇지만 오늘 무예의 낫고 못함을 비교하면 서달에게 바둑 한 판을 진 격이로다."

상(上: 명태조)이 사람을 보내어 한고조에게 청하며 말했다.

"활 쏘는 재주는 이미 시험했으니, 무예를 또 겨루어 보는 것이 어떠하겠습니까?"

한고조가 사람을 시켜 대답했다.

"만일 무예를 겨루고자 한다면 창과 칼로 찌르고 베는 사이에 다치거나 죽기가 쉽소. 임금께서 무예를 겨루는 사람들에게 각기 장차 목숨을 돌보지 않을 수도 있음을 이르셨소?"

상(上: 명태조)도 다시 사람을 시켜 대답했다.

"사람의 목숨은 가장 귀한 것인데, 어찌 돌보며 중하게 여기지 않을 리가 있겠습니까? 무예를 겨루는 사람이 창과 칼을 빼앗거나 투구를 벗기거나 말을 찌르거나 하면 이것으로써 승리한 것으로 삼는 것이 좋겠습니다. 만일 다시 사람의 목숨을 해치려는 자가 있다면 이는 약속을 저버리는 것입니다."

한고조는 이를 허락하였다.

양쪽 진영의 여러 장수들이 동시에 명을 듣자 투구를 쓰고 갑옷을 입고서 준마를 타더니 병기를 가지고 무예 겨루기를 기다렸다. 동진에서 항왕(項王)이 활을 부러뜨린 일에 화가 나 손에 방천극(方天戟)을 쥐고서 오추마(烏騅馬)에 앉아 부리며 진영 앞으로 나는 듯이 나와서는 남보다 앞서 크게 소리치며 말했다.

"서진에서 감히 나를 당할 자가 있으면 속히 나오너라."

마치 사람은 울부짖는 호랑이 같고 말은 날아오르는 용 같으니 날뛰는 형상이 모진 폭풍 치는 것 같고 소리가 천둥과 벼락 치는 것 같았는지라, 사람들의 눈과 귀를 떨게 하고 사람들의 혼백을 빼앗았다. 서진에서 서달(徐達)이 말을 타고 나오며 항우의 소리에 응하여 말했다.

"나는 천년 뒤에 태어나서 항우와 서로 겨뤄보지 못한 것이 한스러웠다. 그런데 오늘 기쁘게도 그 소원이 이루어졌으니 기꺼이 원하고 기꺼이 원하노라."

항왕이 웃으며 말했다.

"너는 이름 없는 하찮은 장수이거늘 어찌 감히 나를 대적하겠다는 것이냐?"

서달이 웃으며 대답했다.

"대적하고 대적하지 않는 것이야 내게 달렸을 뿐이라. 그대가 어찌 변변치 못한 용력으로 나를 업신여기는 것이 그침이 없으니 참으로 어리석구나."

항왕이 말했다.

"나를 천하에서 대적할 수 없음은 그대도 아는 바이라. 홀로 말을 타고 거록(鉅鹿)에서 진(秦)나라 군사 수십만 명을 격파하였고, 수수(睢水)에서 한(漢)나라 군사 50여 만을 격파하였는데, 호령하면 천 명이 절로 쓰러지고 꾸짖으면 만 명의 혼을 빼버렸으니 나를 따르는 자는 살고 나를 거스르는 자는 죽었느니라. 그대는 감히 땅강아지와 개미와 같은 힘으로 호랑이와 같은 위엄을 범하다니 망령되고 망령되었구나."

서달이 냉소를 머금으며 말했다.

"그대는 경현(京縣)과 색성(索城)에서 패하고 해하(垓下)에서 곤경에 빠져 달아나다 음릉(陰陵)에서 길을 잃게 되자 오강(烏江)에서 개죽음을 했거늘, 대적할 자가 없다고 할 수 있겠느냐?"

항왕이 대노하여 창을 겨누어들고 말을 내달려 곧바로 서달에게 나아가니 서달도 칼을 휘두르며 나와 맞았는데, 겨룬 지 100여 합에 이르도록 승부를 가릴 수 없었다. 항왕이 화가 나서 오른손으로 창을 써서 서달의 검을 막고 왼손으로 서달의 투구를 벗기려 하였다. 서달도 오른손으로 칼을 돌리며 항왕의 창을 막고 왼손으로 항왕의 말을 치려고 하였다. 두 사람이 무예를 겨루는데 바로 적수인지라 또 100여 합에 이르도록 승부를 가릴 수 없었다. 상(上: 명태조)이 서달에게 그르치는 일이라도 있을까 염려

하여 즉시 징을 치고 한고조도 또한 징을 치니, 두 사람은 각기 본래의 진영으로 돌아갔다.

동진에서 이정(李靖)이 창을 겨누어들며 말을 타고 나오니 서진에서 조빈(曹彬)이 칼을 휘두르며 나와 맞았는데, 겨룬 지 100여 합에 이르도록 승부를 가리지 못하자 각기 본래의 진영으로 되돌아갔다. 동진에서 오한(吳漢)이 말을 타고 나오니 서진에서 왕전(王剪)이 나와 맞았는데, 겨룬 지 100여 합에 이르도록 승부를 가리지 못하자 각기 본래의 진영으로 돌아갔다. 동진에서 곽자의(郭子儀)가 말을 타고 나오니 서진에서 적청(狄青)이 나와 맞았는데, 겨룬 지 100여 합에 이르도록 또 승부를 가리지 못하자 각기 본래의 진영으로 되돌아갔다. 동진에서 관공(關公)이 말을 타고 나오니 서진에서 악비(岳飛)가 나와 맞았는데, 겨룬 지 100여 합에 이르도록 또 승부를 가리지 못하였다. 관공이 몹시 화가 나서 청룡도(靑龍刀)를 들고 급히 악비의 면전을 향해 찌르려 하였다. 악비가 창을 들고 맞으면서 유성추(流星槌)로 관공(關公)을 치려고 하였다. 관공이 칼을 휘두르며 막았다. 또 겨룬 지 50여 합에 이르도록 승부를 가리지 못하자 각기 본래의 진영으로 돌아갔다.

동진에서 한 사람이 호랑이 같은 두상에 고리눈[環眼]으로 창을 겨누어들고서 말을 타고 나와 큰 소리로 말했다.

"연(燕)나라 사람 장비(張飛)가 여기 있다."

서진에서도 한 사람이 도끼를 휘두르며 말을 타고 나와 그 소리에 응하여 말했다.

"악운(岳雲)이 여기 있다."

두 사람이 서로 겨루는데 겨룬 지 80여 합이 되었을 때, 장비가 창을 들고 급히 악운의 가슴을 찌르려 하였다. 악운이 도끼를 휘둘러 그것을 막으면서 또 칼로써 장비의 말을 찔렀다. 말이 넘어지자 장비가 급히 말에서 내리며 창으로써 급히 악운의 말을 찔렀다. 그 말 역시 넘어지자 악운 또한 말에서 내려 땅에서 싸웠다. 또 30여 합이 되어도 자웅을 결정짓지 못하자, 장비가 급히 창으로써 악운의 면전을 향해 찌르려 하였다. 악운은 즉시 도끼를 버리고 손으로 장비의 창을 잡았는데, 힘이 아주 세어서 창이 중간에 부러졌다. 두 사람은 각기 반 토막의 창을 쥐고 또 50여 합을 겨루었지만 승부가 또 나지 않자 각기 본래의 진영으로 되돌아갔다.

동진에서 한홍(韓弘)이 말을 타고 나오니 서진에서 조적(祖逖)이 나와 맞았는데, 겨룬 지 100여 합이 되어도 승부를 또 결정짓지 못하자 각기 말을 돌려 진영으로 돌아갔다.

그리고 석양이 서쪽으로 기울고 저녁 새들이 숲속에 깃드는 것만 보이자, 양쪽 진영은 한 무리의 군대가 되어 말을 돌려서 성으로 들어와 잔치를 베풀고 매우 기뻐하였다.

한고조가 문무의 신하들을 크게 봉하고,
원나라 세조 쿠빌라이가 노하여 군대를 일으키다
漢高祖大封文武, 忽必烈怒起兵馬

각설。한고조가 여러 제왕들에게 청하여 말했다.

"여러 나라의 문무(文武) 신하들이 이곳에서 성대히 모였거늘 아직 관직과 직위가 있지 않은데다 직위의 서열도 갈피를 잡을 수가 없으니, 지금 각각 그 직책으로써 재능에 맞게 임무를 맡기는 것이 어떠하오?"

여러 사람들이 "좋다."라고 하자, 한고조는 즉시 여러 나라의 여러 신하들에게 계단 아래에 늘어서도록 하고, 이에 명하였다.

좌승상 左丞相	한기 韓琦	장사 長史	장식 張栻
우승상 右丞相	정호 程顥	장사 長史	여조겸 呂祖謙
		참군 參軍	범증 范增
태사 太師	주돈이 周敦頤	참군 參軍	방통 龐統

태부	소옹	사인	우세남
太傅	邵雍	舍人	虞世南
소사	사마광	시강	정이
小師	司馬光	侍講	程頤
소부	주희	첨사	범조우
少傅	朱熹	詹事	范祖禹
동평장사	장재	세마	왕통
同平章事	張載	洗馬	王通
추밀원사	방현령	추밀부사	유기
樞密院使	房玄齡	樞密副使	劉基
상서령	이강	좌복야	배도
尙書令	李綱	左僕射	裴度
문하시랑	이강	우복야	고경
門下侍郞	李絳	右僕射	高熲
이부상서	범중엄	시랑	장구령
吏部尙書	范仲淹	侍郞	張九齡
호부상서	소하	시랑	유안
戶部尙書	蕭何	侍郞	劉晏
예부상서	한유	시랑	요숭
禮部尙書	韓愈	侍郞	姚崇
병부상서	관우	시랑	진평
兵部尙書	關羽	侍郞	陳平
형부상서	송경	시랑	두여회
刑部尙書	宋璟	侍郞	杜如晦
공부상서	육지	시랑	장화
工部尙書	陸贄	侍郞	張華
태위지내외병마정토사	제갈량		
太尉知內外兵馬征討事	諸葛亮		
도찰원도어사문연각태학사	소식		
都察院都御史文淵閣太學士	蘇軾		
	직학사	소철	
	直學士	蘇轍	
단명전학사	육유	대제	유종원
端明殿學士	陸游	待制	柳宗元

보문각학사 寶文閣學士	송렴 宋濂	대제 待制	왕안석 王安石
문장각학사 文章閣學士	사마천 司馬遷	대제 待制	증공 曾鞏
통영전학사 通英殿學士	구양수 歐陽脩	대제 待制	호안국 胡安國
한림학사 翰林學士	이백 李白	수찬 修撰	범순인 范純仁
국자좨주 國子祭酒	동중서 董仲舒	박사 博士	사마상여 司馬相如
어사대부 御史大夫	급암 汲黯	시어사 侍御史	저수량 褚遂良
간의대부 諫議大夫	위징 魏徵	감찰어사 監察御史	조변 趙抃
집금오 執金吾	조정 趙鼎	사예교위 司隸校尉	경청 景清
광록대부 光祿大夫	장량 張良	태상 太常	숙손통 叔孫通
좌광록대부 左光祿大夫	문언박 文彦博	태홍려 太鴻臚	봉덕이 封德彝
우광록대부 右光祿大夫	이필 李泌	태사령 太史令	이순풍 李淳風
좌금자광록대부 左金紫光祿大夫	장손무기 長孫無忌		
우금자광록대부 右金紫光祿大夫	부필 富弼		
좌은청광록대부 左銀靑光祿大夫	육고 陸賈		
우은청광록대부 右銀靑光祿大夫	조보 趙普		
경조윤 京兆尹	종택 宗澤		
좌풍익 左馮翊	양호 羊祜		

우부풍 右扶風	해진 解縉		
도원수 都元帥	한신 韓信	장사 長史	두예 杜預
		사마 司馬	왕도 王導
부원수 副元帥	이정 李靖	장사 長史	장순 張巡
		사마 司馬	진량 陳亮
대사마 大司馬	곽광 霍光	찬군교위 贊軍校尉	순욱 荀彧
대장군 大將軍	서달 徐達	병절교위 秉節校尉	주발 周勃
거기대장군 車騎大將軍	상우춘 常遇春	보병교위 步兵校尉	이릉 李陵
표기대장군 驃騎大將軍	악비 岳飛	과의교위 果毅校尉	진숙보 秦叔寶
관군대장군 冠軍大將軍	팽월 彭越	정위교위 定威校尉	육손 陸遜
진군대장군 鎭軍大將軍	장준 張浚	건무교위 建武校尉	전위 典韋
무군대장군 撫軍大將軍	한세충 韓世忠	기도위 騎都尉	관영 灌嬰
중군대장군 中軍大將軍	곽자의 郭子儀	봉거도위 奉車都尉	왕평 王平
전군대장군 前軍大將軍	이광필 李光弼	거기도위 車騎都尉	사만세 史萬歲
후군대장군 後軍大將軍	이광 李廣	중랑장 中郎將	왕준 王濬
효기대장군 驍騎大將軍	곽거병 霍去病	호분장군 虎賁將軍	악운 岳雲
정동대장군 征東大將軍	조빈 曹彬	절충장군 折衝將軍	왕분 王賁

정서대장군 征西大將軍	풍이 馮異	어모장군 禦侮將軍	번쾌 樊噲
정남대장군 征南大將軍	하약필 賀若弼	도호장군 都護將軍	곡단 曲端
정북대장군 征北大將軍	조적 祖逖	적노장군 積弩將軍	은개산 殷開山
진동대장군 鎭東大將軍	마수 馬燧	광야장군 曠野將軍	왕릉 王陵
진서대장군 鎭西大將軍	등우 鄧禹	평적장군 平敵將軍	위연 魏延
진남대장군 鎭南大將軍	이문충 李文忠	장전좌호위사용양장군 帳前左護衛使龍驤將軍	남제운 南霽雲
진북대장군 鎭北大將軍	이세적 李世勣	장전우호위사호익장군 帳前右護衛使虎翼將軍	뇌만춘 雷萬春
평동대장군 平東大將軍	왕전 王剪	충장장군 忠壯將軍	허저 許褚
평서대장군 平西大將軍	이성 李晟	충익장군 忠翊將軍	기신 紀信
평남대장군 平南大將軍	한금호 韓擒虎	편장군 偏將軍	관흥 關興
평북대장군 平北大將軍	위청 衛青	위장군 衛將軍	장포 張苞
안동대장군 安東大將軍	혼감 渾瑊	전장군 前將軍	조운 趙雲
안서대장군 安西大將軍	굴돌통 屈突通	좌장군 左將軍	설인귀 薛仁貴
안남대장군 安南大將軍	적청 狄青	우장군 右將軍	장비 張飛
안북대장군 安北大將軍	오린 吳璘	후장군 後將軍	황충 黃忠
무위대장군 武威大將軍	유기 劉錡	도선봉 都先鋒	호대해 胡大海
우림대장군 羽林大將軍	오한 吳漢	좌선봉 左先鋒	울지경덕 尉遲敬德

무위대장군 武衛大將軍	곽영 郭英	우선봉 右先鋒	마초 馬超
토로대장군 討虜大將軍	한홍 韓弘	수군대도독 水軍大都督	주유 周瑜
파로대장군 破虜大將軍	몽염 蒙恬	부도독 副都督	오개 吳玠
정로대장군 征虜大將軍	제준 祭遵		
진무대장군 振武大將軍	석수신 石守信		
진무위장군 振武威將軍	탕화 湯和		
양열대장군 揚烈大將軍	등애 鄧艾		
양무대장군 揚武大將軍	이소 李愬		
양위대장군 揚威大將軍	등유 鄧愈		
분무대장군 奮武大將軍	이도종 李道宗		
분위대장군 奮威大將軍	설만철 薛萬徹		
복파대장군 伏波大將軍	마원 馬援		
중견대장군 中堅大將軍	묘훈 苗訓		
귀덕대장군 歸德大將軍	장한 章邯		
유격대장군 游擊大將軍	잠팽 岑彭		
정원대장군 征遠大將軍	마성 馬成		
정변대장군 征邊大將軍	이효공 李孝恭		

호군대장군 護軍大將軍	강유 姜維
토역대장군 討逆大將軍	왕전빈 王全斌
진원대장군 鎭遠大將軍	이한초 李漢超
평원대장군 平遠大將軍	장궁 臧宮
보국대장군 輔國大將軍	구순 寇恂
좌효위대장군 左驍衛大將軍	이광안 李光顔
우효위대장군 右驍衛大將軍	가복 賈復

그 나머지 신하들에게도 각기 작위를 서로 다르게 주었고 술잔치도 다 끝나자, 많은 사람들이 모두 사은숙배하고 물러갔다. 여러 제왕들이 서로 돌아보며 칭찬하여 말했다.

"한고조께서 여러 신하들에게 관작을 내려 제수하신 것이 마치 큰 집을 짓는데 지도리며 문설주며 용마루며 들보 등이 재질에 따라 제자리에 있듯이 그 직책에 걸맞게 하여 모두 그 임무를 맡겼으니, 비록 순(舜)임금이 구관(九官)을 명할지라도 이보다 낫지는 않을 것입니다."

곧 한고조에게 축하하는 한 잔의 술을 서로 따르니, 한고조는 사양해 마지않았다. 이윽고 서로 술잔을 주고받으며 종일토록 취하고 기쁘게 즐긴 것이야 다시 일일이 말하지 않겠다.

차설(且說). 원세조(元世祖) 쿠빌라이[忽必烈]는 네 나라의 창업주들이 낙양(洛陽)에 모여서 뭇 제왕들을 예로써 청하여 연회를 베풀고 흥겹게 논다는 것을 듣고는 스스로 창업한 공이 있다고 믿어 반드시 자기를 청할 것으로 생각했지만 당장에 오래도록 소식이 없자, 이에 크게 노하여 군대를 일으키도록 명령을 내리고 또 편지 한 통을 지어 사신으로 하여금 낙양에 가져가게 하였다. 한고조가 바야흐로 여러 제왕들과 함께 잔치가 무르익을 즈음에, 문지기가 와서 고했다.

"원나라에서 사신을 보내어 문밖에 이르렀습니다."

한고조가 즉시 불러들이도록 하자, 사신이 들어와 계단 아래에서 절하고 격서 한 통을 바쳤는데, 여러 사람들이 놀라고 이상히 여기지 않는 이가 없어 앞을 다투어 보니 바로 원세조 쿠빌라이의 편지였다. 그 편지는 이러하였다.

대원(大元) 세조황제(世祖皇帝)는 여러 나라의 황제께 편지를 보냅니다.

근래에 듣자하니 여러 나라의 임금들이 낙양(洛陽)에 모여 태평연(太平宴)을 크게 열었다고 하는데, 이는 참으로 천고에 걸쳐 하나의 성대한 일입니다. 그러나 과인(寡人)을 청하지 않음은 무엇 때문입니까? 과인이 하늘의 뜻에 순응하여 천명을 받아 천하를 통일하였으니 창업의 공은 예나 지금이나 부끄러운 바가 없거늘, 임금들께서 알지 못하여 청하지 않았다면 이는 몽매한 것이요 알고서도 청하지 않았다면 과인을 깔보아 업신여긴 것입니다. 임금들께서도 만승의 임금이요 과인도 또한 만승의 임금이니, 만승의 임금으로서 만승의 임금을 청하는 것은 예법에 그러한 것입니다. 지금 끝내 예로써 청하지 않았으니 그 까닭을 알만합니다. 과인을 오랑캐로 대우하여 배척하려는 것입니다. 과인이 비록 오랑캐라 할망정 큰 공로와 훌륭한 업적은 족히 한고조, 당태종, 송태조, 명태조에 비견할 만한데도 한고조, 당태종, 송태조, 명태조의 연회에 끝내 참석할 수 없었으니, 이보다 더 통분할 수가 없을 것입니다. 이 일은 묻지 않을 수 없으므로 이에 편지를 보내지만, 즉시 병장기를 갈고 말을 먹이며 출병 준비를 하면서 회신을 기다리겠습니다.

여러 제왕들이 보기를 마치자, 한고조가 말했다.

"오랑캐가 미쳐 날뛰는 것이야 옛날부터 있었지만 이처럼 심한 자는 아직 있지 않았소. 불시에 송 왕조를 멸하고 모질게 중원을 차지하여 붉은 모자에 변발이 구주(九州)에 두루 퍼지니, 이는 귀신과 사람이 분하게 여기고 미워하는 바이오. 하물며 지금 편지글이 도리에 어긋나고 거만하거늘, 이것을 용인할 수 있다면 다른 것이야 무엇인들 용인하지 못하겠소?"

즉시 도찰원 도어사 문연각 태학사(都察院都御史文淵閣大學士) 소식(蘇軾)으로 하여금 조서를 작성하여 답하게 하였다. 그 조서는 대략 이러하였다.

짐은 중화의 문화로 오랑캐를 변화시켰다는 말은 들었지만 오랑캐 문화로 중화를 변화시켰다는 말은 듣지 못했다. 옛날 은나라 때에 귀방(鬼方)이 방자하게 반란을 일으키자 고종(高宗)이 정벌하였고, 주나라 때에 험윤(獫狁)이 침입해 들어오자 선왕(宣王)이 토벌하였고, 한나라 때에 호한야(呼韓邪)가 들어와 조회하자 선제(宣帝)가 제후왕의 위로 대우하였고, 당나라 때에 힐리(頡利) 등 추장들이 다 복종하자 태종(太宗)이 왕회도(王會圖: 사방의 오랑캐들이 조회하는 그림)를 그리게 하였다. 예로부터 제왕은 오랑캐에 대해서 침입하면 토벌하였고 복종하면 품어주었는데, 이것이 중국의 어루만지며 통어하는 방도임을 그대 또한 아는 바일 것이다. 지금 그대는 흉악한 오랑캐의 후예로 감히 중하(中夏)를 어지럽히려는 뜻을 품고, 송 왕조를 멸하여 중화를 차지하고도 오히려 부족하게 여기고 또한 사신으로 하여금 도리에 어긋난 편지를 보내어 감히 하늘의 해 같은 천자를 꾸짖으니 죄가 이보다 더 클 수가 없을 것이라, 즉시 당장에 준엄한 부월(斧鉞)로 비루한 오랑캐를 처단해야 하리로다. 그러나 짐은 푸른 하늘이 살리기 좋아하는 마음을 본받고, 어린아이가 우물에 빠지려는 모양을 측은하게 여기는지라, 서릿발 같은 위엄을 가하지 않고 특별히 비와 이슬처럼 적셔주는 은택을 내릴까 하노라. 그대는 비록 오랑캐 종족일지라도 또한 신하일진댄, 만일 절반만이라도 신하의 마음이 있다면 즉시 마땅히 예물을 가지고서 머리를 조아려야 하리니, 진기한 보물을 가지고 이곳에 발을 붙이도록 하라. 멀리 귀방과 험윤의 과오를 교훈 삼아 귀결점이 호한야와 힐리의 순종과 같다면, 짐도 역시 은나라와 주나라 때처럼 쳐서 멸망시키는 일은 하지 않고 의당 한나라와 당나라 때처럼 받아들이는 은혜를 베풀 것이니, 중화의 문화로 오랑캐를 변화시킨다는 말은 그 또한 바로 여기에 있을지어다.

대한(大漢) 태조 고황제

대명(大明) 태조 고황제

대송(大宋) 태조 고황제

대당(大唐) 태종 문무황제

사신이 되돌아가 연경(燕京)에 이르자, 원세조가 조서를 보고서 크게 노하여 눈빛이 횃불처럼 번득이면서 말했다.

"짐은 금나라를 멸하고 송나라를 평정하여 대통(大統)을 하나로 모은 공업이 크고 넓거늘, 지금 미친 귀신들에 의해 모욕을 당했으니 이 모욕은 기필코 씻어야겠다."

곧장 장홍범(張弘範)을 도원수로 삼고 간리부(幹離不: 幹離不의 오기, 이하 동일)을 부원수로 삼아서는 원점한(元粘罕: 粘罕의 오기)으로 선봉을, 여문환(呂文煥)으로 중군(中軍)을, 유정(劉整)으로 합후(合後)를 맡겨서 정예병 80만 기병을 그날 떠나게 하고, 백안(伯顔)과 올출(兀朮)로 하여금 10만 군대를 거느리고 연경(燕京)을 머무르며 지키게 하였다.

하북의 전투에서 한무후 제갈량이 적의 귀를 바치고, 소식이 지은 조서를 천하에 반포하다
戰河北漢武侯獻馘, 頒天下蘇學士草詔

각설。 원세조(元世祖)가 대군을 거느리고 앞으로 나아가 진양(晉陽)에 이르자, 깃발들은 하늘을 뒤덮었고 창칼들은 햇빛에 번쩍였다. 이에 정탐 기병들이 급히 낙양(洛陽)에 알리니, 한고조와 여러 제왕들이 서로 적을 막는 대책을 의논하는데 진시황과 한무제가 말했다.

"과인 등이 옛날 만리장성(萬里長城)을 쌓고 백량대(柏梁臺)에 오르자 오랑캐들이 두려워하였으니, 오늘 마땅히 가서 쳐부수겠습니다."

태위(太尉) 제갈량이 나아와 말했다.

"천근(千斤)의 쇠뇌는 생쥐를 잡기 위해 쏘지 않는 법이니, 폐하께서 어가를 타고 직접 정벌하러 나갈 필요는 없습니다. 신이 청컨대 가서 쳐부수겠습니다."

한고조가 "좋다."라고 하고는 즉시 제갈공명으로 하여금 여러 나라의 여러 장수들을 거느리고 출병하여 적을 막도록 하였다.

제갈공명이 어명을 받자 하직인사하고 물러나서는 여러 나라의 장수와 군졸들을 점고하여 일으켰는데, 맹장(猛將) 100여 명과 정예병 200여만 기병들이 북쪽으로 황하(黃河)를 건너 앞으로 나아가 대량(大梁)에 이르렀다. 대량은 옛날 초나라와 한나라 간의 전쟁터였다. 넓은 들판은 100리나 되어 한눈에 바라볼 수 없을 정도로 끝이 없었는데, 산과 구릉이 오른편과 뒤쪽으로 등져 있고 수택(水澤)이 앞쪽과 왼편으로 둘렀으니, 아닌 게 아니라 병법을 아는 자가 뜻을 얻을 만한 곳이었다. 정탐병이 적의 동태를 보고하였다.

"원나라 군대가 30리 밖에 머무르고 있습니다."

제갈공명은 즉시 땅을 골라서 목채(木寨)를 치고 기다렸다. 얼마 되지 않아 원나라 군대가 목채를 친 곳에 이르렀다. 양쪽 진영이 마주 바라보면서 둥근 진(陣)을 치자 제갈공명이 높이 장대(將臺)에 앉으니, 여러 장수들이 일시에 명령을 듣고 각기 지켜야 할 방위(方位)로 돌아가서 전투 대형을 벌여 갖추었다.

동방의 청기 아래에는 8명의 장수가 검을 움켜잡고 서 있으니, 곧 한신(韓信), 이정(李靖), 상우춘(常遇春), 팽월(彭越), 악비(岳飛), 서달(徐達), 장준(張浚), 한세충(韓世忠)이었다. 서방의 백기 아래에는 8명의 대장이 깃발을 잡고 서 있으니, 곧 곽자의(郭子儀), 이광필(李光弼), 이광(李廣), 곽거병(霍去病), 조빈(曹彬), 풍이(馮異), 하약필(賀若弼), 조적(祖逖)이었다. 남방의 홍기 아래에는 8명의 대장이 창을 들고 서 있으니, 곧 마수(馬燧), 등우(鄧禹), 이문충(李文忠), 이세적(李世勣), 왕전(王翦), 이성(李晟), 한금호(韓擒虎), 위청(衛青)이었다. 북방의 흑기 아래에는 8명의 대장이 활을 당기며 서 있으니, 곧 혼감(渾瑊), 굴돌통(屈突通), 적청(狄青), 오린(吳璘), 유기(劉錡), 오한(吳漢), 곽영(郭英), 한홍(韓弘)이었다. 동남쪽[東南角]의 청홍기 아래에는 8명의 대장이 긴 창을 잡고 서 있으니, 곧 몽염(蒙恬), 제준(祭遵), 석수신(石守信), 탕화(湯和), 등애(鄧艾), 이소(李愬), 등유(鄧愈), 이도종(李道宗)이었다. 서남쪽[西南角]의 홍백기 아래에는 8명의 대장이 창을 세우고 서 있으니, 곧 마원(馬援), 설만철(薛萬徹), 묘훈(苗訓), 장한(章邯), 잠팽(岑彭), 마성(馬成), 강유(姜維), 이효공(李孝恭)이었다. 서북쪽[西北角]의 흑백기 아래에는 8명의 대장이 칼을 잡고 서 있으니, 곧 왕전빈(王全斌), 이한초(李漢超), 장궁(臧宮), 구순(寇恂), 이광안(李光顔), 가복(賈復), 주발(周勃), 관영(灌嬰)이었다. 동북쪽[東北角]의 청흑기 아래에는 8명의 대장이 도끼를 들고 서 있으니, 곧 악운(岳雲), 왕분(王賁), 번쾌(樊噲), 허저(許褚), 조운(趙雲), 장비(張飛), 설인귀(薛仁貴), 황충(黃忠)이었다. 중앙의 황기 아래에는 사륜거(四輪車) 안에 제갈공명이 단정히 앉았으니, 머리에는 윤건(綸巾)을 쓰고 몸에는 학창의(鶴氅衣)를 걸치고 손에는 새의 깃으로 만든 부채를 들고 여러 장수들을 지휘하였다. 남제운(南霽雲)과 뇌만춘(雷萬春)이 각각 병장기를 잡고 좌우로 나뉘어 서 있으니, 군대의 대오가 정돈되고 군령이 분명하고 엄숙하였다. 또 진영(陣營) 앞에 앞장선 한 사람은 곧 대명(大明)의 용장(勇將) 호대해(胡大海)이었고, 왼편의 한 사람은 곧 대당(大唐)의 명장(名將) 울지경덕(尉遲敬德)이었고, 오른편의 한 사람은 곧 대한(大漢)의 호장(虎將) 서량(西凉)의 비단[錦] 마초(馬超)이었는데, 병장기는 정밀하고 삼엄하였으며 갑옷과 투구는 선명하였다.

원세조는 장대(將臺) 위에 있으면서 오랫동안 보다가 알리부(斡離不)를 돌아보며 말했다.

"이 무슨 진법(陣法)이냐?"

알리부가 대답했다.

"폐하께서는 이 진법을 알지 못하십니까? 이것이 소위 구궁팔괘(九宮八卦)에 근거한 진법입니다. 옛날 황제(黃帝)가 탁록(涿鹿)에서 싸울 때에 이 진법을 쳐서 치우(蚩尤)를 사로잡았던 것입니다."

원세조가 말했다.

"이 진법에는 무슨 오묘한 이치라도 있느냐?"

알리부가 대답했다.

"여덟 방면에 있는 8명의 장수들이 ≪주역≫의 64괘에 감응해 각기 방위를 이루고 나들며 기습공격을 하거나 정면공격을 하는데, 신(臣)이 비록 그 진법이야 알지라도 그 임기응변술은 알지 못합니다. 그런데 귀신처럼 홀연히 나타났다가 감쪽같이 없어지는 것과 비바람처럼 변화무쌍한 것이 모두 그 임기응변술에 있습니다. 제갈공명의 지략은 저와 같고 여러 장수들의 용맹은 대적하기 어려운지라 싸우면 반드시 패할 것이니, 신(臣)은 화친을 맺는 것이 좋을 것으로 생각합니다."

원세조가 벌컥 화를 내며 말했다.

"제갈공명은 유생(儒生)이니 비록 지혜롭다 한들 어찌 군사기밀을 알겠느냐? 여러 장수들이 비록 많다 하더라도 저들 모두 오합지졸이니 한바탕 싸움으로 격파할 수 있을 것이다."

이에 장홍범(張弘範)으로 하여금 전장(戰場)에 말을 타고 나가게 하니, 제갈공명은 악비(岳飛)로 하여금 맞아 싸우게 하였지만 50여 합이 되어도 승부가 나지 않았다. 제갈공명이 새의 깃으로 만든 부채를 들고 한번 휘두르자 여덟 방면에 있던 8명의 장수들이 일시에 힘차게 돌진하여 나오니, 장차 장홍범이 포위된 한가운데서 곤경에 처하게 되었다. 장홍범은 싸우고 죽일 마음 없이 다만 살아 나갈 방도만 생각했으나 살아나갈 방도가 없었는데, 바로 그때 서달(徐達)을 맞아 몇 합 싸우지도 않고 참수되어 말에서 떨어지고 말았다. 제갈공명의 휘하 병사들이 불시에 습격하여 죽이니, 원나라 군대가 크게 혼란해져 뿔뿔이 흩어졌다. 64명의 장수들이 그 기세를 타고 돌진해 들어가니, 중군(中軍) 여문환(呂文煥)은 난무하는 칼날에 베여 죽었다. 유정(劉整)은 후군(後軍)을 이끌고 막 접전하려고 하다가 갑자기 장비(張飛)를 만났는데, 장비의 창에 찔려 말에서 떨어졌다. 점한(粘罕)도 악비(岳飛)에게 죽임을 당하였다.

원세조가 알리부와 함께 수십 명의 기병(騎兵)을 거느리고 말 머리를 돌려 북쪽으로 도망치자, 제갈공명은 재촉하여 여러 장수들이 추격하도록 하였다. 알리부는 원세조를 호위하여 바로 달아나려는 순간에 갑자기 함성이 크게 일어나는 것을 들었다. 한신(韓信), 이정(李靖), 서달(徐達), 상우춘(常遇春), 악비(岳飛), 팽월(彭越), 장준(張浚), 한세충(韓世忠)이 전방에서 힘차게 오고 있었으며, 곽자의(郭子儀), 이광필(李光弼), 이광(李廣), 곽거병(霍去病), 조빈(曺彬), 풍이(馮異), 하약필(賀若弼), 조적(祖逖)이 왼쪽에서 힘차게 오고 있었으며, 마수(馬燧), 등우(鄧遇: 鄧禹의 오기), 이세적(李世勣), 이문충(李文忠), 왕전(王剪), 이성(李晟), 한금호(韓擒虎), 위청(衛靑)이 오른쪽에서 힘차게 오고 있었으며, 혼감(渾瑊), 굴돌통(屈突通), 적청(狄靑), 오린(吳璘), 유기(劉錡), 오한(吳漢), 곽영(郭英), 한홍(韓弘)이 후방에서 힘차게 오고 있었다. 원세조는 크게 놀라서 알리부와 함께 막 제각기 적을 맞아 싸우려 했는데, 바로 그때 악운(岳雲)을 만났다. 악운이 도끼를 휘두르며 나오자, 알리부는 미처 손을 쓸 사이도 없이 일찌감치 도끼에 찍혀 죽었다. 원세조는 알리부가 죽는 것을 보고 홀로 겹겹의 포위를 뚫고서 큰 길을 벗어나 거친 황무지로 빠져나가 도주하는데, 후방에서 황충(黃忠)이 활을 집어 들고 화살을 메겨 원세조를 쏘니 등에 화살 하나가 적중해 몸이 뒤집히며 말에서 떨어졌다. 장준(張浚)과 한세충(韓世忠)이 급히 포승줄로 원세조를 포박하여서 장막 앞에 보냈다. 제갈공명은 죄인을 실어 나르던 함거(檻車)에 원세조를 가두게 한 뒤에, 크게 잔치를 벌여 삼군(三軍)을 위로하고 승전가를 부르면서 돌아와 포로를 남궁(南宮)에 바쳤다.

한고조는 이를 듣고 크게 기뻐하여 여러 제왕들과 함께 앉아 술을 마셨다. 얼마 되지 않아 여러 장수들이 원세조를 에워싸고 와서 계단 아래에 머리를 매어두었다. 한고조가 원세조로 하여금 엎드려 머리를 조아리며 죄를 인정하라고 하자, 원세조는 눈을 부릅뜨고 흘겨보더니 엎드려 머리를 조아리라는 명을 듣지 않고 말했다.

"나는 존귀한 천자로서 어찌 천자의 앞에서 엎드려 머리를 조아릴 수 있겠는가? 시대의 운수가 불행하여 지금 포로가 되었으니 어서 죽이는 것이 옳거늘 어찌 능욕함이 이와 같을 필요가 있겠나?"

한고조가 말했다.

"오랑캐는 비유하자면 금수와 같아서 길들여지지도 않고 죽을 지경에 이르러서 끝끝내 뉘우쳐 깨닫지도 않으니 버러지 같이 무지한 자라고 할 만하구나."

송고종(宋高宗)이 말했다.

"이 자는 과인(寡人)의 사무친 원수이니, 지금 당장이라도 원한을 갚아 수치를 씻고자 합니다."

한고조가 말했다.

"그렇다면 임금께서 알아서 처리하는 것이 좋겠소."

송고종이 즉시 악비(岳飛)에게 원세조를 끌어내어 머리를 베도록 명하니, 잠깐 사이에 베어진 머리가 궁전의 섬돌 아래에 바쳐졌다. 한고조는 군중(軍中)에 효시하였다가 북망산(北邙山) 아래에 왕례(王禮)로 장사지내도록 하였다.

차설(且說). 한고조가 여러 제왕들과 의논하며 말했다.

"진(秦)나라와 한(漢)나라 이래로 천자의 조정 기강이 제대로 단속되지 못하여 왕도정치(王道政治)가 진작되지 못하자, 그 사이 수천 수백 년 동안 난신적자(亂臣賊子)들이 서로 이어서 나와 권력을 훔치거나 왕위를 찬탈한 자가 이루 셀 수가 없소. 그런데 각기 한쪽 귀퉁이를 점거해 있어 간악한 음모는 헤아릴 수가 없었고, 게다가 뜻하지 않은 변란이 아침저녁으로 생겨 정벌하거나 전쟁하는 일이 그칠 때가 없었소. 지금 각국이 함께 모였는지라 모신(謀臣)들의 지혜가 못처럼 깊고 용맹한 장수들이 구름처럼 모였으니, 갈라진 지역들을 정벌하거나 평정하여 백세토록 반석과 태산 같은 곳으로 만들어 만백성들을 태평한 지역에서 살게 하는 것이 어떠하겠소?"

송태조가 말했다.

"그대의 말씀이 옳습니다. 그런데 성인(聖人)의 도는 교화를 우선하고 나중에 정벌을 도모한다 하니, 지금 당장에 한 통의 교서(敎書)를 지어서 사방에 반포하여 화합하지 못한 무리들로 하여금 모두 따르도록 하는데, 만약 명을 거역하는 자가 있으면 그를 주벌하는 것이 옳습니다."

한고조가 말했다.

"그대의 말씀은 과인의 말과 딱 부합하오."

즉시 도찰원 도어사 문연각 태학사(都察院都御史文淵閣大學士) 소식(蘇軾)에게 교서를 지어 바치도록 하자, 소식이 엎드려서 어명을 듣고 잠깐 사이에 완성하였다. 그 글은 이러하다.

황제는 말한다.

넓은 하늘 아래 왕의 땅이 아닌 곳이 없고, 어느 땅 물가의 사람도 왕의 신하가 아닌 자가 없다. 이로 인해 요(堯)임금이 봉해진 지역에는 해와 달이 밝게 빛나고 우(禹)임금이 다스린 구주(九州)의 땅에는 산천이 수놓듯 얽혀서 토지가 넓고 백성들이 많았으니, 곡물을 실은 배와 수레가 몰려들었고 조공의 행렬이 함께 나아오는데 모두 왕도(王道)에 귀결되었다. 왕은 누구인가? 명령을 내려 아랫사람을 부리는 자이다. 신하는 누구인가? 명령을 받들어 윗사람을 섬기는 자이다. 때문에 신하가 모반의 죄가 없다면 왕은 주벌할 뜻이 없어 위와 아래가 서로 평안할 것이니, 하늘이 내린 복록인 제위(帝位)는 영원하리라. 그러하지만 말세에 이르자 요임금의 유풍(遺風)이 이미 변하고 우임금의 자취가 점점 사라졌다. 병기는 상서롭지 못한 흉한 기구이라서 어진 왕은 부득이하여 사용하지만, 싸움터는 죽는 곳인데도 불충한 신하는 감히 방자하여 달려간다. 이 때문에 유묘(有苗)가 공손하지 못하자 순(舜)임금이 섬돌에서 여러 차례 간우(干羽)를 춤추어 교화시켰고, 험윤(玁狁)이 분수를 헤아리지 못하자 주(周)나라 군대가 융거(戎車: 전쟁에 쓰는 수레)로 출정하는 위용을 드날렸으니, 이것은 모두 어진 왕이 교화를 우선하고 나중에 주벌한다는 뜻이었다. 삼대(三代) 이후로 잘 다스려진 날은 항상 적고 어지러운 날은 항상 많았는데, 한나라와 당나라 시절에는 동쪽을 정벌하고 서쪽을 쳤으며, 오대(五代)는 난리 속이라서 아침이면 싸우고 저녁이면 싸움을 멈추었으니, 모두 난신적자들이 이름을 훔치고 어명을 어겼기 때문이다.

지금 네 나라가 천하의 가운데인 낙양(洛陽)에 함께 모이니 요임금의 해가 다시 밝고 우임금의 구주가 거듭 바로잡혔는데, 위로는 성스러운 지혜를 가진 군주가 있고 아래로는 충성스럽고 선량한 신하가 있어서 장엄하게 빛나는 천자가 조회를 열고 성대히 많은 신하들이 조정의 벼슬길에 오르니, 따스한 봄날 높은 누대의 좋은 향기와 천수를 다하며 살 수 있는 세상의 태평스러움을 오늘에 다시 볼 수 있도다. 비록 그러하지만 천자의 기내(畿內)와 그 밖인 새외(塞外)는 제왕의 교화가 미치지 않고 신하가 직분을 다하지 않으니, 응달진 벼랑이 따뜻한 봄날의 은택을 가로막고 온갖 강물들이 흘러갈 길을 잃어서 곤충들이 땅속에 틀어박혀 있고 초목들이 추위에 얼었으며 또 작은 웅덩이의 물과 소 발자국에 고인 빗물이 엇나가게도 흘러나오거나 용솟음쳐 나와서 흘러넘쳐나는지라, 몇 사람이 황제를 칭하고 몇 사람이 왕을 칭할지 알 수 없도다. 이들은 모두 가마솥 안에 노는 물고기와 등불 위로 달려드는 나방이니, 어찌 애처롭게 여기지 않겠는가.

근래에 오랑캐 원나라가 미친 듯이 날뛰며 스스로 강하다 여기고서 군사를 이끌고 시끄러이 굴며 도성 근교까지 침략하자 황제께서 명하여 그들을 토벌토록 하니, 용감한 장수들이 구름처럼 모여들고 날랜 병졸들이 성화같이 달려와 단 한번 접전에 소멸시켰고 쿠빌라이[忽必烈]의 머리는 이미 낙양(洛陽)의 남궁(南宮)에 매달았는데, 저의 주벌(誅滅)은 스스로 불러들인 재앙이요 스스로 지은 죄이로다. 이후부터 변방은 평온해져 놀라지 않고 사막조차도 영원히 맑아져서 황제의 위엄이 북쪽 끝의 불모지에까지 떨치자, 사방의 오랑캐들이 죄다 호적에 편입되어 일반백성이 되었다. 《시경》에 이르기를, "서융(西戎)과 북적(北狄)을 응징하고 형과 서를 징계하였다.(戎狄是膺, 荊舒是

懲.)"라고 한바, 아! 너희는 다방면으로 잘못을 범한 무리로 의당 지난날의 실패를 경계하여 법도를 따르는 길로 함께 돌아가 바른 길을 좇아 치우치지 않도록 하고 배반하려는 생각을 고쳐 스스로 편안히 여겨야 할 것이다. 황명을 공손히 받들고 신하로서의 절도를 공경히 지킨다면 크게는 왕으로 삼을 수 있을 것이고 작게는 제후로 삼을 수 있을 것이며, 공훈이 있는 사람은 정이(鼎彝)와 기상(旂常)에 기록될 수 있을 것이고 덕이 있는 사람은 금석사죽(金石絲竹)의 음악에 입혀질 수 있을 것이며, 서적에 쓰인 이름은 천년이 지난 뒤에도 빛날 것이고 제후로의 책봉은 만세가 지난 뒤에도 미칠 것이니, 태산이 숫돌처럼 닳고 황하가 띠처럼 좁아지도록 영원히 보존되는 데에 끝이 없을 것이다.

대저 성인(聖人)이 천하를 다스리는 도는 두 가지가 있으니, 교화(敎化)와 주벌(誅罰)이 그것이다. 교화라는 것은 사람을 인(仁)으로써 가르치고 사람을 선(善)으로써 변하게 하니 충효의 땅에서 온 정성을 다하고 예의의 광장에 마음을 노닐 것이라, 행실을 바로잡으면 영광을 남기게 될 것이다. 주벌이라는 것은 사람의 죄를 꾸짖고 사람의 악을 벌주니 천자의 위엄 아래에서 두려워하고 사람을 삶는 큰 가마솥 형구(刑具) 안에서도 두렵게 여길 것이라, 목숨을 잃을 지경에 이르도록 용서가 없을 것이다. 그러나 이에는 선후가 있어 먼저 교화하려는 방법으로 고유하니, 만일 따르지 않는 자가 있다면 뒤에 주벌의 명령이 시행되어 천하 사람들로 하여금 천자의 위엄을 두렵게 하고 은혜를 알게 하여 선을 권장하고 악을 징계토록 하여, 거대한 고래의 수컷과 암컷 같은 흉악무도한 자들은 시퍼런 칼날에 주벌되고 이무기와 뱀 같은 억세고 사나운 자들은 순량한 백성으로 교화되는 변화가 있을 것이라, 반역과 순종함이 여기에서 판명날 것이로다.

하지만 천자는 하늘을 본받아 땅을 통치하는 도가 갖추어져 있다. 그러므로 이 교서를 지어서 천하에 널리 알리노니, 너희들은 마땅히 모두 허물을 고쳐 바른 길로 돌아와 좋지 않았던 일이 계기가 되어 오히려 좋은 일이 생기는 전화위복(轉禍爲福)으로 삼아서 만방이 도산(塗山)으로 폐백(幣帛)을 가져왔던 것처럼 하고 온 세상이 태평한 집이 된다면, 짐(朕) 또한 착한 이에게 복을 내리는 데는 정도에 맞게 할 것이나 어진 이를 세우는 데는 친소나 귀천에 구애받지 않을 것이로다. 너희들은 길한 사람이 되고자 하느냐, 흉한 사람이 되고자 하느냐? 이로써 자세히 알았으리니, 삼가 후회하지 않도록 하라.

교서를 완성하여 바치니, 한고조와 여러 제왕들이 보기를 마치고 매우 기뻐하여 말했다.

"이 글은 법도에 맞아 점잖고 온아하면서도 반복해 깨우쳐 고유문(誥諭文)의 문체에 꼭 부합하니, 흉적들과 요얼들이 반드시 스스로 귀순하여 항복할 것이로다."

이내 사자(使者)를 나누어 보냈는데, 주현(州縣)으로 내려가서 사방에 반포하게 하였다.

송나라 군주 유유가 열국의 대회를 열고,
먼저 여러 나라의 신하들을 책봉하다
劉裕大會列國, 宋主先封諸臣

차설(且說). 남조 송나라 군주 유유(劉裕)는 건강(建康: 남경의 옛 이름)에 있으면서 한고조가 여러 나라의 창업 군주나 중흥 군주들을 모아 낙양(洛陽)에서 연회를 연다는 것을 듣고는 스스로 이미 창업한 공이 있다고 생각해 예로써 청하리라고 오랫동안 기다렸지만 끝내 기별이 없자 마음이 이미 몹시 좋지 않았는데 바로 그때 포고문을 보고 크게 노하여 여러 신하들에게 말했다.

"짐(朕)은 벼슬을 하지도 않고 한 자 길이의 칼로서 몸이 만승천자에 이르렀으니, 한나라나 명나라의 군주와 똑같은 법이로다. 동서로 정벌하고 싸우며 찬역자(簒逆者)들을 죽여 없앴으니, 당나라나 송나라의 군주와 똑같도다. 어찌 한고조만 못하여 그의 신하가 되어서 섬겨야 한단 말이냐? 또 저들은 사신을 보내어 예로써 청하지 않고 이 교서만을 반포하니, 그럼으로써 우리를 찬역자로 대우한 것이로다. 짐이 비록 용렬하고 어리석을지라도 차마 그런 대우를 참고 받아들일 수가 없도다. 지금 크게 군대를 일으켜서 이 수치와 분함을 씻으려 하니, 경(卿)들은 어떻게 생각하는가?"

유목지(劉穆之)가 대답했다.

"폐하의 공업은 저들에 부끄럽지 않고 명성과 지위도 저들에 못하지 않으니, 어찌 저들에게 치욕을 당할 수 있겠습니까? 즉시 용맹스런 군사들을 몰아서 도깨비 같은 놈들의 자취를 쓸어버리는 것이 이치에 당연합니다. 하지만 저들은 여덟 나라의 군대이고 우리는 한 나라의 군대입니다. 장수와 병졸들이 아무리 용감하다 하더라도 한 나라의 군대로써 여덟 나라의 군대를 복종시키는 것은 할 수 없습니다. 신(臣)이 삼가 생각하니 낙양의 연회에 참여하지 못한 자가 아직도 많은 것 같은데, 각기 영토를 차지하고서 장수가 용감하고 군사들이 정예로워 늘 떨쳐 일어나려는 뜻이 있었습니다. 지금 또 이 포고문을 보면 반드시 분함을 참지 못할 것이니, 폐하께서 만약 짧은 서신으로써 사방에 알리도록 하며 합종책으로써 군대 동맹하는 일을 설복하고 치욕과 분함을 씻고자 하는 뜻을 깨우치면, 여러 나라의 군주들이 반드시 소문만 듣고도 호응하는 자들이 많을 것입니다."

남조 송나라 군주가 말했다.

"이는 짐(朕)의 본래 뜻이다."

즉시 범엽(范曄)에게 그 자리에서 격서(檄書)를 짓도록 하였으니, 그 격문은 이러하다.

대송 고조무황제(大宋高祖武皇帝)는 여러 나라의 제왕(帝王)들에게 급히 격서를 보내노라.

대개 천하라는 것은 한 사람만의 천하가 아니니 곧 여러 사람의 천하이고, 황제의 자리라는 것은 한 사람만의 황제 자리가 아니니 곧 여러 사람의 황제 자리이니라. ≪서경(書經)≫에 이르기를, '천명(天命)이 일정하지 않아 덕 있는 이에게 돌아간다.'고 하였으니, 덕만 있으면 모두 천하를 차지하고 황제의 자리에 오를 수가 있도다. 하늘이 어찌 그 사이에 한 터럭이라도 사사로운 마음이 있었겠느냐? 이 때문에 요(堯)임금과 순(舜)임금이 선위(禪位)를 하였고 탕왕(湯王)과 무왕(武王)이 정벌하였으니, 선위나 정벌이나 그 뜻은 마찬가지이도다. 그러니 천명이 덕 있는 이에게 돌아간다는 것은 여기서 거울삼을 수 있을 것이다. 만약 천명이 영구히 한 사람이나 한 나라에만 있고 개혁할 수 있는 길이 없다고 한다면, 우(虞: 순임금)가 요임금을 대신하고 하(夏: 우임금)가 순임금을 대신한 것이나 은(殷: 탕왕)나라가 걸왕(桀王)을 정벌하고 주(周: 무왕)나라가 주왕(紂王)을 정벌한 것이 모두 찬역(簒逆)일 것이니 어찌 성스러운 왕이라고 일컬을 수 있겠느냐? 그러나 후세에 성스러운 왕이라고 일컫는 것은 덕이 있는 이들로서 천명을 이어받았기 때문이리라. 우리들은 혼란한 세상에 태어나서 몹시 어수선한 시대에 살지라도 정도를 붙들고 의로움을 흥기시키고자 요임금과 순임금의 선양(禪讓)을 받아들이거나 탕왕과 무왕의 정벌(征伐)을 행하면 천명을 이어받아 궁극적으로 살아 있는 백성을 구제하는 것이니, 이 또한 요임금, 순임금, 탕왕, 무왕 이후의 요순탕무인 것이다. 나라의 운이 길고 짧은 것도 이 또한 천명이니 어찌 여러 말을 할 필요가 있겠느냐?

근래에 한고조가 낙양에서 자기의 분수에 넘치는 황제 자리에 나아가 사사로운 뜻으로써 역적의 무리들을 불러놓고도 스스로 태평연이라 일컬으면서 은혜 입은 자들은 초청해 함께 즐기고 원한 산 자들은 알고도 초청하지 않았다. 초청하지 않았을 뿐만 아니라 이내 포고문을 게시하여 널리 알렸는데 교만한 말과 방자한 글들이 더할 나위가 없다. 이것이 천지(天地)의 신과 사람들이 모두 분개하고 미워하여 벌해 죽이려는 것이다. 그러므로 과인(寡人)은 기회를 타고 일어나 때를 앞서서 나아가 치욕과 분함을 씻고자 하였으나, 군대가 고립되고 병력이 미약하여 아마도 그러한 뜻을 이룰 수가 없을 것 같기 때문에 이제 격문(檄文)을 띄워 여러 나라 여러분들에게 두루 알린다. 여러분들의 마음이 곧 과인의 마음이니, 어찌 아침저녁으로 치욕 씻을 생각을 잊을 수 있겠는가? 각자 마땅히 군대를 크게 거느리고 건강(建康)에 모이면, 과인은 곧 소진(蘇秦)이 원수(洹水) 가에서 맺었던 맹약을 이루고 악의(樂毅)가 제서(濟西)에서 제나라를 격파했던 군대를 몰 것이니, 황하의 물을 말에게 먹이고 병기를 맑은 낙수(洛水)의 물에 씻어서 뭇사람들의 분함을 통쾌하게 풀어 백세토록 빛날 공업을 세우리라. 이제 먼저 알리노니, 각자는 마땅히 빠짐없이 자세히 알지어다.

격서가 완성되자, 남조 송나라 군주는 즉시 사자(使者)를 나누어 파견하면서 사방으로 달려가 전하게 하였다. 사방에는 참람하게 반역한 무리들로 낙양의 연회에 참여치 못한 자들이 부지기수였다. 이들은 모두 분해하기를 마지않다가 또한 포고문을 보고 더욱 분노가 더하여 모두 군대를 일으켜서 반역을 범하려 하였으나 감히 먼저 일어나지 못하고 머뭇거리면서 관망하던 차에, 이 격문을 보고 일시에 남조 송나라 군주의 주창에 따라 행동을 같이하여 각기 군대를 거느리고 건강(建康)에 모였다.

차설(且說). 남조 송나라 군주가 신하들 및 장수들과 군대를 일으킬 책략에 대해 상의하자, 유목지가 말했다.

"예로부터 임금의 군대가 토벌에 나설 때에 반드시 먼저 그 죄를 바루게 하도록 알려주어 적으로 하여금 다시 말할 것이 없게 한 연후에 정벌하면 적이 이내 싸우지도 않고 스스로 항복하였습니다. 지금 한 통의 서신을 지을 수 있어서 먼저 낙양에 보내어 그 죄를 깨우치도록 알린 후에 전쟁을 일으키면, 출정(出征)의 명분이 서서 싸워 이길 수가 있을 것입니다."

남조 송나라 군주가 "좋다."라고 하면서 즉시 범엽(范曄)으로 하여금 한 통의 서신을 짓도록 하여 사자(使者)에게 가지고 낙양에 가도록 하였다.

각설(却說). 한고조 및 여러 제왕들은 포고문을 반포한 이후에 밤낮으로 사방을 정탐하였는데 오랫동안 그 어떠한 동정도 포착되지 않자 의아하게 여기던 차, 문지기가 보고했다.

"남조 송나라 군주 유유(劉裕)가 서신을 적어서 사신에게 보내어 이르렀습니다."

한고조가 즉시 불러들이게 한 뒤에 남조 송나라 사신이 들어와 절하고 바친 서신을 뜯어보니, 그 서신은 대략 이러하다.

　과인(寡人)이 듣건대 온 세상의 모두가 형제이라 했거늘, 심지어 그대와 나는 성씨(姓氏)가 같은 형제이도다. 형이 잔치를 열면서도 자기 동생을 청하지 않는다면 가당한가? 동생이 잔치를 열면서도 자기 형을 청하지 않는다면 가당한가? 형이 동생을 대하면서 사랑하지 않으면 가당한가? 동생이 형을 섬기면서 예를 다하지 않으면 가당한가? ≪시경≫에 이르기를, "형제가 모두 있어야 화락하고 그리워할 수 있다."라고 하였고, 또 이르기를, "형과 아우들은 서로 화목하구나."라고 하였다. 그대는 비록 배우지 못했다 할지라도 어찌 식견이 그리도 심하게 어둡단 말인가? 그대는 나를 예로써 청하지 않았으니, 형제간의 예와 사랑이 없는 것이다. 형도 없고 아우도 없으면 하나의 금수일 뿐이요, 예도 없고 사랑도 없으면 하나의 오랑캐일 뿐이다. 과인은 형제를 예와 사랑으로 대하는 도리를 그대에게 기대했지만, 그대는 도리어 오랑캐와 금수 같은 짓으로써 자처하니 참으로 애통하도다. 오랑캐와 금수를 어찌 책망할 수 있으랴? 단지 지금 말하는 자가 있어 듣자니, 그대는 넓은 도량으로 선한 말을 받아들여 허물을 고치는데 조금도 돌아보고 애석해하지 않는다 하였기 때문에, 이 서신으로써 알아듣도록 이르노라. 그대는 의당 지난날의 허물을 고치고 때늦은 후회를 깊이 따라서 훌훌 사신과 기쁘게 같이 즐거워한다면, 형제를 예와 사랑으로 대하는 정은 넉넉해질 수 있을 것이요, 오랑캐와 금수와 같은 허물은 면할 수 있을 것이로다.

한고조가 다 보고는 크게 웃으며 말했다.
"미친 아이의 미친 짓이로다."
또 즉각 소식(蘇軾)으로 하여금 조서(詔書)를 지어 답하게 하였다. 그 조서는 대략 이러하다.

그대가 말한 "온 세상의 모두가 형제이다."라는 것이 심지어 할아버지와 손자 사이에서도 또한 형제라고 이른단 말이더냐? 할아버지와 손자의 일이라면 짐이 또 상세히 말하면서 낱낱이 알려주겠노라. 옛적 도당씨(陶唐氏: 요임금)의 후예 중에 유루(劉累)란 분이 있어 공갑(孔甲: 하나라 임금)을 섬겼는데, 용 길들이는 것을 잘하였기 때문에 어룡씨(御龍氏)라 일컫고 이어서 성씨(姓氏)를 유(劉)라 하였으니, 그 후로 유씨를 성씨로 삼은 자들은 모두 후예들이다. 그렇다면 그대는 곧 짐(朕)의 자손일러라. 할아버지가 잔치를 열면서 자기 자손을 예로 청해야 한다는 것이 가당한가? 자손은 할아버지를 섬겨야 하는데 예로 청하기를 앉아서 기다리는 것이 가당키나 한가? 또 말하기를, "할아버지가 비록 사랑하지 아니할지라도 자손은 효도하지 아니할 수 없다."라고 했으니, 너희는 곧 직접 안석과 지팡이를 가지고 종종 걸음으로 어른 앞에 와서 기다리는 것이 이치에 당연하거늘, 이렇게 하기는커녕 도리어 터무니없는 말과 방자한 글로써 나에게 거역하고 있으니, 이는 조상도 몰라보고 아비도 몰라보는 죄로 단 하루라도 하늘과 땅 사이에 용납할 수 없도다. 너희는 어찌 높이 날고 멀리 달아나서 인간 세상에 있지 않을 수 있겠는가? 비록 그러하지만 너희 또한 사람의 자식일러니, 만약 조금이라도 사람의 자식 된 마음이 있다면 두 손을 등 뒤로 돌려 묶고 귀순해 머리를 조아리며 저지른 죄에 대해 벌주기를 청해야 할 것이로다. 짐(朕)은 마땅히 하늘과 땅처럼 길러주는 은혜를 베풀 것이고 할아버지나 아버지처럼 사랑하여 귀엽게 기르는 마음을 돈독히 할 것인데, 그 죄가 큰 자는 매질을 하고 작은 자는 회초리질을 하여 터무니없는 미친 말을 한 죄를 알아서 다시 효도하고 공경하는 도리를 닦게 할 것이다. 부디 나의 경계를 소홀히 하지 말고 네 조상을 욕되게 하지 말라.

조서가 완성되자 남조 송나라 사신에게 부쳐 보내니, 남조 송나라 사신이 돌아가 건강(建康)에 이르자 남조 송나라 군주가 조서를 보고 크게 노하여 말했다.

"흉한 귀신과 요사스런 도깨비 같은 놈이 망령된 말로 나를 모욕하니, 이 모욕을 씻지 않아서는 아니 된다."

바로 분개하고 화내려는 순간에 갑자기 보고했다.

"열국(列國)의 군주들이 도착했습니다."

남조 송나라 군주가 급히 대궐문을 나가서 보았다. 곧, 제(齊)나라의 군주 소도성(蕭道成), 양(梁)나라의 군주 소연(蕭衍), 진(陳)나라의 군주 진패선(陳覇先), 촉(蜀)나라의 군주 공손술(公孫述), 한(漢)나라의 군주 유연(劉淵), 위(魏)나라의 왕 척발규(拓跋珪), 조(趙)나라의 왕 석륵(石勒), 연(燕)나라의 군주 모용황(慕容皝), 진(秦)나라 왕 부견(苻堅), 북제(北齊)의 군주 고양(高洋), 주(周)나라의 군주 우문각(宇文覺), 후량(後梁)의 군주 주전충(朱全忠), 후당(後唐)의 군주 이존욱(李存勖), 후진(後晉)의 군주 석경당(石敬瑭), 후한(後漢)의 군주 유지원(劉知遠), 후주(後周)의 군주 곽위(郭威), 남당(南唐)의 군주 이욱(李煜)이었으며, 또 두건덕(竇建德), 왕세충(王世充), 소선(蕭銑), 설거(薛擧), 유흑달(劉黑闥), 안록산(安祿山), 주차(朱泚), 이회광(李懷光), 이희열(李希烈), 오소성(吳少誠), 황소(黃巢), 장사성(張士誠), 진우량(陳友諒), 왕망(王莽), 동탁(董卓), 적양(翟讓), 원술(袁術) 등이 차례로 이르고 있었는데, 장수 및 병졸과 군마들, 깃발 및 칼과 창들이 줄지어 늘어서서 하늘을 가렸다. 남조 송나라 군주가 크게 기뻐하며 즉시 나아가 궁궐로 맞아들였는데, 각기 예를 마치자 손님과 주인을 구분하여 앉고는 잔치를 크게 열고서 여러 사람들에게 일러 말했다.

"대사(大事)를 일으키자면 과인(寡人)이 마땅히 몸소 가서 얼굴을 맞대고 청해야 했으나 절로 구애받는 일이 많았으며, 또 나라가 이 지경에 이르러서 사람마다 깨우칠 수가 없었기 때문에 격문(檄文)을 급히 보내기만 하고 과인이 찾아가지 아니한 채 여러분들의 거기(車騎)를 오게 한 허물을 나무라지 말기 바라오."

뭇사람들이 모두 고마워하면서 말했다.

"과인(寡人) 등이 각기 제왕이라 일컬으며 한쪽 귀퉁이를 차지한 채 나아가 빼앗으려는 계획은 세우지도 못하고 다만 보존해 지킬 생각만 간직하여 국경을 넘지 않은 것이 여러 해가 지났소. 귀한 이를 귀하게 여기고 어진 이를 존경한다는 것을 어렴풋이 듣고서 오랫동안 명성을 우러렀으나 하늘가와 땅 모퉁이가 아주 동떨어져 있는 것처럼 서로 멀리 살아서 한 번도 볼 기회가 없었기 때문에 밤낮으로 사모하는 마음이 내달릴 따름이 었소. 근래에 한고조가 낙양(洛陽)에서 여러 나라들을 위해 크게 연회를 베 풀었는데, 우리들을 초청하지도 않고 도리어 교서를 널리 반포하며 역적 의 무리로 대우하였소. 그래서 각기 원한을 품고 매번 떨쳐 일어나고자 하였으나 한쪽 손뼉으로만 울리지 못한다는 고장난명(孤掌難鳴)과 외바퀴 수레는 넘어지기 쉽다는 독륜이도(獨輪易倒)처럼 혼자서 일을 이루기가 어 려웠기 때문에 감히 떨쳐 일어날 엄두를 내지 못했었소. 얼마나 다행인가? 존위(尊位)께서 자웅을 겨룰 만한 용맹한 자품을 지닌 분으로서 뛰어나고 굳센 뜻을 드러낸 격문을 급히 사방에 띄워 깨우치도록 알리며 천하를 위 해 앞장섰으니, 이때야말로 우리들이 원통한 마음을 풀려는 뜻을 이룰 때 이오. 이런 까닭으로 각기 병마를 거느리고 왔으니 굳은 약속[盟約]을 들 으시오.”

남조 송나라 군주가 말했다.

“과인(寡人)은 성질이 어리석고 재주와 지혜가 부족하니, 지금 대사를 일 으키며 맹약을 책임지겠다고 자임하다가 혹여 변변찮은 실수라도 있으면 여러분들의 바람을 부응하지 못할 수도 있소. 때문에 으뜸가는 자리를 사 양하고 제왕 여러분 가운데 지혜와 용기를 모두 갖추고 재주와 학술이 출 중한 자를 추대하여 맹주로 삼고자 하니, 여러분들은 어떻게 생각하오?”

뭇사람들이 말했다.

“우리들은 비록 많다 하나 모두 어리석은 무리들이니, 어찌 맹약을 주 관할 수 있겠소. 이 모임을 두루 살펴보건대, 웅대한 포부와 뛰어난 지략 은 존위(尊位) 같은 분이 없으니 겸손히 사양하지 말기 바라오.”

남조 송나라 군주가 또 사양하며 말했다.

"여러 사람들이 모인 가운데서 영웅이 필시 많을 것이니 어찌 과인보다 나은 사람이 없겠소? 여러분들께서 세세히 더욱 살펴서 선택하기를 바라는 바이오."

뭇사람들이 말했다.

"군주는 우리가 동서에서 함께 만나고 남북에서 서로 모였으니 여러 사람들의 마음은 필시 이론(異論)이 있을 것이라고 생각했기 때문에 여러 차례 다른 이를 추대하도록 하고 겸손했던 것이오. 그렇지만 우리는 마땅히 맹약을 받아들여서 다시 둘로 갈라지지 않을 것을 말에 비추어 따져보고 마음에 맹세하여 한결같이 주군의 명을 따를 것이니, 원컨대 군주께서 다시는 의심하거나 염려하지 말기를 바라오."

남조 송나라 군주는 사양하기를 마다하지 않다가 임시방편으로 맹주가 되어 윗자리에 있고 뭇사람들도 각기 차례로 벌여 앉았다. 자리가 정해진 뒤에, 남조 송나라 군주가 시신(侍臣)들로 하여금 닭과 개와 말의 피를 가져오게 하였다. 잠깐 사이에 시신들이 피를 구리대야에 가득 채워서 어전(御前)에 무릎 꿇고 바치니, 남조 송나라 군주는 뭇사람들과 피를 마시고 맹세를 하는데, 맹세의 말을 하면서 유신(庾信)에게 그 말을 쓰게 하였다. 그 글은 이러하다.

과인이 듣기로는 "예로부터 열국(列國)의 군주가 일이 있으면 반드시 회합을 하고 회합이 있으면 반드시 맹세를 한다."고 하였으니, 회합이라는 것은 회동해서 논의하는 것이요, 맹세라는 것은 약속 맹세하는 말을 하는 것인지라, 많은 사람들이 함께 모였으면 한마음으로 같이 맹세하는 것이리라. 이로 인해 대우(大禹: 禹임금의 경칭)가 춤춘 양 섬돌에서, 하(夏)나라 계(啓)가 전투를 벌인 감(甘) 땅에서, 은(殷)나라 탕왕(湯王)이 하나라를 멸한 호도(亳都)에서, 반경(盤庚)이 옮긴 경하(耿河)에서, 무왕(武王)이 싸웠던 목야(牧野)에서, 제(齊)나라 환공(桓公)이 싸웠던 규구(葵邱)에서, 진(晉)나라 문공(文公)이 제후들을 불러 모았던 천토(踐土)에서, 진(秦)나라 소양왕(昭襄王)이 거짓으로 유인한 무관(武關)에서, 소진(蘇秦)이 간 원수(洹水)에서, 모수(毛遂)가 갔던 장화(章華)에서 모두 다짐하는 맹세가 있었소. 그러나 다짐하는 맹서는 같았으나 그 말은 달랐소. 대우(大禹)의 다짐은 삼묘(三苗)를 정벌하는 말이고, 하계(夏啓)의 다짐은 반적을 토벌하는 말이고, 탕왕(湯王)의 다짐은 수치스러움을 풀어주려는 말이고, 반경(盤庚)의 다짐은 도읍을 옮기려는 말이고, 무왕(武王)의 다짐은 주(紂)를 정벌하려는 말이고, 제환공(齊桓公)과 진문공(晉文公)의 다짐은 왕을 높이려는 말이고, 진(秦)나라 소양왕의 다짐은 이웃을 속이려는 말이고, 소진(蘇秦)과 모수(毛遂)의 다짐은 합종(合從)하려는 말이었소.

지금, 열국(列國)의 군주들은 일이 있으면 회합하고, 회합하면 맹세한다고 하였지만, 오늘의 맹세가 탕왕, 반경, 제환공, 진문공, 진소양왕의 맹세도 아니고 대우, 하계, 무왕, 소진, 모수의 맹세도 아니오. 무릇 우리들은 함께 맹세한 사람들로 일단 맹세를 한 이상 하나가 되자고 말해야 하리니, 그 마음과 힘을 가다듬고 병마(兵馬)를 정돈하여 더러운 국토를 쓸어버리기로 기약해 반드시 울분을 씻어야 할 것이오. 만약 한두 사람이 약속을 어기더라도 뭇사람들이 함께 토벌할 것이며, 맹약을 주재(主宰)하는데 맹주(盟主)가 밝지 못하여 약속을 이행하면서 신의를 지키지 못하면 하늘이 반드시 벨 것이고 신(神)이 반드시 죽일 것이거늘, 하물며 함께 맹세한 사람임에랴. 맹세한 바를 재확인하고 약속한 바를 거듭 밝히며, 맹세의 말을 입 밖으로 냄에 금빛 화살을 부러뜨리면서 모두 들을 것이요, 맹세의 글이 계단을 가로지름에 옥으로 장식된 쟁반의 피를 받들어서 맹약을 정해야 하오. 여러 제왕들은 힘쓰고 삼가시오.

글이 완성되자, 남조 송나라 군주는 온 좌중에게 돌아가며 보여주도록 하니, 곧 열국의 문무장상(文武將相)들을 불러서 맹세의 글을 보여주고 각기 궁궐의 섬돌 아래에서 피를 마시게 하였다. 맹약 정하기를 마치자마자, 여러 제왕들과 뭇 신하들이 군사를 진격시키는 일을 상의하였는데, 최호가 아뢰었다.

"오늘 열국(列國)의 여러 신하들이 함께 모였지만 아직 서열이 있지 않아서 모두 응대의 법도를 잃었으니, 먼저 관직과 직위로써 문무의 반열에 대거 책봉하시되 그 고하를 나누시어 그 포상을 행하신 뒤에 군대를 출동시켜 싸움에 나아가는 것이 어떻겠습니까?"

남조 송나라 군주가 말했다.

"경(卿)의 말이 옳소."

즉시 최호를 좌승상에 제배(除拜)하고 명령을 하달하여 열국의 여러 신하들을 불러서 궁궐의 섬돌 아래에 늘어서게 하고는, 관직과 직위를 주면서 좋고 나쁨을 견주어 말했다.

좌승상(左丞相) 최호(崔浩)는 맛으로 치자면 수정 소금 같았고, 지혜로는 장자방(張子房: 장량)에 버금갔다. 원위(元魏: 후위·북위) 사람일러라.

장사(長史) 원찬(袁粲)은 앵무부(鸚鵡賦)를 지은 예형(禰衡)에게 장엄함이야 양보할지라도, 석두성(石頭城: 남경)에서 저연(褚淵)을 부끄럽게 하였다. 유송(劉宋: 남송) 사람일러라.

참군(參軍) 원회(源懷)는 백성들에게 있고 없는 것을 변통해주었지만, 법에 따라 오래된 친구는 엄히 다스렸다. 원위 사람일러라.

우승상(右丞相) 우문태(宇文泰)는 마음으로 왕실만 생각하였고, 지위는 총재(冢宰: 이부상서)에 있었다. 원위 사람일러라.

장사(長史) 이충(李冲)은 이표(李彪)를 베면서 어찌 그리 사나웠을까만, 낙양(洛陽)으로 도읍을 옮기는 데에 도왔다. 원위 사람일러라.

참군(參軍) 손성(孫晟)은 포위된 성에서 힘써 지켰고, 장릉(長陵: 금릉의 오기인 듯)에서 절개를 바쳤다. 남당(南唐) 사람일러라.

태사(太師) 풍도(馮道)는 다섯 왕조에 걸쳐 8개 성씨의 군주를 섬겼고, 처음으로 구경(九經)을 간행하였다. 오대(五代) 사람일러라.

태부(太傅) 고윤(高允)은 직필(直筆)로써 임금을 섬겼고, 죽을망정 친구를 저버리지 않았다. 원위 사람일러라.

소사(少師) 진순(陳淳)은 도의 근원을 깊이 체득하였고, 스승의 가르침을 잠시도 잊지 아니하였다. 송나라 사람일러라.

소부(少傅) 부영(傅永)은 말을 올라타서는 적을 무찌르고, 방패에 먹 갈아 격문을 지었다. 위(魏)나라 사람일러라.

사인(舍人) 형만(邢巒)은 조정에서 문학으로 칭송받았고, 영웅들과 화란을 평정하였다. 원위 사람일러라.

시강(侍講) 뇌차종(雷次宗)은 계롱산(鷄籠山: 鷄龍山 오기)에서 학관(學館)을 열어 제자들을 가르쳤고, 상복경(喪服經)을 황태자 등 앞에서 강론하였다. 유송(劉宋: 남송) 사람일러라.

태위(太尉) 왕맹(王猛)은 비록 제갈공명에 미치지는 못했으나, 그 역시 이오(夷吾: 管仲)와 같았다. 진(秦)나라 사람일러라.

동평장사(同平章事) 상유한(桑維翰)은 그대의 용감한 담력으로 어찌하여 북쪽 오랑캐에게 무릎을 꿇었는가. 후진(後晉) 사람일러라.

추밀원사(樞密院使) 유목지(劉穆之)는 귀로 보고를 듣고 눈으로 송사(訟辭) 등을 보며 입으로 함께 응대하고 손으로 답을 썼다. 송나라 사람일러라.

개부의동삼사(開府儀同三司) 유신(庾信)은 남국에 문장으로 가장 빼어났으나 북조(北朝: 西魏)에 타국살이 하는 나그네였다. 양(梁)나라 사람일러라.

한림학사(翰林學士) 범엽(范曄)은 집안의 도학을 전수하였고 나라의 문장을 관장하였다. 송나라 사람일러라.

국자좨주(國子祭酒) 서릉(徐陵)은 동궁학사(東宮學士)가 되어 새로운 궁체시(宮體詩)를 일으켜 남조(南朝)에 이름을 남겼다. 양(梁)나라 사람일러라.

어사대부(御史大夫) 장보혜(張普惠)는 얼굴빛을 엄숙히 하고 조정에서 권세가에게 흔들리지 않았다. 원위 사람일러라.

간의대부(諫議大夫) 소경(蘇瓊)은 말솜씨가 사람들을 감동시켰고 형제간의 송사도 그치게 하였다. 원위 사람일러라.

광록대부(光祿大夫) 위인포(魏仁浦)는 목숨이 다할 때까지 충직하였으니 시종일관 변치 않았다. 후주(後周) 사람일러라.

감찰어사(監察御使) 손면(孫沔)은 타고난 덕이 스스로 높다고 여겨 탄핵하기를 피하지 않았다. 원위 사람일러라.

상서령(尙書令) 왕박(王朴)은 몸소 군기(軍機)를 책임졌는데 제왕이 그가 죽자 몹시 슬퍼하였다. 후주 사람일러라.

문하시랑(門下侍郞) 장빈(張賓)은 석가(石家: 石勒)의 우후(右侯)로 한나라 장자방(張子房)에 버금갔다. 후조(後趙) 사람일러라.

이부상서(吏部尙書) 유인섬(劉仁瞻)은 강회(江淮: 淸淮의 오기인 듯)에서 절개가 드높았는데 그 군대가 정돈되어 충정군(忠正軍)이라 하였다. 남당 사람일러라.

시랑(侍郞) 오만(吳巒)은 경연광(景延廣)이 이미 무너졌는데도 지키자 야율덕광(耶律德光)이 오히려 흠모하였다. 후진(後晉) 사람일러라.

호부상서(戶部尙書) 장전의(張全義)는 고을 다스리면서 가시덤불을 베도록 하여 잘 키운 누에나 잘 자란 보리를 보면 웃었다. 후량(後梁) 사람일러라.

시랑(侍郞) 원하(源賀)는 적이 쳐들어올까 염려하여 굳게 지켰고 백성을 살리기 위해 병력을 늘였다. 원위 사람일러라.

예부상서(禮部尙書) 범진(范縝)은 관직을 위해 주장을 팔 수 없다면서 항상 불교를 배척하는 주장을 폈다. 남제(南齊) 사람일러라.

시랑(侍郞) 원부(元孚)는 얼굴빛을 엄숙히 하고 간신을 배척하라며 언성을 높여 직간하여 임금의 잘못을 바로잡았다. 원위 사람일러라.

병부상서(兵部尙書) 이곡(李穀)은 남쪽을 정벌한 책략가요, 북쪽을 방어한 전운사(轉運使)였다. 후주 사람일러라.

시랑(侍郞) 임환(任圜)은 문장에 재주가 있으면서 무략까지 겸비하여 나라를 걱정하느라 집안일을 잊었다. 후당(後唐) 사람일러라.

형부상서(刑部尙書) 양음(楊愔)은 혼란한 조정을 바로잡기 위해 애써서 형정(刑政)을 바로잡고 구제하였다. 북제(北齊) 사람일러라.

시랑(侍郞) 채흥종(蔡興宗)은 궁중 밖에서 열리는 사사로운 잔치를 가까이 하지 않고 어지러운 나라에서도 올바름을 지켰다. 송나라 사람일러라.

공부상서(工部尙書) 왕숙(王肅)은 남쪽의 벼슬아치였지만 북조(北朝)의 예악을 일으켰다. 유송(劉宋: 남송) 사람일러라.

시랑(侍郞) 원자옹(源子邕)은 대궐에서 간사한 이들을 주벌하고 동하주(東夏州)의 도탄에서 백성들을 구하였다. 원위 사람일러라.

사예교위(司隸校尉) 장창(張暢)은 말솜씨가 옳고 그름을 가리어 사리를 밝히니 원수들도 아낄만하다고 고개를 끄덕였다. 송나라 사람일러라.

태상박사(太常博士) 최굉(崔宏)은 청하(淸河) 최씨의 이름난 집안에서 백마후(白馬侯)로 봉해진 걸출한 인물이었다. 원위 사람일러라.

태사령(太史令) 하승천(何承天)은 태양의 궤도를 관측해 저술하는데 전념하여 원가력(元嘉歷)을 정교하게 만들었다. 송나라 사람일러라.

도원수(都元帥) 모용각(慕容恪)은 어찌 곽광(霍光)에만 그치겠으며 관중(管仲)이 될 수 있었다. 연(燕)나라 사람일러라.

장사(長史) 유심(劉鄩)은 오국삼진(五國三鎭)의 시대에서 한 걸음에 백 가지 계책을 생각해냈다. 후량(後梁) 사람일러라.

부원수(副元帥) 고환(高歡)은 영웅들을 부리어서 시호를 헌무(獻武)라 하였다. 원위 사람일러라.

장사(長史) 진궁(陳宮)은 어찌 여포(呂布)의 참모가 되어서 조조(曹操)에게 굴복하지 않았단 말인가.

찬군교위(贊軍校尉) 양유(陽裕)는 누가 서생(書生)이라 일컬었는가만 능히 백성 어지럽히는 것을 보호하였다. 연(燕)나라 사람일러라.

보병교위(步兵校尉) 모덕조(毛德祖)는 활대(滑臺)에서 포위망을 뚫고 금용(金墉)에서 적을 쳐부수었다. 송나라 사람일러라.

병절교위(秉節校尉) 팽락(彭樂)은 <적의 칼에 찔리어 튀어나온 것을 밀어 넣어도 들어가지 않는> 창자를 잘라 내고 또다시 싸우면서 눈을 부릅뜨고 적을 무찔렀다. 원위 사람일러라.

과의교위(果毅校尉) 왕준(王峻)은 뛰어난 재주로 연(燕)나라에 항거하였고 변(汴)땅에 쳐들어간 공적이 컸다. 후주 사람일러라.

기도위(騎都尉) 마선병(馬仙琕)은 화살을 쏘며 임금의 은혜를 갚고자 대궐의 성문을 닫은 채 사자(使者)를 받아들이지 않았다. 남제(南齊) 사람일러라.

봉거도위(奉車都尉) 왕사동(王思同)은 서경(西京: 장안)을 힘써 지키면서 죽더라도 굴복하지 않고 신하되지 아니하였다. 후당 사람일러라.

중랑장(中郎將) 왕청(王清)은 홀로 거란군의 정예병을 감당하며 충절을 위해 깨끗이 목숨을 버렸다. 후진(後晉) 사람일러라.

호분장군(虎賁將軍) 요양(姚襄)은 박학하면서도 선비들에게 몸을 낮추었고 용맹스럽기가 군인보다 능하였다.

도호장군(都護將軍) 장언경(張彦卿)은 오대(五代) 사이의 전쟁에서 능했지만 이미 한번 죽기로 작정하였다. 후당 사람일러라.

적노장군(積弩將軍) 장경(張瓊)은 넓적다리뼈를 부수고 화살을 뽑아내자 피가 뿜어 나왔지만 적을 이기고 깃발을 뽑아 돌아왔다. 후주 사람일러라.

광야장군(曠野將軍) 단소(段韶)는 당시 임금을 바르게 하면서 분하(汾河)를 막아 임금을 보호하였다. 북제 사람일러라.

편장군(偏將軍) 유의(劉毅)는 집안에 곡식 한 말의 비축이 없어도 저포놀이에는 판돈을 걸었다. 송나라 사람일러라.

위장군(衛將軍) 장경달(張敬達)은 생철(生鐵)이라는 강직함으로 위엄과 명성을 지녔고 옥이 부서져도 굳은 마음과 변하지 않는 절개를 지녔다. 후당 사람일러라.

전장군(前將軍) 왕언장(王彦章)은 표범이 죽어서 가죽을 남기듯 하겠다며 뛰어난 창술로 사납게 공격하였다. 오대(五代) 사람일러라.

좌장군(左將軍) 하무기(何無忌)는 용맹을 떨치는 것이 외삼촌[劉牢之]과 흡사하였는데 격문을 지어 어머니를 기쁘게 하였다. 송나라 사람일러라.

우장군(右將軍) 장치(張蚝)는 달리는 소의 등에 거꾸로 타고서 높은 성을 뛰어넘었다. 진(秦)나라 사람일러라.

후장군(後將軍) 소휘가(蕭麾訶: 蕭摩訶의 오기)는 강좌(江左)의 이름난 장군으로 진후주(陳後主)의 호군(護軍)이었다. 진(陳)나라 사람일러라.

도선봉(都先鋒) 설안도(薛安都)는 단창(單槍)으로 섬성(陝城)을 공격하고 필마(匹馬)로 관중(關中)을 평정하였다. 송나라 사람일러라.

좌선봉(左先鋒) 등강(鄧羌)은 창 하나를 쥐고서 솟구쳐 말에 오르자 만마(萬馬)가 뒷걸음질 쳤다. 진(秦)나라 사람일러라.

우선봉(右先鋒) 여포(呂布)는 거취가 일정하지 아니하였지만 날래고 용감함은 정말 애석하였다.

대사마(大司馬) 백안(伯顔)은 시호를 충무(忠武)라 했고 신명처럼 우러렀다. 원(元)나라 사람일러라.

대장군(大將軍) 올출(兀朮)은 지혜와 용기가 남보다 뛰어났고 충성과 의리로 뭇사람들을 감복시켰다. 원나라 사람일러라.

거기대장군(車騎大將軍) 주덕위(周德威)는 묵은 감정을 풀고 이사소(李嗣昭)를 구했으며 몸가짐을 신중히 하여 거란을 격파하였다. 후당 사람일러라.

표기대장군(驃騎大將軍) 종각(宗慤)은 바람을 타고 거친 물결을 헤치고자 했는데 사자처럼 꾸며 <코끼리 떼를 쫓아> 오랑캐를 굴복시켰다. 송나라 사람일러라.

관군대장군(冠軍大將軍) 모용수(慕容垂)는 하늘을 높이 날아오르는 호걸스러운 매이자, 구름을 바라보는 신령스러운 용이었다. 연(燕)나라 사람일러라.

진군대장군(鎭軍大將軍) 곡률광(斛律光)은 군대에서 아버지 방식을 사용했고 충성으로 왕실을 위해 목숨을 바쳤다. 북제(北齊) 사람일러라.

무군대장군(撫軍大將軍) 위예(韋叡)는 몸이 허약해 말에 오르지 못했지만 적들은 오히려 호랑이라고 하며 두려워하였다. 양(梁)나라 사람일러라.

중군대장군(中軍大將軍) 왕사정(王思政)은 낙양(洛陽)에서 어가를 지켰고 옥벽(玉壁) 전투에서 충절을 드러내었다. 원위 사람일러라.

전군대장군(前軍大將軍) 모용한(慕容翰)은 이역 땅에서 인재를 얻고 고립된 소수의 군대로 적을 무찔렀다. 연(燕)나라 사람일러라.

후군대장군(後軍大將軍) 곡률금(斛律金)은 흙냄새를 맡아 병사들이 멀고 가까운 곳에 있는지 알았으며 문을 닫아걸고 아들을 경계하였다. 북제 사람일러라.

효기대장군(驍騎大將君) 고오조(高敖曹: 高昂)는 말위에서 장창을 쓰는 것이 남보다 뛰어났는데 담력과 용맹도 군중(軍中)에서 제일갔다. 원위 사람일러라.

정동대장군(征東大將軍) 하로기(夏魯奇)는 용맹스러움으로 항상 적진을 함몰시켰고 충성스러움으로 능히 적을 꾸짖었다. 후당 사람일러라.

정서대장군(征西大將軍) 유원경(柳元景)은 오랑캐의 말에 강물을 먹이고 고립된 소수의 군대로 섬성(陝城)을 공격하였다. 송나라 사람일러라.

정남대장군(征南大將軍) 배방명(裵方明)은 소수의 군대로 광한(廣漢)의 협곡에서 민란군을 패주시켰고, 형주(荊州)를 빼앗는데 앞장섰다. 양(梁)나라 사람일러라.

정북대장군(征北大將軍) 약원복(藥元福)은 군사 운용에 노련하였고 지혜와 용맹을 갖추어 사람들을 감복시켰다. 후진(後晉) 사람일러라.

진동대장군(鎭東大將軍) 모용소종(慕容紹宗)은 후경(侯景)이 유독 두려워하는 바라고 고환(高歡)이 죽기 전에 말했다. 원위 사람일러라.

진서대장군(鎭西大將軍) 단도제(檀道濟)는 성을 쳐들어가는 열 가지 계책을 낸 중신(重臣)으로 만리장성(萬里長城)과 같았다. 송나라 사람일러라.

진남대장군(鎭南大將軍) 고행주(高行周)는 적진에 임하여 바람 일듯이 큰소리를 내어 꾸짖었으며 의리와 용맹이 태산 같았다. 후진(後晉) 사람일러라.

진북대장군(鎭北大將軍) 심경지(沈慶之)는 남을 비웃으며 말로 기롱하였고 귀로만 배운 것을 스스로 자랑하였다. 송나라 사람일러라.

평동대장군(平東大將軍) 이사소(李嗣昭)는 노주(潞州)에서 명성과 인망이 높아 진양(晉陽)의 튼튼한 보장(保障)이 되었다. 후당의 사람일러라.

평서대장군(平西大將軍) 사애(謝艾)는 올빼미가 울자 전쟁의 승리를 점치니 와호(臥虎: 비상한 사람)라는 칭송이 비등하였다. 양(凉)나라 사람일러라.

평남대상군(平南大將軍) 왕비(王羆)는 하남(河南)에 성을 쌓았고 형양(滎陽)이 자기의 무덤임을 보였다. 원위 사람일러라.

평북대장군(平北大將軍) 후안도(侯安都)는 콩을 흩어 뿌려 말을 빼앗고 회수(淮水)를 건너 고래와 같은 무리들을 베어 죽였다. 진(陳)나라 사람일러라.

안동대장군(安東大將軍) 이필(李弼)은 갈대밭에 매복하였다가 적을 무너뜨리고 쑥대가 무성한 성을 지켰다. 원위 사람일러라.

안서대장군(安西大將軍) 왕진악(王鎭惡)은 북을 두드리지 못하도록 하고 적을 사로잡기 위해 타고 온 배를 풀어 떠내려 보내놓고서는 진(秦)나라를 평정하였다. 송나라 사람일러라.

안남대장군(安南大將軍) 이주영(爾朱榮)은 외번(外藩)을 차지해 있으면서도 멀리서 조정의 정사를 좌지우지하였다. 원위 사람일러라.

안북대장군(安北大將軍) 곡률선(斛律羨)은 치적이 유릉(幽陵: 幽州)에서 돋보여 그 위세가 돌궐에까지 퍼졌다. 원위 사람일러라.

무위대장군(武威大將軍) 곽숭도(郭崇韜)는 문벌이야 어찌 논하랴만 장수와 재상의 재질이 모두 넉넉하였다. 후당(後唐) 사람일러라.

우림대장군(羽林大將軍) 위효관(韋孝寬)은 분하(汾河)에 목책을 치는데 지혜를 짜내어 옥벽(玉壁) 전투에서 공훈을 새겼다. 원위 사람일러라.

무위대장군(武衛大將軍) 정오(丁旿)는 지금에 이르러도 열사(烈士)이며 아직도 도호(都護)로 널리 불려진다. 송나라 사람일러라.

토로대장군(討虜大將軍) 장시(張偲)는 후안도(侯安都)와 함께 마음을 모아 후경(侯景)을 힘껏 죽이고자 하였다. 양(梁)나라 사람일러라.

파로대장군(破虜大將軍) 이한지(李罕之)는 백 번 싸워서 일으킨 양(梁: 晉의 오기)을 물리치고 한마음으로 진(晉: 梁의 오기)에게 귀부하였다. 후당 사람일러라.

정로대장군(征虜大將軍) 심전자(沈田子)는 무관(武關)에 적은 군사로 많은 것처럼 꾸며 진(秦)나라를 평정해 남달리 뛰어나게 세운 공로가 있었다. 양(梁)나라 사람일러라.

진무대장군(振武大將軍) 부복애(傅伏愛)는 북군(北軍)의 기세를 북돋워 남쪽의 사람들이 그 위엄을 두려워하도록 하였다. 원위 사람일러라.

진위대장군(振威大將軍) 갈종주(葛從周)는 태령(泰寧)을 차지해 진(鎭)을 치고 있으면서 하동(河東)을 방어해내었다. 후량(後梁) 사람일러라.

양렬대장군(揚烈大將軍) 안금전(安金全)은 태원(太原)에 물러나 있다가 일어나 진양(晉陽)이 포위된 것을 풀었다. 후주(後周) 사람일러라.

양무대장군(揚武大將軍) 고장공(高長恭)은 군사들과 노래 부르며 진(陳)나라로 들어가자 적들은 신들린 창술에 두려워했다. 북제(北齊) 사람일러라.

양위대장군(揚威大將軍) 강자일(江子一)은 대성(臺城)이 위급하자 제양(濟陽)에서 충성과 용맹으로 출전하였다. 양(梁)나라 사람일러라.

분무대장군(奮武大將軍) 부홍지(傅弘之)는 심전자(沈田子)를 죽이고 반란을 평정하였으며 혁련괴(赫連瓌)의 기병을 격파하고 위엄을 떨쳤다. 송나라 사람일러라.

복파대장군(伏波大將軍) 이존효(李存孝)는 석인봉(石人峰)의 정기를 모아 태어나 사타(沙陀)의 군대로서 살 구멍을 찾았다. 후당 사람일러라.

중견대장군(中堅大將軍) 양사후(楊師厚)는 숙위(宿衛)의 강병(强兵)을 휘하에 둔 장수로 높은 명성을 지녀 여러 군사들의 마음이 그에게로 모여들었다. 후량(後梁) 사람일러라.

귀덕대장군(歸德大將軍) 하발승(賀拔勝)은 남쪽에서 날아오는 새를 활로 쏘지 않았으니 북조(北朝)에 마음이 있었기 때문이었다. 원위 사람일러라.

유격대장군(游擊大將軍) 무행덕(武行德)은 힘이 한 골짜기의 땔나무를 죄다 짊어질 수 있었고 용기는 수많은 장부라도 대적할 수 있었다. 후진(後晉) 사람일러라.

정원대장군(征遠大將軍) 이숭(李崇)은 혼자 수레를 타고서 오랑캐를 평정하였으며 북을 누각에 매달아두어서 도둑들을 사라지게 하였다. 원위 사람일러라.

정변대장군(征邊大將軍) 달해무(達奚武)는 주발(周勃)처럼 중후하였고 조충국(趙充國)처럼 노련하였다. 원위 사람일러라.

호군대장군(護軍大將軍) 이소영(李紹榮)은 고행주(高行周)와 명성을 나란히 하였고 이사원(李嗣源)에게 귀의하지 않았다. 후당 사람일러라.

토역대장군(討逆大將軍) 모용농(慕容農)은 결실 취하는 시기를 이해하고 용맹을 떨쳐 석월(石越)을 베었다. 연(燕)나라 사람일러라.

진원대장군(鎭遠大將軍) 왕혜룡(王慧龍)은 강한 적을 머나먼 변방에서 상대했고 자객이 오히려 그의 묘를 죽을 때까지 지켰다. 원위 사람일러라.

평원대장군(平遠大將軍) 부언경(符彦卿: 符彦卿의 오기)은 밥주머니와 같은 무능한 사람이야 요구하지도 않고 직접 거란의 철요군(鐵鷂軍)을 깨뜨렸다. 후주(後周) 사람일러라.

보국대장군(輔國大將軍) 유지준(劉知俊)은 변량(汴梁)에서 전략을 논하고 기롱(岐隴)에서 군사를 일으켰다. 후량 사람일러라.

좌효위대장군(左驍衛大將軍) 장영덕(張永德)은 고평(高平)에서 임금을 도왔고 호량(濠梁)에서 적을 무찔렀다. 후주 사람일러라.

우효위대장군(右驍衛大將軍) 설아단(薛阿檀)은 진왕(晉王: 李克用)을 배반하고 양원(梁園)에서 날듯이 나왔다. 후당 사람일러라.

이때 백안(伯顔)과 올출(兀朮)이 병졸 10만 명을 거느리고 와서 남조 송나라 군주를 알현하고 울며 말했다.

"신의 주군께서 제갈량(諸葛亮)의 손에 죽었는지라 원수를 갚고자 하나 군사의 수가 적고 힘이 약하여 감히 의욕이 생기지 않습니다. 어렴풋이나마 듣자니 폐하께서 여러 나라들을 모두 모아 몸소 낙양(洛陽)을 정벌하신다고 하였으므로 병사들을 이끌고 멀리서 와 조그마한 힘이나마 돕고자 합니다. 엎드려 바라건대 폐하께서는 어여삐 여겨 거두어 주십시오."

남조 송나라 군주는 백안(伯顔)을 대사마(大司馬)로 삼고, 올출(兀朮)을 대장군(大將軍)으로 삼아 본부(本部)의 병력을 거느리고 싸움을 돕게 했다.

명나라 태조가 몸소 정벌에 나서 예주에 도착하고,
유목지가 교묘한 말로 항왕을 설득하다
明太祖親征到豫州, 劉穆之巧言說項王

각설(却說). 남조 송나라 군주는 작위를 주고 관직을 임명하는 일을 마치자 여러 황제들과 왕들에게 각기 진영(陣營)의 부대를 나누어 차례로 병사들을 내보냈다. 제 1부대는 제(齊)나라 군주 소도성(蕭道成)과 양(梁)나라 군주 소연(蕭衍), 제 2부대는 진(陳)나라 군주 진패선(陳霸先)과 한(漢)나라 군주 유연(劉淵), 제 3부대는 위(魏)나라 왕 척발규(拓跋珪)와 조(趙)나라 왕 석륵(石勒), 제 4부대는 연(燕)나라 군주 모용황(慕容皝)과 진(秦)나라 왕 부견(符堅), 제 5부대는 북제(北齊)의 군주 고양(高洋)과 후량(後梁)의 군주 주전충(朱全忠), 제 6부대는 후당(後唐)의 군주 이존욱(李存勗)과 후진(後晋)의 군주 석경당(石敬瑭), 제 7부대는 후한(後漢)의 군주 유지원(劉知遠)과 후주(後周)의 군주 곽위(郭威), 제 8부대는 촉(蜀)나라 군주 공손술(公孫述)과 남당(南唐)의 군주 이욱(李煜), 제 9부대는 두건덕(竇建德)과 왕세충(王世充), 제 10부대는 소선(蕭銑)과 설거(薛擧)인데, 각 부대마다 대장군 5명과 정예기병 10만이었다. 그 나머지 모든 사람들은 남조 송나라 군주가 스스로 거느려서 한 부대를 이루니, 맹장(猛將) 50여 명과 정예기병이 50만이었다. 서로 의논하여 날짜를 정하고 출병하였다.

정탐 기병이 이 사실을 낙양(洛陽)에 보고하여 알리자, 한고조가 여러 황제들을 모아서 적을 맞아 싸울 대책을 상의하니, 상(上: 명태조)이 말했다.

"지금 많은 적들이 반역을 저지르려고 개미떼와 벌떼처럼 모인 그 기세가 큰 불길이 이글거리는 듯하니, 이것은 가장 큰 걱정거리인지라 장수를 보내 그들을 토벌하게 할 수 없고 반드시 모름지기 황제가 직접 군사를 통솔해 정벌한 뒤에야 적을 제압할 수 있을 것입니다."

한고조가 말했다.

"그대의 말씀이 옳소. 과인(寡人)은 마땅히 남아 낙양을 지킬 터이니, 그대와 여러 황제들은 많은 장수들과 함께 크게 병마(兵馬)를 거느리고서 친히 말을 타고 남쪽으로 정벌에 나서서 모든 군대를 지휘하는 것이 어떠하오?"

상(上: 명태조)이 허락하자, 연회에 모였던 황제들이 직접 정벌에 나설 일을 의논하고 또 태위지내외병마정토사(太尉知內外兵馬征討事) 제갈량(諸葛亮)으로 하여금 모든 장수들을 지휘하고 병마를 정돈하게 하였다. 그러자 항왕(項王)이 말했다.

"과인의 힘은 산을 뽑을 만하고 기세는 또 세상을 덮을 만하여 천하무적이라 부르고 있는데, 가는 곳마다 반드시 격파하고 공격한 곳마다 반드시 멸망케 하였습니다. 청컨대 본부의 병력으로 직접 한 부대를 만들어 마땅히 앞장서서 달려가 진격하게 해준다면, 많은 적들이 필히 명성만 듣고도 절로 두려워 움츠려들 것입니다."

상(上: 명태조)이 허락하자, 당태종이 상(上: 명태조)에게 은밀히 말했다.

"항왕은 사람됨이 호랑이같이 사납고 이리같이 탐욕스러워 이랬다저랬다 하는 줏대 없는 사람입니다. 말은 비록 이와 같이 할지언정, 반드시 머지않은 장래까지는 우리의 선봉이 되어 힘을 다해 적을 토벌할 것이지만 위급한 때에 만일 불측한 마음을 품기라도 하면 그 해악이 적지 않을 것이리니, 선봉을 서게 해 명성과 위세를 빌려주어서는 아니 될 것입니다.”

상(上: 명태조)이 말했다.

“항왕은 용감하나 지모가 없으니 사로잡기에 쉬울 것이며, 또한 우리의 병사들이 매우 많으니 저가 비록 용감하고 포악할지라도 나에게 어찌하겠습니까? 임시로 허락하고 낌새를 보아가며 잘 대처합시다.”

당태종이 그러자고 동의하자, 상(上: 명태조)이 즉시 명을 내려 항왕을 선봉으로 삼고서 일렀다.

“그대의 용맹은 천만 명이라도 대적할 수가 없으니 이번 일로 아닌 게 아니라 많은 적들을 쓸어서 없애버린다면, 과인 등이 마땅히 맹주(盟主)로 추대하여 지위가 한고조 위에 있을 것이오.”

항왕은 마음속으로 몰래 기뻐하면서도 사양하여 받아들이지 않다가 응낙하고 즉시 본부의 장수와 병졸들을 거느리고서 서주(徐州)로 향하였다. 상(上: 명태조)도 즉시 여러 황제들 및 장수들에게 일시에 출발하도록 하고 예주(豫州)에 당도하였다.

세작(細作: 첩자)이 이를 건강(建康)에 보고하여 알리자, 남조 송나라 군주가 여러 사람들에게 싸움터를 향해 나아가야할지를 상의하는데, 유목지(劉穆之)가 말했다.

“항왕의 남달리 뛰어난 용맹은 대적할 자가 없는데, 그가 선봉이 되었으니 그 기세를 당해내기 어렵습니다. 신이 비록 재주가 없습니다만 청컨대 세 치의 썩지 않을 혀로 항왕을 설득하러 가게 해주시면 저들을 배반하고 우리를 위하게 하겠습니다.”

남조 송나라 군주가 말했다.

“항우(項羽)의 용맹을 우리에게 쓰도록 한다면 많은 적들이 얼마나 걱정하겠느냐?"

즉시 유목지를 보냈는데, 황금 비단 등 여러 가지 재화 등을 넉넉히 주어 항왕을 설득하러 가게 하였다.

차설(且說). 항왕이 먼저 출발해 서주(徐州) 앞에 이르러 군사들 배치하기를 마치고는 여러 장수들과 함께 바야흐로 싸움터에 나아갈 책략을 의논하려 하는데, 갑자기 보고하기를 "강남(江南)의 어떤 사람이 특별히 찾아와서 뵙기를 청합니다."라고 하였다. 항왕이 불러들이게 하니, 유목지(劉穆之)가 들어와 인사치례를 마치고 재화와 예물을 받들어 바쳤다. 항왕이 자리를 내어주며 물었다.

"경(卿)은 무엇 하는 사람인가?"

유목지가 대답하였다.

"신(臣)은 송고조(宋高祖: 劉裕)의 신하 유목지입니다."

항왕이 괴이하게 여겨서 물었다.

"내가 듣건대 경(卿)은 송나라 요직을 담당하여 기틀을 잡는 사람이라 하거늘, 어인 일로 직무를 폐하고 멀리서 나를 찾아와 보려하는가?"

유목지가 말했다.

"신(臣)은 강남(江南)에 있는데, 몸이 동부성(東府城)에 들어가 있으면서 눈으로는 글과 송사(訟辭)를 보고 귀로는 남의 말을 듣고 입으로는 함께 응대하고 손으로는 장계한 글에 답하느라 단 하루라도 직무를 떠날 수가 없습니다. 그런데도 지금 특별히 멀리서 찾아와 대왕을 알현하는 것입니다. 신(臣)이 듣건대 대왕의 명성은 마치 천둥이 옆에서 치는 것만 같고 천 년이 지나와도 우러르는 마음이 간절한지라 매번 얼굴을 뵙고 말씀을 듣고 싶었지만 동서가 험하고 멀리 떨어져 있는데다 남북이 서로 동떨어져 있어서 미처 뜻을 이룰 수가 없었습니다. 오늘 대왕께서 스스로 선봉이 되어 몸소 군대를 통솔하는 부절(符節)을 잡고서 용맹을 떨치며 남쪽을 정벌하시니, 오늘이야말로 신(臣)이 평소의 소원을 이루고자 성의를 다할 수 있는 날입니다. 이 때문에 특별히 찾아와서 알현하는 것입니다."

항왕이 말했다.

"나의 명성이 어떻게 경(卿)이 말하는 데에까지 미쳤단 말인가? 경이 들은 것이 너무나도 지나치오."

유목지가 말했다.

"대왕의 용맹은 제(齊)나라의 맹분(孟賁)과 위(衛)나라의 하육(夏育)보다 뛰어나시고, 육도삼략(六韜三略)의 병법은 춘추시대 손무(孫武)와 오기(吳起)보다 뛰어나시며, 위세와 무력은 진시황(秦始皇)보다 뛰어나시니, 큰 소리 치면 천 명의 사람이 넋을 잃었고 꾸짖으면 만 명의 사람이 기운을 잃었는지라, 웅장한 풍채는 천지를 뒤흔들었고 남달리 뛰어난 명성은 죽백(竹帛: 역사)에 드리워 빛납니다. 이는 백세토록 내려오는 공변된 말이지, 어리석은 저의 사사로운 아첨이 아닙니다."

항왕이 말했다.

"나의 남달리 뛰어난 용맹과 위엄은 비록 경(卿)의 말과 같을지라도 공업은 이루지 못하여 다만 분하고 한스러울 뿐이니 말해 무엇 하겠는가?"

유목지가 말했다.

"대왕의 용맹이야 남음이 있지만 결단력은 부족하였기 때문에 홍문연(鴻門宴)에서 옥결(玉玦)을 들어 보였지만 응하지 않으시고, 오강(烏江)에서 칼로 목을 찌르는 한을 부질없이 남기셨으니, 애석함을 이길 수 있으십니까? 탄식을 이루 다 할 수 있으십니까?"

항왕이 처연하게 눈살을 찌푸리며 말했다.

"지난날의 일은 말해 보아야 아무 소용도 없고 후회해 보아야 다시 어찌할 수가 없으니 우선 내버려두는 것이 옳지만, 요즈음 당면한 일을 세세히 털어놓는 것이야 좋다."

유목지가 말했다.

"만약 지금의 일로 말하자면 한나라와 남조 송나라는 맞붙어 싸우지만 여러 나라들은 달팽이가 뿔을 다투는 격이라 할 수 있는데, 대왕께서는 누가 이기리라고 생각하십니까?"

항왕이 말했다.

"한나라가 이길 것이다."

유목지가 말했다.

"대왕께서는 어떻게 한나라가 이길 것을 아십니까?"

항왕이 말했다.

"한나라, 당나라, 송나라, 명나라의 임금은 모두 천하의 영웅인데다, 지모 있는 신하와 용맹한 장수들이 깊은 연못에 고기가 모이듯 구름처럼 모여서 이루 다 셀 수가 없으니, 이로써 보건대 한나라가 승리할 것을 알 수 있다."

유목지가 말했다.

"남조 송나라 군주의 웅대한 포부와 위대한 지략이 한고조(漢高祖)에 못하지 않으며, 제(齊)나라, 양(梁)나라, 진(陳)나라, 위(魏)나라의 임금들도 천하의 영웅인데다, 지모 있는 신하와 용맹한 장수들도 저들보다 덜하지 않으니, 이로써 보건대 한나라와 남조 송나라 사이의 승패는 알 수가 없습니다. 그런데도 대왕께서 오로지 한나라가 승리할 것이라고 여기시는 것은 무슨 까닭입니까?"

항왕이 격분해 말했다.

"전쟁에서 이기고 지는 것은 적의 형편을 헤아리고 전세(戰勢)를 살피는 데에 달렸을 뿐이다. 지금 나는 산이라도 뽑을 만한 힘과 세상을 덮을 만한 기세로 한나라의 선봉이 되었으니 단기(單騎)로 창 하나를 들고서 장차 강회(江淮: 양자강과 회수)를 짓밟고 양월(楊粵)을 소탕하여 평정할 것인데, 많은 적들을 보니 하루살이 곤충 같고, 떼 지어 온 무리들을 토멸하자니 개미떼 같은지라, 너희 나라를 살피지 않았지만 감히 나를 대적할 자가 있겠느냐? 혹여 나를 대적할 마음이 있다면 이른바 '모기가 산을 짊어지는 것이요, 사마귀가 수레바퀴를 멈추게 하려는 것이다.'는 격이리라."

유목지가 말했다.

"대왕께서는 필부(匹夫)의 용맹과 한 부대의 군사로써 여러 나라의 군사를 감당하셔야 하니, 또한 모기나 사마귀와 다를 바가 없습니다. 대왕께서도 싸우면 삼패지도(三敗之道)가 있을지니 <우리와> 연합해 전쟁을 그치고 목숨을 보전하는 것만 못할 것입니다."

항왕이 노하여 말했다.

"무엇이 삼패지도라는 것이냐?"

유목지가 말했다.

"대왕께서는 용맹하나 지모가 없으시니 반드시 패하는 첫째요, 교만하여 적을 업신여기시니 반드시 패하는 둘째요, 적은 수로 많은 수의 무리를 대적하시니 반드시 패하는 셋째입니다."

항왕이 더욱 더 노하여 말했다.

"내가 가는 곳마다 대적할 자가 없었으니, 홀로 말을 타고 거록(鉅鹿)에서 진(秦)나라 군사 40여 만을 격파하였으며, 수수(睢水)에서 한(漢)나라 군사 50여 만을 곤경에 빠뜨렸다. 당시에 나의 풍모(風貌)를 들은 자들은 혼이 떨리고 기운을 잃었으며, 후세에 나의 명성(名聲)을 들은 자들은 간담이 서늘하고 정신이 혼란스러웠으니, 나를 따르는 자는 살았고 나를 거스르는 자는 죽었다는 것이야 그대 또한 아는 바일 것이다. 지금 네가 미친 소리와 공손치 못한 말로써 용린(龍鱗: 항우의 비위)을 건드리고 호랑이의 수염을 건드려 그 죄에 죽여 마땅하나, 잠시라도 남은 목숨을 살려주노니 다시는 함부로 말을 말라."

유목지가 말했다.

"대왕께서는 예전에 경현(京縣)과 색성(索城)에서 패하고 해하(垓下)에서 곤경에 빠져 달아나다 음릉(陰陵)에서 길을 잃게 되자 오강(烏江)에서 개죽음을 했었고 지금 또 한나라의 선봉이 되어 남조 송나라에게 반드시 패할 것이거늘, 예나 지금이나 대적할 자가 없다고 할 수 있겠습니까?"

항왕은 노기가 하늘을 찌를 듯이 화가 머리끝까지 나서 큰 소리로 꾸짖으며 말했다.

"이 애송이를 살려둘 수 있겠느냐?"

좌우에 명하여 유목지를 끌어내어 참하도록 재촉하자, 유목지는 조금도 두려워하는 기색 없이 오직 하늘을 우러르며 크게 웃었다.

그러자 항왕이 욕하며 말했다.

"네놈이 지금 죽음을 앞두고도 웃으니, 무슨 까닭이냐?"

유목지가 말했다.

"엎드려 빌건대 대왕께서 진노를 조금 거두어주시면 신(臣)이 한마디만 말하고 죽고자 합니다."

항왕이 말했다.

"네놈은 무슨 말을 하고 싶은 것이냐?"

유목지가 말했다.

"신(臣)이 듣자니 예전에 지아비를 업신여기는 지어미가 있었는데, 그 노비가 그 남편에게 말하기를, '지어미가 그 지아비를 업신여겨도 좋습니까?' 하자, 그 남편이 노하여 노비를 볼기쳤다고 합니다. 이는 그 남편이 지어미를 마음대로 제어하지 못하면서도 도리어 그 노비에게 분풀이한 것입니다. 지금 대왕의 수치는 그 남편보다도 더하고, 신(臣)이 고난을 당하는 것은 그 노비보다 더 심하니, 이 때문에 웃었습니다."

항왕이 말했다.

"나에게 무슨 수치가 있단 것이냐?"

유목지가 말했다.

"대왕께 재주와 지혜, 용맹과 지략 등이 없어 수치스러운 용맹이 이보다 심한데도 대왕께서는 수치스럽다고 여기지 않으십니까?"

항왕이 말했다.

"어찌하여 재주와 지혜, 용맹과 지략이 없다고 이른단 말이냐?"

유목지가 말했다.

"용맹은 있지만 지모가 없는 것은 재주가 아니요, 사태의 변화 기미를 살피지 못하는 것은 지혜가 아니요, 남의 아래가 됨을 부끄러워하지 않는 것은 용맹이 아니요, 신하에게 노하며 죽이고자 하는 것은 지략이 아닙니다."

항왕이 말했다.

"어찌하여 나를 남의 아래라 이른단 말이냐?"

유목지가 말했다.

"신(臣)이 듣건대 청하여서 찾아오는 자는 귀빈(貴賓)이나 청하지 않았는데도 스스로 찾아오는 자는 식객(食客)입니다. 지난번 낙양의 연회에 대왕께서는 청하지 않았는데도 스스로 찾아왔으니 바로 식객이었습니다. 높은 자리에 있으면서 모임을 주선하는 자는 윗사람이요, 앞장서서 일을 거드는 자는 아랫사람입니다. 한나라와 남조 송나라의 전쟁에서 대왕께서는 창을 들고 앞장서서 나섰으니 바로 아랫사람인 것입니다. 지위는 식객에 위치하고 직분은 아랫사람에 위치해 있는데도 돼지나 양처럼 부리는 것을 편히 받아 그저 개나 말처럼 수고를 하고 있으시니, 신(臣)은 외람되지만 대왕을 위해 탄식할 따름입니다."

항왕은 노기가 조금 가라앉자 낮은 목소리로 말했다.

"옛사람들이 이르기를, '미친 사람의 말이라도 성인은 채택한다.'고 하였으니, 이는 미친 사람의 말일망정 혹여 한 가지 좋은 말이라도 있으면 성인이 채택하여 그대로 행한다는 것이리라. 네놈의 말이 비록 미친 소리이나 이치에 가까운 듯하니, 내가 네놈의 말을 채택할 터인데 나를 위해 그 일이 되어가는 형편을 밝혀 말해 보라."

유목지가 항왕을 보니 노기가 가라앉고 의중이 변하였는지라, 곧 일어나서 절하고는 땅에 엎드려 사죄하며 말했다.

"신(臣)이 존귀한 분의 위엄을 범하여 하늘의 노여움을 불러일으켰으니 그 죄 만 번 죽어 마땅하나, 대왕께서 주벌하지 않으시고 너그러이 살려주시니, 오늘은 신(臣)이 은혜를 받아 다시 태어난 날입니다. 신(臣)이 비록 우매할지라도 어찌 감히 정성을 쏟아서 속마음을 털어놓으며 대왕을 위해 말하지 않겠습니까?"

항왕이 말했다.

"우선 말해 보라."

유목지가 다시 일어나 절하고 무릎을 꿇더니 바싹 다가앉아서 말했다.

"대왕께서는 우선 오늘 일이 되어가는 형편을 보시면 한나라와 남조 송나라가 서로 다투고 여러 나라들이 또한 싸우느라 구름이 어지럽듯 별똥이 떨어지듯 바람이 날듯 우레가 치듯 하니, 이때야말로 세상을 뒤덮을 영웅이 뜻을 이룰 기회입니다. 지금 대왕께서는 한나라의 선봉이 되어 홀로 출정하여 싸우시면 적을 죄다 죽일 수 있겠습니까?"

항왕이 말했다.

"내가 비록 용맹스럽다 할지라도 수많은 적들을 쓸어 평정하는 것을 또한 미리 기필할 수가 없다."

유목지가 말했다.

"대왕의 신 같은 용맹은 매우 뛰어나서 짝할 자가 없으니, 지금 창을 들고 앞장서면 어찌 한 번 싸워 성공하지 못하겠습니까? 성공한 후에는 반드시 시기하고 미워하며 해치려는 자가 있을 것입니다."

항왕이 놀라 말했다.

"누가 나를 해칠 수 있으랴?"

유목지가 말했다.

"대왕께서는 한고조를 어떠한 사람이라고 생각하십니까?"

항왕이 말했다.

"관대하고 인자하며 도량이 넓고 큰 사람이다."

유목지가 말했다.

"신(臣)이 한고조의 사람됨을 말씀드리겠습니다. 한고조의 사람됨은 자기보다 나은 자를 싫어하고 자기보다 뛰어난 자를 해쳤으니, 관대하고 인자한 가운데 한편으로는 사납고 어그러진 마음이 있었으며 도량이 넓고 큰 가운데 한편으로는 편협하고 편벽된 생각이 있었는지라, 한신(韓信)과 팽월(彭越)을 소금에 절여 죽였는데 조금도 돌아보며 애석하지 않았습니다. 오늘날의 대왕께서는 곧 예전의 한신과 팽월이시니, 어찌 근심스레 상심하지 않겠습니까? 설사 그렇지 않다하더라도, 대왕의 웅걸한 용맹은 천하에서 대적할 자가 없으니 의당 천하의 맹주(盟主)가 되셔야 하는데, 하필이면 다른 사람에게 머리 숙여 사양하고 그의 지휘를 받으신단 말입니까?"

항왕이 말했다.

"나 역시 그것을 생각해 스스로 부끄러움을 알거늘, 경(卿)이 분명하게 말하니 사람으로 하여금 자기도 모르게 문득 깨닫게 하는구나."

유목지가 말했다.

"예전에 홍문(鴻門)의 연회에서 대왕께서는 산하를 마음대로 분할하고 군웅(群雄)들을 꺾어 쓰러뜨리며 유계(劉季: 한고조 유방)를 어린 아이 보듯 했습니다. 오늘날 낙양(洛陽)의 연회에서 유계는 도리어 맹주가 되고 대왕께서는 반대로 부림을 받고 있으니, 발이 몸 위쪽에 있고 머리가 몸 아래쪽에 있는 격이라, 이는 우매한 신(臣)도 평소 가슴 아프게 몹시 한탄하는 것입니다. 하물며 영웅이신 대왕임에랴?"

항왕이 말했다.

"오늘날의 일은 정녕 분하고 한스러우니, 어떻게 하면 좋겠는가?"

유목지가 말했다.

"신(臣)이 듣건대 '뭇사람들과 함께 하면 세력이 커서 흥할 것이고 홀로 서면 세력이 단출해서 패할 것이다.'라고 하였는데, 이전 시대의 확연한 본보기가 주(周)나라와 진(秦)나라에 있었습니다. 지금 남조 송나라 군주가 열국(列國)을 모두 모았으니, 제왕들의 웅걸한 용맹, 장수와 군졸의 무리가 한나라보다 곱절이나 많습니다. 그 세력이 마침내는 반드시 이수(伊水)와 낙수(洛水) 사이를 깨끗이 쓸어버리고 함곡관(函谷關)과 황하(黃河) 사이를 소탕해 평정하리니, 대왕을 위해 계책을 생각하건대 한나라를 배반하고 남조 송나라에 귀의하는 것 만한 것이 없습니다. 남조 송나라에 귀의하면 남조 송나라 군주는 반드시 기뻐하고 맹주(盟主)로 추대할 것입니다."

항왕이 말했다.

"내가 듣건대 남조 송나라 군주는 열국의 맹주라 하였는데, 어찌 맹주의 자리를 나에게 양보하겠느냐?"

유목지가 말했다.

"남조 송나라 군주는 대왕의 명성을 들은 지 오래 되었고, 대왕의 웅걸한 용맹을 평소에 사모하여 왔습니다. 또한 임시방편으로라도 맹주가 되어 자기보다 나은 자를 기다려서 장차 추대하여 양보하려 했습니다. 그러므로 우러러 사모한 나머지 대왕을 한 번 본다면 예의를 갖추어 양보하려는 생각이 본심에서 생겨나 반드시 맹주의 자리를 양보할 것이니, 바라건 대 대왕께서는 의심치 마소서."

항왕이 말했다.

"남조 송나라 군주는 어떠한 사람인가?"

유목지가 말했다.

"남조 송나라 군주는 포의(布衣)로 짧은 칼 한 자루를 쥐고 한미한 처지에서 떨쳐 일어나 한 자의 조그만 땅도 없었지만 몸이 만승(萬乘)의 천자가 되었는데, 일여(一旅: 5백명)의 군사로 환현(桓玄)을 강좌(江左)에서 죽였고, 북쪽으로 모용초(慕容超)를 광고(廣固)에서 사로잡았고, 서쪽으로 요홍(姚泓)을 관중(關中)에서 멸하였고, 남쪽으로 노순(盧循)을 효수하였으니, 재주와 지혜, 용맹과 지략은 보통사람이 대적할 바가 아닙니다. 성품이 또한 활달하여 듣기를 잘하였고, 공손하고 검소하면서 마음이 곧아 몸에 화려한 비단옷을 걸치지 않았고 손에도 옥 노리개를 지니지 않았습니다. 항상 선한 사람을 좋아하는 뜻이 있는데다 조금도 의심하여 두 마음을 품지 않으시니, 이 때문에 영웅들은 전력을 다하고 수많은 계책이 전부 시행되어서 황제의 대업을 이룰 수 있었습니다."

항왕이 말했다.

"과연 경(卿)의 말대로라면 남조 송나라 군주는 진정 예로부터 영명한 임금이로다. 일찍이 이와 같은 것을 알았더라면 어찌 한나라를 배반하고 남조 송나라를 위하지 않았겠느냐? 나의 우매함을 경(卿)이 상세히 말하며 밝히고 인도하여 나로 하여금 듣게만 했는데도 깨닫지 못하는 사이에 구름과 안개를 헤치고 푸른 하늘을 보았도다."

유목지가 기뻐서 일어나 절하고 말했다.

"신(臣)이 미처 대왕을 뵙지 못했을 때는 그저 용맹과 위엄만 알았을 뿐이었지만, 지금 대왕을 뵈오니 밝은 지혜와 넓은 도량을 알 수 있었습니다."

항왕이 말했다.

"어찌하여 이런 말을 하는 것인가?"

유목지가 말했다.

"신(臣)이 듣건대 지혜가 밝은 임금은 허물을 고치는 데에 인색하지 않고 선(善)을 따르는 것이 마치 물 흐르듯 해서, 형세를 살핌에 우매하지 않고 일을 결단함에 의심하지 않으며, 도량이 넓은 임금은 어리석을 만큼 강직한 것도 포용하고 미치광이처럼 어리석은 것도 받아들여서 그 말을 빠뜨리지 않고 쓰고 그 죄를 주벌(誅罰) 없이 용서한다고 하였습니다. 지금 신(臣)이 허물을 고하자 대왕께서도 고치는데 인색하지 않으셨고 선(善)을 받아들이도록 하자 대왕께서도 따르는 것이 물 흐르듯 하셨으니, 일이 되어가는 형편을 말씀드리면 대왕께서는 살펴서 결단하실 것이고, 어리석을 정도로 직간을 해도 대왕께서는 포용하실 것이며, 미치광이처럼 어리석게 시행해도 대왕께서는 받아들이실 것이라서 주벌하지 않고 곧 말을 받아들여 쓸 것입니다. 신(臣)은 이 때문에 대왕의 밝은 지혜와 넓은 도량이 세상에 뛰어나 견줄만한 자가 없음을 알았습니다."

항왕이 웃으며 말했다.

"나 같은 자가 천하에 왕 노릇하며 만백성을 다스릴 수 있겠느냐?"

유목지가 말했다.

"대왕께서는 이 무슨 말씀이십니까? 대왕께서는 용맹과 위엄의 기풍에 밝은 지혜와 넓은 도량을 겸하시고 또 공경과 자애의 마음을 지니셨으니, 비록 요임금과 순임금의 밝은 지혜나 탕왕과 무왕의 인의(仁義)라도 이보다 낫지는 못할 것입니다."

항왕이 말했다.

"나의 공경과 자애에 대해 들려줄 수 있겠느냐?"

유목지가 말했다.

"대왕께서는 사람을 보면 말이 다정하였고 질병에 걸린 사람을 보면 눈물을 흘리고 음식을 나누어 주었으니, 말이 다정한 것은 공경하지 않고 어찌 그리될 수 있겠으며, 눈물 흘리면서 음식을 나누어준 것은 자애롭지 않고 어찌 그리될 수 있겠습니까?"

항왕이 말했다.

"그렇다면 경(卿)은 남조 송나라 군주를 어떻게 생각하는가?"

유목지가 말했다.

"이길 수 있을 것입니다."

항왕이 말했다.

"어찌하여 이길 것으로 생각느냐?"

유목지가 말했다.

"다른 일은 논하지 않고 전쟁하는 일로 말씀드리고 싶사온데, 대왕께서는 남조 송나라 군주와 전쟁하면 누가 이길 것으로 생각하십니까?"

항왕이 말했다.

"내가 이길 것이다."

유목지가 말했다.

"신(臣) 역시 대왕께서 이기실 것으로 생각합니다. 대왕의 뛰어난 용맹은 진(秦)나라와 한(漢)나라가 대적하지 못했으니, 하물며 남조 송나라 군주야 무슨 말이 필요하겠습니까? 이 때문에 신(臣)은 남조 송나라 군주가 맹주 자리를 대왕께 양보하리라 생각합니다. 대왕께서는 일단 맹주의 자리에 올라 열국(列國)들이 모여 있는 높은 단상을 차지하시되, 여러 장수들을 지휘해 병마들을 출진시켜서 이수(伊水)와 낙수(洛水) 사이를 깨끗이 쓸어 더러운 비린내를 말끔히 씻어버린 뒤 비단옷을 입고서 고향마을에 돌아가시고, 다시 팽성(彭城)을 도읍지로 삼고는 의상을 늘어뜨리고 깊이 팔짱끼고서 읍하고 사양하면 천하의 군왕들이 서로 거느리고 와서 대왕께 조회할 것입니다. 이와 같다면 오제(五帝)가 어찌 부럽겠으며, 삼왕(三王)인들 어찌 다하겠습니까?"

항왕이 크게 기뻐하며 말했다.

"경(卿)의 말은 진실로 금옥 같은 논의이로다. 나의 계획은 결정되었지만, 거취를 어떻게 해야겠느냐?"

유목지가 말했다.

"군대는 귀신같이 빨라야 하는 법인데다 또 미리 소문을 퍼뜨려 남의 기세를 꺾어야 한다고 하니, 전공(戰功)을 세운 뒤라야만 사람을 복종시킬 수 있습니다. 지금 대왕께서는 먼저 큰 전공을 세우시고 남조 송나라에 귀의하시면, 많은 사람들이 모두 목을 움츠리고 두려워하면서 복종할 것이며 숨죽이고 명령을 주의 깊게 들을 것입니다."

항왕이 말했다.

"경(卿)의 말이 옳도다. 그러나 큰 전공(戰功)은 도모하여 이루기가 어려우니, 그 계책이 어디에 있단 말이냐?"

유목지가 말했다.

"전쟁에서는 어떤 속임수도 마다하지 말아야 할진댄, 오늘밤에 대왕께서는 그 방비하지 않은 것을 틈타서 텅텅 빈 곳을 두드리고 몰래 영채(營寨)를 공격하면 적들을 모두 사로잡을 수 있을 것이니, 이것이 이른바 '빠른 우레에 미처 귀를 가리지 못한다.'는 것입니다. 이와 같이 하면 큰 전공(戰功)이라도 하룻밤 사이에 이룰 수 있습니다."

항왕이 크게 기뻐하며 말했다.

"경(卿)의 계책은 기묘하고 기묘하도다."

즉시 다 기록하여 붙이고 건강(建康)으로 돌아갔다.

≪왕회전 상≫ 끝

한문필사본 〈王會傳 上〉

원문과 주석

漢高祖大會列國　諸葛亮智却二君

話說。天下之大州, 有九焉. 東曰青州, 西曰梁州, 南曰徐州, 北曰冀州, 東北曰兗州, 西北曰雍州, 東南曰揚州, 西南曰荊州也. 八州之中, 有豫州焉, 豫州之內, 有洛陽, 洛陽爲天地之中, 東西南北, 各五千里也. 四方道里[1]均適, 故曰王者[2]之都也. 非但形勝之所在, 亦朝會[3]貢賦[4]之使[5]也. 其地, 北距大河[6], 南接荊山[7], 東指荊門[8], 西抵岐華[9], 四通五達[10], 天下之衝也. 故周公[11]以土圭[12]測其中, 而相宅[13]以受四方諸侯之朝覲[14]者也. 其後, 有國者, 多以洛爲都焉.

---

1) 道里(도리): 길의 里數.
2) 王者(왕자): 왕도로써 천하를 다스리는 사람.
3) 朝會(조회): 벼슬아치들이 正殿에 모여 임금에게 문안을 드리고 政事를 아뢰던 일.
4) 貢賦(공부): 나라에 바치던 물건과 세금을 통틀어 이르던 말.
5) 使(사): 便의 오기인 듯.
6) 大河(대하): 중국 黃河江의 별칭. 중국 문명의 요람이자 중국에서 2번째로 긴 강이다.
7) 荊山(형산): 중국 湖北省에 있는 산. 玉石이 나오는 산으로 유명하다.
8) 荊門(형문): 중국 湖北省 宜都縣 서쪽으로 양자강 사이에 있는 요충지. 남안에는 荊門山이 북안에는 虎牙山이 마주 바싹 뻗치고 있어 마치 대문 같다고 하여 형문이라 하였다.
9) 岐華(기화): 岐山과 華山. 중국 陝西省의 서쪽과 동쪽에 있는 산. 기산은 周나라 고공단보 [古公亶父]가 豳에서 이곳에 천도하여 周왕조의 기반을 잡았다고 하는 곳으로 魏와 蜀의 옛 戰場인 五丈原과 가까운 곳이며, 화산은 五岳 중에서 가장 험한 산으로 西岳으로도 불린다.
10) 四通五達(사통오달): 이리저리 여러 곳으로 통한다는 뜻으로, 길이나 교통망, 통신망 등이 사방으로 막힘없이 통함.
11) 周公(주공): 周나라 文王의 아들이자 武王의 아우로, 이름은 旦이고 시호는 元. 문왕과 무왕을 도와 紂를 쳤으며, 成王을 도와 왕실의 기초를 세우고 제도와 예악을 정하여, 주나라의 문화 발전에 이바지한 바가 크다.
12) 土圭(토규): 중국 고대의 玉器. 周나라 때에 땅의 깊이와 해의 그림자를 측량하던 기구이다.
13) 相宅(상택): 집터를 보는 일.
14) 朝覲(조근): 관원들이 아침 일찍 正殿이나 便殿에 모여 임금께 문안을 드리고 政事를 아뢰는 일. 朝는 제후가 봄에 왕을 배알하는 것이고, 覲은 제후가 가을에 왕을 배알하는 것이다.

崇禎已卯[15], 漢高祖[16]卽位於汜水[17]之陽[18], 乃下詔曰:

「三代以降, 正聲徽茫, 王風[19]委弛, 三季[20]七雄[21]之時, 朝鬪而暮息, 四海鼎沸, 九土瓦裂。至於寡人之身, 大統始集, 然未知其後人世如何耳? 嗚呼! 驥隙[22]之光陰, 蟻穴之富貴[23], 不過一彈指之間矣, 長陵[24]松柏, 誰復知之? 朕爲塚中枯骨, 已久矣。然三魂七魄[25], 猶不散渙, 故長與卿等, 並遊雲鄕, 以盡平昔未了之緣, 何如?」

衆皆稽首稱謝, 卽命蕭何[26], 設宴於堂上, 叔孫通[27], 陳樂於堂下。羣臣各

---

15) 崇禎已卯(숭정기묘): 숭정은 명나라 毅宗의 연호(1628~1644)이며, 그 기묘년은 1639년임.
16) 漢高祖(한고조): 劉邦. 楚나라 懷王의 命을 받고 項羽와 길을 나누어 秦나라를 공략하여 먼저 關中에 들어갔다. 그 후 項羽와 다투기 무릇 5년, 마침내 국내를 통일하고 漢朝를 세워, 長安에 도읍하였다.
17) 汜水(범수): 漢王 劉邦이 단을 쌓아 하늘에 고하고 황제의 자리에 오른 곳. 처음에 잠시 도읍을 낙양에 했다가 함양(咸陽: 長安)으로 돌아갔는데, 東漢과 구별하기 위해 이때의 한나라를 西漢이라 부른다.
18) 陽(양): 산의 남쪽, 하천의 북쪽.
19) 王風(왕풍): 東周가 직접 통치한 王畿 지역에서 불렸던 토속적인 노래. 왕기 지역은 河南의 洛陽, 偃師, 溫縣, 鞏縣을 비롯하여 沁陽, 濟源, 孟津 일대를 가리킨다. 왕풍의 시가들은 대부분 힘들게 살아가는 백성들의 고통과 신음을 반영한 것들이다.
20) 三季(삼계): 三代의 말기란 뜻이나, 여기서는 春秋時代를 의미함.
21) 七雄(칠웅): 戰國七雄. 전국시대부터 秦나라의 始皇帝가 중국을 통일할 때까지 멸망하지 않고 살아남은 일곱 나라 곧, 秦・趙・魏・韓・齊・燕・楚 등을 가리킨다.
22) 驥隙(기극): 駿驥過隙. 달리는 천리마를 문틈으로 바라보는 것처럼 짧음을 비유하는 말.
23) 蟻穴之富貴(의혈지부귀): 南柯一夢의 다른 표현. 唐나라 李公佐가 지은 ≪南柯記≫에서 나온 말로, 淳于棼이란 사람이 꿈속에서 槐安國에 가 공주에게 장가들어 南柯太守를 지내는 등 온갖 부귀영화를 누리고 깨어나 주위를 둘러보니, 마당가 회화나무 밑동의 개미굴이 꿈속에서 찾아갔던 괴안국이었다는 것이다.
24) 長陵(장릉): 漢高祖 劉邦의 능묘. 지금의 陝西省 함양시 동북 白廟村 동북에 있다.
25) 三魂七魄(삼혼칠백): 道家의 설에 의하면 사람에게는 爽靈, 胎元, 幽精 등 3개의 魂과 尸狗, 伏矢, 雀陰, 呑賊, 非毒, 除穢, 臭肺 등 7개의 魄이 있다고 함.
26) 蕭何(소하): 前漢의 정치가. 漢高祖 劉邦의 功臣. 韓信・張良과 더불어 한나라 三傑. 한나라 유방과 초나라 항우의 싸움에서는 관중에 머물러 있으면서 고조를 위하여 양식과 군병의 보급을 확보했으므로, 고조가 즉위할 때에 논공행상에서 으뜸가는 공신이라 하여 酇侯로 봉해지고 식읍 7,000호를 하사받았으며, 그 일족 수십 명도 각각 식읍을 받았다. 秦나라의 법률・제도・문물의 취사에 힘쓰고 한나라 왕조 경영의 기틀을 세웠다. 漢나라의 律令 '律九章'을 만들었다.

以尊卑, 次起上壽[28], 八音[29]克諧, 五聲[30]迭奏。漢祖大悅曰: "今日乃知皇帝之貴也。" 因乘醉, 起舞作歌, 其歌曰: "大風起兮雲飛揚。威加海內兮爲帝王。君臣同樂兮遊仙鄉。"[31] 歌罷, 張良[32]奏曰: "獨樂樂, 不若與衆[33], 願請列國刱業之主, 設太平之宴, 何如?" 漢祖曰: "善。" 乃遣張良, 請唐宋○[34]明三國刱業之帝。張良西入長安[35], 請唐太宗[36], 唐宗許之。良復東至汴京[37], 請宋太祖[38], 宋祖亦許之。良乃復入金陵[39], 見○大明太祖高皇帝[40]陛下, 四拜禮畢,

---

27) 叔孫通(숙손통): 前漢의 유생. 漢高祖를 섬겨 儀禮를 제정하였고, 그 공로로 만년에는 太子太傅가 되었다.

28) 上壽(상수): 장수를 비는 뜻으로 술잔을 올림.

29) 八音(팔음): 雅樂에 쓰는 8가지 樂器. 그 재료는 金(鐘), 石(磬), 絲(絃), 竹(管), 匏(笙), 土(壎), 革(鼓), 木(柷敔)이다.

30) 五聲(오성): 음률의 기본인 宮, 商, 角, 徵, 羽 등 다섯 가지 소리.

31) 大風起兮雲飛揚~君臣同樂兮遊仙鄉(대풍기혜운비양~군신동락혜유선향): 劉邦이 지은 <大風歌>의 "큰 바람이 일고 구름이 높게 날아가네. 위엄을 해내에 떨치며 고향으로 돌아오네. 어찌하면 용맹한 군사들을 얻어 사방을 지킬까.(大風起兮雲飛揚. 威加海內兮歸故鄉. 安得猛士兮守四方.)"를 변용한 것임. 한고조 유방이 천하를 정복하고 沛(유방의 고향)에 돌아가서 옛날 알던 父老와 그 자제를 모아 놓고 술을 마시면서 부른 노래이다.

32) 張良(장량): 前漢 창업의 功臣. 蕭何와 韓信과 함께 한나라 三傑. 漢高祖 劉邦의 謀臣이 되어 秦나라를 멸망시키고 楚나라를 평정하여 漢業을 세웠다. 項羽와 만난 鴻門宴에서 유방이 위기에 처하자, 그 위기에서 유방을 구하였다.

33) 獨樂樂, 不若與衆(독락악, 불약여중): ≪맹자≫<梁惠王章句 下>의 "'홀로 음악을 즐기는 것과 남들과 함께 음악을 즐기는 것 중에 어느 것이 즐겁습니까?' '남들과 함께 즐기는 것만 못하다.' '적은 사람과 더불어 음악을 즐기는 것이 대중과 더불어 음악을 즐기는 것과 어느 것이 즐겁습니까?' '대중과 함께 즐기는 것만 못하다.'(曰: '獨樂樂, 與人樂樂, 孰樂?', 曰: '不若與人', 曰: '與少樂樂, 與衆樂樂, 孰樂?' 曰: '不若與衆')"고, 맹자가 음악을 좋아한다는 양혜왕과의 문답에서 나온 말.

34) ○: 높임의 의미로 隔이 있음을 표시한 기호. 이하 동일하다.

35) 長安(장안): 중국 陝西省 西安市의 옛 이름. 漢나라・唐나라가 도읍했던 곳이다. 洛陽에 대하여 '西都' 또는 '上都'라 불렸다.

36) 唐太宗(당태종): 李世民. 隋나라 말기의 난에 아버지인 高祖 李淵을 도와 천하를 통일하고 3省 6部와 租庸調 등의 여러 제도를 정비, 外征을 행하여 나라의 기초를 쌓았다.

37) 汴京(변경): 중국 河南省 開封의 옛 이름. 北宋의 서울로서 '汴梁' 또는 '東京'이라고도 했다.

38) 宋太祖(송태조): 趙匡胤. 後周를 통합하고 화북지방을 평정하여 宋나라를 창건한 황제가 되었다. 점진적 개혁을 통하여 문민통치와 중앙집권제를 확립했다.

39) 金陵(금릉): 중국 江蘇省 南京의 옛 이름.

40) 大明太祖高皇帝(대명태조고황제): 明나라 太祖 朱元璋. 諡號는 高皇帝. 홍건적에서 두각을 나타내어 각지 군웅들을 굴복시키고 명나라를 세웠다. 동시에 북벌군을 일으켜 원나라를 몽골로 몰아내고 중국의 통일을 완성, 漢族 왕조를 회복시킴과 아울러 중앙집권적 독

伏地奏曰: "寡君請唐宋剏業之君, 設太平之宴, 而此會不可無陛下, 故遣下臣良敢請耳." ○上欣然曰: "朕生於千百載之下, 恨不如[41]同時命." 張良拜辭, 反命[42]曰: "諸國之君, 果惠然肯諾矣." 漢祖大悅, 卽掃席而待矣. ○上卽令造舟橋於采石[43], 長百餘里.

崇禎十二年春三月, ○車駕[44]發金陵, 羽林[45]侍衛之士, 皆戎服從行, 旋旗連絡[46], 九百餘里. 車駕至豫州[47], 漢祖遣相國[48]蕭何奉迎. ○上至洛陽, 唐宋之君, 已先至矣. 漢祖備法駕[49], 出郭外十里迎○上, 入宮叙禮畢, 分賓主而坐, ○上與唐宋之君, 亦爲施禮坐定. 漢祖請○上曰: "寡人處大河之南, 君居長江[50]之東, 風馬牛不相及[51]之地也. 久聞聲華[52]如雷灌耳, 然無由承顔接辭, 每用悵仰矣. 今日之賁臨[53], 實照萬丈光色[54]矣." ○上避席[55]辭謝.

漢祖卽設大宴, 衆樂畢陳, 觥籌交錯[56]. 酒至數巡, 漢祖慨然長歎曰: "布衣

재체제의 확립을 꾀하였다.

41) 如(여): 與의 오기인 듯.
42) 反命(반명): 명령을 받고 일을 한 사람이 그 일을 마치고 돌아와서 그 결과를 아룀.
43) 采石(채석): 安徽省 當塗縣 서북쪽에 있는 牛渚山 북부 장강의 한 강변. 采石江은 이백이 뱃놀이를 하다가 강물에 비친 달을 잡으려고 뛰어들었다가 죽었다는 일화가 있다.
44) 車駕(거가): 임금이 타는 수레.
45) 羽林(우림): 近衛兵. 천자를 호위하는 군사.
46) 連絡(연락): 連接. 絡繹. 서로 이어짐. 설 맞닿음.
47) 豫州(예주): 九州의 하나. 湖北省·山東省의 일부와 河南省 전부에 걸친 지역이다.
48) 相國(상국): 百官의 우두머리. 秦나라 및 漢나라 초기까지는 丞相보다 높았으나 후에는 승상도 상국으로 일컫게 되어 宰相의 존칭으로 사용되었다.
49) 法駕(법가): 임금이 거동할 때에 타던 수레.
50) 長江(장강): 揚子江. 세계에서 3번째로 긴 강으로 중국 서부에서 발원하여 12개이 성과 지역을 가로지른다.
51) 風馬牛不相及(풍마우불상급): 암내 나는 마소가 짝을 구하거나 멀리 떨어져 있어 서로 미치지 못한다는 말. 원문은 ≪사기≫<齊桓公紀>의 "임금은 북해에 있고 과인은 남해에 있으니, 바람난 말이나 소라 할지라도 서로 미치지 못한다.(君處北海, 寡人處南海, 唯是風馬牛不相及也.)"고 한 것을 변용한 것이다.
52) 聲華(성화): 훌륭한 명성.
53) 賁臨(비림): 남이 찾아오는 것을 높여 이르는 말.
54) 萬丈光色(만장광색): 萬丈生光. 한없이 빛이 남. 고맙기 짝이 없음.
55) 避席(피석): 존경하는 사람이나 웃어른과 담화할 때 존경과 정중함을 표시하기 위해 자리에서 일어나 서는 것을 일컬음.
56) 觥籌交錯(굉주교착): 술잔과 산가지가 뒤섞인다는 뜻으로, 성대한 술잔치를 이르는 말.

尺劍[57], 倔起[58]豊沛[59], 尺地非吾有也, 一民非吾有也。然三年而滅秦, 五年而
戮楚, 身爲萬乘[60], 創業未久而沒, 豈知何日爲唐, 何日爲宋, 何日爲○明耶?
今日, 風景正好, 賓主盡美, 杯酒之間, 語及往昔, 自切傷感, 各以功業論之, 則
唐宗一戰而定關中[61], 宋祖一夜而取天下。然○明祖之功業, 絶勝於吾三人矣."
唐宗曰: "誅除暴虐, 約法三章[62], 雖殷湯[63]之放桀[64]虐, 武王[65]之反商政, 何
以加於漢祖哉? 是以創業垂統[66], 綿連四百, 其功, 可爲四國之首矣." 漢祖曰:
"寡人穢德累功, 安敢望三代乎? 創開漢家四百年基業者, 實賴羣臣之力, 非寡
人能也。張良運籌帷幄[67], 蕭何固守根本, 陳平[68]仗計策, 隨何[69]定形勢, 酈食

---

57) 布衣尺劍(포의척검): 漢高祖 劉邦이 일찍이 泗上 亭長으로 한 자루 칼을 쥐고 일어나서 關
中에 들어가 秦나라를 멸한 것을 염두에 둔 표현임. ≪사기≫<高祖本紀>에 의하면, 유
방이 천하를 통일한 뒤에 "내가 포의의 신분으로 일어나서 석 자의 칼을 쥐고 천하를
차지하였으니, 이것이 하늘의 명이 아니고 무엇이겠는가.(吾以布衣提三尺劍取天下, 此非天
命乎?)" 하였다고 한다.
58) 倔起(굴기): 몸을 일으킨다는 뜻으로, 匹夫로서 입신출세함을 이르는 말.
59) 豊沛(풍패): 豊城과 沛縣. 풍성은 龍泉과 太阿의 두 명검이 있었던 지방이며, 패현은 漢高
祖의 고향이다.
60) 萬乘(만승): 만대의 兵車라는 뜻으로, 천자 또는 천자의 자리를 이르는 말. 중국 주나라
때에 천자가 병거 일만 채를 直隷 지방에서 출동시켰던 데서 유래한다.
61) 關中(관중): 중국 북부의 陝西省 渭水 분지 일대의 호칭. 函谷關·武關·散關·蕭關의 네
관 안에 위치하는 데서 나온 이름이다. 周의 鎬京, 秦의 咸陽, 漢·隋·唐의 長安이었다.
62) 約法三章(약법삼장): 漢高祖가 秦나라를 멸한 후 咸陽지방의 유력자들에게 약속한 3條의
법. 곧, '사람을 죽인 자는 죽이고, 남을 상해하거나 절도한 자는 벌하며, 그 밖의 秦의
모든 법은 폐한다.'는 내용이다.
63) 殷湯(은탕): 夏나라 마지막 임금 桀王을 추방하고 殷나라를 세운 湯王. 은나라는 원래 商
나라라고 하였지만 盤庚이 도읍을 殷(현재의 河南省 偃師縣)으로 옮긴 뒤에 불린 나라인
데, 28대 紂王에 이르러 周武王에게 멸망되었다.
64) 桀(걸): 夏나라의 마지막 임금. 殷나라 紂王과 나란히 폭군으로 대표된다.
65) 武王(무왕): 周武王. 商나라 곧 殷나라 紂王을 멸하고 주나라를 세운 임금. 姜太公을 군사
로 삼았고 동생 周公旦을 太宰로 삼았으며 召公 등도 중용하였다.
66) 創業垂統(창업수통): 창업은 왕조를 처음으로 창건한 것을 일컫고, 수통은 그 후대에 물
려준 것을 일컬음.
67) 運籌帷幄(운주유악): 군막 속에서 전략을 세움. ≪漢書≫<高帝紀>에 "군막 안에서 계책
을 세워 천리 밖에서 승리를 결정짓는 것으로 말하면, 나는 장량보다 못하다.(夫運籌帷幄
之中, 決勝千里之外, 吾不如子房。)"라고 한고조의 말을 인용한 것임.
68) 陳平(진평): 前漢 초기의 공신. 지모가 뛰어나 項羽의 신하였다가 漢高祖 劉邦에게 투항하
여 여섯 가지의 묘책을 써 楚나라 승상 范增을 물리치고 공을 세웠다. 惠帝 때 좌승상이

其⁷⁰⁾道其治亂, 陸賈⁷¹⁾論其勝敗, 張倉⁷²⁾定律令, 叔孫通制禮儀, 韓信⁷³⁾戰必

勝⁷⁴⁾, 曹參⁷⁵⁾善征伐, 灌嬰⁷⁶⁾善用兵, 樊噲⁷⁷⁾・王陵⁷⁸⁾萬夫不當之勇, 紀信⁷⁹⁾

・周苛⁸⁰⁾千秋不朽之節, 周勃⁸¹⁾內竭忠誠, 彭越⁸²⁾外助聲勢, 以成寡人之勳業

되고, 呂氏의 난 때는 周勃과 함께 평정하였다. 文帝 때 승상이 되었다.

69) 隨何(수하): 前漢 초기의 정치가. 漢高祖의 辯士로서 공을 많이 세운 文臣. 楚漢 쟁패시 고
조의 謁者로 당시 項羽의 부하였던 英布를 설득하여 초나라를 배반하고 한나라에 망명하
게 하였다. 한나라가 창건되자 그 공으로 護軍中尉가 되었다.

70) 酈食其(역이기): 漢初의 策士. 高祖를 위하여 齊에 가서 遊說하여 70여성을 항복받았는데,
후에 韓信의 대병이 齊를 공략하였으므로 大怒한 齊王 田廣에게 죽임을 당했다.

71) 陸賈(육고): 漢初의 학자. 초나라 사람. 高祖의 說客으로서 南越王 趙佗를 설득시켜 천하통
일에 공이 커 벼슬이 太中大夫에 이르렀다. 칙명을 받들어 新語 12편을 지었다.

72) 張倉(장창): 張蒼의 오기. 張蒼은 秦 때에 御史가 되어 궁전에서 사방의 문서를 수록하는
일을 맡아보다가, 죄를 짓고 고향으로 달아났다. 劉邦의 거사에 참가하여 한나라가 들어
서자 常山守가 되었고, 北平侯에 봉해졌다. 文帝 때는 승상으로 10여 년 재직했다.

73) 韓信(한신): 前漢의 武將. 張良・蕭何와 더불어 한나라 三傑. 高祖 劉邦을 따라 趙・魏・
燕・齊를 멸망시키고 항우를 공격하여 큰 공을 세웠다. 한의 통일 후 楚王이 되었으나,
유방이 그의 세력을 염려하여 淮陰侯로 임명하기도 했다. 후에 呂后에게 피살되었다. 이
때 그는 '狡兎死走狗烹'이라는 명언을 남겼다.

74) 戰必勝(전필승): 漢高祖가 된 劉邦이 천하를 얻게 된 내력을 高起와 王陵과 문답하는 가운
데 韓信의 공을 지칭한 말이다. 곧, "백만의 무리를 이어 싸우면 반드시 이기고 치면 반
드시 취한다.(連百萬之衆, 戰必勝攻必取.)"에서 인용한 것이다.

75) 曹參(조참): 西漢의 개국공신. 漢高祖 유방을 蕭何와 함께 보필하여 천하를 평정하고 平陽
侯로 封侯되었다. 이때 선정을 베풀어 賢相으로 불렸다. 惠帝 때 소하의 뒤를 이어 재상
이 되어 소하가 만든 約法을 그대로 시행하였다.

76) 灌嬰(관영): 漢高祖 劉邦의 신하. 젊었을 때는 비단이나 명주를 파는 일로 업을 삼았다.
장군으로 齊를 평정하고, 項籍을 죽였으며, 穎陰侯에 봉해졌다. 呂后가 죽은 뒤 周勃, 陳平
등과 함께 여씨 일족을 주살했다. 文帝를 옹립한 뒤 太尉가 되었다가 얼마 후 주발을 대
신해 丞相에 올랐다.

77) 樊噲(번쾌): 漢高祖 劉邦의 武將. 젊어서 屠狗業을 했다고 한다. 項羽가 鴻門宴에서 한고조
유방을 맞아 잔치할 때 范增이 유방을 모살코자 하니 번쾌가 기지를 발휘하여 유방을
구하였다. 이때 번쾌가 노하여 머리카락이 뻗어 위로 올라가고 눈자위가 다 찢어질 듯
부릅뜨며 항우를 노려보았다 한다. 뒤에 舞陽侯로 봉함을 받았다.

78) 王陵(왕릉): 漢高祖 劉邦의 장수. 項羽가 왕릉의 어머니를 인질로 삼자, 왕릉의 모친이 몰
래 왕릉에게 사람을 보내 유방을 배반하지 말 것을 당부하고 자결하였다. 한나라가 건국
되자 安國侯에 봉해졌고, 우승상이 되었다.

79) 紀信(기신): 漢高祖 劉邦의 장수. 고조가 항우의 군사에게 포위당했을 때 高祖의 수레를
타고 자신이 고조인 양 초나라 군사를 속여 고조를 도망치게 한 후 자신은 잡혀 죽었다.

80) 周苛(주가): 劉邦을 따라 內史가 되고, 御史大夫로 옮겼다. 楚漢전쟁 때 魏豹, 樅公과 함께
榮陽을 지켰다. 초나라가 형양을 포위하자 위표가 일찍이 한나라에 배반했다면서 먼저

也。願聞諸君之能。" 唐宗曰: "寡人亦賴羣臣之力。長孫無忌[83]盡忠誠, 魏
徵[84]好直諫, 房玄齡[85]善治國, 李靖[86]善用兵, 杜如晦[87]臨事善斷, 褚遂良[88]憂
國愛民, 封德彝[89]勤於國事, 尉遲敬德[90]・薛仁貴[91]臨敵忘死, 屈突通[92]・殷
開山[93]對陳[94]決機, 劉文靜[95]・李勣[96]廣覽深知, 以成寡人之勳業也。" 宋祖曰:

그를 살해했다. 나중에 項羽가 형양을 함락하자 포로로 잡혔다. 항우가 항복을 권하면서
上將軍으로 임명하겠다고 제안했지만 항복하지 않다가 烹死되었다.

81) 周勃(주발): 漢高祖 劉邦의 武將. 高祖를 따라 통일의 공을 세우고 惠帝와 文帝를 섬겨 승
상에 올라 絳侯에 봉해졌다. 呂后 死後에는 그 일족의 난을 평정하여 漢室의 안녕을 도모
하였다.

82) 彭越(팽월): 前漢 創業 초기의 武將. 처음엔 項羽 밑에 있었으나 뒤에 漢高祖 유방을 쫓아
楚나라를 垓下에서 멸하는데 많은 공을 세웠으므로 梁王으로 봉해졌다. 뒤에 참소를 입
어 三族과 함께 誅殺당하였다.

83) 長孫無忌(장손무기): 唐나라 초기의 정치가. 唐高祖 李淵이 기병했을 때 太宗을 따라 변방
정벌 사업에 가담했고, 玄武門의 정변을 평정하여 趙國公에 봉해졌다. 高宗때 황후를 武
昭儀로 올려놓으려 하자 이를 반대하다 黔州로 유배당하여 그곳에서 목매 자살했다.

84) 魏徵(위징): 唐나라 太宗 때의 名臣. 諫議大夫・祕書監이 되고 鄭國公에 봉해졌다. 시류에
아부하지 않고, 자신을 돌보지 않으며, 마음에서 우러나오는 진실한 말로 황제에게 200
여 차례 직간했다 하여 후세에 忠諫의 대표적 인물로 꼽는다.

85) 房玄齡(방현령): 唐나라 정치가. 太宗이 즉위하자 15년 동안 재상의 자리에서 杜如晦와 함
께 태종의 貞觀之治를 도왔다.

86) 李靖(이정): 唐나라 초기의 명장. 太宗을 섬기고 隋나라 말기의 群雄討伐에 힘썼다. 그 뒤,
突厥・吐谷渾을 정벌하여 공적이 컸다.

87) 杜如晦(두여회): 唐나라 정치가. 房玄齡과 함께 李世民을 보좌하여 태종으로 옹립했으며,
당나라의 법률과 인사 제도를 정비해 貞觀之治를 구축하였다.

88) 褚遂良(저수량): 唐나라 초기의 정치가・서예가. 太宗이 중용하였으나 직간함으로 그를 꺼리
었다. 高宗이 황후를 폐하고 武昭儀를 세우매 극간하다가 내쫓김을 당하고 울분으로 죽었다.

89) 德彝(덕이): 封倫의 字. 처음에 隋나라를 섬겨 內史舍人이 되었다가, 宇文化及이 죽자 당나
라에 항복하였다. 당태종 때는 형법으로 정치하기를 주장하며 여러 차례 직책을 옮겨 상
서복야가 되기까지 충성을 다하였다.

90) 敬德(경덕): 尉遲恭의 字. 唐나라 초기의 大臣이자 名將. 淩煙閣 24공신 중 한 사람으로 천
성이 순박하고 충성스러우며 중후한 모습으로 용감무쌍했다. 일생동안 전쟁터를 누비고
다녔고, 玄武門의 정변 때에 李世民을 도왔다.

91) 薛仁貴(설인귀): 당나라 고종 때의 장군. 668년 羅唐 연합군에 고구려가 망한 후에 당이
평양에 安東都護府를 설치하자 그는 檢校安東都護가 되어 부임했다.

92) 屈突通(굴돌통): 唐나라 초기의 정치가. 唐高祖가 기병했을 때 河東을 지키고 있다가 당고
조에게 크게 패해 사로잡혔다. 태종을 쫓아 薛仁杲를 정벌하고 또 王世充을 토벌하는 데
공이 있었다.

93) 殷開山(은개산): 당나라 태종 때의 사람. 唐高祖가 기병할 때에 大將軍으로 불렸으며, 태
종을 쫓아 薛仁杲를 정벌하고 또 王世充을 토벌하는데 공이 있었다.

"吾臣趙普97)知謀有餘, 曺彬98)勇畧雙全, 石守信99)威風凜凜, 苗訓100)壯氣堂堂, 李昉101)・范質102)內助文采, 王全斌103)・李漢超104)外制羣盗, 以成寡人之勳業也." ○上曰: "寡人之臣, 別無稱者矣. 然若以古人擬之, 則劉基105)・徐達106)髣髴張良・韓信之智勇, 花雲龍107)・耿炳文108)恰似紀信・周苟之忠

---

94) 對陳(대진): 對陣의 오기인 듯.

95) 劉文靜(유문정): 唐나라 太宗 때의 인물. 隋말에는 晉陽의 현령으로 있다가 唐태종과 함께 기병하여 천하를 통일하는데 공이 있었다. 그는 자신의 재주와 공훈이 裵寂의 아래에 있다고 여겼다.

96) 李勣(이적): 唐나라 초기의 무장. 본성은 徐씨이나 軍功으로 李씨 성을 하사받았다. 李靖과 함께 太宗을 도와 唐의 국내 통일을 위해 힘썼다. 태종 때 英國公에 봉해지고, 고종 때 司空에 올랐다. 東突厥을 정복하고 668년 고구려를 멸망시켰다.

97) 趙普(조보): 宋나라 건국 공신・재상. 太祖 추대에 공이 있어 정승이 되어 創業期의 內外 政治에 참여하였으며, 태종 때에도 政丞과 太師를 지냈다. 처음에는 학문이 어두웠으나 太祖의 권고를 받은 뒤부터는 그의 손에서 책이 떠나지 않았다 한다.

98) 曺彬(조빈): 宋나라 太宗 때의 인물. 太祖를 도와 천하를 평정하고 魯國公에 封爵되어 將相을 겸하였다. 南唐을 정벌하고 金陵을 함락시켰지만 함부로 사람을 죽이지는 않았다. 귀환하여 樞密使와 檢校太尉, 忠武軍節度使를 역임했다. 태종이 즉위하자 同平章事가 더해졌다. 죽은 뒤 齊陽郡王에 追封되었다.

99) 石守信(석수신): 北宋의 開國將軍. 周나라에서는 洪州防禦使의 수령을 지냈고, 宋太祖 趙匡胤이 즉위할 때에 歸德軍節度使가 되어 李筠, 李重進의 난을 토평하고 鄆州를 진압했다.

100) 苗訓(묘훈): 宋나라 太祖 때 사람. 하늘을 보고 점을 치는 것을 잘 하였다. 後周 말엽 북쪽을 정벌할 때, 하늘의 별을 보고 송나라 태조가 천자가 될 것이라 예언하였다. 관직은 檢校工部尙書까지 올랐다.

101) 李昉(이방): 북송의 사학자・문학가. 973년 ≪五代史≫의 편찬에 참여하였고, 송에 귀의하여 태종 즉위 후 戶部侍郎이 되어 ≪太祖實錄≫을 편찬하였다.

102) 范質(범질): 宋나라 태조 때의 사람. 당나라 말기에 진사가 되었고 知制誥를 지냈다. 송 태조 때에는 侍中에 오르고 魯國公에 봉해졌다. 청렴하기로 이름났다.

103) 王全斌(왕전빈): 宋나라 太祖 때 忠武府節度使로서 군사 6만 명을 거느리고 후촉을 공격하여 패배시켰다. 그러나 촉을 멸한 후 탐욕에 젖어 태조 趙匡胤의 지시를 어기고 백성의 재물을 빼앗았다.

104) 李漢超(이한초): 宋나라 초에 關南兵馬都監이 되었고, 太宗 때에는 應州觀察使가 되었다.

105) 劉基(유기): 元末 明初의 유학자・정치가. 천문・병법에 능했다. 明나라 太祖를 도와 中原을 얻어 誠意伯이 되었다.

106) 徐達(서달): 원나라 말기에 홍건적 郭子興의 副將이었다가, 후에 太祖 朱元璋이 돌아갈 때에 戰功이 있어 大將軍이 되었다. 벼슬이 中書右丞相이 되었으며 魏國公에 책봉되었다.

107) 花雲龍(화운룡): 華雲龍의 오기. 明나라 開國功臣. 元나라 말에 무리를 모아 韭山에 있다가 朱元璋을 따라 거병했다. 남북을 오가면서 정벌에 나서 都督同知에 오르고 燕王의 左相을 겸했다. 淮安侯에 봉해졌다. 일찍이 北平의 변방 지역에 병사를 배치해 수비할 것을 요청하여 허락을 받았다. 北元을 공격해 上都 大石崖까지 이르렀다. 나중에 元相 脫

節, 鄧愈[109]·湯和[110]可比尉遲敬德·薛仁貴之勇力, 胡大海[111]·郭英[112]堪
同石守信·苗訓之威壯。此外, 文武兼全者, 多矣." 漢祖曰: "以一兼三, 可謂
千古偉烈矣." ○上辭謝不已。

　漢祖曰: "如此勝宴, 古今罕有, 各請中興之君, 以爲同樂, 何如?" 皆曰:
"善." 於是, 漢祖遺蕭何, 請光武[113]·昭烈[114], 唐宗遺裴寂[115], 請肅宗[116],
宋祖遺李昉, 請高宗[117]。俄而, 車馬喧闐之聲, 自遠而近, 人報: "四君至矣."

脫의 집에 있으면서 원나라 궁궐의 물건을 사용하다가 소환을 받고 오는 도중에 죽었다.
108) 耿炳文(경병문): 명나라 太祖 때 장수. 靖難之役에 참여했다가 패하고 끝내 자살하였다.
109) 鄧愈(등유): 본명은 鄧友德. 명나라 開國名將으로 征西將軍이다. 그는 元나라 대항하다가
　　朱元璋에게 투항하여 管軍總管이 되었다. 이때 주원장이 그의 이름을 고쳐, 鄧愈라고 개
　　칭했다. 그는 주원장을 따라 長江을 건너, 太平과 集慶을 공격하고 鎭江을 취했다. 여러
　　차례 전공을 세워 廣興翼元帥가 되었다.
110) 湯和(탕화): 明나라 開國功臣. 1352년에 郭子興의 봉기군에 참가하여 千戶가 되었고, 朱
　　元璋을 따라 長江을 건너 集慶을 점령하는데 공을 세워 統軍元帥, 征南將軍 등을 지냈다.
111) 胡大海(호대해): 명나라 태조 때 무장. 키가 크고 얼굴이 검었으며 지혜와 힘이 남보다
　　뛰어났다. 태조를 좇아 강을 건너 諸將의 땅을 빼앗았다. 僉樞密院事에 올랐다. 후에 苗
　　軍에게 살해되었으나, 越國公에 追封되었다.
112) 郭英(곽영): 明나라 開國功臣. 형 郭興과 더불어 朱元璋을 따라 다녔다. 뒤에 陳友諒을 토
　　벌하여 指揮僉事가 되었다. 徐達과 함께 中原을 평정하고 傅友德을 따라 雲南을 정벌한
　　뒤에 武定侯로 봉해졌다.
113) 光武(광무): 後漢의 초대 황제인 光武帝. 본명은 劉秀. 漢室의 일족으로 22년에 南陽에서
　　군사를 일으켜 王莽의 군대를 무찌르고 한나라를 다시 일으켰다. 洛陽에 도읍했다.
114) 昭烈(소열): 蜀漢의 초대 황제인 昭烈帝. 본명은 劉備. 자는 玄德. 前漢 景帝의 후예로, 184
　　년 關羽, 張飛와 의형제를 맺고 황건적 토벌에 참가하였으며 이후 여러 호족 사이를 전
　　전하다가 諸葛亮을 얻고, 孫權과 동맹을 맺어 赤壁 싸움에서 남하하는 曹操의 세력을 격
　　퇴시켰다. 이후 荊州와 익주를 얻고 漢中王이 되었으며, 2년 후 蜀를 세워 첫 황제가 되
　　었으나 형주와 관우를 잃자, 그 원수를 갚으려고 대군을 일으켜 吳와 싸우다 이릉 전투
　　가 패배로 끝나고, 白帝城에서 제갈량에게 아들 劉禪을 부탁한 후 병사하였다.
115) 裴寂(배적): 唐나라 高祖 때의 신하. 어려서부터 高祖와 친하여, 당나라의 건국에 공로가
　　많았다. 뒤에 尙書左僕射가 되었고 魏國公에 봉해졌다.
116) 肅宗(숙종): 唐나라 제7대 황제. 玄宗의 셋째 아들. 이름은 李亨. 태자로 있을 때 安祿山
　　의 亂이 일어나 현종이 蜀나라로 달아나자 영무로 돌아와 황제에 즉위하여 郭子儀에게
　　명하여 양경을 수복시켰다.
117) 高宗(고종): 南宋의 초대 황제. 본명은 趙構. 徽宗의 아홉째 아들로 欽宗의 아우이다.
　　1127년에 徽宗과 欽宗이 金나라로 끌려간 후에 南京 應天府에서 즉위했다. 남쪽으로 도
　　피하여 臨安을 도읍으로 정하고 金과의 和議를 맺었다. 경제개발을 추구하여 남송의 기
　　초를 구축하였다.

衆迎接禮畢, 送至東樓。張良出班奏曰: "諸國羣臣, 一會雜錯, 未有次序, 願陛下, 區別人物, 各定品第." 漢祖曰: "善." 乃令樊噲, 持五色旗, 立南樓上, 三通鼓118)罷, 呼曰: "有武畧者, 去靑旗下, 有文詞者, 去紅旗下, 有智謀者, 去黃旗下, 有節義者, 去白旗下, 有勇力者, 去黑旗下." 衆人相顧瞠然119), 莫肯先發。又呼曰: "皇命不可遲緩, 斯速擧行." 衆皆林立不動, 叔孫通進曰: "今諸國人臣, 雖有其能, 使之自衒者, 非臣子之事, 而亦非聖王待臣之道也。昔虞舜氏120), 以考課121)之法, 黜陟賢否, 庶績咸熙122), 而帝王之治, 於斯爲盛。今可擇公平正直之士, 褒貶123)高下, 分定次序, 則優劣皆得其所, 而無混錯之獘矣." 漢祖曰: "善." 願124)謂三帝曰: "吾等, 各薦公正之人, 以定高下, 何如?" 唐宗曰: "以寡人之意, 則蕭何能勝其任矣." 宋祖曰: "寡人之意, 則魏徵可也." ○上曰: "一智一能之士, 何代無之? 至於此事, 非常人所能爲也。訓命其君如伊尹125)·傅說126), 經邦輔主如周公, 出將入相如太公127)者, 然後可以當此重任也。昔聞西

---

118) 三通鼓(삼통고): 전투에 앞서 예식에 맞추어 큰 북을 세 번 쳐서 사기를 진작시키던 것.
119) 瞠然(당연): 놀라거나 괴이쩍게 여겨서 눈을 휘둥그렇게 뜨고 물끄러미 보는 모양.
120) 虞舜氏(우순씨): 舜임금의 성과 이름의 合稱.
121) 考課(고과): 인사행정에 사용했던 방법. 관리의 공과를 조사하여 그 벼슬을 올리기도 했고 내리기도 했다.
122) 庶績咸熙(서적함희): 《서경》<舜典>의 "3년에 한 번씩 공적을 고과하고, 3번 고과한 다음 어리석은 자를 내치고 현명한 자를 승진시키니 여러 공적이 다 넓혀졌다.(三載考績, 三考, 黜陟幽明, 庶績咸熙.)"에서 나오는 말.
123) 褒貶(포폄): 옳고 그름이나 착하고 악함을 판단하여 결정하는 것.
124) 願(원): 顧의 오기인 듯.
125) 伊尹(이윤): 湯王을 보좌하여 殷나라의 건국에 공을 세운 어진 재상. 처음에 이윤이 탕왕을 만날 길이 없자 탕왕의 처인 有莘氏 집의 요리사가 된 뒤, 솥과 도마를 등에 지고 탕왕을 만나 음식으로써 천하의 도리를 비유해 설명했다는 전설이 있다.
126) 傅說(부열): 商나라 때의 賢臣. 商王 武丁 때에 丞相을 지냈다. 그는 본래 죄인으로 부역을 나가 성을 쌓고 있었다고 한다. 당시 무정은 어진 신하를 찾고 있었는데, 하루는 꿈속에서 聖人을 만났다. 꿈에서 깨고 난 뒤에도 성인의 모습이 생생하게 기억이 나서 그림으로 그려 닮은 사람을 찾도록 하였다. 최종적으로 傅巖에서 부열을 찾았는데, 그림 속의 성인과 닮았다. 그리하여 그를 재상으로 등용했는데 나라를 잘 다스렸다. 傅巖에서 발견했기 때문에 傅를 姓으로 삼았고, 부열은 부씨의 시조가 되었다.
127) 太公(태공): 周初의 賢臣 呂尙을 이름. 文王과 武王을 도와 殷나라를 치고 周나라를 세운 공으로 齊나라에 봉해졌다. 무왕은 그를 높여 師尙父라 했다. 도읍을 榮丘에 두었는데, 제나라의 시조가 되었다. 兵書 《六韜》는 그가 지은 것이라고 전한다.

蜀諸葛亮128), 有經天偉地129)之才, 安邦定國之謀, 知鑑如神, 透人心曲, 至今稱之, 少不容口130), 若非此人, 不可也." 衆曰: "善." 趙普獨曰: "諸葛亮, 未有統一之功, 不可當此重任也." 宋祖責趙普曰: "夫智謀在人, 成敗在天, 若如卿言, 子思131)・孟子132), 反不如蘇秦133)・張儀134)乎? 夫孔明135), 三代上人物也。方其高臥136)南陽137), 抱膝長嘯, 不求聞達, 及昭烈三願,138) 然後乃起, 其出處, 與伊尹, 同一般也。及其中原出師之日, 上表139)後主140), 諷勉其德141), 其誠意, 與傳說・周公, 同一致也。初未出山142)之時, 已審鼎足之勢, 博望143)

---

128) 諸葛亮(제갈량): 漢의 宰相. 隆中에 은거하고 있을 때 劉備의 三顧草廬에 못 이겨 出仕한 후 劉備를 보좌하여 천하 三分之計를 제시했고, 荊州와 益州를 취하고 蜀漢을 세우는 데 큰 공헌을 했다. 또 南蠻을 평정하고 北伐을 주도했다. 유비가 죽은 뒤, 遺詔를 받들어 後主인 劉禪을 보필하다가 魏나라의 司馬懿와 五丈原에서 대전중 陳中에서 죽었다. 그가 지은 <出師表>는 名文으로 유명하다.

129) 經天偉地(경천위지): 經天緯地의 오기. 온 천하를 경륜하여 다스림.

130) 不容口(불용구): 言不絕口. (칭찬 따위가) 입에서 끊이지 않음.

131) 子思(자사): 魯나라 학자. 공자의 손자로, 평생을 고향인 노나라에 살면서 曾子에게서 학문을 배워 儒學 연구와 전승에 힘썼다. 맹자는 그의 제자이다. 四書의 하나인 ≪중용≫을 저술하여 天人合一의 사상을 주장했다.

132) 孟子(맹자): 孔子의 손자인 子思의 門人으로서 학문을 닦음. 학문을 대성한 뒤 유세하면서 왕도의 이상을 실현하려고 힘썼으며, 齊의 稷下의 여러 학자와 논쟁했다. 만년에는 제자 교육에 힘썼다. 성선설을 주장했으며, 孔子의 孝悌를 확장하여 父子, 君臣, 夫婦, 長幼, 朋友의 오륜으로 발전시켰다.

133) 蘇秦(소진): 전국시대 鬼谷子의 제자. 秦나라에게 대항하기 위해 六國合縱을 주장하여 진나라로 하여금 15년 동안 函谷關에서 나오지 못하게 만들었다.

134) 張儀(장의): 전국시대 魏나라의 謀士. 蘇秦과 함께 鬼谷子를 사사하면서 縱橫術을 배웠다. 연횡책을 주창하면서, 魏・趙・韓나라 등 동서로 잇닿은 6국을 설득, 진나라를 중심으로 하는 동맹관계를 맺게 하였다.

135) 孔明(공명): 蜀漢의 諸葛亮의 자.

136) 高臥(고와): 베개를 높이고 편히 눕는다는 뜻으로, 벼슬을 하지 않고 속세를 벗어나 숨어 지내는 것을 이르는 말.

137) 南陽(남양): 중국의 河南省에 있음. 漢水의 지류 白河에 연해 옛날부터 교통의 요지이다.

138) 三願(삼원): 三顧의 오기.

139) 表(표): 出師表. 중국 삼국시대 蜀나라의 재상 諸葛孔明이 魏나라를 토벌하러 떠날 때 임금에게 올린 글.

140) 後主(후주): 昭烈帝의 어린 아들 劉禪. 제갈량이 정치를 보필할 때는 나라가 잘 다스려졌으나, 그가 죽은 후에 宦官들이 발호하여 나라가 쇠퇴하여지자 魏에게 항복하였다.

141) 諷勉其德(풍면기덕): 제갈량이 출사표에서 국가의 장래를 걱정하고, 각 분야의 현명한 신하들을 추천하며, 유선에게 올리는 간곡한 당부의 말을 가리킴.

燒屯, 白河[144]用水, 使夏侯惇[145]・曹仁[146]輩, 肝膽俱裂, 七擒孟獲[147], 南人心服, 六出祈山[148], 仲達[149]褫魄, 其雄畧, 與太公, 同一類也。豈尋常王霸輔佐者之可比乎? 卿勿妄言." 趙普椒然而退。

漢祖卽命孔明出來, 其人也, 風度端凝, 擧止絶倫, 目下傲視千古英雄, 腦中抱蘊萬部韜畧[150]。趨拜禮畢, 漢祖曰: "諸國羣臣, 一會雜錯, 未有品第, 卿可審覈高下, 分定次序." 孔明稽首辭曰: "以臣之庸才淺識, 豈可當此大任乎? 伏願陛下, 亟遞臣任, 而擇諸國識鑒[151]高明者, 公行褒貶." 漢祖曰: "卿之才識, 朕已知之, 衆論旣叶, 卿其勿辭."

孔明辭謝不得已, 乃方欲行褒貶之際, 閽者忽報: "秦始皇[152]・晉武帝[153]・

142) 山(산): 諸葛亮이 초려를 짓고 살던 隆中의 서쪽에 있는 樂山을 일컬음.
143) 博望(박망): 博望坡. <三國志演義>에 제갈량이 隆中에서 나와 劉備의 군사가 된 후 博望坡에서 曹操의 군사를 火攻으로 무찔렀다는 이야기가 나오는데, 이를 인용한 것이지만 실제가 아니라 허구이다.
144) 白河(백하): 중국 河南省 南陽의 新野에 있는 강 이름.
145) 夏侯惇(하후돈): 魏나라 曹操의 대장. 東漢 말 조조를 수행하여 군사를 일으켰는데, 용맹하여 여러 차례 공적을 세웠다. 兗州자사가 된 조조는 그를 東郡태수로 임명했다. 呂布와 싸우다가 왼쪽 눈을 다쳐 사람들은 그를 盲夏侯라고 불렀다. 다년간에 걸쳐 때로는 임지를 지키고 때로는 군사를 거느리고 정벌에 나서 조조의 깊은 신임을 얻는다. 조조의 뒤를 이어 魏王이 된 曹丕가 그를 대장군으로 삼았다.
146) 曹仁(조인): 魏나라 曹操의 종형제. 조조가 군대를 일으켰을 때부터 종군한 최고의 장수로서 위나라가 중앙을 제압하고 왕조를 건국하는데 이바지한 인물이다.
147) 七擒孟獲(칠금맹획): 七縱七擒. 諸葛亮이 맹획을 일곱 번 놓아주고 일곱 번 사로잡았다는 데서 유래된 고사로, 상대방을 마음대로 다룬다는 뜻. 孟獲은 南蠻의 왕으로 劉備가 죽은 뒤 雍闓와 함께 촉나라에 반기를 들었다가 제갈량이 南征하자 일곱 번 붙잡혔다가 일곱 번 풀려난 뒤 항복하여 心腹이 되었다. 정사 ≪삼국지≫에는 나오지 않는 허구일 뿐이라고 한다.
148) 祈山(기산): 祁山의 오기. 祁山은 甘肅城 西和縣의 東北에 있는 산으로, 諸葛亮이 魏나라 司馬懿를 치기 위해 여섯 번이나 갔다고 하는 산. 제갈량이 여섯 번째 기산으로 나아가 사마의 3부자와 위나라 군사를 上方谷이라는 골짜기로 유인하여 지뢰와 화공으로 몰살시키려 할 즈음 홀연 소나기가 동이로 붓듯 하자, 제갈량이 謀事는 在人이요 成事는 在天이로구나 하며 탄식했다는 고사가 있다.
149) 仲達(중달): 三國時代의 魏나라 名將 司馬懿의 字. 曹操를 비롯한 4대를 보필하면서 책략이 뛰어나 蜀漢 諸葛亮의 군사를 막았으며, 文帝 때 승상에 올라 孫子 司馬炎이 제위를 찬탈할 기초를 닦았다.
150) 萬部韜畧(만부도략): 萬夫韜畧의 오기인 듯.
151) 識鑒(식감): 사리 식별과 시비 판단.

隋文帝154)・楚伯王155), 至矣." 漢祖嚬蹙曰: "秦始皇・楚伯王, 皆狼戾156)之人, 不可同席而樂矣. 爲之奈何?" 孔明奏曰: "此處置, 易矣. 令中興之君, 去東樓, 伯者, 去西樓, 則自然無事矣." 漢祖曰: "善." 卽命大書于殿門, 曰:「中興之君, 去東樓, 伯者, 去西樓, 非刱業之主, 則不得入此門矣.」

頃之, 始皇乘纖離之馬157), 服太阿之劍158), 垂明月之珠159), 建翠鳳之旗160), 擊靈鼉之鼓161), 意思凌雲162), 氣勢掀日。促馬而來, 直欲入殿門, 孔明拒前曰: "中興之君, 去東樓. 俄者, 漢光武163)・漢昭烈164)・唐肅宗165)・宋

---

152) 秦始皇(진시황): 秦나라 제1대 황제. 莊襄王의 아들. 이름은 政. B.C 221년에 천하를 통일하였다. 郡縣制에 의한 중앙집권을 확립하고, 焚書坑儒에 의한 사상통제, 도량형・화폐의 통일, 만리장성의 증축, 阿房宮의 축조 등으로 위세를 떨쳤다.

153) 晉武帝(진무제): 司馬炎. 晉王을 세습 받았고, 수개월 후에 魏元帝 曹奐을 핍박하여 나라를 선양받고, 洛陽에 도읍을 정했다. 후에 吳를 멸하여 천하를 통일하였다.

154) 隋文帝(수문제): 隋나라의 초대 황제. 본명은 楊堅. 581년 北周 靜帝의 帝位를 물려받아 즉위, 589년 南朝의 陳을 멸하여 천하를 통일했다. 律令・관제의 정비, 科擧의 창설 등 통일제국의 기초를 다졌다.

155) 楚伯王(초백왕): 楚覇王이라고도 함. 秦末의 項籍. 자는 羽. 陳勝과 吳廣이 거병하자 숙부 項梁과 吳中에서 병사를 일으켜 진군을 격파하고 스스로 서초패왕이라 일컬었던 인물이다. 그는 숙부 項梁이 군사를 일으키고 왕실의 후예인 熊心을 찾아 懷王으로 삼으니, 그 자신도 따르면서 회왕을 義帝로 높이기까지 하여 황제로 옹립하였다. 그러나 순간이었다. 그는 왕실의 호위부대인 卿子冠軍을 일망타진하고 의제를 시해하고 말았다. 이런 이유로 인심을 잃은 항우는 漢高祖에게 垓下에서 대패하여 죽었다.

156) 狼戾(낭려): 이리처럼 욕심이 많고 도리에 어긋남.

157) 纖離之馬(섬리지마): 옛날 준마의 이름. ≪荀子≫<性惡>에 "驊騮, 騏驥, 纖離, 綠耳는 모두 좋은 말이다.(驊騮・騏驥・纖離・綠耳, 此皆古之良馬也.)"라고 하였다.

158) 太阿之劍(태아지검): 옛날 寶劍의 이름. 춘추시대 歐冶子와 干將이 만들었다고 한다.

159) 明月之珠(명월지주): 옛날에 유명한 寶玉인 夜光珠의 별칭.

160) 翠鳳之旗(취봉지기): 물총새와 봉황으로 장식된 천자의 깃발.

161) 靈鼉之鼓(영타지고): 악어가죽으로 메운 훌륭한 북. 纖離馬~靈鼉之鼓는 李斯의 <諫逐客書>에서 인용되었다.

162) 凌雲(능운): 구름을 능가한다는 뜻으로, 용기가 매우 대단함을 비유적으로 이르는 말.

163) 光武(광무): 後漢의 초대 황제인 光武帝. 본명은 劉秀. 漢室의 일족으로 22년에 南陽에서 군사를 일으켜 王莽의 군대를 무찌르고 한나라를 다시 일으켰다. 洛陽에 도읍했다.

164) 昭烈(소열): 蜀漢의 초대 황제인 昭烈帝. 본명은 劉備. 자는 玄德. 前漢 景帝의 후예로, 184년 關羽, 張飛와 의형제를 맺고 황건적 토벌에 참가하였으며 이후 여러 호족 사이를 전전하다가 諸葛亮을 얻고, 孫權과 동맹을 맺어 赤壁 싸움에서 남하하는 曹操의 세력을 격퇴시켰다. 이후 荊州와 익주를 얻고 漢中王이 되었으며, 2년 후 蜀을 세워 첫 황제가 되었으나 형주와 관우를 잃자, 그 원수를 갚으려고 대군을 일으켜 吳와 싸우다 이릉 전투

高宗166), 已先去, 爲陛下掃席而待, 已多時矣." 始皇虎髮髮167)蜂目168), 怒曰:
"子何爲者耶?" 孔明曰: "漢丞相武鄕侯169)諸葛亮也." 始皇曰: "誰敎汝拒我
乎?" 孔明曰: "漢高祖與唐宋○明三國刱業之君, 設太平宴, 陛下卽中興之君,
故使臣告陛下, 使之去東樓耳." 始皇大怒曰: "朕始呑二周, 終滅六國, 一統天
下, 威加海內, 功過五帝170), 德兼三皇171)172), 豈不謂洪業乎?" 孔明曰: "陛下
蒙古業, 引遺策173), 呑二周, 滅六國, 一統四海, 功烈可謂盛矣。然以事勢論之,
則可謂中興, 不可謂刱業, 豈可預刱業之席乎?" 始皇曰: "然則卿敢拒我乎?" 孔
明曰: "非敢拒也。以事理告之也。陛下之洪功, 不歸先王而自處, 則臣豈敢言
乎?" 始皇怒氣未息, 李斯174)諫曰: "孔明之言, 是也。陛下功歸先王, 而自處中

가 패배로 끝나고, 白帝城에서 제갈량에게 아들 劉禪을 부탁한 후 병사하였다.
165) 肅宗(숙종): 唐나라 제7대 황제. 玄宗의 셋째 아들. 이름은 李亨. 태자로 있을 때 安祿山
의 亂이 일어나 현종이 蜀나라로 달아나자 영무로 돌아와 황제에 즉위하여 郭子儀에게
명하여 양경을 수복시켰다.
166) 高宗(고종): 南宋의 초대 황제. 본명은 趙構. 徽宗의 아홉째 아들로 欽宗의 아우이다.
1127년에 徽宗과 欽宗이 金나라로 끌려간 후에 南京 應天府에서 즉위했다. 남쪽으로 도
피하여 臨安을 도읍으로 정하고 金과의 和議를 맺었다. 경제개발을 추구하여 남송의 기
초를 구축하였다.
167) 虎髮(호차): 虎髮의 오기인 듯. 호랑이 수염.
168) 蜂目(봉목): 눈동자가 말벌처럼 푸른 것으로 용모가 사납고 용맹스러워 보이는 것.
169) 武鄕侯(무향후): 봉작명. 열후 중 縣侯에 속한다. 식읍은 武鄕縣이다. 무향현은 徐州 琅邪
郡에 있으며, 魏나라의 영토에 속했다. 제갈량은 劉備의 아들 劉禪이 즉위하자 계속 승
상의 직책에 있으면서 무향후에 봉해졌고, 정권과 군권을 한손에 장악하였다.
170) 五帝(오제): 고대 중국의 다섯 聖君. 곧 少昊·顓頊·帝嚳·堯·舜. ≪사기≫에는 소호
대신 黃帝이기도 하다.
171) 三皇(삼황): 중국 고대 전설에 나오는 세 임금. 곧 天皇氏·地皇氏·人皇氏. 또는, 伏羲
氏·神農氏·燧人氏로 일컫기도 한다.
172) 功過五帝, 德兼三皇(공과오제, 덕겸삼황): ≪통감절요≫ 권3 <後秦紀·始皇帝>의 "천하
사람들이 자신더러 聖人이라고 하지 않는데도 스스로 이르기를 '德은 三皇을 겸하고 功
은 五帝보다 더하다.' 하여 마침내 칭호를 고쳐 皇帝라고 하였으니, 이는 스스로 聖人이
라고 한 것이다.(天下不以爲聖, 而自以爲德兼三皇, 功過五帝, 乃更號曰皇帝, 則是自聖矣.)"에
서 변용 활용한 것임. 황제를 칭하게 된 유래를 밝히고 있다.
173) 引遺策(인유책): 因遺策. 유책은 前人이 남긴 계책을 일컫는 것으로, 商鞅의 新法을 말한다.
174) 李斯(이사): 秦나라의 정치가. 韓非子와 함께 荀子의 문하로, 法家思想에 의한 중앙집권
정치를 주장하였다. 始皇帝의 丞相으로서 郡縣制의 설치, 문자·도량형의 통일 등, 통일
제국의 확립에 공헌하였다. 시황제의 사후, 2世 황제를 옹립하고 권력을 발휘했으나 趙
高의 참소로 실각하여 처형되었다.

興, 可也." 始皇隱忍, 良久旋馬, 向東樓而去。

項王坐下烏騅馬[175], 手中方天戟[176], 威風凜凜, 壯氣堂堂。軒昂而來, 見孔明問曰: "主宴者, 誰也?" 孔明曰: "漢高祖與唐宋○明三國剏業之主, 設太平之宴。不意大王來臨, 實是所幸也。" 項王仰天大笑曰: "天地翻覆, 日月盈虧, 豈知劉季[177]爲主人, 而項籍顧爲客子耶?" 言訖, 縱馬[178]直入, 孔明擋前曰: "伯者, 去西樓。非剏業之主, 則不得預此宴, 大王不可入殿門矣。" 項王大怒曰: "吾橫行天下, 順我者生, 逆我者死, 汝亦所知也。吾視劉季如小兒, 其餘豎子, 何足介意?" 孔明曰: "大王英勇蓋世, 喑啞則千人喪氣, 叱咤則萬夫失魂,[179] 蹴踏風塵, 掀動日月, 所向無敵, 臣之所知也。然以事理論之, 則可謂伯者, 不可謂剏業, 且大王之伯號, 千載所共聞, 豈可, 而預剏業之宴乎?" 項王嗔目大叱曰: "吾以單騎, 破秦兵四十萬於鉅鹿[180], 擠漢軍五十萬於睢水[181]。當時聞吾之風者, 縮頭鼠竄, 後世聞吾之名者, 膽寒神眩, 汝獨何爲者, 而敢唐突頑拒乎? 今以單槍匹馬突入, 則爾輩無遺矣。姑借殘命, 勿復多言。" 孔明曰: "昔葵邱之會[182], 桓公[183]一變色, 而反者九國[184], 能屈於一人之下, 而信於萬乘[185]之上者,

175) 烏騅馬(오추마): 검은 털에 흰 털이 섞인 말. 項羽가 탔다는 駿馬이다.
176) 方天戟(방천극): 옛날 중국 무기의 하나. 봉 끝에 강철로 된 창과 같은 뾰족한 날과 옆에 초승달 모양의 '月牙'라는 날을 부착한 장병기이다.
177) 劉季(유계): 漢高祖 劉邦의 字.
178) 縱馬(종마): 말을 내달림.
179) 喑啞則千人喪氣, 叱咤則萬夫失魂(암아즉천인상기, 질타즉만부실혼): ≪史記≫ 권92 <淮陰侯列傳>의 "항우가 큰 소리로 꾸짖으면 천 명의 사람이 모두 엎드려 일어나지 못했다. (項王喑啞叱咤, 千人皆廢。)"는 구절을 변용한 것임.
180) 鉅鹿(거록): 중국 河北省 남부에 있는 도시. 項羽와 秦나라 章邯의 군을 대패시킨 곳이었다. 진나라 멸망의 군사적 고비였다.
181) 睢水(수수): 중국 安徽省 宿縣 서북쪽 靈壁의 동쪽에 있는 강.
182) 葵邱(규구): 중국 河南城 蘭考縣.
183) 桓公(환공): 齊나라 군주. 鮑叔牙의 진언으로 공자 糾의 신하였던 管仲을 재상으로 기용한 뒤 제후와 종종 會盟하여 신뢰를 얻었으며, 특히 葵邱의 회맹을 계기로 霸者의 자리를 확고히 하여 春秋五覇의 한 사람이 되었다. 만년에 관중의 유언을 무시하고 예전에 추방했던 신하를 재등용하여 그들에게 권력을 빼앗김으로써 그가 죽은 후 내란이 일어났다.
184) 昔葵邱之會, 桓公一變色, 而反者九國(석규구지회, 환공일변색, 이반자구국): ≪春秋公羊傳≫ <僖公>의 "葵丘之會, 桓公震而矜之, 叛者九國. 震之者何?"와 顏眞卿이 쓴 <爭座衛稿>의 "제나라 환공의 성업으로 근왕을 편언하면 여러 차례 제후들을 규합하여 천하를 통일

湯武[186]是也[187]。願大王, 留神[188]焉." 項王默然良久, 憫然自失曰: "寧爲鷄口,
無爲牛後, 當去作西樓主人, 更設鴻門之宴[189], 可也." 遂回馬, 向西樓而去。

하였으나, 규구의 회합에 교만한 태도가 있다 하여 반란을 일으킨 것이 9개 나라나 되
었다.(以齊桓公盛業, 片言勤王, 則九合諸侯, 一匡天下, 葵丘之會, 微有振矜, 而叛者九國.)"는
구절이 참고가 됨.

185) 萬乘(만승): 만대의 兵車라는 뜻으로, 천자 또는 천자의 자리를 이르는 말. 중국 주나라
   때에 천자가 병거 일만 채를 直隷 지방에서 출동시켰던 데서 유래한다.
186) 湯武(탕무): 殷나라 탕왕과 周나라 무왕. 탕왕은 夏나라 桀王의 신하였다가 폭군 걸왕을
   내쫓고 殷나라 세웠으며, 무왕도 은나라 紂王의 신하였다가 폭군 주왕을 내쫓고 周나라
   를 세웠다.
187) 能屈於一人之下, 而伸於萬乘之上者, 湯武是也(능굴어일인지하, 이신어만승지상자, 탕무시
   야): 東晉의 常璩가 편찬한 ≪華陽國志≫의 "능히 한 사람 아래에 굴복하여 만승의 윗
   자리에서 펼 수 있는 사람은 탕왕과 무왕이 그러했다. 원컨대 대왕이 한중의 왕이 되
   어 그 백성을 기름으로써 현인을 오게 하고 파촉을 수용하여 삼진을 돌이켜 평정하면
   천하를 가히 도모할 것이다.(夫能屈於一人之下, 則伸於萬乘之上者, 湯·武是也. 願大王王漢
   中, 撫其民以致賢人. 收用巴蜀, 還定三秦, 天下可圖也.)"에서 인용됨. 항우가 천하를 나누
   며 한나라를 고립시키자 漢王 劉邦이 항우를 공격하려 할 때 周勃, 灌嬰, 樊噲 등이 동
   조했지만, 蕭何는 이와 같이 말하며 만류하였다고 한다.
188) 留神(유신): 유념함. 조심함.
189) 鴻門之宴(홍문지연): 鴻門之會. 陝西省 臨潼縣의 鴻門에서 漢高祖 劉邦과 楚王 項羽가 베푼
   잔치. 항우가 范增의 권유로 유방을 죽이고자 하였으나 張良이 計策을 잘 써서 劉邦이
   樊噲를 데리고 무사히 도망한 역사상 유명한 會合이다.

孔明褒貶羣臣　　明祖評論諸帝

且說。孔明入報，二國之君，各向東西樓而去。漢祖大喜曰：“豺狼[1]蜂蠆[2]，卿能制逐，可謂善於權變者也。”仍加重賞，孔明辭謝不已。

○上曰：“漢武帝[3]有報讐之功，晋元帝[4]有江左之業，唐憲宗[5]有淮西之勳[6]，宋神宗[7]有三代之風，今可俱請以爲同樂，何如？”衆曰：“善。”漢祖，於是，遣人請之，俄頃，四國之君，皆至。衆迎接，叙禮畢，送至東樓。忽報門外，袁紹[8]·

---

1) 豺狼(시랑): 승냥이와 늑대. 포학하고 간사한 자들이 국정을 제멋대로 농락하는 것을 이른다.
2) 蜂蠆(봉채): 벌과 전갈. 작지만 무서운 존재를 이른다.
3) 漢武帝(한무제): 前漢 제7대 임금 劉徹. 중앙집권을 강화하기 위해 지방에 刺史를 임명하여 제후들의 세력을 약화시켰고, 百家를 축출하고 儒術을 존숭했고, 널리 인재를 등용하였다. 또한 대외적으로 四夷를 정벌했는데, 특히 흉노를 격파하고 서역과의 실크로드를 확보하는 등 중국의 영토를 확대시켰다.
4) 晋元帝(진원제): 東晉의 초대황제 司馬睿. 吳의 지방 호족과 華北에서 온 士族을 회유하여 세력 확보에 노력하였는데, 西晉의 마지막 황제인 愍帝가 끝내 이민족의 칼에 죽자 동진을 세우고 제위에 올랐다. 그의 정권은 王導를 비롯한 명족 세력에 좌우되었다.
5) 唐憲宗(당헌종): 당나라 제11대 황제 李純. 安史의 난 이후 藩鎭(지방군벌)의 세력이 거세어져 중앙의 위령이 미치지 않는 상태를 바로잡는데 힘쓰고, 직할 禁軍을 강화하였으며, 裴度 등 재정가를 재상으로 삼아 兩稅法에 바탕을 둔 봉건제 지향적 경제정책을 추진하는 등 당나라 중흥의 英主로 일컬어진다. 後嗣 다툼으로 환관 陳弘志 등에게 암살되었다. 특히, 그의 치세 때는 韓愈·柳宗元·白樂天 등의 문인들이 활약하였다.
6) 淮西之勳(회서지훈): 唐憲宗이 李愬를 시켜 淮西의 吳元濟를 칠 때에는 반대론이 많았으나, 그것을 물리치고 재상 裴度의 토벌론을 좇아 3년 만에 토평한 공업.
7) 宋神宗(송신종): 北宋의 제6대 황제 趙頊. 三代의 이상을 회복한다는 기치 아래 王安石의 新法을 채용하고, 제도·교육·과학 등을 개혁을 강력히 추진하여 부국강병책을 실시했으나, 이후 新法과 舊法을 둘러싼 전쟁이 반복되는 원인이 되었다.
8) 袁紹(원소): 後漢末의 群雄. 4대에 걸쳐 三公의 지위에 오른 명문귀족 출신으로 靈帝가 죽자 대장군 何進의 명을 받아, 曹操와 함께 강력한 군대를 편성하였다. 董卓을 중심으로 환관들을 일소하려 하였으나, 사전에 계획이 누설되어 하진이 살해되었지만 독자적으로 환관 2,000여 명을 살해하였다. 그러나 동탁이 먼저 수도 洛陽에 들어가 獻帝를 옹립하고 정권을 장악하였다. 동탁 토벌군의 맹주가 되었는데, 동탁이 낙양성을 소각하고 長安으로 천도함으로써 그는 허베이를 중심으로 강력한 세력을 구축하였다. 한편, 曹操와는 처음에 제휴하였으나 반목하게 되었고, 조조가 許昌縣을 중심으로 세력을 확장하여 두 세력은 華

曹操[9]・孫策[10]・李密[11]至矣。漢祖卽命召入, 拜禮畢, 送至西樓。

　漢祖卽命設宴, 酒進樂作。○上謂漢祖曰: "褒貶之事, 諸國羣臣, 共會一處, 然後可行。今請東西樓諸君, 同赴此宴, 則人人各隨其主而來耳。" 漢祖曰: "君言甚好。" 卽遣人, 請東西樓諸君, 諸君皆欣然而來。於是, 廣開筵席, 以次坐定, 諸臣皆侍立階下, 冠服濟濟, 劍佩鏘鏘。漢祖謂孔明曰: "諸國羣臣, 咸造在庭, 卿可區別, 使人人各得其當, 豈非曠世[12]一勝事乎?" 孔明頭戴綸巾[13], 身被鶴氅[14], 左執牙笏, 右秉羽扇, 趨拜而前, 奏曰: "小臣才學庸陋, 識見淺薄, 如此重任, 千萬不當。伏願陛下, 以日月之明, 河海之量, 照臣愚衷, 測臣淺智, 丞遞臣任, 廣選高明而代之, 則臣之罪, 庶可除矣, 臣之責, 徒可免矣。" 漢祖曰: "衆

北지역을 양분하고 서로 견제하였다. 그러나 官渡戰鬪에서 조조의 군대에 패함으로써 형세가 기울었으며, 패전 후 병을 얻어 사망하였다.

9) 曹操(조조): 삼국시대 魏나라의 시조. 권모술수에 능하고 詩文에 뛰어난 武將으로, 黃巾의 난을 평정하고 獻帝를 옹립하여 실권을 쥐고 華北을 통일하였다. 赤壁싸움에서 孫權・劉備 연합군에게 크게 패하여, 중국 천하는 3분되었다. 獻帝 때 魏王으로 봉함을 받았다. 그의 아들 조가 제위에 올라 武帝라 追尊하였다.

10) 孫策(손책): 後漢末의 武將. 吳나라 孫權의 형. 그의 아버지 孫堅의 死後 남은 병사를 몰고 袁術 휘하에서 수많은 공적을 세워 마침내 江東의 땅을 평정하였다. 그러나 원술이 제위에 오르려 하자 격렬하게 비난하였다. 曹操는 이를 알고 손책과 손을 잡는 편이 이롭다고 판단해 그를 토역장군 吳侯에 봉하고 혼인관계를 맺었다. 조조와 袁紹가 관도에서 대치하고 있을 때 손책은 許都에 있는 한나라 獻帝를 맞아들이려 했으나 실행에 옮기기 전자객의 칼을 맞고 죽었다. 이때 나이가 26세이었다.

11) 李密(이밀): 隋나라 말기의 무장. 4대에 걸쳐 三公의 지위에 오른 명문귀족 출신. 隋나라 말기 어지러운 틈을 타 그는 반란군 가운데 최강의 무력을 자랑한 瓦崗軍의 수령이 되어 스스로 魏公을 칭했던 인물이다. 원래 와강군은 翟讓이 죄를 짓고 달아나 고향 인근의 와강에서 봉기한 반란군인데, 이밀이 적양을 살해하고 와강군을 장악했다. 이후 그는 여러 차례 와강군을 이끌고 수나라 군사를 격파했다. 그러나 막대한 곡물을 저장하고 있는 낙양 동쪽의 洛口倉을 지나치게 중시한 나머지 이곳을 수비하는데 지나친 공을 들였다. 곡창에 미련을 두면서 서쪽으로 關中을 점령하지 않고 사면으로 적을 막으면서 군사를 주둔시키고 또 견고한 성을 공격한 것은 전략상에서 가장 큰 실수였지만, 다만 隋煬帝를 시해한 여세를 몰아 북상하던 宇文化及을 제압한 것은 높이 평가할 만하다고 한다. 李密은 할 수 없이 잔여 군사 2만 명을 거느리고 서쪽으로 關中에 들어가 李淵에게 항복하였다. 얼마 안 되어 唐을 떠나 다시 일어나려다가 唐나라 장군 盛彦師에게 죽었다.

12) 曠世(광세): 세상에 매우 드묾.

13) 綸巾(윤건): 비단으로 만든 두건의 하나.

14) 鶴氅(학창): 鶴氅衣. 소매가 넓은 백색 氅衣에 깃・도련・수구 등에 검은 헝겊으로 넓게 襈을 두른 것.

中, 知能識見者雖多, 無如卿才, 卿勿固辭, 斯速行公." 孔明辭不得已, 周覽已畢, 復奏曰: "如宋臣周敦頤[15]・程顥[16]・程頤[17]・張載[18]・邵雍[19]・朱熹[20], 學究天人, 道接孔孟, 爲世儒所宗者也, 非臣之妄評擅論者也." 漢祖曰: "卿恭承皇命, 公行褒貶, 何謂妄擅乎? 衆情已叶, 勿復疑慮."

孔明四拜, 稽首受命, 卽令諸人, 分次而立, 告曰: "吾以庸才陋見, 已承天命, 雖行褒貶, 然若方才之間, 有一毫私意, 則天必罰之, 神其殛之. 諸君咸聽吾言." 衆皆曰: "君之才學, 千古所共知, 聖主所擇, 必當其職, 衆情咸顒. 願君, 幸勿謙讓." 孔明乃言曰:

"周敦頤, 起百世後啓千聖統, 宋.

程顥, 孟子後一顔氏[21]殆庶, 宋.

15) 周敦頤(주돈이): 北宋의 유학자. 원래의 이름은 敦實, 자는 茂叔, 호는 濂溪. 道州 출신으로 여러 지방관을 거치면서 치적을 남겼다. 만년에는 盧山 기슭의 濂溪書堂에서 은거하였다. <太極圖說>을 지어 道學, 즉 성리학의 이론을 마련하였다. 南宋의 朱熹가 그를 道學의 開祖라고 칭하였다.

16) 程顥(정호): 北宋의 유학자. 明道先生이라 불린다. 동생 程頤와 함께 二程子로 알려졌다. 仁宗 때 진사가 되었다. 鄠縣과 上元의 主簿에 올랐다. 神宗 때 太子中允과 監察御史裏行에 올랐다. 여러 차례 신종이 불러서 보자 그 때마다 마음을 바르게 하고 욕심을 억누르며 어진 이를 발탁하고 인재를 기를 것을 강조했다. 나중에 著作佐郎이 되었지만, 王安石의 新法과 뜻이 맞지 않자 자청하여 簽書鎭寧軍判官으로 나갔다가 扶溝知縣으로 옮겼다. 哲宗이 즉위하자 불러 宗正丞이 되었는데, 나가기 전에 죽었다.

17) 程頤(정이): 北宋의 유학자. 자는 正淑. 程顥의 아우이다. 伊川伯을 봉했기에 伊川先生이라 불린다. 처음으로 理氣의 철학을 내세웠으며, 유교 도덕에 철학적 기초를 부여했다.

18) 張載(장재): 北宋의 유학자. 자는 子厚. 橫渠先生이라 불린다. 유학과 노자의 사상을 조화시켜 우주의 일원적 해석을 설파하고 二程, 朱子의 학설에 영향을 주었다.

19) 邵雍(소옹): 北宋의 유학자. 자는 堯夫. 시호는 康節. 李之才에게 河圖・洛書・圖書先天象數의 학문을 배우고, 象數에 의한 신비적 우주관・자연 철학을 설명하여 二程과 朱子에게 큰 영향을 미쳤다.

20) 朱熹(주희): 南宋의 유학자. 字는 元晦 또는 仲晦. 號는 晦庵・晦翁. 북송 이래 理學을 집대성하고 사상체계를 정립하였는데, 程顥・程頤의 理氣論을 계승하여 天理와 人欲의 대립을 강조하면서 私欲을 버리고 천리에 복속할 것을 요구하는 등 理의 先在를 주장하였다. 그는 經學에 정통하여 宋學을 집대성한 것인데, 그 學을 朱子學이라 일컫는다. 우리나라 조선시대의 유학에 큰 영향을 미쳤다.

21) 顔氏(안씨): 顔回. 魯나라 曲阜 사람. 자는 子淵, 顔淵으로 불리며, 顔子 혹은 '複聖', '亞聖'이라고 존칭하기도 한다. 춘추말기 孔子의 제자로 공자가 가장 총애했던 수제자였으나, 젊은 나이에 요절했다. 孔門十哲 중 한 사람이다.

程頤, 布帛菽粟[22]規矩準繩, 宋。

張載, 貫乎一理慨然三代[23], 宋。

邵雍, 探月躡天[24]內聖外王[25], 宋。

朱熹, 潮吞百川當開萬戶[26], 宋。

韓琦[27], 公可學否[28]吾無閒然, 宋。

---

22) 布帛菽粟(포백숙속): ≪宋史≫ 권427 <程頤列傳>의 "정이가 마침내 孔孟이 미처 전하지 못한 학문을 터득하여 뭇 유자들의 영수가 되었는데, 그가 말한 뜻을 보면 모두 포백숙속과 같았으므로 덕을 아는 이들이 더욱 그를 존숭하였다.(卒得孔孟不傳之學, 以爲諸儒倡, 其言之旨, 若布帛菽粟然, 知德者尤尊崇之.)"에서 나온 말.

23) 慨然三代(개연삼대): ≪近思錄≫ 권9 <制度>의 "여여숙(본명 呂大臨)이 지은 횡거선생의 행장에 이르기를, '선생은 삼대의 다스림에 감탄하고 본받으려는 뜻을 지니고 있었는데, 사람을 다스리는 급선무를 논할 때에는 먼저 토지의 경계를 정확히 하는 것을 긴급하게 여겨야 한다.'고 하였다.(呂與叔, 撰橫渠先生行狀云: '先生慨然有意三代之治, 論治人先務, 未始不以經界爲急.')"에서 나온 말. 이 말은 ≪맹자≫<滕文公章句 上>에도 나오는데, 三代之治는 가장 이상적인 통치형태로서 道學이 행해진 것이다.

24) 探月躡天(탐월섭천): 邵雍이 <觀物吟>에서 "월굴을 찾아야만 사물을 알고, 천근을 밟지 않으면 사람을 어떻게 알랴. 건괘가 손괘를 만난 때에 월굴을 보고, 지괘가 뇌괘를 만난 때에 천근을 볼 수 있으니, 천근과 월굴이 한가로이 왕래하는 가운데 삼십육궁이 온통 봄이로구나.(須探月窟方知物, 未躡天根豈識人? 乾遇巽時觀月窟, 地逢雷處見天根, 天根月窟開往來, 三十六宮都是春.)"라고 읊은 데에서 나온 말. 천지 음양의 이치를 말할 때 쓰는 표현이다.

25) 內聖外王(내성외왕): 안으로는 성인의 덕을 갖추고 밖으로는 王者의 풍도를 갖추었다는 뜻. 자신을 닦아 성인처럼 되는 것과 남을 다스려 王道를 펴는 것을 말한다. ≪장자≫의 <天下>에 "신은 어디서 내려오며, 명은 어디서 나오는가? 성인이 내는 바가 있고, 제왕이 이루는 바가 있다.(神何由降, 明何由出? 聖有所生, 王有所成.)"라고 하였으며, 또 "천지의 아름다움을 구비하고 신명의 경지에 걸맞은 인물을 거의 찾을 수 없기 때문에 내성외왕의 도가 어두워져서 밝아지지 않고 답답하게 막혀 나오지 않는 것이다.(寡能備於天地之美, 稱神明之容, 是故內聖外王之道, 闇而不明, 鬱而不發.)"라고 하였다. 河南의 程顥는 처음 부친을 모시고 邵雍을 찾아 종일 예의에 대해 논의하고 물러 나와 "요부(소강절)는 안으로는 성인이요 밖으로는 임금의 학문이다.(堯夫, 內聖外王之學也.)"라며 감탄했다고 한다.

26) 潮吞百川當開萬戶(조탄백천당개만호): 元나라 성리학자 吳澄의 <晦庵先生朱文公畫像讚>에 나오는 말. "선생의 운치가 남아 있으니, 깨끗하고 맑은 마음의 원천이네. 이는 하나였으나 개벽적으로 나뉘어져, 여러 이론을 절충하네. 조수가 백 개의 하천을 삼키고, 우레가 많은 집들을 열었는데. 상쾌하고 시원한 연잎의 구슬이, 세차게 쏟아지는 비를 가르치네.(龍門餘韻, 氷壺之源. 理壹分殊, 折衷群言. 潮吞百川, 雷開萬戶. 灑落荷珠, 沛然敎雨.)"이다. 이 글귀는 李麟祥(1710~1760)의 <寶山帖>에 해서체로 쓰여 있는 것이다. 當은 雷의 오기이다.

富弼29), 量實遜韓氣能折虜, 宋。

范仲淹30), 無心中物先天下憂, 宋。

韓愈31), 起八代文32)爲百世師, 唐。

董仲舒33), 廣川34)通儒35)江都賢相, 宋。

蘇軾36), 何等主文37)無以易子, 宋。

---

27) 韓琦(한기): 北宋 때의 大臣. 벼슬은 將作監丞, 通判潭州, 開封府推官, 度支判官, 太常博士, 右司諫, 陝西經略安撫招討使 등을 역임했다. 范仲淹과 더불어 군대를 이끌고 西夏를 정벌하여 軍에서 위엄과 덕망이 두터웠다. 仁宗과 英宗 때에 재상을 지냈고, 神宗 때에 司空 겸 侍中이 되었다.

28) 公可學否(공가학부): ≪二程文集≫<附錄 卷上>에 "혹자가 이천에게 묻기를, '도량을 배울 수 있습니까?' 하니, 답하기를, '가능하다. 학업이 진전되면 식견이 나아지고, 식견이 나아지면 도량도 나아진다.'고 하였다. '위공처럼 배울 수 있겠습니까?' 하니, 답하기를, '위공은 참으로 뛰어난 인물이다.' 하였다.(或問伊川, '量可學否?' 曰: '可. 學進則識進, 識進則量進.' 曰: '如魏公可學否?' 曰: '魏公是間氣.')"고 한 데서 나온 말. 魏公은 韓琦의 封號인 魏國公의 약칭이며, 間氣는 몇 세대에 한 번씩 태어나는 뛰어난 인물을 이르는 말이다.

29) 富弼(부필): 北宋의 명재상. 1042년 遼나라에 사신으로 갔다가 땅을 나누어 내놓으라는 요구를 거절했다. 다음해 樞密副使가 되었다. 范仲淹 등과 공동으로 慶曆新政을 추진하고, 河北 수비에 대한 12가지 대책을 올렸다. 1055년에 文彦博과 더불어 재상이 되었고, 그 후에 樞密使가 되었으나 질병으로 사직했다.

30) 范仲淹(범중엄): 北宋 때의 정치가·학자. 인종 때 郭皇后의 폐립문제를 놓고 찬성파 呂夷簡과 대립하다가 지방으로 쫓겨났다. 饒州와 潤州, 越州의 知州를 맡았다. 그 뒤 歐陽修와 韓琦 등과 함께 여이간 일파를 비판했으며, 스스로 군자의 붕당이라고 자칭하여 慶曆黨議를 불러일으켰다. 參政知事가 되어 개혁하여야 할 정치상의 10개조를 상소하였으나 반대파 때문에 실패하였다.

31) 韓愈(한유): 唐의 문인·정치가. 자는 退之. 호는 昌黎. 唐宋 8대가의 한 사람으로, 四六騈儷文을 비판해 古文을 주장하였다. 유교를 존중하고 시에 뛰어났다.

32) 起八代文(기팔대문): 송나라 蘇軾이 韓愈에 대해 "문장으로써 8대 동안의 쇠미했던 풍조를 진작시키고 도의로써 물에 빠져 허우적대는 천하를 구제하였다.(文起八代之衰, 道濟天下之溺.)"고 칭송한 글에서 나오는 말. 팔대는 東漢, 魏, 晉, 宋, 齊, 梁, 陳, 隋를 일컫는다.

33) 董仲舒(동중서): 前漢 때의 유학자. 廣川사람이다. 武帝가 즉위하여 크게 인재를 구하므로 賢良對策을 올려 인정을 받았다. 江都王 劉非는 무제의 이복형으로서 교만하고 무례하기 짝이 없었는데, 동중서는 江都丞相이 되어 그를 덕으로써 감화시켰다. 전한의 새로운 문교정책에 참여했다. 五經博士를 두게 되고, 국가 문교의 중심이 儒家에 통일된 것은 그의 영향이 크다.

34) 廣川(광천): 중국 북부지방의 河北省 棗强縣에 속한 지명. 지금의 북경 근처이다.

35) 通儒(통유): 세상의 일이나 학문에 널리 통달한 학자.

36) 蘇軾(소식): 宋나라 대문호. 자는 子瞻, 호는 東坡. 아버지 蘇洵, 동생 蘇轍과 더불어 三蘇라 불리며, 3父子가 모두 唐宋八大家에 속한다. 哲宗 때 중용되어 舊法派의 중심적 인물

張栻[38], 魏公[39]能子晦翁同志, 宋。

呂祖謙[40], 中原文獻後世矜式, 宋。

蔡沈[41], 詩入陶韋[42]學承父師, 宋。

司馬光[43], 衛士加額[44]遠夷縮首, 宋。

張良, 天淵[45]應龍[46]珠樹[47]蛻蟬, 漢。

로 활약하였고, 특히 歐陽脩와 비교되는 대문호로서 賦를 비롯하여 詩·詞·古文 등에 능하였으며, 재질이 뛰어나 書畫로도 유명하였다.

37) 主文(주문): 文柄을 잡은 자로 과거의 출제와 선발을 주관함을 이르는 말. 蘇軾이 22세 때 禮部試에 응시하여 <刑賞忠厚論>을 제출하였는데, 이때 禮部侍郎으로 主文官(과거시험 위원장)의 직책을 맡았던 이가 바로 歐陽脩이었다. 구양수는 소식의 답안을 읽고는 놀라서 "이제 이 늙은이의 시대는 가는구나! … 30년이 지나면 아무도 구양수라는 이름을 말하지 않게 될 것이다"라고 격찬했다고 하며, 최종 관문인 殿試에서는 인종황제가 "짐의 자손에게 봉사할 재상감을 얻었다"며 기뻐했다는 이야기가 전한다. 소식의 <謝南省主文與歐陽內翰啓>가 있다.

38) 張栻(장식): 南宋의 성리학자이자 교육가. 張浚의 아들이요, 朱子의 친구였다. 부친이 주전론을 주장한 名臣이어서 아버지의 영향으로 장식 또한 남송 孝宗에게 금나라와 전쟁을 불사하는 과감한 정책을 제안하는 북벌론자였다. 스승인 胡宏으로부터 학문을 익혔으며, 성리학에 관한 지식이 깊고 敬 문제에 관해서는 주자와 자주 논쟁을 벌여 그 학문에 영향을 많이 주었다. 주자는 장식의 학문이 높아 도저히 따라갈 수가 없다고 칭송하였다.

39) 魏公(위공): 張栻의 아버지 張浚이 衛國公에 봉해진 데서 일컫는 말.

40) 呂祖謙(여조겸): 南宋의 학자. 朱子·張南軒·陸象山 등과 더불어 講學에 힘써 대성하였다. 주자와 함께 北宋 도학자의 어록을 편집하여 ≪近思錄≫을 편찬하였다.

41) 蔡沈(채침): 南宋의 학자. 蔡元定의 둘째 아들이다. 젊어 가학을 이었고, 朱子에게 배웠다. 아버지가 죽은 뒤 九峰에 은거하면서 주자의 명으로 ≪尚書≫에 주를 달았는데, 10여 년의 시간이 걸려 1206년에 ≪書集傳≫을 완성했다. 여러 학설을 종합하고 注釋이 명석하여 원나라 이후 과거 시험을 준비하는 선비들에게 필독서가 되었다.

42) 陶韋(도위): 陶淵明과 韋應物. 도연명의 시는 질박순후하며, 위응물의 시는 약간 평이한 데로 빠져 있다고 한다.

43) 司馬光(사마광): 北宋 때의 학자. 溫公이라 칭하여진다. ≪資治通鑑≫의 편자이다. 이 책은 천자의 정치에 도움을 주기 위해 19년의 세월을 들여, 전국시대에서부터 編年體로 편찬한 것으로, 대의명분을 명확히 한 것이다. 그는 漢代의 楊雄을 가장 숭배하였다.

44) 加額(가액): 백성들이 이마에 손을 얹고 멀리서 바라보는 것을 일컬음. 매우 人望이 높은 재상을 공경하는 것을 뜻한다. 송나라 사마광이 洛陽에 사는 15년 동안 詣闕할 때마다 衛士들이 모두 손을 이마에 얹고 공경스럽게 바라보면서 "이분이 司馬相公이시다."라고 한 데서 유래하였다.

45) 天淵(천연): 위로는 높은 하늘로부터 아래로는 깊은 못에 이르기까지를 일컫는 말. ≪중용≫ 제12장에 "솔개는 날아서 하늘에 이르고 물고기는 못에서 뛴다는 시가 있는데, 이는 위와 아래에서 밝게 드러남을 말한 것이다.(詩云鳶飛戾天, 魚躍于淵, 言其上下察也.)"라

蘇轍(48), 東坡難弟老泉(49)知子, 宋。

李白(50), 風月間主(51)詩酒中仙, 唐。

杜甫(52), 金華(53)高士玉署(54)儒賢(55), 唐(56)。

宋濂(57), 聖於詩者窮乃工(58)也(59), 明(60)。

는 말이 나온다.

46) 應龍(응룡): 날개가 달린 전설의 용. 禹임금이 治水할 때 이 용이 꼬리로 땅을 그어서 江河를 이루었다 한다. 天淵應龍은 장량이 유방을 보좌해 진나라를 멸망시키고 한나라를 건국한 일을 일컫는 듯하다.

47) 珠樹(주수): 전설에 나오는 나무로, 厭火의 북쪽 赤水의 위에서 자란다는 신선 세계의 나무. 잣나무와 비슷하게 생겼으며 잎이 전부 구슬로 되어 있다고 한다. 珠樹蛻蟬은 韓信과 彭越의 살해와 이에 공포를 느껴 일어난 黥布의 반란 등 살벌한 세상에서 자신을 방어하기 위해 張家界에 은둔하여 생활한 것을 일컫는 듯하다.

48) 蘇轍(소철): 北宋의 문인. 자는 子由, 호는 穎濱・欒城. 蘇軾의 아우로, 당송팔대가의 한 사람이다. 간결한 작풍에 고문으로도 빼어났다. 부친 蘇洵, 형 蘇軾과 더불어 '三蘇'로 일컬어진다. 저서로 ≪欒城集≫이 있다. 벼슬은 門下侍郎을 지냈다. 王安石의 新法을 반대하여 河南推官으로 좌천되었다.

49) 老泉(노천): 蘇轍의 아버지 蘇洵의 호.

50) 李白(이백): 唐나라 詩仙. 자는 太白, 호는 靑蓮・醉仙翁. 杜甫와 더불어 시의 양대 산맥을 이루었다. 그의 시는 서정성이 뛰어나 논리성, 체계성보다는 감각, 직관에서 독보적이었다. 술, 달을 소재로 많이 썼으며, 낭만적이고 귀족적인 시풍을 지녔다.

51) 風月間主(풍월간주): 風月間主의 오기인 듯. 蘇軾의 <東坡志林>에 "강가의 바람과 산 위에 솟은 달은 본래 일정한 주인이 따로 없나니, 한가로이 즐길 수 있는 그 사람이 바로 주인이라.(江山風月, 本無常主, 閒者便是主人.)"는 구절이 나온다.

52) 杜甫(두보): 唐나라 詩聖. 자는 子美, 호는 少陵・杜陵. 시는 그의 엄격한 정신을 표현한 격조 높은 것으로 철저하게 사실을 묘사하는 수법과 엄격한 聲律에 의해 세상일이나 사람의 감정을 미세하게 그려내고 있다. 그의 시는 다음 세대인 北宋의 王安石・蘇軾・黃庭堅 등에 의해 높이 평가되었다. 보통 李白을 詩仙, 杜甫를 詩聖이라고 하며, 흔히 두 사람을 李杜라고 부르고 있다.

53) 金華(금화): 명나라 宋濂의 출신지. 浙江省에 있는 지명이다.

54) 玉署(옥서): 翰林院의 별칭. 송렴이 翰林學士에 임명되었던 것을 염두에 둔 어구이다.

55) 金華高士玉署儒賢(금화고사옥서유현): 宋濂에 해당한 내용으로 착종되어 있음. 儒賢은 유학에 정통하고 어질며 총명한 선비를 이르는 말이다.

56) 唐(당): 원문에는 '明'으로 되어 있으나 교정자가 아래 행의 '唐'과 바꾸어 교정하였음.

57) 宋濂(송렴): 명나라 초기의 대표적 학자. 浙江省 金華 출신이다. 자는 景濂, 호는 潛溪・玄眞子이다. 고문을 중시하였으며, 명나라의 공덕과 태평을 칭송하는 시를 많이 지어 臺閣體의 선구자로 알려져 있다. 劉基・高啓와 더불어 明初詩文三大家로 일컬어진다. 方孝孺의 스승이다.

58) 窮乃工(궁내공): 곤궁하여 시를 잘 지음. 歐陽脩가 송나라 시인 梅堯臣의 시집에 쓴 서문에서 "대체로 세상에 전해 오는 시들은 대부분이 옛날 곤궁한 사람들에게서 나온 글이

陸游61), 南渡62)文章北征經綸, 南宋。

歐陽脩63), 嘉祐64)多士韓愈後身, 宋。

司馬遷65), 以三長才66)鳴萬古久, 漢。

李昉, 輔國誠心助主久采67), 宋。

다. …… 대개 곤궁할수록 시가 더욱 공교해지는 것이니, 그렇다면 시가 사람을 곤궁하게 하는 것이 아니라, 아마도 곤궁해진 뒤에 시가 공교해지는 것이로다.(蓋世所傳詩者, 多出於古窮人之辭也 …… 蓋愈窮則愈工, 然則非詩之能窮人, 殆窮者而後工也.)"라고 한 데서 나온다.

59) 聖於詩者窮乃工也(성어시자궁내공야): 杜甫에 해당한 내용으로 착종되어 있음.

60) 明(명): 원문에는 '唐'으로 되어 있으나 교정자가 위 행의 '明'과 바꾸어 교정하였음.

61) 陸游(육유): 南宋의 시인. 자는 務觀, 호는 放翁. 山陰(浙江省)에서 명망 있는 집안의 자제로 출생했다. 침략자 金나라에 대하여 철저한 항전주의자로 일관하는 격렬한 기질의 소유자였다. 약 50년 동안에 1만 首에 달하는 시를 남겨 최다작의 시인으로 꼽힌다. 강렬한 서정을 부흥시킨 점이 최대의 특색이라 할 수 있다.

62) 南渡(남도): 北宋의 마지막 임금인 高宗이 금나라에 쫓겨 長江을 건너서 臨安으로 도읍을 옮긴 것을 말함. 이때를 南宋이라 일컫는다.

63) 歐陽脩(구양수): 宋나라 학자. 과거에 급제하여 慶曆 이후 翰林院侍讀學士·樞密府使·參知政事 등을 역임하였는데 그 동안 누차 群小輩의 참소를 입어 罷黜당하였으나 志氣가 自若하였다. 羣書에 널리 통하고 詩文으로 천하에 이름을 날려 唐宋八大家의 한 사람으로 꼽힌다. 당대의 대문장가인 韓愈의 작품에 영향을 받아 평이하고 간결한 고문체 부흥에 힘썼다. 1057년에는 과거시험 위원장인 知貢擧에 임명되어, 고문체로 답안을 작성한 사람들을 합격시키는 등 자신의 문학관을 심사에 적용했다는 비판을 들었으나, 변려문보다 고문을 더 중시하는 획기적 조치를 취함으로써 중국문학에 새로운 지평을 열었다.

64) 嘉祐(가우): 北宋 仁宗의 연호(1056~1063). 歐陽脩는 知貢擧가 된 후 西崑體의 비루함과 또 이를 본뜨는 자가 있는 것을 몹시 싫어하여 일체 이를 배격하였으니, 이것이 송대에 인재가 융성하게 한 하나의 계기가 되었다.

65) 司馬遷(사마천): 前漢의 역사가. 자는 子長. 太史令이던 부친 司馬談의 영향으로 어릴 때부터 많은 글을 읽었다. 사마담이 죽으면서 《史記》의 완성을 부탁하였고 태사령이 되면서 본격적으로 저술에 착수하였으나 흉노의 포위 속에서 부득이하게 투항하지 않을 수 없었던 李陵장군을 변호하다가 무제의 노여움을 사 宮刑을 받았다. 옥중에서 저술을 계속하다가 무제의 신임을 회복하여 환관의 최고직인 중서령이 되었고, 기원전 91년경 마침내 《사기》를 완성하였다.

66) 三長才(삼장재): 사관이 갖추어야 할 세 가지인 재주, 학문, 식견을 일컬음. 《唐書》<劉知幾傳>에 "사관은 재주, 학문, 식견 세 가지가 있어야 하는데, 세상에는 이 모두를 겸한 자가 드물어서 사관이 적다.(史有三長才學識, 世罕兼之 故史者少.)"는 구절이 나온다.

67) 助主久采(조주구채): 北宋 太宗의 명으로 977년에 착수하여 983년 완성한 《太平御覽》은 1,000권에 달하는 방대한 백과사전류이며, 978년에 편찬되어 981년 판각된 《太平廣記》는 500권에 달하는 중국 설화모음집이며, 982년에 착수하여 987년 완성한 《文苑英華》는 1,000권에 달하는 詩文選集인데, 이것들이 이방에 의해 주도된 것을 일컬음.

范質, 雖欠一死[68]實合三公[69], 宋。

蕭何, 高帝賢婦曺叅良師, 漢。

劉晏[70], 於國於民盡善盡美, 唐。

陳平, 冠玉好讀捐金善販, 漢。

劉基, 自許王佐帝呼先生[71], 明。

房玄齡, 千里面談[72]一代宰材, 唐。

杜如晦, 裨諶[73]草創季路片言[74], 唐。

陸贄[75], 內相[76]經綸王佐才器, 唐。

---

68) 雖欠一死(수흠일사): 송태종 趙匡義가 范質에 대해 "다만 후주의 세종을 위해 한 몸 바치지 못했으니 애석하도다.(但欠世宗一死, 爲可惜爾.)"라고 한 말을 염두에 둔 표현.

69) 實合三公(실합삼공): 송태조 趙匡胤이 范質에 대해 "듣건대 범질이 단지 집만 가지고 있을 뿐 田産을 두지 않았으니 진실로 재상이로다.(聞范質只有宅第, 不置田産, 眞宰相也.)"라고 칭찬한 것을 염두에 둔 표현.

70) 劉晏(유안): 당나라 肅宗‧代宗 때 정치가. 자는 士安. 戶部侍郎, 度支使, 吏部侍郎 및 鹽鐵使, 轉運使, 租庸使 등을 지낸 인물로, 나라의 재정을 튼튼하게 하고, 뒤에 河南‧江淮‧山南의 漕運을 통하게 하여 關內의 백성들이 식량 걱정을 하지 않게 한 것 등이 유명하다.

71) 帝呼先生(제호선생): 劉基는 스스로 諸葛亮보다 낫다고 자부할 만큼 천문과 지리, 정치, 군사 등 모르는 것이 없었고 미래에 대한 예언은 물론 독특한 고도의 역술지식을 지닌 인물이었는데, 朱元璋이 명나라를 개국할 때에 스승 겸 참모가 된 것을 염두에 둔 표현.

72) 千里面談(천리면담): 唐高祖 李淵이 방현령에 대해 "내 아들을 위하여 일을 아뢰니, 비록 천리 멀리 떨어져 있으나 모두 마주 보고 말하는 것처럼 상세하다.(爲吾兒陳事, 雖隔千里, 皆如面談.)"라고 한 것을 염두에 둔 표현.

73) 裨諶(비심): 춘추시대 鄭나라의 국가 외교문서 초안 작성자. ≪논어≫<憲問>에 "외교문서를 작성하는 데에 비심이 초고를 쓰면, 世叔이 검토하고, 행인 子羽가 수식을 가하고, 동리의 子産이 윤색을 하였다.(爲命, 裨諶草創之, 世叔討論之, 行人子羽修飾之, 東里子産潤色之.)"라는 공자의 언급이 있다.

74) 季路片言(자로편언): 魯나라 俠客 출신으로 공자의 인품에 감화되어 30살이 넘어서야 공자의 제자가 된 인물. 성격이 다소 거칠고 급했지만 천성이 순박하고 솔직했으며 학문에는 큰 재주가 없었으나 용기와 실천력이 뛰어난 제자였다. ≪논어≫<顔淵編>에 "간단한 한마디 말만 듣고도 시비의 판결을 내릴 수 있는 사람은 아마도 바로 由(季路) 뿐일 것이다. 자로는 응낙한 일을 미루는 일이 없기 때문이다.(片言可以折獄者, 其由也與! 子路無宿若.)"는 말이 있다.

75) 陸贄(육지): 唐나라 학자. 덕종 때 한림학사가 되어 신임이 두터웠다. 성품이 충성되고 유학을 존중하였으며 문장에 뛰어나, 그의 奏議는 후세에까지 존중되었다. 간신 裴延齡의

裴度77), 子儀78)勳業午橋79)風流, 唐。

趙普, 雖弱藩愍忍負金櫃80), 宋。

霍光81), 無才周公不學伊尹82), 漢。

잘못을 極諫하다가 내쫓김을 당하였다.

76) 內相(내상): 당나라 德宗 때 陸贄가 한림학사의 신분으로 왕의 두터운 신임을 받아 국가 중대사를 결정할 때면 반드시 참여했으므로 그 당시 그를 일러 궐내의 재상이라고 칭한 말.

77) 裴度(배도): 唐나라 大臣. 憲宗 때 司封員外郞과 中書舍人, 御史中丞을 지냈고, 藩鎭을 없앨 것을 강력하게 주장했다. 당나라 군대가 蔡를 토벌한 뒤 군대를 行營하는 일을 감시했다. 살해된 재상 武元衡을 대신하여 中書侍郞과 同中書門下平章事가 되었다. 얼마 뒤 군대를 이끌고 힘껏 싸워 吳元濟를 생포했다. 穆宗 때 여러 차례 出鎭入相하면서 천하의 중용을 받았다. 절도사를 억압하고, 宦官에 대해서도 강경책을 취하여 헌종과 목종, 敬宗, 문종의 4조에 걸쳐 활약했다.

78) 子儀(자의): 郭子儀를 가리킴. 곽자의는 당나라의 무장으로 安祿山의 난을 토벌하여 도읍 長安을 탈환하였고, 뒤에 吐蕃을 쳐서 큰 공을 세워 司徒, 中書令에 이어 汾陽王으로 봉해졌다. 子儀勳業은 곽자의와 같은 공업이라는 말인데, 당나라 憲宗 817년 8월에 淮州와 蔡州를 근거지로 삼아 蔡州刺史 吳元濟가 반란을 일으키자, 裴度가 淮西宣慰處置使兼彰義軍節度使로서 직접 출전하여 전투를 독려하기를 자청했고, 그 공으로 晉國公에 봉해지고 벼슬이 中書令에 이르렀던 것을 일컫는다.

79) 午橋(오교): 裴度가 만년에 관직을 그만두고 洛陽 근교에 지은 별장. 그 가운데 凉臺와 暑館을 만들어 이를 綠野堂이라 이름하고는 白居易, 劉禹錫 등과 함께 매일같이 술을 마시며 즐겼다고 한다.

80) 忍負金櫃(인부금궤): 송태조가 어머니의 명으로 장차 죽은 뒤에 그의 동생 趙匡義(송태종)에게 제위를 전할 것을 趙普로 하여금 쓰게 한 글을 금궤에 간직한 사실을 염두에 둔 표현.

81) 霍光(곽광): 前漢의 권신. 霍去病의 이복 아우이자, 漢昭帝 황후 上官氏의 외조부, 漢宣帝 황후 霍成君의 부친이기도 하다. 漢武帝, 漢昭帝, 漢宣帝 등 삼대 황제를 섬기면서 昌邑王을 폐위시키는데 주도적인 역할을 하였다. 외모가 준수한데 특히 수염이 멋있어서 당시 사람들이 伊尹과 비교하여 '伊霍'이라고 일컬었다고 한다. 漢武帝는 자신이 나이가 많고 태자가 나이가 어린 것으로 인하여 자신이 죽은 후 아들을 도와줄 신하를 물색했는데, 畵工에게 周公이 周成王을 업고 있는 그림을 그리게 한 후에 곽광을 불러 주공이 되어 태자를 보필해달라고 부탁한 사실이 있다. 곧 주공은 어린 주성왕을 보좌하였고, 곽광은 어린 漢昭帝를 보좌하여 집정하였던 것이다.

82) 無才周公不學伊尹(무재주공불학이윤): ≪通鑑節要≫<漢紀>에 "반고가 말하기를, '곽광이 강보에 싸인 어린 군주를 부탁받고 한나라 왕실의 안위를 담당하는 임무를 맡아 국가를 바로잡고 사직을 안정시켜 昭帝와 宣帝를 옹립하였으니, 비록 주공과 아형(伊尹)이라도 어찌 이보다 더하겠는가. 그러나 곽광이 배우지 않아 학술이 없어 큰 이치에 어두워서, 아내의 간사한 꾀를 덮어주고 딸을 세워 后로 삼아서 가득 차서 넘치는 욕망에 빠졌다. 그리하여 전복하는 화를 보태어 곽광이 죽은 지 3년 만에 종족이 멸족 당하였으니, 슬프

李綱[83]), 一身用舍四海安危, 南宋。

趙鼎[84]), 中興三公元鎭一人[85]), 南宋。

范增[86]), 此亦人傑[87]幾敗乃公[88]), 楚。

李斯[89]), 生羨倉鼠[90]死歎市犬[91]), 秦。

다.'고 하였다.(班固贊曰: '霍光受襁褓之託, 任漢室之寄, 匡國家安社稷, 雍昭立宣, 雖周公阿衡, 何以加此? 然光不學亡術, 闇於大理, 陰妻邪謀, 立女爲后, 湛弱盈溢之欲, 以增顚覆之禍, 死財三年, 宗族誅夷, 哀哉.')"한 것을 염두에 둔 표현.

83) 李綱(이강): 南宋의 名臣. 벼슬은 太常少卿, 兵部侍郎, 尙書右承, 尙書右僕射 겸 中書侍郎 등을 역임했다. 1126년에 송나라와 금나라가 대치하던 때 강력하게 항전을 주장하다 貶謫되었다. 송나라가 남쪽으로 내려간 뒤 高宗이 불러 재상으로 삼았다.

84) 趙鼎(조정): 南宋 초기의 賢臣. 高宗 때 右司諫과 殿中侍御史를 지내면서 전투하고 수비하며 도피하는 세 가지 대책을 진술하고 御使中丞이 되었다. 張俊과 함께 부흥을 꾀했으나 후에 秦檜의 화의에 반대하여 潮州로 貶謫되어 안치되었다가 吉陽軍으로 옮겨져 곡기를 끊고 죽었다.

85) 中興三公元鎭一人(중흥삼공원진일인): 趙鼎이 남송을 중흥시킨 李綱, 胡銓, 李光과 함께 네 名臣의 으뜸으로 일컬어지고, 山西省 禮元鎭 阜底村 출신인 것을 염두에 둔 표현인 듯.

86) 范增(범증): 楚나라 책사. 楚나라의 項羽를 따라 奇計로써 전공을 세웠다. 鴻門의 宴에서 劉邦을 죽이려고 하였으나 뜻을 이루지 못하고, 후에 항우에게 의심을 받아 彭城으로 도피하였으나 그곳에서 병을 얻어 죽었다.

87) 此亦人傑(차역인걸): 蘇軾의 <范增論>에 "범증 또한 걸출한 인물이라 하겠다.(增亦人傑也哉.)"라는 있는 구절을 축약한 말.

88) 幾敗乃公(기패내공): ≪漢書≫ <高帝紀>에 "하찮은 유생이 나의 일을 그르치게 할 뻔하였다.(竪儒幾敗乃公事.)"고 한 구절을 축약한 말. 乃公은 임금이 신하에게 대하여 자기를 가리켜 이르는 말이다.

89) 李斯(이사): 秦나라의 정치가. 韓非子와 함께 荀子의 문하로, 法家思想에 의한 중앙집권정치를 주장하였다. 始皇帝의 丞相으로서 郡縣制의 설치, 문자·도량형의 통일 등, 통일제국의 확립에 공헌하였다. 시황제의 사후, 2世 황제를 옹립하고 권력을 발휘했으나 趙高의 참소로 실각하여 처형되었다.

90) 生羨倉鼠(생선창서): 살아서는 창고의 쥐를 부러워함. 李斯의 <倉鼠論>에 "이사가 창고에 들어가 쌓인 곡식을 먹는 쥐들을 보았는데 큰 창고에 사는 쥐들이 사람이나 개를 걱정하는 것을 보지 못했다. 이에 이사가 탄식하기를, '사람이 어질거나 그러지 못한 것이 마치 쥐와 같으니, 스스로 처하는 곳에 따라 달라지는 것일 뿐이로구나.(斯入倉, 觀倉中鼠食積粟, 居大廡之下, 不見人犬之憂. 於是李斯乃嘆曰: '人之賢不尙譬如鼠矣. 在所自處耳.)"라는 구절을 활용한 표현.

91) 死歎市犬(사탄시견): 李白의 <襄陽歌>에 "함양 저잣거리에서 누렁이를 한탄함이, 어찌 달 아래서 술항아리 기울임만 하겠는가.(咸陽市中嘆黃犬, 何如月下傾金罍.)"는 구절을 활용한 표현. 李斯가 秦나라 2세 황제 때 환관 趙高에게 몰려 咸陽의 저자거리에서 허리가 잘려 죽기 전에 아들을 보고 "너와 함께 다시 한 번 누런 개를 끌고 상채 동쪽 문으로 나가 토끼 사냥을 하려고 했는데, 이제는 그렇게 할 수 없구나.(吾欲與若, 復牽黃犬, 俱出上

曹叅, 淸淨師蓋92)約束遵何93), 漢。

叔孫通, 禮雖遜古94)才亦救時, 漢。

王導95), 雖贊中興終愧伯仁96), 東晉。

陸賈, 前席詩書97)南藩冠盖98), 漢。

虞世南99), 一部秘書100)五絶奇才, 唐。

蔡東門, 逐狡兔, 豈可得乎!)"라고 한 고사를 이백이 회고한 것이다.

92) 淸淨師蓋(청정사합): 깨끗하고 그윽한 정치는 蓋公의 말을 따름. 합공은 漢나라 초기 사람으로 黃老의 無爲自然을 주장하였다. ≪사기≫<曹相國世家> 본서 25권 <蓋公堂記>에 의하면, 曹叅이 齊나라 相國이었을 때 그 합공을 초청하자, 합공이 "정치하는 방도는 깨끗하고 그윽함을 귀하게 여기면 백성들이 스스로 안정된다.(治道, 貴淸淨而民自定.)"고 하여, 조참이 이를 따르니 제나라가 크게 다스려졌다고 한다.

93) 約束遵何(약속준하): 약법을 소하가 만든 그대로 좇음. ≪通鑑節要≫<漢紀>에 "처음 조참이 미천해을 때에 소하와 친하였으나 장상이 되어서는 틈이 있었는데, 소하가 장차 죽을 때에 이르러서는 어진 사람이라고 추천한 자는 오직 조참뿐이었다. 조참이 소하를 대신하여 정승이 되어서는 모든 일을 변경하는 바가 없이 소하의 약속을 한결같이 따랐다.(始參微時, 與蕭何善, 及爲將相, 有隙, 至何且死, 所推賢, 唯參. 參代何爲相, 擧事, 無所變更, 壹遵何約束.)는 구절이 있다.

94) 禮雖遜古(예수손고): 의례가 옛 법에 부합하지 않음. ≪사기≫<劉敬叔孫通列傳>에 의하면, 한고조로부터 새 나라에 어울리는 儀禮를 정하라는 칙명을 받은 숙속통이 함께 일할 유생들을 모으러 옛 노나라 땅에 갔을 때, 두 사람이 가지 않겠다며 "공께서 하고자 하는 일이 옛 법에 합당하지 않으니 저희는 가지 않겠다.(公所爲不合古, 吾不行.)고 하였는데, 이를 염두에 둔 표현.

95) 王導(왕도): 東晉의 재상. 西晉 말 司馬睿가 琅邪王이 되었을 때 安東司馬로 옮기고 군사적 전략 수립에 참여했다. 사마예에게 권해 建康으로 근거지를 옮기도록 했다. 洛陽이 무너지자 남북의 사족들을 연합시켜 사마예를 옹립해 동진 왕조를 건립하는데 공을 세웠다. 丞相이 되었다. 나중에 堂兄 王敦이 병권을 장악하자 長江 상류를 지켰다. 明帝가 즉위하자 遺詔를 받들어 정치를 보좌했다. 成帝가 즉위하자 庚亮과 함께 幼主를 보필했다. 蘇峻이 반란을 일으키고 진나라 군대가 패배하자 궁에 들어가 황제를 시위했다.

96) 伯仁(백인): 周顗의 字. 終愧伯仁은 왕도가 "내가 비록 백인을 죽이지는 아니했으나 백인은 나로 말미암아 죽었도다.(我雖不殺伯仁, 伯仁由我而死.)고 한 것을 염두에 둔 표현이다. 백인은 王導가 화를 입었을 때 애써 구했지만, 왕도는 백인이 화를 입었을 때 그를 구할 만한 힘이 있었는데도 구하지 않았다가, 백인이 죽은 뒤에 그 사실을 알고 왕도는 통곡하였다고 한다.

97) 前席詩書(전석시서): ≪사기≫<陸賈列傳>의 "육고가 때때로 임금 앞에서 시서를 말하고 일컫자, 한고조가 꾸짖기를 '나는 말위에 있으면서 천하를 얻었으니 어찌 시서를 일삼겠는가?'라고 하였다.(陸生時時前說稱詩書, 高帝罵之曰: '乃公居馬上而得之, 安事詩書!)"는 구절을 염두에 둔 표현.

98) 冠盖(관개): 冠盖相望. 使者가 서로 잇따름.

長孫無忌, 王之元舅101)戎有良翰102), 唐。

楊素103), 才藝超絶富貴來逼104), 隋。

裴寂, 有此際遇何憂貧賤105), 唐。

劉文靜, 邈焉廣覽淵然深知, 唐。

李泌106), 黃臺107)諷君白衣還山, 唐。

---

99) 虞世南(우세남): '虞世南'의 오기. 唐나라 초기의 명신. 煬帝는 그의 지나치게 바름을 꺼려 중용하지 않았으나, 太宗은 그를 중용하였고 德行・忠直・博學・文詞・書翰에 능하다 하여 五絶이라 칭송하였다. 書家로도 유명하다.

100) 一部秘書(일부비서): ≪隋唐嘉話≫ 卷中에 의하면, 당태종이 출행할 적에 유사가 관계 서적을 싣고 갈 것을 청하자, 태종이 "필요 없다. 우세남이 여기에 있지 않으냐. 그는 행비서이다.(不須. 虞世南在此, 行秘書也.)"라고 대답한 고사를 염두에 표현. 行秘書는 걸어 다니는 비서라는 뜻으로, 博聞强記한 사람을 비유하는 표현이다. 비서는 궁중에 秘藏한 서적을 말한다.

101) 王之元舅(왕지원구): 장손무기의 여동생이 당태종 李世民과 결혼하여 文德皇后가 되었고, 당태종의 아홉째 아들이 唐高宗이었는데, 바로 당고종의 외삼촌인 것을 이르는 말. 곧 당고종 李治가 4세 때 晉王으로 봉해졌고 당태종의 장자 李承乾이 반역죄로 폐위되어 16세 때 황태자가 되었을 때 장손무기가 후원하였다.

102) 戎有良翰(융유양한): ≪시경≫<崧高>의 "따르는 무리가 많고 많으니 주나라가 모두 기뻐하여 그대 훌륭한 기둥을 두었다 하도다. 드러나지 않을까 신백이여! 왕의 큰 외숙이니 문무의 신하들이 모두 법으로 삼도다.(徒御嘽嘽, 周邦咸喜. 戎有良翰, 不顯申伯. 王之元舅, 文武是憲.)"에서 나오는 말.

103) 楊素(양소): 隋나라 권신. 楊堅을 도와 수나라 왕조를 일으키는 데 공헌하였으며 晉王 楊廣과 함께 陳을 토벌하였다. 高潁과 협력하여 정치 실권을 장악한 뒤 楊廣을 태자로 봉하게 하였다.

104) 富貴來逼(부귀래핍): ≪通鑑節要≫<陳紀>의 "주주가 이르기를 '부디 노력하고 부귀하지 못함을 근심하지 말라.' 하니, 양소가 대답하기를 '다암 부귀가 신에게 가까이 올까 두려울 뿐이요, 신은 부귀를 도모할 마음이 없습니다.' 하였다.(周主曰: '勉之, 勿憂不富貴.' 素曰: '但恐富貴來逼臣, 臣無心圖富貴也.')"에서 나오는 말.

105) 有此際遇何憂貧賤(유차제우하우빈천): ≪通鑑節要≫<隋紀>의 "배적과 유문정이 함께 잠을 자다가 성 위에 오른 봉화를 보았다. 배적이 탄식하기를 '이처럼 빈천한데 다시 난리까지 만났으니 장차 어떻게 살아갈거나?' 하니, 유문정이 웃으며 말하기를 '세상일을 알 만하다. 우리 두 사람이 서로 마음이 맞으면 어찌 빈천함을 걱정할 것이 있겠는가?' 하였다.(裴寂, 劉文靜相與同宿, 見城上烽火. 寂歎曰: '貧賤如此, 復逢亂離, 將何以自存?' 文靜笑曰: '時事可知. 吾二人相得, 何憂貧賤?')"는 구절을 활용한 표현. 따라서 유문정의 말인바, 원문에 착종이 있는 듯하다.

106) 李泌(이필): 唐나라의 名臣. 嵩山에서 施政方略에 대해 上書하여 玄宗에게 인정을 받아 待詔翰林이 되었으나, 楊國忠의 시기로 인해 은거했다. 安祿山의 난 때 肅宗의 부름을 받고 군사에 관한 자문을 하였으나 또 다시 李輔國 등의 무고로 衡嶽으로 은거해야 했다.

汲黯108), 將軍揖客109)社稷重臣110), 漢。

魏徵, 管如死糾111)汲豈輔漢112), 唐。

褚遂良, 寫忠附人113)罄節殉主114), 唐。

代宗이 즉위한 뒤에 翰林學士가 되었지만 또 다시 元載, 常袞의 배척을 받아 外官으로
나갔다가 뒤에 宰相이 되었고, 鄭縣侯에 봉해졌다.

107) 黃臺(황대): 黃臺瓜詞. 李泌이 肅宗에게 세자를 의심치 말라며 아뢴 노래이다. 곧 "오이
를 황대 아래에 심었더니 오이가 열어 보기가 좋다. 한 개를 따내니 오이가 좋다더니, 두
개를 따내니 오이가 드물어지고, 세 개를 따낸 것은 그래도 좋으나, 네 개를 따내면 넝
쿨만 안고 돌아간다.(種瓜黃台下, 瓜熟子離離. 一摘使瓜好, 再摘使瓜稀, 三摘猶爲可, 四摘抱
蔓歸.)"이다.

108) 汲黯(급암): 漢武帝 때의 諫臣. 종종 直諫을 잘하여 武帝로부터 '옛날 社稷의 신하에 가깝
다'라는 말을 들었다. 匈奴와 화친을 주장했고, 후에 작은 죄를 지어 파직되었다.

109) 將軍揖客(장군읍객): ≪사기≫<汲鄭列傳>의 " 어떤 사람이 급암에게 말하기를 '천자께
서 여러 신하들을 대장군 아래에 두고자 하여 대장군이 존중을 받고 있는데, 그대는
그에게 절을 하지 않아도 되는가?' 하니, 급암이 대답하기를 '무릇 대장군에게 揖客이
있다면 그것이 오히려 대장군을 중하게 해주는 것이 되지 않겠는가.' 하였다. 그 소문
을 들은 대장군은 더욱 급암을 현명하다고 생각하였다.(人或說黯曰: '自天子欲羣臣下大將
軍, 大將軍尊重益貴, 君不可以不拜?' 黯曰: '夫以大將軍有揖客, 反不重邪?' 大將軍聞, 愈賢
黯.)"에 나오는 말. 읍객은 平輩로써 서로 읍하는 것으로 예의를 차리는 손님을 말한다.
이때 대장군은 衛靑이다.

110) 社稷重臣(사직중신): ≪사기≫<汲鄭列傳>의 "상이 말하기를 '급암은 어떠한 사람인가?'
하니, 莊助가 대답하기를 '만일 급암이 관직을 맡아 관청에 있으면 남보다 나을 것이
없으나, 어린 군주를 보필하여 수성함에 이르러서는 의지가 깊고 견고하여 오라해도
오지 않을 것이며 가라 손을 저어도 가지 않을 것이니, 비록 孟賁과 夏育이라고 이르더
라도 또한 그의 마음을 빼앗지 못할 것입니다.' 하였다. 상이 말하기를 '그러하다. 옛날
에 사직의 신하가 있었는데, 급암에 이르러는 이에 가깝도다.' 하였다.(上曰: '汲黯何如
人也?' 助曰: '使黯任職居官, 亡以愈人, 然至其輔少主, 守成深堅, 招之不來, 麾之不去, 雖
自謂賁 · 育, 亦弗能奪之矣.' 上曰: '然. 古有社稷之臣, 至如汲黯, 近之矣!')"에 나오는 말.

111) 管如死糾(관여사규): 관중은 공자 糾를 섬겼지만 桓公이 형인 糾를 죽였을 때 召忽은 자
살하였으나 그는 죽지 않았다가, 그 후 鮑叔牙의 추천에 의해 환공이 패왕 되는데 기여
하였는데, 위징도 태자 李建成을 섬긴 인물이었으나 후에 太宗이 된 晉王 李世民이 형인
이건성과 넷째 동생 李元吉을 죽일 때 구하지 못하고 당태종이 즉위하자 그를 섬겼던
것을 염두에 둔 표현.

112) 汲豈輔漢(급기보한): 汲黯이 직언을 잘하여 漢武帝로부터 사직의 신하라고 들었듯, 위징
도 당태종에게 직언을 하여 貞觀之治를 이루도록 한 것을 염두에 둔 표현.

113) 寫忠附人(사충부인): ≪通鑑節要≫<唐紀>의 "저수량은 학문이 다소 뛰어나고 성품 또한
꿋꿋하고 발라서 매번 충성을 기울여 짐을 친근히 따르니 비유하면 나는 새가 사람에
의지함에 사람이 절로 사랑하게 되는 것과 같다.(褚遂良, 學問稍長, 性亦堅正, 每寫忠誠,
親附於朕, 譬如飛鳥依人, 人自憐之.)"는 구절을 염두에 둔 표현.

趙抃[115]), 鐵面御史西京[116])循吏, 宋。

尹洙[117]), 淸朝隆望文垣雄才, 宋。

周顗[118]), 登亭流涕[119])入臺不願[120]), 東晉。

陳亮[121]), 胸恢萬古眼空一時[122]), 南宋。

---

114) 罄節殉主(격절순주): 唐高宗이 武則天을 后로 삼으려 할 적에 직언을 하였으나 듣지 않
자, 顧命大臣 褚遂良이 笏을 궁전 섬돌에 내려놓고 머리를 땅에 찧어 피를 흘리면서 "陛
下의 홀을 돌려드립니다."라고 하고 그대로 떠나 버렸다는 고사를 염두에 둔 표현.
115) 趙抃(조변): 北宋의 관리. 송나라 仁宗 때인 1034년에 진사가 되어 殿中侍御史로 있으면
서 권세가나 황제의 총애를 받는 사람까지도 거림낌없이 탄핵하여 鐵面御史로 일컬어
진다. 뒤에 神宗이 즉위하자 參知政事, 太子少保를 지냈다. 지방관으로 부임하면서 거문
고 하나와 학 한 마리만을 가지고 갔다고 하여 청렴한 관리로 불렸다. 蘇軾이 淸獻公神
道碑를 써주었다.
116) 西京(서경): 낙양을 송나라 때 부른 지명.
117) 尹洙(윤수): 北宋의 관리. 성격이 안으로는 강직하지만 겉으로는 온화했으며 박학하고
도량이 넓었다. 歐陽脩와 함께 古文을 창도했고, 세칭 河南先生으로 불린다. 范仲淹이 貶
謫되자 上奏하면서 師友가 죄를 졌으니 자신도 죄를 피할 수 없다면서 쫓겨나 唐州에서
酒稅를 감독했다. 송나라 蔡襄의 <四賢一不肖>에서 范仲淹·余靖·歐陽修와 함께 四賢
으로 꼽혔다.
118) 周顗(주의): 東晉의 大臣. 西晉에서 安東將軍을 지냈던 周浚의 아들이다. 벼슬은 荊州刺史,
尙書左僕射를 지냈다. 忠言을 잘하여 조정에서 중용되었는데, 천성이 너그럽고 인자하
여 존중을 받았다. 王敦이 난을 일으키매 王導가 闕下에서 죄를 기다리자, 그는 왕도를
구하기 위해 왕돈을 크게 꾸짖어 그에 의해 죽임을 당했다.
119) 登亭流涕(등정유체): ≪通鑑節要≫<晉紀>의 "여러 명사들이 함께 신정에 올라가 놀고
잔치할 때에 주의가 잔치 자리에서 한탄하기를 '풍경은 옛날과 다르지 않으나, 눈을
들어 바라보니 산하의 차이가 있다.' 하고, 인하여 서로 바라보고 눈물을 흘렸다. 왕도
가 추연히 얼굴빛을 바꾸며 말하기를 '함께 왕실을 위해 힘을 합쳐 중원을 회복할 생
각을 해야 할 때에 어쩌자고 초나라 죄수처럼 서로들 울기만 하는가?' 하니, 여러 사람
들이 모두 눈물을 거두고 사과하였다.(諸名士相與登新亭游宴, 周顗中坐歎曰: '風景不殊, 擧
目有江河之異.' 因相視流涕. 王導愀然變色曰: '當共戮力王室, 克復神州, 何至作楚囚對泣耶?'
衆皆收淚謝之.)"는 구절을 염두에 둔 표현. 新亭은 胡三省의 註에 "≪金陵覽古≫에 이르
기를 '江寧縣에서 10리 되는 곳에 있고, 강가에 임하였다.'고 하였으니, 살펴보건대 勞
勞亭에서 가깝다."고 하였다.
120) 入臺不願(입대불원): 入臺不顧의 오기. ≪通鑑節要≫<晉紀>의 "왕도가 종족 20여 명을
거느리고 매일 아침마다 臺에 나아가 대죄하였다. 주의가 들어가려 할 적에 왕도가 불
러 이르기를 '백인아, 우리 집안 일족의 목숨을 경에게 부탁한다.' 하였는데, 주의가 곧
바로 들어가고 돌아보지 않았으나 황제를 뵙자 왕도의 충성을 말하여 변명하고 구원하
기를 매우 지극히 하니, 황제가 그의 말을 받아들였다.(及諸宗族二十餘人, 每旦, 詣臺待
罪. 周顗將入, 導呼之曰: '伯仁, 以百口累卿.' 顗直入不顧, 旣見帝, 言導忠誠, 申救甚至, 帝納
其言.)"는 구절을 염두에 둔 표현.

龐統123), 西山書劍124)南州冠冕125), 東漢。

羊祜126), 小心鑿墓127)遺惠平吳, 晉。

荀彧128), 八龍家聲129)三日坐香130), 魏。

---

121) 陳亮(진량): 南宋의 관리이자 사상가. 龍川先生이라 불렸다. 재주와 기상이 뛰어났으며 軍事에 대해 논하기를 즐겨하였으나 사람들의 시기를 받아 세 차례 투옥되었다. 송나라 孝宗 때에 여러 번 상소하여 金에 대항하여 설욕할 것을 주장하고 講和에 반대하였다. 朱子와 10여 차례 서신을 통하여 王覇와 義利의 문제를 논하였는데, 주자의 성리학이 공리공담하는 것을 비판하며 실사실공을 강조하여 사상적으로는 呂祖謙과 가까웠다.

122) 胸恢萬古眼空一時(흉회만고안공일시): 陳亮이 朱子에게 보낸 편지에 쓴 "한 시대의 지혜와 용기를 기울여 만고의 흉금을 열어젖힌다.(推倒一世之智勇, 開拓萬古之心胸.)"는 구절을 염두에 둔 표현.

123) 龐統(방통): 蜀漢 개국황제 劉備의 策士. 諸葛亮과 동시에 軍師中郎將이 되었다. 유비가 益州를 취할 때에 계책을 내어 큰 공을 세웠다. 雒縣을 포위 공격할 때에 불행하게 화살을 맞고 죽었다. 關內侯로 추증되었다.

124) 西山書劍(서산서검): 西山의 암자 근처에서 은둔하며 劍을 걸어놓고 兵書를 읽고 있던 龐統을 蔣幹이 만났는데, 방통이 吳나라 周瑜가 자신을 알아주지 않는다며 비난하자, 장간이 기뻐하며 방통을 曹操에게 데려가 소개했다는 고사를 염두에 둔 표현.

125) 南州冠冕(남주관면): 매우 탁월한 재능을 가지고 있는 사람을 이르는 말. ≪삼국지≫ <蜀書・龐統傳>의 "司馬徽는 방통을 매우 특이한 인물로 여기고 방통을 남주 선비들 중에서 제일인자가 될 만하다고 했다.(徽甚異之, 稱統當爲南州士之冠冕.)"는 구절을 염두에 둔 표현이다.

126) 羊祜(양호): 西晉의 전략가. 여동생 羊徽瑜는 당대 최고 실력자인 西晉 司馬師의 아내였고, 외할아버지는 당대의 명사이자 대학자였던 蔡邕이었다. 魏나라 말엽에 相國의 從事官이 되어 荀彧과 같이 나라의 기밀에 관한 일을 관장하였고, 晉나라가 들어서자 鉅平侯에 봉해지고 都督荊州諸軍事로 10년간 나가는 등 위・진 두 왕조를 거치면서 중서시랑・급사중・황문랑・비서감・중령군・위장군・거기장군 등과 같은 요직을 두루 거쳤다. 그는 당시 정세를 면밀하게 분석한 끝에 오나라를 정벌하고 중국을 통일하는 원대한 방략을 제시했다. 그의 방략은 삼국시대를 종결짓는 커다란 그림을 그리는데 초점이 모아져 있었다. 그러나 반대파에 의해 좌절되었고, 그는 자신의 계획이 실천되는 것을 보지 못한 채 세상을 떠났다. 하지만 그가 죽은 지 2년 뒤, 진은 오나라를 평정했다. 그리하여 晉武帝에 의해 시중・태부로 추증되었다.

127) 小心鑿墓(소심착묘): ≪蒙求≫<羊祜識環>의 "처음에 묘자리를 잘 보는 사람이 양호의 할아버지 묘에 제왕의 기운이 있는데 만약 이를 파내면 후손이 없을 것이라고 말했다. 뒤에 마침내 그것을 파내게 되었는데, 묘자리 보는 사람이 말하기를 '그래도 팔이 부러진 삼공은 나올 것이다.'라고 하였다. 양호는 결국 말에서 떨어져 팔이 부러졌고 벼슬이 공에 이르렀지만 자식이 없었다.(初有善相墓者, 言'祜祖墓所有帝王氣, 若鑿之則無後.' 後遂鑿之, 相者見曰: '猶出折臂三公.' 祜竟墮馬折臂, 仕至公, 而無子.)"는 구절을 염두에 둔 표현.

128) 荀彧(순욱): 北魏의 책략가. 부친 荀緄과 숙부 荀爽도 모두 명망이 높은 명문가 출신이

張華131), 瞻該博物彌縫盡忠132), 晉。

蔣琬133), 才非百里134)業贊三分135), 東漢。

다. 어려서부터 황제를 보좌할 재목으로 여겨졌으며 가족과 함께 기주로 이동하여 원소에게 큰 대접을 받았으나 袁紹가 인물이 아님을 인지하고 曹操의 휘하에 들어가 그의 책사가 된다. 이후 陶謙 정벌에 나선 조조를 대신하여 도성을 지키던 중 반란이 발생하였으나 도성을 잘 지켜냈으며 조조 귀환 후 僕陽의 呂布를 격퇴하였다. 순욱은 조조로 하여금 쫓기는 몸이 된 後漢의 황제 獻帝를 받아들이도록 조언하였으며 조조는 한나라의 대장군으로 승진하고 순욱은 시중, 상서령으로 승진되었다. 이 일로 조조는 천하 쟁취의 기반을 쌓게 되었다.

129) 八龍家聲(팔용가성): 後漢 때 荀淑의 뛰어난 재능을 지닌 여덟 아들이라 하여 '荀氏八龍'이라 불린데서 나온 말. 후한 말기의 명사 陳寔이 그의 아들 陳紀와 陳諶을 대동하고 荀淑을 방문하였는데, 이때 八龍이라 불리는 순숙의 여덟 아들인 儉・緄・靖・燾・汪・爽・肅・敷 등과 한자리에 어울려 시중을 들던 일이 있었다.

130) 三日坐香(삼일좌향): 후한 때 尚書令을 지낸 荀彧은 향을 좋아하여 항상 몸에 향을 지니고 다녔기 때문에 그가 머물렀던 자리에는 3일 동안 향내가 남아 있었다는 데서 나온 말. 그래서 荀令君으로 칭송되었으며, 그 향을 荀令香이라고도 한다.

131) 張華(장화): 晉나라 武帝의 博物君子. 어려서 고아로 빈한하게 성장했으나 성품이 강직했다. 일찍이 <鷦鷯賦>를 지은 것을 阮籍이 보고 칭찬함으로써 세상에 알려지게 되었다. 王濬과 杜預가 吳나라를 쳐야 한다는 글을 武帝에게 올렸을 때, 무제와 바둑을 두고 있던 장화가 바둑판을 치우고 吳나라를 멸할 계책을 진언하여 오나라를 평정하고 난 후 廣武縣侯에 봉해졌다. 후에 越王 司馬倫과 孫秀에 의해 살해되었다. 다방면의 학식을 쌓아 讖緯・方術 등에도 밝았으며, 陸機・陸云・束晳・陳壽・左思 등을 힘써 발탁했다.

132) 彌縫盡忠(미봉진충): 《晉書》<張華列傳>의 "장화는 끝내 충성을 다해 널리 보좌하고 흠이 있는 곳을 보충하여 비록 어두운 군주와 잔학한 황후의 조정을 당해서라도 海內가 편안한 것은 모두 장화의 공이었다.(華遂盡忠匡輔, 彌縫補闕, 雖當暗主虐後之朝, 而海內晏然, 華之功也.)"는 구절을 염두에 둔 표현.

133) 蔣琬(장완): 蜀漢의 臣僚. 유비가 익주를 차지했을 때 荊州書佐로 있었으며 廣都縣을 다스리는 임무를 맡았지만 술만 마시고 방탕하자 劉備가 격노하여 장완을 죽이려고 하였다. 하지만 諸葛亮이 장완의 재능을 인정하여 가벼운 처벌만 받게 하였다. 이후 제갈량의 정책을 도와 남만정벌에 종군하였고 제갈량이 북방정벌을 나설 때 후방을 지키는 역할을 맡아 물자를 공급했다. 제갈량은 항상 "公琰(장완)은 충성스럽고 고아함에 뜻을 두니, 마땅히 나와 함께 제왕의 대업을 도울 사람이다.(公琰, 託志忠雅, 當與吾共贊王業者也.)"라고 하였다. 제갈량이 사망하자 유언에 따라 후임이 되어 大司馬에 올랐다.

134) 才非百里(재비백리): 《三國志》<蔣琬傳>에 의하면, 제갈량으로부터 "장완은 사직의 그릇이지 고작 백리 땅이나 다스릴 인물이 아니다.(蔣琬, 社稷之器, 非百里之才也.)"라고 한 데서 나온 말.

135) 三分(삼분): 天下三分之計를 일컬음. 三顧草廬 끝에 劉備가 諸葛亮을 만났을 때, "장군이 패업을 이루려면 북쪽은 天時를 차지한 曹操에게, 남쪽은 地利를 차지한 孫權에게 각각 양보하고, 장군은 人和를 이루어 荊州와 西川을 취해 鼎足之勢를 이룬다면 뒤에 중원을 도모할 수 있을 것이다."고 이른바 隆中對策을 건의했는데, 이것이 그 유명한 천하

虞允文[136], 文而能武儒亦有此, 南宋。

王安石[137], 以拗而壞[138]請奸則不, 宋。

柳宗元[139], 識何昧蕕[140]光猶被柳, 唐。

曾鞏[141], 文章名世制誥得體, 宋。

隨何, 能於使命審於形勢, 漢。

張倉, 秦時故吏漢代良筆, 漢。

武元衡[142], 未建相業惜遇賊害, 唐。

삼분지계이다. 장완은 제갈량의 후계를 잇는 인물이었다.

136) 虞允文(우윤문): 南宋의 대신. 高宗 때에 中書舍人 등을 지내고 孝宗 때에 太平知州 등 여러 관직을 거쳐 左丞相에 이르고 雍國公에 봉해졌다. 1161년 金나라의 황제 完顔亮이 대군을 이끌고 釆石鎭에서 양자강을 도강하려 할 적에, 參謀軍事란 미미한 직함과 미약한 군사로 금의 백만 대군을 꺾음으로써 사직을 안정시키는 큰 공훈을 세웠다.

137) 王安石(왕안석): 북송의 정치가·학자. 부국강병을 위한 신법을 제정, 실시하였다. 그러나 反변법파의 맹렬한 공격으로 파직되었다. 다시 재상에 복귀하였지만 또 사직하고 말았다. 그 후, 江寧에 은거하며, 오로지 학술 연구와 詩作에 몰두하다가, 神宗 사후 보수당의 司馬光이 집정하면서 변법을 모두 폐지하기에 이르자, 울분을 참지 못하여 병사하였다. 당송팔대가의 한 사람이다.

138) 以拗而壞(이요이괴): 王安石이 올린 <上仁宗皇帝言事書>의 "완고하게 외고집을 부리며 자기만 옳다고 생각하는 것이 대체 商鞅이 시행하자고 했던 變法과 유사하여 그의 공로와 업적도 드디어 크게 무너졌다.(而其偏拗自用, 大較與商鞅所欲變法處相近, 故其功業, 亦遂大壞.)"는 구절을 염두에 둔 표현.

139) 柳宗元(유종원): 唐나라의 학자·문장가. 고문의 대가로서 韓愈와 병칭되었으며, 사상적 입장에서는 서로 대립하여 한유가 전통주의인 데 반하여, 유종원은 儒道佛을 참작하고 신비주의를 배격한 자유·합리주의의 입장이었다. 유종원이 史冊을 짓는 일로 한유를 질책하기도 하였다. 山水詩에 특히 뛰어나 王維, 孟浩然 등과 자연파를 형성하였다.

140) 蕕(유): 향내가 나는 풀과 나쁜 냄새가 나는 풀이라는 뜻으로, 군자와 소인을 비유적으로 이르는 薰蕕에서 나온 말. '二王劉柳'라고 지칭할 정도로 서로 종유하였으니 바로 王叔文·王伾와 劉禹錫·柳宗元을 가리키는데, 왕숙문과 왕비는 모두 소인이거늘 유종원은 당당한 명사로서 절의를 굽혀 그들을 좇은 것을 일컫는 말이다. 결국 유종원은 왕숙문과 왕비의 당에 연좌되어 柳州刺史에 좌천되었다.

141) 曾鞏(증공): 송나라의 문장가. 南豊 출생이라 南豊先生으로 불린다. 벼슬은 오랜 지방관 생활 끝에 60세가 지나서야 史館修撰과 中書舍人에 올랐다. 唐宋八大家 중 한 사람이다. 젊어서부터 문명을 떨쳐 歐陽脩의 인정을 받았다. 韓愈를 추종하였으며, 구양수와 마찬가지로 '文以明道'를 주장하고 글 또한 구양수의 글처럼 평이했으나 유려하고 명확한 문장을 구사하였다.

142) 武元衡(무원형): 唐憲宗 때의 장수. 일찍이 華原令과 御史中丞에 임명되었고, 憲宗 때 門下侍郎平章事가 되고, 이어서 劍南西川節度使로 나갔다. 다시 재상이 되었으며, 藩鎭을

李絳143), 經綸邦國黼黻144)治平, 唐。

蘇武145), 劍頸不撓窖雪彌堅, 漢。

洪皓146), 蘇武十節147)冷山十年, 南宋。

張巡148), 一片睢陽萬古綱常, 唐。

許遠149), 齊芳中丞150)快洗敬宗151), 唐。

景淸152), 文曲153)鍾靈紫衣154)炳節, 明。

평정하고 통일을 강화할 것을 힘써 주장했다. 裵度가 병사를 써서 淮西에서 吳元濟를 토벌하려는데, 王承宗이 오원제의 사면을 청하자 그가 이를 꾸짖었다. 얼마 뒤 李師道가 보낸 자객에게 칼에 찔려 죽었다.

143) 李絳(이강): 당나라 憲宗 때의 재상. 翰林學士와 知制誥를 거쳐 中書侍郎과 同中書門下平章事에 이르렀다. 항상 直諫을 하여 임금의 잘못을 바로잡는 것을 자신의 임무로 삼았는데, 황제 역시 그의 충직함과 정대함을 인정하여 중하게 대우하였다. 景宗 초에 尙書右僕射에 임명되고, 文宗 때인 830년에 山南西道節度使로 나갔다가 반란군에게 피살되었다.

144) 黼黻(보불): 官服에 수놓은 무늬. 전하여 유창하고 화려한 문장의 비유로 쓰이기도 하고, 임금을 잘 보좌하는 인재나 신하를 비유하기도 한다.

145) 蘇武(소무): 漢나라 武帝의 忠臣. 中郞將으로 和親을 위해 匈奴에 使臣으로 갔다가 酋長單于에게 붙잡혀 服屬할 것을 강요당하였으나 이에 굴하지 않았고, 게다가 흉노에게 항복한 지난날의 동료 李陵까지 나서서 설득하였으나 끝내 굴복하지 않아, 北海[바이칼호] 부근으로 유폐되어 그곳에서 양치기를 하며 절개와 지조를 지켜내다가 19년 만에 송환되었다.

146) 洪皓(홍호): 南宋 高宗 때의 충신. 1129년 徽猷閣待制와 假禮部尙書의 신분으로 금나라에 사신으로 가서 徽宗과 欽宗을 돌려보내도록 청하였다. 금나라의 재상 完顔宗翰은 청을 거절하고 괴뢰정권인 齊나라에 벼슬하라며 회유와 협박을 하였으나, 홍호는 거절하였다. 결국 그는 冷山으로 15년간 유배되어 있다가 화의가 성립되자 돌아왔다.

147) 十節(십절): 一節의 오기.

148) 張巡(장순): 唐나라의 충신. 安祿山이 반란을 일으키자 그는 眞源縣令으로서 상관의 항복 명령을 거부하고 義兵을 일으켜 전공을 세웠으나, 許遠과 함께 江淮의 睢陽城을 수비하다가 戰死하였다.

149) 許遠(허원): 唐나라의 충신. 許敬宗의 曾孫. 安祿山의 난이 일어나자 玄宗이 睢陽太守 겸防禦使로 불렀다. 張巡의 병력과 합세하여 안록산의 난을 방어했으나 수개월 동안 포위되어 식량이 다 떨어져 성이 함락되자 張巡과 함께 전사했다.

150) 中丞(중승): 御史中丞을 지낸 張巡을 가리킴.

151) 敬宗(경종): 許敬宗. 武則天이 皇后가 된 후 무소부지의 권력을 휘둘렀는데, 褚遂良을 축출하고 長孫無忌와 上官儀 등을 압박해 살해했다. 許遠은 허경종의 후손이었다.

152) 景淸(경청): 明나라 惠帝의 충신. 명나라 明太祖의 넷째 아들 燕王 朱棣가 조카 恭閔惠皇帝를 무력으로 없애고 천자의 자리에 오른 뒤, 그에게 詔書를 짓도록 하였지만 명을 따르지 않고서 주체를 죽이기 위해 품속에 칼을 감추고 조회를 하였다가 발각되어 저자

司馬相如[155], 題桂[156]壯志視草[157]宏才, 漢。

黃庭堅[158], 浯溪[159]草聖江右詩祖, 宋。

呂大防[160], 元祐[161]調治忠宣[162]同志, 宋。

范純仁[163], 名父風節古人忠恕, 宋。

에서 사지가 찢겨 죽었다.

153) 文曲(문곡): 文曲星. 文運을 주관하는 별. 문재가 뛰어난 인사를 비유하는 말이다.

154) 紫衣(자의): 자줏빛 의복. 제왕이 입는 옷으로 임금을 가리킨다.

155) 司馬相如(사마상여): 漢나라의 문인. 景帝 때 武騎常侍에 임명되었으나 병 때문에 사직하고, 梁나라의 孝王에게 가서 사냥의 즐거움을 묘사한 <子虛賦>를 지었다. 효왕이 죽은 후 고향인 成都로 돌아와 과부가 된 부잣집 딸 卓文君을 만나 우여곡절 끝에 결혼하였다. <자허부>를 보고 매료된 武帝가 황제의 사냥에 관한 부를 써줄 것을 부탁하자, 본래 작품을 바탕으로 <上林賦>를 지어 궁정의 관직을 받았다.

156) 題桂(제계): 題柱의 오기. 漢나라 司馬相如가 長安으로 들어가면서 蜀 땅의 昇仙橋의 기둥에 "대장부가 駟馬를 타지 않고는 다시는 이 다리를 지나지 않으리라."라고 썼다는 고사에서 온 말이다.

157) 視草(시초): 문장을 관장한 신하가 임금의 조서나 諭示를 수정하는 것을 말함. ≪漢書≫ <淮南安王傳>에 "답장의 글이나 하사하는 글을 지을 때마다 漢武帝는 항상 司馬相如 등을 불러 초고를 수정하도록 했다.(每爲報書及賜, 常召司馬相如等視草乃遣.)"라고 하였다.

158) 黃庭堅(황정견): 北宋의 江西詩派 대표적 인물. 英宗 때인 1066년 진사시에 급제하고 起居舍人 등의 벼슬을 역임하였으나 고위직에는 이르지 못하였다. 詩賦의 創新을 주장하고 독특한 시풍을 이루어 동시대의 蘇軾으로부터 높은 평가를 받았다.

159) 浯溪(오계): 湖南省 祁陽縣 서남의 松山에서 발원하여 동북쪽 湘江으로 흘러 들어가는 개천. 빼어난 절경을 자랑하는 곳이다. 당나라 시인 元結이 그 빼어난 경치를 사랑하여 오계라는 이름을 붙이고 그 옆에서 살며 肅宗의 공덕을 오계의 바위에 새겨 놓은 것을 당시 사람들은 摩崖碑라 하였는데, 黃庭堅이 浯溪의 磨崖碑에 題한 시에, "불어오는 봄바람 배를 오계에 대고, 가시덤불 잡고 올라 중흥비를 읽노라. 평생에 반생 동안을 탁본만 보아오다가, 석각을 어루만지는 지금은 귀밑털이 희었네.(春風吹船著浯溪, 扶藜上讀中興碑. 平生半世看墨本, 摩挲石刻鬓如絲.)"라고 하였다.

160) 呂大防(여대방): 北宋의 仁宗 때부터 哲宗 때까지의 문신. 呂大忠, 呂大防, 呂大鈞, 呂大臨 등 형제 네 명이 呂氏鄕約을 만들었다. 元豊 연간에, 곧 神宗 때의 黨人들을 등용하여 옛날의 원한을 풀게 하려고 하였다.

161) 元祐(원우): 元祐黨人. 송나라 哲宗 때 司馬光을 중심으로 한 文彦博, 蘇軾, 程頤, 黃庭堅 등의 舊黨과 王安石을 중심으로 한 蔡京, 曾布 등의 新黨이 격렬하게 대립한 것을 일컫는다.

162) 忠宣(충선): 范純仁의 시호.

163) 范純仁(범순인): 송나라 哲宗 때의 학자. 자는 堯夫, 시호는 忠宣. 范仲淹의 둘째 아들이다. 哲宗 때 章惇의 미움을 받아 永州安置로 폄적되었다. 徽宗이 즉위한 뒤 觀文殿大學士에 임명되어 즉시 입궐하라는 명을 받았지만 눈병을 이유로 귀향하기를 청하였다. 그가 평생 배운 바는 '忠恕'라는 말인데 일생 동안 다 쓰지 못하니 조정에서 임금을 섬길

姚崇164), 人稱房杜165)自許管晏166), 唐。

張九齡167), 人世仙鶴168)天寶169)靈龜170), 唐。

封德彝, 贊揚君德171)勤勞國事, 唐。

費褘172), 槳車辧優173)圍茶174)見量, 東漢。

때나 벗을 접대할 때나 친족들과 친목을 도모할 때나 잠시도 여기서 떠난 적이 없다고
하였다.

164) 姚崇(요숭): 唐나라 玄宗 때의 재상. 본명은 元崇이었으나 현종의 연호를 피해 요숭으로
바꾸었다. 則天武后에게 발탁되어 관직에 오른 이래 中宗, 睿宗과 현종 초기에 걸쳐 여
러 번 재상의 직에 올라 국정을 숙정하고 민생의 안정에 힘썼다. 특히, 현종 때 북방
수비를 튼튼히 하고 律令體制를 실시하여 開元之治를 이루는 데 공헌하였다. 그리하여
宋璟과 함께 開元의 명재상으로 숭앙되어 '姚宋'이라 병칭되며 당나라 名相의 대명사가
되었다.

165) 房杜(방두): 房玄齡과 杜如晦를 가리킴. 모두 당나라 太宗 때의 어진 재상이다.

166) 自許管晏(자허관안): ≪통감절요≫의 "자미사인 제한을 돌아보고 이르기를 '내가 정승
노릇 하는 것을 어떤 사람에게 견줄 수 있는가?' 하였다. 제한이 미처 대답하기도 전에
요숭이 말하기를 '관중·안영과 비교하여 누가 나은가?' 하니, 제한이 대답하기를 '관
중과 안영의 법이 후세에 시행되지는 못하였으나 그래도 그들의 일평생 동안은 시행될
수 있었습니다. 공이 만든 법은 수시로 다시 고칠 수 있으니, 두 사람에게 미치지 못하
는 것 같습니다.' 하였다. 요숭이 말하기를 '그렇다면 마침내 어떠하단 말인가?' 하니,
제한이 대답하기를 '공은 한 시대를 구원하는 재상이라고 이를 만합니다.' 하였다. 요
숭은 기뻐하여 붓을 던지며 말하기를 '한 시대를 구원하는 재상을 어찌 쉽게 얻을 수
있겠는가.' 하였다.(顧謂紫微舍人齊澣曰: '余爲相, 可比何人?' 澣未對, 崇曰: '何如管·晏?'
澣曰: '管·晏之法, 雖不能施於後, 猶能沒身, 公所爲法, 隨便更之, 似不及也.' 崇曰: '然則竟
如何?' 澣曰: '公可謂救時之相爾.' 崇喜投筆曰: '救時之相, 豈易得乎?')"는 대목을 염두에
둔 표현.

167) 張九齡(장구령): 당나라 玄宗 때의 名相. 문학이 당대에 으뜸이었고, 벼슬은 尙書右丞相
에 이르렀는데, 간신인 종실 李林甫와 군인 출신 牛仙客의 등용을 극언으로 반대하다가
도리어 파직을 당하여 자기 집으로 돌아가서 그대로 여생을 마쳤다.

168) 人世仙鶴(인세선학): 杜甫의 八哀詩 중 <故右僕射相國曲江張公九齡>의 "학 타고 인간세
내려오시어 흰 수염 날리며 우뚝이 서 계시네.(仙鶴下人間, 獨立霜毛整.)"는 구절을 염두
에 둔 표현.

169) 天寶(천보): 당나라 玄宗의 연호(742~756).

170) 靈龜(영귀): 점치는데 쓰는 거북. 安祿山에게 반역의 상이 있음을 미리 알고, 玄宗에게
죽이기를 上言한 일이 있었으나 현종이 듣지 않더니, 그 뒤 755년에 과연 안녹산이 반
역하였다. 현종이 뒤에 안녹산의 난으로 蜀에 파천해 있으면서 장구령의 선견지명이
있는 충언을 생각하여 눈물을 흘리고 사자를 장구령의 집에 보내어 제사 지냈다는 고
사를 염두에 둔 표현이다.

171) 贊揚君德(찬양군덕): 封德彝가 隋나라에서 內史舍人을 지냈던 인물로 수나라가 망하자
당나라에 항복하여 太宗을 섬긴 것을 염두에 둔 표현인 듯.

董允[175)], 誠切格君志峻防閨, 東漢。

宋璟[176)], 鐵石剛腸[177)]黼黻良手, 唐。

枚皐[178)], 漢世才子梁園詞客, 漢。

東方朔[179)], 大隱[180)]金門[181)]時補袞闕, 漢。

---

172) 費禕(비위): 蜀漢의 文臣. 諸葛亮에게 크게 신임을 받았으며, 後主 때 黃門侍郎을 거쳐 尙
書令이 되었다.

173) 樊車辦優(폐거판우): 許靖의 아들이 죽었을 때, 董允이 費禕와 함께 장지까지 가려고 하
면서 부친 董和에게 타고 갈 수레를 요청하자 동화가 뒤쪽이 뚫려있는 鹿車를 주니, 동
윤은 타기 싫은 기색을 보였지만 비위는 수레 앞쪽에 타고 갔는데 수레를 타고 온 조
문객이 적어서 동윤은 안색이 편하지 못했지만 비위는 태연자약했다는 것을 안 동화가
아들 동윤에게 "나는 항상 너를 문위(비위를 가리킴)와 비교하여 우열을 구별하지 못했
었으나 오늘 이후로 나의 의혹은 풀렸다."고 한 고사를 염두에 둔 표현.

174) 圍茶(위다): 圍碁의 오기. 費禕가 군사를 거느리고 쳐들어오는 魏나라 군대를 막게 되었
을 때, 光祿大夫 來敏이 바둑을 두자고 청하였는데, 급한 격문이 이르고 人馬의 군장을
꾸리는 일이 다급하였는데도 두말없이 대국하여 게을러지거나 염증을 느끼는 표정이
조금도 보이지 않자, 내민이 "잠시 그대의 의지를 시험해 본 것인데 그대는 참으로 무
던한 사람이다. 반드시 적을 요리할 수 있을 것이다."라고 하였다는 고사가 있다.

175) 董允(동윤): 蜀漢의 정치가. 劉備 때 太子舍人을 지냈다. 劉備이 즉위하자 黃門侍郎으로
옮겼다. 諸葛亮의 신임을 받았다. 제갈량이 北伐할 때 그의 성품이 공정하고 명석한 것
을 알고 郭攸之, 費禕 등과 함께 남아 궁중의 일을 총괄하게 했다. 항상 後主의 과실을
직간해서 유선이 꺼려했으며, 환관 黃皓 등이 두려워했다.

176) 宋璟(송경): 唐나라 玄宗 때의 名相. 문장에 뛰어나 則天武后가 정권을 휘두를 때 누차
左台御史中丞에 임명되었는데, 강직한 관리로서 측천무후의 신임을 받았다. 睿宗 복위
후에 吏部尙書로 있으면서 폐단을 혁파하고 인재를 등용하는 과정에서 太平公主의 미움
을 받아 楚州刺史로 좌천되었다. 713년 玄宗이 즉위하자 다시 刑部尙書에 임명되었다.
716년에 姚崇을 이어 재상에 올라 현종을 보좌하면서 善治를 이루었다.

177) 鐵石剛腸(철석강장): 건강하고 깨끗한 지조를 형용한 말. 당나라 玄宗 때의 어진 재상으
로 廣平郡公에 봉해진 宋璟이 일찍이 <梅花賦>를 지었는데, 뒤에 시인 皮日休가 자신의
<桃花賦序>에서 송경의 <매화부>를 들어 말하기를, "내가 일찍이 재상 송광평의 바
르고 강직한 자질을 사모해왔으니, 그의 철석 같은 심장으로는 아마도 유순하고 애교
넘치는 말을 토해낼 줄 모르리라고 여겼지만, 그의 글을 보다가 매화부가 있어 보니,
말이 통창하고도 풍부하고 화려하여 남조의 서유체를 꼭 닮아서, 그 사람됨과는 아주
달라보였다.(余嘗慕宋廣平之爲相, 貞姿勁質, 剛態毅狀, 疑其鐵腸與石心, 不解吐婉媚辭, 然覩
其文, 而有梅花賦, 淸便富艶, 得南朝徐庾體, 殊不類其爲人也.)"라고 한 데서 나온 말이다.

178) 枚皐(교고): 枚乘의 오기. 漢나라 景帝 때의 시인・美文家. 景帝의 아우인 梁孝王이 규모
가 크고 화려한 정원을 만든 뒤, 당시의 명사인 司馬相如와 鄒陽・枚乘 등을 불러 몇
년 동안 그곳에서 빈객으로 머물게 하는 등 모두 문재으로 知遇를 받았다. 매승은 산문
과 운문의 중간 형식인 <七發>을 지었는데, 이는 사마상여 등의 辭賦文學에 크게 영향
을 끼쳤다.

張騫[182], 乘槎萬里通道三邊[183], 漢。

胡安國[184], 挺然茂松豈其黨檜[185], 宋。

179) 東方朔(동방삭): 前漢의 文人. 벼슬은 常侍郞・太中大夫를 지냈다. 諧謔・辯舌・直諫으로 이름이 났다. 속설에 西王母의 복숭아를 훔쳐 먹어 장수하였으므로 '三千甲子東方朔'이라고 이른다. 당시 그의 박식함은 소문이 날 만큼 유명했는데, 세상의 것에 대해 모르는 바가 없었다고 한다. 동방삭에게 어떤 어려운 질문을 해도 척척 대답을 했다고 하니 그의 박식함이 어느 정도였는지 짐작할 수 있다. 그랬기 때문에 武帝는 자신의 상담역으로 그를 중용했다. 하지만 그의 언변은 아주 현란해서, 충언을 하는가 하면 험담도 하고, 직접적으로 이야기할 때도 있지만 대충 얼버무릴 때도 있었다. 그래서 듣는 상대를 현혹시켜 누구도 그의 진의를 이해할 수 없었다고 한다.

180) 大隱(대은): 참된 은자가 되었다는 말. 東方朔이 일찍이 말하기를 "나 같은 사람은 이른바 朝廷에서 세상을 피해 살고 있는 사람이다. … 속세에 묻혀 살며 금마문에서 세상을 피하노니, 궁궐 안이 곧 세상을 피해 몸을 온전히 할 수 있는 곳이거늘 하필 깊은 산중의 쑥대 움막이어야 하겠는가.(如朔等, 所謂避世於朝廷間者也. … 陸沈於俗, 避世金馬門, 宮殿中可以避世全身, 何必深山之中, 蒿廬之下。)"라고 한 데서 나온 말이다.

181) 金門(금문): 金馬門. 漢나라 때 文學하는 선비들이 出仕하던 관서의 이름.

182) 張騫(장건): 漢나라 武帝 때의 관리. 匈奴를 견제하기 위해 서방의 大月氏와의 동맹을 촉진하고자 西域에 사신으로 가다가 흉노에게 잡혀 10년 동안 포로 생활을 했고, 이후 大宛과 康居를 거쳐 목적지에 다다랐지만, 뜻을 이루지 못한 채 13년 만에 돌아왔다. 뗏목 배를 타고 天上의 銀河水에 갔다 왔다는 전설이 있다.

183) 三邊(삼변): 한나라 때의 흉노, 朝鮮, 南越을 일컬음. 흔히 변경 지역을 뜻하는 말로 쓰인다.

184) 胡安國(호안국): 宋나라 高宗 때의 유학자. 1127년 中書舍人兼侍講에 제수되자 時政을 논한 글 21편을 바쳤다. 1128년에 다시 給事中에 제수되자 7월에 入對하여 사직을 청했다. 그리고 1129년에 다시 급사중에 제수하자, 길을 나섰다가 池州에 이르러 되돌아갔다. 程頤의 학문을 사숙하여 武夷學派를 창시하였으며, 謝良佐, 楊時, 游酢와 교유하였다. 평생 ≪춘추≫를 정밀히 연구해 ≪春秋胡氏傳≫을 저술하였다.

185) 挺然茂松豈其黨檜(정연무송기기당회): 울창한 소나무가 우뚝 뻗어나가 듯해 어찌 그가 진회에게 아부했으랴. 秦檜는 北宋 말부터 南宋 초기에 걸쳐 28년간 권력을 독점했던 인물이다. 처음에 徽宗과 欽宗이 금나라로 끌려갈 때 진회가 따라갔는데, 몇 년 뒤에 돌아와서 자신을 감시하던 금나라 군사들을 다 죽이고 배를 타고 도망 왔다고 주장하였다. 이로 인해 명성을 떨치고 재상 자리에 올랐다. 胡安國은 평소 진회와 사이가 좋았으므로 그의 이러한 행동을 매우 훌륭하게 여겨 크게 칭찬했는데, 호안국이 죽고 난 뒤 진회가 도리어 금나라와의 관계를 이용해서 자신의 입지를 강화하고자 和議를 주장하고 岳飛와 같은 명장을 죽이는 등 악행을 저질렀다. 그리하여 호안국을 비판하자, ≪宋名臣言行錄≫에 의하면 謝良佐가 朱震에게 "康侯(주: 소안국)는 엄동설한에 온갖 풀이 말라 죽더라도 소나무와 잣나무가 우뚝 뻗어서 홀로 빼어난 것과 같았다. 그가 이와 같이 곤액을 겪게 되는 것은 하늘이 큰 임무를 내리려는 것이다.(康侯, 正如大冬嚴雪, 百草萎死, 而松栢挺然獨秀也. 使其困厄如此, 乃天將降大任焉耳。)"고 한 것을 염두에 둔 표현이다.

胡銓[186], 羞處小廷誓蹈東海, 宋。

宗澤[187], 材能擎天志在過河, 宋。

王通[188], 優入孔門不幸隨時[189], 隋。

文彦博[190], 三朝[191]元老四海異人, 宋。

范祖禹[192], 唐鑑一部講師三昧[193], 宋。

---

186) 胡銓(호전): 宋나라 高宗 때의 신하. 1128년 진사가 되어 撫州軍事判官이 되었다. 금나라
    가 도강하여 남하할 때 鄕丁을 뽑아 관군의 방어전을 돕도록 했다. 1138년 秦檜가 화친
    을 주장하자 상소하여 강력하게 반대하고, 또 다시 상소를 올려 당시 대신으로서 금나
    라와의 화의를 주장하던 사신 王倫, 진회, 參政 孫近 세 사람의 목을 벨 것을 강력하게
    주청하면서, "죽이지 않으신다면 신은 동해로 가서 빠져죽을지언정 어찌 소조정에서
    살며 목숨을 구하겠습니까?(不然, 臣有赴東海而死, 寧能處小朝廷求活耶?"라고 하였다. 이
    일로 除名을 당하고, 韶州로 갔다가 吉陽軍으로 유배를 갔다. 진회가 죽은 뒤 衡州로 옮
    겼다. 孝宗이 즉위하자 議郎에 복직한 뒤 饒州知州로 나갔다. 蕭楚에게 춘추를 배웠으며,
    胡安國에게도 수학했다.
187) 宗澤(종택): 宋나라 欽宗 때의 신하. 磁州知州가 되어 성벽과 방어물들을 정비하고 의용
    군을 모아 금나라의 남하를 저지했다. 康王 趙構가 大元帥府를 열었을 때 부원수로 입
    경하여 고군분투하면서 開德과 衛南에서 대승을 거두었다. 남송의 高宗 때 東京留守 겸
    開封尹에 임명되어 王善과 楊進 등 義軍을 모집하고 河北의 八字軍과 연합하면서 岳飛를
    統制로 발탁해 금나라 군사를 여러 차례 격파했다. 20여 차례 상서하여 고종이 환도하
    여 국력 회복을 도모할 것을 주청했지만 黃潛善 등의 제지를 받자 분한 심정이 병이
    되어 버렸다. 실지 회복을 이루지 못한 비분을 참지 못하다가 임종 때 "강을 건너야
    해.(過河)"를 세 번 외치고 죽었다.
188) 王通(왕통): 隋나라 사상가. 唐나라 王勃의 조부이다. 어렸을 때부터 명철하였고, 배우기
    를 좋아하여 널리 書詩易禮를 익히고 儒家를 講學하였다. 文帝에게 太平十二策을 올렸으
    나 채택되지 않았는데, 煬帝로부터는 부름을 받았으나 응하지 않은 채 河汾에 지내며
    후진들을 가르칠 뿐이었다. 문하에서는 당나라의 명신 魏徵・房玄齡 등이 배출되었다.
189) 優入孔門不幸隨時(우입공문불행수시): ≪資治通鑑≫<隋紀>의 "스스로 성인을 자처하고
    공자를 모방하여 ≪續六經≫을 지었는데 송나라 程子나 朱子는 그를 犬儒로 비판하였
    다."는 구절을 염두에 둔 표현.
190) 文彦博(문언박): 北宋의 정치가이자 書法家. 仁宗, 英宗, 神宗, 哲宗 등을 섬기면서 50년
    동안 재상을 맡았다. 殿中侍禦史 때에 법을 공정하게 집행하고 西夏의 침입을 성공적으
    로 막았다. 재상 기간에는 대담하게 8만 정병으로 군인수를 줄여 백성들의 부담을 경
    감시키자고 주장하기도 했다. 만년에 佛法에 귀의했다. 벼슬은 太師에 이르렀고, 潞國公
    에 봉해졌다.
191) 三朝(삼조): 四朝의 오기인 듯. 文彦博은 仁宗・英宗・神宗・哲宗 등 네 조정에 걸쳐 50
    년 동안 出將入相하였다.
192) 范祖禹(범조우): 北宋 때의 賢臣이자 直臣. 강설을 잘하였으며 특히 역사학에 뛰어나서
    ≪唐鑑≫을 지어 당나라 3백 년 동안의 治亂을 자세히 밝혔으므로 唐鑑公이라 불렸고,

解縉194), 髫齡一第血疏萬言, 明。

李淳風195), 市僧捉形宮娥免禍, 唐。

關羽196), 塞于天地傲然今古, 東漢。

韓信, 仙於兵者道則未也, 漢。

王剪197), 至老無怯臨軍問戲198), 秦。

司馬光과 함께 《資治通鑑》을 편수하기도 하였다. 철종이 14세 때에 女色을 가까이한
다는 소문이 돌자, 劉安世가 '황제의 나이가 아직 어리니 덕을 닦고 몸을 아껴야 한다.'
고 간언하였는데, 당시 섭정하던 宣仁太后가 이는 外間에 떠도는 헛소문이라고 물리쳤
다. 그러자 범조우가 "외간의 의논이 비록 헛소문에 의한 것일지라도 사전의 경계가
되기에는 충분합니다. 모든 일을 未然에 말하는 것이 진실로 지나친 것이지만, 已然에
이르면 미칠 수 없으니, 차라리 미연의 말을 받아들여 미칠 수 없는 후회가 없게 하소
서."라고 간언하였다. 선인태후가 죽은 뒤에는 그 틈을 타서 소인배들이 득세할까 염려
하여 여러 차례 諫言을 올렸다. 그 뒤 章惇을 재상으로 삼아서는 안 된다는 내용으로
극언하였다가 외직으로 쫓겨나 있던 중 죽었다.

193) 講師三昧(강사삼매): 三昧는 佛家의 용어로, 잡념을 물리쳐 마음이 흐트러지거나 어지럽
    지 않아 어느 한곳에 집중한다는 말. 范祖禹가 송나라 哲宗 때 翰林侍講學士로 경연에
    참석하여 황제에게 직간하였는데, 蘇軾은 그를 두고 "講師의 三昧를 얻었다."라고 높이
    평한 데서 나온 말이다.
194) 解縉(해진): 明나라 초기의 정치가. 太祖에게 萬言疏를 올려 政令이 자주 바뀌고 형벌이
    너무 번잡한 時政의 폐단을 논하여 그 재주를 인정받아 御史에 제수되었다. 그 후 태조
    가 그를 연소하다 하여 돌아가 학문에 힘쓰게 했다. 태조가 죽은 뒤 참소를 받아 河州
    衛吏로 좌천되고 成祖가 즉위하자 翰林侍讀, 翰林學士가 되었다. 交趾를 정벌할 것을 간
    하여 임금의 뜻에 언짢게 한데다가 漢王 高煦의 참소를 받아 옥사하였다.
195) 李淳風(이순풍): 唐나라 太宗 때 천문학자. 將仕郎으로 太史局에서 일하며 渾天儀를 제작
    하여 별을 관측했다. 당시 민간에 《秘記》가 있어 女主 武王이 천하를 대신한다고 했
    다. 태종이 의심스러운 사람을 잡아 죽이려고 하니 그만두기를 권했다. 항상 길흉을 점
    칠 때마다 잘 들어맞았다.
196) 關羽(관우): 蜀漢의 勇將. 용모가 魁偉하고 긴 수염이 났다. 張飛와 함께 劉備를 도와서
    공이 크며, 뒷날 荊州를 지키다가 呂蒙의 장수 馬忠에게 피살되었다. 중국의 민간에서
    忠義와 武勇의 상징으로 여겨져서 신앙이 두터워 각처에 關王墓가 있다.
197) 王剪(왕전): 翦으로도 표기됨. 秦始皇을 도와 趙·燕·薊 등 6국을 평정한 명장. 아들인
    王賁과 함께 始皇帝의 천하통일에 크게 기여하였으며, 白起, 廉頗, 李牧 등과 함께 전국
    시대 4대 명장으로 꼽힌다. 王翦이 큰 공을 세워 武成侯로 봉해진데다 그의 아들인 王
    賁도 魏, 燕, 齊 지역의 합병에 큰 공을 세워, 이들 父子는 蒙武, 蒙恬 부자와 함께 시황
    제의 천하통일에 가장 큰 軍功을 세운 인물들로 꼽힌다. 손자인 王離도 秦의 武將으로
    활약했지만, 鉅鹿 전투에서 項羽에게 패하여 사로잡혔다.
198) 臨軍問戲(임군문희): 《사기》<王翦列傳>의 "왕전은 도착하자 보루를 굳게 하고서 지
    키기만 할 뿐 싸우려 하지 않았다. 형나라 군대가 자주 나와 싸움을 걸어도 끝내 나가

蒙恬[199], 威振遠塞名高長城, 秦。

徐達, 山河大勳日月心事, 明。

曹彬, 四解降縛[200]一不妄殺, 宋。

岳飛[201], 頂天立地驅山駕海, 南宋。

鄧禹[202], 化整閨門[203]功冠雲臺, 東漢。

祖逖[204], 勤猶畏服晉必中興, 東晉。

지 않았다. 왕전은 매일 병사를 쉬게 하고 목욕을 시키고 잘 먹여 정성껏 보살피며, 자신도 사졸들과 함께 음식을 먹었다. 시일이 오래 지나자 왕전은 사람을 보내 진중을 둘러보게 하고 묻기를 '무엇을 하고 놀던가?' 하자, 대답하기를 '돌 던지기와 멀리뛰기 시합을 합니다.' 하니, 왕전이 말하기를 '사졸은 이제 쓸 만하다.' 하였다.(王翦至, 堅壁而守之, 不肯戰. 荊兵數出挑戰, 終不出. 王翦日休士洗沐, 而善飲食撫循之, 親與士卒同食. 久之, 翦使人問'軍中戲乎?' 對曰: '方投石超距.' 於是翦曰: '士卒可用矣.')"는 구절을 염두에 둔 표현.

199) 蒙恬(몽염): 秦나라 때의 장군. 군사 30만을 거느리고 나아가서 匈奴를 무찌르고 長城을 쌓았다. 북쪽 변경 上郡에 병사를 주둔시키고 경비하는 총사령관으로 있자, 흉노가 두려워 얼씬도 하지 못했다. 그 후에 진시황이 죽자 趙高와 승상 李斯가 짜고 胡亥를 황제로 내세우고, 몽염 형제에게 사약을 내려 죽였다.

200) 四解降縛(사해항박): ≪宋名臣言行錄≫의 "송나라 太祖 때 濟陽武惠王에 봉해진 曹彬이 江南, 西川, 廣南, 湖南을 모두 정벌하여 그곳 왕들의 항복을 받았는데 그의 세 아들이 모두 어질어 대장이 되었다. 뒷날 시인 陶弼이 조빈의 畫像을 보고 '군사를 모집하여 항복한 네 나라 왕의 포박을 풀어주어, 아들 셋을 장단에 오르게 했네.(蒐兵四解降王縛, 教子三登上將壇)'이라는 시구를 지었다는 구절을 염두에 둔 표현.

201) 岳飛(악비): 南宋의 忠臣이자 武將. 농민에서 입신하여 군벌의 우두머리가 되었고, 金軍을 격파하여 공을 세워 벼슬이 太尉에 이르렀다. 당시 조정에 金나라와의 和議가 일어나 이에 반대하며 주전론을 펴다가 주화파 재상 秦檜한테 참소를 당하여 옥중에서 살해당하였다. 후세에 구국의 영웅으로 악왕묘에 모셔졌다.

202) 鄧禹(등우): 後漢의 군사가. 雲台28將 중에 한 사람. 後漢 창업기의 명신으로, 光武를 도와서 천하를 평정하여 벼슬이 大司徒에 이르렀고 高密侯로 봉해졌다. 雲台는 한나라의 明帝가 前代의 공신들을 추모해서 장수 28명의 화상을 그리고 이것을 보관하기 위하여 쌓은 臺인데, 대가 높아서 구름에 닿았으므로 이렇게 불렀다고 한다. 전하여 功臣閣을 가리킨다.

203) 化整閨門(화정규문): ≪痛鑑節要≫<東漢紀>의 "鄧禹는 집안에서의 행실이 순수하고 구비하여 아들 13명이 있었는데, 각각 한 가지 經書를 전공하게 하여 閨門을 닦고 정돈하며 子弟를 敎養하니 모두 후세의 法이 될 만하였으며, 本國의 食邑에서 의뢰하여 쓰고 재산과 이익을 도모하지 않았다.(鄧禹內行淳備, 有子十三人, 各使守一藝, 修整閨門, 教養子弟, 皆可以爲後世法, 資用國邑, 不修産利.)"의 구절을 염두에 둔 표현. 化整은 修整의 오기이다.

郭子儀, 百年歌舞四海安危, 唐。

彭越, 梁王何罪漢帝忌功, 漢。

王賁205), 能恢國統不墜家聲, 秦。

章邯206), 咸陽請事207)洹水流涕208), 秦。

常遇春209), 開平忠武武寧210)頡頏, 明。

李光弼211), 靴刀212)勵忠壁旗變彩213), 唐。

---

204) 祖逖(조적): 東晉의 奮威將軍. 西晉이 수도 洛陽을 버리고, 江南에 망명정권 東晉을 수립
하자, 鎭西의 장군이 되어 이민족에 대한 북벌을 주장하고 추진하였다. 부하를 이끌고
渡江하다가 물 가운데서 노를 치면서[中流擊楫] 반드시 中原을 회복하겠다고 맹세했다.
雍丘에 주둔하면서 黃河 이남을 모두 진나라의 영토로 만들었다. 晉元帝 司馬睿는 조적
의 공로가 너무 커지고 명망이 높아지자 견제하기 위해 戴淵을 파견하였고 조적은 자
신이 견제당하고 있음을 느끼고 중원을 회복할 수 없게 되었다고 느끼며 마음에 슬픔
과 분노를 품고 결국 병으로 쓰러졌다.

205) 王賁(왕분): 秦나라의 名將. 王剪의 아들이며, 아버지와 함께 始皇帝의 천하통일에 큰 공
을 세웠다.

206) 章邯(장한): 秦나라의 名將. 陳勝과 吳廣이 일으킨 농민 반란을 진압하는데 큰 공을 세웠
지만, 환관 趙高의 박해를 받고 楚나라의 項羽에게 항복하여 雍王으로 봉함을 받았다가
후에 漢나라의 장군 韓信에게 패하여 피살되었다.

207) 咸陽請事(함양청사): ≪通鑑節要≫<秦紀>의 "왕리 군대가 이미 패몰하자, 진나라 장수
장한은 棘原에 진을 치고 항우는 漳南에 진을 쳤는데, 진나라 장한의 군대가 자주 물러
났다. 2세가 사람을 시켜 장한을 꾸짖으니, 장한이 두려워서 長吏인 사마흔으로 하여금
함양으로부터 지시를 받아오도록 하였는데, 사마문(宮垣 안에 경비가 있는 곳)에 3일을
머물러 있었으나 조고가 만나 보지 않고 믿지 않는 마음이 있었다.(王離軍旣沒, 章邯軍
棘原, 項羽軍漳南, 秦兵數却. 二世使人讓章邯, 邯恐, 使長史欣請事咸陽, 留司馬門三日, 趙高
不見, 有不信之心.)"라는 구절을 염두에 둔 표현.

208) 洹水流涕(원수유체): ≪通鑑節要≫<秦紀>의 "장한이 마침내 항우와 더불어서 洹水의 물
가에서 군게 약속을 맺었는데, 약속이 끝나자 장한이 항우를 보면서 눈물을 흘리며 조
고에 대해 이야기를 나누었다.(邯乃與羽, 約盟洹水之上, 已盟, 邯見羽流涕, 爲言趙高.)"는
구절을 염두에 둔 표현.

209) 常遇春(상우춘): 明나라 개국공신. 봉호는 鄂國公, 자는 伯仁. 원나라 말기에 朱元璋의 군
대에 들어가 陳友諒·張士誠 등의 적장들을 항복시켜 큰 공을 세우고, 부장군으로서 徐
達과 함께 북벌하여 원나라를 멸망시켜 명나라를 반석 위에 올려놓았다. 中書平章軍國
重事에 올랐다.

210) 武寧(무녕): 徐達의 시호.

211) 李光弼(이광필): 唐나라 肅宗 때의 節度使. 郭子儀의 추천으로 河東節度副使가 되었고, 安
祿山과 史思明의 亂을 평정하고 代宗 때에 臨淮郡王에 봉함을 받았다.

212) 靴刀(화도): 李光弼이 전쟁에 나갈 때마다 반드시 이기지 못하면 함께 죽겠다는 뜻으로
신발 속에 단도를 감춘 것을 일컬음.

馮異214), 披荊定關215)屛樹讓功, 東漢。

張浚216), 志恢半壁望隆長城, 南宋。

狄青217), 武曲天使218)銅面摳相219), 宋。

李靖, 李氏日月花陣220)風雲221), 唐。

---

213) 壁旗變彩(벽기변채): ≪唐國史補≫의 "곽자의가 하양에서 수도 장안 조정으로 돌아가게
되자, 이광필이 그를 대신하여 군대를 통솔하게 되었다. 옛 진영에 옛 병사와 옛 깃발
그대로였지만, 이광필이 한 번 호령하자 모두 정예 병사들로 바뀌었다고 한다.(郭汾陽自
河陽入, 李太尉代領其兵. 舊營壘也, 舊士卒也, 舊旗幟也, 光弼一號令之, 精彩皆變.)"는 구절
을 염두에 둔 표현. 張維가 쓴 <黃都督回帖>의 "그야말로 李臨淮(주: 이광필)가 한 번
군영에 들어온 것과 같은 것으로서, 旌旗와 壁壘가 이때부터 갑자기 精彩를 발하기 시
작하였습니다.(正如李臨淮一入軍, 旌旗壁壘, 頓生精彩.)"는 구절이 참고가 된다.

214) 馮異(풍이): 後漢 光武帝의 공신. 본래 왕망 정권 때에 潁川郡掾을 지냈으나, 후에 劉秀에
게 귀순하여 赤眉를 물리치고, 關中을 평정할 때 큰 공을 세웠다. 孟津將軍이 되어 陽夏
侯로 추봉되었으며, 언제나 홀로 樹下로 물러나 공을 논하지 않기 때문에 大樹將軍이라
일컬었다.

215) 披荊定關(피형정관): ≪後漢書≫<馮異傳>에 의하면, 東漢 光武帝 劉秀가 "짐의 대업을
위하여 많은 장애들을 제거하며, 관중 땅을 평정하였다.(爲吾披荊棘, 定關中.)"라고 한
것을 염두에 둔 표현.

216) 張浚(장준): 南宋의 大臣. 金軍이 남침하자 吳門에서 軍馬를 관리했다. 苗劉의 變 때 呂頤
浩, 韓世忠 등과 약속하여 復辟에 공을 세워 知樞密院事에 올랐다. 尙書右僕射 등을 지내
고 魏國公에 봉해졌다. 高宗 때 宣撫使로 나라의 회복에 뜻을 두고 金나라의 세력을 막
는 등 주전론을 내세워 秦檜가 권력을 잡자 20여 년 동안 배척당했다.

217) 狄青(적청): 北宋 때의 武將. 仁宗 때 延州指揮使로 西夏와 싸울 때 동으로 만든 面具를 쓰
고 항상 선봉에 서서 승리를 이끌었다. 이후 尹洙가 韓琦와 范仲淹에게 천거했는데, 범
중엄이 그에게 ≪좌씨춘추≫를 가르치자, 이때부터 독서에 뜻을 두어 秦漢 이래의 兵法
에 정통하게 되었다. 樞密副使에 발탁되었을 때 儂智高가 반란을 일으켰는데, 황명을 받
아 荊湖路를 宣撫하고 廣南의 도적들을 소탕했다. 기이한 용병술로 밤에 昆侖關을 넘어
격파하여 樞密使에 올랐다. 말년에 중상모략을 받아 탄핵되어 陳州로 쫓겨 갔다.

218) 武曲天使(무곡천사): ≪水滸傳≫ 등의 민간전승에 의해 狄青이 천상에서 속세로 내려온
武曲星의 신선이란 고사를 염두에 둔 표현.

219) 摳相(구상): 樞相의 오기. 樞密院正使를 이른다.

220) 花陣(화진): 唐나라 장수 李靖이 諸葛亮의 八陣法을 본떠서 만들었다는 陣法인 六花陣.

221) 李氏日月, 花陣風雲(이씨일월, 화진풍운): 杜甫가 지은 <行次昭陵>의 "풍운의 신하들은
걸출한 용을 따르고, 해와 달이 놓은 하늘의 길에 이어졌네.(風雲隨絶足, 日月繼高衢.)"
라는 구절이 참고가 됨. <杜工部草堂詩箋>에 "구름은 용을 따르고 바람은 호랑이를 따
르는데, 이 무렵에 이정의 무리들이 모두 바람과 구름으로 함께 모여 (고조와 태종의)
말발굽을 따르며 분루하였다.(雲從龍, 風從虎, 時李靖之徒, 皆以風雲竝會, 隨馬足而奮也.)"
라고 기록되어 있다. 日月은 고조와 태종의 덕을 가리키며, 高衢는 顯要한 지위를 비유
한다.

高熲222), 籌運如神鏡磨逾明223), 隋。

杜預224), 左氏225)義理叔子226)風流227), 晉。

韓世忠228), 錦衣驄馬電目雷音, 南宋。

衛靑229), 帝果知人功豈由天, 漢。

周勃, 重厚木訥230)全安火德231), 漢。

---

222) 高熲(고경): 隋나라 宰相. 楊堅이 北周의 대승상으로 있을 때 상부사록이 되었고, 尉遲迥
의 반란이 일어나자 평장사가 되어 반란을 평정하였다. 양견이 隋나라를 세우자, 고경
은 개국 1등공신과 함께 조정의 가장 높은 벼슬인 상서좌복야 겸 납언을 맡았다. 煬帝
楊廣이 진나라를 치러 출병하자, 원수장사로 출병하여 진을 무너뜨리고 천하통일을 달
성하였다.

223) 鏡磨逾明(경마유명): 隋文帝가 일찍이 고경을 보고 탄식하기를, "獨孤公(주: 고경)은 거울
과 같아서 거울을 닦으면 닦을수록 더 빛나는 법이다.(獨孤公, 猶鏡也, 每被磨瑩, 皎然益
明.)"라고 한 것을 염두에 둔 표현.

224) 杜預(두예): 西晉의 정치가이자 학자. 司馬氏가 魏 왕조를 찬탈하여 나라를 세우자 부친
은 이에 반대하여 유배형을 받았다. 두예는 司馬師의 누이동생과 결혼하여 주요 요직을
역임하였다. 河南尹・秦州刺史 등을 역임하고 鎭南大將軍이 되었다. 유일하게 삼국시대
의 명맥을 유지하고 있던 吳나라를 공격하여 평정하였으며 뛰어난 군사전략가로서 실
력을 발휘하였다. 그 공으로 武帝 司馬炎의 신임을 받았으며 형주를 총괄하는 직위에
봉해졌다. 4년간의 임기를 마치고 수도 낙양으로 돌아오다 사망하였다. ≪春秋左氏經傳
集解≫를 지었다.

225) 左氏(좌씨): 左丘明. 공자의 <춘추>에 해석을 붙인 <춘추좌씨전>을 짓고 또 失明한 뒤
로 <국어>를 지었다. 이로 인하여 그를 盲左라고도 한다.

226) 叔子(숙자): 晉나라 羊祜의 자. 杜預를 추천하여 자신의 후임으로 삼았다.

227) 風流(풍류): 羊祜와 杜預가 襄陽의 峴山에 남긴 詩文을 가리킴.

228) 韓世忠(한세충): 南宋 건국 초의 무장. 北宋이 망하자 사병을 거느리고 高宗에게 달려가
남쪽의 苗傅・劉正彦의 난을 평정하고 兀朮을 격파하여 자못 권세를 떨쳤으나 秦檜의
책략으로 병권을 빼앗긴 후 西湖에 은거하여 스스로 淸涼居士라 일컬었다.

229) 衛靑(위청): 前漢 武帝 때의 名將. 車騎將軍으로 군대를 거느리고 匈奴를 격파하고 關內侯
에 올랐다. 다시 병사를 雲中으로 출병하여 河套지구를 수복하고 長平侯에 봉해졌다. 大
將軍으로 霍去病과 함께 대군을 이끌고 漠北으로 나가 흉노의 주력을 궤멸시켰다. 이후
7차례에 걸쳐 흉노를 정벌하여 더 이상 한나라의 위협이 되지 못하도록 했다.

230) 重厚木訥(중후목눌): 蘇洵의 <高祖論>에 "고조가 일찍이 여후에게 말하기를 '주발은 중
후하고 겉치레는 적소. 그렇지만 유씨를 안정케 해줄 사람은 반드시 주발일 것이니 그
를 태위에 임명하는 것이 좋을 것이오.' 하였다.(帝常語呂后曰: '周勃重厚少文. 然安劉氏
者, 必勃也, 可令爲太尉.')"라고 한 것을 염두에 둔 표현.

231) 火德(화덕): 漢나라를 가리킴. 한나라는 火行으로 周나라를 계승했다(漢以火行繼周)고 한
데서 화덕을 숭상한 왕조로, 劉邦을 붉은 용의 자식이라고 하는 일화도 이와 관련된 것
이다.

李廣²³²⁾, 高皇不遇²³³⁾程尉賴重, 漢。

馬援²³⁴⁾, 有屹銅柱²³⁵⁾惜漏雲臺²³⁶⁾, 東漢。

周瑜²³⁷⁾, 靑春少將赤壁主人²³⁸⁾, 吳。

馬燧²³⁹⁾, 跡援西郊²⁴⁰⁾功大北平, 唐。

---

232) 李廣(이광): 前漢의 名將. 漢나라 文帝 때 匈奴를 물리친 공으로 中郎이 되었다. 景帝 때에 북부 변방과 七郡의 太守를 지냈다. 武帝가 즉위한 후에 未央宮의 衛尉가 되었고, 그 후에 驍騎將軍, 右北平郡太守, 前將軍 등을 역임했다. 흉노가 두려워하는 장수로 '飛將軍'으로 일컬어졌다. 漠北의 전투에 참여했으나 사막에서 길을 잃고 참전을 하지 못해 부끄러워 자살했다.

233) 高皇不遇(고황불우): 漢나라 文帝가 李廣이 화살로 호랑이 2마리를 쏴 죽인 것을 보고, "애석하구나, 그대가 때를 만나지 못함이여! 만약 그대가 고황제 시대에 있었다면 만호의 제후에 봉해지는 것은 말할 필요도 없을 것이로다.(惜乎, 子不遇時! 若子在高帝時, 封萬戶侯豈足道哉!)"라고 한 것을 염두에 둔 표현.

234) 馬援(마원): 後漢의 武將·政治家. 처음에는 隗囂를 따르다가 광무제에게 仕官하여 伏波將軍이 되었으며, 이때 羌族을 평정하고 交趾난을 진압하고 흉노를 쳐서 공을 세워, 세상에서는 馬伏波라 일컫는다. 일찍이 馬革裹屍로 맹세하여 匈奴와 烏桓에 출정했다. 新息侯로 봉해졌다.

235) 銅柱(동주): 구리로 만든 기둥. 국경을 표할 때 쓰는 것으로, 중국의 남쪽 변방 지방을 가리킨다. ≪後漢書≫<馬援列傳> 注에 "마원이 交趾에 이르러 銅柱를 세워 漢나라의 국경으로 삼았다."라고 하였다.

236) 雲臺(운대): 漢나라 明帝가 功臣들의 초상화를 그려놓은 곳. 이른바 운대28장 속에 馬援은 공훈이 컸음에도 황후의 친척이라 해서 함께 들어가지 못했다.

237) 周瑜(주유): 삼국시대 때 吳나라의 名臣. 처음 孫堅을 섬기다가 손견이 죽은 후 孫策을 섬겨 揚子江 하류 지방을 평정하는데 큰 공을 세웠다. 손책과 함께 荊州의 많은 지역을 점령하였는데 橋公(三國志演義에서는 喬公)의 두 딸을 포로로 생포하였다. 이들은 절세의 미인으로 언니 大橋(三國志演義에서는 大喬)는 손책의 아내가 되었고 동생 小橋(三國志演義에서는 小喬)는 주유의 아내가 되었다. 손책이 사망하자 그의 동생 孫權이 등극하였고 주유는 손권을 충실하게 보필하였다. 魏의 曹操가 華北을 평정하고 荊州로 진격해 오자, 魯肅 등과 함께 抗戰을 주장하며 講和論者들에 맞섰다. 손권을 설득하여 군사 3만을 주면 조조를 격파하겠다고 장담하였다. 마침내 손권을 설득하여 오나라 大都督으로 군사를 이끌고 참전하여 赤壁大戰에서 火攻으로 魏軍을 대파하였다.

238) 赤壁主人(적벽주인): 周瑜가 吳나라 大都督으로 군사를 이끌고 참전하여 赤壁大戰에서 火攻으로 魏軍을 대파한 사실을 일컬음.

239) 馬燧(마수): 唐나라 玄宗 때의 장수. 어려서 병법과 戰策을 배워 용감했고 계략이 많았다. 代宗의 寶應 연간에 鄭州와 懷州, 澤州, 商州 등의 刺史를 지냈다. 大曆 연간에 여러 차례 李靈耀와 田悅을 격파했고, 河東節度使로 옮겼다. 同中書門下平章事가 된 뒤 北平郡公에 봉해졌다. 조정으로 들어와 檢校兵部尚書로 옮겼고, 당시 강성한 무장 출신인 李懷光의 발호를 저지하는 데 큰 공을 세워 幽國公에 봉해졌다.

240) 西郊(서자): 중국 河南城의 중부 서쪽에 위치한 郟縣을 지칭함.

賀若弼²⁴¹⁾, 當一面才有三太猛²⁴²⁾, 隋.

霍去病²⁴³⁾, 功禪姑衍²⁴⁴⁾塚象祁連²⁴⁵⁾, 漢.

耿弇²⁴⁶⁾, 智能辨僞²⁴⁷⁾勇不挫兵, 東漢.

韓擒虎²⁴⁸⁾, 健鬪平陳秘訣授靖²⁴⁹⁾, 隋.

李勣, 將用福人²⁵⁰⁾法斬愛婿²⁵¹⁾, 唐.

---

241) 賀若弼(하약필): 隋나라 文帝 때 장수. 양자강을 건너가 陳나라를 쳐서 천하를 통일하였다.

242) 三太猛(삼태맹): 隋文帝가 賀若弼이 자신보다 못하다고 생각했던 楊素가 尙書右僕射로 봉해진 것에 대해 불만을 터뜨리고 있다는 소문을 듣고, "자네는 세 가지가 지나쳤으니, 질투심이 지나쳤으며, 자신을 옳게 여기고 남을 그르게 여기는 마음이 지나쳤으며, 함부로 입을 놀리면서 윗사람을 몰라보는 마음이 지나쳤네.(有三太猛, 嫉妬心太猛, 自是非人心太猛, 無上心太猛.)"라고 한 것을 일컫는 말.

243) 霍去病(곽거병): 前漢 武帝 때의 名將. 名將 衛靑의 생질이기도 한 그는 말 타고 활쏘기에 능했다. 병법은 옛 것에 연연하지 않고 용맹하고 신속하게 작전을 펼쳤다. 처음에 8백 명의 기병을 거느리고 적진 수백 리를 진격한 적도 있었다. 두 차례의 흉노와의 전투에서 승리하고 祁連山 일대를 점령하여 흉노를 사막 이북으로 도망가게 만들었다.

244) 功禪姑衍(공선고연): ≪通鑑節要≫<漢紀>의 "표기장군(주: 곽거병)은 代郡과 우북평으로 2천여 리를 나가 낭거서산에서 封祭를 지내고 고연산에서 禪祭를 지내고 한해의 산에 올라갔다.(驃騎將軍, 出代右北平二千餘里, 封狼居胥山, 禪於姑衍, 登臨翰海.)"라는 구절을 염두에 둔 표현. 封祭는 흙을 쌓아 놓고 하늘에 지내는 제사이고, 禪祭는 땅에 지내는 제사이다.

245) 塚象祁連(총상기련): 霍去病이 흉노가 天山이라고 부르는 祁連山까지 진출했었는데, 그가 24세로 죽자 武帝가 애도하면서 그의 봉분을 長安 근교의 茂陵에 기련산의 모양을 본 떠 만들도록 하여 그 무덤을 祁連塚이라고 부르는 것을 염두에 둔 표현.

246) 耿弇(경엄): 後漢의 開國名將. 光武帝를 좇아 大將軍이 되어 銅馬, 高湖, 赤眉, 靑犢 등의 諸賊을 격파했다. 광무제가 즉위하자 建威大將을 제수 받고 好畤侯에 봉해졌다.

247) 智能辨僞(지능변위): 술사 王郞이 邯鄲에서 스스로 漢成帝 劉鷔의 아들인 劉子輿라고 반란을 일으키자 많은 사람들이 투항했지만, 更始帝의 大司馬 劉秀(주: 훗날 광무제)에게 달려간 사실을 염두에 둔 표현.

248) 韓擒虎(한금호): 隋나라 장수. 용모가 웅장하고 어려서부터 강개해서 膽略으로 일컬어졌다. 성품이 책을 좋아해서 經史百家의 큰 뜻을 통달했다. 隋文帝가 강남을 병탄하고자 할 때, 그의 文武 재주를 아껴 특별히 廬州總管으로 삼아 陳나라 평정하는 임무를 맡겼다. 이에 先鋒이 되어 정병 오백을 거느려 바로 金陵을 취하고 陳後主를 사로잡아 돌아왔다.

249) 秘訣授靖(비결수정): 외숙부인 韓擒虎가 李靖과 매번 병법을 논했다는 고사를 염두에 둔 표현.

250) 將用福人(장용복인): 唐高宗 때 李勣이 장수를 선발할 때에 반드시 외모가 풍만하고 복이 많아 보이는 사람을 골라 뽑아 보내므로 그 까닭을 물으니, "운명이 기박한 사람은 더불어 공명을 이룰 수가 없다.(薄命之人, 不足與成功名.)"라고 한 것을 염두에 둔 표현.

渾瑊[252], 力遏泚焰[253]忠復唐社, 唐。

灌嬰, 絳侯同列馮敬敢當[254], 漢。

祭遵[255], 軍市執法投壺雅歌, 東漢。

李文忠[256], 武定中原文論太學, 明。

吳玠[257], 東南柱石陜蜀磐泰, 南宋。

---

251) 法斬愛婿(법참애서): 唐高祖의 16녀 丹陽公主의 부마도위 薛萬徹을 두고 李勣이 "만철은 대장군의 지위에 있으며 군주의 사위로서 내심 불평을 품었으니 죄로 죽이는 것이 마땅하다.(萬徹位大將軍, 親主婿, 而內懷不平, 罪當誅.)"라고 하며 끝내 본보기로써 벤 것을 염두에 둔 표현.

252) 渾瑊(혼감): 唐나라 德宗 때의 勇將. 어려서부터 騎射를 잘하고 용맹이 三軍에 뛰어나서 일찍이 李光弼, 郭子儀 등 명장을 따라 종군하여 兩京을 회복하고, 吐蕃을 자주 격파하는 등 여러 차례에 걸쳐 많은 전공을 세웠다. 뒤에 벼슬이 平章事, 侍中에 이르고 咸寧郡王에 봉해졌다. 그는 무장이지만 ≪春秋≫와 ≪漢書≫에도 능통했고, 천성이 忠謹하여 공이 높아질수록 더욱 겸손하였으므로, 사람들이 그를 前漢의 名臣 金日磾에 비유했다고 한다.

253) 泚焰(차염): 783년 朱泚의 반란을 일컬음. 혼감이 토번 論莽羅의 병사를 이용하여 반란군을 격파하였다.

254) 馮敬敢當(풍경감당): 劉邦이 馮敬에 대해 "그는 진나라 장수 馮無擇의 아들로 비록 똑똑하기는 하나 관영을 당해낼 수는 없을 것이다.(是秦將馮無擇子也, 雖賢, 不能當灌嬰.)"고 한 것을 염두에 둔 표현. 馮敬은 후한 때의 名士인 馮衍으로, 자가 敬通이다. 처음 王莽 밑에서 벼슬을 하다가 그만두고 뒤에 光武帝를 섬겼는데, 광무제가 외척을 처벌할 때 풍연 또한 죄를 얻었다가 풀려난 뒤로는 고향에 돌아가 평생 두문불출하였다.

255) 祭遵(제준): 後漢 光武帝의 명신. 사람됨이 검소하고 신중하였으며, 사사로움을 이기고 公共에 봉사하여 하사받은 물건은 매번 사졸들에게 주었다고 한다. 일찍이 光武帝를 따라 河北을 정벌하고 軍市令과 刺姦將軍이 되었다. 이후에도 군공이 많아 征虜將軍에 임명되고 潁陽侯에 봉해졌다. 상으로 받은 물품을 모두 부하들에게 나누어 주어 집 안에는 남은 것이 없었다. 비록 군중에 있어도 儒術이 있는 선비들만을 모아놓고 술을 마시면서 음악을 들을 때면 반드시 雅詩를 노래하고 투호를 즐겼다고 한다. 죽은 뒤에 雲臺 28명의 장수에 들었다.

256) 李文忠(이문충): 明나라 太祖 朱元璋의 외조카이자 양자. 양자가 된 후에 친히 군사들을 이끌고, 池州를 지원 나갔다가 天完軍을 물리치는데 큰 공을 세웠다. 그 공로로 浙江行省平章事가 되었다. 명나라가 건립된 후에도 여러 차례 원정을 나가서 원나라 잔여 세력을 제거하는 데 앞장서서 曹國公에 봉해지고, 大都督府(최고의 군사기구)를 주재하고, 國子監을 주관하게 하였다. 그러나 직언을 하다 주원장의 눈에 거슬려 독살 당했다.

257) 吳玠(오개): 북송 말 남송 초기의 장군. 金나라 군사가 和尙原을 공격해 오자, 諸將들에게 명하여 활을 잘 쏘는 군사를 선발하여 순번을 나누어 번갈아 가며 활을 쏘게 함으로써 화살이 연달아 빗발처럼 쏟아지게 하여 결국 적들이 견디지 못하고 후퇴하게 하였다.

李晟258), 國耳忘家259)天生爲社, 唐。

樊噲, 以若伯王260)猶曰壯士261), 漢。

李陵262), 雖未曹沫263)元非衛律264), 漢。

馬成265), 五溪征蠻266)三河平羌, 東漢。

王陵, 小戇不妨267)大臣如是, 漢。

---

258) 李晟(이성): 唐나라 德宗 때의 장군. 朱泚가 姚令言의 반란군과 합세하고 국호를 大秦이라 일컬으면서 수도를 장악하는 등 반란을 일으켰는데 이를 평정하였다. 長安을 수복하여 奉天으로 피신했던 덕종을 다시 돌아오게 하니, 덕종은 "하늘이 이성을 낸 것은 사직을 위해서이지 나를 위해서가 아니다.(天生李晟, 以爲社稷, 非爲朕也.)"라고 하였다. 이성은 반란을 평정한 공로를 인정받아 西平郡王에 봉해졌다.

259) 國耳忘家(국이망가): 漢나라 賈誼의 상소에 "교화가 이루어지고 풍속이 정해지면 신하된 사람들이 군주만 알 뿐 자신은 잊고, 나라만 알 뿐 자기 집은 잊고, 공사만 알 뿐 사사는 잊게 될 것이다.(化成俗定, 則爲人臣者主耳忘身, 國耳忘家, 公耳忘私.)"라고 한 데서 나오는 말.

260) 伯王(백왕): 霸王. 項羽를 일컫는 말이다.

261) 猶曰壯士(유왈장사): 張良이 樊噲라고 소개하자, 항우가 "壯士"라 하면서 술 한 주전자와 돼지다리를 하사했다는 고사를 염두에 둔 표현.

262) 李陵(이릉): 漢武帝 때의 武將. 飛將軍 李廣의 손자. 자청하여 步騎 5천을 거느리고 선우(單于)의 기병 3만 명과 접전 끝에 패하여 쫓기다가 깃발과 기물들을 땅에 묻고 항복하였다. 뒤에 單于의 右校王이 되었다. 그는 蘇武에게 보낸 편지에서 "헛되이 죽는 것이 절개를 세우는 것만 못하다.(虛死不如立節)"라고 하여, 자기의 항복을 변명하였다.

263) 曹沫(조말): 魯나라 장수. 壇上에서 桓公에게 비수를 들이대며 빼앗아 간 노나라 땅을 모두 돌려달라고 협박하여 도로 찾았다.

264) 衛律(위율): 한나라에서 생장하였는데, 協律都尉 李延年과 사이가 좋았다. 이연년의 추천으로 흉노에 사신으로 갔다가 돌아올 때 마침 이연년이 처형되자 위율은 주살될까 두려워 도망쳐서 흉노로 돌아가 항복하였다. 蘇武가 흉노에 갔을 때 위율이 소무를 회유하며 "제가 한나라를 버리고 흉노에 귀의하자 요행히 큰 은혜를 입어 왕의 칭호를 하사받았다. 수만 명의 무리가 옹위하고 가축이 산에 가득하니, 부귀하기가 이와 같다."라고 하였다.

265) 馬成(마성): 後漢 光武帝 때의 功臣. 원래 王莽 정권의 縣史였는데, 뒤에 劉秀에게 투항했다. 유수가 王郎, 劉永, 李憲, 隗囂, 公孫述 등의 세력을 소멸할 때에 공을 세워 揚武將軍이 되었으며, 平舒侯, 全椒侯로 봉해졌다. 雲臺 28將의 한 사람이다.

266) 五溪征蠻(오계정만): 오계는 雄溪, 樠溪, 西溪, 潕溪, 辰溪를 지칭함. 모두 槃瓠의 자손들이 사는 곳이었으므로 五溪蠻이라 일컬음. 馬成이 토벌하였으나 이기지 못하자, 馬援이 4만여 명의 병력을 거느리고 가서 정벌하였다.

267) 小戇不妨(소당불방): 漢高祖 劉邦에게 재상 蕭何를 이를 자가 누구인지 묻는 말에 曹參이라 하면서 그 다음으로는 "王陵이면 할 수 있을 것이오. 다만 그는 조금 고지식하니 陳平이 그를 도울 수 있을 것이오. 진평의 지혜는 남들보다 나음이 있지만 혼자서 일을

吳漢268), 訥如三緘269)隱若一敵270), 東漢。

尉遲敬德, 鐵鞭如山叢矟靡風, 唐。

馬武271), 攀鱗272)南陽抵掌北塞273), 東漢。

賈復274), 裏腹報讐275)閽門養威276), 東漢。

다 맡기는 어렵소. 周勃은 사람됨이 무겁기는 한데 학식이 조금 부족하지요 하지만 우리 劉氏를 안전하게 해 줄 수 있는 사람은 반드시 주발이니 그는 太衛(군사 업무를 총괄하는 최고위직이다.)로 삼을 만하오.(王陵可, 然少戇, 陳平可以助之. 陳平智有餘, 然難獨任. 周勃重厚少文, 然安劉氏者必勃也, 可令爲太尉.)"라고 한 것을 염두에 둔 표현.

268) 吳漢(오한): 後漢의 開國名將이자 군사가. 蜀을 정벌할 때 公孫述과 8번 싸워 다 이겼고, 북쪽 匈奴를 쳤다. 苗曾과 謝躬을 참살하고, 銅馬, 靑犢 등의 농민군을 평정하여 유수가 後漢을 건립하는 데에 큰 공을 세웠다. 관직은 大司馬였고 廣平侯에 봉해졌다.

269) 三緘(삼함): 입을 세 번 봉한다는 뜻으로, 말을 삼감을 이르는 말.

270) 隱若一敵(은약일적): 王莽 때에 죄를 짓고 漁陽으로 도망하여 궁핍하게 살다가 光武帝에게 발탁되어 장수가 된 吳漢이 城都로 쳐들어가서 公孫述의 군대를 대파하였는데, 오한이 강한 적과 대치하고 있으면서도 태연자약하게 작전 계획을 수립하자, 광무제가 "오공은 조금이라도 사람의 뜻을 진작시키니, 威重하기가 하나의 국가와 같다.(吳公差强人意, 隱若一敵國矣.)라고 찬탄하였던 것을 염두에 둔 표현.

271) 馬武(마무): 後漢 초기의 무장. 河南城 南陽郡 湖陽 출신으로 劉秀에게 투항하여, 그를 따라 사방을 평정하는데 큰 공을 세웠다. 유수가 황제로 즉위하여 光武帝가 된 이후에 捕虜將軍이 되었고, 楊虛侯에 봉해졌다.

272) 攀鱗(반린): 攀龍鱗의 줄임말. 용의 비늘을 타고 오른다는 뜻으로, 곧 영특한 임금을 섬기는 것을 일컫는다.

273) 抵掌北塞(저장북새): 鄅侯로 봉해진 馬武가 군대를 이끌고 북쪽으로 下曲陽에 주둔하면서 흉노에 대비한 것을 염두에 둔 표현. ≪後漢書≫ 권18 <臧宮列傳>에는 "臧宮과 馬武의 무리는 칼을 어루만지고 손뼉을 치면서 뜻은 伊吾의 북쪽을 향해 달리고 있었다.(臧宮‧馬武之徒, 撫鳴劍而抵掌, 志馳於伊吾之北矣.)"라는 내용이 있다. 伊吾는 지금의 新疆省 哈密縣에 있는 지명인데, 한나라 때 이곳에서 흉노족과 자주 다투었다. 여기서는 오랑캐 지역을 뜻하는 말로 쓰였다.

274) 賈復(가복): 後漢 光武帝 때의 무장. 배우기를 좋아해 ≪尙書≫를 익혔다. 光武帝를 좇아 靑犢을 물리치고, 관직은 左將軍‧都護將軍에 이르렀으며, 膠東侯에 봉해졌다.

275) 裏腹報讐(이복보수): 後漢 光武帝 때에 寇恂이 賈復의 部將을 죽였으므로, 가복은 이를 수치로 여겨 원수를 갚으려 하였는데, 광무제가 두 사람을 불러 천하가 안정되지 않은 이때에 두 영웅이 사사로운 싸움을 해서는 안 된다고 타일러서 드디어 두 사람이 절친하게 된 일을 염두에 둔 표현.

276) 閽門養威(합문양위): ≪資治通鑑≫<漢紀>의 "가복은 사람됨이 굳세고 강직하며 바르고 곧았으며, 대의를 위해 목숨을 바치는 큰 절개가 많았다. 이미 사제로 돌아오자 문을 닫고 위엄과 후중함을 길렀다.(賈復爲人剛毅方直, 多大節, 旣還私第, 閽門養威重.)"에서 나오는 말.

胡大海, 先登采石277)大鬧鄱陽278), 明。

屈突通, 志在報主279)忠奮射子280), 唐。

陶侃281), 八翼已高282)分陰猶惜283), 東晋。

寇恂284), 河餒不絶285)潁民願留286), 東漢。

---

277) 采石(채석): 采石磯. 安徽省의 馬鞍山 서남쪽에 있는 揚子江 동쪽 끝에 위치하며, 南京에서 남서쪽으로 50km 떨어진 곳.

278) 鄱陽(파양): 鄱陽湖大戰. 파양호에서 朱元璋이 이끄는 군단과 陳友諒의 군대가 맞붙은 전투. 이 전투의 승리로 주원장은 중원 최강자의 자리에 가까워지게 되었다.

279) 志在報主(지재보주): ≪貞觀政要集論≫의 제14편 <論忠義>에서 唐仲友가 "수나라의 운명이 이미 다한 즈음에 河東의 지킴에서 굴복하지 않고 힘써 싸웠지만 天命이 결정되어 있었거늘 굴돌통이 어찌하겠는가. 집안 하인을 참수하고 아들에게 활을 쏘았으며, 병사가 패하고 힘이 다하고 나서 포로가 되었으니, 충분히 수나라에 보답한 것이다.(隋運已亡, 河東之守, 力戰不屈, 天命有歸, 通如之何? 斬家奴, 射其子, 兵敗力屈而後擒, 亦足以報隋矣.)"고 한 것을 염두에 둔 표현.

280) 忠奮射子(충분사자): 당나라 太宗이 潼關에서 屈突通과 전쟁을 벌였을 때 그의 하인을 보내어 부르자 지체없이 하인을 죽였고, 다시 그의 아들을 보내자 "내가 수나라에 등용되어서 두 황제(문제와 양제)를 모셨으니 지금은 내가 목숨을 걸고 절의를 지켜야겠다. 네가 과거에는 우리 집안의 부자관계였지만 지금은 우리 집안의 원수이다." 하면서 활을 꺼내 쏘았는데 그의 아들이 피해 도망갔다는 고사를 염두에 둔 표현. 이 고사는 吳兢이 당태종과 신하의 정치문답을 정리한 ≪貞觀政要集論≫의 제14편 <論忠義>에 나온다.

281) 陶侃(도간): 東晋의 名將. 출신이 한미하여 처음에는 縣의 관리로 시작했으나 뒤에 郡守가 되었으며, 武昌太守가 되었다. 張昌과 陳敏, 杜弢 등을 격파하고 荊州刺史에 올라 武昌에 주둔했다. 王敦의 시기를 심하게 받아 廣州刺史로 좌천되었는데, 일이 없으면 아침저녁으로 벽돌을 들면서 운동을 했다. 왕돈이 패한 뒤 형주로 돌아왔다. 蘇峻이 반란을 일으키자 京都의 수비를 하면서 소준의 목을 베고 建康을 수복했다. 그의 증손은 저명한 전원시인인 陶淵明이다.

282) 八翼已高(팔익이고): 晉나라 陶侃이 젊을 때 8개의 날개가 몸에 돋아 하늘로 날아 올라가서 하늘 대궐의 문을 통과하다 마지막 아홉 번째 문에서 문지기가 지팡이로 때리는 바람에 날개가 부러져 땅에 떨어지는 꿈을 꾼 일이 있었는데, 8州의 都督을 지내는 등 41년 동안 將相의 자리에 있으면서 8주 도독이 되어 국가의 兵權을 휘어잡고 있을 때는 몰래 왕의 자리를 엿보고 싶은 뜻이 생겼지만 그때마다 날개가 부러졌던 꿈을 생각하면서 스스로 억제하였다고 한 고사를 염두에 둔 표현.

283) 分陰猶惜(분음유석): ≪晉書≫<陶侃列傳>에 晉나라 陶侃이 항상 사람들에게 "대우는 성인인데도 촌음을 아꼈으니, 보통 사람들의 경우에는 응당 분음을 아껴야 할 것이다.(大禹聖者, 乃惜寸陰, 至於衆人, 當惜分陰.)"라고 한 데서 나온 말.

284) 寇恂(구순): 後漢의 정치가. 耿弇과 함께 劉秀에게 투항하여 偏將軍으로 임명되고 承義侯로 봉해졌다. 光武帝 때 河內·汝南 太守를 지내고 鄕校를 세워 지방자제를 교육했다. 그 후로 執金吾가 되었고, 雍奴侯로 봉해졌다.

魯肅287), 臨事不苟288)部界無廢289), 吳。

吳璘290), 制變若神敵畏如天, 南宋。

李善長291), 中書良手開國元功, 明。

岑彭292), 一任征南千艘衝西, 東漢。

---

285) 河餽不絶(하궤부절): ≪後漢書≫의 "光武帝가 즉위할 때에 군중에 식량이 급속하게 부족하였는데, 구순이 손수레와 驪駕(말 두 필이 나란히 끄는 수레)를 이용해서 운송하는 대오가 끊임없이 계속되었다.(光武卽位時, 軍食急乏, 寇恂以輦車驪駕轉輸, 前後不絶.)"는 것을 염두에 둔 표현.

286) 穎民願留(영민원유): 寇恂이 光武帝를 따라 穎川의 賊盜를 평정하고 돌아가려 하자, 백성들이 광무제에게 "원컨대 폐하께서 다시 구순을 1년간 빌리고자 하노이다.(願從陛下復借寇一年.)" 하면서 구순이 1년만 더 재임할 수 있게 해주기를 간청하였다고 한 고사를 염두에 둔 표현.

287) 魯肅(노숙): 魯나라의 정치인. 선비의 가정에서 태어났고, 어려서 부친을 여의고 조모의 손에서 성장했다. 체격이 크고 성격이 호방하며 독서를 좋아했으며 활쏘기에 능했다. 당시 천하가 크게 어지러워지고 분란이 끊이지 않자 周瑜가 魯肅에게 양식을 청하였는데, 흔쾌히 도와주었다. 노숙은 孫權에게 강동의 전략을 마련해 주었다. 曹操의 대군이 남하하자 노숙과 주유는 결사항전을 할 것을 주장하고 유비와 연합하여 赤壁에서 조조의 군대를 물리쳤다.

288) 臨事不苟(임사불구): ≪通鑑節要≫에 周瑜가 孫權에게 보내는 편지의 "노숙은 충성이 맹렬하여 일을 당하면 구차하지 않으니, 저 주유의 소임을 대신할 수 있습니다.(魯肅忠烈, 臨事不苟, 可以代瑜之任.)"는 구절에서 나온 말.

289) 部界無廢(부계무폐): ≪通鑑節要≫의 孫權이 魯肅에 대해 "그가 군대를 일으켜 싸우고 營에 주둔하여 지킬 때에 명령하면 명령이 행해지고 금하면 금하는 것이 그쳐짐을 잃지 아니하여, 部의 경계 안에 직임을 폐함으로써 죄를 지은 사람이 없고 도로에 흘린 물건도 줍지 않았으니, 그 법이 또한 아름다웠다.(然其作軍, 屯營不失, 令行禁止, 部界無廢負, 路無拾遺, 其法亦美也.)"고 논평한 것에 나온 말.

290) 吳璘(오린): 南宋 高宗 때의 명장. 金나라 군대의 침입을 막아내어 蜀 땅을 20여 년이나 지킨 인물로, 형인 吳玠와 함께 금나라에 항거한 남송의 형제 명장으로 일컬어졌다. 胡盍이 酋不祝과 연합군 5만을 이끌고 劉家圈에 주둔하자, 오린이 이들을 토벌하기를 요청하면서 疊陣法을 제시했다. 첩진이란 군사를 중첩되게 배치하여 빈틈없이 한다는 뜻으로, 전투마다 長槍을 가진 자를 맨 앞에 앉혀 일어날 수 없게 하고, 다음은 强弓을 가진 자를 세우고, 다음은 强弩를 가진 자를 무릎 꿇고서 기다리게 하고, 다음은 神臂弓을 가진 자를 세우고서 적이 100보 이내에 육박해 오면 신비궁을 먼저 발사하게 하고 70보의 거리가 되면 강궁도 함께 발사하게 하는 등의 병법이다.

291) 李善長(이선장): 明나라의 창업공신. 1354년 明太祖 朱元璋의 봉기에 참여하였으며 '인의를 행하고 약탈과 살육을 금하여 민심을 얻을 것'을 주장하여 주원장의 신임을 받았다. 주원장이 제위에 오른 후 그는 太子少師에 임명되었다. 1387년 左丞 胡惟庸의 모반 사건에 연루되어 탄핵을 받은 후 스스로 목숨을 끊었다.

292) 岑彭(잠팽): 漢明帝 때의 장수. 王莽에 벼슬하여 한나라에 대항하다가 한나라에 귀순하

陸遜293), 虢亭燒營294)荊湖泛艘, 吳。

姜維295), 豈無忠志其奈閹奸296), 東漢。

郭英, 功贊興吳297)力竭禦燕298), 明。

王濬299), 三刀叶夢300)萬斛301)成功, 晉。

여 更始將軍 劉玄에 의해 歸德侯에 봉해졌고, 광무제가 즉위하자 장군이 되어 여러 차례 공을 세워 征南大將軍 등을 지냈고 舞陰侯에 봉해졌다. 成都에 웅거하여 반란을 일으킨 公孫述을 공격하여 승승장구 진격하였는데, 彭亡이란 곳에 주둔했다가 밤에 자객의 칼에 찔려 죽었다.

293) 陸遜(육손): 吳나라의 정치가. 孫權의 형인 長沙桓王 孫策의 사위였다. 처음에 孫權의 막부에서 일해 偏將軍과 右部督에 올랐다. 어린 나이로 뛰어난 지략을 지녀 呂蒙과 함께 公安을 함락하고 關羽를 사로잡아 죽였다. 뒷날 劉備가 복수를 위해 군사를 동원했을 때도 老將들의 반대를 물리치고 침착하게 작전을 짜 촉의 40여 진지를 불살라 승리를 이끌었는데, 모두 그의 智謀에서 나왔다.

294) 虢亭燒營(괵정소영): 關羽와 張飛를 잃은 劉備가 복수심에 불타 吳나라를 공격하면서 70만 대군을 이끌고 서천에서 괵정에 이르기까지 7백리에 걸쳐 군사를 배치하자 오나라 周瑜는 상대의 약점을 간파하고 장기전으로 돌입하였는데, 이때 陸遜이 火攻으로 유비의 군대를 대패시킨 것을 일컬음.

295) 姜維(강유): 蜀漢의 무장. 諸葛亮에 의해 중용되었다. 제갈량이 죽은 후에 그 유지를 받들어 북벌을 추진하여 두 차례 큰 승리를 거두었다. 뒤에 魏나라 司馬昭가 蜀漢을 공격하자 劍閣에서 방어하였다. 이때 위나라 鍾會와 鄧艾가 본격적으로 침공하자 成都의 劉禪이 항복하게 되었고, 강유도 항복하게 되었다. 그러나 강유는 종회에게 귀순하여 그를 추켜세우며 劉禪이 항복한 후에도 蜀漢의 중흥을 시도하였다. 마침 종회도 등애를 시기하여 그를 축출하고 西蜀을 장악할 야심이 있어 강유와 손잡고 司馬昭에 대항하여 반란을 일으켰으나 내부 장수들의 모반으로 죽임을 당하고 강유 역시 이때 피살되었다.

296) 其奈閹奸(기내엄간): 諸葛亮 사후에 대장군으로서 정권을 장악한 蔣琬의 지원을 받아 위나라를 치려했으나 費禕에 의해 중단되었는데, 비의가 죽자 劉禪이 강유에게 대장군의 직책을 맡겨 위나라를 견제하게 하여 강유가 9차례 북벌을 하지만 실패하였으니, 바로 환관 黃皓의 손아귀에서 놀아난 유선의 퇴각명령 때문인 것을 염두에 둔 표현.

297) 興吳(흥오): 명나라가 南京을 중심으로 元나라에 대항해 일어선 나라인바, 남경은 建業이라고도 하는데 바로 吳나라의 수도였으니, 흥오는 새로이 나라의 기틀을 잡는다는 뜻인 듯. 명나라 초기에 중국의 정통 중심세력인 화북(황하강을 중심으로 한 중원지역)인들에 비해 항상 변방으로 괄시 받아온 남방(양자강을 중심으로 한 蜀이나 吳나라 지역)인들의 자긍심을 고취시키고자 羅貫中이 <三國志演義>을 서술하였다고도 한다.

298) 力竭禦燕(역갈어연): 명나라 惠帝의 建文 때 耿炳文과 李景隆을 따라 燕나라를 정벌한 것을 염두에 둔 표현.

299) 王濬(왕준): 西晉의 征東將軍. 생각이 개방적이고 큰 뜻을 품어 羊祜의 인정을 받았다. 巴郡太守에 오르고, 두 번 益州刺史를 지냈다. 중론을 물리치고 吳나라를 멸망시킬 것을 주장하여 龍驤將軍으로 황명을 받들어 오나라를 침공했다. 오나라 사람들이 설치해 놓은, 강을 횡단하는 쇠사슬을 불태워 끊은 뒤 바로 建康을 탈취하니, 오나라의 군주 孫皓

劉錡302), 建順昌旗303)斫拐子馬304), 南宋。

韓弘305), 累世宰相三軍都統, 唐。

鄧愈, 三千同德十六冠軍306), 明。

張飛307), 武勇無論禮士可尙308), 東漢。

薛仁貴, 單槍掃遼三箭定關309), 唐。

가 항복했다.

300) 三刀마夢(삼도협몽): 夢刀는 벼슬이 높아지거나 지방관으로 나감을 뜻하는 말. '三刀'의 '刀'는 옛날 '州' 글자인 '이(刕)'를 가리킨다. 晉나라 때 王濬이 어느 날 칼 세 자루를 들보에 걸어 놓았다가, 그날 밤 꿈에 칼 한 자루를 그 곁에 더 걸어 놓는 꿈을 꾸고는 이를 불길하게 생각하였는데, 李毅가 그 꿈을 해석하기를 "칼 세 자루는 곧 고을 주(刕) 글자인데 칼 한 자루를 더하였으니, 이는 곧 益州가 된다. 그러니 그대가 益州刺史가 될 길몽이다."라고 해몽하였다. 뒤에 왕준이 과연 익주 자사가 되었다는 고사가 있다.

301) 萬斛(만곡): 萬斛船. 일반적으로 큰 배를 뜻한다. 晉나라 때 龍驤將軍 王濬이 吳나라를 정벌하기 위하여 만든 큰 배이다. 왕준이 일찍이 武帝로부터 오나라를 정벌하라는 명을 받고 사방이 20步에 무려 2천여 명의 군사를 태울 수 있는 큰 배를 건조하여 오나라를 쳐서 크게 승리하였다.

302) 劉錡(유기): 宋高宗 초에 隴右都護로 있으면서 夏人과 싸우는 대로 승리를 거뒀으므로, 하인들이 아이가 울면 劉都護가 온다면서 달랬다고 한다. 紹興 연간에 金나라가 자랑하는 정예 군사 10만을 격파하자 금나라 군사들이 그의 깃발만 보고도 도망칠 정도였는데, 1162년 금나라 대군과 대치하던 중 병이 악화되어 물러나 있다가 울분을 참지 못한 채 피를 토하고 죽었다.

303) 建順昌旗(건순창기): 劉錡가 順昌城에서 金나라 군대와 싸워 승리를 거둔 것을 가리킴.

304) 拐子馬(괴자마): 金나라가 양익에 중장기병을 배치하여 적의 양익을 돌파하고 본대를 포위 섬멸하는 戰術.

305) 韓弘(한홍): 唐나라 憲宗 때 武臣. 헌종이 韓弘에게 吳元濟를 토벌하도록 명하였는데, 한홍은 당시 발에 병이 있었으나 병을 무릅쓰고 出征하여 평정하였다. 이때 諸軍行營都統使가 되어 군대를 통솔하여 淮西를 평정하고 그 공으로 侍中을 겸하고 許國公에 봉해졌다. 憲宗과 穆宗 연간에 재상을 역임했다.

306) 十六冠軍(십육관군): 紅巾賊이 봉기하자 鄧愈는 아버지를 따라 군사를 거느리고 元나라에 대항하다가 오래지 않아서 아버지가 전사하였는데, 이에 16세 때 등유는 병권을 이어받아 장악하고 친히 人馬를 거느려 원나라 군대와 전쟁을 할 때면 언제나 반드시 士卒보다 앞장서서 싸우면서 그 용맹함이 삼군 중에 으뜸이었던 것을 염두에 둔 표현.

307) 張飛(장비): 蜀漢의 勇將. 자는 翼德. 劉備・關羽와 함께 의형제를 맺고 후한 말기의 수많은 전쟁에서 용맹을 떨쳤다. 劉備의 익주 공략 때 큰 공을 세워 巴西太守가 되고, 유비가 제위에 오르자 車騎將軍・司隷校尉에 제수되고 西鄕侯에 봉해졌다. 吳나라를 치고자 출병했다가 부하한테 피살되었다.

308) 禮士可尙(예사가상): ≪通鑑節要≫의 "장비는 군자를 사랑하고 예우하였으나 사졸들을 돌보지 않는다.(飛愛禮君子而不恤軍人)"는 것을 염두에 둔 표현.

李愬310), 擊鴨出奇311)具韃知禮312), 唐。

石守信, 戴主效力313)釋兵優遊314), 宋。

湯和, 智勇服人功名保身, 明。

趙雲315), 豈一武夫可百執事316), 東漢。

呂蒙317), 狙攫出神318)胍腹多奇, 吳。

許褚319), 耍頑虎癡倒擲牛奔320), 魏。

---

309) 單槍掃遼三箭定關(단창소요삼전정관): 薛仁貴가 唐高宗 때 遼東, 天山 등 여러 곳의 정벌에서 큰 공을 세웠는데, 일찍이 천산에서 10여 만의 突厥族을 향하여 화살 세 발을 쏘아 잇달아 세 사람을 차례로 죽이자, 돌궐족이 기가 꺾여서 모두 항복하고는 "장군이 화살 셋으로 천산을 평정하니, 장사들은 길이 노래하며 한관을 들어가네.(將軍三箭定天山, 壯士長歌入漢關.)"라는 노래 불렀다는 고사가 전하는 것을 염두에 둔 표현.

310) 李愬(이소): 唐나라 憲宗 때의 장수. 吳元濟가 淮西 지방에서 반란을 일으키매 토벌에 나서서 반란군의 근거지인 蔡州까지 120리를 밤에 눈이 오는 틈을 타 급히 달려 닭 울 무렵 성중에 돌입하여 오원제를 사로잡았다.

311) 擊鴨出奇(격압출기): 唐나라 元和 연간에 절도사 吳元濟가 蔡州에서 반란을 일으키자, 李愬가 황제의 명을 받고 채주를 공격하였는데, 이소의 병사가 적지에 도착해 보니 채주의 城壘는 험고한 데다 밤이 되니 눈마저 펑펑 내리는지라, 이에 옆에 있는 鵝鴨池에 병사를 내어어 오리 떼를 놀라게 하고 그 울음소리를 틈타 공격하였다는 고사를 염두에 둔 표현.

312) 具韃知禮(구건지례): 신분이 고귀한 李愬가 신분에 구애치 않고 裴度를 예로써 깍듯하게 맞이한 고사를 염두에 둔 표현. 元和 연간에 蔡州의 吳元濟를 토벌한 이소가 일개 彰義節度使 배도를 맞이할 적에, 箭介를 갖추고 길 왼편에 서서 拜禮로 맞이했다. 이는 이소가, 무례한 蔡人들에게 예절을 보이기 위해서였다.

313) 戴主效力(대주효력): 北漢이 契丹의 군대를 모아 後周를 공격하자, 후주에서는 절도사 趙匡胤을 보내어 막게 하였는데, 군대가 陳橋驛에 머물 때 趙普, 石守信 등이 군사 반란을 일으켜 조광윤을 추대하여 帝位에 오르게 하고 국호를宋이라고 한 것을 염두에 둔 표현.

314) 釋兵優遊(석병우유): 송나라 태조 趙匡胤이 천하를 평정한 뒤 공신들에게 병권을 내놓고 은퇴하여 부귀나 누리라고 권하자 石守信 등 무신들이 그 제안을 받아들여 그 다음날 병권을 내놓고 물러난 고사를 염두에 둔 표현.

315) 趙雲(조운): 蜀漢의 武將. 劉備가 曹操에게 쫓겨 처자를 버리고 남으로 도망할 적에 騎將이 되어 그들을 보호하여 난을 면하게 하니, 유비가 '자룡의 일신은 모두가 담이다.(子龍一身都是膽.)'이라 평했다.

316) 百執事(백집사): 執事는 일을 담당한 자로, 백집사는 百官을 가리킴.

317) 呂蒙(여몽): 吳나라의 명장. 젊었을 때에는 매형인 鄧當에게 의탁했으나, 뒤에 孫策의 장수가 되었다. 벼슬은 別部司馬, 偏將軍, 虎威將軍, 南郡太守, 漢昌太守 등을 역임했다. 皖城을 공격하여 점령하고 濡須의 전투에서 방어를 잘하였으며, 지혜로 長沙, 零陵, 桂陽 등 三郡을 취했고, 關羽가 지켰던 荊州를 탈취하였다.

318) 狙攫出神(저확출신): ≪莊子≫<徐無鬼>의 내용을 염두에 둔 표현인 듯.

王常321), 樊革銜前威振夏西, 東漢。

馬超322), 伏波英孫戰渭雄聲, 東漢。

張遼323), 義交雲長威震孫權, 魏。

苗訓, 黑龍324)知瑞黃袍325)戴主, 宋。

徐晃326), 縱橫漢沔327)伯仲張許, 魏。

319) 許褚(허저): 삼국시대 魏나라 장수. 曹操에게 돌아가서 都尉가 되었다. 張繡 토벌에 성공한 후 校尉로 승진하였으며 이후 조조를 암살하려는 서타 등의 음모에서 조조를 구하였다. 호랑이처럼 힘이 센 반면 미련함이 있어 虎癡라는 별명으로 불렸다. 韓遂와 馬超를 동관에서 토벌할 때 마초가 기습하여오자 조조를 배에 태워 빗발치는 화살을 피하고 배를 손으로 저어 조조를 구하였다. 마초와의 항전에서 승리하고 武衛中郎將이 되었다. 明帝 때 牟平侯로 封해졌다.

320) 倒擲牛奔(도척우분): 許褚가 "한 손으로 소의 꼬리를 잡아끌면서 100여 보를 걸어가자, 적들이 경악하며 감히 소를 가져가지 못하고 도망쳤다.(一手逆曳牛尾, 行百餘步, 賊衆驚, 遂不敢取牛而走。)"라는 고사를 염두에 둔 표현.

321) 王常(왕상): 後漢 光武帝의 대장군. 王莽 말년에 왕상은 아우의 복수를 위해서 江夏로 도피했다가 綠林軍에 들어가서偏將을 맡았다. 更始帝가 즉위한 후에 廷尉, 大將軍, 南陽太守 등을 지내고, 知命侯로 봉해졌다. 갱시제가 실패한 후에 왕상은 光武帝 劉秀에게 투항하여 左曹가 되었고, 山桑侯로 봉해졌다. 그 후에 高峻을 격파하고, 羌人을 투항시키는 등의 공을 세워 橫野大將軍이 되었다.

322) 馬超(마초): 蜀漢의 武將. 伏波將軍 馬援의 10세손으로 馬騰의 아들이다. 官渡의 전투 후에 司隷校尉 鍾繇를 도와 平陽에서 袁氏와 南匈奴의 연합군을 격파했다. 뒤에 曹操에게 대항하였고, 劉備에게 투항하였다. 유비가 成都를 함락시킬 때와 漢中의 전투에 참여하여 공을 세웠다. 유비가 漢中王 때에 左將軍이 되었고, 유비가 촉한의 황제가 되었을 때에는 驃騎將軍이 되고 斄鄉侯로 봉해졌다.

323) 張遼(장요): 중국 삼국시대 魏나라 장수. 呂布를 따르다가 曹操에게 돌아갔다. 中郎將에 제수되고 관내후를 받았다. 전공이 있었고 일찍이 죽기를 무릅쓴 군사 800명으로 孫權의 10만 군을 合淝에서 쳐부순 공을 세워 征東將軍이 되고 文帝 曹丕 때 晉陽侯에 봉해졌다.

324) 黑龍(흑룡): 驪龍.

325) 黃袍(황포): 황색의 도포. 천자가 입는 옷이다.

326) 徐晃(서황): 중국 삼국시대 魏나라 장수. 楊奉을 섬기던 군郡 관리로, 騎都尉에 임명되었다가 이후 양봉과 결별하고 曹操에게 귀순하였다. 袁紹와의 전투에서 劉備, 顏良, 文醜를 격파하고 원소의 병량 수송대를 공격하는 등 많은 전투에서 공적을 쌓았다. 荊州 정벌에서 황건적을 토벌하였고 漢津에서 關羽를 격파하고, 江陵에서 周瑜와 싸워 승리하였다. 韓遂와 馬超 반란 때에는 마초 등을 패퇴시키고 梁興과 張魯를 토벌하여 平寇將軍으로 임명되었다. 이후 夏候惇과 漢中 평정 후 陽平에 머물던 중 蜀의 병사들이 馬鳴閣 가도를 차단하자 서황은 別軍만으로 이들을 물리쳤고, 조조는 이에 기뻐하며 군사지휘권을 서황에게 위임하였다. 조조의 신뢰를 받았던 명장이었으며 曹丕시대에는 右將軍

來歙(328), 仗節折隗(329)抽刀責馬(330), 東漢。

甘寧(331), 雙練登城(332)百騎劫營(333), 吳。

王全斌, 廉雖遜曹功則平蜀, 宋。

王霸(334), 詭氷安衆(335)招市斬叛(336), 東漢。

逯鄕侯을 거쳐 楊侯로 승진하였다. 明帝 때는 諸葛瑾을 패퇴시켰다.

327) 漢沔(한면): 漢水와 沔水. 한수는 섬서성 寧强縣에서 발원하여 호북성을 관류하는 양자강의 지류이고, 면수는 섬서성 留壩에서 발원한 한수의 지류이다.

328) 來歙(내흡): 漢나라 明帝 때의 장수. 岑彭과 함께 公孫述을 치려다가 도리어 그의 자객에게 살해당했다.

329) 隗(외): 隗囂. 젊어서 州郡에서 벼슬했다. 王莽 말에 고향 호족들의 옹립을 받아 거병하여 隴西를 거점으로 활동했다. 처음에는 劉玄에게 귀순했는데, 얼마 뒤 西州上將軍이라 자칭했다. 나중에 光武帝에게 귀순했다가 다시 반란을 일으켜 公孫述에게 붙었다. 그러나 여러 차례 한나라 군대에 패하고 억울한 심사를 견디지 못해 죽었다.

330) 抽刀責馬(추인책마): 來歙이 자객에게 찔리고 스스로 表를 써서 올리고 나서 붓을 던지고 칼날을 뽑아 죽었는데, 劉秀는 馬城에게 임시로 그의 직책을 대행하도록 하고 자신은 내흡의 장례를 성대히 치르며 몸소 상복을 입고 조문에 참석했다고 한 고사를 염두에 둔 표현. 馬成은 원래 王莽 정권의 縣吏였는데, 뒤에 유수에게 투항했다. 유수가 王郎, 劉永, 李憲, 隗囂, 公孫述 등의 세력을 소멸할 때에 공을 세워 揚武將軍이 되었으며, 平舒侯, 全椒侯로 봉해졌다. 雲臺 28將 중의 한 사람이다.

331) 甘寧(감녕): 중국 삼국시대 吳나라 孫權의 장수. 원래 장강의 도적으로 악명을 떨쳤는데, 劉表와 黃祖에게 의지하다 손권에게 귀순했다. 황조를 격파하고 그 무리들을 모두 노획했다. 周瑜를 따라 曹操에 항거하여 曹仁을 공격했다. 河口 싸움에서 凌操를 쏘아 죽인 일이 있었기 때문에 그 아들 凌通과 원수지간이 되었다. 뒤에 조조와의 싸움에서 능통이 낙마했을 때 적장 樂進의 얼굴을 쏘아 맞혀 생명을 구해 준 일 때문에 화해했다. 魯肅을 따라 益陽을 지키면서 關羽와 대치했다. 徐陵太守折衝將軍에 올랐다. 손권이 아끼고 자랑했던 맹장으로 조조의 남침을 濡須에서 맞았을 때는 불과 백 명의 기병으로 적의 군영을 기습하여 위나라의 진중을 무인지경으로 휩쓸었다. 劉備가 관우의 원수를 갚으려고 오나라로 공격해 왔을 때 병을 무릅쓰고 손권을 따라 종군하여 合肥를 공격했다가 沙摩柯가 쏜 화살에 맞아 죽었다.

332) 雙練登城(쌍련등성): 甘寧은 皖縣 공격에 참가해 升城督으로 임명되었는데, 손에 쇠사슬을 들고서 쏟아지는 화살과 돌을 무릅쓰고 성위에 올라가(甘寧手執鐵練, 冒矢石而上) 장사들의 선봉이 되어 결국은 朱光을 격파하고 포로로 잡았으니, 공로로 보자면 呂蒙이 가장 컸고 감녕이 그 다음이어서 折衝將軍으로 제수된 것을 염두에 둔 표현.

333) 百騎劫營(백기겁영): 甘寧이 濡須에서 曹操의 40만 대군과 대치할 때 용감한 병사 100명 정도를 선발해 조조군에 기습을 가해 혼란을 일으킨 후 크게 승리한 것을 일컬음.

334) 王霸(왕패): 後漢의 名將. 성품이 법률을 좋아하여 처음에는 監獄官이 되었다가 光武帝가 穎陽을 지날 때에 투항하였다. 광무제를 따라 王尋과 王邑을 공격할 때에 공을 세웠다. 大司馬가 되었고, 그 후에 功曹令史, 偏將軍, 討虜將軍, 上穀太守 등을 역임하고, 淮陵侯로 봉해졌다.

黃忠337), 能以一卒並列五將338), 東漢。

史萬歲339), 弱稱騎將340)亮許勝我341), 隋。

李孝恭342), 關西從義江南剪寇, 唐。

典韋343), 雙戟如飛萬人俱靡, 魏。

---

335) 詭氷安衆(궤빙안중): 王郎의 추격병에 쫓긴 劉秀와 그 수하 막료들은 거센 호타하 강변에 막혔는데, 강물이 아직 얼지도 않았고 배도 보이지 않는다고 척후병이 보고하자, 유수는 王霸에게 살펴보라고 하니 왕패가 강물에는 작은 얼음덩이만 떠다녔으나 강물이 이미 얼었다고 속였지만 유수 일행이 강변에 도착했을 때 진짜 강물이 얼어 있어서 겨우 건널 수 있었다는 고사를 염두에 둔 표현.

336) 招市斬叛(소시참반): 王霸가 劉秀의 명으로 시중에 나가서 군사를 소집하여 우여곡절 끝에 반란자 王郎의 목을 베고 그의 璽綬를 빼앗아 그 공으로 다시 王鄕侯에 봉해진 것을 염두에 둔 표현.

337) 黃忠(황충): 蜀漢의 武將. 본래 劉表의 부하로 中郎將을 지냈는데, 후에 劉備에게 투항했다. 더불어 유비를 도와 益州의 劉璋을 공격하기도 했다. 定軍山에서 曹操의 부하인 夏侯淵을 참수하여 征西將軍이 되었고, 그 후에 後將軍, 關內侯로 봉해졌다. 關羽, 張飛, 馬超, 趙雲과 더불어 촉한의 '五虎將軍'으로 일컬어진다.

338) 能以一卒並列五將(능이일졸병렬오장): 劉備가 漢中王에 오르면서 관운장, 장비, 조자룡, 마초, 황충을 五虎大將軍에 명하자, 관운장이 "대장부가 어찌 늙은 졸개와 한자리에 설 수 있으랴.(大丈夫終不與老卒爲伍.)"고 불만을 토로한 말을 염두에 둔 표현.

339) 史萬歲(사만세): 隋나라 장수. 수나라에 들어 爾朱勣이 모반을 꾀하다 주살되자 그에게까지 영향이 미쳐 除名되고 敦煌에 戍卒로 유배갔다. 竇榮이 돌궐을 공격할 때 참가해 돌궐의 장수를 목 베어 돌궐이 놀라 달아나자, 이 일로 명성을 떨쳤다. 文帝 때 돌궐의 達頭可汗이 변경을 침범하자 나가 토벌했는데, 그의 이름을 듣고는 두려워 달아나니 추적하여 대파했다. 나중에 楊素가 그의 공을 시기하여 참언을 하여 피살되었다.

340) 弱稱騎將(필칭기장): 賀若弼이 "사만세는 기병의 장수이지 대장이 아니다.(史萬歲是騎將, 非大將.)"라고 한 것을 일컫는 말.

341) 亮許勝我(양허승아): 隋나라 行軍摠管 史萬歲가 南寧 蠻夷 爨翫의 반란을 평정하던 도중에 諸葛亮의 공적을 기록한 비석을 보았는데, 그 뒷면에 "만세 뒤에 나보다 나은 자가 여기를 지나갈 것이다.(萬歲後, 勝我者過此.)"라고 새겨 있자, 이에 사만세가 좌우로 하여금 그 비석을 쓰러뜨리고 진격하게 했다는 기록이 전하는 것을 염두에 둔 표현.

342) 李孝恭(이효공): 唐나라 황실의 종친. 高祖 李淵의 조카다. 蕭銑을 격파하고 輔公祏을 잡아 江南을 평정하는 데 큰 공을 세워 荊州大總管과 揚州大都督이 되었다. 뒤에 河間郡王으로 책봉되었다. 성격이 호탕하고 사치를 좋아해 잔치를 거듭 열었지만, 관대하고 아량이 있으며 겸양의 미덕도 갖추어 교만하거나 자랑하는 기색이 전혀 없었다.

343) 典韋(전위): 중국 삼국시대 魏나라 장수. 張邈, 夏侯惇의 휘하에 있으면서 공을 세워 司馬가 되었다. 曹操의 경호를 담당하여 조조가 呂布를 쳤을 때 포위되었는데, 그가 힘껏 싸워 포위를 뚫어 校尉로 승진했다. 宛城에서 조조가 죽은 張濟의 아내 鄒氏를 후궁으로 삼은 것에 반발하여 張繡가 조조의 진영을 夜襲하자 이를 막으려다가 창에 찔려 전사했다. 큰 雙戟과 大刀 등을 잘 가지고 다녔으므로, 군중에서 "휘하에 장사 전군이 있

秦叔寶344), 天策統軍345)烟閣功臣346), 唐。

臧宮347), 咸陽摧岑348)伊吾鳴劒, 東漢。

張郃349), 勇奮再拒350)聲震一舍, 魏。

殷開山, 業贊化家351)功高畫閣, 唐。

나니, 80근짜리 쌍극을 들고 다닌다네.(帳下壯士有典君, 提一雙戟八十斤.)"라고 칭했다.

344) 秦叔寶(진숙보): 叔寶는 秦瓊의 자. 隋末唐初 시기의 名將. 처음에 수나라 장수였고, 來護 兒, 張須陀, 裴仁基의 막하에 있었다. 후에 배인기가 瓦崗의 李密에게 투항하고, 또 다시 王世充에게 투항하였는데, 왕세충의 인간됨이 사악한 것을 알고, 최후에 程咬金 등과 함께 당나라에 투항하였다. 李世民을 따라 전쟁터를 다니면서 큰 공을 세웠다. 벼슬은 左武衛大將軍에 이르렀고, 翼國公, 胡國公에 봉해졌다.

345) 天策統軍(천책통군): 唐高祖로부터 李世民이 받은 官號.

346) 烟閣功臣(연각공신): 烟閣은 중국 長安에 있던 전각 凌煙閣. 唐太宗 때 杜如晦・魏徵・房 玄齡등 功臣 24명의 초상을 걸어두었던 곳으로, 麒麟閣과 함께 功臣閣을 대표하는 말로 쓰인다.

347) 臧宮(장궁): 後漢 光武帝 때의 무신. 본래 작은 벼슬아치였으나 農民軍에 참가한 후에 劉 秀에게 투항했다. 輔威將軍이 되어 광무제 유수를 따라 蜀지방을 정벌하는 데 공을 세 웠다. 그 뒤에 흉노족이 쇠약해지자 상소를 올려 쇠약해진 틈을 타서 쳐야 한다고 하 면서 군사를 내어 주면 일거에 섬멸시키겠다고 하였으나, 광무제가 받아들이지 않았다. 그때 장궁의 모습을 "장궁과 마무의 무리들은 우는 검을 어루만지며 손바닥을 쳤으며, 뜻은 이오의 북쪽을 향해 달리고 있었다.(臧宮馬武之徒, 撫鳴劒而抵掌, 志馳於伊吾之北 矣.)"라고 묘사하였다. 이는 변방에 가서 공훈을 세우려는 의지를 표시하는 뜻으로 사 용되었다.

348) 岑(잠): 公孫述의 장수 延岑을 가리킴. 臧宮이 沈水에서 연잠을 물리쳐 그가 成都로 도망 치자, 그의 휘하병사들이 모두 투항했고 또 그의 군마와 보물들을 모두 포획한 바 있다.

349) 張郃(장합): 중국 삼국시대 魏나라 장수. 陣法에 능했다. 원래 袁紹의 부장이었다. 官渡대 전 중에 曹操가 군사를 거느리고 원소 군의 양식을 모아두는 烏巢를 습격하자 병사를 이끌고 가 구원하겠다고 자청했지만, 원소는 도리어 郭圖의 계책을 채용하여 高覽과 함 께 조조의 군영을 공격하라고 했다. 이 전투에서 패하고 곽도의 참언을 듣게 되자 마 침내 조조에게 항복했다. 偏將軍에 임명되고, 都亭侯에 봉해졌다. 이후 여러 차례 출정 했는데 싸움에 용맹하여 조조의 신임을 얻었다. 魏文帝 때 左將軍 등을 역임하고, 鄭侯 에 봉해졌다. 諸葛亮이 북벌했을 때 여러 번 촉나라 군과 대치했다. 제갈량이 祁山에서 퇴각하자 군사를 이끌고 추격했지만 木門에서 복병을 만나 화살을 맞고 죽었다.

350) 勇奮再拒(용분재거): 諸葛亮의 1차 북벌 때 街亭에서 馬謖을 격파하고, 3차 북벌 때에 南 鄭(주: 漢中)에서 제갈량을 물러나게 하여 張郃이 征西車騎將軍에 임명된 것을 일컫는 듯.

351) 業贊化家(업찬화가): 化家는 집을 나라로 바꾸었다는 말로, 나라 세웠음을 일컬음. ≪童 蒙先習≫에 "당나라 고조와 태종이 수나라의 왕실이 어지러운 것을 틈타 집을 변화시 켜 나라로 만드니 역년이 3백년이었다.(唐高祖太宗乘隋室亂, 化家爲國, 歷年三百.)"에서 보인다. 業贊化家는 나라 세우는 것을 도왔다는 의미이다.

李漢超³⁵²⁾, 閩南鎭³⁵³⁾守塞北廓淸, 宋。

程知節³⁵⁴⁾, 斂金神勇仙李³⁵⁵⁾元勳, 唐。

楊沂中³⁵⁶⁾, 十年殿巖³⁵⁷⁾一視郭令³⁵⁸⁾, 南宋。

太史慈³⁵⁹⁾, 義報文擧³⁶⁰⁾勇鬪伯符³⁶¹⁾, 吳。

---

352) 李漢超(이한초): 宋나라 초에 關南兵馬都監이 되었고, 太宗 때에는 應州觀察使가 되었다. 關南郡을 지킨 지가 8,9년이 되었는데, 모두 그 직에 있는 세월을 장구하게 하여 군사와 일반 백성이 평소부터 그를 믿고 있어 이웃 도적의 근심을 그치게 하였다고 한다.

353) 閩南(민남): 關南의 오기. 중국 河北省 雄縣 일대.

354) 程知節(정지절): 唐나라 초기 武將. 본명은 咬金이다. 말 타기에 능했고 긴 창을 능숙하게 다뤘다. 隋나라 말기에 중국 천하가 어지러워지자 瓦崗軍에 있다가 王世充에 투항하였고 다시 唐나라에 귀순했다. 唐太宗 李世民을 따라 宋金剛을 격파하고, 竇建德을 사로잡고 王世充을 투항시키는데 공을 세워 宿國公에 봉해졌다. 凌煙閣 24將 중 한 사람이다.

355) 仙李(선리): 李氏 성을 지닌 걸출한 인물을 가리키는 말로, 당나라를 가리킴. 老子가 李樹 아래에서 태어나서 성을 李로 했다는 전설이 있는데, 당나라 왕실에서 노자의 후손이라고 자처하였으므로 그 종족을 선리라고 지칭한 데에서 유래하였다. 杜甫의 시에 "선리의 서린 뿌리 크기도 하여, 걸출한 후손들 대대로 빛났어라.(仙李蟠根大, 猗蘭奕葉光.)"라는 구절이 있다.

356) 楊沂中(양기중): 南宋의 名將. 宋高宗 趙構가 이름을 내려 楊存中이라고도 한다. 어려서부터 총명하고 힘이 세었다. 孫吳兵法을 배우고 騎射에 능하였다. 岳飛, 韓世忠, 劉錡 등 9명과 이름을 나란히 하여 南渡十將으로 불렸고, 동시에 남송 황제 조구가 가장 신임하는 猛將이어서 南宋御前의 제일 맹장으로 여겼다.

357) 十年殿巖(십년전암): 殿巖은 천자의 숙소를 일컫는바, 十年殿巖은 楊沂中이 御前右軍統領, 文州防禦使, 御前中軍統制 등을 지낸 것을 염두에 둔 표현인 듯.

358) 郭令(곽령): 세상에서 郭汾陽 혹은 郭令公으로 일컬어진 당나라의 명장 郭子儀를 가리킴. 宋高宗 趙構가 양존중을 두고 "양존중은 명에 따라 동서로 다니면서 보인 충성이 둘도 없으니, 짐의 곽자의이다.(楊存中唯命東西, 忠無與二, 朕之郭子儀也.)"라 하였다.

359) 太史慈(태사자): 중국 후한 말기의 孫策 휘하의 무장. 담력과 식견이 보통 사람을 능가하였으며 날쌔고 용감하여 싸움을 잘했으며, 궁술로 이름이 높았다. 北海太守(주: 北海相) 孔融이 포위되었을 때, 그는 단기로 포위망을 뚫고 들어가 공융을 만나고, 다시 포위망을 뚫고 나와 劉備에게 구원을 요청하여 마침내 북해의 위기를 해소한다. 후에 揚州刺史 劉繇를 따른다. 손책이 유요를 공격하자, 그는 손책과 큰 싸움을 벌인다. 유요가 패한 뒤, 그는 涇縣을 지키다 사로잡힌다. 손책이 깍듯한 예의로 대하자 마침내 항복한다. 그러고는 東吳의 용장이 되어 수차에 걸쳐 전공을 세운다. 赤壁大戰 후에 孫權을 따라 合肥를 공격한다. 그러나 전투에 패하고 화살에 맞아 중상을 입은 채 죽음을 맞이한다.

360) 義報文擧(의보문거): 東晉의 虞溥가 쓴 <江表傳>에 의하면, 孫策이 太史慈에게 "듣기로 경은 옛날에 東萊郡 太守를 위해 靑州의 장을 빼앗고 文擧(주: 孔融)을 위해 玄德(주: 劉備)에게 원군을 요청하였으니, 모두 의리가 있고 천하의 지혜로운 선비인데 다만 몸을 맡길 만한 사람을 아직 찾지 못했을 뿐입니다.(聞卿昔爲太守劫州章, 赴文擧, 請詣玄德, 皆有烈義, 天下智士也, 但所託未得其人.)"한 것을 염두에 둔 표현.

鄧艾362), 才捷對鳳363)計苦貫魚364), 魏。

關興365), 虎父之子龍驤之將, 東漢。

張苞366), 勇追鷰頷367)位居虎翼368), 東漢。

李道宗369), 江夏親王唐興名將, 唐。

薛萬徹370), 戰必大勝哀爲名將, 唐。

---

361) 伯符(백부): 孫策의 자.

362) 鄧艾(등애): 魏나라 名將. 司馬懿의 인정을 받아 尙書郎이 되고, 鎭西將軍으로서 鍾會와 더불어 蜀漢을 공격하여 成都를 함락시키고 촉한을 멸하는데 지대한 공을 세웠다. 후에 종회의 모함과 司馬昭의 시기로 인하여 압송되고, 최후에는 아들인 鄧忠과 함께 武將 田續에게 살해당했다.

363) 才捷對鳳(재첩대봉): 鄧艾는 말을 더듬으면서 艾艾라고 몇 번씩 반복하곤 하였는데, 晉文 王 司馬昭가 "경은 애애라고 하니, 애가 과연 몇이나 되는가.(卿云艾艾, 定是幾艾?)"라고 놀리니, 등애가 "(논어에서) '봉이여 봉이여.'라고 반복하지만, 원래 하나의 봉일 뿐입 니다.(鳳兮鳳兮, 故是一鳳.)"라고 대답한 고사를 염두에 둔 표현.

364) 計苦貫魚(계고관어): 삼국시대 魏나라 鄧艾가 대군을 일으켜 蜀을 정벌할 적에 인적이 끊어진 陰平의 험한 산길을 한겨울에 넘어가서 蜀將 諸葛瞻의 목을 베고 成都로 들어갔 는데, 이때 "등애 자신이 담요로 몸을 감싸고 험한 길을 뒹굴어 내려오는가 하면, 군사 들이 모두 나뭇가지를 부여잡고 벼랑길을 따라가며 마치 물고기를 한 줄로 꿰듯 한 사 람씩 지나갔다.(艾以氈自裹, 推轉而下, 將士皆攀木緣崖, 魚貫而進.)"라는 기록을 염두에 둔 표현. 苦는 若의 오기이다.

365) 關興(관흥): 삼국시대 蜀나라 장수. 關羽의 아들. 자는 安國. 諸葛亮과 북벌을 하면서 많 은 공적을 세웠고, 그의 충성과 용기는 관우에 못지않아 제갈량이 중용했다고 한다. 벼 슬은 龍驤將軍, 侍中, 中監軍 등을 지냈다. 부친 관우의 漢壽亭侯 작위를 계승했으나, 제 갈량의 6차 북벌 때 병으로 죽었다.

366) 張苞(장포): 삼국시대 蜀나라 장수. 張飛의 아들. 남동생은 張紹이고, 두 여동생은 劉備의 아들인 後主 劉禪의 황후가 되었다. 아들로 張遵이 있다. 유비가 關羽의 아들 關興과 함 께 둘을 좌우에 데리고 다니며 고락을 같이했고, 諸葛亮도 그를 중하게 썼다고 한다.

367) 鷰頷(연함): ≪三國志演義≫에서 張飛의 모습에 대해 "신장 8척, 표범과 같은 거친 머리 에 부리부리한 눈동자, 하관이 넓은 턱에는 호랑이 수염, 목소리는 우레와 같았고 기세 는 사나운 말과 같았다.(身長八尺, 豹頭環眼, 燕頷虎鬚, 聲若巨雷, 勢如奔馬.)"라고 표현된 것을 염두에 둔 표현.

368) 虎翼(호익): ≪三國志演義≫에서 장포가 맡았다고 한 직책. 그러나 동한 삼국시대에는 이러한 장군 명칭이 없었다고 한다.

369) 李道宗(이도종): 唐高祖 李淵의 조카이자 唐太宗 李世民의 4촌동생. 江夏王으로 책봉되었 고 禮部尙書가 되었으며, 641년 文成公主를 호위해 혼례 행렬을 이끌고 토번으로 향했 다. 李世勣·薛萬徹과 이름을 나란히 한 명장이었다.

370) 薛萬徹(설만철): 唐高祖 李淵의 16녀 丹陽公主의 부마도위. 본래 燉煌 사람으로 唐에 귀 화하였다. 突厥 頡利可汗을 쳐서 공을 세우고 648년에 이르러 고구려 공격에 가담하였

王平371), 街亭全軍372)成固373)却敵, 東漢。

紀信, 黃屋炳節374)草靈遺香, 漢。

張翼375), 剛爲夷憚名不祖忝, 東漢。

徐盛376), 恥君臣魏377)束葦拒曹, 吳。

關平378), 明君之臣乃父之子, 東漢。

다. 반역의 혐의로 처형되었다.

371) 王平(왕평): 삼국시대 蜀漢의 武將. 본래 曹操의 부하였으나 후에 劉備에게 투항했다. 諸葛亮이 처음 북벌할 때에 馬謖과 더불어 街亭을 수비했다. 그 후에 제갈량에게 중용되어 여러 차례 북벌전투에 참여했다. 제갈량이 죽은 뒤에는 漢中을 수비했으며 曹爽의 10만 大軍을 격퇴시키기도 했다. 벼슬은 鎭北大將軍, 漢中太守를 지냈고, 安漢侯로 봉해졌다.

372) 全軍(전군): 싸우지 않고 계책을 써서 적군 전체에게 완전히 항복받는 것을 말함. ≪孫子≫ <謀功>에 "전군이 최상이요, 군대를 격파하는 것이 그다음이다.(全軍爲上, 破軍次之.)"라는 말이 나오는데, 그 註에 "적의 城邑을 항복받아 我軍이 다치지 않게 하는 것을 말한다." 하였다.

373) 成固(성고): 지금의 陝西省 漢中市 成固縣.

374) 黃屋炳節(황옥병절): 紀信은 楚나라에 의해 滎陽이 함락되려 하자 劉邦의 모습으로 위장하여 초나라 項羽의 군대를 속였는데, 黃屋車를 타고 左纛을 붙이고서 "식량이 떨어져 한왕은 항복한다"며 소리친 고사를 염두에 둔 표현. 黃屋車는 노란색 비단으로 덮개를 한 수레이며, 左纛은 천자의 수레 왼쪽에 꽂던 깃발이다. 기신은 항우에 의해 불타 죽었다.

375) 張翼(장익): 삼국시대 蜀나라 장수. 前漢 張良의 후손이다. 원래 劉璋의 부장이었는데, 나중에 劉備가 益州를 점령했을 때 귀순했다. 書佐에 오르고 蜀郡太守로 옮겼다. 유비가 오나라를 공격할 때 中軍護衛로 삼았고, 나중에 제갈량을 수행하여 남정했다. 제갈량이 북벌할 때 前軍都督으로 삼았고, 扶風太守의 벼슬을 내렸다. 제갈량이 죽고 征西大將軍으로 벼슬이 승진되었다.

376) 徐盛(서성): 삼국시대 吳나라 장수. 劉表의 부하였으며 지략이 뛰어나 적은 병력으로도 많은 전공을 올렸다. 黃祖의 아들 黃射가 수천 명의 병사를 이끌고 쳐들어올 때 겨우 몇 백 명의 병사로 싸워 이겼다. 이후 孫權에게 발탁되어 신임을 받았다. 曹操가 대군을 이끌고 濡須로 공격해오자 부장으로 용맹하게 싸웠으며 蜀나라 劉備군과의 전투에서도 공적을 쌓아 安東將軍이 되었다. 曹丕가 오나라로 쳐들어오자 가짜 성벽을 쌓아 속이고 위나라 군사를 물리쳤다.

377) 恥君臣魏(치군신위): 魏의 黃初 2년 위나라 사신으로 吳나라에 간 邢貞이 오나라의 宮門에서 수레에 내리지 않고 들어가자 張昭·徐盛이 그를 수레에서 내리게 하여 오나라의 체면을 유지한 고사를 염두에 둔 표현.

378) 關平(관평): 삼국시대 蜀나라 장수. 평생 아버지 關羽를 따르며 전장을 누볐다. 부친을 따라 樊城에 주둔하고 있는 曹操軍을 공격하다 후방에서 공격해온 吳나라 孫權의 습격을 받고 麥城으로 달아났다. 그곳에서 포위되어 劉封과 孟達의 도움을 요청했지만 거절

岳雲379), 愛我鵬擧380)有此虎子, 南宋。

夏侯惇, 啖睛烈氣381)固阿良策382), 魏。

程普383), 誠深爲權年長侮瑜384), 吳。

嚴顔385), 喩虎先鑑386)斬韓387)神勇, 東漢。

당했고, 맥성을 탈출하다 오나라 장수 呂蒙에게 생포되어 부친 관우와 함께 참살되었다.

379) 岳雲(악운): 南宋의 武將. 岳飛의 장자이다. 벼슬은 武翼郞, 左武大夫, 忠州防禦使 등을 지냈다. 1142년 부친 악비, 張憲과 함께 무고한 누명을 쓰고 살해되었다. 그때의 나이가 23세였다.

380) 鵬擧(붕거): 岳飛의 자. 愛我鵬擧는 악비가 쓴 諸葛亮의 <前出師表> 글씨가 있는 것을 염두에 둔 표현인 듯.

381) 啖睛烈氣(담정열기): 夏侯惇이 曹操를 따라 呂布를 정벌하다 화살을 맞아 그만 왼쪽 눈을 잃었는데, ≪三國志演義≫에서 화살과 함께 눈알을 빼낸 뒤 "이 눈은 부모한테서 물려받은 것이니 버릴 수 없다"고 말하며 집어삼킨 것(父精母血, 不可棄也! 遂納於觀內啖之.)으로 나오는 것을 염두에 둔 표현.

382) 固阿良策(고아양책): 陳留와 濟陰의 太守가 된 夏侯惇은 太壽水에 제방을 쌓아 물이 넘치는 땅에 백성들이 벼를 심도록 격려하고 몸소 벼 심기에도 참여하였는데, 부하들에게 재물을 나눠주고 자신은 조금만 가지는 습관 덕에 관대하다는 명성을 얻었다는 고사를 염두에 둔 표현.

383) 程普(정보): 후한 말기 吳나라 장수. 孫堅을 따라 部將으로 있으면서 黃巾軍을 진압하고 董卓을 격파했다. 나중에 孫策을 따라 전투에서 공을 세우고, 吳郡都尉와 零陵太守를 지냈다. 손책이 죽은 뒤 張昭 등과 孫權을 섬겼다. 208년 周瑜와 함께 赤壁에서 曹操의 군대를 대파했다. 다시 南郡으로 진군해서 曹仁을 내몰았다. 蕩寇將軍을 지냈고, 江夏太守까지 올랐다. 병사했다.

384) 年長侮瑜(연장모유): 吳나라 程普가 周瑜보다 나이가 많다는 이유로 자주 능멸하고 업신여겼으나, 그때마다 주유가 겸손하게 자세를 낮추면서 끝내 다투려 하지 않자(程普頗以年長, 數陵侮瑜, 瑜折節下之, 終不與校), 정보가 결국에는 존경하며 심복하게 되었다는 내용이, "주공근과 사귀다 보면 마치 전국술을 마신 것처럼 나도 모르게 절로 훈훈하게 취해 온다.(與周公瑾交, 若飮醇醪, 不覺自醉.)"라고 한 <周瑜傳>의 裴松之 注에 함께 나오는 것을 염두에 둔 표현.

385) 嚴顔(엄안): 東漢시대 말기의 武將. 처음에 劉璋의 부하로 있으면서 巴郡太守를 지냈다. 후에 劉備가 江州를 공략할 때 포로가 되었다. 이때 張飛가 투항을 권유했지만 죽음을 무릅쓰고 거절하자 장비가 그의 용기에 감탄하여 賓客으로 대접했다고 한다. 유비가 益州牧이 되고난 뒤 前將軍으로 삼았다. 뒷날 黃忠을 도와 曹操의 대장 張郃과 싸워 연패시켰다.

386) 喩虎先鑑(유호선감): 劉璋이 張松 등의 말을 듣고 劉備를 益州로 불러들였을 때, 嚴顔이 산에 호랑이를 놓고 스스로를 지키는 것과 마찬가지라고 탄식했다는 고사를 염두에 둔 표현인 듯.

387) 斬韓(참한): 韓浩를 참살하다인 듯. 그러나 한호는 黃忠에게 참살 당했고, 夏侯德은 嚴顔에게 참살 당했다.

韓當388), 赤壁辨聲389)烏林390)揚武, 吳。

丁奉391), 雪中短兵水裡長技392), 吳。

魏延393), 以若神勇胡有反骨394), 東漢。

李光顔395), 義還汙姝396)勇縛淮酋397), 唐。

---

388) 韓當(한당): 삼국시대 吳나라 장수. 孫堅부터 孫策·孫權 형제까지 대를 이어 섬겼으며, 손권이 吳王의 자리에 오른 뒤에 昭武將軍 등을 지냈다. 中郞將으로 임명된 한당은 208 년 赤壁의 전투에서 周瑜와 함께 曹操의 군대를 무찔렀고, 219년에는 呂蒙과 함께 南郡 (주: 江陵)을 기습하여 점령했다. 그 뒤 偏將軍으로 승진한 한당은 永昌太守를 겸했다. 蜀나라가 오나라를 침공해왔을 때에는 陸遜·朱然 등과 함께 涿鄕에서 촉나라 군대에 큰 승리를 거두어 威烈將軍으로 임명되고 都亭侯로 봉해졌다. 魏나라의 曹眞이 남군을 침공해왔을 때에는 성의 동남부를 방어를 맡았다.

389) 赤壁辨聲(적벽변성): 赤壁의 전투 중에, 黃蓋가 流矢에 맞아서 차가운 날씨에 물속으로 추락하였다가 오나라 군대에 의해 구해졌지만 황개인 줄 몰라 측간에 두어지자 자기 힘으로 큰 소리를 내어 韓當을 부르니, 한당이 이를 듣고 황개의 소리임을 알았다는 고 사을 염두에 둔 표현.

390) 烏林(오림): 삼국시대 邢州 長沙郡 蒲圻縣의 長江 북쪽 기슭에 있었던 지명. 赤壁大戰에서 몰살한 83만 曹操軍의 무덤이 된 곳이다. 오늘날의 湖北省 洪湖縣 동북쪽의 장강 북쪽 기슭에 있는 烏林磯가 그곳이다.

391) 丁奉(정봉): 삼국시대 吳나라 장수. 孫權에서 孫皓에 이르기까지 4대에 걸친 임금을 섬 겼으며, 오나라의 大將軍과 大司馬를 역임하였다. 동생인 丁封도 오나라에서 後將軍을 지냈다. 눈 속에서의 短兵接戰으로 특히 유명하다. 단병접전은 창이나 칼 따위의 단병 을 가지고 가까이 가서 육박하는 싸움이다.

392) 水裡長技(수리장기): 252년 12월 魏나라가 대군을 일으켜 東興을 공격해오자, 丁奉이 諸 葛恪을 따라 참전해 위군 진영에 대한 기습을 성공하여 韓綜을 벨 때 당시 북풍이 불고 있었는데도 돛을 달고 이틀만에 도착하여 끝내 徐塘을 점령한 것을 염두에 둔 표현.

393) 魏延(위연): 삼국시대 蜀漢의 명장. 劉表의 휘하에서 장수로 있다가 태수 韓玄을 죽이고 劉備에게 항복하고 黃忠과 함께 蜀漢의 무장이 되어 여러 전장을 다니며 공적을 쌓았다. 牙門將軍이 되었다가 유비가 황제에 오르자 鎭北將軍이 되어 漢中太守가 되었다. 용맹이 뛰어나고 장수로서의 역량이 뛰어나 제갈량은 일선에 그를 세워 활용하였으며 유비도 위연의 능력을 신임하였다. 그러나 자부심이 강하고 오만하여 남들이 기피하였다.

394) 以若神勇胡有反骨(이약신용호유반골): ≪三國志≫에 인용된 <魏略>의 기록에 따르면, 諸 葛亮이 북벌을 나설 때 魏延 자신이 정예병 5천을 데리고 長安(주: 현 西安)을 공략하겠 다는 子午谷 계책을 제시하였으나 제갈량이 받아들이지 않자, 그는 반골 기질에 功을 다투는 성격이라 제갈량의 꼼꼼한 정책에 상당히 비판적이었다는 고사를 염두에 둔 표 현. 위연은 병사를 훈련시키는 데 소질이 있었고 남다른 용맹함을 가진 장수였다.

395) 李光顔(이광안): 唐나라 憲宗 때의 장수. 자질이 군세고 강건해서 전투에서 공을 세워 御 史大夫에 올랐다. 代州와 洺州의 刺史를 지냈다. 憲宗이 蔡를 토벌할 때 忠武軍節度使로 발탁되었다. 이어 檢校尙書左僕射가 되었다. 李師道를 토벌해 義成節度使로 옮겼다. 穆宗 이 즉위하자 同中書門下平章事가 더해졌다. 敬宗 초에 司徒와 河東節度使를 지냈다.

南霽雲398), 嚙指精忠399)射塔烈氣400), 唐。

雷萬春401), 六矢不動雙廟402)同高, 唐。

曲端403), 金酋所畏鐵象可惜404), 南宋."

其餘諸人, 各以其行, 論其臧否。言畢, 孔明百拜稽首, 奏曰:"臣以枉言胡說, 妄論諸賢, 罪死罪死." 漢祖曰:"卿之才識, 朕雖聞之, 尙未知其如此高明

---

396) 義還汴姝(의환변주): ≪新唐書≫ 列傳 96권에 의하면, 韓弘이 이름난 기생을 치장하여 보냈지만, 李光顔이 "戰士들 모두가 처자식을 두고 시퍼런 칼날을 밟고 있는데 어찌 홀로 기생과 즐기겠느냐(戰士皆棄妻子, 蹈白刃, 奈何獨以女色爲樂?)"라고 하면서 거절했던 것을 염두에 둔 표현.

397) 淮酋(회추): 淮西지방에서 반란을 일으킨 節度使 吳元濟를 가리킴.

398) 南霽雲(남제운): 唐나라의 충신. 騎射에 능했다. 安祿山의 亂 때 張巡을 따라 睢陽을 수비하다가 성이 함락되자 함께 잡혀 절개를 굽히지 않고 죽었다. 이때 적장 尹子奇의 눈을 화살로 맞추었다고 한다.

399) 嚙指精忠(교지정충): 安祿山의 난에 許遠이 睢陽城을 지키다가 식량이 떨어져 위기에 처하자, 南霽雲은 賀蘭進明에게 찾아가 구원을 청하였으나 하란진명은 張巡 등이 공을 세우는 것을 시기하여 응하지 않고 도리어 그를 회유하여 부하로 삼으려 하고 음식상을 크게 차려 내왔으나 남제운은 먹지 않고 손가락을 깨물어 혈서를 쓰고 돌아와서 장순 등과 함께 장렬히 죽었다는 고사를 염두에 둔 표현.

400) 射塔烈氣(사탑열기): 睢陽城이 포위되자 南霽雲이 포위망을 뚫고 가서 河南節度使 賀蘭進明에게 구원을 요청했지만, 하란진명은 적군의 습격을 받게 될까 두려워하고 또 장순의 명성을 시기하여 구원병을 보내주려 하지 않고 도리어 잔치를 베풀어 회유하여 부하로 삼으려 하니, 남제운이 돌아가면서 화살로 절의 탑을 쏘아 맞히고 말하기를 "내가 적을 무찌르고 돌아오면 반드시 하란을 죽이리라. 이 화살이 그 증거이다." 하였다는 고사을 염두에 둔 표현.

401) 雷萬春(뇌만춘): 唐나라 張巡의 部將. 令狐潮가 雍丘를 포위했을 때 그가 성 위에서 영호조와 이야기를 나누고 있었는데, 복병의 화살 6개를 얼굴에 맞고도 꼼짝하지 않았다. 영호조는 그를 나무 인형으로 의심하였으나 염탐하여 실제 뇌만춘임을 알고 크게 놀랐다고 한다. 뒤에 睢陽城에서 장순과 함께 순절하였다.

402) 雙廟(쌍묘): 張巡과 許遠 두 장수의 사당.

403) 曲端(곡단): 北宋 말기의 장군. 금나라와 싸울 때 공을 세워 벼슬이 거듭 올라 宣州觀察使가 되었다. 이때 張浚이 川陝宣撫處置使가 되었는데 의식을 갖추어 그를 대장군으로 모셨다. 그러나 장준과 화합하지 못하고 남에게 모함당하여 감옥에 갇혔다가 죽었다.

404) 鐵象可惜(철상가석): 曲端에게 평소 매일 4백 리씩을 달리는 鐵象이라는 말이 있었는데, 그가 일찍이 기둥에 써 붙였던 "관중의 사업은 일으키지 못한 채, 도리어 강가의 어부로 세월을 보내도다.(不向關中興事業, 却來江上泛漁舟.)"라는 詩가 황제를 기롱했다[指斥乘輿]는 죄목에 걸리자, "철상이 애석하다.(鐵象可惜)"며 연달아 소리 지르고 마침내 刑訊을 받다가 죽었다는 고사를 염두에 둔 표현.

也。細觀今日之評論, 人人得宜, 箇箇合當, 可謂萬世不易之言也." 因廣詢于諸國羣臣曰: "孔明之褒貶, 何如?" 衆皆拜服曰: "善."

忽見一人, 出班揮淚, 而向孔明曰: "先生不識弟子乎? 吾降鍾會[405], 非畏死貪生, 終爲大計, 欲復漢祚耳。皇天眷顧, 則西蜀之地, 不入司馬[406]之手, 後主之駕, 不踏許都[407]之塵, 時運不幸, 死爲寃鬼。今日, 先生若不許以忠義, 則此心寃鬱, 何處暴白[408]乎?" 衆視之, 乃姜維也。孔明執手流涕曰: "吾豈不識汝之忠義乎? 然當板蕩[409]之際, 身爲降俘, 不如立節死義也." 姜維歎息而退。

漢祖卽命設宴, 與東西樓諸君, 同席酣悅, 酒至數巡, 漢祖慨然長歎曰: "天地無窮, 人生有限, 浮世之事, 如日月之西傾, 江河之東流, 百年往蹟, 一抔荒土。是以秦始皇解寃於纖月[410]之歌, 孟嘗君[411]落淚於雍門[412]之琴者也, 芥舟螻蟻, 何可足說? 撫念千古, 只切傷感." 衆皆凄然無語。

忽見西邊一王, 睜兩眉竪重瞳[413], 呼曰: "鴻門不用擧玦[414]之謀, 垓下[415]還

---

405) 鍾會(종회): 魏나라 名將. 鍾繇의 막내아들. 司馬師가 毌丘儉과 文欽의 반란을 토벌할 당시 참모로 참가하여 기밀 사무를 담당하였고 사마사가 죽은 후에는 司馬昭를 섬기며 작전 짜는 일을 담당하였고 鎭西將軍으로 임명되었다. 鄧艾, 諸葛緖와 함께 蜀을 점령하기 위해 출진하여 공을 세웠다. 그러나 등애를 모함하여 가둔 다음 촉나라에서 반란을 일으켰다가 胡烈 등 부하 장수들에 의하여 죽임을 당했다.

406) 司馬(사마): 魏나라 司馬昭. 蜀漢을 멸망시켜 晋王에 옹립되었다.

407) 許都(허도): 後漢末 獻帝 때의 도읍지였던 河南省 許昌縣.

408) 暴白(폭백): 억울하고 분한 사정을 털어 놓고 말하는 것.

409) 板蕩(판탕): 정치를 잘못하여 나라의 형편이 어지러워짐을 이르는 말.

410) 纖月(섬월): 초승달. 秦始皇과 관련된 고사를 알 수가 없다.

411) 孟嘗君(맹상군): 중국 전국시대 말기의 정치인. 이른바 '戰國四公子' 가운데 하나이다. 齊나라의 왕족으로서 秦, 齊, 魏의 재상을 역임하였으며, 천하의 인재들을 모아 후하게 대접하여 이름이 높았다.

412) 雍門(옹문): 雍門周. 齊나라의 거문고 명수. 孟嘗君이 齊나라 재상일 때 雍門周의 거문고 소리를 듣고 감동하여 눈물을 흘렸다는 고사가 있다.

413) 重瞳(중동): 《史記》 <項羽紀贊>의 "순 임금의 눈이 겹눈동자라 하는데 또 항우도 겹눈동자라고 들었다.(舜目蓋重瞳子, 又聞項羽亦重瞳子.)에서 나오는 말.

414) 玦(결): 패옥. 고리모양인데 한 쪽이 트인, 허리에 차는 옥. 陝西省 臨潼縣의 鴻門에서 漢高祖 劉邦이 楚나라의 項羽와 회견하였을 때, 한고조가 항우의 신하 范增에게 玉으로 만든 구기(斗) 한 쌍을 선사하였는데, 범증이 칼을 빼어 이것을 깨뜨린 古事가 있다.

415) 垓下(해하): 漢高祖 劉邦이 B.C. 202년 楚의 항우를 패배시킨 장소. 포위된 項羽는 四面楚歌 속에서 虞美人과 헤어져 자살하였다.

受養虎之患, 雖作泉臺之魂, 難忘烏江[416]之恨也!" 衆視之, 乃項王也。 宋祖曰:
"君自恃勇力, 不聽計畫, 至於敗亡, 故玉玦虛勞於謀臣之手, 寶劍空費於壯士之
力也。 事已至此, 言之何益, 悔之何及?"

○上曰: "姑舍悲言, 各論快事, 可也." 秦始皇曰: "秦有三快。 遣王剪等, 擒
六國[417]諸侯, 跪於阿房宮階下, 此一快也。 遣蒙恬, 北伐凶奴, 高築長城, 胡人
不敢南下而牧馬, 壯士不思彎弓而報怨[418], 此二快也。 遣徐市[419], 求三神山不
死藥, 與安期生[420], 同遊朐界[421]中, 此三快也." 漢祖曰:

"寡人十生九死[422], 豈有快事? 但破黥布[423], 歸故鄕, 會父老, 宴酣之際, 風
起雲揚[424], 正如寡人之氣像, 因起舞作歌, 此一快也。 洛陽南宮, 獻壽[425]于太

---

416) 烏江(오강): 安徽省 和縣 동북에 있는 강. 楚나라 項羽가 자결한 곳이라고 한다. 항우가
漢의 추격군에 쫓겨 烏江浦에 이르렀을 때 오강의 亭長이 배를 타고 江東으로 가서 재
기할 것을 권했으나, 항우는 강동의 젊은이 8천 명을 다 잃었으니 그 부형들을 볼 낯
이 없다 하여 거절하고, 백병전을 벌이다가 자결하였다.

417) 六國(육국): 秦나라의 통일전략에 대항하던 전국시대의 六國 즉 燕, 齊, 楚, 韓, 魏, 趙나
라가 合從連衡의 외교술을 펼치다가 결국 진에 의해 차례로 멸망하는 나라.

418) 遣蒙恬~壯士不思彎弓而報怨(견몽염~장사불사만궁이보원): 賈誼의 <過秦論>에 나오는
구절.

419) 徐市(서시): 秦나라 方士인 徐福. 字는 君房. 시황제의 명을 받아 童男童女 각 3000명을
거느리고 長生不死藥을 구하러 동해에 들어갔다.

420) 安期生(안기생): 秦나라의 仙人. 그 당시 이미 천 살이었다고 알려졌으며, 秦始皇이 동해
에서 그와 이야기를 나눈 후, 훗날 그가 있다는 蓬萊山 아래에 사람을 보내 찾았으나
찾지 못했다. 漢武帝 때에 李少君이 그를 동해에서 보았던 것으로 전해진다.

421) 朐界(구계): 朐縣의 경계. 구현은 縣名으로 진나라 때 州였고, 성은 江蘇省 東海縣의 남쪽
에 있다. ≪사기≫ 권6 <秦始皇本紀>의 "동해 가의 朐界 가운데에 돌을 세워서 진나라
의 동문으로 삼았다.(立石東海上朐中, 以爲秦東門.)"라고 하였다.

422) 十生九死(십생구사): 위태로운 지경에서 겨우 벗어남.(九死一生)

423) 黥布(경포): 項王 때의 장수. 원래 이름은 英布인데, 형벌을 받아 얼굴에 문신을 했기 때
문에 '黥'으로 고쳤다. 項羽를 따라 咸谷關을 칠 때 군사의 선봉장을 맡았지만, 隨何의
설득으로 유방에게 귀의한 인물이다.

424) 風起揚雲(풍기양운): 淮南王 黥布가 모반하자, 한고조가 친히 정벌에 나서 會甄에서 물리
치고 돌아올 때 고향 沛縣에서 고향마을의 장로들과 술자리를 베풀면서 불렀던 <大風
歌>를 염두에 둔 표현. 곧, "큰 바람이 일고 구름이 날리듯, 위세를 천지에 떨치며 고
향으로 돌아왔네. 어찌하면 용맹한 병사를 얻어 사방을 지킬까?(大風起兮雲飛揚, 威加海
內兮歸故鄕, 安得猛士兮守四方?)"이다.

425) 獻壽(헌수): 환갑잔치 등에서, 長壽를 비는 뜻으로 술잔을 올리는 것.(稱觥, 稱觴)

上皇, 上皇喜曰, '季⁴²⁶⁾當年耕田之時, 豈知有今日乎? 人子之樂, 莫過於此' 此三快⁴²⁷⁾也." ○上聞之, 含淚有悲感之意, 漢祖曰: "大丈夫, 何爲兒女子之態乎?" ○上揮淚曰: "寡人早矢⁴²⁸⁾怙恃⁴²⁹⁾, 雖有秦皇之快, 未有漢祖之樂, 人非木石, 安得不凄然乎?" 漢祖曰: "此孝誠之至也." 因問衆人之快事, 唐宗曰: "寡人化家爲國, 破突厥⁴³⁰⁾, 擒頡利⁴³¹⁾, 越裳⁴³²⁾・交趾⁴³³⁾獻鸚鵡, 大宛⁴³⁴⁾・西域⁴³⁵⁾貢駿馬, 此一快也. 與羣臣, 置酒於凌烟閣⁴³⁶⁾, 上皇⁴³⁷⁾自彈琵琶, 寡人起舞, 公卿獻壽, 此二快也." 宋祖曰: "寡人別無快事, 然但營造宮室, 墻垣瀟洒, 軒閣敞豁, 重門洞闢, 少有邪曲, 人皆見之, 正如寡人之心意⁴³⁸⁾, 此一快也. 與趙普論治道, 曹彬⁴³⁹⁾定亂畧, 寡人臥榻之外, 不容他人鼾睡⁴⁴⁰⁾, 此二快

---

426) 季(계): 漢高祖 劉邦의 字.

427) 三快(삼쾌): 二快의 오기.

428) 早矢(조시): 早失의 오기.

429) 怙恃(호시): 믿고 의지한다는 뜻으로, 부모를 이르는 말.

430) 突厥(돌궐): 6세기 중엽부터 약 2세기 동안 몽고고원에서 중앙아시아에 걸쳐 지배했던 터키계 유목 민족. 6세기 말에 동서로 분열되었다. 몽고고원을 지배한 동돌궐은 630년에 唐에 멸망되었다 재건되었으나 8세기 중엽 위구르에 패망하였다. 중앙아시아를 지배한 서돌궐은 7세기 중엽 당에 服屬하였다.

431) 頡利(힐리): 돌궐 可汗으로부터 당나라에 투항한 인물. 630년 당나라 李靖이 이끌고 간 토벌군에 의하여 생포되었다.

432) 越裳(월상): 交趾의 남방에 있던 나라로 오늘날의 베트남을 가리킴.

433) 交趾(교지): 漢나라 때의 郡名으로, 지금의 월남 북부의 통킹・하노이 지방을 가리킴.

434) 大宛(대완): 漢나라 때 중앙아시아의 페르가나 지방에 있던 나라를 가리킴.

435) 西域(서역): 중국 서쪽에 있는 여러 나라를 총칭하는데 사용한 호칭.

436) 凌烟閣(능연각): 중국 당태종이 24명의 功臣의 초상을 그려 걸게 하였던 곳. 돌궐족을 격파한 뒤 이곳에서 上皇 李淵과 대신 10여 명을 초대하여 성대한 연회가 베풀어졌다고 한다.

437) 上皇(상황): 唐나라 太宗의 아버지 唐高祖 李淵을 가리킴.

438) 少有邪曲, 人皆見之, 正如寡人之心意(소유사곡, 인계견지, 정여과인지심의): ≪宋史≫＜太祖本紀＞에 의하면, "송태조가 汴京의 신궁이 완공되자 正殿에 나아가 앉아서 모든 문을 활짝 열라고 명하고, 좌우 侍臣에게 '이것은 내 마음과 같다. 조금이라도 잘못이 있으면 사람들이 모두 볼 수 있다.(此如我心. 少有邪曲, 人皆見之.)'고 하였다."는 구절을 염두에 둔 표현.

439) 曹彬(조빈): 앞에 與가 누락되었음.

440) 臥榻之外, 不容他人鼾睡(와탑지외, 불용타인한수): 송태조가 천하를 통일하고 제위에 올랐을 무렵 양자강 이남인 강남지방에는 李煜이 南唐의 後主로 있었는데, 싸우지 않고 조용히 사신을 보내어 회유하였지만 이욱이 듣지 않자 송태조 "이제 천하는 일가가

也." 因廣問諸人, 諸人曰: "別無快事." 曹操進曰: "臣有一快, 冒瀆敢奏。興義兵, 破黃巾[441], 奉乘輿。於是, 張繡[442]屈膝, 呂布[443]授首, 公路[444]野死, 本初[445]摧敗[446]。奉辭伐罪, 旋麾南指, 劉琮[447]束手。治水軍八十萬衆[448], 順流東下, 舳艫千里, 旌旗蔽空[449]。二喬[450]入於眼下, 三吳[451]運於掌上, 月明

되었다. 침상 곁에 타인이 들어와서 코를 골며 자게 할 수 있겠느냐?(但天下一家. 臥榻之側, 豈容他人鼾睡乎?)"라고 했다는 고사를 염두에 둔 표현.

441) 黃巾(황건): 後漢末에 일어난 匪賊. 황건을 썼던 데서 기인하며, 수령은 張角이었다.
442) 張繡(장수): 後漢 말기의 장수. 후한 말에 마을의 젊은이들을 규합하여 張濟를 따라 정벌에 나서 建忠將軍이 되고, 宣威侯에 봉해졌다. 장제가 죽자 무리를 거느리고 완성에 屯兵하면서 劉表와 합세했다. 그 뒤 曹操에게 투항하여 揚武將軍에 올랐다. 조조가 자신의 숙모를 취하자 원한을 품고 조조의 군대를 습격해 대파했다. 官渡 전투 때 조조와 袁紹 등이 모두 자신을 불러들이려 하자 賈詡의 건의를 따라 다시 조조에게 항복하여 전공으로 세우고 破羌將軍으로 옮겼다. 나중에 烏桓을 공격하다 죽었다.
443) 呂布(여포): 後漢의 사람. 처음에는 丁原을 섬기다가 후에 董卓을 섬겼다. 동탁이 죽임을 당하자 그의 남은 무리를 혁파하고는 袁術에게 귀의했다.
444) 公路(공로): 袁術의 자. 後漢 말기의 사람. 종형 袁紹와 더불어 당대의 명문거족이었다. 董卓이 집권하여 황제 폐립 계획을 세우고 가담시키려 하자 후환이 두려워 南陽으로 달아나 長沙太守 孫堅의 도움을 받아 그곳에 정착했다. 나중에 동탁을 격파하여 명성을 떨쳤다. 한편으로 원소와 荊州의 劉表가 대립하게 되자, 劉備·曹操도 이에 휘말려 일진일퇴의 공방전을 벌였다. 이런 와중에 패하여 揚州로 근거지를 옮겼고, 끝내는 九江에서 제위에 올랐다. 그러나 2년도 채 못 되어 음탕하고 낭비가 심해졌으며, 滕妾을 수백 명 두는 등 방탕하게 살다가 세력이 쇠진해지자 제위를 원소에게 돌려주고 원소의 아들 袁譚에게 의탁하려 했지만, 유비의 방해로 뜻을 이루지 못했다. 壽春에서 죽었다.
445) 本初(본초): 袁紹의 자.
446) 於是~本初摧敗(어시~본초최패): ≪通鑑節要≫의 "於是, 張綉屈膝, 呂布授首, 公路野死, 本初覆亡, 劉琮獻地."에서 나온 말.
447) 劉琮(유종): 後漢 말기의 사람. 荊州牧 劉表의 둘째 아들이다. 유표가 병으로 죽자 채부인과 蔡瑁가 형주목을 잇게 했다. 그 해 남하하는 曹操에게 형주를 넘기고, 청주자사의 자리에 임명되지만 조조의 부하 于禁이 유종과 채부인을 청주로 데려갈 때 사살했다.
448) 奉辭伐罪~治水軍八十萬衆(봉사벌죄~치수군팔십만중): ≪通鑑節要≫의 "曹操遺權書曰: 近者, 奉辭伐罪, 旌麾南指, 劉琮束手, 今治水軍八十萬衆."에서 나온 말.
449) 順流東下~旌旗蔽空(순류동하~정기폐공): 蘇軾의 <前赤壁賦>에 조조의 赤壁大戰의 광경을 일러 "그가 막 형주를 격파하고 강릉으로 내려가서 물결을 따라 동으로 내려갈 때, 전함들은 꼬리를 물고 천리에 이어졌고 깃발들은 하늘을 뒤덮었는데, 술을 걸러 강을 임하여 마시고 창을 뉘어 놓고 시를 지었으니, 참으로 한 세상의 영웅이었다.(方其破荊州下江陵, 順流而東也, 舳艫千里, 旌旗蔽空, 醨酒臨江, 橫槊賦詩, 固一世之雄也.)"라고 한 데서 나온 말.
450) 二喬(이교): 중국 삼국시대 江東에 있던 喬公의 두 딸. 절세미인으로 언니는 孫策의 아내가 되고 동생은 周瑜의 아내가 되었다. 그런데 杜牧의 <赤壁> 시에 "동풍이 주랑의 편

星稀, 烏鵲南飛⁴⁵²⁾, 釃酒臨江, 橫槊賦詩⁴⁵³⁾, 此一快也." 衆中胡大海, 指曹操, 大笑曰: "彼所謂快事, 乃篡逆之謀也." 曺操面色如土, 大慚而退.

漢祖請於○上曰: "三代以下, 公議已泯, 正論不行, 邦國之治亂, 帝王之賢否, 史或不載, 世無其傳者, 多矣. 君處百世之下, 衆君之事蹟, 昭然可知, 勿辭煩勞, 細加評論, 以爲百代之水鑑, 何如?" ○上辭曰: "孔子云: '吾之於人, 誰毀誰譽⁴⁵⁴⁾?' 以聖人之知, 猶尙如此, 況庸庸之徒, 而輕毀譽哉?"⁴⁵⁵⁾ 衆皆曰: "吾等, 雖値一時之運, 爲帝爲王, 然君暗臣阿諂, 未聞公正之言, 徒爲百代之笑, 至今爲恨. 若以高明之論, 各言其事, 使是非炳然可知, 實爲萬幸."

○上曰: "如此, 則先論氣像, 後言是非, 可也." 乃言曰: "朔風淅瀝, 波濤洶湧, 秦始皇之氣像也. 春風浩蕩, 秋霜凜烈, 漢武帝之氣像也. 夏日照耀, 霹靂震動, 漢光武之氣像也. 玉宇寥廓, 秋色崢嶸, 漢昭烈之氣像也. 浩浩長江, 或波或潺, 晉武帝之氣像也. 鶯囀幽谷, 豹隱深山, 晉元帝之氣像也. 東邊日出,

---

을 들어주지 않았더라면, 동작대 깊은 봄에 두 교씨 여인을 가두었으리.(東風不與周郎便, 銅雀春深鎖二喬.)" 하였다. 따라서 二喬를 통하여 孫權과 周瑜를 연상시키고 있다. 적벽대전 때에 劉備와 손권은 각자 자신의 이익을 위해 서로 연합하여 曹操에게 대항하기로 했는데, 손권은 주유를 대도독으로 삼아 정예군 3만을 거느리고 장강을 거슬러 올라가 夏口에서 유비의 군대와 회합했었다.

451) 三吳(삼오): 漢高祖가 오나라를 吳興・吳郡・會稽로 삼등분한 데서 유래한 말. 장강 하류 일대의 오나라 지역을 가리키는 말이다. 여기서는 孫權이 차지해 있던 지역을 의미한다.

452) 月明星稀, 烏鵲南飛(월명성희, 오작남비): 삼국시대 魏나라 曹操의 <短歌行>에 "달은 밝고 별은 드문데, 까막까치 남으로 날아간다.(月明星稀, 烏鵲南飛.)"라는 시구에서 나온 말. 賢者가 의지할 데가 없음을 뜻하는 말이다.

453) 詩(시): 曹操가 水軍을 赤壁江 위에 결진시켜 놓고 유유히 읊은 <短歌行>을 가리킴. "달 밝으니 별은 드문데, 까막까치는 남으로 날아가네. 나무를 세 겹으로 두르고 있어, 새들이 의지할 가지가 없구나.(月明星稀, 烏鵲南飛. 繞樹三匝, 何枝可依.)"구절이 참고가 된다. 원문에 있는 조조의 말에는 蘇軾의 <赤壁賦>에 나오는 구절이 활용되었다.

454) 吾之於人, 誰毀誰譽(오지어인, 수훼수예): ≪논어≫ <衛靈公篇>에 나오는 말.

455) 孔子云, 吾之於人~況庸庸之才而輕毀譽哉(공자운, 오지어인~황용용지재이경훼예재): ≪삼국지≫ <魏書・王昶傳>의 "공자가 말하기를, '내가 사람을 대하면서 누구를 비난하고 누구를 칭송했나? 만약 칭찬하는 사람이 있었다면 반드시 그 시험해봄이 있었을 것이다.'라고 했다. 성인의 도덕으로도 이와 같은데 하물며 용용지도(庸庸之徒 : 범부)야 어찌 경솔히 다른 사람을 훼예(毀譽 : 남을 비방함과 칭찬함)할 수 있는가.(孔子云: '吾之於人, 誰毀誰譽? 如有所譽, 必有所試.' 以聖人之德, 猶尙如此, 況庸庸之徒而輕毀譽哉?"에서 인용됨.

西邊雨霏, 隋文帝之氣像也。龍彩鳳輝, 天高日明, 唐太宗之氣像也。大海汎舟, 無維無楫, 唐肅宗之氣像也。曉色蒼蒼, 晨星耿耿, 唐憲宗之氣像也。崑山白玉[456], 麗水黃金[457], 宋太祖之氣像也。天地晦宜, 日月蔽虧, 宋高宗之氣像也。疾風暴雷, 震動天地, 楚伯王之氣像也。"

　漢祖曰: "此寶鑑也, 獨不言寡人氣像, 何也?" ○上曰: "龍得雲雨, 變化不測, 君之氣像也。若以是非言之, 則秦始皇, 奮六世[458]之餘烈, 振長策而馭宇內[459], 六合爲家, 崤函[460]爲宮[461], 自以爲金城千里, 子孫萬世之業也[462]。未及三世而亡, 何哉? 或謂殫民力, 傾府財, 空伐凶奴, 虛築長城, 實其外而虛其內之故也。寡人之意, 則士者國之元氣, 而盡坑之, 詩書載聖賢之語, 而雜燒之, 太子國本, 而放逐扶蘇[463], 此乃速滅之道也。" 始皇曰: "寡人席父兄之勢, 奄有天下, 不思治道, 所爲暴戾, 禍幾及身, 子孫滅亡, 到今思之, 噬臍莫及[464]。君明言其過, 固所甘心, 然寡人若在宮中, 則趙高[465]何敢謀逆, 而章邯豈能降楚

---

456) 崑山白玉(곤짠백옥): 崑崙山에서 나온다는 세상 사람들이 가장 진귀하게 여기는 옥.

457) 麗水黃金(여수황금): 중국 雲南省에 있는 강인 여수에서 나는 금.

458) 六世(육세): 秦孝公 이후의 여섯 임금을 가리킴. 곧, 惠文王, 武王, 昭襄王, 孝文王, 莊襄王을 이른다.

459) 奮六世之餘烈, 振長策而馭宇內(분육세지여열, 진장책이어우내): 賈誼의 <過秦論>에서 인용한 것임.

460) 崤函(효함): 崤山과 函谷關. 모두 河南省에 있는 험준한 要害地이다.

461) 六合爲家, 崤函爲宮(육합위가, 효함위궁): 賈誼의 <過秦論>에서 인용한 것임.

462) 自以爲金城千里~萬世之業也(자이위금성천리~만세지업야): 賈誼의 <過秦論>에서 인용한 것임.

463) 扶蘇(부소): 秦始皇帝의 長子. 여러 차례 時政에 대해 충간을 올렸다. 진시황의 焚書坑儒를 만류하다가 노여움을 사서 황명으로 上郡에 가서 蒙恬의 군대를 감독했다. 진시황이 沙丘에서 죽을 때 옥새를 부소에게 주어 咸陽으로 불러 제위를 잇도록 유언을 남겼다. 그러나 李斯와 趙高가 가짜 조서를 만들어 둘째 아들 胡亥를 옹립하고 그는 상군 군중에서 자살하도록 했다.

464) 噬臍莫及(서제막급): 배꼽을 물어뜯으려 하여도 입이 닿지 아니한다는 뜻으로, 후회하여도 이미 늦음을 비유하는 말.

465) 趙高(조고): 秦나라의 환관. 시황제가 죽은 뒤, 丞相 李斯와 공모하여 둘째 아들인 胡亥를 제2세 황제로 삼았다가 그들을 죽이고 子嬰을 즉위시켜 권력을 휘둘렀으나 자영에게 一族이 살해되었다. 2세 황제에게 말을 바치고는 그것을 사슴이라 하고, 그때의 여러 신하의 반응을 보고 적과 자기편을 판별한 고사는 유명하다.

哉?” ○上曰: “此乃天定之運, 非人力所能爲也, 追悔何爲? 漢高祖, 開寬弘之路, 納善若渴, 從諫如流466), 英雄盡力, 羣策畢擧467), 三年滅秦, 五載鹹楚, 克創大業, 何其功烈, 如彼其壯也? 如非才智局量, 大有過人者, 則能如是乎? 然抑有一短焉, 輕罵儒生, 凌蔑詩書, 故古禮不復, 古樂不作, 可勝惜哉! 漢武, 承文景富養之業, 窮兵黷武468), 虐民事神469), 財力殫竭, 海內虛耗。若無秋風之悔470), 輪臺之詔471), 則亦亡秦之續耳。光武, 慍數世之失權, 忿彊臣472)之竊命473), 受命中興, 東西誅戰474), 掃平禍亂, 嚴厲爲政, 有志於治, 而輔相非其人, 可勝惜哉! 昭烈, 當漢陽九之運475), 結義桃廬476), 屈駕草廬477), 君臣相得,

---

466) 納善若渴, 從諫如流(납선약갈, 종간여류): ≪前漢書≫ 권67 <梅福列傳>의 “漢高祖는 선한 말을 받아들일 때는 놓치기라도 할 듯하였고 간언을 받아들일 때는 둥근 것을 굴리듯이 하였다.(高祖納善若不及, 從諫若轉圜.)”라는 구절을 염두에 둔 표현.

467) 英雄盡力, 羣策畢擧(영웅진력, 군책필거): ≪通鑑節要≫의 “영웅들이 힘을 펴고 여러 계책이 다 시행되었으니, 이는 高祖의 큰 도략이 帝業을 이룬 것이다.(英雄陳力, 群策畢擧, 此高祖之大略, 所以成帝業也.)”는 구절을 염두에 둔 표현.

468) 黷武(독무): 함부로 전쟁을 하여 武德을 더럽힘.

469) 虐民事神(학민사신): 漢武帝가 3년마다 郊祀를 지내 太一神이 至高無上의 지위에 있다는 것을 확실히 한 것을 일컬음.

470) 秋風之悔(추풍지회): 漢武帝가 <秋風辭>를 지을 때의 심정을 이르는 말. <추풍사>는 무제가 河東에서 토지신인 后土를 제사 지내고 汾河에서 가을바람에 발흥하여 지은 것인데, 섬세하고 아름다우면서도 가을을 맞는 인생의 쓸쓸한 심정을 나타내고 있다. 아울러 秦始皇의 정책과 비슷하게 정책을 펴서 사방을 정벌하고 백성들을 괴롭힌 것을 후회하는 내용도 있다.

471) 輪臺之詔(윤대지조): 漢武帝는 평생 西域을 정벌하는데 주력하여 국력이 많이 고갈되었는데, 만년에 이를 깊이 후회하여 마침내 윤대 지역을 포기하면서 아울러 자신을 자책하며 내린 조서를 일컬음.

472) 彊臣(강신): 王莽을 일컬음.

473) 光武～忿彊臣之竊命(광무～분강신지절명): ≪通鑑節要≫의 “光武皇帝, 慍數世之失權, 忿彊臣之竊命.”에서 나온 말.

474) 受命中興, 東西誅戰(수명중흥, 동서주전): ≪通鑑節要≫의 “光武皇帝, 受命中興, 東西誅戰.”에서 나온 말.

475) 陽九之運(양구지운): 陰陽家에서 九는 陽의 極數로, 양만 있고 음이 없으므로 만물이 교섭을 할 수 없어 천하가 어지러워짐을 일컬음.

476) 結義桃源(결의도원): 의형제를 맺음. ≪三國志演義≫에서 蜀나라의 劉備·關羽·張飛가 의형제 맺은 것을 桃園結義라고 하였다.

477) 屈駕草廬(굴가초려): 三顧草廬. 삼고초려는 蜀漢의 임금 劉備가 諸葛孔明의 집을 세 번 찾은 고사를 가리킨다. 군주나 長上에게 특별한 신임이나 우대를 받는 일을 일컫는 말로

翼乎如鴻毛[478]遇順風, 沛乎如巨魚縱大壑[479], 可謂千載一際會也. 惜乎! 剙業未半, 中道崩殂[480], 豈非天耶? 晉武帝, 承父兄之勢, 奄有天下, 侈心漸生, 晚好遊宴, 怠於政事, 不思燕翼之謀[481], 惟恣羊車[482]之行, 如此而享國, 豈能長久乎? 元帝, 以微弱之質, 開草創之基, 恭儉有餘, 而明斷不足, 故大業未復, 禍亂內興[483]。隋文帝, 天性嚴重, 令行禁止[484], 務爲儉素, 勤於政事. 然猜忌苛察, 信受讒言, 誅戮勳舊, 乃至子弟, 皆如寇敵, 此其所短也[485]。唐太宗, 化家爲國, 偃武修文[486], 勵精求治, 身致太平, 刑措不用[487], 亦希世之賢君也. 然

쓰인다.

478) 鴻毛(홍모): 기러기의 털이라는 뜻으로, 매우 가벼운 사물을 비유하여 일컫는 말.

479) 翼乎如鴻毛遇順風, 沛若乎如巨魚縱大壑(익호여홍모우순풍, 패약호여거어종대학): 前漢 王褒가 지은 <聖主得賢臣頌>의 "성스러운 임금은 반드시 훌륭한 신하가 있어야만 공업을 크게 하고, 준수한 인재는 또 밝은 임금을 기다려서 그 덕을 드러내는 것이다. 상하가 모두 그러한 희망을 품고 서로 기뻐하는 가운데 천재일우의 기회를 만나 임금과 신하가 얘기를 나눔에 의심이 없게 되면, 마치 기러기 털이 순풍을 만나서 나는 듯하고 거대한 물고기가 큰 물에서 마음대로 노니는 듯할 것이니, 이와 같이 뜻을 얻는다면 무엇을 금한들 그치지 않겠으며, 무엇을 명한들 행해지지 않겠는가. 교화가 사방에 흘러넘치고 무궁하게 널리 펼쳐져서 먼 오랑캐가 조공을 바치고 온갖 상서가 반드시 이를 것이다.(聖主必待賢臣, 而弘功業, 俊士亦俟明主, 以顯其德. 上下俱欲, 懽然交欣, 千載一會, 論說無疑, 翼乎如鴻毛遇順風, 沛乎若巨魚縱大壑, 其得意如此, 則胡禁不止, 曷令不行? 化溢四表, 橫被無窮, 遐夷貢獻, 萬祥必臻.)"에서 나오는 말.

480) 創業未半, 中道崩殂(창업미반, 중도붕조): 蜀漢의 승상 諸葛亮이 後主 劉禪에게 올린 <前出師表>의 "선제께서 창업을 반도 못 이룬 채 중도에 붕어하시고, 지금 천하가 셋으로 나누어진 가운데 익주가 피폐하니, 이는 참으로 존망이 달린 위급한 때입니다.(先帝創業未半而中道崩殂, 今天下三分, 益州疲弊, 此誠危急存亡之秋也.)"에서 나오는 말.

481) 燕翼之謀(연익지모): 조상이 자손을 돕기 위한 좋은 꾀.

482) 羊車(양거): 궁중에서 쓰는 화려하게 꾸민 수레. 晉武帝는 후궁 안에 엄청난 후궁을 두고서 羊車 즉 양이 끄는 마차를 타고 가다가 양이 머문 곳에서 내려 그곳에 있는 후궁의 방으로 들어갔다고 한다.

483) 恭儉有餘~禍亂內興(공검유여~화란내흥): ≪通鑑節要≫의 "帝憂憤成疾崩, 司空王導, 受遺詔輔政. 帝恭儉有餘, 而明斷不足, 故大業未復, 而禍亂內興. 太子卽皇帝位."에서 나온 말.

484) 令行禁止(영행금지): 명령하면 행해지고 금하면 그친다는 뜻으로, 사람들이 법령을 잘 따르고 지킴을 이름.

485) 隋文帝~此其所短也(수문제~차기소단야): ≪통감절요≫ 권34 <隋紀·高祖文皇帝>의 "高祖性嚴重, 令行禁止, 勤於政事, 每旦聽朝, 日昃忘倦, 雖嗇於財, 至於賞賜有功, 卽無所愛, 將士戰沒, 必加優賞, 仍遣使者, 勞問其家, 愛養百姓, 勸課農桑, 輕徭薄賦. 其自奉養, 務爲儉素 … 猜忍苛察, 信受讒言, 功臣故舊, 無始終保全者, 乃至子弟, 皆如仇敵, 此其所短也."를 축약 변용한 것임.

以君德論之, 則用宮人私侍, 以劫其父, 殺兄害弟, 納嫂生子, 其謬已甚。閨門[488]如此, 其子孫烏得有正家之法乎?[489] 肅宗, 收兵靈武[490], 反旆而東, 不失舊物, 可謂賢矣。然不思經遠之謀, 專爲姑息之政, 節度使由軍士廢立, 則其他可知矣[491]。憲宗, 削平藩籬, 誅剪僭逆[492], 其功盛矣。然竄逐韓愈, 迎佛骨入御內, 豈可謂有道之君乎? 宋太祖, 未嘗爲學, 晚好讀書, 鞭扑[493]不行殿陛, 罵辱不及於公卿, 臣下得以有爲, 而忠君愛國之心, 油然而生矣。命曹彬下江南, 則戒以切勿暴掠, 遣吳越歸國, 而使知不留之意, 處將相之間, 則喩以相安之情, 待諸降王以賓禮, 易諸節鎭以儒臣, 使擧德行孝悌之士, 以隆禮義廉恥之風, 可謂蕩蕩平平之道矣[494]。神宗, 刻意圖治, 上慕唐虞, 君臣之間, 求濟斯道, 未嘗不以堯舜相期, 三代之後, 未之有也。庶幾復見都兪吁咈之治[495]矣。惜乎! 傾

---

486) 偃武修文(언무수문): 무기를 창고에 넣어 두고 학문을 닦아 나라를 태평하게 함.
487) 刑措不用(형조불용): 형벌을 제정하였으나 이 형벌을 쓰지 않는다는 뜻. 백성들이 죄를 저지르지 않아서 형법을 적용하지 않으니 곧 나라가 잘 다스려지고 평안하다는 말이다.
488) 閨門(규문): 집안에서 부녀자가 거처하는 곳.
489) 唐太宗~其子孫烏得有正家之法乎(당태종~기자손오득유정가지법호): 《通鑑節要》의 "唐之太宗, 號爲英主. 百戰而有天下, 偃武修文, 勵精求治, 身致太平, 刑措不用, 亦希世之賢君也. 然以君德論之, 則用宮人私侍, 以劫其父, 納巢刺王妃而封子明, 其謬已甚. 若非魏徵辰嬴之喩, 則明母又繼文德而后矣. 閨門如此, 其子孫, 又烏得有正家之法乎?"를 축약 변용한 것임.
490) 靈武(영무): 寧夏省 靈武縣 서남. 당나라 때는 靈州를 설치 靈武郡으로도 있었다. 唐肅宗은 어려서부터 한 번도 대궐을 나간 일이 없고 安祿山의 난 때 즉위한 곳이다.
491) 肅宗~則其他可知矣(숙종~즉기타가지의): 《通鑑節要》의 "以國之元子, 收兵靈武, 反旆而東, 不失舊物, 可謂賢矣. 然不思經遠之謀, 專爲姑息之政, 節度使由軍士廢立, 則其他可知矣."를 인용한 것임.
492) 僭逆(참역): 분수를 모르고 윗사람을 가볍게 보고 거역함.
493) 鞭扑(편복): 가혹한 형벌의 일종으로 죄인의 신체를 가죽으로 만든 채찍으로 치는 것.
494) 宋太祖~可謂蕩蕩平平之道矣(송태조~가위탕탕평평지도의): 《통감절요》<資治通鑑總要通論(藩榮)>의 "夫三年之喪, 自天子, 達於庶人, 文景以後, 能行之者, 惟晉武帝・魏孝文・周高祖數君而已, 此夫子所謂不如諸夏之亡也. 然自晉至隋, 南北之君, 率多不得其死, 盡以國亡族滅, 其故何也? 蓋得之以不仁, 上行而下效. 身爲天子, 死無噍類, 嗚呼哀哉! 至於宋祖, 未嘗爲學, 晚好讀書, 歎曰: '堯舜之世, 四凶之罪, 止於投竄, 何近代法網之密邪?' 於是立法, 鞭扑不行於殿陛, 罵辱不及於公卿, 故臣下得以有爲, 而忠君愛國之心, 油然而興矣. 命曹彬下江南, 則戒以切勿暴掠生民, 故彬至城下, 焚香約誓, 一不妄殺, 凱還之日, 行李蕭然, 遣吳越歸國而使知不留之意. 處將相之間, 則喩以相安之情, 待諸降主以賓禮, 易諸節鎭以儒臣, 使擧德行孝悌之士, 以隆禮義廉恥之風, 嗚呼! 人主如是, 亦庶乎其知九經之義哉. 且曰: '洞開重門, 正如我心, 少有邪曲, 人皆見之.' 蕩蕩平平之道, 不外是矣."에서 축약 인용한 것임.

心安石, 引用兇邪, 反治爲亂, 使天下之人, 囂然喪其樂生之心, 而濂洛羣哲496),
曾無一人登相位者, 是不得與於斯文也497)。高宗, 信任姦慝, 屛逐忠良, 兩宮幾
還, 而秦檜矯殺岳飛, 若不聞也498), 通天之罪, 不可逭也。六朝五季499), 朝得
暮失, 世降至此, 襄亂500)極矣。名雖君臣, 實爲寇敵, 何足道哉?"

忽見西邊, 項王大呼曰: "論帝王之中, 我豈不預哉?" ○上曰: "君負罪積累,
行惡貫盈, 以大率言之, 則自有十大罪, 君若忍羞冒恥, 而欲聽之, 則何難之有?"
項王曰: "願聞其說." ○上乃數羽十罪曰: "負約而王漢王於巴蜀, 罪一。矯殺
卿子冠軍501), 罪二。坑秦降卒二十餘萬, 罪三。救趙不報而擅, 劫諸侯入關,
罪四。殺秦降王子嬰502), 罪五。燒秦宮室503), 掘始皇塚504), 私其財, 罪六。
王諸將善地, 而放逐故主, 罪七。放逐義帝505), 自都彭城506), 奪韓梁地, 罪

---

495) 都兪吁咈之治(도유우불지치): 都와 兪는 상대방의 좋은 말을 칭찬하는 감탄사이고 吁와
    咈은 약간 부정하는 뜻의 감탄사임. 이 네 가지는 堯·舜 시대에 군주와 신하가 기탄없
    이 의견을 교환한 것으로 ≪書經≫<虞書>에 자세히 보인다.
496) 濂洛羣哲(염락군철): 濂溪 周敦頤와 洛陽에 살았던 明道 程顥, 伊川 程頤 등의 儒賢을 가
    리킴.
497) 神宗~是不得與於斯文也(신종~시부득여어사문야): 神宗의 대목은 ≪通鑑節要≫<資治通鑑
    總要通論(潘榮)>의 "神宗, 刻意圖治, 上慕唐虞 … 反治爲亂, 使天下之人, 囂然喪其樂生之心,
    卒之群姦繼進, 醸成靖康之禍, 用人可不謹哉! … 當此之時, 上有好治之君, 下有惡治之民, 而濂
    洛群哲, 曾無一人登相位之位者, 是宋不得與於斯文也."에서 축약 인용한 것임.
498) 信任姦慝~若不聞也(신임간특~약불문야): ≪通鑑節要≫<資治通鑑總要通論(潘榮)>의 "至
    於哲宗, 昏庸尤甚, 信任姦慝, 屛逐忠賢. … 岳飛破虜, 幾還兩宮, 秦檜矯詔, 班師而殺之, 高宗
    若不聞也."에서 인용한 것임. 앞부분은 宋哲宗의 사실로 宋高宗의 사실에 착종되어 있다.
499) 六朝五季(육조오계): 六朝는 後漢이 망한 뒤에 일어난 吳·東晉·宋·濟·梁·陳의 여섯
    왕조이고 五季는 後梁·後唐·後晉·後漢·後周의 五代를 일컬음
500) 襄亂(양란): 壞亂의 오기.
501) 卿子冠軍(경자관군): 宋義. 楚懷王의 上將軍인 卿子冠軍이었는데, 그가 진군하지 않은 것
    에 불만을 품은 항우에게 기습 살해당하고 멸족까지 당하였다.
502) 子嬰(자영): 秦나라의 제3대이자 마지막 왕. 왕위에 오른 지 46일 만에 劉邦에게 투항했
    지만, 뒤이어 咸陽에 입성한 項羽에게 살해되었다.
503) 燒秦宮室(소진궁실): 秦나라 서울 함양의 대궐을 초나라의 항우가 불을 놓아 3개월 동안
    이나 불탄 사실을 일컬음.
504) 掘始皇塚(굴시황총): 陝西省 臨潼縣의 東南인 옛날 長安 부근의 驪山에 있던 秦始皇의 墓
    地를 項羽가 파헤친 것을 일컬음.
505) 義帝(의제): 중국 진 말기, 다시 세워진 초나라의 왕. 反秦세력의 상징적인 맹주 구실을
    하였다. 처음에는 懷王이라는 칭호를 썼지만, 진나라 멸망 후에 의제로 바뀌었다.

八。使人陰弑義帝, 罪九。爲政不仁, 主約不信, 大逆無道, 罪十也." 項王默然無語, 慚愧無地。○上避席曰: "寡人以枉言, 妄論是非, 於心不安." 衆皆曰: "吾等當日, 未聞此言, 故昏迷不寤, 至於大過。今君以藥石之言[507], 明論是非, 不覺使人憬然, 披雲霧而覩天日, 實所萬幸." 漢祖曰: "孔明之褒貶群臣, ○明祖之評論衆帝, 用以經權[508], 論以長短, 眞萬世不易之言也."

---

506) 彭城(팽성): 江蘇省에 있는 縣. 춘추시대의 宋나라의 邑.
507) 藥石之言(약석지언): 약과 돌바늘 같은 말이라는 뜻으로, 사람을 훈계하여 나쁜 점을 고치게 하는 말.
508) 經權(경권): 아주 고치지 못할 根本 되는 법과 때를 따라서 맞게 하는 처處理. 經法과 權道를 아울러 이르는 말이다.

飮一斗文臣獻詩　分兩隊武將較藝

且說。漢祖命諸國將相文武忠智之人, 起舞作歌, 第一隊張良·蕭何·韓信·陳平·紀信, 第二隊諸葛亮·關羽·李靖·張巡·許遠, 第三隊曺彬·岳飛·徐達·劉基等, 風骨卓犖[1], 氣宇磊落[2]。張良欣然而起舞, 琅琅而作歌曰:

受書黃石[3]	贊業赤帝[4]
八年運籌	千里決勝
滅秦報韓	馘楚興漢
三傑[5]之魁	萬乘之師
功成身退	辭榮避位
昂昂之鶴	泛泛之鳧[6]
敢當靑齊[7]之萬戶	願從赤松於三山[8]

1) 卓犖(탁거): 卓犖의 오기.
2) 氣宇磊落(기우뢰락): 뜻이 커서 작은 일에 구애하지 않음.
3) 黃石(황석): 秦나라 말기에 坦上에서 張良에게 병서를 수여했다고 하는 노인.
4) 赤帝(적제): 여름을 맡은 신. '赤帝子'는 漢高祖를 지칭하는데, 한나라는 火德으로 적색을 숭상하였으므로 이를 일컫는다.
5) 三傑(삼걸): 漢高祖의 신하인 蕭何·張良·韓信의 세 사람을 일컫는 말.
6) 功成身退~泛泛之鳧(공성신퇴~범범지부): 明나라 瞿佑의 ≪剪燈新話≫<龍堂靈會錄>에 나오는 구절.
7) 靑齊(청제): 齊나라의 두 州의 이름. 漢高祖가 천하를 통일하고 나서 張良의 공을 높이 여겨 제나라 땅 3萬戶를 봉해 주려고 하자, 장량이 사양하여 말하기를, "처음에 下邳에서 일어나 上과 留 땅에서 만났으니, 이는 하늘이 신을 폐하께 준 것입니다. 원컨대 신은 留 땅에 봉해진 것으로 만족하겠습니다." 하여, 마침내 장량이 留侯에 봉해진 것을 말한다.
8) 敢當靑齊之萬戶, 願從赤松於三山(감당청제지만호, 원종적송어삼산): ≪史記≫<留侯世家>의 "이제 세 치의 혀로써 제왕의 스승이 되어 만호에 봉해졌고 지위가 열후에 올랐으니, 이는 포의의 영광이 극에 이르렀다. 나는 이에 만족할 뿐이고, 다만 원하는 바는 인간의 일을 버리고 적송자를 따라 노니는 것이다.(今以三寸舌爲帝者師, 封萬戶, 位列侯, 此布衣之极, 于良足矣。願棄人間事, 欲從赤松子游耳。)"고 한 장량의 말을 염두에 둔 표현. 赤松子는 神農

蕭何歌曰:

刀筆[9]爲吏	文墨持論
勞無汗馬	功非獵狗[10]
餽餉不乏	封食獨多
今夕何夕	君樂臣樂

韓信歌曰:

鴻門識主		鳥道[11]出兵
定三秦[12]	虜魏豹[13]	擒趙歇[14]
燕齊從風[15]		楚項授首

氏 때의 雨師로, 곤륜산에 들어가 신선이 되었다고 한다.

9) 刀筆(도필): 刀筆吏. 낮은 벼슬아치. 종이가 발명되기 전에 竹竿에 새긴 誤字를 刀筆로 긁어 고치던 고사에서 나온 말이다. ≪通鑑節要≫의 '반고가 찬하기를, '소하와 조참은 모두 진나라의 도필리로 출발했다.'고 하였다.(班固贊曰: '蕭何曹參, 皆起秦刀筆吏.)"는 구절을 염두에 둔 표현이다.

10) 刀筆爲吏~功非獵狗(도필위리~공비렵구): ≪史記≫<蕭相國世家>의 "지금 소하는 말이 땀을 흘리는 노고도 없이 그저 글로써 이러쿵저러쿵했을 뿐입니다. 싸우지도 않았는데 오히려 신들보다 윗자리를 차지하니 왜 그렇습니까? … 지금 그대들은 그저 짐승을 뒤쫓았을 뿐이니 사냥개의 공을 세운 것입니다. 그러나 소하는 사냥개를 풀어 있는 곳을 지시했으니 사람의 공을 세운 것입니다.(今蕭何未嘗有汗馬之勞, 徒持文墨議論, 不戰, 顧反居臣等上, 何也? … 今諸君徒能得走獸耳, 功狗也. 至如蕭何, 發蹤指示, 功人也.)"는 구절을 염두에 둔 표현.

11) 鳥道(조도): 나는 새도 넘기 어려울 만큼 험준한 산속 길.

12) 三秦(삼진): 項羽가 咸陽에 쳐들어가 秦나라를 멸하고 沛公 劉邦을 巴蜀의 漢王으로 봉한 뒤, 關中을 셋으로 나누어 진나라의 항복한 장수 章邯을 雍王에, 司馬欣을 塞王에, 董翳를 翟王에 봉하여 유방을 견제하게 한 데서 비롯한 명칭.

13) 虜魏豹(노위표): ≪史記≫<高祖本紀>에 魏王 魏豹가 한나라를 배반하고 楚나라 편이 되자, 漢王 劉邦이 "장군 한신을 보내 공격하여 대파하고 그를 사로잡았으며, 마침내 위나라 지역을 평정하고 삼군을 설치했다.(遣將軍韓信擊, 大破之虜豹, 遂定魏地, 置三郡.)"라는 기록이 나오는 바, 이를 염두에 둔 표현.

14) 趙歇(조헐): 秦나라 二世황제 2년에 趙王 武臣이 그의 장수 李良에게 피살당하자, 당시 승상인 張耳와 대장군 陳餘는 조나라의 후예를 찾아내어 세운 임금.

15) 從風(종풍): 從風而靡. 바람이 부는 대로 나부끼는 풀처럼 복종함.

高鳥盡兮良弓藏　狡兔死兮走狗烹　敵國破兮謀臣亡16)
殞身於兒女子之手17)　　　結寃於千百載之下

陳平歌曰:

良禽擇木18)而棲　　　　　良臣擇君而事19)
八年從征　　　　　　　　六出奇計20)
日旣吉而辰良兮　　　　　侍舊主於宴會
蹲起舞而作歌　　　　　　聊以盡千古未盡之歡

紀信歌曰:

滎陽危急　　　　　　　　國勢蒼黃
謀臣閉舌　　　　　　　　壯士抛弓
丹心爲漢　　　　　　　　黃屋誑楚
散孤魂於火炎　　　　　　托遺靈21)於草偶

---

16) 高鳥盡兮~謀臣亡(고조진혜~모신망): 《史記》<淮陰侯列傳>의 "약빠른 토끼가 죽으니
　　그 토끼 잡던 좋은 개가 삶기고, 높이 나는 새가 다하니 좋은 활이 감추어지고 말며, 적
　　국이 깨뜨려지니 좋은 계책을 내던 신하가 없어지네.(狡兔死走狗烹, 高鳥盡良弓藏, 敵國破
　　謀臣亡.)"는 구절을 활용한 것. 劉邦과 項羽의 漢楚 쟁패전에서 鍾離昧의 목을 韓信이 유
　　방에게 갖다 바치면서 한 말이다.
17) 殞身於兒女之手(운신어아녀지수): 陳豨가 일으킨 반란에 가담하였다가 탄로나 劉邦의 부
　　인 呂后에게 죽임 당한 것을 일컬음.
18) 良禽擇木(양금택목): 똑똑한 새는 나무를 잘 가려서 깃듦. 《춘추좌씨전》 哀公 11년의
　　"새가 나무를 가려 앉는 법, 나무가 어찌 새를 가리랴.(鳥則擇木, 木豈能擇鳥.)"에서 나오
　　는 말이다.
19) 良禽擇木而棲, 良臣擇君而事(양금택목이서, 양신택군이사): 바로 따르는 사람의 주체적 선
　　택을 강조한 말. 《三國志演義》에서 李肅이 呂布에게 하는 말로 나온다.
20) 六出奇計(육출기계): 陳平이 劉邦을 도와 여섯 번 기묘한 계획을 낸 옛일.
21) 遺靈(유령): 죽은 사람의 영혼.

諸葛亮歌曰:

感屈駕於三顧[22]	許驅馳於風塵
受任顚沛	奉命危難[23]
魚水密契[24]	蠶叢[25]樊局[26]
一心孜孜	恐負托孤[27]
五月渡瀘[28]	六出祁山
皇天不吊[29]	星落五丈[30]
鞠躬盡瘁	死而後已[31]

22) 屈駕於三顧(굴가어삼고): 蜀漢의 임금 劉備가 제갈량의 초옥을 세 번이나 방문하여 마침내 軍師로 삼은 고사에서, 인재를 맞아들이기 위하여 참을성 있게 마음을 씀을 이르는 말.

23) 受任顚沛, 奉命危難(수임전패, 봉명위난): 諸葛亮의 <出師表>에 나오는 구절. 곧, "군대가 패하였을 때에 임무를 받고, 국가가 위태하고 곤란한 때에 명령을 받들었네.(受任於敗軍 之際, 奉命於危難之間.)"로 되어 있다.

24) 魚水密契(어수밀계): 魚水密勿之契. ≪三國志≫<諸葛亮傳>에 劉備가 "내가 公明을 만난 것 은 물고기가 물을 만난 것과 같다.(孤之有孔明, 猶魚之有水也.)"고 한 데에서 유래한 말. 성군과 현신이 서로 만나 간격이 없음을 비유한 것이다.

25) 蠶叢(잠총): 蜀 땅의 다른 이름. 蜀王의 선조 가운데 백성에게 蠶桑을 가르친 잠총이라는 이가 있었기 때문에 붙여진 별명이다. 李白의 <蜀道難>에 "잠총과 어부 등이 개국한 지 가 어이 그리 아득한고.(蠶叢及魚鳧, 開國何茫然?)"라 한 데서 나오는 말이다.

26) 樊局(폐국): 폐단이 많아 일이 결판난 판국.

27) 托孤(탁고): 임금이 죽기 전에 신임하는 신하에게 장차 새로 될 어린 임금의 보호를 부탁 하는 분부를 가리킴. 劉備가 諸葛亮에게 아들 劉禪의 보위를 부탁하였고, 유선에게는 "너 는 승상을 따르고 그를 부모처럼 섬기라."고 한 것을 이른다.

28) 五月渡瀘(오월도로): 蜀漢의 승상 諸葛亮이 일찍이 南蠻을 정벌하기 위해 瀘水를 건너가서 대단히 苦戰하였으므로, 그가 後主에게 올린 <出師表>에 "오월에 노수를 건너서 깊이 불모지까지 들어가서 싸웠습니다.(五月渡瀘, 深入不毛.)"라고 한 데서 나온 말. 瀘水는 四 川省에 있는 川名인데, 이 물엔 유독 瘴氣가 독하여 3, 4월경에 이 물을 건너다가는 반드 시 죽게 되고, 5월 이후에 건너야만 해를 입지 않는다고 하였다.

29) 不吊(부조): 불쌍히 여기지 않음. 돌보지 않음.

30) 星落五丈(성락오장): ≪三國志≫의 "가을바람 부는 오장원의 별로 질 뿐이네.(星落秋風五 丈原.)"에서 나온 말. 五丈은 五丈原으로 蜀漢의 諸葛亮이 魏나라 司馬懿와 대전하여 戰歿 한 古戰場이다.

31) 鞠躬盡瘁, 死而後已(국궁진췌, 사이후이): 諸葛亮의 <後出師表>에 "신은 나라에 몸과 마음 을 다 바쳐 죽은 뒤에야 그만둘 것입니다.(臣鞠躬盡瘁, 死而後已.)"라고 한 데서 나오는 말.

關公歌曰：

桃園結義[32]	兄事皇叔
手中青龍	胯下赤兎[33]
睥睨天地	掀動山河
時運不幸	誤陷奸計[34]
淚灑麥城[35]秋風	魂歸玉帛[36]夜月

李靖歌曰：

丈夫抱韜[37]	早識英主
一心爲唐	尺劍掃胡
明相良得[38]	今日同會

---

32) 桃園結義(도원결의): 羅貫中의 ≪三國志演義≫에서 劉備, 關羽, 張飛가 도원에서 의형제를 맺은 데에서 비롯된 말. 뜻이 맞는 사람끼리 하나의 목적을 이루기 위해 행동을 같이 할 것을 약속한다는 뜻이다.

33) 赤兎(적토): 赤兎馬. ≪三國志≫의 "사람 중에 여포가 있고, 말 중에 적토가 있다.(人中有 呂布, 馬中有赤兎)"에서 나오는 말. ≪삼국지연의≫에 의하면, 적토마는 온몸이 붉고, 잡 털이 하나도 없으며, 머리에서 꼬리까지의 길이가 1丈이고 키가 8尺이다. 이 적토마의 주인은 董卓, 呂布, 曹操, 關羽 순으로 바뀌었는데, 관우가 죽자 적토마가 주인을 따라 굶 어 죽음으로써 진정한 주인은 관우였음을 몸으로 보여주었다고 한다. 또한 관우는 82근 이나 되는 靑龍偃月刀를 휘둘렀다고 한다.

34) 誤陷奸計(오함간계): 關羽의 공세에 위협을 느낀 曹操가 강남의 영유권을 넘기는 조건으 로 孫權과 손을 잡고 협공했는데, 관우는 손권의 군대에 붙잡혀 참수된 것을 일컬음.

35) 麥城(맥성): 關羽가 孫權의 공격으로 말미암아 樊城에서 철수하여 荊州 탈환을 시도했지 만 오나라의 기습으로 실패하고 퇴각한 곳. 손권이 투항을 권고했으나, 관우는 거절하고 아들과 함께 퇴각하다가 맥성 북쪽의 臨沮에서 모두 생포되어 呂蒙에 의해 참수되었다.

36) 玉帛(옥백): 孫權이 참수한 關羽의 머리를 曹操에게 보내자, 조조는 제후의 예로 장례를 치렀다는 것을 염두에 둔 표현. ≪爾雅≫<釋天>에 "하늘에 제사지내는 것을 번시라고 도 한다.(祭天曰燔柴.)"라고 한 데서, 그 疏에 의하면, 하늘에 제사 지내는 의식을 거행할 적에 섶을 쌓아 놓은 위에 玉帛이나 犧牲을 얹어 놓고서 불태워 그 연기 냄새가 위로 하 늘에 닿게 하는 것을 말한다.

37) 丈夫抱韜(장부포도): 李靖은 어려서부터 문무를 겸비하고 재주와 지략을 갖추었는데, "대 장부가 주군을 만났을 때는 반드시 공을 세우고 큰일을 해서 부귀를 얻어야 한다."고 입 버릇처럼 말했다고 한 것을 염두에 둔 표현인 듯.

且舞且歌　　　　　　　　樂莫樂兮

張巡歌曰:

一髮39)孤城　　　　　　　月暈重圍
外無援兵　　　　　　　　內乏糧食
賊鋒登城　　　　　　　　力竭身病
此頭可斷　　　　　　　　此心不改

許遠歌曰:

風雨40)圍城　　　　　　　日月照心
矢盡力竭　　　　　　　　何以拒賊
丹衷激厲　　　　　　　　赤血淋漓
東都不屈41)　　　　　　　雙廟同高

曹彬歌曰:

掌酒42)見心　　　　　　　仗鉞43)輸誠

---

38) 良得(양득): 良將의 오기인 듯.
39) 一髮(일발): 危機一髮. 머리카락 하나의 길이만큼 위기가 눈앞에 다가왔다는 말.
40) 風雨(풍우): 시련과 역경을 비유적으로 이르는 말.
41) 東都不屈(동도불굴): 安祿山과 史思明의 반란으로 唐玄宗이 장안을 떠나 도피했으나, 顔眞卿 등이 의병을 일으키고 許遠 등이 睢陽城을 사수하여 西北에서 唐肅宗이 즉위하여 장안과 낙양을 탈환한 것을 염두에 둔 표현. 東都는 洛陽을 이르는 말이다.
42) 掌酒(장주): 曹彬은 後周 世宗의 신임을 받아 재무관으로서 차와 술의 전매를 관리한 것을 염두에 둔 표현. 宋太祖가 조빈을 찾아가서 술을 좀 달라고 부탁한 적이 있었는데, "술은 관의 술이므로 드릴 수가 없다."고 하면서 그 대신 자신의 돈을 주고 술을 사다가 태조에게 준 고사가 있다.
43) 仗鉞(장월): 황색의 큰 도끼를 손에 쥐고서 위력을 나타낸다는 뜻. ≪書經≫<周書‧牧誓>에 나온다. 후대에는 이 뜻이 전용되어 병권을 장악하거나, 한 지역에 군대를 주재시켜 요새를 지키는 일을 비유할 때 쓰였다. 송태조가 "후주의 세종을 섬기던 관리로서 주

恩深沃面	感切拊背[44]
四縛僭王	位極使相[45]
君臣同樂	至于今日

岳飛歌曰:

精忠報國	涅背繡旗[46]
屢忤東窓[47]	誓掃北塞
兩宮未返	身死棘寺[48]
魂雖歸於九原	恨莫消於千秋

劉基歌曰:

湖西望氣	江南贊業
大明日月	洪武[49]乾坤
天子穆穆[50]	賢臣濟濟
聖繼神承	於千萬年

군을 배신하지 않았던 신하는 조빈 뿐이었다."면서 자신의 심복으로 삼아 蜀征討軍의 군정장관에 임명한 것을 염두에 둔 표현이다.

44) 恩深沃面, 感切拊背(은심옥면, 감절부배): 宋太祖가 974년에 曹彬을 潘美와 함께 10만 대군을 이끌고 江南을 정벌하도록 하였는데, "떠나려는 즈음 어느 날 밤에 조빈을 궁궐로 불러들여 친히 술을 따라주니 조빈이 취하자 궁인이 물로 그의 얼굴을 씻겨주었고, 깨어나자 송태조가 그의 등을 쓰다듬어주었다.(將行, 夜召彬入禁中, 帝親酌酒, 彬醉, 宮人以水沃其面, 既醒, 帝扶其背.)"는 고사를 염두에 둔 표현.

45) 使相(사상): 중국 宋나라 때의 벼슬 이름. 고려의 節度使나 中書令에 해당된다고 한다.

46) 涅背繡旗(열배수기): 岳飛의 어머니가 그의 등에다 "精忠報國"이란 네 글자를 새겼던 것과 황제가 손수 "精忠岳飛"라 쓰고 깃발로 만들어 하사한 것을 염두에 둔 표현.

47) 東窓(동창): 宋나라 秦檜가 부인 왕씨와 橘을 희롱하면서 岳飛를 죽이려 계획했던 곳.

48) 棘寺(극시): 형법을 맡은 관아인 大理寺의 이칭. 岳飛가 이곳에서 죽임을 당했다.

49) 洪武(홍무): 명나라 太祖 때의 연호. 洪武帝라고도 하는데, 명나라 太祖 朱元璋을 가리킨다.

50) 天子穆穆(천자목목): 천자의 위엄을 뜻함. ≪詩經≫<雝>에, "제후들이 와서 제사를 돕거늘 천자는 엄숙하게 계시도다.(相維辟公, 天子穆穆.)"라고 한 데서 나오는 말이다. 천자가 권위가 있어 제후들이 자발적으로 와서 제사를 도운 것을 두고 한 말이다.

徐達歌曰:

丈夫處世兮	遇明主
遇明主兮	立功名
立功名兮	四海淸
四海淸兮	天下太平
天下太平兮	君臣同樂
君臣同樂兮	更何所求

衆歌已畢, 漢祖各氣像論之, 以徐達歌爲第一, 其餘皆有差等, 各賜酒褒美之.

○上曰: "今日之會, 古今罕有, 豈可無一言以記此勝事乎?" 漢祖曰: "歷代詞章之士, 多矣, 孰爲袁首?" 僉曰: "昔李白以天上太白之星[51], 誤讀黃庭經[52]一字, 謫下人間, 以雄詞鳴於盛唐, 世人以詩中天子[53]稱之, 非此人, 則不可也." 漢祖卽命李白曰: "卿有酒一斗詩百篇之名, 今日當此佳會, 不可無記, 故玆以命卿, 欲觀倚馬之作, 吐鳳之奇[54], 宜須搆成一詩, 以象太平之宴, 可也." 卽賜御醞一斗, 及文房四寶, 李白俯首聽命, 一飮而盡, 展開筆牋, 一揮而成, 文不加點. 其詩曰:

---

51) 太白之星(태백지성): 太白星. 金星이라고도 하는데, 저녁 무렵 서쪽 하늘에 가장 밝게 빛나는 별이다. 李白의 <蜀道難>을 賀知章이 읽고서, 이백에게 "그대는 인간 세상의 사람이 아니니, 아마 태백성의 정령이 아니겠는가?(公非人世之人, 可不是太白星精耶?)"라고 했다는 기록이 있다.

52) 黃庭經(황정경): 道家의 經文. 魏夫人이 전한 皇帝 內景經, 王義之가 베껴서 거위와 바꾸었다는 皇帝 外景經, 皇庭 遁甲 緣身經, 皇庭 玉軸經의 네 가지가 있다.

53) 詩中天子(시중천자): 가장 으뜸되는 시인. 시인 중에 천자처럼 지위가 높다는 의미로, 唐나라 시인 李白에게 붙여진 별명이다.

54) 欲觀倚馬之作, 吐鳳之奇(욕관의마지작, 토봉지기): 金萬重의 <九雲夢>에 나오는 구절. 倚馬之作은 궁중에서 말에 기대어 승전을 발표하는 露布라는 글을 빨리 기초하는 민첩한 재주란 말이고, 吐鳳之奇는 훌륭한 문장 솜씨란 말이다. 특히, 吐鳳之奇는 漢나라 揚雄이 ≪太玄經≫을 지을 적에, "입에서 봉황이 튀어나와 그 책 위에 잠시 머물렀다가 사라지는 꿈을 꾸었다.(夢吐鳳凰, 集玄之上.)"라는 고사에서 유래한 것이다.

混沌開闢後　　　　　三皇[55]繼天極[56]

萬理咸成務[57]　　　　庶物首出息[58]

芒忽[59]都因因　　　　功迹杳難識

義軒[60]劍[61]始後　　　五帝相代禪

大虛浮雲過　　　　　午會[62]瑞日遍

欽明與濬哲[63]　　　　勤勞老而倦

---

55) 三皇(삼황): 중국 고대 전설에 나오는 세 임금. 곧 天皇氏·地皇氏·人皇氏. 또는, 伏羲
氏·神農氏·燧人氏로 일컫기도 한다.

56) 繼天極(계천극): 朱熹의 ≪中庸章句序≫에서 "대체로 아주 옛날부터 聖神이 하늘의 뜻을
이어 극을 세우고 도통의 전함이 유래가 있게 되었다.(蓋自上古, 聖神繼天立極, 而道統之
傳, 有自來矣.)"라고 한 데서 나오는 말.

57) 萬理咸成務(만리함성무): ≪周易≫<繫辭傳 上>에 "易은 개물성무하고 천하의 일체 도리
를 포괄하니 이와 같은 것일 뿐이다.(夫易開物成務, 冒天下之道, 如斯而已者也.)"라고 한 것
을 염두에 둔 표현. 開物成務는 사물의 眞象을 드러내어 人事로 하여금 각기 그 온당함을
얻게 하는 것이다.

58) 庶物首出息(서물수출식): ≪周易≫<乾卦 象>에, 乾道 즉 聖君의 자격을 갖춘 제왕의 도를
논하면서 "만물 중에 으뜸으로 나와 만국이 모두 편안하게 되었도다.(首出庶物, 萬國咸
寧.)"라고 한 말을 염두에 둔 표현.

59) 芒忽(망홀): 芒과 忽이 모두 아주 작은 단위를 가리킴.

60) 義軒(의헌): 羲軒의 오기. 伏羲와 軒轅.

61) 劍(검): 軒轅劍. 중국 신화에 나오는 명검. 後晉의 王嘉가 지은 ≪拾遺記≫에 "곤오산 밑
에는 색이 불꽃같은 붉은 쇠가 많다. 옛날 황제가 치우와 싸울 때 이곳에 병사를 벌려
세우고 대치했다. 백 장 깊이로 땅을 파도 샘물이 나오지 않고 별 같은 불빛만 볼 수 있
었다. 흙 중에 붉은 빛이 도는 것을 제련하여 구리를 만들었다. 구리는 색이 푸르고 날
카로웠으며, 샘의 빛깔이 붉었다.(昆吾山, 其下多赤金, 色如火. 昔黃帝伐蚩尤, 陳兵于此地. 堀
深百丈, 猶未及泉, 惟見火光如星, 地中多丹, 煉石爲銅. 銅色青而利, 泉色赤.)"는 기록이 있는
바, 明나라 李承勛의 ≪名劍記≫에서 헌원씨가 이때 만든 銅劍을 軒轅劍이라 지칭했다.

62) 會(회): 시간의 단위. 1만 800년을 1회라고 한다. ≪皇極經世書≫에 의하면, 하늘은 子會
에서 열렸고, 땅은 丑會에서 개벽하였고, 사람은 寅會에서 생겨났다고 하였으며, 堯임금
때는 巳會와 午會의 사이에 해당된다고 하였다. 또 宋나라 邵雍의 <五帝吟>에 "五帝의
시대는 한낮과 같아서, 문물을 밝힌 것이 매우 성대하여라. 고금의 세상에 이렇게 융성
한 적 없으니, 그로부터 이후로는 문득 이와 같지 않았네.(五帝之時似日中, 聲明文物正融
融. 古今世盛無如此, 過此其來便不同.)"라고 한 데서 온 말이다. 午會는 堯舜시대임을 말하
며, 전성기에 해당했다는 뜻이다.

63) 欽明與濬哲(흠명여준철): 堯임금과 舜임금을 일컬음. ≪書經≫<堯典>의 "아, 옛날 요임금
을 상고하건대 공이 크시니 공경하고 밝고 문채가 빛나고 생각함이 편안하고 편안하시
며 진실로 공손하고 능히 겸양하시어 광채가 사방 밖으로 미치며 하늘과 땅에 이르렀
다.(曰若稽古帝堯, 曰放勳, 欽明文思安安, 允恭克讓, 光被四表, 格于上下.)"와 <舜典>의 "옛

殂落陟方⁶⁴⁾後 　三王⁶⁵⁾又相繼

亳都⁶⁶⁾千里雨⁶⁷⁾ 　塗山⁶⁸⁾萬國幣⁶⁹⁾

豊鎬⁷⁰⁾八百基⁷¹⁾ 　永垂蒼姬⁷²⁾系

嬴秦⁷³⁾大寒後 　漢德布陽春

恢度包英雄 　尺劍掃風塵

太牢祀聖廟⁷⁴⁾ 　洪基卽此因

날 순임금을 상고하건대 거듭 빛나는 것이 요임금에게 합하시니 깊고 명철하고 문채 있고 밝으시며 온화하고 공손하며 성실하고 독실하시어 그윽한 덕이 올라가 알려지시니 요임금이 마침내 임금 자리를 맡도록 명하셨다.(曰若稽古帝舜, 曰重華協于帝, 濬哲文明, 溫恭允塞, 玄德升聞, 乃命以位.)"에서 나온다.

64) 殂落陟方(조락척방): 제왕의 죽음을 일컫는 말. ≪書經≫≪舜典≫의 "(대리청정을 한 지) 28년 만에 요임금이 마침내 돌아가시니 백성들은 부모의 상을 당한 듯이 3년 복을 입었고 온 세상에서는 여덟 가지 악기소리를 그쳐서 조용히 하였다.(二十有八載, 帝乃殂落, 百姓如喪考妣, 三載, 四海遏密八音.)"와 "순이 태어난 지 30년에 불려가 쓰여 30년 동안 재위하였다가 50년에 승하하여 바야흐로 이에 돌아가셨다.(舜生三十徵庸, 三十在位, 五十載陟方乃死.)"에서 나오는 말이다.

65) 三王(삼왕): 夏나라의 禹王, 殷나라의 湯王, 周나라의 文王 또는 武王을 가리킴.

66) 亳都(박도): 殷나라 수도. 탕왕이 桀을 정벌하기 위해 군대를 일으킬 때 맹세한 곳이다.

67) 千里雨(천리우): ≪淮南子≫≪主術訓≫의 "탕왕 때에 7년 동안 큰 가뭄이 계속되자 탕왕이 친히 상림가로 가서 기우제를 지내니 사해의 구름이 모여들어 천리에 걸쳐 비가 내렸다.(湯之時, 七年旱, 以身禱於桑林之際, 而四海之雲湊, 千里之雨至.)"는 구절을 염두에 둔 표현.

68) 塗山(도산): 夏나라의 禹王이 제후들을 모이게 한 곳. 옥과 비단을 폐백으로 가지고 온 자가 만여 명이었다고 한다.

69) 塗山萬國幣(도산만국폐): ≪淮南子≫≪原道訓≫의 "禹임금은 천하가 등을 돌린 것을 알고는 성을 허물고 도랑을 메웠으며 재물과 보물을 풀고 무기와 갑옷을 불태우고 오로지 은덕을 베풀었더니 나라 밖에서 복종해오고 사방의 이적들은 조공을 바쳤는데, 제후들을 도산에 모이게 했을 때는 옥과 비단을 바치는 것이 만여 나라나 되었다.(禹知天下之叛也, 乃壞城平池, 散財物焚甲兵, 施之以德, 海外賓伏, 四夷納職, 合諸侯於塗山, 執玉帛者萬國.)"는 구절을 염두에 둔 표현.

70) 豊鎬(풍호): 周나라 수도.

71) 豊鎬八百基(풍호팔백기): 周나라는 木德王이 豊鎬를 도읍지로 하여 건국되었고, 平王에 이르러 雒邑으로 천도되었으며, 건국된 지 38대 874년 만에 秦나라에게 멸망한 것을 염두에 둔 표현.

72) 蒼姬(창희): 중국 周나라의 별칭. 주나라가 푸른색[蒼]을 숭앙하고, 姬氏의 성이었기 때문이다.

73) 嬴秦(영진): 진시황의 진나라. 嬴은 秦나라 임금의 姓氏로, 곧 진나라를 뜻하기도 하며, 秦始皇을 가리켜 그의 강대함을 비유하기도 한다.

74) 太牢祀聖廟(태뢰사성묘): ≪通鑑節要≫의 "漢高祖가 魯나라를 지나면서 태뢰로써 공자에

隋室離亂後

征伐武功定[75]

光御卅三載[77]

五季長夜後

城頭紫雲起[80]

洞開九重門

胡元百年後

始應金陵氣

萬年不拔基

聖唐受天命

偃修文[76]德盛

至治寶海夐[78]

奎運[79]啓宋治

橋上[81]紅日瑞

榻外無鼾睡[82]

○大明光天下

鞏立紅羅[83]社

光宅[84]御中夏[85]

게 제사하였다.(漢高帝過魯, 以太牢祠孔子.)"는 구절을 염두에 둔 표현. 그 뒤로 제왕들이 노나라에 가서 공자께 제사를 올린 일이 많았다고 한다. 太牢는 소·양·돼지 세 짐승의 고기를 모두 쓴 요리로, 아주 훌륭한 음식을 일컫는다.

75) 征伐武功定(정벌무공정): 당나라 건립 초기에 李世民과 황태자 李建成은 황위 승계를 놓고 쟁탈을 벌였는데, 玄武文의 정변을 통해 이세민이 황제가 된 것을 일컫는 듯.

76) 偃修文(언수문): 偃武修文. 전쟁을 그만두고 文教를 닦음. 唐太宗 李世民은 군주가 자신의 욕심을 버리는 無爲政治를 펴기 위한 구체적인 실천으로, 전쟁을 그만두고 문치를 펴는 偃武修文, 사치를 경계하고 간소함을 따르는 戒奢從間, 요역과 세금을 가볍게 해주는 輕徭薄賦 등 세 가지를 내세웠다.

77) 光御卅三載(공어입삼재): 唐太宗은 626년부터 649년까지 재위함.

78) 夐(현): 營求. 꾀하여 구하다. 도모하다.

79) 奎運(규운): 文運을 맡은 奎星을 이름.

80) 城頭紫雲起(성두자운기): 董遵誨가 송태조에게 "제가 일찍이 성위에 자색 구름이 덮개와 같이 덮였고, 또 꿈에서 높은 대에 올라가 검은 뱀을 만나니 대략 백 척의 길이에 갑자기 용으로 변하여 하늘로 날아올라 가버렸는데 천둥과 번개가 뒤따랐으니, 이는 어떤 조짐입니까?(我嘗見城上紫雲如蓋, 又夢登高臺, 遇黑蛇約長百尺餘, 俄化龍飛騰東北去, 雷電隨之, 是何祥也?)"고 물은 고사를 염두에 둔 표현.

81) 橋上(교상): 後周 절도사 趙匡胤이 契丹의 군대를 모아 침입한 北漢을 막기 위해 머물렀던 陳橋驛을 가리킴. 이곳에서 趙普, 石守信 등이 군사 반란을 일으켜 조광윤을 추대하여 帝位에 오르게 하였다.

82) 榻外無鼾睡(탑외무한수): 강남에 웅거하면서 복종하지 않는 南唐 李煜을 송태조가 치자, 남당에서 徐鉉을 보내 공격을 늦추어 줄 것을 누차 청하였는데, 송태조는 "강남이 무슨 죄가 있겠는가? 다만 천하가 일가인데 잠자는 옆자리에 다른 사람이 코고는 것을 용납할 수 있겠는가?(江南亦何罪? 但天下一家, 臥榻之側, 豈容他人鼾睡?)"라고 한 것을 염두에 둔 표현. 잠자는 침대 곁에 남의 코고는 소리를 듣는 것은 변방을 평정하지 못한 것과 다름없다는 의미로 말한 것이다.

83) 紅羅(홍라): 紅羅山은 元나라 마지막 군주 順帝가 明太祖 朱元璋에게 죽은 곳이고, 주원장이 紅羅眞人이라 일컬어지기도 했는바, 명나라의 이칭으로 쓰임.

邈矣三古⁸⁶⁾後	列聖誕膺⁸⁷⁾時

邈矣三古[86]後　　　　列聖誕膺[87]時

或値五百運　　　　　或當千一期

漢唐與宋○明　　　　相繼而興邦

四后創大業　　　　　文武世無雙

非但神姿挺　　　　　抑又天命受

往往祥符見　　　　　箇箇靈瑞有

赧王[88]入秦歲　　　　神龍出沛水[89]

東井列星聚[90]　　　　芒山五雲起[91]

煌煌金刀[92]業　　　　垂統四百年

聖我皇祖[93]　　　　　龍飛晉陽天[94]

---

84) 光宅(광택): 聖德을 멀리까지 드러내어 천하를 밝게 다스림을 비유적으로 이르는 말.

85) 中夏(중하): 中華. 중국 사람이 자기의 나라를 높여 이르는 말.

86) 三古(삼고): 伏羲를 上古, 神農을 中古, 五帝를 下古라는 설과 복희를 상고, 文王을 중고, 孔子를 하고라는 설이 있으나, 여기서는 이상적인 시대였던 三代를 가리키는 듯.

87) 誕膺(탄웅): ≪書經≫<周書·武成>에 "우리 文考이신 문왕께서 공을 이루시어 크게 천명에 응하셨다.(我文考文王, 克成厥勳, 誕膺天命.)"라고 한 데서 나오는 말.

88) 赧王(난왕): 東周의 마지막 천자. 즉위 59년에 제후들과 맹약하여 秦나라를 공격하였다가 진나라 昭王에게 사로잡혀 머리를 조아리고 죄를 청하였고, 또 주나라 땅을 모두 바치고 나서 주나라로 돌아와 죽었다.

89) 神龍出沛水(신룡출패수): 周나라 赧王이 秦나라를 공격했던 59년에 漢高祖 劉邦이 沛郡豐邑에서 태어난 것을 염두에 둔 표현. 유방의 어머니가 어느 날 꿈에 연못가에서 잠시 쉬고 있는데 하늘에 번개가 쳐서 깜짝 놀라 쳐다보니 비상하는 용이 보였는데, 그 후에 유방을 잉태했다고 ≪史記≫에 기록되어 있다.

90) 東井列星聚(동정열성취): ≪宋書≫<天文志>에 의하면, 고래로 오성이 한데 모인 적이 세 번 있었는데, 五星이 한데 모인 상서로 인하여 周와 漢은 왕이 되었고, 齊는 霸가 되었는바, 周武王이 殷나라를 정벌할 적에는 오성이 房星에 모였고, 齊桓公이 霸가 될 무렵에는 오성이 箕星에 모였으며, 漢高祖가 秦나라를 쳐들어갔을 때는 오성이 東井星에 모였다고 한 것을 염두에 둔 표현. 동정은 별자리 이름이고, 오성은 水·火·金·木·土의 五大行星이다.

91) 芒山五雲起(망산오운기): 秦始皇이 동남방에 천자의 기운이 있다 하여 동쪽으로 순시를 나가 그 기운을 억누르자, 漢高祖가 도망해 芒山과 碭山의 산중에 숨어 다녔는데, 그의 처 呂后는 고조가 아무리 깊은 산중에 있어도 늘 찾아내었으므로 고조가 이상히 여겨 그 방법을 물으니, 여후가 말하기를, "당신이 계신 곳에는 항상 하늘에 雲氣가 서려 있어서 그 구름을 따라가면 늘 당신을 만날 수 있습니다."라고 했다는 것을 염두에 둔 표현.

92) 金刀(금도): 卯金刀의 준말로 劉를 破字한 것. 곧 한나라 왕조를 가리키는 말이다.

93) 我皇祖(아황조): 李白이 당나라 시인이기 때문에 唐高祖를 지칭한 표현.

94) 龍飛晉陽天(용비진양천): 唐高祖 李淵이 晉陽에서 기병하여 隋나라를 치고 당나라의 기초

河南楊花落 　江北李花榮95)

七德九功舞96) 　戡亂又守成97)

圖書啓文明 　至治98)先露形

夾馬99)生異香 　黑龍100)見祥靈

馬上纒黃袍 　點檢101)登皇極

葱蘢濠上氣102) 　一掃胡穢德

魚夢朱家港 　樹篆洪武字

手中有王文103) 　玄符叶黃瑞104)

를 세운 것을 염두에 둔 표현.

95) 河南楊花落, 江北李花榮(하남양화락, 강북이화영): 당나라 전기소설 <煬帝迷樓記>에 의하면, 隋煬帝가 迷樓宮을 짓고 주색에 빠져 수천 궁녀를 불러들여 음탕하게 놀자, 한 궁녀가 소리 높여 "하남엔 버드나무가 시들고, 하북엔 오얏 꽃이 피었네. 버들 꽃은 날아가 어느 곳에 떨어질거나, 오얏 꽃은 열매가 자연히 이루어지리라.(河南楊柳謝, 河北李花榮. 楊花飛去落何處, 李花結果自然成.)"라고 불렀다는 것을 활용한 표현. 隋나라 왕조는 楊氏이고 唐나라 왕조는 李氏임에 근거하여 표현한 것이다.

96) 七德九功舞(칠덕구공무): 七德舞는 본래 <秦王破陣樂>으로 唐太宗이 秦王으로 있을 때 劉武周를 쳐부순 공을 기리기 위하여 만든 악곡이고, <九功舞>는 본래 <功成慶善樂>으로 당태종이 慶善宮에서 태어났으므로 貞觀 6년(633)에 그곳에 행행하여 시종신에게 연회를 베풀고 만든 악곡임.

97) 守成(수성): 선대가 이루어 놓은 왕업을 계승하여 지키는 것을 일컫는 말.

98) 至治(지치): 貞觀之治를 일컬음. 중국 唐나라의 太宗은 名君이어서 房玄齡·杜如晦 등의 현명한 宰相과 魏徵·李楨·李勣 등의 名將을 써서, 그 治世가 태평하였으므로 그 연호를 따서 이른 말이다.

99) 夾馬(협마): 宋太祖 趙匡胤이 태어난 洛陽의 夾馬營. 조광윤의 어머니 杜夫人이 이곳에서 그를 낳았는데, 태어나면서부터 몸에서 특이한 향기를 지녔고 3일 동안 향기가 사라지지 않았다. 그래서 香孩라 불렀다.

100) 黑龍(흑룡): 黑은 오행사상에서 북쪽에 위치하는 것이라서, 북쪽을 지키는 신성한 용.

101) 點檢(점검): 趙匡胤이 後周 世宗 수하의 장군으로서 큰 공을 세워 친위군인 금군을 통솔하는 殿前都點檢에 올랐던 것을 가리킴. 조광윤이 陳橋驛에서 정변을 일으켰을 때, 주변 장수들이 "점검을 천자로 책봉하자.(策點檢爲天子.)"라고 했던 것을 염두에 둔 표현이다.

102) 葱蘢濠上氣(총롱호상기): 朱元璋이 1328년 安徽省 淮河 연안의 濠州에서 태어난 것을 염두에 둔 표현. 濠上은 安徽省 鳳陽縣 동북쪽의 濠水 위에 있던 교량의 이름이다.

103) 王文(왕문): 明나라 대신. 초명은 王强. 1421년 진사가 되고, 監察御史에 올라 청렴하게 법을 지켰다. 英宗이 즉위하자 陝西按察使가 되었다. 大理寺卿을 거쳐 右都御史로 옮겼다. 섬서를 鎭守하다가 左都御史에 올랐다. 1450년 불려 學院事를 맡았다. 吏部尙書와 謹身殿大學士를 지냈다. 나라의 위급한 시각에 선뜻 나와 개인의 사정을 돌보지 않고 공명정대하게 일을 바로잡아서 명망이 몹시 높았지만, 영종이 復辟했을 때 言官이 그와 于謙이 外藩에서 다른 황제를 세우려고 모의했다며 탄핵해 결국 함께 시장에서

亂極當治運	天人共一理
聖主洪功業	必賴賢良士
黃帝夢風沙	牧后爲將相105)
阪泉成功大	涿野耀武壯106)
協心同一體	崆峒107)護仙仗108)
掎歟唐虞盛	明良109)登濟濟
元凱110)咸贊襄111)	岳牧112)共拜稽
千載一際會	揖讓三杯醴
美哉殷商世	伊傅113)相伯仲

참수 당했다.

104) 玄符叶黃瑞(현부협황서): 天玄과 地黃을 바탕으로 하여 玄符는 하늘의 상서로운 징조이고 黃瑞는 땅 기운의 상서로움이 서로 걸맞음을 이르는 말.

105) 黃帝夢風沙, 牧后爲將相(황제몽풍사, 목후위장상): ≪帝王世紀≫에 이르기를, "黃帝가 꿈속에서 大風이 천하의 먼지[塵垢]를 모두 쓸어버리는 꿈을 꾸고, 또 어떤 이가 千鈞의 쇠뇌[弩]를 잡고서 수만 마리 양을 몰고 다니는 꿈을 꾸었다. 황제가 잠에서 깨어나 말하기를, '바람[風]은 號令의 속성이 있으니 執政者를 가리키는 것이고, 또 垢 자에서 土자를 빼면 后자만 남으니 천하에 어쩌면 風자 성과 后자 이름을 가진 자가 있을 것이다. 천균의 쇠뇌를 잡고 다니는 것은 뛰어난 힘의 소유자를 가리키는 것이고, 수만 마리의 양을 몰고 다닌다는 것은 牧民을 잘하는 자를 가리키니, 천하에 어쩌면 力자 성과 牧자 이름을 가진 자가 있을 것이다.' 하면서 이에 두 꿈의 해몽에 의거하여 수소문한 결과 바닷가에서 風后를 찾아 재상에 등용하였고 大澤에서 力牧을 찾아 장수로 발탁하였다."고 한 것을 염두에 둔 표현.

106) 阪泉成功大, 涿野耀武壯(판천성공대, 탁야요무장): 黃帝가 干戈 쓰는 법을 익혀 순종하지 않는 제후들을 무력으로 토벌하면서 炎帝 神農氏를 판천의 들판에서 이겼던 것과, 蚩尤가 구리쇠 같은 이마를 가지고 큰 안개를 피우자 指南車를 만들어 涿鹿의 들판에서 사로잡았던 것을 염두에 둔 표현.

107) 崆峒(공동): 崆峒山. 廣成子라는 仙人이 있었던 곳으로 黃帝가 가서 도를 물었다고 한다.

108) 仙仗(선장): 天子의 儀仗을 일컬음. 杜甫의 <洗兵馬行>에 "천자의 행차가 공동산 지남을 늘 생각했네.(常思仙仗過崆峒.)"라고 한 것을 염두에 둔 표현이다.

109) 明良(명량): 현명한 임금과 충성스럽고 어진 신하를 이르는 말.

110) 元凱(원개): 八元·八凱의 준말로, 훌륭한 재능을 갖고 있는 신하를 이르는 말. ≪春秋左氏傳≫ 文公 18年에 의하면, 중국 고대 신화에 나오는 高辛氏의 아들 8명을 팔원이라 하고, 高陽氏의 아들 8명을 팔개라고 하는데, 이들의 후예가 대대로 그 명성을 이어 요순시대에도 활약했다고 한다.

111) 贊襄(찬양): 신하가 임금을 돕고 보좌하여 치적을 이룬다는 뜻.

112) 岳牧(악목): 四岳과 十二牧을 합쳐서 줄인 말. 요순시대에 이들이 정무와 지방 각국의 제후를 나누어 관장하였다고 한다. 후대에는 지방관을 뜻하는 말로 널리 쓰이게 되었다.

玉帛勤三聘114)　　　　　　丹靑感一夢115)

一德116)與三命117)　　　　　　言言必有中

文王118)得賢輔　　　　　　獵車載呂尙119)

渭川釣璜叟120)　　　　　　牧野揚鷹將121)

---

113) 伊傅(이부): 伊尹과 傅說.

114) 三聘(삼빙): 殷나라 成湯이 3번이나 伊尹에게 사신을 보내어 초빙한 데에서 비롯된 말. 임금이 草野에 묻혀있는 인재를 발굴하여 등용하는 것을 말한다.

115) 丹靑感一夢(단청감일몽): 商나라 임금 武丁이 왕조를 중흥하려 했으나 뜻을 이루지 못하던 어느 날 꿈속에서 성인을 만났는데 꿈에서 깨고 난 뒤에도 성인의 모습이 생생하게 기억나서 그림으로 그려 닮은 사람을 찾은 것이 바로 傅說이었다는 고사를 염두에 둔 표현.

116) 一德(일덕): 순일한 덕으로, 곧 마음을 뜻함. ≪書經≫<咸有一德>을 가리키는데, 이윤이 관직에서 물러나 떠날 적에 太甲의 덕이 순일하지 못하고 나쁜 사람을 등용할까 두려워하여 지은 것으로, 제6장에 "이제 선왕을 계승하여 즉위하신 왕께서 새로이 천명을 받으시려면 덕을 새롭게 하셔야 합니다. 始終 한결같이 함이 바로 날로 새로워지는 것입니다.(今嗣王, 新服厥命, 惟新厥德. 終始惟一, 時乃日新.)"라고 하였고, 伊尹이 "저는 몸소 湯王과 더불어 모두 일덕을 소유하여 능히 天心에 합당하여 하늘의 밝은 命을 받아서 九州의 무리를 소유하여 이에 夏나라의 正朔을 바꾸었습니다.(惟尹躬暨湯, 咸有一德, 克享天心, 受天明命, 以有九有之師, 爰革夏正.)"라고 하였다.

117) 三命(삼명): ≪書經≫<說命>이 상·중·하 세 편으로 된 것을 이른 말. <열명>은 곧 殷나라 高宗이 傅說에게 명한 말을 기록한 것으로 상편은 부열을 얻어 재상으로 임명한 말을 기록하였고, 중편은 부열이 재상이 되어 고종에게 경계를 올린 말들을 기록하였으며, 하편은 부열이 학문을 논한 말들을 기록하였다.

118) 文王(문왕): 周나라 시조. 이름은 姬昌 또는 伯昌. 은나라 紂王 때 西伯에 책봉되었으며, 50년간 周族의 부족장을 지냈다.

119) 獵車載呂尙(엽거재여상): ≪史記≫<齊泰公世家>에 의하면, "呂尙은 너무도 궁핍하여 나이 72세에 낚시를 하면서 때를 기다리고 있었는데, 때마침 周나라 西伯이 사냥하러 온다는 것을 알고 나라를 다스리는 책략에 대해 생각해두었다. 이때 서백이 사냥을 나가기 전에 점을 쳐보니 점쟁이의 말이 '용도 아니고 이무기도 아니며 호랑이도 아니고 곰도 아니니, 사로잡을 것은 패왕을 보좌할 신하일 것이다.'라고 했다. 이에 서백은 기쁜 마음으로 사냥에 나섰다. 渭水 북쪽까지 사냥하러 갔는데 마침 한가롭게 낚시하는 태공을 만났다"고 한 것을 염두에 둔 표현. 呂尙은 周나라 초기의 공신으로 姜太公이라 불렸는데, 文王의 스승이었다가 다시 그의 아들 武王을 도와 殷나라의 紂王을 멸망시키고 주나라를 세운 인물이다.

120) 渭川釣璜叟(위천조황수): 周나라 太公望 呂尙이 磻溪에서 낚시질을 하다가 玉璜을 건져 올렸는데, 그 옥황에 "姬氏가 천명을 받고 呂氏가 보좌하리라.(姬受命, 呂佐之.)"라는 글귀가 새겨져 있었다고 한 것을 염두에 둔 표현.

121) 牧野揚鷹將(목야양응장): ≪詩經≫<大明>에 "들판이 넓으니, 박달나무 수레가 휘황하며, 네 필의 원마가 건장하도다. 太師 尙父가 때로 매가 날듯이 하여 저 무왕을 도와 군

用兵爲後法	韜畧122)風雲盪
良平興漢祚	智謀多神奇
蕭曹刀筆吏	論議文墨持
韓彭多勇畧	戰勝助聲勢
絳灌忠厚者	武功同一例
建武123)中興將	心力相勉勘
業贊四七際124)	貌揚廿八畫
南陽高臥125)龍	受恩許馳驅
蠶叢歎疲獘	魚水感際遇126)
錦官城127)外祠	一體君臣同128)
張公兩龍劒129)	推枰贊成功

대를 풀어 商나라를 정벌하니 회전하는 날 아침이 청명하도다.(牧野洋洋, 檀車煌煌, 駟騵彭彭. 維師尙父, 時維鷹揚, 涼彼武王, 肆伐大商, 會朝淸明.)"라고 한 것을 염두에 둔 표현.

122) 韜畧(도략): 六韜三略. 呂尙이 중국 최초로 저술한 병법서.

123) 建武(건무): 東漢 光武帝 劉秀의 연호.

124) 四七際(사칠제): 光武帝 劉秀가 長安에 있을 때, 彊華가 關中에서 가져온 赤伏符에 "유수가 군대를 일으켜 부도한 자를 체포하면, 사방 오랑캐가 운집해 용이 들에서 싸우다가, 사칠의 즈음에는 불이 주인이 되리라.(劉秀發兵捕不道, 四夷雲集龍鬪野, 四七之際火爲主.)"라고 한 데서 나오는 말. 이에 대한 李賢의 注에 "사칠은 28인데, 高祖 때부터 광무제가 처음에 일어난 때까지가 228년으로, 바로 사칠의 즈음이다. 漢나라는 火德이므로 화가 주인이 된 것이다."라고 했다.

125) 高臥(고와): 높은 데에 누워 있음. 곧 마음을 고상하게 가져서 벼슬을 버리고 세상을 피하여 은거하고 있는 것을 비유하는 말이다. 제갈량은 명성이 높아 臥龍이라 일컬어졌다.

126) 際遇(제우): 임금과 신하 사이에 뜻이 잘 맞음을 이르는 말.

127) 錦官城(금관성): 중국 四川省 成都縣에 있는 성. 삼국시대 蜀漢의 승상 諸葛亮을 모신 武侯祠가 있다. 杜甫의 시 <蜀相>에 "승상의 사당이 어디에 있는고. 금관성 밖 측백나무 무성한 곳일세.(丞相祠堂何處尋? 錦官城外柏森森.)"라고 하였다.

128) 一體君臣同祀事(일체군신동사사): 杜甫가 옛 자취를 돌아보며 자기의 회포를 풀어낸 <詠懷古迹>의 4번째 수에 "촉 황제 오나라 치러 삼협으로 나섰다가, 돌아가신 그 해에 영안궁에 계셨다네. 상상 속 비취 깃발 빈 산에 있고, 스러진 궁궐터는 절터 속에 있네. 옛 사당 삼나무 위에는 학이 둥지 특고, 해마다 제사 때면 마을 노인들 분주하네. 공명의 사당도 언제나 곁에 있어, 군신으로 한 몸 되더니 제사도 함께 지내네.(蜀主窺吳幸三峽, 崩年亦在永安宮. 翠華想像空山裏, 玉殿虛無野寺中. 古廟杉松巢水鶴, 歲時伏臘走村翁. 武侯祠屋常隣近, 一體君臣祭祀同.)"에서 나오는 말.

129) 張公兩龍劍(장공양용검): 張公은 晉나라 張華를 가리킴. 장화가 雷煥을 시켜 鄷城의 감옥 터를 파게하여 龍泉과 太阿란 보검 한 쌍을 얻었는데 하나는 장화가 가졌고 다른 하나

平吳壯元凱[130]	登峴歎叔子[131]
房杜佐聖祖	昇平世仙□[132]
李勣爲萬里[133]	魏奏十漸疏[134]
功臣二十四	烟閣幷馳譽
開元[135]及至德[136]	豪俊接踵起

는 뇌환이 가졌다. 장화가 趙王 倫에게 피살당하자 그 칼이 어디 갔는지 몰랐다. 후에 뇌환이 죽은 뒤 그 아들이 아비의 칼을 차고 延平津을 건너는데, 문득 칼이 칼집에서 빠져나와 강물 속으로 떨어지기에 잠수부를 시켜 물속으로 들어가 보도록 하니, 두 용이 서리어 있었다고 한다.

130) 元凱(원개): 晉나라 杜預의 자.

131) 登峴歎叔子(등현탄숙자): 叔子는 晉나라 羊祜의 자. 양호는 魏나라 말엽에 종사관이 되어 荀彧과 같이 나라의 기밀에 관한 일을 관장하였다. 晉 왕조가 들어서자 鉅平侯에 봉해 졌고 都督荊州諸軍事로 10년간 나가 있었는데, 재임하는 동안에 屯田을 실시하여 식량을 비축하면서 吳나라를 정복하는 기획을 짰다. 평일에는 갑옷을 입지 않고 가벼운 갖옷에 허리띠를 느슨히 맨 차림으로 오나라 장수 陸抗과 사신을 교환하면서 원근을 안심시켜 江漢과 오나라 사람의 인심을 수습하였다. 그 뒤에 杜預를 추천하여 자신의 후임으로 삼았다. 그가 죽은 뒤에 南州의 사람들이 저자를 파하고 통곡하였으며 그가 평생 노닐던 峴山에 碑를 세우고 사당을 건립하였는데, 두예가 그 비를 墮淚碑라고 이름을 붙였다. 이러한 고사를 염두에 둔 표현이다.

132) 昇平世仙□(승평세선□): 한 글자 누락. 唐太宗이 인재들을 모두 끌어 모으고는 文學館을 설치하여서 杜如晦, 房玄齡 등 18명의 문관을 임명하여 학사로 삼았는데, 閻立本에게 명하여 畫像을 그리게 하고 褚亮에게 贊을 짓게 해서 이를 관 안에다가 걸고는 이들을 '十八學士'라 불렀는지라, 당시 사람들이 그들을 신선이 사는 瀛洲에 올랐다고 부러워한 것을 염두에 둔 표현.

133) 爲萬里(위만리): 李勣이 돌궐족을 정복하고 설연타(몽골 북부의 터키계 유목 민족)와의 전쟁을 승리로 이끌자, 唐太宗이 "이적이 병주를 지키자 돌궐이 감히 남하하지 못하니, 이는 장성보다도 훨씬 더 훌륭하다.(李勣守幷, 突厥不敢南, 賢於長城遠矣.)"라고 한 것을 염두에 둔 표현. 당태종의 말은 '이민족의 침략을 막는 만리장성 같다.'고 칭찬한 것이다.

134) 十漸疏(십점소): <十漸不克終疏>로, 639년에 唐나라 문하시중 魏徵이 올린 상소. 먼 지방에 使者를 보내어 駿馬와 怪珍을 구하는 것, 함부로 백성을 부려 편안치 못하게 하는 것, 욕심을 부려 백성을 수고롭게 하는 것, 군자를 멀리하고 소인을 가까이하는 것, 얻기 어려운 보화와 玩好品을 중지하지 않으며 위에서는 사치하면서 아래의 검소함만을 바라는 것, 어진 자를 등용하고는 의심하여 一朝一夕에 버리는 것, 사냥을 즐기고 政務에 소홀한 것, 신하를 禮義로 대하지 않고 작은 허물을 따지는 것, 오만을 부려 까닭 없이 군사를 일으켜서 먼 나라를 토벌하는 것, 극심한 徭役으로 백성을 지치게 하는 것의 열 가지 일이다.

135) 開元(개원): 唐나라 玄宗의 첫 번째 연호(713~741).

136) 至德(지덕): 唐나라 肅宗의 연호(756~757).

姚宋通法尙[137]　　　李郭寬嚴以[138]

同心一二臣　　　協贊元和[139]治

犀帶[140]揚輝光　　　卄載繫安危

昌黎雲錦詞[141]　　　解撰平淮頌[142]

五星聚奎[143]躔　　　諸賢咸佐宋

元戎[144]平僭僞　　　藩邦[145]無鼾眠

學究[146]論語工　　　補綴奏御筵[147]

---

137) 姚宋通法尙(요송통법상): ≪通鑑節要≫의 "상이 즉위한 이래로 등용한 재상 중에 요숭은 소통함을 숭상하고 송경은 법치를 숭상하고 장하정은 이치를 숭상하였다.(上卽位以來, 所用之相, 姚崇尙通, 宋璟尙法, 張嘉貞尙吏.)"는 것을 염두에 둔 표현.

138) 李郭寬嚴以(이곽관엄이): ≪통감절요≫의 "삭방의 병사들이 곽자의 너그러움을 좋아하고 이광필의 엄함을 두려워하였다.(朔方將士, 樂子儀之寬, 憚光弼之嚴.)"는 것을 염두에 둔 표현.

139) 元和(원화): 唐나라 憲宗의 연호(806~820).

140) 犀帶(서대): 裴度를 가리킴. 817년 8월 배도가 淮西로 나아갈 때 唐憲宗이 친히 무소뿔로 장식한 서대를 내렸다. 배도는 당헌종 때뿐만 아니라 목종이 즉위한 후에도 크게 중용되어 군대를 관할하는 한편 재상직을 수행했기 때문에 20년 동안 국가의 안위를 걸머쳤다고 할 수 있다.

141) 雲錦詞(운금사): 구름무늬의 비단에 쓴 글로 아름다운 문장을 이르는 말. 蘇軾의 <潮州韓文公廟碑>에 "공은 옛날에 용을 타고 백운향에서 노닐면서 손으로 은하수 열어 하늘의 문장을 나누니, 천손이 운금의 치마를 짜 주었네.(公昔騎龍白雲鄕, 手抉雲漢分天章, 天孫爲織雲錦裳.)"라고 한 데서 온 말이다.

142) 解撰平淮頌(해찬평회송): 韓愈가 <平淮西碑>를 지어 裴度의 일을 서술한 것을 염두에 둔 표현. 元和 9년(814)에 彰義節度使 吳少誠이 죽고 그의 아들 淮西節度使 吳元濟가 스스로 蔡州刺史가 되려고 조정에 표를 올려 주청하였지만 허락되지 않으니 반란을 일으켰는데, 당헌종이 신하들의 반대에도 불구하고 배도를 淮西宣慰處置使로 한유를 行軍司馬로 회서토벌을 감행하였다. 이에 헌종이 한유에게 명하여 <평회서비>를 지었다.

143) 五星聚奎(오성취규): 오성이 규성의 성좌로 모임. ≪宋史≫<太祖紀>에 "乾德五年夏, 五星聚奎."라 하였고, ≪宋史≫<竇儼傳>에 "丁卯歲, 五星聚奎, 天下自此太平."이라 하였다. 이로써 967년 송태조 5년을 가리킨다.

144) 元戎(원융): ≪詩經≫<六月>의 "원융 십승으로 먼저 길을 떠난다.(元戎十乘, 以先啓行.)"라는 구절을 인용한 말. 군대의 先鋒을 맡은 큰 兵車를 가리키나, 여기서는 원수의 뜻으로 曹彬을 일컫는 듯하다. 송태조에게는 文으로 趙普가 있었고 武로 曹彬이 있었는데, 조빈은 江南, 西川, 廣南, 湖南을 모두 정벌하여 그곳 왕들의 항복을 받았다.

145) 藩邦(번방): 오랑캐 나라 또는 제후국.

146) 學究(학구): 학문에 빠져 세상일을 모르는 사람. 여기서는 趙普를 일컫는 듯하다. 조보는 宋太宗에게 "臣이 평생에 아는 바는 진실로 ≪논어≫를 넘지 못합니다. 그러나 그 반 권의 지식으로 태조께서 천하를 평정하시는 것을 보필하였고, 지금은 그 나머지 반

太極玄妙理　　　　　濂翁善摸畫

河南兩程氏　　　　　洙泗[148]究源派

蕉苗子厚宅[149]　　　梅發邵翁窩[150]

深衣獨樂園[151]　　　神龍臥洛波[152]

荻筆何處得[153]　　　廬陵[154]有正儒

眉山[155]草木精　　　大蘇又小蘇[156]

으로써 폐하께서 태평성대를 이룩하시는 데 도움이 되고자 합니다.(臣平生所知, 誠不出此. 昔以其半輔太祖定天下, 今欲以其半輔陛下治太平.).”고 하여 '半部論語治天下'가 유래하였다.

147) 御筵(어연): 임금이 있는 자리를 이르던 말.

148) 洙泗(수사): 魯나라 曲阜에 있는 洙水와 泗水를 아울러 이르는 말. 이 두 강의 사이에서 孔子가 제자를 데리고 학문을 강론했기 때문에 후세에 수사를 儒家의 대칭으로 삼았다.

149) 蕉苗子厚宅(초줄자후택): 張載가 “파초의 속잎이 다하면 새 가지를 뻗어, 돌돌 말린 새 속잎 슬며시 따라오누나. 새 속잎을 배워서 새로운 덕을 기르고, 이어 새잎 따라서 새로운 지식을 길렀으면.(芭蕉心盡展新枝, 新卷新心暗已隨. 願學新心養新德, 旋隨新葉起新知.)”라는 시를 지은 것을 염두에 둔 표현. 새롭게 피어나는 파초 잎처럼 새로운 덕성을 함양함과 아울러 새로운 지식을 끊임없이 터득할 것을 일깨우고 있다.

150) 邵翁窩(소옹와): 邵翁이 洛陽에 거의 30년이나 살면서 거처하는 곳을 安樂窩로 명명하고 스스로 安樂先生이라 부른 것을 일컫는 말. 소옹은 앞뜰에 있는 매화나무에 앉은 겨울 새 두 마리가 싸움하는 것을 보고 괘를 풀었다는 일화가 있다. 그에게는 《梅花易數》가 있다.

151) 深衣獨樂園(심의독락원): 《邵氏聞見前錄》 권19에 “사마온공이 《禮記》에 의거하여 심의, 관잠, 복건, 신대를 만들어 독락원에 들어가 그것을 입고는 강절에게 말하기를, '선생께서는 이것을 입을 수 있겠습니까?'라고 하자, 선생이 말하기를, '나는 지금 사람이니, 마땅히 지금의 옷을 입을 것이다.'라고 하였는데, 온공이 이 말이 이치에 합당하다고 감탄하였다.(司馬公, 依禮記, 作深衣·冠簪·幅巾·紳帶, 入獨樂園則衣之, 謂: '先生可衣此乎?' 先生曰: '某爲今人, 當服今人之服.' 溫公歎是言合理.)”라고 한 바, 深衣는 司馬光을 가리킨 말. 사마광이 재상에서 물러난 뒤 洛陽에 獨樂園을 짓고 15년 동안 은거하였다.

152) 神龍臥洛波(신룡와낙파): 司馬光과 呂公著가 王安石의 變法에 반대하여 벼슬을 버리고 물러나 낙양에 은거하였다가 얼마 뒤 여공저가 다시 벼슬길에 오르자 사마광과 程顥가 福先寺에서 그를 전송하였는데, 이 자리에서 사마광과 여공저가 出處 문제로 격론을 벌이는 것을 본 정호가 사마광에게 준 <贈司馬君實>이라는 시에서 “두 용이 낙수 맑은 물가에 한가로이 누워 있었는데, 오늘 도성 문에서 홀로 전별하네.(二龍閑臥洛波淸, 今日都門獨餞行.)”라고 한 것을 염두에 둔 표현.

153) 荻筆何處得(적필하처득): 歐陽脩의 어머니는 가난하여 지필묵을 살 수 없자 집 앞의 늪가에서 자라는 갈대를 붓으로 삼고 모래를 종이로 삼아 아들에게 글을 가르쳤다는 고사를 염두에 둔 표현.

154) 廬陵(여릉): 중국 江西省 永豊縣.

泥馬南渡後157)　　　　將相多賢良

精忠岳字旗　　　　　　到處威武揚

錦鞬韓太尉　　　　　　干城張魏公

繼往開來業158)　　　　考亭159)得眞工

九曲武夷洞160)　　　　三登延英殿

徐劉佐○明皇　　　　　功業四海奠161)

從古君與臣　　　　　　際會162)皆如是

功烈記鼎彝163)　　　　姓名耀靑史

烈聖與羣哲　　　　　　今日共相會

穆穆垂衣裳　　　　　　濟濟趨冠帶164)

大設太平宴　　　　　　四聖位最高

---

155) 眉山(미산): 중국 山東省 眉山縣.

156) 大蘇又小蘇(대소우소소): 蘇洵을 老蘇로, 그의 아들인 蘇軾을 大蘇로, 蘇轍을 小蘇라 함. 이 삼부자는 모두 당송팔대가로 꼽힌다.

157) 泥馬南渡後(이마남도후): 金나라가 황제 徽宗과 欽宗을 인질로 잡아 죽이면서 북송을 압박할 무렵, 북방의 康王으로 있던 趙構가 신변의 위협을 느껴 몰래 남쪽으로 도망치다가 崔符君의 묘 아래에서 잠이 들었는데, 꿈에 '금나라의 추격병이 오니 속히 말에 올라 도망치라.'고 하여 얼른 일어나 근처에 있던 말을 타고는 밤낮을 쉬지 않고 달려 7백 여리를 내려올 수 있었다는 고사를 일컬음. 곧 그 말은 최부군의 사당 안에 세워 놓은 흙 말인 泥馬였다고 한다.

158) 繼往開來業(계왕개래업): 繼往開來學. 옛 성인들의 가르침을 이어받아서 후세의 학자들에게 가르쳐 전함.

159) 考亭(고정): 중국 福建省 建陽 서남쪽에 있는 지명. 여기서는 주희를 가리키는 말로 쓰였다. 南宋의 朱熹가 만년에 여기에 살면서 滄洲精舍를 건립하였다.

160) 九曲武夷洞(구곡무이동): 중국 福建省 武夷山 계곡의 아홉 구비를 일컬음.

161) 奠(전): 奠安. 안정시킴.

162) 際會(제회): 風雲際會의 준말. 임금과 신하가 의기투합하는 것을 말한다. ≪周易≫<乾卦·文言>의 "구름은 용을 따르고 바람은 범을 좇는다.(雲從龍, 風從虎.)"라는 말에서 나온 것이다.

163) 鼎彝(정이): 鼎과 彝로 모두 고대의 祭器. 그 표면에 공훈이 있는 사람의 각종 사적을 새겼다고 한다.

164) 穆穆垂衣裳, 濟濟趨冠帶(목목수의상, 제제추관대): ≪禮記≫에서 신분에 따른 위의를 말하면서 "天子는 穆穆하고, 제후는 皇皇하고, 대부는 濟濟하고, 士는 翔翔하고, 庶人은 僬僬하다"라고 한 것을 염두에 둔 표현. 穆穆은 깊고도 고상하다는 뜻이고 皇皇은 밝고도 성대하다는 뜻이며 濟濟는 차례가 있는 모양을, 翔翔은 揖하면서 겸양하는 태도를, 僬僬는 분주하게 오가는 모습을 묘사한 것이다.

金樽千日酒165)	玉盤萬年桃166)
旋旗龍蛇動	律呂鸞鳳鳴
酬酢成和氣	言笑作歡聲
絶勝塗山會	允邁葵邱盟
酣歌人人豪	蹲舞箇箇英
小臣本酒仙167)	一斗快濡首168)
不盡北極169)誠	拜獻南山壽170)
題詩傳勝事	此會可傳後

書畢進呈, 漢祖與衆帝見之, 大悅曰: “俗語云: ‘名下無虛士.’ 卽此之謂矣.” 特命侍臣, 滿一大白171), 以賜李白曰: “卿本嗜酒之人也, 故以此爲潤筆172)之 賞, 卿可快飮.” 李白俯首拜謝, 受飮而退.

○上曰: “文臣已成佳什173), 武將各試戰藝, 如何?” 衆曰: “善.” 漢祖曰: “然則各分東西, 以爲偏隊, 可也.” 卽以列國帝王, 分爲東西隊, 東隊, 漢高祖· 唐太宗·漢武帝·漢光武·唐肅宗·漢昭烈·唐憲宗·楚伯王·曹操·袁紹, 西隊, ○明太祖·宋太祖·秦始皇·宋神宗·晉武帝·宋高宗·晉元帝·隋文帝

---

165) 千日酒(천일주): ≪搜神記≫ 권45에 의하면 中山 사람 狄希가 잘 빚은 술이라 함.

166) 金樽千日酒, 玉盤萬年桃(금준천일주, 옥반만년도): 徐居正의 <七月誕辰賀禮作>에 “처음 연 것은 금빛 항아리의 천일주요, 일제히 바치는 건 옥반의 만년도라.(金甕初開千日酒, 玉盤齊獻萬年桃.)”는 구절이 보임.

167) 酒仙(주선): 唐나라 때 李白을 부르던 말. 酒仙翁이라 불린 이백은 술을 몹시 즐겨 천자 가 명을 내려 부르는데도 술에 취한 채 저잣거리에서 곯아떨어졌다고 한다.

168) 濡首(유수): ≪周易≫<象辭>에 “술을 마시는데 그 머리를 적실 정도라면 또한 절제를 모르는 것이다.(飮酒濡首, 亦不知節也.)”라고 한 데서 나온 말.

169) 北極(북극): 北辰. 北極星과 같은 말. 중국의 황제 또는 조정을 비유한 말이다.

170) 南山壽(남산수): ≪詩經≫<天保>에서 임금의 복록과 장수를 송축하는 아홉 가지의 축 복[九如之祝] 곧 如山·如阜·如岡·如陵·如川方至·如月恒·如日升·如南山壽·如松柏 茂 가운데서, “남산과 같이 장수하여 이지러지지도 무너지지도 않기를 바란다.(如南山之 壽, 不騫不崩.)”라고 한 것을 염두에 둔 표현.

171) 大白(대백): 큰 술잔.

172) 潤筆(윤필): 글을 지어 주는 대가로 받는 일종의 사례금.

173) 佳什(가집): 아름답게 잘 지은 시가.

・孫策・李密。分隊已畢, 出城十里外, 東西邊, 各成陣勢, 高築將臺。安排已畢, 漢祖卽命樊噲, 持一條紅心[174], 掛於百步地垂楊枝上。兩陣諸將, 身披巾袍, 腰帶弓箭, 林立嚴整, 人人豪俊, 箇箇英雄。

東陣中, 靑紅旗森列, 一字擺開, 三通鼓[175]罷, 一員大將出來, 乃韓信也。頭戴靑巾, 身披紅袍, 拈弓搭箭, 一箭正中紅心, 金鼓亂鳴, 衆人齊聲喝來[176]。西陣中, 紅白旗羅列, 一字擺開, 三通鼓罷, 一員大將出來, 乃徐達也。頭戴紅巾, 身披白袍, 拈弓搭箭, 一箭正中紅心, 金鼓亂鳴, 衆人齊聲喝來[177]。□[178]西陣中, 李靖出來, 一箭正中紅心, 衆人齊聲喝來[179]。東陣中, 李廣出來, 一箭正中紅心, 衆人齊聲喝來[180]。西陣中, 王剪出來, 一箭正中紅心, 衆人齊聲喝來[181]。東陣中, 吳漢出來, 一箭正中紅心, 衆人齊聲喝來[182]。西陣中, 狄靑出來, 一箭正中紅心, 衆人齊聲喝來[183]。東陣中, 郭子儀・李光弼出來, 一箭各中紅心, 衆人齊聲喝來[184]。西陣中, 賀若弼・韓擒虎出來, 一箭各中紅心, 衆人齊聲喝來[185]。東陣中, 關公・張飛・趙雲出來, 一箭各中紅心, 衆人齊聲喝

---

174) 紅心(홍심): 과녁의 정중앙을 일컫는 말이지만, 여기서는 과녁판으로 쓰임. ≪孟子≫<萬章章句 下>의 '伯夷目不視惡色章'에 대해 黃子功이 "'과녁에 도달하게 하는 것은 힘이지만 명중하게 하는 것은 힘이 아니다.'라는 것은 이 세 사람 즉 백이, 伊尹, 柳下惠는 힘만 있고 지혜는 없다는 뜻입니까?(其至爾力, 其中非爾力, 還是三子只有力無智否?)"라고 묻자, 주자가 "지혜가 없는 것이 아니다. 아는 것이 편벽되므로 이르는 곳 역시 편벽된 것이다. 공자 같은 경우는 화살마다 모두 홍심에 맞히지만 세 사람은 사람마다 각각 한 쪽만을 맞히는 것이다.(不是無智. 知處偏, 故至處亦偏. 如孔子則箭箭中紅心, 三子則每人各中一邊.)"라고 대답한 데서 나오는 말이다.

175) 三通鼓(삼통고): 북을 세 바탕 두드림. 고대 전투에 앞서 예식에 맞추어 큰 북을 세 번 쳐서 사기를 진작시키던 것이다.

176) 喝來(갈래): 喝采의 오기. 큰 소리로 좋다고 외침.

177) 喝來(갈래): 喝采의 오기.

178) □: 東陳에서 한 장수가 나와 화살을 명중시키는 내용이 누락되었음.

179) 喝來(갈래): 喝采의 오기.

180) 喝來(갈래): 喝采의 오기.

181) 喝來(갈래): 喝采의 오기.

182) 喝來(갈래): 喝采의 오기.

183) 喝來(갈래): 喝采의 오기.

184) 喝來(갈래): 喝采의 오기.

185) 喝來(갈래): 喝采의 오기.

來186)。西陣中, 岳飛・張浚・韓世忠出來, 一箭各中紅心, 衆人齊聲喝來187)。
東陣中, 韓弘出來, 一箭正中紅心, 西陣中, 祖逖出來, 一箭正中紅心, 兩陣齊聲
喝來188)。西陣中, 小霸王孫伯符出來, 一箭正中紅心, 而東陣, 終無出射者。

忽見項王出來, 拈弓搭箭, 大呼曰: "汝等百步命中, 豈足爲妙? 觀我射法!"
乃退出千步地, 舉弓一望紅心, 將欲發箭, 不覺用力, 太猛弓扡, 矢墜西陣, 將卒
皆大笑曰: "項王非拔山將軍, 乃折弓壯士也." 競相揶揄不已, 項王羞發起怒,
仍大呼曰: "汝陣, 寧有折弓之力乎?" 徐達忿然而出, 用角弓三張, 並折曰: "我
射則能百步而中, 力則能折弓三張耳, 豈如彼之畫虎不得, 而反不成狗者乎
?189)" 項王默然, 慚愧而入。漢祖見之, 大笑曰: "項王元來力猛, 有此失擧, 爲
衆嘲笑矣。然今日較藝190), 員191)一枰於彼矣."

○上遣人, 請於漢祖曰: "弓材旣試, 戰藝又較, 如何?" 漢祖使人答曰: "若較
戰藝, 則槍刀擊刺之間, 易爲傷殺耳。君以爲較藝之人, 各將不顧性命, 謂耶?"
○上復使人答曰: "人命至重, 豈無顧惜192)之理? 較藝之人, 或奪槍劍, 或脫盔,
或刺馬, 以此爲勝, 可也。如有復害人命, 則是負約也." 漢祖許之。

兩陣諸將, 一時聽令, 且鎧冑乘駿馬, 持兵器以待之。東陣中, 項王忿折弓
之事, 手持方天戟, 坐驅烏騅馬, 飛出陣前, 當先大呼曰: "西陣, 敢有當我者,
斯速出來." 正是人如哮虎, 馬如騰龍, 形如暴風, 聲如震雷, 慴人耳目, 奪人魂
氣。西陣中, 徐達出馬應聲曰: "我生於千載之下, 恨不與項羽相戰耳, 今日, 喜
得所願, 甘心甘心." 項王笑曰: "汝是無名小將, 焉敢當我乎?" 徐達笑答曰:

---

186) 喝來(갈래): 喝采의 오기.
187) 喝來(갈래): 喝采의 오기.
188) 喝來(갈래): 喝采의 오기.
189) 畫虎不得, 而反不成狗者乎(화호부득, 이반불성구자호): 後漢 光武帝 때 용맹을 날렸던 伏
波將軍 馬援이 그가 싸우고 있던 交阯에서 그의 조카 馬嚴과 馬敦에게 편지로서 타이른
말인 "범을 그리다가 이루지 못하면 도리어 개처럼 되고 만다.(畫虎不成反類拘者也.)"는
것을 활용한 표현.
190) 較藝(교예): 무예의 낫고 못함을 비교함.
191) 員(원): 負의 오기.
192) 顧惜(고석): 돌보며 중하게 여김.

"當與不當, 在我而已. 君豈以厶麽勇力, 欺我無已, 太愚!" 項王曰: "我之無敵
於天下, 汝之所知也. 以單騎破秦兵數十餘萬於鉅鹿, 破漢軍五十餘萬於睢水,
喑啞則千人自靡, 叱咤則萬夫喪氣, 順我者生, 逆我者死. 汝敢以螻蟻之力, 犯
虎狼之威, 妄矣妄矣!" 徐達冷笑曰: "君敗於京索[193], 困於垓下, 失路陰陵[194],
浪死烏江, 可謂無敵矣." 項王大怒, 挺槍驟馬[195], 直取徐達, 徐達舞刀來迎,
戰到一百餘合, 不分勝負. 項王性起[196], 右手用槍拒徐達之劍, 而左手欲脫徐
達之盔. 徐達右手輪刀擋項王之槍, 而左手欲打項王之馬. 兩箇戰藝, 正是敵
手, 又到一百餘合, 不分勝負. ○上恐徐達有失, 卽鳴金, 漢祖亦鳴金, 兩人各
歸本陣.

東陣中, 李靖挺槍出馬, 西陣中, 曹彬輪刀來迎, 戰到一百餘合, 不分勝負,
各回本陣. 東陣中, 吳漢出馬, 西陣中, 王剪來迎, 戰到一百餘合, 不分勝負, 各
歸本陣. 東陣中, 郭子儀出馬, 西陣中, 狄靑來迎, 戰到一百餘合, 又不分勝
各回本陣. 東陣中, 關公出馬, 西陣中, 岳飛來迎, 戰到一百餘合, 又不分勝
負. 關公怒氣騰騰, 擧靑龍刀[197], 急向岳飛面門上刺來. 岳飛擧槍迎之, 以流
星槌[198]欲打關公. 關公舞刀拒之. 又戰到五十餘合, 不分勝負, 各歸本陣.

東陣中, 一人虎頭環眼[199], 挺槍出馬, 大呼曰: "燕人張飛在此." 西陣中, 一
人揮斧出馬, 應呼曰: "岳雲在此." 兩箇相合, 戰八十餘合, 張飛擧鎗[200], 急向

---

193) 京索(경색): 京縣과 索城. 경현은 河南省 滎陽縣 남쪽에 위치하고, 색성은 하남성 형양현
    북쪽에 위치한다. 초패왕 項羽가 한나라 군대에 패하여 서쪽으로 진격할 수 없게 된 곳
    이다.
194) 陰陵(음릉): 安徽省 定遠縣 서북 지역. 한나라 군사에 포위된 項羽가 800여 명과 함께 포
    위망을 뚫고 남쪽으로 질주하였으나 길을 잃었던 곳이다.
195) 驟馬(취마): 말을 내달림. 말을 최대 속도로 달림.
196) 性起(성기): 화를 냄.
197) 靑龍刀(청룡도): 중국소설 ≪三國志演義≫에 나오는 關羽의 무기. 靑龍偃月刀의 약칭이
    다. 청룡은 푸른 용으로서 동방의 神이며, 언월은 半弦의 달을 말하는데 양쪽 모두 칼
    날의 모양을 형용하고 있다.
198) 流星槌(유성추): 긴 쇠사슬 양 끝에 쇠로 된 추가 달려 있는 무기.
199) 環眼(환안): 눈동자 둘레에 흰 테가 둘려진 눈. 張飛의 특징적인 인상이다.
200) 鎗(창): 槍과 통용.

岳雲胸襟刺來。雲輪斧拒之，又以劍刺張飛之馬。馬仆，飛急下馬以鎗，急刺岳雲之馬。馬亦仆，雲亦下馬地鬥。又三十餘合，雌雄未決，張飛急以鎗，急向岳雲面門刺來。雲卽去斧，以手接張飛之鎗，用力惡猛，長中斷。兩人各持一半，又戰五十餘合，勝負又未決，各回本陣。

東陣中，韓弘出馬，西陣中，祖逖出迎，戰一百餘合，勝負又未決，各回馬歸陣。

只看斜日西沉，夕鳥投林，兩陣合爲一隊，回馬入城，設宴甚懽。

漢高祖大封文武　　忽必烈怒起兵馬

却說。漢祖請於衆帝曰: "諸國文武, 大會於此, 未有官爵, 位次雜錯, 今各以其職, 隨材授任, 如何?" 衆曰: "善." 漢祖卽命諸國羣臣, 羅立於階下, 乃命曰:

左丞相	韓琦	長史1)	張栻
右丞相	程顥	長史	呂祖謙
	參軍2)	范增	
太師	周敦頤	參軍	龐統
太傅	邵雍	舍人	虞世南
少師	司馬光	侍講	程頤
少傅	朱熹	詹事	范祖禹
同平章事	張載	洗馬	王通
樞密院使	房玄齡	樞密副使	劉基
尙書令	李綱	左僕射	裴度
門下侍郎	李絳	右僕射	高熲
吏部尙書	范仲淹	侍郎	張九齡
戶部尙書	蕭何	侍郎	劉晏
禮部尙書	韓愈	侍郎	姚崇

---

1) 長史(장사): 秦나라 때부터 있던 벼슬. 漢나라 때는 相國이나 丞相, 太尉, 司徒, 司空, 將軍 등의 저택 겸 집무실에 두어 업무를 보조하게 한 벼슬이다.
2) 參軍(참군): 삼국시대 태위 · 승상 · 常任將軍 등의 수하에 설치한 속관. 軍의 작전계획을 수립했다. ≪삼국지연의≫에서는 승상부의 참군을 가리킨다.

兵部尚書	關羽	侍郎	陳平
刑部尚書	宋璟	侍郎	杜如晦
工部尚書	陸贄	侍郎	張華
太尉知內外兵馬征討事諸葛亮			
都察院都御史文淵閣大學士		蘇軾	
	直學士	蘇轍	
端明殿學士	陸遊	待制	柳宗元
寶文閣學士	宋濂	待制	王安石
文章閣學士	司馬遷	待制	曾鞏
通英殿學士	歐陽脩	待制	胡安國
翰林學士	李白	修撰	范純仁
國子祭酒	董仲舒	博士	司馬相如
御史大夫	汲黯	侍御史	褚遂良
諫議大夫	魏徵	監察御史	趙抃
執金吾	趙鼎	司隸校尉	景清
光祿大夫	張良	太常	叔孫通
左光祿大夫	文彥博	太鴻臚	封德彝
右光祿大夫	李泌	太史令	李淳風
左金紫光祿大夫	長孫無忌		
右金紫光祿大夫	富弼		
左銀青光祿大夫	陸賈		
右銀青光祿大夫	趙普		
京兆尹	宗澤		
左馮翊	羊祜		
右扶風	解縉		
都元帥	韓信	長史	杜預
	司馬	王導	
副元帥	李靖	長史	長巡
	司馬	陳亮	

大司馬	霍光	贊軍校尉	荀彧
大將軍	徐達	秉節校尉	周勃
車騎大將軍	常遇春	步兵校尉	李陵
驃騎大將軍	岳飛	果毅校尉	秦叔寶
冠軍大將軍	彭越	定威校尉	陸遜
鎮軍大將軍	張浚	建武校尉	典韋
撫軍大將軍	韓世忠	騎都尉	灌嬰
中軍大將軍	郭子儀	奉車都尉	王平
前軍大將軍	李光弼	車騎都尉	史萬歲
後軍大將軍	李廣	中郎將	王濬
驍騎大將軍	霍去病	虎賁將軍	岳雲
征東大將軍	曹彬	折衝將軍	王賁
征西大將軍	馮異	禦侮將軍	樊噲
征南大將軍	賀若弼	都護將軍	曲端
征北大將軍	祖逖	積弩將軍	殷開山
鎮東大將軍	馬燧	曠野將軍	王陵
鎮西大將軍	鄧禹	平敵將軍	魏延
鎮南大將軍	李文忠	帳前左護衛使龍驤將軍　　南霽雲	
鎮北大將軍	李世勣	帳前右護衛使虎翼將軍　　雷萬春	
平東大將軍	王剪	忠壯將軍	許褚
平西大將軍	李晟	忠翊將軍	紀信
平南大將軍	韓擒虎	偏將軍	關興
平北大將軍	衛青	衛將軍	張苞
安東大將軍	渾瑊	前將軍	趙雲
安西大將軍	屈突通	左將軍	薛仁貴
安南大將軍	狄青	右將軍	張飛
安北大將軍	吳璘	後將軍	黃忠
武威大將軍	劉錡	都先鋒	胡大海
羽林大將軍	吳漢	左先鋒	尉遲敬德

武衛大將軍	郭英	右先鋒	馬超
詩3)虜大將軍	韓弘	水軍大都督	周瑜
破虜大將軍	蒙恬	副都督	吳玠
征虜大將軍	祭遵		
振武大將軍	石守信		
振武威將軍	湯和		
揚烈大將軍	鄧艾		
揚武大將軍	李愬		
揚威大將軍	鄧愈		
奮武大將軍	李道宗		
奮威大將軍	薛萬徹		
伏波大將軍	馬援		
中堅大將軍	苗訓		
歸德大將軍	章邯		
游擊大將軍	岑彭		
征遠大將軍	馬成		
征邊大將軍	李孝恭		
護軍大將軍	姜維		
討逆大將軍	王全斌		
鎮遠大將軍	李漢超		
平遠大將軍	臧宮		
輔國大將軍	寇恂		
左驍衛大將軍	李光顏		
右驍衛大將軍	賈復		

其餘, 各拜爵4)有差, 讌飮已畢, 衆人皆謝恩肅拜而退。衆帝相願5), 稱善曰:

---

3) 詩(시): 討의 오기.

4) 拜爵(배작): 의식을 거행하여 작위를 줌.

5) 願(원): 顧의 오기.

"漢祖之封拜羣臣, 如作大廈, 根楔棟樑, 隨材得成, 各稱其職, 皆當其任, 雖虞舜之命九官[6], 無以過此." 乃相與親酌一觥獻賀於漢祖, 漢祖辭謝不已。因相與酬酢, 醉歡終日, 更不提說。

且說。元世祖忽必烈, 聞四國刱業之主, 會於洛陽, 禮請羣帝, 設宴懽遊, 自負刱業之功, 以謂必請己也, 當下久無消息, 乃大怒, 傳令起兵, 又作一書, 遣使詣洛陽。漢祖方與衆帝, 宴酣之際, 閽者告曰: "元國遣使, 至門外." 漢祖卽命召入, 使者入拜於階下, 獻上一書, 衆莫不驚怪, 爭前視之, 乃元世祖忽必烈之書也。其書曰:

大元世祖皇帝, 于諸國皇帝座下。

近聞列國之君, 會於洛陽, 大設太平之宴, 是誠千古一勝事也。然而不請寡人, 何也? 宴[7]人應天受命, 混一區宇, 創業之功, 無愧於古今, 君等不知而不請, 是蒙昧也, 知而不請, 是輕蔑也。君萬乘之君, 寡人亦萬乘之君也, 以萬乘之君, 請萬乘之君, 禮則然矣。今終不以禮請, 其故可知也。以夷狄待寡人, 而擯斥之也。寡人, 雖曰夷狄, 洪功盛烈, 足以比於漢唐宋明,[8] 而漢唐宋○明之會, 終不得預, 憤莫甚焉。此事不得不問, 故玆以遣書, 而卽厲兵秣馬[9], 以待回音。

衆帝見畢, 漢祖曰: "夷狄猖狂, 自古有之, 然未有若此之甚者也。奄滅大宋, 悍據中夏, 紅兜薙髮[10], 遍於九州, 此神人之所憤疾也。況今書辭悖慢, 是可忍也, 孰不可忍?[11]" 卽命都察院都御史文淵閣大學士蘇軾, 草詔答之。其畧曰:

---

6) 九官(구관): 堯舜 시절에 국정을 보필했던 관리. 司空으로부터 納言에 이르기까지 아홉 가지 관직이다.
7) 宴(연): 寡의 오기.
8) 明 앞에 한 칸을 비우지 않았음.
9) 厲兵秣馬(여병말마): 병장기를 갈고 군마를 살지게 먹인다는 뜻으로, 전쟁 준비를 완벽하게 갖추는 것을 비유하는 말.
10) 薙髮(치발): 앞머리는 짧게 깎고 뒷머리는 땋아서 뒤로 늘어뜨린 辮髮의 풍습.
11) 是可忍也, 孰不可忍(시가인야, 숙불가인): ≪論語≫<八佾篇>의 "공자가 계손씨를 비판하여 말하기를, '대부인 계손씨가 천자의 악무인 팔일무를 자신의 뜰에서 공연했으니 자신에게 이것을 용인할 수 있다면 다른 것이야 무엇인들 용인하지 못하겠는가?(孔子謂季氏: '八佾舞於庭, 是可忍也, 孰不可忍也?')"에서 나오는 말.

朕聞用夏變夷者也, 未聞用夷變夏者也[12]。昔在殷時, 鬼方[13]肆逆, 高宗[14]伐
之, 周時, 玁狁[15]內侵, 宣王[16]討之, 漢時, 呼韓[17]來朝, 而宣帝待以諸侯王上[18],
唐時, 頡利[19]咸服, 而太宗作王會之圖[20]。自古, 帝王之於夷狄, 侵則誅之, 服則
懷之, 此中國撫御之道, 而汝亦所知也。今汝以凶胡之孼, 敢生猾夏之志, 滅宋據
華, 猶爲不足, 而又遣使悖書, 敢詬天日[21], 罪莫大焉, 卽當下斧鉞之嚴, 誅介
鱗[22]之陋矣。然朕體蒼天好生之心, 憐赤子入井之狀, 不施霜雪之威, 而特降雨
露之澤。汝雖夷種, 是亦臣子, 若有一半分臣子之心, 則卽當執贄稽顙, 奉珍接
踵。遠懲鬼方玁狁之惡, 同歸呼韓頡利之順, 則朕亦不作殷周討滅之擧, 宜施漢

---

12) 朕聞用夏變夷者也, 未聞用夷變夏者也(짐문용하변이자야, 미문용이변하자야): ≪孟子≫<滕
　　文公章句 上>의 "중화의 문화로 오랑캐를 변화시켰다는 말은 들었지만, 중화가 오랑캐에
　　게 변화되었다는 말은 듣지 못하였다.(吾聞用夏變夷者, 未聞變於夷者也。)"에서 나오는 말.
13) 鬼方(귀방): 은나라와 주나라 때, 서북쪽에 있었던 종족의 이름.
14) 高宗(고종): 殷나라의 임금 武丁. 賢臣 傅說을 얻어 재위 59년 동안 천하에 王道政治를 구
　　현하였다. ≪周易≫<旣濟卦>에, "高宗이 鬼方을 쳐서 3년 만에 이겼다.(高宗代鬼方, 三年
　　克之。)"라고 하였다.
15) 玁狁(험윤): 중국 북방의 오랑캐 종족인 흉노족을 일컬음.
16) 宣王(선왕): 쇠미해져 가는 주나라를 중흥시킨 임금.
17) 呼韓(호한): 呼韓邪. 동흉노의 單于. 흉노가 분열하여 5명의 선우기 일어난 중의 하나로,
　　형인 郅支單于와 싸우고 패한 뒤 몽골 본토로 돌아가 前漢과 화친을 맺게 되자, 宣帝가
　　호한야의 귀순을 받아들이고 그를 도와 흉노를 평정하게 하여 북방을 안정시켰다. 그러
　　나 그 후에 호한야가 입조하여 미인을 요구하자, 한나라 元帝는 그의 위세를 두려워하여
　　王昭君을 보내기도 하였다.
18) 呼韓來朝, 而宣帝待以諸侯王上(호한래조, 이선제대이제후왕상): ≪通鑑節要≫의 "흉노의 호
　　한야 선우가 오원군의 변방에 와서 복종하여 본국에서 나오는 진기한 보물을 바치고 조
　　회할 것을 원하자, 명하여 그 의식을 의논하게 하니, 승상과 어사가 말하기를, '마땅히
　　제후왕처럼 하되 위차는 제후왕의 아래에 두어야 합니다.' 하였다. 태자태부 소망지가
　　말하기를,'마땅히 신하로 삼지 않는 禮로 대우하여 제후와의 위에 자리하게 해야 합니
　　다.' 하니, 천자가 그 말을 채택하여 선우로 하여금 위차가 제후왕의 위에 있게 하였으
　　며, 나아가 뵐 때에 臣이라 칭하고 이름을 칭하지 않게 하였다.(匈奴呼韓邪單于款五原塞,
　　願奉國珍朝, 詔議其儀, 丞相御史曰: '宜如諸侯王, 位次在下', 太傅蕭望之以爲, '宜待以不臣之禮,
　　位諸侯王上' 天子采之, 令單于位在諸侯王上, 贊謁, 稱臣而不名。)"는 것을 염두에 둔 표현.
19) 頡利(힐리): 突厥의 임금. 성은 阿史那이고 이름은 咄苾이다. 당나라 태종의 토벌군의 공
　　격을 받아 포로가 되었다.
20) 王會之圖(왕회지도): 王會圖. 제후와 이족들이 황제에게 조회하는 모습을 그린 그림. 唐나
　　라 화가 閻立本이 사방의 오랑캐들이 조회하는 것을 그린 것이다.
21) 天日(천일): 하늘의 해. 여기서는 천자의 뜻으로 쓰였다.
22) 介鱗(개린): 魚貝類. 먼 지방의 오랑캐를 비유하는 말로 쓰이기도 한다.

唐容受之恩, 而用夏變夷, 其亦在玆矣。

大漢太祖高皇帝・○大明太祖高皇帝・大宋太祖高皇帝・大唐太宗文武皇帝詔

使者回至燕京, 元世祖見書大怒, 目光如炬曰: "朕滅金平宋, 集成大統, 功業洪彰, 而今爲狂鬼所辱, 此辱必雪." 卽令張弘範23)爲都元師24), 斡離不25)爲副元帥, 元粘罕26)爲先鋒, 呂文煥27)爲中軍, 劉整28)爲合後29), 精兵八十萬騎, 卽日發行, 伯顔30)・兀朮31), 領兵十萬, 留守燕京。

---

23) 張弘範(장홍범): 원나라 명장. 1278년 蒙古漢軍都元帥를 제수받고 남하하여 宋나라의 승상 文天祥을 사로잡았으며, 그 다음해에 南宋의 帝都였던 崖山에서 張世傑을 격파함으로써 남송을 완전히 멸망시켰다. 장세걸은 장홍범의 사촌 동생으로, 몽고가 金나라를 멸망시키자 남송으로 망명한 명장이다.

24) 師(사): 帥의 오기.

25) 斡離不(간리부): 斡離不의 오기. 이하 동일하다. 金나라 장수 完顔宗望의 본명. 金나라 太祖의 둘째아들이다. 태종을 따라 송나라를 쳐서 徽宗과 欽宗을 북쪽으로 데리고 갔다.

26) 元粘罕(원점한): 粘罕의 오기. 金나라 장수 完顔宗翰의 본명이다. 금나라의 宗室이며, 斡離不과 함께 송나라를 공격하였다.

27) 呂文煥(여문환): 宋末 元初 때 사람. 일찍이 宋나라에 벼슬하여 襄陽知府兼京西按撫副使로 있을 때 元나라 世祖의 권유로 투항, 이후 송을 공략하는 데 많은 계책을 제공하였다.

28) 劉整(유정): 원래는 南宋의 장수였지만 元나라에 투항한 장수. 文天祥은 남송이 멸망한 뒤에 劉整에 대하여 평하기를, "송나라를 망하게 한 賊臣 중에서 유정의 죄가 그 으뜸이다.(亡宋賊臣, 整罪居首.)"라고 하였다.

29) 合後(합후): 선봉과 반대로 군대의 후미를 담당하는 것.

30) 伯顔(백안): 元나라 장수. 世祖의 신하로 송나라를 공벌하는 공을 세웠고 그 후 太傅까지 지냈다.

31) 兀朮(올출): 금나라 태조의 넷째아들 完顔宗弼의 본명. 岳飛와 朱仙鎭에서 대항해 싸우다 패전하여 장차 북쪽으로 돌아가려 하였는데, 마침 악비를 秦檜가 모함하여 죽였으므로 드디어 宋나라와 화해하였다.

戰河北漢武侯獻馘　　頒天下蘇學士草詔

却說。元世祖率大軍, 前至晉陽1), 旌旗蔽天, 劍戟耀日。探馬2)飛報洛陽, 漢祖與衆帝, 商議禦敵之策, 秦始皇·漢武帝曰: "寡人等, 昔日築城登臺, 爲胡所憎, 今日當往破之." 太尉諸葛亮進曰: "千斤之弩3), 不爲鼷鼠而發4), 不須陛下御駕親征。臣請往破之." 漢祖曰: "善." 卽命孔明, 率列國諸將, 出師拒敵。

孔明受命辭退, 點起諸國將卒, 猛將一百餘員, 精兵二百餘萬騎, 北渡黃河, 前到大梁。大梁, 古楚漢之戰場也。大野百里, 一望無際, 山陵在其右背, 水澤環其前左5), 果是知兵者之得意處也。偵探敵信報曰: "元兵在三十里外." 孔明卽擇地下寨, 以待之。俄而, 元兵亦至下寨。兩陣對圓, 孔明高坐將臺, 諸將一時聽令, 各歸方位, 布成陣勢。

東方靑旗下, 八員將, 擁劍而立, 乃韓信·李靖·常遇春·彭越·岳飛·徐達·張浚·韓世忠也。西方白旗下, 八員大將, 秉旄而立, 乃郭子儀·李光弼·李廣·霍去病·曹彬·馮異·賀若弼·祖逖也. 南方紅旗下, 八員大將, 挺槍而立, 乃馬燧·鄧禹·李文忠·李世勣·王剪·李晟·韓擒虎·衛靑也。北方黑旗下, 八員大將, 彎弓而立, 乃渾瑊·屈突通·狄靑·吳璘·劉錡·吳漢·郭英·韓弘也。東南角靑紅旗下, 八員大將, 執殳而立, 乃蒙恬·祭遵·石守

---

1) 晉陽(진양): 중국 山西省 太原市 지역.
2) 探馬(탐마): 探騎. 적의 동정을 살피는 騎兵.
3) 弩(노): 쇠뇌. 6개의 화살이나 돌을 계속해서 쏘게 만든 활.
4) 千斤之弩, 不爲鼷鼠而發(천근지노, 불위혜서이발): ≪資治通鑑≫<隋紀>의 "오랑캐가 예의에 벗어난 것은 신하가 처리할 일입니다. 천균의 쇠뇌는 생쥐를 잡기 위해서 쏘지 않는 법인데, 어찌 몸소 천자의 지위를 욕되게 하면서 작은 적을 상대할 하십니까?(戎狄失禮, 臣下之事. 千鈞之弩, 不爲鼷鼠發機, 奈何親辱萬乘以敵小寇乎?)"에서 나오는 말.
5) 山陵在其右背, 水澤環其前左(산릉재기우배, 수택환기전좌): 背水之陣을 칠 만한 지형임을 일컫는 말.

信・湯和・鄧艾・李懃・鄧愈・李道宗也。西南角紅白旗下，八員大將，植矛而立，乃馬援・薛萬徹・苗訓・章邯・岑彭・馬成・姜維・李孝恭也。西北角白黑旗下，八員大將，持刀而立，乃王全斌・李漢超・臧宮・寇恂・李光顏・賈復・周勃・灌嬰也。東北角青黑旗下，八員大將，舉斧而立，乃岳雲・王賁・樊噲・許褚・趙雲・張飛・薛仁貴・黃忠也。中央黃旗下，四輪車中，孔明端坐，頭戴綸巾，身披鶴氅，手持羽扇，指揮諸將。南霽雲・雷萬春，各執兵器，分左右而立，軍伍整齊，號令明肅。又於陣前，當先一人，乃〇大明勇將胡大海也，左邊一人，乃大唐名將尉遲敬德也，右邊一人，乃大漢虎將西涼錦馬超也，器械精嚴，鎧胄鮮明。

元世祖在將臺上，良久視之，顧謂幹離不曰：“此何陣也？”幹離不對曰：“陛下不識此陣乎？是所謂九宮八卦[6]之陣也。昔黃帝戰於涿鹿，設此陣，擒蚩尤者也。”元祖曰：“此陣有何妙理乎？”幹離不對曰：“八面八將，應大易六十四卦，各成方位，出入奇正[7]，臣雖知其法，而未知其機術也。然出沒神鬼，變化風雲，皆在此中矣。孔明之智畧如彼，諸將之英勇難敵，戰則必敗，臣以爲連和則好矣。”元祖勃然怒曰：“孔明儒者雖智，豈識戰機？諸將雖多，彼皆烏合之衆，一戰可破也。”乃令張弘範出馬，孔明使岳飛迎戰，五十餘合，不分勝負。孔明舉羽扇一揮，八面八將，一時殺出[8]，將張弘範困在垓心[9]。弘範無心廝殺[10]，只顧生路，無可得出，正遇徐達，戰不數合，被斬於馬下。孔明麾兵掩殺，元兵大亂潰散。六十四將，乘勢突入，中軍呂文煥，被亂劍斫殺。劉整率後軍，將欲接戰，忽遇張飛，張飛一槍刺於馬下。粘罕亦爲岳飛所殺。

---

6) 九宮八卦(구궁팔괘): 기본적인 '팔괘' 즉 離(☲), 艮(☶), 兌(☱), 乾(☰), 坤(☷), 坎(☵), 震(☳), 巽(☴)를 8개의 방위에 대응시키고, 여기에 중앙을 포함하는 9개의 방위를 '구궁'이라고 함. 여기서 진괘는 동쪽, 태괘는 서쪽, 감괘는 북쪽, 이괘는 남쪽을 가리키며 곤괘는 서남방, 건괘는 서북방, 손괘는 동남방, 간괘는 동북방에 대응된다.

7) 奇正(기정): 兵法의 용어. 정면으로 접전을 벌이는 것을 正이라 하고, 매복이나 기습 등의 방법을 쓰는 것을 奇라 한다.

8) 殺出(살출): 힘차게 돌진하여 나감.

9) 垓心(해심): 포위된 한가운데. 싸움터 한가운데.

10) 廝殺(시살): 서로 싸우고 죽임.

元祖與幹離不, 將數十騎, 回馬向北而走, 孔明催促諸將追之。幹離不隨護元祖, 正走之間, 忽聞喊聲大起。韓信・李靖・徐達・常遇春・岳飛・彭越・張浚・韓世忠, 前面殺來, 郭子儀・李光弼・李廣・霍去病・曹彬・馮異・賀若弼・祖逖, 左邊殺來, 馬燧・11)・李世勣・李文忠・王剪・李晟・韓擒虎・衛青, 右邊殺來, 渾瑊・屈突通・狄青・吳璘・劉錡・吳漢・郭英・韓弘, 後面殺來。元祖大驚, 與幹離不, 將欲分頭12)迎敵, 正遇岳雲。岳雲揮斧而進, 幹離不措手不及13), 早被斫死。元祖見幹離不死, 獨衝重圍, 落荒14)而走, 後面黃忠, 拈弓搭箭, 射之元祖, 背中一箭, 翻身落馬。張浚・韓世忠, 急用繩索, 綑縛元祖, 致之帳前。孔明令以檻車15)囚之, 大犒三軍, 唱凱而歸, 獻俘於南宮。

漢祖聞之大喜, 與衆帝, 共坐讌飲。俄而, 衆將擁元祖而至, 繫頭於階下。漢祖令元祖拜稽服罪, 元祖張目忤視, 不肯拜稽曰: "我以天子之尊, 豈可拜稽於天子之前乎? 時運不幸, 今爲俘虜, 速殺可也, 何必凌辱如是乎?" 祖曰: "夷狄譬如禽獸, 不可馴擾, 至死而終不悔悟, 可謂頑蠢無知者也." 宋高宗曰: "此寡人之深仇也, 今當湔報矣." 漢祖曰: "然則君可自當處置." 宋高宗卽命岳飛, 推出斬之, 須臾, 獻首級於殿下。漢祖令梟示軍中, 以王禮葬於北邙山16)下。

且說。漢祖與衆帝議曰: "自秦漢以來, 皇綱17)失馭, 王風18)不振, 上下數千百年之間, 亂臣賊子19), 相繼而出, 竊命20)簒位者, 不可勝計。而各據一方, 奸謀叵測, 倘有不虞之變, 生於朝夕, 則征戰之事, 無時得息矣。今列國共會, 謀

---

11) 遇(우): 禹의 오기.
12) 分頭(분두): 제각기.
13) 措手不及(조수불급): 미처 손을 쓸 새가 없음.
14) 落荒(낙황): 대로를 떠나서 황야로 도망감.
15) 檻車(함거): 죄인을 실어 나르던 수레.
16) 北邙山(북망산): 洛陽의 북쪽에 있는 邙山. 漢나라 이래로 유명한 묘지이므로 전하여 무덤, 묘지의 뜻으로 쓰인다.
17) 皇綱(황강): 황제가 다스리는 조정의 紀綱.
18) 王風(왕풍): 왕의 풍속 교화. 곧 王道政治를 일컫는다.
19) 亂臣賊子(난신적자): 나라를 어지럽히는 신하와 어버이에게 불효하는 자식이라는 뜻으로 나라를 어지럽히는 불충한 무리를 비유적으로 이르는 말.
20) 竊命(절명): 신하가 임금의 실권을 빼앗아 나라를 다스리는 것.

臣²¹⁾淵深, 猛將雲聚, 以此征伐蕩平區宇, 措百世於磐泰之地, 躋萬姓於太平之域, 如何?" 宋祖曰: "君言是也。 然聖人之道, 先敎化而後謀伐, 今當作一通敎文, 頒示四方, 使不輯之輩, 一歸於順, 若有逆命者, 則誅伐之, 可也。" 漢祖曰: "君言正合寡人之意。" 卽命都察院都御史文淵閣大學士蘇軾, 製進敎文, 軾俯伏聽命, 須臾而成。 其文曰:

皇帝若曰:
溥天之下, 莫非王土, 率土之濱, 莫非王臣²²⁾。 是以堯封之域, 日月朗耀, 禹貢²³⁾之州, 山川繡錯, 土地人民之衆, 舟車筐篚²⁴⁾之多, 輻湊並進, 咸歸於王。 王者何也? 出令而使下者也。 臣者何也? 奉令而事上者也。 故臣無逆亂之罪, 則王無誅伐之志, 上下相安, 天祿永終矣。 然而至於叔世, 堯風已變, 禹迹²⁵⁾漸陣²⁶⁾。 兵者凶器也, 而聖王不得已而用之²⁷⁾, 戰者死地也, 而賊臣敢肆然而赴之。 是故, 有苗²⁸⁾不恭, 而虞階數舞羽之化²⁹⁾, 玁狁匪茹³⁰⁾, 而周師揚出車之

---

21) 謀臣(모신): 왕의 측근에서 왕에게 지혜롭게 조언하는 신하.
22) 溥天之下, 莫非王土, 率土之濱, 莫非王臣(부천지하, 막비왕토, 솔토지빈, 막비왕신): ≪詩經≫ <小雅‧北山>의 "너른 하늘 아래 어떤 곳도 왕의 땅 아닌 곳이 없고, 어느 땅 물가의 사람도 왕의 신하 아닌 자가 없는데, 대부들을 공평하게 쓰지 않고서, 나만 부려먹으며 홀로 어질다 하는구나.(溥天之下, 莫非王土, 率土之濱, 莫非王臣, 大夫不均, 我從事獨賢.)"에서 나오는 말.
23) 禹貢(우공): ≪書經≫의 편명. 夏나라의 禹임금이 홍수를 다스려 천하의 판도를 九州로 나누고 산천의 경계와 산수의 형세를 정한 내용을 담고 있다.
24) 筐篚(광비): 예물을 담는 대나무 광주리. 여기서는 貢物을 뜻하는 말로 쓰였다.
25) 禹迹(우적): 禹임금의 자취. 堯임금 때에 禹가 九州의 홍수를 다스림과 동시에 방방곡곡의 땅의 등급과 物産의 종류 등을 낱낱이 밝히고 그것을 기준으로 삼아 租稅貢賦의 법을 제정했던 것을 이른 말이다.
26) 漸陣(점진): 漸疏의 오기인 듯. 점점 사라지다의 의미.
27) 兵者凶器也, 而聖王不得已而用之(병자흉기야, 이성왕부득이이용지): ≪魏書≫<游雅‧高閭列傳>의 "夫兵者凶器, 聖王不得已而用之."에서 나오는 말.
28) 有苗(유묘): 舜임금 시절 중국의 남방에 있던 오랑캐 이름.
29) 虞階數舞羽之化(우계수무우지화): 舜임금이 두 섬돌 사이에서 干羽를 춤추자 有苗가 감복한 것을 가리킴. 간우는 방패와 깃털을 들고 춤을 추는 夏나라 舞樂의 인데, ≪書經≫ <虞書>에 "임금이 문교와 덕을 크게 펴고 방패와 새 깃을 들고 두 섬돌 사이에서 춤을 추자 70일 만에 유묘가 감복하였다."라고 하였다.
30) 玁狁匪茹(험윤비여): ≪詩經≫<小雅‧六月>의 "험윤이 헤아리지 못하여 초호에 진을 쳤고, 호땅과 방땅에 침입하여 경수의 북쪽에까지 이르렀다.(玁狁匪茹, 整居焦穫, 侵鎬及方,

---

威31), 此皆聖王先教化, 而後誅伐之意也。三代以降, 治日常少, 亂日常多, 漢唐天地, 東征而西伐, 五季風塵, 朝鬪而暮息, 皆緣於亂臣逆子, 盜名抗命之故也。

今者, 四國共會於天下之中32), 堯日33)復明, 禹貢重修, 上有聖知之君, 下有忠良之臣, 穆穆臨朝, 濟濟登廷, 春臺34)之肹蠁35), 壽域36)之熙皞37), 復見於今日矣。雖然, 寰宇38)之內, 畿甸之外, 未霑王化, 不修臣職, 陰沍阻陽春之澤, 江漢失朝宗39)之路, 昆虫草木, 蟄伏而寒凍, 潢池40)蹄涔41), 沈濫42)而奔溢, 不知幾人稱帝, 幾人稱王。此皆釜中之游魚43), 燈上之撲蛾, 豈不哀憐也哉?

近者, 胡元猖狂, 自以爲强, 提兵叫譁, 侵竊郊畿, 皇命討之, 猛將雲集, 銳卒星馳, 一戰掃滅, 而忽必烈之頭, 已懸於洛陽南宮, 彼之誅滅, 則自取之禍, 自作之蘖也。自是之後, 邊鄙不驚, 沙漠永淸, 皇威遠振窮髮之地44), 四夷盡爲編戶之氓。詩曰: '戎狄是膺, 荊舒是懲。'45) 咨爾多方訛訛訛訛46)之輩, 宜戒覆轍47), 同

至于涇陽。)"에서 나오는 말.

31) 周師揚出車之威(주사양출거지위): ≪詩經≫<小雅·六月>의 "깃발의 무늬는 새를 그린 휘장이며, 흰 깃발이 선명하니, 원융 십승으로, 먼저 길을 떠나도다.(織文鳥章, 白斾央央. 元戎十乘, 以先啓行.)"는 구절을 염두에 둔 표현. 이때 주나라 장수로 尹吉甫가 활약하였다.

32) 天下之中(천하지중): 洛陽을 가리킴.

33) 堯日(요일): 堯임금의 해. 곧 요임금 때와 같은 시대라는 뜻으로 찬양하여 쓰는 말이다.

34) 春臺(춘대): 봄날의 누대. 태평성대를 비유하는 말이다.

35) 肹蠁(힐향): 사물이 성하게 일어나는 모양. 興盛.

36) 壽域(수역): 仁壽之域. 누구나 천수(天壽)를 누리는 태평성대를 말한다.

37) 熙皞(희호): 熙熙皞皞의 준말. 태평성대 백성들의 즐겁고 태평스런 모양을 말한다.

38) 寰宇(환우): 천자가 다스리는 영토 전체.

39) 江漢失朝宗(강한실조종): ≪書經≫<禹貢>의 "온갖 물줄기가 바다로 모여든다.(江漢朝宗于海.)"에서 나오는 말. 江漢失朝宗은 여러 제후들이 천자를 우러러 따르지 않음을 표현한 것이다.

40) 潢池(황지): 물이 고여 만들어진 작은 못. 임금의 어진 정치가 미치지 못하는 외진 곳에 사는 백성들이 지방 관리들의 폭정으로 인해 반역을 일으키게 된 것을 비유한다.

41) 蹄涔(제잠): 소 발자국에 고인 빗물.

42) 沈濫(궤함): 沈는 샘물이 옆으로 나오니 곁에서 흘러나오는 것이고, 濫은 샘물이 용솟음쳐 곧바로 나오는 것임.

43) 釜中之游魚(부중지유어): 솥 안에 든 물고기. 생명에 위험이 닥쳤거나 자기 명대로 살지 못한다는 것을 비유하는 말이다.

44) 窮髮之地(궁발지지): 북쪽 끝의 不毛地. 땅은 풀과 나무를 모발로 삼는데, 북방은 날씨가 매우 추워서 풀과 나무가 자라지 못하기 때문에 窮髮이라 한 것이다.

45) 戎狄是膺 荊舒是懲(융적시응, 형서시징): ≪詩經≫<閟宮>에서 나오는 구절. "융적을 이에 막고, 형서를 이에 응징하니, 우리를 감히 막지 못하는구나.(戎狄是膺, 荊舒是懲, 則莫我敢

歸順軌, 遵正路而不頗, 改反側⁴⁸⁾而自安。恭承王命, 敬守臣節, 則大者, 可以爲王, 小者, 可以爲侯, 有功者, 可以記於鼎彛⁴⁹⁾旂常⁵⁰⁾, 有德者, 可以被於金石絲竹⁵¹⁾, 簡冊之名, 耀於千載之下, 茅土⁵²⁾之封, 及於萬世之後, 山礪河帶⁵³⁾, 永存無彊矣。

大抵, 聖人治天下之道, 則有二焉, 教化與誅罰是已。教化者, 教人以仁, 化人以善, 竭誠於忠孝之地, 游心於禮義之場, 顯身⁵⁴⁾有榮也。誅罰者, 誅人之罪, 罰人之惡, 騰威於斧鉞之下⁵⁵⁾, 見畏於鼎鑊之中, 滅身無赦也。然抑有先後焉, 先以教化之方, 告諭之, 如有不遵者, 則後以誅罰之令, 施行之, 使天下之人, 畏威而知恩, 勸善而懲惡, 鯨鯢⁵⁶⁾就白刃之誅, 龍蛇有赤子之化, 逆順於玆判矣。

而聖王體乾御坤之道, 備矣。肆故作此教文, 大誥天下, 爾等宜皆改邪歸正, 轉禍爲福, 萬國執塗山之幣, 四海爲貞觀之家, 則朕亦福善有道, 立賢無方⁵⁷⁾矣。爾等欲爲吉人耶? 欲爲凶人耶? 以玆知悉⁵⁸⁾, 愼無後悔。

承.)”라는 내용이 있다.

46) 訛誤(비오): 訛誤의 오기인 듯.
47) 覆轍(복철): 길이 험하여 앞에 가던 수레가 뒤집혔는데 뒤에 오던 수레가 또 그대로 가면 역시 뒤집힌다는 말.
48) 反側(반측): 두 가지 마음을 품고 다른 길로 감.(離反) 反側自安은 정직하거나 올바르지 못한 자가 스스로 安住하고 만족해 한다는 말이다.
49) 鼎彛(정이): 宗廟에 비치하는 솥. 옛날 국가에 공훈이 있는 사람들의 사적을 여기에 새겼다.
50) 旂常(기상): 旂는 용을 그린 깃발이고, 常은 해와 달을 그린 깃발로 임금을 상징함. 국가에 공훈이 잇는 사람의 이름도 그 기에 쓴다고 한다.
51) 金石絲竹(금석사죽): 음악을 가리킴. 금은 쇠로 만든 악기, 석은 옥으로 만든 악기, 사는 현악기, 죽은 관악기이다.
52) 茅土(모토): 제왕에게 받은 영지를 말함. 중국 한나라 때 황제가 제후를 봉하면서 五行說에 따라 그 방면의 색깔의 흙을 白茅에 싸서 준 것에서 비롯되었다.
53) 山礪河帶(산려하대): 泰山이 숫돌처럼 납작하게 닳고 黃河가 띠처럼 좁아지는 한이 있더라도 변함이 없이 맹세를 지킨다는 뜻.
54) 顯身(현신): 自修. 스스로 학문을 닦거나 행실을 바로잡음.
55) 斧鉞之下(부월지하): 옛날 중국에서 권력의 상징으로 삼았던 큰 도끼와 작은 도끼의 아래라는 뜻으로, 천자의 위엄을 말함.
56) 鯨鯢(경예): 거대한 고래의 수컷과 암컷을 이르는데, 모두 작은 물고기들을 잡아먹으므로 악인의 괴수 등 불경스러운 사람을 일컫는 말.
57) 立賢無方(입현무방): 《孟子》<離婁章句 下>의 “湯임금은 중용을 지키고 어진 이를 등용해 쓰는데 신분을 따지지 않았다.(湯執中, 立賢無方.)”에서 나오는 말.
58) 知悉(지실): 모든 형편이나 사정을 자세히 앎.

書成呈上，漢祖與衆帝覽畢，大悅曰："此文溫雅典重，反覆曉譬，大得誥諭之體，凶醜妖蘗，必自歸服矣."乃分遣使者，行下州縣，頒示四方。

　　且說。宋主劉裕[1]在建康[2]，聞漢高祖會列國刱業中興之主，宴於洛陽，自謂
已有刱業之功，久待禮請，終無信息，心已十分不好，當下見頒教之文，大怒謂
羣臣曰：“朕以布衣尺劒，身致萬乗，與漢○明之君，同一揆也。東西征戰，誅滅
篡逆，與唐宋之君，同一致也。何渠不若漢祖，而北面事之[3]乎？又彼不遣使禮
請，而以此教文頒示，則是以篡逆待我也。朕雖庸愚，不可安忍受之也。今欲大
起軍衆，洗此羞憤，卿等以爲如何？”劉穆之[4]對曰：“陛下之功業，無愧於彼，名
位不遜於彼，豈可受恥辱於彼乎？卽驅貔貅[5]之衆，掃魑魅之塵，於理當然。然
彼則八國之衆也，我則一國之衆也。將卒雖勇，不可以一而服八。臣竊料洛陽
之會，未預者尙多，各據土宇，將勇兵精，每有奮發之志。今又見此頒書，必不
勝忿憤，陛下若以咫尺之書，使告四方，說以合從連兵之事，諭以洗恥雪憤之意，
則列國之君，必多望風響應者矣.”宋主曰：“此朕之本志也.”卽命范曄[6]，草檄

---

1) 劉裕(유유): 남북조시대 宋나라 武帝. 東晉의 安帝 때에 孫恩과 盧徇의 난을 평정하였고, 桓
　玄이 황제를 자칭하자 그를 격파하여 안제를 복위시켰다. 또 南燕과 後秦을 멸망시켜 宋公
　에 봉해지고, 元熙 초에 禪讓을 받아 송나라의 시조가 되었다.
2) 建康(건강): 南京의 옛 이름.
3) 北面事(북면사지): 다른 사람의 신하가 되어 충성을 다하는 것을 가리키는 말. 봉건시대
　에는 나라의 군주가 남쪽으로 향해 앉았기 때문에, 신하 되는 사람은 북쪽을 향해 절을
　올리고 알현했다.
4) 劉穆之(유목지): 南宋 武帝 때의 사람. 일찍이 桓玄을 평정하고 劉毅를 토벌하여 劉裕의 策
　士가 되었는데, 뒤에 유유가 출정하자 建康에 남아서 안으로는 조정의 정사를 총괄하고
　밖으로는 군량을 공급하였다.
5) 貔貅(비휴): 옛날에 중국에서 길들여 싸움에서 사용했다는 맹수. 변하여 용맹한 군사를 일
　컫는다.
6) 范曄(범엽): 南朝 宋나라의 역사가. 어려서부터 배우기를 좋아했고, 문장을 잘 지었다. 隷書
　에 능했고, 음률에 정통했다. 처음에는 彭城王 劉義康의 冠軍參軍이 되었다. 나중에 檀道濟
　의 司馬가 되어 군대를 따라 北征했고, 尙書吏部郎으로 옮겼다. 文帝의 아우 유의강을 황
　제로 옹립하려다가 심기를 건드려 宣城太守로 좌천되었다. 뜻을 얻지 못하자 10여 년의

於坐, 其文曰:

大宋高祖武皇帝, 爲急急馳書於列國帝王座下

盖天下者, 非一人之天下也, 乃衆人之天下也, 帝位者, 非一人之帝位也, 乃衆
人之帝位也。書曰: '天命無常, 歸于有德.' 有德則皆可以有天下, 而登帝位也。
皇天豈有一毫私意於其間哉? 是以堯舜之禪代[7], 湯武之征伐, 其義一也。而天命
之歸于有德, 於斯可鑑矣。若天命永在於一人一國, 而無改革之道, 則虞夏[8]之代
堯代舜, 殷周之伐桀伐紂, 皆是簒逆也, 豈可以聖王稱之乎? 然後世以聖王稱之
者, 以其有德, 而可承天命也。吾等生於昏亂之世, 居於搶攘之時, 扶正興義, 或
受堯舜之禪授, 或行湯武之征伐, 誕膺天命, 極濟生民, 是亦堯舜湯武之後, 堯舜
湯武也。國祚之脩短, 是亦天命, 何必贅言哉?

近者, 漢高祖卽僭位[9]於洛陽, 而以私意, 召致逆亂之輩, 自謂太平之會, 而有
恩者, 請而同樂, 有怨者, 知而不請。不惟不請, 乃以教文告示, 而驕言慢辭, 罔
有紀極[10]。此天地神人, 所共憤疾, 而誅殛者也。是故, 寡人乘機而作, 先時而
倡, 將欲洗恥雪憤, 而軍孤力單, 似未能遂意, 故茲以檄文, 告通於列國僉位, 僉
位之心, 卽寡人之心也, 豈可朝夕忘洗湔之念哉? 各宜大率師軍, 會於建康, 寡人
卽成蘇秦洹[11]上之盟, 驅樂毅[12]濟西之師, 飮馬於濁河[13]之水, 洗兵於清洛之波,
快雪衆人之憤, 樹立百世之功矣。以茲先告, 各宜知悉。

書成, 宋主卽分遣使者, 馳傳四方。四方僭僞之輩, 未預洛會者, 不知幾人

각고 끝에 ≪後漢書≫를 편찬했다. 후한 시대에 관한 최고의 역사서로 평가받는다.
7) 禪代(선대): 선위를 통한 왕조교체를 일컫는 말.
8) 虞夏(우하): 舜임금과 禹임금.
9) 僭位(참위): 자기의 분수에 넘치는 임금의 자리에 앉아 있음.
10) 罔有紀極(망유기극): 紀律에 어그러짐이 아주 심함. 더할 나위 없음.
11) 洹(원): 洹水. 전국시대 때 蘇秦이 六國의 將相을 모이게 하여 맹약을 맺었던 강물이다.
12) 樂毅(악의): 전국시대 燕나라의 명신. 상장군이 되어 趙·楚·韓·魏·燕의 군사를 이끌
고 齊나라에 들어가 濟西에서 제나라 군대를 격파하였는데, 다른 군사는 돌아갔으나 악
의만은 남아서 당시 강대국임을 자랑하던 齊를 토벌하여 수도 臨淄를 함락시키고는 昌國
公에 봉해졌다. 그 후 5년에 걸쳐 제나라의 70여 城을 함락시키고, 이들을 모두 연나라
에 소속시켰다.
13) 濁河(탁하): 黃河를 이르는 말.

矣。皆憤悒不已，又見教文，益加忿怒，皆欲興兵犯逆，而莫敢先發，猶豫之頃，觀望之際，見此檄文，一時響應[14]，各率兵馬，會於建康。

且說。宋主與羣臣諸將，商議起兵之策，劉穆之曰：“自古，王師之致討，必先正其罪而告之，使敵人無所容辭，而後伐之，則賊乃不戰而自服矣。今可作一書，先送洛陽，告諭其罪，而後加兵，則師出有名，而戰可勝矣。”宋主曰：“善。”卽令范曄，做成一書，遣使詣洛陽。

却說。漢祖及衆帝，頒下教文以來，日夜偵探四方，久無動靜，方疑訝之間，閽人報曰：“宋主劉裕，遣使修書而至。”漢祖卽命召入，宋使入拜而獻書，拆視之，其畧曰：

寡人聞之，四海之內，皆兄弟也[15]，至於君我之間，卽姓同兄弟也。兄之會宴，不請其弟，可乎? 弟之會宴，不請其兄，可乎? 兄之待弟，不施其愛，可乎? 弟之事兄，不施其禮，可乎? 詩曰：“兄弟旣具，和樂且湛[16]。”又曰：“兄及弟矣，式相好矣[17]。”君雖不學，何其昧識之甚也? 君之於我，不以禮請，是無兄弟禮愛也。無兄無弟，卽一禽獸也，無禮無愛，則一夷狄也。寡人以兄弟禮愛之道，期君，而君反以夷狄禽獸之事，自處，誠可痛也。夷狄禽獸，寧可責也? 但今有言者，聞君以恢廓之度，納善改過[18]，少無顧惜，故以此曉告。君宜改前日之失，深追後時之悔，翻然聘价，欣然同樂，則兄弟禮愛之情，從可紓矣，夷狄禽獸之責，庶可免矣。

漢祖覽畢，大笑曰：“狂童之狂也。”且卽命蘇軾，製詔答之。其畧曰：

君言：“四海之內，皆兄弟也。”至於祖孫，亦謂之兄弟耶? 祖孫之事，朕且祥[19]

---

14) 響應(향응): 어떤 사람의 주창에 따라 그와 행동을 같이 한다는 말.
15) 四海之內, 皆兄弟也(사해지내, 개형제야): ≪論語≫<顏淵篇>에 나오는 구절.
16) 兄弟旣具, 和樂且湛(형제기구, 화락차담): ≪詩經≫<小雅·鹿鳴之什>에 나오는 구절.
17) 兄及弟矣, 式相好矣(형제제의, 식상호의): ≪詩經≫<小雅·鴻雁之什>에 나오는 구절.
18) 納善改過(납선개과): ≪漢書≫<梅福傳>의 “예전에 한나라 고조가 신하의 옳은 말 듣기를 미치지 못할 듯이 하였고 간언을 따르기를 둥근 물체를 굴리듯이 쉽게 하였다.(昔高祖納善若不及, 從諫若轉圜.)”는 구절을 염두에 둔 표현.
19) 祥(상): 詳의 오기.

言而歷告之。昔陶唐氏[20]之後, 有劉累[21]者, 事孔甲[22], 善於擾龍, 故謂之御龍氏, 而因姓劉, 其後以劉爲姓者, 皆苗裔也。然則君卽朕之孫也。祖之會宴, 禮請其孫, 可乎? 孫之事祖, 坐待禮請, 可乎? 又曰: "祖雖不慈, 孫不可以不孝。"[23] 汝卽躬操杖几[24], 趨待於前, 於理當然, 不此之爲, 反以狂言妄辭, 致逆於我, 是無祖無父之罪, 不可一日容於覆載之間矣。汝寧能高飛遠走, 不在人間耶[25]? 雖然, 汝亦人子, 若有一分人子之心, 則面縛[26]歸順, 稽首請罪。朕當施天地涵育之恩, 篤祖父愛養之心, 大者笞之, 小者撻之, 使知狂言之罪, 復修孝敬之道矣。莫忽我戒, 無忝爾祖。

書成, 付送宋使, 宋使回至建康, 宋主見書, 大怒曰: "凶鬼妖魅, 妄言辱我, 此辱不可不雪。" 正憤恚之間, 忽報: "列國之君, 至矣。" 宋主急出門視之, 乃齊主蕭道成[27]・梁主蕭衍[28]・陳主陳覇先[29]・蜀主公孫述[30]・漢主劉淵[31]・魏

20) 陶唐氏(도당씨): 중국 五帝의 한 사람인 堯를 이르는 말. 처음에 唐侯에 봉해졌다가 나중에 천자가 되어 陶에 도읍을 세운 데서 유래한다.
21) 劉累(유루): 豢龍으로부터 용 길들이는 것을 배워 孔甲을 섬겼다는 인물.
22) 孔甲(공갑): 夏나라 14대 임금.
23) 祖雖不慈, 孫不可以不孝(조수부자, 손불가이불효): ≪童蒙先習≫<父子有親>의 "부모가 비록 사랑하지 아니할지라도 자식은 효도하지 아니할 수 없다.(父雖不慈, 子不可以不孝.)"는 구절을 활용한 표현.
24) 躬操杖几(궁조장궤): ≪禮記≫<曲禮上>의 "젊은이가 어른께 의논드릴 일이 있으면 반드시 궤장을 가지고 찾아갔다.(謀於長者, 必操几杖以從之.)"는 구절을 활용한 표현.
25) 汝寧能高飛遠走, 不在人間耶(여녕능고비원주, 부재인간야): ≪通鑑節要≫에 나오는 구절. 사람은 인간과 어울려 살아야함을 강조하는 말이다.
26) 面縛(면박): 두 손을 등 뒤로 돌려 묶고 얼굴을 상대에게 보이도록 앞으로 쳐드는 것.
27) 蕭道成(소도성): 齊나라 高祖. 南朝 齊나라의 開國皇帝이다. 漢나라 때 재상을 지냈던 蕭何의 24세손이다.
28) 蕭衍(소연): 梁나라 武帝. 남조 양나라의 초대 황제이다. 제나라 말 황실이 어지러워지자 東昏侯에 대한 타도군을 일으켜 도읍인 建康(南京)을 함락시킨 뒤 남제를 멸망시키고 정권을 장악하면서 梁王에 봉해졌다.
29) 陳覇先(진패선): 陳나라 武帝. 남조 진나라의 개국 군주이다. 西魏가 江陵을 함락하고 元帝가 피살당하자 王僧辯과 함께 蕭方智를 받들어 梁王으로 삼았다. 나중에 北齊가 蕭淵明을 세워 황제로 삼자 왕승변을 영입해 建康에서 즉위시켰다. 왕승변을 습격해 살해하고 소방지를 세워 황제로 삼은 뒤 북제와 왕승변의 잔당들을 공격해 제거하고 陳王에 봉해졌다.
30) 公孫述(공손술): 後漢 때의 군웅 중 한 사람. 자는 子陽. 처음에는 王莽을 섬겼으나, 前漢 말 更始帝가 반란을 일으키자, 成都에서 군사를 일으켰다. 蜀 지방에 나라를 세우고 황제

王拓跋珪32)・趙王石勒33)・燕主慕容皝34)・秦王苻堅35)・北齊主高洋36)・周

主宇文覺37)・後梁主朱全忠38)・後唐主李存勗39)・後晉主石敬瑭40)・後漢主劉

知遠41)・後周主郭威42)・南唐主李煜43), 又有竇建德44)・王世充45)・蕭銑46)・

　　라 칭하였으나 後漢 光武帝에게 멸망당하였다.

31) 劉淵(유연): 前趙의 시조. 본디 匈奴의 종족인데, 漢나라 황실과 혼인하였으므로 성을 유
　　라 하였다. 晉惠帝 때 싸움에 공을 세우고 大單于가 되어 漢王을 僭稱하였다.

32) 拓跋珪(척발규): 남북조시대 北魏의 황제. 본래 鮮卑族으로 북위를 세우고 道武帝가 되었
　　으며, 그 후 孝文帝가 洛陽으로 천도한 뒤에 姓을 拓跋氏에서 元氏로 바꾸었으므로 元魏
　　라고도 불렸다.

33) 石勒(석륵): 본래 羯族으로 上黨 武鄕에 살았던 인물. 前趙의 劉淵 밑에서 大將을 지내다가
　　後趙를 세운 뒤에 전조를 멸망시키고, 十六國 중에 가장 강성한 나라를 이룩하였다.

34) 慕容皝(모용황): 오호십육국시대 前燕의 太祖文明皇帝. 鮮卑族으로, 전연의 개국 군주이다.

35) 苻堅(부견): 오호십육국시대 前秦의 임금. 일명 文玉, 자는 永固이다. 苻雄의 아들로 박학
　　다재했으며 처음엔 東海王이 되고, 苻生을 죽이고 자립해 大秦天王이라 했다. 북방을 통
　　일하고 東晉의 益州를 빼앗았다. 後秦 姚萇에게 잡혀 죽었다.

36) 高洋(고양): 北齊의 초대 황제 文宣帝. 그가 세운 나라를 高齊라고 이르기도 하였다.

37) 宇文覺(우문각): 北周의 황제. 그가 세운 나라를 後周라고 이르기도 하였다.

38) 朱全忠(주전충): 後梁의 태조. 당나라 말기 '黃巢의 난'의 잔당을 평정하여 그 공으로 각
　　지의 절도사를 겸하는 등 화북 제일의 실력자가 되었다. 이후 梁나라를 세우고 당 왕조
　　를 멸망시켰으나 그의 세력범위는 화북 일부에 한정되었고, 이후 50년에 걸친 五代十國
　　분쟁의 계기가 되었다.

39) 李存勗(이존욱): 後唐의 莊宗. 後唐의 창건자. 李克用의 아들이고, 어릴 때 이름은 亞子였
　　다. 이극용이 죽으면서 화살 세 개를 주면서 "반드시 梁과 燕, 契丹의 원수를 갚으라."고
　　말했다. 즉위한 뒤 북쪽으로 거란을 공격하고 동쪽으로 연을 멸망시킨 뒤 後梁을 정복하
　　고는 화살을 太廟에 바쳤다. 나라 이름을 唐이라 했는데, 역사에서는 후당이라 부른다.
　　나중에 교만 방자해져 정치를 도외시하다가 伶人 郭從謙이 반란을 일으켰을 때 화살에
　　맞고 죽었다.

40) 石敬瑭(석경당): 後晉의 초대 황제. 거란에 대해 신하를 자청하면서 구원을 요청하고 耶律
　　德光과 부자관계를 맺으면서 歲貢을 바쳤다. 燕雲 16개州를 할양한다는 조건으로 원조를
　　받아 반란을 일으켰고, 후당을 멸망시킨 뒤 晉나라를 세우고, 汴京에 도읍하였다.

41) 劉知遠(유지원): 後漢의 건국자. 돌궐의 沙陀族 출신으로 後晉의 河東節度使였던 그는 후
　　진이 거란에 망하자 이 틈을 타서 大梁(開封)을 도읍으로 하고 後漢을 세웠다.

42) 郭威(곽위): 後周의 초대 황제. 隱帝가 시해되고 後漢이 멸망하자, 즉각 開封에 들어가 즉
　　위하고 후주를 건국하였다. 내정에 신경을 써서 差役・雜稅 등의 균형을 꾀하였고, 자작
　　농의 육성에 힘썼다.

43) 李煜(이욱): 중국 五代 南唐의 마지막 왕. 초명은 從嘉이며, 元宗의 아들이다. 송나라 태조
　　에게 항거하다가 결국 항복하였는데, 송 태조가 그의 죄를 용서하고 違命侯에 봉하였다.
　　송 태종 때 隴西郡公으로 改封하였다.

44) 竇建德(두건덕): 山東 지방에 큰 기근이 들자, 도망병・무산자들을 거느리고 高士達의 부

薛擧47) · 劉黑闥48) · 安祿山49) · 朱泚50) · 李懷光51) · 李希烈52) · 吳少誠53) ·

黃巢54) · 張士誠55) · 陳友諒56) · 王莽57) · 董卓58) · 翟讓59) · 袁術等, 次第而至,

하로 들어가 軍司馬가 되어 隋나라 군대와 싸운 인물. 617년 夏나라를 세우고, 이듬해에
는 河北省 전역을 장악하여 군웅의 한 사람이 되었다. 그러나 621년에 李世民의 唐나라
군대에 패하여 長安에서 죽었다.

45) 王世充(왕세충): 성격이 흉계와 속임수를 좋아했고, 兵法을 특히 좋아한 인물. 隋文帝 때
軍功으로 儀同에 임명되었고, 隋煬帝 때 江都郡丞에 올랐다. 황제가 江都宮에 갔을 때 아
부하여 池臺를 잘 꾸며 환심을 샀다. 여러 차례 농민의 반란을 진압하여 江都通守에 올
랐다. 양제가 피살되는 江都兵變 이후 越王 楊侗을 제위에 앉히고 吏部尙書가 되었다. 양
동을 폐하고 스스로 황제라 칭하면서 鄭나라를 세우고 연호를 開明이라 했다. 이세민이
이끄는 唐나라에게 패한 뒤 항복했다.

46) 蕭銑(소선): 수나라 煬帝가 즉위한 뒤에 황후인 煬愍皇后 蕭氏의 친족 신분으로 발탁되어
羅川縣令으로 임명된 인물. 그리고 巴陵에서 반란을 일으켜 스스로를 梁王이라 칭했다.
서량의 도읍이던 江陵으로 천도를 하고 양나라 황제로 즉위했다. 당나라는 李孝恭과 李靖
을 보내 양나라를 전면적으로 공격해왔다. 소선은 文士弘을 보내 당나라 군대를 막으려
했으나, 淸江에서 벌어진 전투에서 패했고, 각지의 장수들도 당나라에 투항했다. 마침내
당나라 군대가 강릉을 포위했고, 원군을 기대할 수 없게 되자 소선은 관리들을 이끌고
이효공의 군영으로 가서 항복했다. 소선은 장안으로 압송되었으며, 곧 참수되었다.

47) 薛擧(설거): 隋나라 群雄. 기마전에 능하고 궁술에 뛰어났다. 金城郡의 校尉이자 토호로서
돌궐, 土谷渾 등 북방민족의 침략으로부터 천수 일대를 수비하였다. 隋나라가 쇠하게 되
자 거병하여 농수, 서평 등 천수 일대를 모두 점령하였다. 이후 상규를 수도로 하여 秦
나라를 건국 스스로를 秦帝라 칭하며 황제로 올랐다.

48) 劉黑闥(유흑달): 隋末 唐初 반란 수령. 竇建德과 친하게 지냈는데, 李密의 神將이 되었다가
패해 王世充에게 잡혔다. 그의 騎將이 되었으나 두건덕에게 가서 장군이 되고 漢東郡公으
로 봉해졌다. 두건덕이 실패한 이후에 대장군을 칭하면서 河北을 점거하고 漢東王을 칭했
다. 李建成에게 패배 遼陽으로 도망을 갔다가 부하에게 잡혀 洺州에서 죽임을 당했다.

49) 安祿山(안록산): 중국 唐나라 때 반란을 일으킨 武將. 변경의 방비에 번장이 중용되는 시
류를 타고 玄宗의 신임을 얻어 당의 국경방비군 전체의 3분의 1정도의 병력을 장악했다.
황태자와 楊國忠이 현종과의 이간을 꾀하자 양국충을 제거한다는 명목으로 반기를 들었
으나 실패했다.

50) 朱泚(주차): 唐德宗 때 반란을 일으킨 인물. 783년에 반란을 일으킨 涇原節度使 姚令言에
의해 황제로 추대되었으나, 李晟에게 패하여 도망치다가 部將에게 죽음을 당하였다.

51) 李懷光(이회광): 唐德宗 때 반란을 일으킨 인물. 785년에 盧杞와의 불화로 인해 신변의
불안을 느끼고 반란을 도모하여 朱泚와 연합했다가 馬燧의 토벌을 받고 그의 부하인 朔
方大將 牛名俊에게 살해되었다.

52) 李希烈(이희열): 唐德宗 때 반란을 일으킨 인물. 처음에 李忠臣의 神將으로 있다가, 뒤에
淮西節度使에 올라서는 李納의 반란을 토벌하면서 天下都元帥라 일컫다가, 783년에 반란
을 일으켜 鄧州와 汴州를 함락한 뒤에 楚帝라고 참칭하며 武成이라고 建元하였다. 누차
宋亳節度使 劉洽에게 패하여 蔡州로 도망갔다가 그의 牙將인 陳仙奇에게 독살되었다.

53) 吳少誠(오소성): 唐憲宗 때 淮蔡節度使. 唐德宗 때 반란을 일으켰다.

將師[60]兵馬, 旋旗劍戟, 森列蔽天。宋主大喜, 卽迎接入宮, 各施禮畢, 分賓主而坐, 大開宴席, 謂衆人曰: "大事之擧, 寡人當躬造面請, 而自多拘碍, 又不可國至, 而人人諭之, 故馳送檄文, 坐屈[61]衆位之車騎, 幸勿咎責." 衆皆謝曰: "寡人等, 各稱帝王, 據有一方, 不作進取之計, 只存保守之志, 不出壃境[62]者, 許多年矣。側聞[63]貴尊[64], 久仰聲華, 然涯角[65]相遠, 無由一見, 日夜馳慕而已。近者, 漢高祖大會列國於洛陽, 不請吾等, 反以敎文告示, 以逆亂之輩待之。故各

---

54) 黃巢(황소): 唐나라의 반란 지도자. 수천 명의 추종자들을 모아 여러 차례 반란을 일으켰으며, 廣州를 점령하고 이후 북쪽으로 방향을 돌려 수도 長安을 점령하였다. 이후 스스로 황제에 올라 국호 大齊라고 칭했다. 당은 돌궐계 유목 부족인 沙陀의 도움을 받아 그를 장안에서 몰아내고 이듬해 체포하여 처형하였으나, 10년간의 반란으로 당의 지배력은 파괴되었으며 당은 급격하게 쇠퇴하여 황소의 부하 장군이었던 朱全忠에 의해 멸망하였다.

55) 張士誠(장사성): 원나라 말기의 무인. 泰州 白駒場 소속의 소금중개인으로 鹽場의 관리와 鹽丁 사이의 갈등을 틈타 난을 일으켜 세력을 키우고 誠王이라 칭하고 국호를 大周로 정하였다. 그 후 蘇州를 빼앗고 吳國이라고 칭하였으나 南京에 근거지를 둔 朱元璋과의 오랜 항쟁 끝에 패배하여 자살하였다.

56) 陳友諒(진우량): 元나라 말기의 群雄. 본래 성은 謝인데, 할아버지가 진씨 집안에 데릴사위로 들어가 그 성을 따랐다. 徐壽輝가 반란을 일으키자 그 휘하에 들어가 倪文俊의 簿掾이 되어 무장으로서의 자질을 길러나갔다. 1357년 예문준을 죽이고 그 병력을 모은 다음, 안휘성 남부에 기반을 굳혔다. 1359년에는 황제 서수휘를 죽이고 스스로 황제라 부르며 국호를 大漢이라 했다. 江州에 도읍하고 한때 江西와 호남, 호북을 세력 아래 두고 朱元璋과 싸웠지만, 1363년에 패하여 전사했다.

57) 王莽(왕망): 前漢 말기의 정치가. 스스로 옹립한 平帝를 독살하고 제위를 빼앗아 국호를 新으로 명명했다. 한나라 劉秀에게 피살되어 멸망했다.

58) 董卓(동탁): 後漢의 정치가. 靈帝가 죽자 병사를 이끌고 入朝하여 小帝를 폐하고 獻帝를 옹립하면서 정권을 잡았다. 袁紹 등이 기병하여 동탁을 토벌하려 하자, 헌제를 끼고 長安으로 천도하여 스스로 太師가 되어 횡포가 날로 심했다. 司徒 王允이 몰래 동탁의 장군 呂布로 하여금 그를 살해하게 했다.

59) 翟讓(적양): 隋末 唐初의 반란군인 瓦崗軍의 수령. 이 반란군에 창을 잘 쓰는 單雄信과 지략이 뛰어난 徐世勣 등이 모여 들었다.

60) 將師(장사): 將帥의 오기인 듯.

61) 坐屈(좌굴): 자기가 찾아가야 할 것을 찾아가지 아니하고 남을 오게 함.

62) 壃境(강경): 疆境. 나라의 경계.

63) 側聞(측문): 어렴풋이 들음.

64) 貴尊(귀존): 貴貴尊賢. 귀한 이를 귀하게 여기고 어진 이를 존경한다는 뜻. ≪孟子≫<萬章章句 下>의 "아랫사람으로서 윗사람을 공경하는 것을 귀귀라고 하고, 윗사람으로서 아랫사람을 공경하는 것을 존현이라고 하는데, 귀귀와 존현은 그 의리가 같다.(用下敬上, 謂之貴貴, 用上敬下, 謂之尊賢, 貴貴尊賢, 其義一也.)"는 구절에 나오는 말이다.

65) 涯角(애각): 天涯地角. 하늘 끝과 땅의 귀퉁이의 뜻으로, 아득하게 멀리 떨어져 있음을 이름.

懷憤恨, 每欲奮發, 而孤掌難鳴[66], 獨輪易倒[67], 故未敢生意。何幸? 尊位以雄勇之姿, 出英毅之志, 馳檄告諭, 爲天下倡, 此是吾等雪憤得意之秋也。是故, 各率兵馬, 來聽盟約耳。" 宋主曰: "寡人性質庸愚, 才智短淺, 今擧大事, 主任盟約, 或有屠劣之失, 未副衆人之望。故以主位讓之, 欲推列位帝王之中, 智勇俱備, 才術超越者, 爲盟主, 斂位以爲何如?" 衆曰: "吾等雖多, 皆是愚庸之輩, 豈可盟約之主? 歷觀此會, 雄圖大畧, 無如尊位者, 幸勿謙讓。" 宋主又辭曰: "衆會之中, 英雄必多, 豈無寡人之上哉? 幸望斂位, 細加審擇。" 衆曰: "君以爲吾等, 東西共會, 南北相合, 衆心必有異同, 故屢次推謙。然吾等, 宜聽盟約, 無復歧貳, 質之於言, 誓之於心, 一遵主命, 願君勿復疑慮。"

宋主辭不辭[68]獲已, 乃權爲盟主, 而居上位, 衆各以次列坐。坐已定, 宋主令侍臣, 取鷄狗馬之血來。少須, 侍臣盛血於銅盤, 跪進於殿上, 宋主與衆人, 歃血而成盟, 出矢言, 使庾信[69], 書其言。其書曰:

寡人聞之, '自古, 列國之君, 有事必會, 有會必盟.[70]' 會者, 會同之議也, 盟者, 盟約之言, 而衆人共會, 一心同盟者也。是以大禹之於兩階, 夏啓[71]之戰甘[72],

---

66) 孤掌難鳴(고장난명): 한쪽 손뼉은 울리지 못한다는 뜻으로, 혼자서는 일을 이루기가 어려운 것을 비유적으로 이르는 말.

67) 獨輪易倒(독륜이도): 獨輪車容易倒. 외바퀴 수레는 넘어지기 쉬움.

68) 辭(사): 불필요한 글자인 듯.

69) 庾信(유신): 北周의 문인. 박학하고 문장이 화려하여 徐陵과 함께 당시에 명성이 높았다. 그가 일찍이 梁나라에서 벼슬하여 右衛將軍이 되고 武康縣侯에 봉해졌다. 侯景이 建康을 함락했을 때 江陵으로 달아나고, 48살 때 元帝의 명으로 西魏에 사신으로 파견되었다가 억류당했다. 서위에 억류당했을 때 두터운 예우를 받았지만 양나라에 대한 연모의 정을 잊지 못해 그 비통한 심정을 읊은 <哀江南賦>는 특히 명문으로 일컬어진다.

70) 列國之君, 有事必會, 有會必盟(열국지군, 유사필회, 유회필맹): ≪資治通鑑綱目≫의 "제후가 일이 있으면 회견하고 의심스런 일이 있으면 결맹한다.(諸侯有事則會, 有疑則盟.)"는 구절을 활용한 표현.

71) 夏啓(하계): 夏나라 禹임금의 아들 啓를 일컫는 말. 이전까지는 중국에서 天意에 순응하는 자를 선택하여 왕학을 선위하였으나 우임금이 죽은 후, 인심이 계에게 쏠리어 왕위에 올랐다. 이후부터 왕위는 자손에게 계승되기 시작했다.

72) 夏啓之戰甘(하계지전감): 夏啓之於戰甘의 오기. 甘은 有扈國의 지명으로 지금의 陝西省 鄠縣의 서남쪽 지방이다. 이곳에서 啓는 有扈國과 싸워 誓를 지었다.

殷湯之於亳都[73], 盤庚[74]之於耿河, 武王之於牧野[75], 齊桓之於葵邱, 晉文之於踐土[76], 秦昭[77]之武關,[78] 蘇秦之於洹水, 毛遂[79]之於章華[80], 皆有誓有盟。然誓盟則同, 而言語則異矣。禹之誓, 征苗之言也, 啓之誓, 討反之言也, 湯之誓, 釋懟之言也, 庚之誓, 遷都之言也, 武之誓, 伐紂之言也, 桓文之盟, 尊王之言也, 秦昭之盟, 欺隣之言也, 蘇‧毛之盟, 合從之言也。

今者, 列國之君, 有事而會, 有會而盟, 今日之盟, 非湯‧庚‧桓文‧秦昭之盟也, 卽禹‧啓‧武王‧蘇‧毛之盟。凡我同盟之人, 旣盟之後, 言歸于一[81], 齊其心力, 整其兵馬, 期於掃穢, 必於雪憤。若有一二貟[82]約, 則衆人共討之, 盟約之主, 主盟不明, 踏約不信, 則天必誅之, 神必殛之, 而況共盟之人乎? 誓之丁寧[83], 約之申明, 矢言出口, 折金箭而咸聽, 載書橫階, 奉珠盤而已定[84]。衆帝諸王, 勉哉愼旃[85]!

73) 亳都(호도): 殷나라 湯王이 夏나라를 멸하고 갔던 곳. 이때 수많은 제후들이 나와 경하하고 복종할 것을 맹세하였다.
74) 盤庚(반경): 商나라 임금. 그는 국도가 耿이었는데 殷으로 천도하자 이때부터 상나라를 은나라라고 불렀다.
75) 牧野(목야): 周나라 武王이 殷나라 紂王의 군대와 싸웠던 곳. 이때 은나라 군사들이 주나라를 대적하지 않고 오히려 창끝을 돌려서 거꾸로 자기편을 공격한 덕분에 크게 이겼다고 한다.
76) 踐土(천토): 춘추시대 晉文公이 중국의 제후들을 불러 모아놓고 맹약하며 霸者의 지위에 오른 곳. 衛侯의 無道함을 징계한 다음에 제후들과 주나라 왕실을 돕고 사사로이 침략 쟁탈하지 않는다는 내용의 맹약을 맺었다.
77) 秦昭(진소): 秦昭襄王. 동맹 맺자는 거짓 제의로 楚나라 懷王을 武關에 불러들인 임금.
78) 秦昭之武關(진소지무관): 秦昭之於武關의 오기.
79) 毛遂(모수): 전국시대 趙나라 사람. 平原君이 楚나라에 원병을 청하러 가면서 자신의 식객과 문하에서 문무를 갖춘 자 20인을 선발했는데, 이때 모수가 자기 자신을 스스로 천거하였다. 이 맹약에서 초나라 왕이 결단을 내리지 않고 망설이자, 모수가 칼을 어루만지면서 초나라 왕을 위협하여 맹약을 성사시켰다.
80) 章華(장화): 楚나라의 궁궐.
81) 凡我同盟之人, 旣盟之後, 言歸于一(범아동맹지인, 기맹지후, 언귀우일): ≪孟子≫<告子章句下>의 "무릇 우리들은 함께 맹세한 사람들이니 일단 맹세를 한 이상 사이좋게 지내자. (凡我同盟之人, 旣盟之後, 言歸于好.)"는 구절을 활용한 표현.
82) 貟(원): 負의 오기.
83) 丁寧(정녕): 일을 끝마치고서도 뒤탈이 있지나 않을까 하고 재확인하는 것을 일컫는 말.
84) 奉珠盤而已定(봉주반이이정): ≪通鑑節要≫의 "초왕이 말하기를, '그렇소. 진실로 선생의 말과 같을진대 삼가 사직을 받들어 따르리이다.' 하자, 모수가 초왕의 좌우 시종들에게 말하기를, '닭과 개와 말의 피를 가지고 오라.' 하였다. 모수가 구리쟁반을 받들어 꿇어앉아 초왕에게 드리며 말하기를, '왕께서 마땅히 피를 입술에 바르시고 합종함을 정하소서. 다음은 우리 주군이요, 그 다음은 저 모수입니다.' 하였다.(楚王曰: '唯唯. 誠若先生之

書成, 宋主令輪示一座, 卽召列國文武將相, 示以盟書, 使各歃[86]血於堂下。

定盟已畢, 與衆帝羣臣, 商議進兵之事, 崔浩[87]奏曰: "今列國諸臣共會, 未有班位, 皆失次序, 可先以官爵, 大封文武, 分其高下, 行其褒貶, 然後出兵進戰, 何如?" 宋主曰: "卿言是也." 卽拜崔浩, 爲左丞相, 宣令[88]召列國羣臣, 羅立於階下, 授以官爵, 諭以褒貶曰:

左丞相	崔浩	味若精塩[89]智許子房	元魏
長史	袁粲[90]	鸚賦[91]讓莊石頭[92]愧淵[93]	劉宋
衆軍	源懷[94]	民通有無法嚴故舊	元魏

言, 謹奉社稷以從.' 毛遂謂楚王之左右曰: '取鷄狗馬之血來.' 毛遂奉銅盤而跪進之楚王曰: '王當歃血而定從. 次者吾君, 次者遂.')는 구절을 활용한 표현.
85) 愼旃(신전): 삼감. 신중히 함. 旃는 之의 의미이다.
86) 歃(연): 歃의 오기.
87) 崔浩(최호): 北魏 太武帝 世祖 때 관료. 학문을 좋아하고 지모가 뛰어났으며, 벼슬이 侍中特進撫軍大將軍에 이르렀다. 뒤에 國史를 수찬하면서 북위의 선조가 개와 교미하여 척발씨를 낳았다는 전설을 피하지 않고 써넣었다가 태무제의 눈에 거슬려 처형되었다.
88) 宣令(선령): 명령을 하달함.
89) 精塩(정염): 수정 소금. 中天竺國에서 생산되는 최상의 소금으로, 색깔이 수정처럼 하얗고 맛이 좋아 胡人이 진상하였으므로 君王鹽이라고도 한다.
90) 袁粲(원찬): 남조 송나라 재상. 관직이 尙書令에 이르고, 太宗의 임종 때에 顧命을 받기까지 하였으나, 끝내 외물에 동요하지 않고 한가로이 거처하면서 집안에 잡객을 일절 들이지 않는 풍도를 보였던 것으로 유명하다.
91) 鸚賦(앵부): 鸚鵡賦. 後漢 때 문장이 뛰어났던 禰衡이 江夏太守 黃祖의 아들인 章陵太守 黃射와 서로 친하였다. 일찍이 황사가 베푼 酒宴에 참석했을 때, 마침 鸚鵡를 바쳐온 자가 있어 황사의 간절한 부탁을 받고 즉석에서 지은 부. 당시에 뛰어난 문장으로 널리 알려졌다. 예형은 뒤에 황조의 뜻에 거슬려 죽임을 당했다고 한다.
92) 石頭(석두): 石頭城. 송나라와 제나라의 도읍지인 建康의 별칭. 지금의 南京이다.
93) 淵(연): 褚淵. 남조 송나라 明帝 때 관료. 명제의 두터운 신임을 받아 尙書令 袁粲과 고명을 받들고 어린 임금을 보좌하라는 遺詔를 내렸다. 뒤에 蕭道成이 송나라를 멸망시키고 齊나라를 세우려 하자, 원찬과 劉秉 등은 불복하였으나 저연은 적극 도와 영화를 누렸다.
94) 源懷(원회): 北魏 宣武帝 때의 관료. 선무제는 尙書左僕射 源懷에게 侍中, 行台 使持節을 더하고, 북쪽 변경의 6鎭, 恒州, 燕州, 朔州 3개 주를 순행하여 가난하고 궁핍한 사람에게 물건을 공급해주고 공적이 많고 적음을 살피게 하였다. 이때 그의 친구 元尼須가 懷朔의 鎭將으로 있으면서 부정부패로 악명을 떨치고 있었는데, 술자리에서 원니수가 뵈줄 것을 청하자 원회는 "오늘은 나 원회가 옛 친구와 술을 마시는 것이고, 이곳은 사건을 심리하는 장소가 아니다. 내일의 공당이 비로소 지절사로서 진장의 죄과를 심리하는 자리가 될 것이다."고 하고는 법에 따라 친구를 탄핵하는 글을 올렸다.

右丞相	宇文泰[95]	心存王室位居冢宰	元魏
長史	李冲[96]	誅彪何怒遷洛有助	元魏
衆軍	孫晟[97]	圍城勉守長陵[98]效節	南唐
大師[99]	馮道[100]	歷事八姓始刊九經	五代
太傅	高允[101]	直以事君死不負友	元魏
少師	陳淳[102]	深體道原服膺[103]師訓	宋
少傅	傅永[104]	上馬擊賊磨循[105]草檄	魏

95) 宇文泰(우문태): 周高祖. 남북조시대 중국 북방 소수민족 출신의 걸출한 군사가이자 정치가이며 정략가. 관작은 大將軍・大行臺 등을 거친 西魏의 실질적인 통치자였다. 집정 20여 년 동안 그는 문무를 겸비하면서 탁월한 업적을 남겨 西魏를 강국으로 올려놓음으로써 훗날 北周의 건립과 北齊를 멸망시키고 북방을 통일하기 위한 기초를 다졌다. 그가 죽은 뒤 그의 아들 宇文覺은 서위의 恭帝를 대신하여 제왕 자리에 오르고 나라 이름은 北周로 고쳤다. 이에 우문태는 태조문황제로 추증되었다.

96) 李冲(이충): 後魏의 大臣. 孝文 때에 여러 번 승진하여 尙書僕射가 되었고 少傅를 겸하였으며, 文明太后의 幸臣이 되었다.

97) 孫晟(손성): 五代 南唐의 재상. 처음엔 道士가 되었다가 나중에 유학으로 돌아왔다. 周나라 군대가 날로 핍박하자 개연히 나라를 위해 죽음을 자임하고, 사신의 임무를 받들어 주나라 군사를 늦추고자 청했으나, 世宗은 허락하지 않았다. 李重進이 南唐을 얻었을 때 말이 불손하여 세종의 노여움을 샀으며, 결국 이 일로 金陵에 유배되어 죽었다. 죽을 때 "신은 죽음으로써 은혜에 보답할 뿐입니다.(臣惟以死謝.)"고 말했다.

98) 長陵(장릉): 金陵의 오기인 듯.

99) 大(대): 太의 오기.

100) 馮道(풍도): 五代 때 재상. 後唐・後晉・契丹・後漢・後周 등 다섯 왕조에 걸쳐 여덟 개의 성을 가진 열한 명의 임금을 섬길 정도로 처세에 능하였다. 그는 재상으로서 73세의 장수를 누렸는데, 난세 속에서도 오래도록 살아남아 삶을 즐긴다는 뜻에서 스스로 長樂老라고 일컬었다. 뒤에 송나라 歐陽脩는 그를 일러 염치없는 자라고 평하고, ≪新五代史≫를 편찬할 때 그 傳記를 雜傳에 넣었다. 한편, 그는 經書 인쇄로는 최초로 九經의 간행 사업을 벌이기도 하였다.

101) 高允(고윤): 남북조 北魏의 대신. 太武帝 때에 著作郎으로서 崔浩와 함께 國史를 편수하면서 왕실의 선대에 관한 불미한 사실을 미화하지 않고 直筆한 일이 뒤에 밝혀져 태무제의 노여움을 샀다. 이 일로 최호는 옥에 갇혔고, 고윤도 처벌을 받을 형편이었는데, 이때 태자가 자신의 스승인 고윤을 살리려고 고윤에게 최호에게 덮어씌우고 자신은 관여하지 않았다고 발뺌을 하도록 권하였지만, 고윤은 임금 앞에 불려가서 자기가 관여한 것을 이실직고함으로써 정직하다는 칭찬을 받고 마침내 풀려나게 되었다.

102) 陳淳(진순): 송나라 朱子의 제자. 자는 安卿이고, 北溪先生이라고 불리며, 漳州 龍溪縣 사람이다. 朱熹가 漳州太守로 있을 때 나아가 수학하여 黃과 함께 高弟가 되었는데, 주자의 語錄을 기록하고, 주자의 학통을 계승하여 ≪性理字義≫를 저술하였다.

103) 服膺(복응): 마음속에 늘 간직하여 잠시도 잊지 아니함.

舍人	邢巒106)	廷稱文學郡107)平禍亂	元魏
侍講	雷次宗108)	鷄籠109)開舘巾幯110)侍講	劉宋
大111)尉	王猛112)	雖遜孔明是亦夷吾113)	秦
同平章事	桑維翰114)	以若大瞻胡爾北膝	後晉
樞密院使	劉穆之	耳聽目覽口酬手答115)	宋

104) 傅永(부영): 北魏의 武將. 勇力이 빼어났고 經史에 밝아, 中書博士·建武將軍·汝南太守 등을 거쳐 벼슬이 光祿大夫에까지 올랐다. 특히, 말을 거꾸로 타고 달릴 정도로 무예가 뛰어났고 박학다식하였으므로, 孝文帝가 "말에 올라서는 적을 무찌를 수 있고 말에서 내려서는 격문을 짓는 것은 오직 부수기뿐이다.(上馬能擊賊, 下馬作露布, 唯傅修期耳.)"라고 감탄하였다. 修期는 부영의 字이다.

105) 磨循(마순): 磨盾의 오기. 磨盾草檄은 짧은 시간에 훌륭한 격문을 지어냄을 의미한다.

106) 邢巒(형만): 北魏의 武將. 가난하지만 학문을 즐기고 박학다식하여 고향 河間에서 천거를 孝文帝 탁발굉 시절부터 여러 관직을 지냈으며, 文才가 있어 拓跋宏으로부터 신뢰를 얻었다. 이후 宣武帝 元恪이 즉위하여서도 尙書를 비롯하여 주요 관직을 지냈는데, 특히 夏侯道遷이 梁나라에서 북위로 망명할 때 漢中으로 가 한중태수로 있으면서 하후도천과 함께 氐族을 격파하고 蜀 일대의 양나라 군을 수차례 격파하여 전공을 세우기도 하였다.

107) 郡(군): 羣의 오기인 듯. 곧, 羣英의 의미인 듯하다.

108) 雷次宗(뇌차종): 남조 송나라 유학자. 어려서 廬山에 들어가 승려 慧遠에게 수학하여 三禮와 ≪毛詩≫에 밝았다. 평생 벼슬하지 않았고, 鷄籠山과 鍾山에 學舘을 열어 제자들을 가르쳤는데, 송나라 황태자 및 諸王들을 위해 ≪喪服經≫을 강론하기도 하였다. 저서에 ≪毛詩序義≫가 있다.

109) 鷄籠(계롱): 鷄龍의 오기.

110) 巾幯(건구): 喪服經을 가리키는 듯.

111) 大(대): 太의 오기.

112) 王猛(왕맹): 前秦의 大臣. 李儼을 평정하고, 桓溫을 격파하고 前燕을 멸하여 북방을 통일하는 데 큰 공을 세웠다. 벼슬은 丞相과 大將軍, 冀州牧 등을 지냈다. 큰 지혜로 현명한 군주를 택하고, 남다른 책략으로 나라를 일으킨 인물이다.

113) 夷吾(이오): 管仲의 이름. 관중은 齊나라의 재상이자 사상가, 경제학자. 管子, 管夷吾, 管敬仲으로도 불린다. 춘추시대에 法家의 대표 인물이자 周穆王의 후예이기도 하다. 비록 齊나라의 下卿(경 중에서 낮은 벼슬)이었지만 중국 역사상 宰相의 본보기로 삼는다. 재임 중에 안으로 개혁을 하고 상업을 중시했다.

114) 桑維翰(상유한): 後晉의 高祖인 石敬瑭이 河東에서 군대를 일으킬 때 많은 계책을 내어 도왔다. 석경당을 위해 거란에게 구원을 청하면서 父子의 맹약을 맺고 땅을 떼어 주며 稱臣하겠다고 애걸하여 거란의 군대를 출동시킨 결과 석경당이 帝位에 오르게 하였다. 出帝 때 弘文館大學士가 되어 권세를 누리다 거란이 침입하자 張彦澤에게 피살되었다.

115) 耳聽目覽口酬手答(이청목람구수수답): ≪통감절요≫의 "눈으로는 글과 訟辭를 보고 손으로는 牋書에 답을 하며 귀로는 남의 말을 듣고 입으로는 함께 응대하되 서로 뒤섞임 없이 모두 여유 있게 행하였다.(目覽辭訟, 手答牋書, 耳行聽受, 口並酬應, 不相參涉, 悉皆瞻

開府儀同三司	庾信	南國文章北朝羈旅[116]	梁
翰林學士	范曄	傳家道學掌國詞翰	宋
國子祭酒	徐陵[117]	東宮新體南朝遺名	梁
御史大夫	張普惠[118]	正色而立不撓于勢	元魏
諫議大夫	蘇瓊[119]	辭氣感人兄弟息訟	元魏
光祿大夫	魏仁浦[120]	忠直有餘始終不渝	後周
監察御史	孫沔[121]	天爵[122]自高彈劾不避	元魏
尚書令	王朴[123]	身任軍機帝惜天奪	後周

舉.)"는 구절을 활용한 표현.

116) 羈旅(기려): 타향에 寓居하는 신하.
117) 徐陵(서릉): 南朝 梁·陳 때의 사람. 자는 효목(孝穆)이다. 어려서 매우 총명하여 釋寶誌로부터 천상의 石麒麟이란 칭찬을 받았다. 庾信과 더불어 徐庾體라고 불리는 宮體의 시를 일으켰으며, 양나라 太子 蕭綱의 명으로 東宮學士가 되어 ≪玉臺新詠≫을 엮었다.
118) 張普惠(장보혜): 北魏 때의 常山九門 사람. 학식과 견문이 대단히 넓었다. 관직은 諫議大夫, 東豫州刺史에 이르렀다. 왕의 신하로서 풍모가 있었으니 맡은 직책을 능히 다하였는데, 얼굴빛을 엄숙히 하여 조정에서 권세 있는 귀족들을 가까이하지 않고 성실하게 정무를 보며 임금의 바르지 못한 행실에 대해 직간하는 것을 자기의 소임으로 여겼다.
119) 蘇瓊(소경): 北齊 文襄帝 때의 사람. 벼슬은 南淸河太守를 거쳐 大理卿이 되었고, 北齊가 망하자 周에 벼슬하여 博陵太守가 되었다. 남청하 태수 시절에 그는 乙普明 형제가 田地를 가지고 서로 다투자, "하늘 아래에서 얻기 어려운 것이 형제이고 구하기 쉬운 것이 전지인데, 전지를 얻었더라도 형제를 잃는다면 어떻겠는가." 타이르며 눈물을 흘리니, 함께 참석한 증인들이 모두 감동하여 눈물을 흘렸고 을보명 형제 역시 잘못을 뉘우쳤다.
120) 魏仁浦(위인포): 송나라 초기의 문신. 後晉의 小史로 시작하여 後漢의 兵房主事와 後周의 정승을 지내고, 송나라 초기에 右僕射를 역임하였다. 그런데 병권을 장악한 趙匡胤은 陳橋驛에서 쿠데타를 일으켜 開封으로 회군하자, 위인포는 반항했지만 곧바로 진압됐다. 조광윤이 회유했지만 위인포는 병에 걸려 죽기 전까지 郭威와 郭柴榮을 잊지 못하고 나라를 지키지 못한 것을 자책하다가 객사했다.
121) 孫沔(손면): 송나라 仁宗 때 인물. 관직은 秘書丞, 監察御史裏行 등을 역임하였다. 재주와 용맹은 뛰어났으나 성품이 방탕하여 연회와 여색을 좋아했다. 그렇지만 呂夷簡이 정권을 잡고 제 마음대로 하자, 陝西轉運使로 있던 손면이 글을 올려 극간하면서 옛날 간신인 張禹와 李林甫를 들어 여이간에게 비유했는데, 황제가 죄주지 않았으며 여이간은 그 글을 보고 이르기를 "원규의 약석과 같은 좋은 충고를 다만 십 년 늦게 들은 것이 한스럽다." 하였다. 元規는 손면의 字이고, 藥石과 같은 좋은 충고란 자신의 잘못을 잘 지적해 준 것을 이른다.
122) 天爵(천작): 하늘에서 내려준 작위. 덕이 충만하여 저절로 존귀하게 되는 것을 말함.
123) 王朴(왕박): 後周 世宗 때의 權臣. 어려서부터 학문을 좋아하고 글을 잘 지었다. 平邊策을 올려, 먼저 江淮를 취한 뒤 차츰 남방의 할거세력을 소멸시키고 마지막으로 북한을 평정할 것을 주장했다. 이로써 세종을 도와 변경을 평정하고 樞密使에 이르렀다. 왕박

門下侍郎	張賓124)	石家右侯漢時子房	後趙
吏部尙書	劉仁瞻125)	節高江淮126)軍整忠正	南唐
侍郞	吳巒127)	延廣128)已壞德光129)猶欽	後晉
戶部尙書	張全義130)	治剪荊棘笑發繭麥	後梁
侍郞	源賀131)	慮敵固守活民增兵	元魏
禮部尙書	范縝132)	官不賣論議常斥佛	南齊

이 죽자, 세종이 玉鉞로 땅을 두드리며 두서너 번 통곡하기를 자제하지 못하였다. 역산에 정통하여 역법의 오류를 바로잡았으며, ≪顯德欽天曆≫, ≪大周欽天曆≫, ≪律準≫을 지었다.

124) 張賓(장빈): 後趙 石勒의 軍師. 張飛의 손자요, 張苞의 아들이다. 그는 스스로 "실력은 張子房에 뒤지지 않지만 다만 高祖를 못 만났을 뿐이다."라고 말했는데, 여러 인물들을 관찰하다가 석륵을 택하여 섬겼다. 그러다가 장빈이 병사하자, 석륵은 "하늘은 나의 사업을 완성시키지 않으려는 것인가? 어찌 나에게서 右侯(장빈)를 일찍 빼앗아간단 말인가?(天欲不成吾事耶? 何奪吾右侯之早也!)"라고 하였다.

125) 劉仁瞻(유인섬): 南唐의 大將. 그는 淸淮節度使로서 壽州를 지켰는데, 世宗이 공격하여 한철이 지나도 함락시키지 못하였다. 유인섬의 아들 劉崇諫이 아버지의 병환을 요행으로 여겨 항복할 것을 모의하자, 유인섬이 명령하여 자식의 목을 베게 하였다. 유인섬의 병이 위독해지자, 副使 孫羽가 거짓으로 항복문서를 만들어 城을 가지고 항복하니, 이날 유인섬이 죽었다. 세종이 그의 군대를 회복하여 忠正軍이라 이름해서 유인섬의 충절을 표창하였다.

126) 江淮(강회): 淸淮의 오기인 듯.

127) 吳巒(오만): 後晉의 장군. 후진의 고조 石敬瑭이 거란에게 燕云州를 할양하라는 명령에 불복종하고 연운주를 지키자, 거란군이 쳐들어왔지만 7개월이나 성을 지켰다. 오래지 않아 석경당이 그를 불러들여서 復州防禦使를 맡겼다. 그 후로 貝州의 軍州事가 되었을 때 耶律德光이 거란군을 이끌고 대거 남쪽으로 쳐들어 내려왔지만 그는 터럭만큼도 겁내지 않고 패주를 굳게 지켰으나 끝내 실패하고 우물에 뛰어들어 죽었다.

128) 延廣(연광): 後晉의 權臣 景延廣. 거란에게 稱臣을 거부하고 큰 소리를 치다가 뒤에 거란군에게 생포되어 자살하였다.

129) 德光(덕광): 遼나라 太宗 耶律德光.

130) 張全義(장전의): 후량 때 재상. 벼슬은 河南尹을 거쳐 太師尙書令에 이르고 齊王에 봉해졌다. 그는 무려 세 왕조를 섬겼고 8명의 황제의 총애를 받았다. 東都를 다스렸을 때, 白骨이 땅을 뒤덮고 가시덤불만 펼쳐져 있자 그곳에 유랑민들을 불러들여 식목과 농경을 권하였는데, 끝내 뽕나무와 삼이 무성하여 들판에는 빈 땅이 없어졌다. 그는 들판을 순행하다가 잘 자란 보리나 잘 키운 누에를 보면 그때마다 웃었으며, 밭을 황폐하게 한 자가 있으면 대중을 모아 놓고 그 앞에서 곤장을 쳤다.

131) 源賀(원하): 北魏 文成帝와 獻文帝 연간의 군인. 큰 권세를 지닌 고관들을 장악하게 되어 관직은 太尉에 이르렀고 隴西王에 봉해졌다.

132) 范縝(범진): 梁나라의 학자. 출신이 미천해 어렵게 공부했으나 경전과 학술에 능통했으

侍郎	元孚[133]	正色斥奸抗辭格君	元魏
丘[134]部尙書	李穀[135]	征南軍師禦北運使	後周
侍郎	任圜[136]	能文兼武憂國忘家	後唐
刑部尙書	楊愔[137]	周旋昏朝匡救刑政	北齊
侍郎	蔡興宗[138]	私宴不狎亂邦守正	宋
工部尙書	王肅[139]	南國冠冕北朝禮樂	劉宋
侍郎	源子邕[140]	誅奸北闕救民東州	元魏

며 성품이 곧고 소박했다. 항상 부처란 없다고 말하면서 因果를 불신했고, ≪神滅論≫
을 지었다. 竟陵王 蕭子良이 승려를 모아 논쟁하게 했는데, 이때 소자량이 궁지에 몰리
자 관직으로 범진을 유혹했으나 "주장을 팔아 관직을 취할 수 없다."고 분명하게 밝히
며 무신론적 입장을 고수하여 능히 굴복시킬 수 없었다.

133) 元孚(원부): 後魏 때 사람. 尙書右丞을 거쳐 冀州刺史로 있을 때 덕정을 베풀어 고을 사
람들로부터 '慈父'라는 칭호를 받았다.

134) 丘(구): 兵의 오기.

135) 李穀(이곡): 後周 太祖 때의 同平章事. 침착하고 의지가 굳세며 도량과 책략이 있어 황제
와 논의하게 때면 말씨가 정의에 북받쳐 분개하며 어떠한 일에 비유함을 잘 들어서 군주
의 뜻을 개도하였다. 後周의 郭威가 河中節度使 李守貞이 반란하자 토벌하여 죽였는데,
轉運使로 있는 그에게 황제가 여러 번 은미한 말로 넌지시 말했지만 단지 신하로 절개
를 다하는 것만 말했다.

136) 任圜(임환): 後唐의 大臣. 潞州觀察判官을 지냈으며, 常山 전투 때 李嗣昭가 전사하자 대
신 일을 맡아 변함없이 호령을 하니, 적군도 이를 알지 못했다. 이에 莊宗이 포상을 관
례보다 배로 내렸다. 나중에 工部尙書에 임명되었다. 明宗 때 平章事와 判三司에 임명되
었다. 어질고 유능한 사람을 선발하고, 요행이나 아부로 임용되는 일을 막았다. 비록
집안일처럼 나라를 염려했지만 공명심도 컸다.

137) 楊愔(양음): 北齊 文宣帝 때의 재상. 문선제 高洋의 누이동생과 결혼하여 총애를 받았으나,
문선제가 매우 난폭하여 옷이 피에 흥건히 젖을 정도로 채찍질을 당하기도 하였다. 황제
는 미쳐 날뛰어도 양음이 재상으로서 유능해 나라가 잘 다스려졌으니, ≪資治通鑑≫에
"또한 정사를 능히 양음에게 위임하였는데 양음이 기밀과 균형을 총괄하여 잡고 백방으
로 강구하여 잘 다스렸으므로 당시 사람들은 모두 주군은 위에서 어두웠지만 정치는 아
래에서 깨끗하다고 하였다."고 기술되어 있다.

138) 蔡興宗(채흥종): 송나라 孝武帝 때의 명신. 어려서부터 학문하기를 좋아하였으며, 孝武帝
때에 侍中이 되어 과감하게 직간을 하여 吏部尙書에 제수되었다. 明帝가 즉위하여 尙書
右僕射로 삼고 樂安縣伯에 봉하였다.

139) 王肅(왕숙): 삼국시대 魏나라의 경학가. 王朗의 아들이다. 남조에서 北魏로 투항한 인물
로, 議郎, 侍中, 太常 등의 벼슬을 지냈다. 賈逵, 馬融의 고문 경학을 존숭하였으며, 鄭玄
에 대해서는 고문을 세운 점은 인정했지만 今文說을 채용했다 하여 ≪聖證論≫을 지어
논박하였다. 劉宋은 南宋으로 420년부터 479년까지의 왕조이어서 왕숙의 생몰년과 부
합하지 않는다.

司隸校尉	張暢[141]	辭氣辨明敵人頷愛	宋
太常博士	崔宏[142]	淸河名家白馬大人	元魏
大[143]史令	何承天[144]	術專推日工精造曆	宋
都元帥[145]	慕容恪[146]	奚止霍光可許管仲	燕
長史	劉鄩[147]	五國三鎭[148]一步百計[149]	後梁
副元帥[150]	高歡[151]	駕馭英雄謚稱獻武	元魏

140) 源子邕(원자옹): 北魏의 大臣. 어려서부터 시문 짓고 읊는 풍류를 좋아하고 공부에 큰 열의를 보였다. 성실한지의 여부를 따져서 선비를 대우하여 선비들이 많이 그에게 귀의하였다. 秘書郎을 거쳐 太子舍人, 涼州大中正에 제수되었다. 肅宗 때는 恒農郡太守를 거쳐 夏州刺史가 되었으며, 破落汗拔陵 등의 반란을 평정하는 데에 참여해 散騎常侍가 되었다.

141) 張暢(장창): 南宋의 관료. 관직이 會稽太守에 이르렀는데, 숙부인 南郡王 劉義宣이 孝武帝 劉駿에게 기병하여 반란을 일으켰을 때 그는 두 차례나 살해될 뻔 했으나 모두 타인의 도움으로 살아났다.

142) 崔宏(최굉): 淸河 崔氏로, 北魏 초의 大臣. 북위 초 제도의 정비과정에서 총지휘자로서 항상 太祖 道武帝의 정책고문역으로 활동했다. 太宗 초 국정을 총람한 8명의 대신 중 유일한 한족 출신으로 참가할 정도로 漢人士族의 영수 자리를 차지하였다. 白馬公으로 봉작을 받았다.

143) 大(대): 太의 오기.

144) 何承天(하승천): 南宋의 大臣. 經史와 제자백가를 보지 않은 것이 없을 정도로 박학하였다. 저명한 천문학자였는데, 그가 당시 사용하던 乾象曆을 고쳐 만든 元嘉曆은 이후 宋・齊・梁 天監 중엽까지 통행되었다.

145) 師(사): 帥의 오기.

146) 慕容恪(모용각): 前燕 慕容皝의 넷째 아들. 大司馬가 되어 조정을 總攝하였다. 마음을 비우고 기다리며 살피고, 아랫사람과 善道를 논하며, 재주와 지위를 헤아려 맡겨서 사람을 시킴이 선을 넘지 않았다. 장수를 다스리며 위엄을 꾸미지 않았고, 오로지 은혜와 신의로 사람들을 거느리며, 큰 모략에 힘쓰면서 작은 규칙으로 군사들을 괴롭히지 않았다.

147) 劉鄩(유심): 後梁 때 長安의 지방장관.

148) 五國三鎭(오국삼진): 後梁・後唐・後晉・後漢・後周의 五國과 荊南・湖南・漳泉의 三鎭.

149) 一步百計(일보백계): ≪資治通鑑≫<後梁記>의 "진왕이 말하기를, '내가 듣건대 유심의 용병술은 한 걸음에 백 가지 계책을 낸다고 하였거늘 이것은 필시 속임수일러라.(晉王 曰: '吾聞劉鄩用兵, 一步百計, 此必詐也.')"에서 나온 말.

150) 師(사): 帥의 오기.

151) 高歡(고환): 北齊의 임금. 임기응변하는 계책이 귀신같고 군사의 통솔이 엄숙하며 일처리가 분명하였다. 東魏의 孝莊帝가 시해된 뒤 孝武帝를 옹립하고 정승이 되어 권력을 전횡했으며, 효무제가 서쪽으로 도망가 宇文泰에게 의탁하자 다시 孝靜帝를 세웠다. 이때 고환의 아들이 찬탈하여 北齊를 세우면서 神武帝로 추존되었다. 한편 우문태는 고환

長史	陳宮152)	胡作呂謀不爲曹屈	□153)
贊軍校尉	陽裕154)	誰道書生能保亂民	燕
步兵校尉	毛德祖155)	滑臺解圍金墉破賊	宋
秉節校尉	彭樂156)	斷腸奮力157)嗔目斃賊	元魏
果毅校尉	王峻158)	才優拒燕功大入汴	後周

에게 쫓겨 온 효무제를 長安에서 받들어 西魏를 세움으로써 위나라가 동서로 갈라져 싸우게 되었다.

152) 陳宮(진궁): 後漢 말의 정치가. 일찍이 曹操를 따르다가 그 인격에 회의를 품고 떠나 여포에게 가서 좋은 계책을 많이 제공하였으나 여포가 매번 듣지 않았다. 여포와 함께 조조에게 붙잡혔을 적에, 조조가 "공대는 평소에 지혜가 많다고 자처하였는데, 지금은 어떻게 생각하는가?(公臺平生自謂智有餘, 今意何如?)"라고 묻자, 진궁이 여포를 가리키면서 "이 사람이 나의 말을 듣지 않아서 이 지경이 되었다. 만약 내 말을 들었더라면 예측할 수 없었을 것이다.(是子不用宮言, 以至於此, 若見從, 未可量也.)"라고 답변하고는 의연히 죽음을 택하였다.

153) □: 陳宮의 국적이 누락되었음.

154) 陽裕(양유): 右北平 無終 사람. 幽州刺史 和演이 불러 主簿로 삼았고, 王浚이 유주를 다스리게 되자 治中從事로 전임되었으며, 石勒이 薊城을 함락하고 임용하려 하자 달아나 숨어버렸다. 당시 鮮卑單于 段眷이 晉나라의 驃騎大將軍 遼西公이었는데, 본래 인물을 좋아하여 마음을 비우고 양유를 초빙하였는데, 그가 응하여 郎中令, 中軍將軍에 임명되고 上卿의 지위에 처해졌다. 段氏의 다섯 임금을 두루 섬기며 매우 존중받았다. 그런데 段遼가 慕容皝을 공격하자, 그는 "어진 이와 가까이하고 이웃과 사이좋게 지내는 것이 보배라 했습니다. 慕容씨는 우리나라와 더불어 대를 이어 혼인하였으며 또한 모용황은 아름다운 덕을 갖춘 임금이니 그와 싸워서 원한을 맺고 백성들을 쇠잔하게 해서는 아니 됩니다."고 간언했지만, 단요가 따르지 않았다. 그래서 征東將軍 麻秋의 司馬가 되어 참전했다가 모용황에게 사로잡혔지만, 모용황이 오히려 郎中令으로 삼고 大將軍 左司馬로 올렸다.

155) 毛德祖(모덕조): 南宋의 장군. 처음에 荊州刺史 劉道規를 따라 始平太守가 되었다. 盧循 전투 때 유도규의 軍事로 참가해서 始興에서 徐道覆을 공격했다. 나중에 劉裕의 太尉로 군대에 들어갔다. 유유가 북벌을 할 때 선봉에 서서 가는 곳마다 승리를 거두었다. 扶風과 河東, 형양, 京兆의 太守를 역임하고, 秦州刺史가 되어 9郡의 군사를 감독했다. 송나라에 들어와 앞서의 공적에 따라 冠軍이 되고, 觀陽縣男에 봉해진 뒤 司州와 雍州, 并州의 군사를 감독했다.

156) 彭樂(팽락): 北魏의 인물. 杜洛周의 기의하여 일으킨 반란군에 참여했다가 곧 博陵郡公 爾朱榮에게 투항해 달아났다. 이주영이 葛榮의 반란을 진압하는데 따랐고, 뒤에 北平王에 봉해졌다.

157) 斷腸奮力(단장분력): 齊나라 彭樂이 적의 칼에 찔리어 튀어나온 창자를 밀어 넣고 들어가지 않는 부분은 잘라 내고 또다시 싸웠다는 截腸決戰을 염두에 둔 표현.

158) 王峻(왕준): 後周의 대신. 왕준이 노래를 잘 불렀는데, 鎭州節度使 張筠이 그의 재능을 매우 좋아하였지만 趙岩에게 귀의했다. 조암이 피살되자 後唐 三司 張延朗에게 의탁하

騎都尉	馬仙琕[159]	援弓報主閉門拒使	南齊
奉車都尉	王思同[160]	力守西京死不北面	後唐
中郎將	王清[161]	獨當鐵鷂[162]一身玉碎	後晉
虎賁將軍	姚襄[163]	博學下士驍勇能軍	□[164]
都護將軍	張彥卿[165]	能於五季猶辦一死	後唐

였고, 얼마 후에 장연랑이 피살되자 劉知遠에게 귀순하였다. 유지원이 황제라 칭한 후에 왕준은 客將이 되었으며 兵馬都監에 이르렀다.

159) 馬仙琕(마선병): 남조 梁의 장군. 처음에 齊나라 明帝를 섬겨 前將軍에 임명되었다. 나중에 양나라에 귀순하여 北魏와 싸울 때 여러 차례 공을 세워 豫州刺史로 옮긴 뒤 都督이 더해지고, 洽湴縣侯에 봉해졌다. 용병에 능해 병사들과 함께 동고동락했으며, 항상 적진에 잠입하여 險要를 정찰했다. 마선병은 台城을 지킬 수 없게 되었을 때, 성안에 있던 대부분의 사람들을 내보내고 수십 명의 장수와 군사들과 궁궐의 성문을 닫은 채 활을 쏘며 지켰지만 끝내 포로가 되었으나, 蕭衍이 그를 석방하면서 후하게 대우하였다.

160) 王思同(왕사동): 後唐 閔帝 때의 장군. 潞王 李從珂가 鳳翔城에서 반란을 일으키자, 閔帝 李從厚는 西都留守 왕사동으로 하여금 토벌토록 하였는데, 이종가는 왕사동과 결맹하고자 하여 使者를 長安에 보냈지만, 왕사동은 "지금 봉상의 이종가와 함께 반란을 일으킨다면 설사 일이 성사되어 영광스러워지더라도 오히려 한때의 叛臣이 됨을 면치 못할 것이다."라고 하면서 그 사신을 붙잡아 조정에 보내었다. 그러나 끝내 체포된 왕사동이 자신이 섬기는 주군에 대해서 충성하여 포로로 잡혀서도 굽히지 않자, 이종가가 의롭게 여겨 용서해주었으나 尹暉와 劉延朗이 이종가가 취한 틈을 타서 몰래 왕사동을 죽였다.

161) 王清(왕청): 後晉의 장수. 耶律德光이 대군을 이끌고 남하한 거란의 4차 침공 때, 後晉의 出帝 石重貴가 杜重威으로 하여금 10만 대군을 이끌고 가서 저지케 했는데, 後晉의 장수 梁漢璋이 瀛州에서 크게 패하고 武強으로 철수해 있자, 두중위도 황급히 서쪽으로 이동해 鎭州에 진을 쳤다. 이때 後晉의 장수 王清이 수천 명의 군사를 이끌고 강을 건너 거란군을 공격했다가 패하고 말았다.

162) 鐵鷂(철요): 鐵鷂子. 거란의 정예기병.

163) 姚襄(요양): 後秦 사람으로 姚弋仲의 다섯째 아들. 웅건하고 힘이 셌으며 재능과 기예가 많았고, 사물을 똑똑히 살폈고, 위무하며 받아들임이 훌륭하였다. 征西大將軍 桓溫이 요양에 대해 묻자, 弘農의 楊亮이 "신과 같은 현명함과 도량은 孫策에 필적하나, 웅건하고 힘이 셈은 그를 넘어선다."고 하였다.

164) □: 姚襄의 국적이 누락되었음.

165) 張彥卿(장언경): 南唐 李景의 장군. 後周의 군사가 楚州를 공격한 지 40일이 넘었으나 南唐의 防禦使 張彥卿이 견고하게 수비하여 함락시키지 못했는데, 후주의 世宗이 직접 여러 장수들을 독려하여 성을 공격해 이기자, 장언경이 都監 鄭昭業과 더불어 오히려 무리를 거느리고 항거하며 싸웠다. 그러다가 화살과 칼이 다 없어지자, 장언경은 繩床을 들고서 싸우다가 죽었고, 그의 부하 1천여 명은 죽을 때까지 한 사람도 항복하는 자가 없었다.

積弩將軍	張瓊166)	碎髀拔矢噴血搴旗167)	後周
曠野將軍	段韶168)	當朝格君拒河救主	北齊
偏將軍	劉毅169)	擔石無儲樗蒲猶睹	宋
衛將軍	張敬達170)	生鐵威聲碎主171)貞節	後唐
前將軍	王彦章172)	鷙擊神槍豹死留皮	五代

166) 張瓊(장경): 後周 趙匡胤의 장군. 조광윤이 가죽배를 타고 壽春城 밖에 둘러 판 壕中으로 들어가자, 성 위에서 연속적으로 쇠뇌[弩]를 발사하는 화살의 크기가 서까래와 같았는데, 그의 牙將 張瓊이 갑자기 몸으로 조광윤을 가로막았으므로 화살이 장경의 넓적다리를 맞히어 혼절하였다가 다시 깨어났다. 화살촉이 뼈에 박히어 뽑아 낼 수가 없었는데, 장경은 큰 잔에 술을 따라서 마시고는 사람을 시켜 뼈를 부수어 화살을 빼내게 하자, 피가 두어 되나 흘렀으나 정신과 낯빛이 태연스레 아무렇지도 않았다.

167) 搴旗(건기): 적을 이기고 기를 뽑아 돌아옴.

168) 段韶(단소): 北齊의 명장. 北周軍이 침범해 오자, 段韶와 右丞相 斛律光, 太尉 蘭陵王 長恭이 이를 막기 위하여 서쪽 변경의 柏谷城에 이르렀는데, 柏谷城은 石城이 천 길이나 되는 천혜의 요새로 北齊軍은 감히 이를 공격할 엄두를 내지 못하자, 段韶가 "汾河 북쪽과 黃河 동쪽은 형세로 보아 우리나라의 소유여야 하니, 만약 柏谷을 함락시키지 못하면 사람의 고질병이나 마찬가지가 될 것이다. 생각하건대 저들의 구원병은 남쪽 길로 올 수밖에 없으니, 지금 이 길을 끊으면 구원병이 올 수 없을 것이다. 또 城의 형세가 비록 높다 하나 그 안이 매우 좁으니, 火弩로 집중 공격하면 하루아침에 함락시킬 수 있다."라고 계책을 내었다. 北齊軍이 이 계책에 따라 북을 치면서 공격하여 城을 함락시키고 北周의 薛敬禮를 사로잡고 다수의 적을 포로로 잡았다. 고환은 임종시에 "나는 언제나 단소와 군사의 문제를 의논했는데, 그는 뛰어난 계략이 있어 항상 그의 도움을 받아왔고 그의 모략이 없었다면 오늘의 대업은 없었을 것이다."라고 하였다.

169) 劉毅(유의): 東晉의 공신. 평소 노름을 좋아하여 집에 곡식 한 말의 비축이 없어도 樗蒲 놀이에는 劉裕 등과 수백만 錢의 판돈을 걸었다고 한다.

170) 張敬達(장경달): 後晉 末帝 李從珂의 장수. 河東節度使 石敬瑭이 반란을 일으켰을 때, 장경달이 晉安을 지키다가 포위되었지만 구원병이 끝내 이르지 않았다. 장경달은 성품이 강직하여, 이때에 그를 張生鐵이라고 불렀다. 楊光遠과 安審琦가 장경달에게 거란에 항복할 것을 권하니, 장경달이 이르기를, "나는 明宗과 今上의 두터운 은혜를 입어서 元帥가 되었는데도 패전을 면치 못하여 그 죄가 이미 크거늘, 하물며 적에게 항복함에랴. 지금 구원병이 곧 이를 것이니 우선은 마땅히 기다려야 한다. 만약에 힘이 다하고 형세가 몹시 곤궁해지거든, 그때 그대들이 내 목을 베고 항복해도 늦지는 않을 것이다."라고 하였다. 양광원이 안심기에게 눈짓하여 장경달을 죽이고자 했으나, 안심기는 차마 하지를 못하였다. 高行周가 양광원이 장경달을 도모하고자 하는 것을 알고, 늘 굳센 기병을 이끌고 그 뒤를 따라가면서 호위하였다.

171) 主(주): 玉의 오기.

172) 王彦章(왕언장): 梁太祖 때의 장군. 여러 차례 군공을 세웠는데, 그가 行營의 선봉이 되어 철창을 사용하는 것이 몹시 빨랐으므로 軍中에서 王鐵鎗이라고 하였다. 末帝 때 後唐 莊宗의 군사와 맞서 '표범은 죽어서 가죽을 남기고 사람은 죽어서 이름을 남긴다.'

左將軍	何無忌[173]	奪[174]勇似舅草檄悦母[175]	宋
右將軍	張蚝[176]	倒騎奔牛超越高城	秦
後將軍	蕭麾訶[177]	江左名將陳後[178]護軍	陳
都先鋒	薛安都[179]	單槍度陳匹馬定關	宋
左先鋒	鄧羌[180]	一槊飛騰萬馬辟易[181]	秦
右先鋒	呂布	去就無常驍勇可惜	□[182]
大司馬	伯顔	謚曰忠武仰若神明	元
大將軍	兀朮	智勇超人忠義服衆	元

하고는 끝까지 돌아서지 않고 힘껏 싸우다 사로잡혔는데, 귀순을 거부하고 죽임을 당하였다.

173) 何無忌(하무기): 晉나라의 장수. 東晉의 桓玄이 帝位를 찬탈할 때, 劉裕와 함께 의병을 일으켜 격파한 공으로 安城郡 開國公에 봉해졌다. 후에 盧循과 싸우다가 전사하였다. 桓玄이 말하기를 "劉裕는 한 시대의 영웅이 될 만하고, 劉毅는 집안에 한 말과 한 섬의 비축도 없었으나 樗蒲 놀이할 때에 한 번에 백만 전을 걸었으며, 何無忌는 모습이 그의 외삼촌(劉牢之)과 매우 흡사한데, 이들이 함께 大事를 일으켰으니, 어찌 성공하지 못한다고 말하는가." 하였다.

174) 奪(탈): 奮의 오기.

175) 草檄悦母(초격열모): 何無忌의 어머니 劉氏는 征虜將軍 劉建之의 딸인데, 동생 劉牢之가 桓玄에게 살해된 것을 한으로 품어 보복하기를 생각하던 차에 하무기가 劉裕와 함께 의병을 일으키고자 격문을 짓자 기뻐하여 말을 잇지 못했다고 한 것을 염두에 둔 표현.

176) 張蚝(장자): 前秦의 장수. 前燕을 정벌하는 전쟁에서 虎牙將軍으로 참전해 성안으로 몰래 잠입하여 정벌군의 통로를 열어줌으로써 慕容莊을 포로로 잡는 등 여러 전쟁에 참여하였으며, 관직은 太尉에 이르렀다. 당시 그를 萬人敵으로 일컬어졌다.

177) 蕭麾訶(소휘가): 蕭摩訶의 오기. 남북조시대 陳나라 장수. 그는 어릴 때부터 용력이 남달랐고 吳明徹을 따라 北伐에서 전공을 세운 까닭으로 벼슬이 侍中·驃騎大將軍에까지 이르렀다.

178) 陳後(진후): 陳後主. 宣帝의 아들로, 유락에 빠져 정사를 태만히 하고 臨春, 結綺, 望仙 등 세 누각을 지어 妃嬪과 밤낮을 즐기다가 隋나라에게 멸망당하였다.

179) 薛安都(설안도): 남북조시대의 명장. 宋武帝가 關河를 평정할 때 그를 上黨太守로 삼았다. 魯爽이 반역하자, 설안도가 단기로 곧장 들어가 그를 베고 돌아와, 당시 사람들은 모두 關羽가 顔良을 베어 죽인 것도 이보다 나을 수는 없다고 하였다.

180) 鄧羌(등강): 前秦의 명장. 并州牧, 建節將軍, 尚書左僕射 등을 지냈다. 燕의 병사가 쳐들어왔을 때, 王猛이 司隷校尉를 줄 것이니 싸우도록 독려하니, 등강이 장막 안에서 술을 단지째 들이키고는 말에 올라 창을 휘두르며 前燕의 진지를 들락날락하면서 포로로 잡아 목을 벤 것이 5만여 명이고 이긴 기세를 타서 추격하여 죽인 것과 항복받은 사람이 또한 10만여 명이었다.

181) 辟易(벽역): 두려워하여 물러감.

182) □: 呂布의 국적이 누락되었음.

車騎大將軍	周德威[183]	釋怨救昭[184]持重破契	後唐
驃騎大將軍	宗慤[185]	乘風破浪製獅服虜	宋
冠軍大將軍	慕容垂[186]	凌霄豪鷹望雲神龍	燕
鎮軍大將軍	斛律光[187]	軍用父法忠殉王室	北齊
撫軍大將軍	韋叡[188]	贏不跨馬敵猶畏虎	梁
中軍大將軍	王思政[189]	洛陽護駕玉壁顯節	元魏

183) 周德威(주덕위): 後唐의 명장. 처음에는 李克用을 섬겨 帳中騎督이 되어 용맹을 천하에 떨쳤다. 908년에 후당의 李存勖을 따라 夾城을 대파하고 後梁의 장수 符道昭를 참하여 振武軍節度使에 제수되었다.

184) 釋怨救昭(석원구소): 周德威와 李嗣昭는 본디 사이가 나빴는데, 莊宗의 주선으로 두 사람은 합심으로 梁軍을 공격해 夾城을 격파함으로써 사이가 좋아졌으며, 그 격파의 공으로 주덕위는 振武節度使, 同中書門下平章事로 임명되었다.

185) 宗慤(종각): 南宋의 將軍. 左衛將軍을 지냈다. 어렸을 때 숙부 宗炳이 포부를 묻자 "장풍을 타고 만리의 거친 물결을 헤쳐 보는 것입니다.(願乘長風破萬里浪.)"라고 하여, 헌걸찬 기백과 원대한 뜻을 드러내어 밝혔다. 한편, 종각은 林邑(지금의 베트남)을 정벌하기 위한 원정길에 부관으로 수행했는데, 임읍의 왕이 코끼리 떼를 앞세워 공격하여 송나라 군대가 이를 당해내지 못하고 곤경에 처하게 되자, 이때 종각이 병사들을 사자처럼 꾸며 코끼리 떼 앞에서 춤을 추도록 하는 묘책을 내니 코끼리 떼는 놀라 달아났고 송나라 군대는 그 틈을 놓치지 않고 공격하였다.

186) 慕容垂(모용수): 後燕의 成武帝. 符堅이 모용수의 뜻대로 두자, 權翼이 "모용수는 가히 매와 같아 굶주리면 사람에게 붙고, 배부르면 곧 높이 날아 風塵의 기회를 만나서 반드시 하늘로 오를 뜻이 있습니다."고 하였다.

187) 斛律光(곡률광): 北齊의 猛將. 左丞相을 지냈다. 당시 周의 장군 韋孝寬이 곡률광의 武勇을 시기하여 謠言을 만들어 퍼뜨렸는데, 그 내용에 "百升飛上天, 明月照長安."이라고 하였다. 百升은 斛이고 明月은 곡률광의 字이니, 곡률광이 역모를 할 것이라는 뜻이 담긴 것이다. 祖珽이 정사를 전횡하다가 곡률광의 비판을 받게 되자, 이 노래를 인용하여 참소하였고, 이 참소로 인하여 곡률광의 집안이 멸족 당하였다.

188) 韋叡(위예): 梁나라의 武將. 일찍이 上庸太守를 지냈는데, 齊나라 말기에 蕭衍을 따라 병사를 일으켰다. 北魏 小峴城을 공격할 때 合肥로 진군하여 魏나라 군대를 크게 물리쳤다. 다음 해에 鍾離의 포위를 풀게 하여 그 공으로 右衛將軍이 되었다. 그 후에 左衛將軍, 安西長史, 南郡太守, 丹陽尹, 雍州刺史, 侍中, 車騎將軍 등을 역임했다. 일찍부터 명장으로 이름이 알려져 있었으나, 몸이 허약해 말에 오르지 못해, 가마에 올라 竹杖으로 군을 지휘, 독전하는 그를 보고 북위의 사람들은 그를 가리켜 韋虎라고 부르며 두려움과 존경심을 표했다.

189) 王思政(왕사정): 北魏의 군사가. 장인인 高歡의 간섭 아래 놓여 살벌한 통제 속에 놓여 있던 孝武帝가 中軍將軍 王思政의 건의에 따라 수도 洛陽을 빠져나와 서쪽의 長安으로 간 후에 關西大都督 宇文泰에게 몸을 의탁하였다. 효무제를 죽인 우문태는 요충지 玉璧을 지켜야 했을 때, 왕사정의 건의로 韋孝寬에게 수비를 맡겼다. 그런데 고환이 옥벽을

前軍大將軍	慕容翰[190]	異域得人孤軍剋敵	燕
後軍大將軍	斛律金[191]	嗅地識兵杜門戎子	北齊
驍騎大將軍	高敖曹[192]	馬槊絕倫膽勇冠軍	元魏
征東大將軍	夏魯奇[193]	勇常陷陳忠能罵賊	後唐
征西大將軍	柳元景[194]	虜馬飲江孤軍度陝	宋
征南大將軍	裴方明[195]	孤軍下峽先聲奪荊	梁
征北大將軍	藥元福[196]	老練治軍智勇服人	後晉
鎮東大將軍	慕容紹宗[197]	景[198]所獨畏歡[199]爲未死	元魏

처들어오자 왕사정은 오히려 성문을 열고 옷을 벗은 뒤 성루 위에 눕는 담략을 과시하자 매복을 의식해 퇴각하였다.

190) 慕容翰(모용한): 前燕의 전략가. 慕容廆의 庶長子. 성정이 용맹스럽고 씩씩하며 계책이 많았으며 원숭이처럼 팔이 길어 활을 잘 쏘고 용력이 남보다 세었다. 모용한은 고구려 수도까지 침입하고 고구려에 막대한 피해를 입혔다.

191) 斛律金(곡률금): 斛律光의 아버지. 유목민으로서 드물게 한문에 소양이 있었다. 北齊의 高歡이 玉壁城을 공격하였으나 함락하지 못하고 군사의 절반을 잃게 되자 斛律金에게 <敕勒歌>를 부르게 하여 사기를 진작하였다고 한다.

192) 高敖曹(고오조): 高昂. 北魏의 대장. 담력이 남보다 뛰어났으며, 용모가 걸출해 남달리 수려했다. 그의 부친은 그를 위해 엄격한 스승을 구해서 편달하게 했지만, 그는 스승의 가르침을 따르지 않고 말을 타고 달리는 것에 전념하며 항상 말하기를, “남아란 응당 천하를 활보하며 스스로 부귀를 취해야지, 누가 단정하게 앉아서 독서하여 케케묵은 박사가 될 수 있겠는가?”라고 하였다.

193) 夏魯奇(하로기): 梁을 섬기며 宣撫軍校였으나, 후에 晉으로 달아나 衛護指揮使가 되었다. 周德威를 따라 幽州에서 劉守光을 공격하였다. 後陳이 魏博을 함락하고 나서, 後唐의 황제 莊宗은 기병 이끌고 洹水에 진을 구축한 後梁의 장수 劉鄩의 형세를 엿보다가 유심의 복병에 걸렸을 때 하로기가 직접 무기를 들고 유심의 병사들과 교전하여 직접 100여 명의 적군을 죽였으며 몸에 20여 개의 상처를 입은 채로 포위를 뚫고 장종을 구해냈다. 이후 磁州刺史에 임명되었고 中都 전투에 종군하여 후량의 명장인 王彦章을 사로잡는 공을 세웠다.

194) 柳元景(유원경): 남송의 군사가. 元嘉 연간의 북벌에 참여하여 劉劭를 토벌하고 劉義宣 등과의 싸움에서 여러 차례 공훈을 세웠다. 관직은 尙書令에 이르렀다.

195) 裴方明(배방명): 남송의 장군. 趙廣의 민란군을 진압하였고, 蜀땅에서 程道養의 군영을 공격해 격파한 공으로 龍驤將軍이 되었고, 송나라 군대를 이끌고 仇池를 공격하면서 楊難當까지 격파하여 구지를 점령하였다.

196) 藥元福(약원복): 五代의 명장. 지혜와 용맹을 모두 갖추고 뛰어난 재능과 원대한 계략을 지녔다. 거란과 黨項(탕구트)을 정벌하려는 전쟁에 여러 차례 전공을 세워 驍將이라 일컬어졌다. 後晉의 石重貴와 後周의 柴榮器에 의해 중용되어 太師, 侍中 등을 지냈다.

197) 慕容紹宗(모용소종): 東魏의 장군. 北齊 사람으로 侯景을 격파하고 西魏를 쳤으나 불리하여 물에 뛰어들어 자살하였다.

鎭西大將軍	檀道濟200)	入城十策長城萬里201)	宋
鎭南大將軍	高行周202)	叱咤生風義勇如山203)	後晉
鎭北大將軍	沈慶之204)	笑人口擊205)自詡耳學206)	宋

---

198) 景(경): 侯景. 힘이 장사였으며, 말 타기와 활쏘기를 잘 했다. 후위 말에 북방이 크게 어지러워지자 邊將 爾朱榮을 섬겨 軍功으로 定州刺史가 되었다. 재상 高歡이 爾朱氏들을 주살할 때 병사를 이끌고 항복했다. 고환이 죽자 두려움에 빠져 梁武帝 太淸 초에 양나라에 항복해 하남왕에 봉해졌다. 그 뒤에 반란을 일으켜 建業을 포위하고 臺城을 함락하자 무제는 굶어죽고 말았다. 簡文帝를 세웠다가 얼마 뒤 폐위시켰다. 豫章王 蕭棟을 세웠다. 간문제를 죽이고 소동을 폐위한 뒤 자립했다. 특히, 고환이 죽으면서 아들에게 "후경을 대적할 만한 자는 모용소종뿐이다.(堪敵景者, 惟慕容紹宗.)"고 하였다.

199) 歡(환): 高歡.

200) 檀道濟(단도제): 劉宋 때의 장군. 지략이 뛰어나서 高祖를 따라 북벌할 적에 前鋒將으로 누차 공을 세워 명장으로 이름이 났다.

201) 入城十策長城萬里(입성십책장성만리): 宋文帝가 서이지와 傅亮을 죽이는 책임자로 謝晦를 임명하고자 하면서 檀道濟에게 의견을 물으니, "전에 謝晦와 함께 북벌을 한 적이 있습니다. 열 가지 계책 중에 아홉 가지는 그가 낸 것이었습니다. 그는 才略이 뛰어나고 군사를 조련하는 것에 밝아서, 적을 대할 때 어지간해서는 어려움에 빠지지 않습니다. 그러나 그는 孤軍을 거느리고도 승리를 거두어야 하기 때문에, 군대의 일에는 두려움이 없어서는 아니 된다고 했습니다. 그가 왕명을 받들어 반적을 토벌하러 가면, 조그마한 어려움에 처하더라도 겁을 집어먹어서 진을 펼치기도 전에 사로잡히고 말 것입니다." 고 했다. 한편, 장성만리는 大軍을 지휘하는 重臣을 비유한 말로 쓰인다. 檀道濟가 누차 戰功을 세웠으나 시기를 받아 억울하게 죽을 때에 "이제는 또 너희들의 만리장성을 무너뜨리려 하는구나.(乃復壞汝萬里之長城.)"라고 말한 바 있다.

202) 高行周(고행주): 五代의 名將. 後唐의 莊宗이 梁나라를 멸망시켰을 때 세운 공으로 端州刺史에 올랐고, 振武軍節度使를 거쳐 彰武와 昭義를 지켰다. 後晉 高祖 때 西京留守가 되고, 安從進이 반란을 일으키자 襄州行營都部署로 이를 토벌했다. 후한 고조 때 汴京에 들어가 中書令이 더해지고, 招討使가 되어 鄴에서 杜重威를 평정했다. 齊王에 봉해졌다. 後周의 태조가 제위에 오르자 尙書令이 되었다.

203) 叱咤生風義勇如山(질타생풍의용여산): ≪治平要覽≫ 101권에 "천평절도사 고행주가 죽었다. 고행주는 용맹이 있고 의리를 알아서 공로가 높아도 뽐내지 않았고, 말을 채찍질하여 敵陣에 임해서는 바람이 일듯이 큰소리를 내어 꾸짖었다. 평상시 거처할 때 빈객이나 동료들과 연회에 모이면 화락한 기색을 띄워 까다롭지 않았으므로 사람들이 이로 인하여 존중하였다.(天平節度使高行周卒. 行周有勇而知義, 功高而不矜, 策馬臨敵, 叱咤風生. 平居與賓僚宴集, 侃侃和易, 人以是重之.)"에서 활용한 말.

204) 沈慶之(심경지): 南宋의 名將. 글자를 몰랐으나 지략이 있고 용병에 능하여 文帝와 孝武帝를 섬겨 始興郡公에 봉해졌으며, 婁湖에 광대한 장원을 경영하였다.

205) 笑人口擊(소인구격): 남조 송나라 何尙之가 벼슬에서 물러나 鹿皮冠을 쓰고 한가로이 지내다가 다시 기용되자, "오늘은 어찌 녹비관을 쓰지 않으셨소."라고 기롱하였는데, 후에 심경지는 자손과 친척을 거느리고 婁湖로 옮겨 가서 여유롭게 지냈으나, 80세가 되어 재차 혼란한 세상에 나가 柳元景과 顔師伯의 모반을 적발하여 江夏王 劉義恭을 죽이

平東大將軍	李嗣昭[207]	潞州威望晉陽保障	後唐
平西大將軍	謝艾[208]	鳴梟占勝[209]臥虎騰謠	涼
平南大將軍	王羆[210]	城作河南塚視滎陽[211]	元魏
平北大將軍	侯安都[212]	散豆奪馬渡淮斬鯨[213]	陳
安東大將軍	李弼[214]	伏葦克敵[215]絕蒿保城	元魏

고 결국 제 몸도 보전하지 못한 것을 일컫는 듯.

206) 耳學(이학): 실제가 없이 귀로 듣기만 하는 학문.

207) 李嗣昭(이사소): 後唐 太祖 李克用의 양자. 본명은 韓進通이다. 이극용의 양자가 되어 성명을 바꾸었고 많은 전공을 세웠으며, 후당의 莊宗이 거란을 치다가 포위되자 300명의 기병으로 포위망을 풀어 구원하였다. 昭義軍節度使에 올랐고, 張文禮를 공격하다가 전사하였다.

208) 謝艾(사애): 前涼의 장수. 文武의 재주를 겸하고 兵略에 밝았다. 張重華를 도와 麻秋를 쳐 대파하고, 뒤에 福祿伯에 봉해졌다.

209) 鳴梟占勝(명효점승): 謝艾가 장차 趙나라를 치려하던 전날 밤에 올빼미가 성 안에서 울었는데, 온 군사가 모두 의심하고 두려워하자 그는 말하기를, "六博은 梟라는 글자를 얻는 자가 이긴다. 이제 올빼미가 성안에서 울었으니, 승리할 징조를 얻은 것이다."하더니, 전장에 나아가 크게 격파시켰다는 고사를 염두에 둔 표현.

210) 王羆(왕비): 北魏와 西魏의 장군. 沙苑전투 당시 北齊 神武帝 高歡이 보낸 군대가 華州刺史 王羆를 엄습하여 새벽에 사다리를 타고 성안으로 들어왔을 때, 왕비가 아직 잠자리에서 일어나지 않았다. 밖이 소란한 소리를 듣고는 맨 몸으로 큰 몽둥이 하나를 들고 뛰쳐나와 "노비가 길에 누워 계시는데, 오소리 새끼가 어찌 지나간단 말이냐.(老羆當道臥, 貉子那得過.)"라고 크게 호통을 쳤다. 또한 고환이 성 아래에 이르러 왕비에게 투항하라고 하자, 왕비가 "이 성은 왕비의 무덤인지라 죽고 사는 것이 경각에 달려 있으니 죽고 싶은 자는 들어오너라.(此城是王羆塚, 死生在此, 欲死者來.)"고 하니, 고환이 끝내 감히 공격하지 못했다.

211) 滎陽(형양): 河南省에 있는 지명.

212) 侯安都(후안도): 陳나라 개국공신. 陳蒨을 文帝로 세우고 陳昌을 죽였지만 진천에 의해 죽임을 당하였다.

213) 斬鯨(참경): 오랑캐를 무찌름을 뜻함. 唐나라 李白의 <贈張相鎬>에 "맹서하노니 고래를 베어 죽여서 낙양의 물을 맑게 하고자 하노라.(誓欲斬鯨鯢, 澄清洛陽水.)"고 하였다.

214) 李弼(이필): 西魏 文帝 때 雍州刺史를 지내고 太尉와 太保에 이르렀으며, 北周 孝閔帝가 즉위한 뒤에 太師에 오르고 趙國公에 봉해졌다. 최고위 관직 柱國大將軍의 약칭인 柱國의 호를 받았다.

215) 伏葦克敵(복위극적): 沙苑 전투 당시 宇文泰에게 이필은 "渭曲은 지형이 험한데다 갈대가 무성하니, 그곳에 매복하고 있다가 적을 깊이 끌어들이면 일거에 적군을 무너뜨릴 수 있을 것이다."고 건의하자, 이에 우문태는 위곡의 우측은 이필, 좌측은 趙貴에게 맡기고 병사들에게 긴 병장기를 들고 갈대숲에 숨어 있다가 북소리가 울리면 일제히 공격을 하라고 지시하였다는 고사를 염두에 둔 표현.

安西大將軍	王鎮惡216)	虛鼓擒賊解船平秦217)	宋
安南大將軍	爾朱榮218)	雄據外藩219)遙執內政	元魏
安北大將軍	斛律羨220)	治著幽陵221)威行突厥	元魏
武威大將軍	郭崇韜222)	門地奚論將相俱優	後唐
羽林大將軍	韋孝寬223)	紐河224)運智玉壁銘勳	元魏

216) 王鎮惡(왕진악): 남송의 장수. 王猛의 손자. 말타는 것을 잘하지 못하였으며 활을 잡아당기는 것도 심히 약하였으나, 모의와 지략이 있고 과감히 결단을 잘하며, 군사와 나라의 큰일을 즐겨 논하였다. 長安을 탈환하는데 큰 공을 세웠다.

217) 虛鼓擒賊解船平秦(허고금적해선평진): 王鎮惡이 劉毅를 습격할 때에 江陵 20리의 거리를 배를 타지 않고 걸어갔다. 軍艦에는 한두 사람만 머무르게 하고 군함 맞은 편 언덕 위에는 6~7개의 旗를 세웠다. 깃발 밑에는 북을 설치하고 장수를 호령하되 성에 이르러서야 문득 두드리도록 했으므로, 마치 뒤에 큰 군사가 있는 듯이 엄격하였다. 渭水를 거슬러 올라갈 때는 자그마한 군함을 이용하여 渭橋에 도착해서는 타고 왔던 군함을 풀어서 떠내려 보내놓고 자신이 군사들 보다 앞서 나서서 秦나라 군사를 크게 격파하였다.

218) 爾朱榮(이주영): 後魏 明帝의 신하. 북수용에 살고 있던 흉노족의 수령이었다. 孝明帝 때 각지에서 병란이 일어나자 각 종족의 반란을 진압하고 侯景과 高歡 등을 받아들였다. 이런 공으로 使持節과 安北將軍에 올랐고, 都督桓朔討虜諸軍을 거쳐 博陵郡公에 봉해졌다. 晉陽에서 洛陽으로 들어오자, 胡太后 일파가 효명제를 독살하고 幼主 元釗를 세웠다. 이에 孝莊帝를 옹립하여 낙양으로 진군한 뒤 河陰에서 호태후와 나이 어린 군주를 강에 빠뜨려 죽이고 丞相 高陽王 이하 조정의 신하 2천여 명을 학살했다. 都督中外諸軍事와 大將軍兼尙書令, 太原王을 거치면서 정권을 움켜쥐었다. 진양으로 돌아와 葛榮의 반란을 진압하고 北海王 元顥를 격파한 뒤 갈영의 別部인 韓樓와 萬俟醜奴 등을 진압하고, 太師와 天柱大將軍에 올랐다. 7년에 걸친 六鎮의 난을 진압했다. 大丞相의 신분으로 낙양의 실권을 잡고 자제들에게 요직을 나눠준 뒤 자신은 진양에 본거지를 두면서 조정을 좌우했다. 나중에 입조했다가 효장제와 조정 신하들에 의해 殿上에서 주살당했다.

219) 外藩(외번): 제후·영주가 다스리는 屬地.

220) 斛律羨(곡률선): 斛律光의 동생. 幽州刺史로 있으면서 변경을 점검하고 성을 쌓아 병사를 훈련시키고, 말을 키우면서 수리관계 및 농경을 장려하여 그 위세가 돌궐에까지 퍼졌다.

221) 幽陵(유릉): 幽州 또는 幽都.

222) 郭崇韜(곽숭도): 後唐의 재상. 郭崇道라고도 한다. 唐莊宗을 도와서 後梁을 멸하고 佐命功 1등으로 벼슬이 侍中에 이르렀다. 몸은 비록 귀하였으나 문벌이 한미해 당나라 명신 郭子儀를 자기 선조라고 성묘했다 하여 당시 사람들이 비웃었다고 한다.

223) 孝寬(위효관): 韋叔裕의 자. 北周의 장군. 用兵에 능하기로 유명하였다. 그는 斛律光의 武勇을 시기하여 謠言을 만들어 퍼뜨렸는데, 그 내용에 "百升飛上天, 明月照長安"이라고 하였다. 百升은 斛이고 明月은 곡률광의 字이니, 곡률광이 역모를 할 것이라는 뜻이 담긴 것이다. 祖珽이 정사를 전횡하다가 곡률광의 비판을 받게 되자, 위의 노래를 인용하여 참소하였고, 이 참소로 인하여 곡률광의 집안이 멸족당하였다. 한편, 北齊 高歡의 군사가 玉壁을 공격했을 때 위효관이 이를 막았는데, 땅굴을 파고 쳐들어와도 그 땅굴 속

武衛大將軍	丁旿[225]	至今烈士尙歌都護	宋
討虜大將軍	張偲[226]	協心安都戮力侯景	梁
破虜大將軍	李罕之[227]	百戰却梁一心附晉	後唐
征虜大將軍	沈田子[228]	武關[229]疑兵[230]平秦奇功	梁
振武大將軍	傅伏愛[231]	北軍增氣南人畏威	元魏
振威大將軍	葛從周[232]	雄鎭泰寧彈遏河東	後梁
揚烈大將軍	安金全[233]	太原起退晉陽解圍	後周

으로 불을 던져 넣어서 막았으며, 공격용 수레를 앞세워 쳐들어와도 베를 꿰매어 휘장을 만들어 막았으며, 성 밖에서 장대에다 불을 붙여서 쳐들어와도 鐵鉤를 길게 만들어 불붙은 장대를 잘라서 막았다.

224) 桓河(환하): 桓河의 오기인 듯. 高歡은 韋孝寬 군의 식수를 끊기 위해서 汾水의 흐름을 바꾸어 玉璧으로 흐르지 못하도록 하였고 성 남쪽에 토산을 쌓아 성 안으로 들어가려 했는데, 이때 위효관은 목책을 만들었다고 하기 때문이다. 옥벽은 汾水 가에 있고, 桓은 푯말의 의미로 쓰인다.

225) 丁旿(정오): 송나라 高祖의 장사. 고조는 자신의 뜻에 거슬리는 신하가 있으면 그 신하를 납치해서 살해하게 하는데 그를 썼다. 丁都護歌는 宋高祖의 사위 徐逵가 魯軌에게 피살되었는데, 고조가 都護인 丁旿에게 서규를 장사 지내도록 하자, 서규의 처가 울부짖으며 찾아와 장례에 관한 일을 물어볼 때마다 丁都護를 애달프게 부르는 소리가 몹시 애절하였으므로 후대의 사람들이 지어 부른 노래라고 한다.

226) 張偲(장시): 梁나라 始興太守 陳覇先이 侯景을 토벌하려고 할 적에 고을사람 侯安都와 함께 병사 천여 명을 거느리고 歸附하였다.

227) 李罕之(이한지): 五代의 군인. 晉나라 潞州總帥 昭義節度使 薛志勤이 세상을 떠나자, 이한지는 설지근이 죽은 틈을 타서 澤州의 군대를 이끌고 潞州를 공격해 점령하고 留侯라 칭하니, 後唐의 李克用이 大將 李嗣昭를 보내어 토벌토록 하였는데, 이한지가 後梁의 朱全忠에게 투항하겠다고 하여 주전충이 丁會를 보내어 원조하였다. 이러할진댄 叛晉附梁이라 할 것이니, 본문의 내용은 착종이라 하겠다.

228) 沈田子(심전자): 남송 武帝의 장수. 後秦의 임금 姚弘이 직접 수많은 군대를 거느리고 쳐들어왔는데, 劉裕가 보낸 심전자가 적은 수의 군대로 이를 대파하자 후진은 곧이어 멸망하였다.

229) 武關(무관): 秦나라와 초나라의 경계.

230) 疑兵(의병): 군사가 많은 것처럼 거짓으로 꾸미는 것, 또 그렇게 꾸민 군사를 말함.

231) 傅伏愛(부복애): 당나라 장수. 江夏王 李道宗의 부하이다.

232) 葛從周(갈종주): 五代의 장수. 젊을 때 黃巢를 따랐지만, 나중에 朱溫에게 항복했다. 주온을 따라 蔡州를 공격했는데, 주온이 말에서 떨어지자 그가 구해 大將에 기용되었다. 朱瑄과 朱瑾을 무찌르고 兗州留后에 올랐다. 劉仁恭이 魏나라를 공격하자 周隨溫을 따라 위나라를 구하고, 이 전공으로 泰寧節度使가 되었다. 주온이 後梁을 건국해 태조가 되자 左金吾衛上將軍에 올랐다. 후량 末帝 초에 陳留郡王에 봉해졌다.

233) 安金全(안금전): 代北의 장수. 太原에 물러나 살다가 張承業을 찾아가서 "晉陽은 근본의

揚武大將軍	高長恭[234]	士歌入陳敵畏神槍	北齊
揚威大將軍	江子一[235]	臺城危急濟陽忠壯	梁
奪武大將軍	傅弘之[236]	戮田靖亂破瑰宣威	宋
伏波大將軍	李存孝[237]	石人[238]鍾氣沙陀求穴	後唐
中堅大將軍	楊師厚[239]	宿將重名諸軍歸心	後梁

땅이므로 만약 잃게 된다면 大事가 그만입니다."라고 하여 군사를 받아 羊馬城 안에서 梁나라 군사를 공격해 물러나게 하였고, 石君立과 함께 포위된 진양성을 구해내었다.

234) 長恭(장공): 高孝瓘의 字. 北齊의 황족이자 장군. 蘭陵王으로 알려져 있다. 할아버지는 高歡, 아버지는 高澄이다. 명장으로써 명성이 높아서 後主 高緯에게 시기심을 받아 숙청되었던 비극적 인물이다. 그는 武將으로써 여러 차례 돌궐과 北周와 싸웠는데, 용맹하지만 아름다운 외모가 병사들의 사기를 떨어뜨릴 것을 우려해서 항상 銅面을 쓰고 전투를 지휘하였다고 하는바, 周나라 군대와 金墉城 아래에서 싸워 크게 이겨 威名을 크게 떨치니 齊人이 蘭陵王入陣曲을 지어 불렀다고 한다.

235) 江子一(강자일): 남조 梁나라 濟陽 사람. 젊어서부터 학문을 좋아했다. 王國侍郞으로 시작해 奉朝請에 참여했다. 글을 올려 정치에 대해 논하자 권력자들의 배척을 받아 遂昌令과 曲阿令으로 쫓겨났다. 侯景이 臺城에서 반란을 일으켜 梁武帝가 포위되자, 그는 무리를 이끌고 출전했다가 살해당했다.

236) 傅弘之(부홍지): 代夏의 개국황제 赫連勃勃의 장남. 부홍지는 沈田子가 자신의 영채 안에서 王鎭惡을 죽이자 매우 놀라 劉義眞에게 알렸고, 막료장 王脩 등은 심전자 일행이 얼마 되지 않는 것을 보고는 장안성 안으로 들어오게 한 뒤 아무 까닭 없이 대장을 죽인 죄로 그의 목을 베었다. 부홍지가 池陽에서 赫連璝의 기병을 격파하고 寡婦渡에서 大夏의 군사를 깨뜨려 한숨 돌리게 되었다. 瑰와 璝는 같은 의미이다.

237) 李存孝(이존효): 李克用의 양아들. 본래 이름은 安敬思이다. 몸에 중무장을 하고 만 명의 적을 상대로 드나들면서 물리치며, 혹시라도 말이 지치면 그 자리에서 뛰어 옮겨 갈아타며 다시 싸웠다고 한다. 汴州의 군대가 澤州를 포위하려고 할 적에, 이존효가 정예 기병 500명을 선발하여 변주 군대의 城寨를 오히려 포위하고 큰 소리로 말하기를, "나는 沙陀의 군대로서 살 구멍을 찾는 자이다. 너희들의 살을 얻어서 우리 사졸을 배부르게 먹이려고 하니, 살이 찐 자는 나와서 싸우도록 하라."고 하자, 변주 장수 鄧季筠이 군사를 이끌고 나와 싸웠지만 이존효가 산 채로 사로잡으니 그 나머지 무리가 도망가 버렸다.

238) 石人(석인): 石人峰. 靈山 북쪽 줄기의 主峯이다.

239) 楊師厚(양사후): 五代의 장수. 용맹한 것으로 이름을 떨쳤고, 말 타고 활쏘기를 특히 잘했다. 朱溫을 섬겨 檢校右僕射에 올라 曹州刺史가 되었다. 당나라 昭宗 때 李茂貞과 王師范을 격파하고 齊州刺史에 임명되었다. 이후 校司徒와 徐州節度使를 거쳤다. 주온이 後梁을 세우자 同平章事와 檢校太傅가 더해지고, 나중에 陝州節度使로 옮겼다. 末帝가 朱友珪를 토벌할 때 그의 힘에 많이 의존했는데, 즉위하자 바로 업鄴王에 봉했다. 中書令이 더해지고, 일의 크고 작은 것에 관계없이 모두 그와 먼저 의논했다. 이는 양사후가 이미 魏博의 군중을 얻은 데다 또 초토사를 겸임하여 宿衛의 强兵이 대개 휘하에 있고 여러 鎭의 군병을 다 동원할 수 있어서 위세가 매우 높았기 때문이다.

歸德大將軍	賀拔勝[240]	不射南鳥乃心北朝	元魏
游擊大將軍	武行德[241]	力稱一谷勇敵萬夫	後晉
征遠大將軍	李崇[242]	單車靖夷懸弢息盜	元魏
征邊大將軍	達奚武[243]	周勃重厚充國[244]老鍊	元魏
護軍大將軍	李紹榮[245]	齊名行周不附嗣源	後唐

240) 賀拔勝(하발승): 北魏와 西魏의 장군. 梁武帝는 북조에서 귀순한 장군들을 환대했는데, 바로 하발승, 獨孤信, 楊忠이었다. 하발승의 요청을 받아들여 양무제가 세 장군을 關中으로 보내주기로 결정하고 친히 남원에서 환송하자, 하발승은 그 이후 매번 남쪽에서 날아오는 새를 보면 활로 쏘지를 않아 양무제의 은혜를 보답하였다. 세 장군이 서위의 수도 長安에 돌아온 후에 叛國으로 처벌되지 않았을 뿐 아니라, 관작이 올라가고 더욱 중용되었다.

241) 武行德(무행덕): 송나라 장군. 힘이 장사여서 한 골짜기의 땔나무를 죄다 짊어질 수 있었다[行德以彩薪爲業, 氣雄力壯, 一谷之薪, 可以盡負]. 後晉 高祖가 幷門에 있을 때 길에서 만났다가 당당한 체격을 보고 감탄하여 휘하에 머물도록 했다. 여러 번 승진하여 寧國軍都虞侯가 되었다. 나중에 거란의 병사가 汴에 이르자 생포되었다. 다시 거란을 속이고 監使를 살해한 뒤 河陽을 근거지로 지켰다. 後漢의 高祖가 太原에서 병사를 일으켰다는 소식을 듣고 표를 올려 귀순한 뒤 鎭州를 지켰다. 周나라에 들어 許州와 徐州, 鄆州를 이어 지켰다. 송나라 초 忠武軍節度에 임명되었다가 安州로 옮겨 지켰다.

242) 李崇(이숭): 생각이 깊고 도량이 넓으며 방략이 있어 군사들이 심복하였다. 刺史가 되어서는 마을마다 누각 한 채씩 짓고 누각에 북을 하나씩 달아두게 하고는, 도둑이 발생한 곳에서 두 방망이로 요란하게 치면 사면의 여러 마을에서는 북소리를 듣고 모두 要路를 지키는데, 잠시간에 북소리는 백 리나 퍼지고 그 안 險要한 곳에는 모두 잠복한 사람이 있어 도둑이 발생하는 즉시 사로잡아 보내곤 하자 이로부터 도둑이 없어졌다. 한편, 壽春을 다스린 10년 동안 평소에 군사 수천 명을 길러 적이 쳐들어오면 모두 격파하니, 이웃의 적이 그를 '臥虎'라고 불렀다. 梁武帝가 여러 차례 反間을 보내 의심을 품게 하였는데 魏의 임금이 평소 이숭의 충성스러움과 독실함을 알아서 맡겨 두고 의심하지 않았다.

243) 達奚武(달해무): 北周의 장수. 東魏의 高歡이 西魏를 침공하자, 宇文泰가 격퇴하였다. 宇文泰가 高歡과 沙苑에서 大會戰을 하면서 達奚武를 파견하여 東魏를 정탐하게 하였는데, 達奚武는 세 명의 기병을 거느리고 적군의 복장을 하고서 은밀히 東魏를 정탐하여 실정을 宇文泰에게 보고하니, 宇文泰는 유리한 정보를 얻고 東魏의 군대를 격파하였다. 達奚武는 이 功으로 大都督에 이어 高陽郡公에 봉해지고 車騎大將軍이 되었다.

244) 充國(충국): 趙充國. 漢나라의 이름난 장수로서 羌이라는 종족을 방어하는 공을 세웠으며, 金城 지방에 가서 方略을 세워 요새지를 지켰다.

245) 李紹榮(이소영): 燕나라와 後唐의 장수. 원래 이름은 元行欽이다. 전쟁 중에 포로가 되어 晉나라 장수 李嗣源의 양자가 되었으나, 그 후에 晉王 李存勗의 近臣이 되었다. 鄴都의 변란 때 이사원이 즉위하자 그에게 사로잡혀 죽임을 당했다. 이소영이 언젠가 힘을 다하여 싸우며 적진 깊숙이 들어갔다가 얼굴이 칼에 찔린 것도 알지 못하는 것을 高行周가 구원해주었다.

討逆大將軍	慕容農246)	理解取果勇奮斬石247)	燕
鎭遠大將軍	王慧龍248)	强敵遠塞刺客守墓	元魏
平遠大將軍	苻249)彦卿250)	不求飯囊251)直摧鐵鷂	後周
輔國大將軍	劉知俊252)	汴梁論兵岐隴拔跡	後梁
左驍衛大將軍	張永德253)	高平翊主254)濠梁摧敵	後周
右驍衛大將軍	薛阿檀255)	背負晉王飛出梁園256)	後唐

246)]慕容農(모용농): 後燕의 신하. 연나라 개국황제 慕容垂의 셋째아들. 그는 아버지에게 아직 익지 않은 것이나 절로 떨어지는 것에서 과일 취하는 것에 대해 말한 바 있다. 長樂公 苻丕가 石越로 하여금 군대를 거느리고 가서 慕容農을 토벌하게 하였는데, 慕容農이 秦나라 군대를 패퇴시키고 石越의 목을 베니, 이에 인심이 동요하고 도적들이 떼를 지어 일어났다.

247) 石(석): 石越. 前秦 苻堅의 부하. 부견이 東晉을 공격하려 할 때, 그의 부하 석월이 동진에는 長江의 험고함이 있어서 함부로 군대를 출동시켜서는 안 된다고 하자, 부견이 이에 "이렇게 많은 우리 군대로 장강에 채찍만 던져도 그 흐름을 단절시킬 수 있는데, 무슨 험고함을 믿을 수 있겠는가?"라고 했다.

248) 王慧龍(왕혜룡): 東晉 때 尙書僕射 王愉의 손자. 왕유의 일족이 劉裕에게 살해당했을 때 僧彬의 도움으로 목숨을 구했다. 나중에 後秦의 군주 姚興에게 달아났다. 동진에 의해 후진이 멸망하자 북위로 귀순하여 洛城鎭將에 올랐다. 북위 太武帝가 즉위하자 南人이라 하여 면직되었다. 오랜 뒤에 南蠻校尉와 安南大將軍左長史에 올랐다. 태무제 때 송나라 장군 王玄謨를 滑臺에서 대파하고 龍驤將軍에 임명되어 滎陽太守를 지냈다. 10년 동안 재임하면서 선정을 베풀었다. 나중에 다시 송나라 장군 到彦之와 檀道濟를 패퇴시켰다. 宋文帝가 두려워해 反間計를 썼지만 태무제가 믿지 않았다. 다시 사람을 보내 암살하려 했는데, 자객이 그에게 잡혔지만 풀어주었다. 그 자객이 바로 呂玄伯인데, 자신을 살려준 은혜를 보답하려고 죽을 때까지 왕혜룡의 무덤을 지키며 떠나지 않았다고 한다.

249) 苻(부): 符의 오기.

250) 符彦卿(부언경): 송나라 초기 장수. 13살 때부터 말타기와 활쏘기에 능했다 한다. 928년에 王都를 토벌하고 거란을 대파하였으며, 그 뒤에 陽城을 포위한 요나라 군대를 궤멸하였다. 이러한 공로로 天雄軍節度에 오르고 魏王에 봉해졌다. 송나라에 들어 太師에 오르기도 하였는데, 탄핵을 받아 파직 당하였다. 智謀를 갖추고 전투를 잘했으며, 하사받은 포상들을 모두 부하 사졸들에게 나누어주어 사람들이 그에게 쓰이는 것을 좋아하였다. 여러 번 遼軍을 무찔렀으므로 遼人들이 그를 꺼려서 '符王'이라고 불렀다 한다. 특히, 後晉의 부언경이 거란의 鐵鷂軍을 깨트리자, 거란의 太宗 德光이 낙타 한 마리를 얻어 타고 달아났다고 한다.

251) 飯囊(반낭): 밥주머니라는 말로, 무능한 사람을 비유하는 말.

252) 劉知俊(유지준): 後梁 太祖 朱全忠의 부장. 태조가 그의 재능을 꺼렸다.

253) 張永德(장영덕): 後周의 太祖 郭威의 넷째 딸의 부마도위.

254) 高平翊主(고평익주): 張永德이 고평에서 後周의 세종을 도와 대승을 거둔 것을 일컬음. 이 전투에서 훗날 송태조가 되는 趙匡胤은 장영덕의 막하에서 軍功을 세웠다.

是時, 伯顔·兀尤, 領兵十萬, 來見宋主, 泣曰: "臣之主, 死於諸葛亮之手, 欲爲報仇, 而兵少力弱, 未敢生意。側聞陛下大會列國, 親征洛陽, 故率兵遠來, 欲助一臂之力[257]。伏望陛下, 憐而收之." 宋主以伯顔爲大司馬, 兀尤爲大將軍, 率本部兵, 助戰。

255) 薛阿檀(설아단): 晉王 李克用의 장군. 李克用의 양자 李存孝가 반란을 일으키자, 이극용이 그를 붙잡아 죽이려 했지만 아무도 그를 살려달라고 하지 않아 끝내 주살하였다. 설아단은 이존효가 살아있을 때 내통한 적이 있는데, 이존효 측의 安休休에게 생포되었다가 안휴휴가 函谷城을 공략할 때 계책을 내었다. 함곡성 성주 鄭存惠는 안휴휴의 군이 잠시 철군하자 안심하고 그동안 부족했던 땔감을 구하러 성문을 열게 되었는데, 이때 첩자를 끼워 들여서 야간에 땔감에 불을 지르고 성문을 열게 한 계책이었다. 그러나 설아단은 이존효가 죽자 내통했던 사실이 들통이 날까 염려하여 마침내 자살하였다. 이로부터 晉王 李克用의 병력은 점점약해지고 주전충의 군대만 강성해졌다. 주전충은 이존효가 죽자 승상 李英을 매수하여 汴梁으로 천도하게 하고, 昭宗을 살해하고 哀帝를 세워서 국새를 넘겨받고 황제의 자리에 올랐으니 바로 梁나라이다. 이극용은 당의 제후 연합군을 이끌고 쳐들어갔지만, 주전충의 王彦璋에게 연패하고 죽임을 당한다.

256) 梁園(양원): 前漢의 梁孝王이 세운 東園. 옛터가 지금의 河南省 開封市 동남쪽에 있는데, 園林의 규모가 굉장하여 사방이 300여 리나 되며, 궁실이 서로 잇닿아 있다.

257) 一臂之力(일비지력): 한 팔의 힘이라는 뜻으로, 작은 도움을 이르는 말.

明太祖親征到豫州　　劉穆之巧言說項王

却說。宋主封拜[1]已畢, 與衆帝諸王, 各分陣隊, 以次進兵。第一隊, 齊主蕭
道成·梁主蕭衍, 第二隊, 陳主陳覇先·漢主劉淵, 第三隊, 魏王拓跋珪·趙王
石勒, 第四隊, 燕主慕容皝·秦王苻堅, 第五隊, 北齊主高洋·後梁主朱全忠,
第六隊, 後唐主李存勗·後晉主石敬瑭, 第七隊, 後漢主劉知遠·後周主郭威,
第八隊, 蜀主公孫述·南唐主李煜, 第九隊, 竇建德·王世充, 第十隊, 蕭銑·
薛擧, 每一隊, 大將五人, 精騎十萬。其餘諸人, 宋主自率, 而成一隊, 猛將五十
餘員, 精騎五十萬。商議擇日出師。

探馬報知洛陽, 漢祖會衆帝, 商議應敵, ○上曰: "今羣賊犯逆, 蟻聚蜂屯, 勢
大焰熾, 此爲大患, 不可遣將討之, 必須御駕親征, 然後制敵耳。" 漢祖曰: "君言
是也。寡人當留守洛陽, 君與衆帝羣將, 大率兵馬, 親駕南征, 爲諸軍節度, 何
如?" ○上許之, 大會衆帝, 議以親征之事, 又命太尉知內外兵馬征討事諸葛亮,
指揮諸將, 整頓兵馬。項王曰: "寡人力能拔山, 氣又盖世, 以無敵號於天下, 所
向必破, 所擊必滅。請以本部兵, 自爲一隊, 當先驅進, 則羣賊必聞風而自慴
矣。" ○上許之, 唐太宗密言於○上曰: "項王爲人, 虎悍狼戾, 反覆之人[2]也。言
雖如此, 必不久, 爲我前驅, 盡力討賊, 緩急之際, 若有不測, 則爲害不小, 不可
許以先驅, 假以聲勢矣。" ○上曰: "項王勇而無謀, 易於擒制, 且吾輩衆多, 彼雖
勇悍, 其於予何哉? 可權且許之, 見機而制變[3]矣。" 唐宗然之. ○上卽令項王爲
前部, 謂曰: "君之勇力, 千萬無敵, 今玆一擧, 果能掃滅羣賊, 則寡人等, 當推
爲盟主, 位在漢祖之上矣。" 項王心中暗喜, 辭謝[4]應諾, 卽率本部將卒, 進向徐

---

1) 封拜(봉배): 爵位를 주고 관직을 임명하는 일.
2) 反覆之人(반복지인): 이랬다저랬다 등을 돌리는 줏대 없는 사람.
3) 制變(제변): 사태의 추이에 따라 알맞게 잘 대처함.

州。○上卽與衆帝及諸將, 一時進發, 駕次豫州。

細作5)報知建康, 宋主與衆, 商議進發, 劉穆之曰: "項王英勇無敵, 爲彼前驅, 其勢難當。臣雖不才, 請以三寸不爛之舌6), 往說項王, 使之背彼爲我矣." 宋主曰: "以項羽之勇, 而用於我, 則衆敵何憂?" 卽送穆之, 厚賚金幣雜貨, 往說項王。

且說。項王先發, 前至徐州, 安排已畢, 與諸將, 方議進戰, 忽報: "江南一人, 特來請見." 項王令召入, 穆之入拜禮畢, 奉獻貨幣。項王賜坐而問曰: "卿何爲者?" 穆之對曰: "臣卽宋高祖7)之臣劉穆之也." 項王怪問曰: "吾聞卿乃宋國任樞秉機之人也, 緣何廢職, 而遠來見我乎?" 穆之曰: "臣之在江南也, 身居東府8), 目覽辭訟, 耳行聽受, 口酬應答, 手牋書9), 不可一日離職。然今特遠來, 見於大王者。臣聞大王之名, 如雷灌耳, 千秋之下, 仰慕區區10), 每欲承顔接辭11), 而東西阻遠, 南北涯角12), 未得遂誠矣。今者, 大王身爲前驅, 躬秉武節, 奮勇南征, 此臣之償願13)遂誠之日也。是故, 特來謁耳." 項王曰: "我之聲名,

---

4) 辭謝(사사): 요구나 제의 따위를 사양하여 받아들이지 않음.

5) 細作(세작): 첩자.

6) 三寸不爛之舌(삼촌불란지설): 세치의 혀를 놀려 남겨놓은 말은 그 사람이 죽고 난 후에라도 썩지 않을 것이라는 말. 말을 잘하는 것을 이르는 말이다.

7) 宋高祖(송고조): 남조 송의 제1대 황제 劉裕. 東晉 말 南燕, 後晉을 멸망시켰고 호족 탄압, 토단정책(호적 개정)을 단행했으며 恭帝의 禪位로 제위에 올랐다. 무공뿐만 아니라 통치수완도 뛰어나 국력의 부강을 꾀했다.

8) 東府(동부): 東府城. 安帝가 쌓은 성이다. 이 성에 劉穆之는 尚書左僕射로 들어가 있으면서 조정 안팎의 일을 총괄하였다.

9) 身居東府, 目覽辭訟, 耳行聽受, 口酬應答, 手牋書(신거동부, 목람사송, 이행청수, 구수응답, 수전서): 《통감절요》의 "동부성에 들어가 있으면서 조정 안팎의 일을 총섭하게 하니, 유목지가 안으로는 조정의 정사를 총괄하고 밖으로는 군대에 군수품을 공급할 적에 일을 물 흐르듯 막힘없이 처리하였다. 빈객들이 사방에서 몰려들어 요구하고 소송하는 것이 천만 가지이고, 내외에서 자문하고 보고하는 자들이 뜰에 가득하고 방 안에 가득하였으나, 눈으로는 글과 송사를 보고 손으로는 牋書에 답을 하며 귀로는 남의 말을 듣고 입으로는 함께 응대하되 서로 뒤섞임 없이 모두 여유 있게 행하였다.(入居東府, 總攝內外, 穆之內總朝政, 外供軍旅, 決斷如流. 賓客輻湊, 求訴百端, 內外諮稟, 盈堦滿室, 目覽辭訟, 手答牋書, 耳行聽受, 口竝酬應, 不相參涉, 悉皆瞻擧.)"는 구절을 활용한 표현.

10) 區區(구구): 간절함.

11) 承顔接辭(승안접사): 그 사람을 직접 만나 그 하는 말을 듣는 것을 겸손하게 이르는 말.

12) 涯角(애각): 멀리 떨어져 있어 외지고 먼 땅.

13) 償願(상원): 평소의 바람을 이룸.

何能及卿言耶? 卿聽之太過." 穆之曰: "大王勇力過於賁育[14], 韜畧過於孫吳[15], 威武過於始皇, 喑啞則千人失魂[16], 叱咤則萬夫喪氣, 雄風掀動天地, 英名垂耀竹帛. 此百世之公言也, 非愚臣之私詔也." 項王曰: "我之英勇威猛, 雖如卿言, 功業未成, 徒爲憤恨, 何足言哉?" 穆之曰: "大王勇力有餘, 而機斷不足, 故鴻門不應擧珏之示, 烏江空貽引劍之恨, 可勝惜哉! 可勝歎哉!"

項王悽然蹙蹙曰: "前日之事, 言之無益, 悔之無及, 姑舍是也, 而細論當今之事, 可也." 穆之曰: "若以當年之事論之, 則漢宋角鬪, 列國蝸爭[17], 大王以爲孰勝?" 項王曰: "漢勝矣." 穆之曰: "大王何以知漢之勝也?" 項王曰: "漢唐宋○明之君, 皆天下之英雄也, 謀臣猛將, 淵深[18]雲合, 不可勝數, 以此觀之, 則漢之勝, 可知矣." 穆之曰: "宋主之雄圖大畧, 不下漢祖, 齊梁陳魏之君, 亦天下之英雄也. 謀臣猛將, 亦不減於彼, 以此觀之, 則漢宋之勝敗, 不可知矣. 而大王獨以爲漢勝, 何也?" 項王奮然曰: "勝敗之事, 在於量敵審勢耳. 今我以拔山之力, 盖世之氣, 爲漢前驅, 單槍匹馬[19], 將蹴踏江淮, 掃平楊粤[20], 視衆敵若蠓蟻[21], 滅羣輩如螻蟻, 不審爾國, 敢有敵我者乎? 或有敵我之心, 則是所謂'蚊蚋員山,[22] 螳蜋拒轍[23]'者也." 穆之曰: "大王以匹夫之勇[24], 一隊之衆, 敢當列國之

14) 賁育(분육): 옛날 중국의 용사였던 齊나라의 孟賁과 衛나라의 夏育.

15) 孫吳(손오): 춘추시대 兵法의 대가였던 孫武와 吳起. 흔히 孫子와 吳子라 일컫는다.

16) 喑啞則千人失魂(암아즉천인실혼): ≪史記≫ 권92 <淮陰侯列傳>의 "항우가 큰 소리로 꾸짖으면 천 명의 사람이 모두 엎드려 일어나지 못했다.(項王喑啞叱咤, 千人皆廢.)"라는 구절을 활용한 표현.

17) 蝸爭(와쟁): 달팽이가 다툰다는 말로, 사람들이 名利를 다투는 것을 하찮게 표현한 것. ≪莊子≫<則陽>의 "달팽이의 왼쪽 뿔 위에는 觸氏가, 오른쪽 뿔 위에는 蠻氏가 각각 나라를 세우고 있었는데 어느 날 이 두 나라가 서로 영토를 다투느라 전쟁하여 죽은 자가 수만 명에 이르고, 도망가는 적을 추격한 지 15일 만에 전쟁을 멈추었다 한다."라는 우화에서 따온 말이다.

18) 淵深(연심): 淵深魚聚. 못이 깊으면 고기가 모임.

19) 單槍匹馬(단창필마): 단기로 창을 들고 적진에 뛰어듦. 남의 도움을 받지 않고 혼자 해낸다는 뜻이다.

20) 楊粤(양월): 지금 중국의 남쪽 지방.

21) 蠓蟻(몽멸): 蠓蠛. 하루살이 곤충.

22) 蚊蚋員山(문병원산): 蚊蚋負山의 오기.

23) 螳蜋拒轍(당랑거철): 사마귀가 앞발을 들고 수레바퀴를 멈추게 함. 힘을 헤아리지 않고

師, 亦無異於蚊蚋[25]螳螂也。大王戰有三敗之道, 不若連和而罷兵, 保全性命耳。"項王怒曰: "何謂三敗之道?" 穆之曰: "大王勇而無謀, 必敗一也, 驕而侮敵, 必敗二也, 寡而敵衆, 必敗三也." 項王轉怒曰: "我之所向無敵, 以單騎破秦兵四十餘萬於鉅鹿, 擠漢軍五十餘萬於睢水。當時, 聞吾之風者, 魂悸氣喪, 後世, 聞吾之名者, 膽寒神亂, 順我者生, 逆我者死, 汝亦所知也。今汝以狂言妄辭, 批龍之鱗[26], 捋虎之鬚[27], 於罪當死, 姑借殘命, 勿復出言." 穆之曰: "大王昔日, 敗於京索, 困於垓下, 失路陰陵, 浪死烏江, 今又爲漢前驅, 必敗於宋, 可謂無敵於古今也?" 項王怒氣衝天, 大聲叱曰: "竪子[28]能生乎?" 促令左右, 推出斬之, 穆之了無怖色, 惟仰天大笑。

項王罵曰: "汝今臨死而笑, 何也?" 穆之曰: "伏乞大王, 少收震怒, 臣願一言而死." 項王曰: "汝欲何言?" 穆之曰: "臣聞昔有婦乘其夫者, 其奴言於其夫曰, ‘婦乘其夫, 可乎?’ 其夫怒而笞奴。是其夫不能專制其婦[29], 而反移怒於其奴也。今大王之恥, 過於其夫, 而臣之受罪, 甚於其奴, 是以笑之." 項王曰: "我有何恥耶?" 穆之曰: "大王無才明勇略, 恥勇甚焉, 而大王不以爲恥乎?" 項王曰:

덤벼드는 것을 말한다.

24) 匹夫之勇(필부지용): 평범한 사내의 하찮은 용기. 좁은 소견으로 혈기만 믿고 함부로 날뛰는 행동을 비유하여 이르는 말이다.

25) 蚋(병): 蚋의 오기.

26) 批龍之鱗(비용지린): 용의 비늘을 건드린다는 뜻으로, 임금의 비위를 건드림을 비유하여 이르는 말.

27) 捋虎之鬚(날호지수): 호랑이의 수염을 건드린다는 뜻으로, 모험하는 것을 비유하여 이르는 말. 중국 吳나라의 朱桓이 멀리 떠날 즈음하여 孫權에게 청하여 그의 수염을 쓰다듬은 고사에서 온 말이다.

28) 竪子(수자): 애송이. 남을 경멸하여 이르는 말이다.

29) 其夫不能專制其婦(기부불능전제기부): 남편이 아내를 마음대로 제어하지 못함. 《童蒙先習》의 "만일 <남편이> 씩씩함으로써 대하여 하늘의 굳건한 도리를 體行하고 <아내는> 부드러움으로써 바로잡아 땅이 하늘에 순종하는 도리를 받든다면 집안의 도리가 바로 서게 될 것이다. 만약 이와 반대로 남편이 아내를 마음대로 제어하지 못하여 올바른 도리로 다스리지 못하고, 아내가 남편의 약점을 틈 타 올바른 도리로 섬기지 않아서 三從의 도리를 알지 못하고 七去에 해당하는 악행이 있으면 집안의 법도가 무너질 것이다.(苟能莊以涖之, 以體乾健之道, 柔以正之, 以承坤順之義, 則家道正矣。反是而夫不能專制, 御之不以其道, 御之不以其義, 婦乘其夫, 事之不以其義, 昧三從之道, 有七去之惡, 則家道索矣。)"는 구절에서 나온 말이다.

"何謂無才明勇略?" 穆之曰: "有勇而無謀, 非才也, 不審於事機, 非明也, 爲人下而不恥, 非勇也, 怒臣而欲殺, 非略也." 項王曰: "何謂我爲人之下乎?" 穆之曰: "臣聞請而來者, 賓之上也, 不請而自來者, 賓之下也. 往者, 洛陽之會, 大王不請而自來, 是下賓也. 居高而主盟者, 人之上也, 當先而執役者, 人之下也. 漢宋之戰, 大王執銳而前行, 是下人也. 位居下賓, 職在下人, 而安受豕羊之驅, 徒施犬馬之勞30), 臣竊爲大王咄咄31)也."

項王怒氣少息, 低聲而語曰: "古人云, '狂夫之言, 聖人擇焉.32)' 是狂夫之言, 或有一善, 而聖人擇而行之也。汝言雖狂, 近似於理, 吾擇之汝, 可試爲我明言其事勢." 穆之見項王, 怒息而意變, 乃起拜, 伏地而謝曰: "臣冒觸尊威, 以致天怒, 罪合萬死, 而大王不施誅罰, 寬貸性命, 此臣之受恩更生之日也。臣雖愚昧, 豈敢不瀝肝吐膽, 爲大王言之?" 項王曰: "第言之." 穆之復起拜, 跪促膝而言曰: "大王第觀今日之事勢, 漢宋相爭, 列國並鬪, 雲擾星馳, 風飛雷奮, 此是蓋世英雄, 得意之秋也。今大王爲漢前驅, 獨自征戰, 則敵可盡乎?" 項王曰: "吾雖猛勇, 掃平羣敵, 亦未可必也." 穆之曰: "大王之神勇, 絶世無雙, 今執銳前驅, 豈不能一戰成功? 成功之後, 必有猜惡而賊害者." 項王驚曰: "誰能害我?" 穆之曰: "大王以漢祖, 爲何如人哉?" 項王曰: "寬仁濶達33)者也." 穆之曰: "臣請言漢祖之爲人也。漢祖之爲人, 勝己者厭之, 過己者害之, 寬仁之中, 有一段暴戾之心, 濶達之中, 有一段偏窄之志, 誅醢韓・彭, 少無願34)惜。今日

---

30) 犬馬之勞(견마지로): 임금이나 나라에 충성을 다하는 노력으로, 윗사람에게 바치는 자기의 노력을 겸손하게 이르는 말.
31) 咄咄(돌돌): 뜻밖의 일에 놀라서 지르는 소리. 탄식한다는 의미이다.
32) 狂夫之言, 聖人擇焉(광부지언, 성인택언): ≪史記≫ 권92 <淮陰侯列傳>의 "지혜로운 자도 천 가지 생각 중에 반드시 하나의 잘못이 있고, 어리석은 자도 천 가지 생각 중에 반드시 하나의 옳음이 있다. 그러므로 광부의 말이라도 성인은 채택한다고 하는 것이다.(智者千慮, 必有一失, 愚者千慮, 必有一得, 故曰狂夫之言, 聖人擇焉.)"는 구절에서 인용한 표현.
33) 寬仁濶達(관인활달): ≪漢書≫에서 高祖에 대해 "관대하고 인자한 품성으로 사람을 사랑하였으며, 뜻이 활달하여 항상 큰 도량을 보여 주었다.(寬仁愛人, 意豁如也, 常有大度.)"고 한 데서 나온 말.
34) 願(원): 顧의 오기.

之大王, 卽昔日之韓·彭也, 豈不愓然傷念乎? 借使不然, 而大王之雄勇, 無敵
於天下, 當爲天下之盟主耳, 何必讓頭於別人, 而受其節制乎?" 項王曰: "吾亦
念之, 自知爲恥, 卿明言之, 使人不覺恍然." 穆之曰: "昔日鴻門之宴, 大王宰割
山河, 顚倒羣雄, 視劉季若小兒輩. 今日洛陽之會, 劉季顧爲盟主, 而大王反爲
役使, 足居上而首居下, 此臣愚之平日痛恨者也. 而況大王之英雄乎?"

項王曰: "今日之事, 正爲憤恨, 如之何其可也?" 穆之曰: "臣聞'與衆則勢大
而興, 孤立則力單而敗.' 昭然之前鑑, 在於周秦也. 今宋主大會列國, 帝王之雄
勇, 將卒之衆, 倍勝於漢. 其勢終必掃淸伊洛[35], 蕩平關河, 爲大王計, 莫若背
漢而歸宋. 歸宋則宋主必喜, 而推爲盟主矣. 莫若背漢而歸宋. 歸宋則宋主必
喜, 而推爲盟主矣.[36]" 項王曰: "吾聞宋主列國之盟主也, 豈以主位讓於我乎?"
穆之曰: "宋主聞大王之聲名, 久矣, 慕大王之雄勇, 雅矣. 且權爲盟主, 以待勝
於己者, 將推讓之. 故瞻仰之餘, 一見大王, 則禮讓之志, 發於素心, 必以主位
讓之, 願大王勿疑也."

項王曰: "宋主何如人也?" 穆之曰: "宋主以布衣尺劍, 奮起寒微, 不階尺土,
而身致萬乘, 以一旅之衆, 斬桓玄[37]於江左, 北擒慕容超[38]於廣固, 西滅姚泓[39]
於關中, 南梟盧循[40], 才明勇畧, 非人敵也. 性又豁達, 善於聽受, 恭儉而質直,
身不衣錦繡之耀, 手不持珠玉之玩. 常有善善之志, 而少無猜貳之心. 是以英雄

---

35) 伊洛(이락): 洛陽의 북쪽에 흐르는 강이 洛河이고 남쪽에 흐르는 강이 伊河임. 두 강은 낙
   양의 동쪽으로 합쳐져서 伊洛河라 부르는데, 결국 黃河와 합쳐진다.
36) 莫若背漢而歸宋~爲盟主矣(막약배한이귀송~위맹주의): 중복필사 되었음.
37) 桓玄(환현): 진나라 말기에 정권을 장악하여 安帝를 폐위시키고 스스로 천자를 칭하며 국
   호를 楚라고 한 인물.
38) 慕容超(모용초): 南燕의 임금. 慕容德의 조카이다. 처음에 유리걸식하다가 모용덕에 의해
   廣固에서 北海王에 봉해졌고, 모용덕이 아들이 없어 왕위를 이었다. 재위 중에 사냥을 일
   삼아 宋武帝에게 멸망당하였다.
39) 姚泓(요홍): 後秦의 마지막 임금. 末帝, 末主 등으로 불린다. 내분에 따라 쇠퇴의 길로 접
   어들었을 때, 東晉의 劉裕가 공격했고 끝내 王鎭惡이 이끄는 동진의 군대가 長安城으로
   진입하자 요홍은 일족과 함께 항복했다. 요홍은 동진의 수도인 建康으로 압송된 뒤에 처
   형되었고, 이로써 후진은 멸망했다.
40) 盧循(노순): 東晉 때의 반란자. 新亭을 공격하자는 徐道覆의 제안을 뿌리치고 蔡洲에 정박
   하고 기다리다가 劉裕의 공격을 받아 대패하였다.

盡力, 羣策畢擧, 以成帝業也." 項王曰: "果如卿言, 則宋主眞振古[41]之英主
也。早知如此, 豈不背漢而爲宋乎? 我之愚昧, 卿詳言而明導之, 使我聞來, 不
覺披雲霧而覩靑天[42]."

穆之喜而起拜曰: "臣未見大王, 徒知其猛勇威武而已, 今見大王, 可知其聖
明[43]恢廓也." 項王曰: "何以言之?" 穆之曰: "臣聞聖明之君, 改過不吝, 從善
如流, 審於勢而不昧, 決於事而無疑, 恢廓之主, 包容戇直, 受納狂愚, 用其言而
不遺, 赦其罪而無誅。今臣告之以過, 而大王改之不吝, 納之以善, 而大王從之
如流, 語之以事勢, 而大王審而決之, 諫之以戇直, 而大王包容之, 施之以狂愚,
而大王受納之, 不以誅罰, 旋以聽用。臣是以知大王之聖明恢廓, 絶世無雙也."
項王笑曰: "如我者, 可以王天下而有萬民乎?" 穆之曰: "大王是何言耶? 大王以
猛勇威武之姿, 兼聖知恢廓之度, 又有恭敬仁愛之心, 雖堯舜之明哲, 陽[44]武之
仁義, 無以過也." 項王曰: "我之恭敬仁愛, 可得聞歟?" 穆之曰: "大王見人, 言
語嘔嘔, 見人疾病, 涕泣分食飮, 言語嘔嘔, 非恭敬而何, 涕泣分食, 非仁愛而
何[45]?"

項王曰: "然則卿謂何如宋主?" 穆之曰: "勝之矣." 項王曰: "何謂勝耶?" 穆
之曰: "他事勿論, 請以戰爭之事言之, 大王與宋主戰, 則以爲孰勝?" 項王曰:

---

41) 振古(진고): 太古.

42) 披雲霧而覩靑天(파운무이도청천): 晉나라 衛瓘이 조정의 명사들과 담론하는 樂廣의 모습
을 보고서 이미 없어진 淸談의 기풍이 다시 살아난 것 같다고 탄식하고는, 자제들에게
그를 찾아가 인사하게 하면서 "이 사람은 사람 중의 수경이다. 그를 보면 마치 운무를
헤치고 청천을 바라보는 것만 같다.(此人人之水鏡也. 見之若披雲霧覩靑天.)"라고 말한 고사
를 인용한 표현.

43) 聖明(성명): 임금의 밝은 지혜를 이르는 말.

44) 陽(양): 湯의 오기.

45) 大王見人~非仁愛而何(대왕견인~비인애이하): 韓信이 項羽의 사람됨에 대해서 劉邦에게
"항왕은 사람을 만나면 공경하고 자애로운 태도로 대하면서 말 역시 인정이 넘치게 하
며, 누가 병에 걸리기라도 하면 눈물을 흘리고 음식을 나누어 주기도 하지만, 정작 자기
부하가 공을 세워서 작위를 내려 봉해 주어야 할 경우에는 그 印綬가 닳아 없어지도록
손에 쥐고서 차마 주지를 못하니, 이것이 이른바 부인의 인이라고 하는 것입니다.(項王見
人恭敬慈愛, 言語嘔嘔, 人有疾病, 涕泣分食飮, 至使人有功當封爵者, 印刓敝, 忍不能予, 此所謂
婦人之仁也.)"라고 평한 고사를 활용한 표현.

"吾勝矣."

穆之曰: "臣亦以爲大王勝之也. 大王之英勇, 秦漢之所未敵, 何况於宋主乎? 是故, 臣以爲宋主, 以盟主之位, 讓於大王矣. 大王一居盟主之位, 高據列國之上, 指揮諸將, 驅進兵馬, 掃淸伊洛, 蕩滌腥穢, 衣繡還鄕[46], 復都彭城[47], 垂衣裳而深拱揖讓, 則天下之君王, 相率而朝於大王矣. 如是則五帝何羨焉, 三王[48]何畢哉?"

項王大喜曰: "卿言眞金玉之論也. 吾計決矣, 然去就何以爲之?" 穆之曰: "'兵貴神速.' 又曰: '先聲奪人[49].' 有功而後, 可以服人. 今大王先立大功而歸宋, 則衆皆縮首而畏服, 屛息而聽命矣." 項王曰: "卿言是也. 然大功難以圖成, 計將安在?" 穆之曰: "兵不厭詐, 今夜, 大王乘其無備, 搗其空虛, 暗地劫塞, 則敵皆可就擒, 是所謂疾雷未及掩耳者也. 如此, 則大功可成於一夜矣." 項王大喜曰: "卿之計, 妙哉! 妙哉!"

卽備書付之, 回建康.

≪王會傳 上≫ 終

---

46) 衣繡還鄕(의수환향): 項羽가 秦나라 궁실이 모두 불타서 잿더미로 변한 것을 보고는, 다시 고향으로 돌아갈 생각을 하면서 "부귀한 신분이 되었는데도 고향에 돌아가지 않는다면, 이는 비단옷을 몸에 걸치고서 밤에 돌아다니는 것과 같다.(富貴不歸故鄕, 如衣繡夜行.)"라고 말한 고사를 염두에 둔 표현.
47) 復都彭城(복도팽성): 項王이 천하를 제패해 제후를 신하로 삼았지만, 關中에 머물지 않고 彭城에 도읍한 것을 일컬음.
48) 三王(삼왕): 夏나라 禹王, 殷나라 湯王, 周나라 文王을 가리킴.
49) 先聲奪人(선성탈인): 미리 소문을 퍼뜨려 남의 기세를 꺾음.

찾아보기

[영인] 왕회전 상(王會傳 上)

한국학중앙연구원 장서각 소장 한문필사본

여기서부터는 影印本을 인쇄한 부분으로 맨 뒷 페이지부터 보십시오.

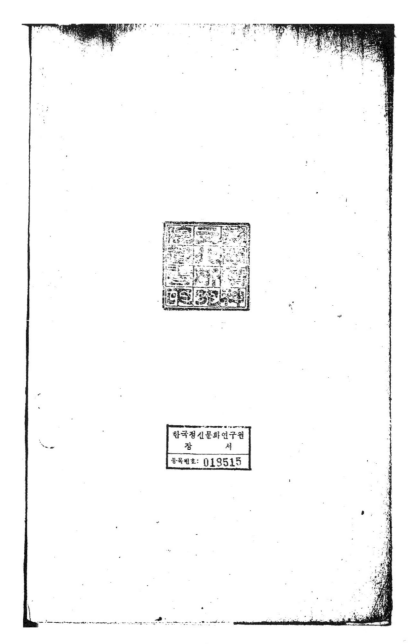

王會傳上目錄

王會傳上

漢高祖大會列國

南湖夢錄

諸葛亮智却二君

話說天下之大州有九焉東曰青州西曰梁州南曰徐州北曰冀州東北曰
兗州西北曰雍州東南曰揚州西南曰荊州也八州之中有豫州爲豫州
之内有洛陽乃爲天地之中東西南北各五千里也四方道里均適故
曰王者之都也非但形勝之邪在亦朝會貢賦之便也周公以圭測其中而
接荊山東措荊門西抵岐華四通五達天下之衝也故

崇禎巳

相宅以受四方諸侯之朝觀者也其後有國者多以洛爲都焉
卯漢高祖即位於汜水之陽乃下詔曰三代以降正聲微茫王風委地三季七雄
之時朝鬪而暮息四海鼎沸九土瓦裂至於寡人之身大統始集然未知其
後人世如何耳嗚呼驥隙之光陰蟻宂之富貴不過一彈指之間矣長與卿等並遊
誰復知之朕以盖平昔未了之緣何如衆皆稽首稱謝即命蕭何設宴於堂上
雲鄉以盡平昔未了之緣何如衆皆稽首稱謝即命蕭何設宴於堂上
叔孫通陳樂於堂下羣臣各以尊甲次起上壽八音克諧五聲選奏漢
祖大悦曰今日乃知皇帝之貴也因罷酒起舞作歌其歌曰
大風起兮雲飛揚威加海内兮爲帝王君臣同樂兮遊仙鄉

歌罷張良奏曰獨樂樂不若與衆顧請列國靭業之主設太平
之宴何如漢祖曰善乃遣張良請唐宋
良西入長安請唐太宗唐宗許之良復東至汴京請宋太祖宋
明三國荊業之帝張
祖亦許之良乃復入金陵見
大明太祖高皇帝陛下四拜禮畢伏
地奉曰寡君請唐宋荊業之君設太平之宴而此會不可
無坐下故遣下臣良敢請耳　上欣然曰朕生於千百載之下眼
不如奇張良拜辭反命曰諸國之君果惠然肯諸矣漢祖大悅即
掃庭而待矣　上即令造舟橋於采石長百餘里
崇禎十二年春三月　車駕蒙金陵羽林侍衛之士皆戎服從行旆
旆連綿九百餘里車駕至豫州漢祖遣相國蕭何奉迎
陽唐宋之君已先至矣漢祖倫法駕出郭外十里迎　上至洛
軍分賓主丙坐　上與唐宋之君亦為施禮坐空漢祖請　上入宮叙禮
上曰寡人慶大河之南君居長江之東風馬牛不相及之地也久聞聲華
如雷灌耳然無由承顔接辭每用悵仰矣今日之貢臨實熙萬丈光色矣
上避席辭謝漢祖即設大宴衆樂畢陳觥籌交錯酒至數巡漢祖慨
然長歎曰布衣尺劍偶起豐沛尺地非吾有也一民非吾有也然三

年而滅秦五年而戡亂身為萬乘創業未久而後豈知何日為唐
何日為宋何日為　明耶今日風景正好賓主盡歡杯酒之間語及
往昔自功感慨以功業絕勝於五三人夫唐宗曰誅除暴虐關中宋祖一夜而取天
下然　明祖之功業絕勝於五三人夫唐宗曰誅除暴虐關中宋祖一夜而取天
殷湯之放桀武王之伐商政何以加於漢祖我是以創業垂統錦連四
固守根本陳平使　許宗隨何空形勢酈食其道其次亂陸賈論其勝何
漢家四百年基業者安貝頗羣臣之力非募人能也張良運籌帷幄蕭何
百其功可為四國之首矣漢祖富募人積累功於安敢墜三代平劍開
敗張倉定律令叔孫通制禮儀韓信戰必勝曹參善征伐善用
兵樊噲主陵萬夫不當之勇杞信周苛千秋不朽之節周勃內竭忠誠
彭越外助聲勢以成寡人之勳業也顧聞諸君之能唐宋寡人
赤頗羣臣之力長孫無忌盡忠誠魏徵好直諫房玄齡善治國李靖善
用兵杜如晦臨事善斷褚遂良愛國愛民封德彝勤國事尉遲敬德
薛仁貴臨敵志死屈突通開山對陳決機劉文靜李勣廣賢德
深知以成寡人之勳業也宋祖曰吾臣趙普知謀有餘曹彬勇器雙
全石守信威風凜凜之革訓壯氣堂堂李昉范質貝内助文采王全斌李漢

趍外制羣盜以戍寮人之勲業也　上曰寮人之

然若以古人擬之則劉基徐達髣髴張良韓信之智勇花雲靦炳文

恰似犯信周苛之忠節鄧愈湯和可比尉遲敬德薛仁貴之勇力胡大

海鄧英堪同石守信苗訓之威壯此外文武廉全者多矣漢祖以

唐宗遣裴寂請甫宋祖遣李昉請高宗俄而車馬喧闐之聲自

一兼三可謂千古偉烈矣　上辭不已漢祖曰如此勝古今罕

有各請中興之君以為同樂何如皆善於是漢祖遣蕭何請光武昭烈

下有文詞者去紅旗下有智謀者去黃旗下有武畧者去青旗

遠而近人報四君至矣衆迎接禮畢送至東樓張良出班奏曰諸國

羣臣一會雜錯未有次序願陛下區別人物各定品第漢祖曰諸

令樊噲持五色旗立南樓上三通鼓罷呼曰善乃

下有勇力者去黑旗下衆人相顧瞠然莫肯先蓤又呼曰皇命

不可違後速舉行衆皆林立不動叔孫通進曰今諸國人臣雖

有其能使之自衒者非臣子之事而亦非聖王待臣之道也昔虞

舜氏以考課之法黜陟賢否廉績咸熙而帝王之治於斯為盛今可

擇公平正直之士襄贬高下分定次序則優劣皆得其所而無

混錯之獘矣漢祖曰善顧謂三帝曰吾等各薦公匠之人以空高

下何如唐宗曰以寡人之意則蕭何能勝其仕矣宋祖曰寡人之

意則魏徵可也

人眹能為也訓命其君如伊尹傅說經邦輔主如周公出入相如

太公者然後可以當此重任也昔聞西蜀諸葛亮有經天緯地之才

安邦定國之謀知鑑如神透人心曲至今稱之以不容口若非此人

不可也衆曰善趙普獨曰諸葛亮未有統一之功不可當此重任也

蘊秦張儀乎夫孔明三代上人物也方其高卧南陽抱膝長嘯不求聞

達及昭烈三顧然後乃起其出廬與伊尹傅說周公同一致也及其中原未

師之日上表後主諷勉其德其誠意與傅説一般也及其中原出

出山之時已審乎足之勢燒屯白河水使夏侯惇曹仁軰

公同一類也豈尋常王霸輔佐者之可比乎卿勿妄言趙普觖然

而退漢祖即命孔明出来其人也風度端凝舉止絶倫目下傲視

千古英雄脳中抱蘊萬斛韜畧趨拜禮畢漢祖曰諸國舉臣一

肝膽俱裂七擒孟獲南人心脈六出祁山仲達孺恖其雄畧與太

會雜儲未有品弟鄉可審覈高下分定次序孔明稽首辞曰以臣之
庸才淺識豈可當此大任乎伏願陛下𠫤帝臣佐而擇諸國識鑒
高明者公行棄賢漢祖鄉之才識朕已知之衆論僉咏其勿辞孔
明辞謝不得已乃方欲行棄賢之際閣者勿報秦始皇晉武帝隋文帝
楚伯　王至笑漢祖頻感曰秦始皇楚伯王皆狼虎之人不可同席而
梁吳爲之奈何孔明奏曰此廬置易皇令中興之君去東樓俄而
則自然無事矣漢祖曰善即俞大書丁殿門曰中興之君去東樓伯者去西樓
樓非羈縻之主則不得入此門矣頃之始皇東纔靡之焉服太阿之劍壽明
月之珠連翠鳳之旗擊靈鼉之鼓意思凌雲氣勢掀日促焉而未直歆入
殿門孔明拒前曰中興之君去東樓俄者漢光武漢烈唐甫宗
宋高宗己先去矣陛下掃席而待己多時矣始皇虎影鋒目怒
曰子何爲者耶孔明曰漢丞相武鄉侯諸葛亮也始皇曰誰敎汝拒
我乎孔明曰漢高祖與唐宋　明三國鞠業之君誣　太平宴陛
下卽中興之君故使臣告陛下使之去東樓耳始皇大怒曰朕始
吞二周終滅六國一統天下威加海内功過五帝德兼三皇豈不謂洪
業乎孔明曰陛下蒙古葉引遺䇿吞二周滅六國一統四海功烈可

-8-

謂威笑然以事勢論之則可謂中興不可謂莉蘗豈可預莉

蘗之席乎始皇曰然則卿敢拒我乎孔明曰非敢拒也以事理告

之也陛下之洪功不歸先王而自廢則臣豈敢言乎始皇怒氣未

息李斯諫曰孔明之言是也陛下功歸馬手中方天戰威高祖與

隱忍良久旋馬向東樓而去項王坐下烏騅馬手中方天戰風凛之

壯氣堂之軒昂而來見孔明問曰漢高祖與

唐宋　明三國莉蘗之主設太平之宴不意大王來臨實是耶

幸也項王仰天大笑曰天地翻覆日月盈彫豈知大王來主人而

項籍顧為客言詑從馬直入孔明擋前曰伯者去西樓非莉

蘗之主則不得預此宴大王不可入殿門矣項王大怒曰吾橫行天下

幸我者生進我者死汝亦耶吾視劉季如小兒叱咤則萬夫失

足介意乎孔明曰大王英勇盖世暗臣之耶知也然以事理論之則可

塊蹠蹈風塵撓動日月耶向無敵千載耶共聞豈可欺世誣人而

謂伯蘗不可謂且大王以單騎破義兵四十萬於鉅鹿

預莉蘗之宴乎項王嗔目大叱曰吾以單騎破義兵四十萬於鉅鹿

擒漢軍五十萬於雕水當時聞吾之風者備頭鼠竄後世聞

吾之名者瞻寒神賜汝獨何為而敢唐突頃担乎今以單槍
匹馬突入則有輩無遺矣姑借殘命勿復多言孔明曰昔葵
卯之會桓公一變色而反者九國能屈於一人之下而信於萬乘
之上者湯武是也顧大王留神焉項王黙然良久恨然自失曰寧
為鷄口無為牛後當去作西樓主人更設鴻門之宴可也遂回馬
向西樓而去

孔明褒貶羣臣　　　明祖評論諸帝

且說孔明入報　二國之君各向東西樓而去漢祖大喜曰豺狼蜂
蠆鄉能制逐可謂善於權變者也仍加重賞孔明辭謝不已　上
曰漢武帝有報讐之功晉元帝有江左之業唐憲宗有淮西之勳
宋神宗有三代之風今可俱請以為同樂何如衆曰善漢祖於是差
人請之俄頃四國之君皆至衆迎接叙禮畢送至東樓忽報門外
袁紹曹操孫策李密至矣漢祖即命召入拜禮畢送至西樓
漢祖即命設宴酒進樂作　　　上謂漢祖曰褒貶之事諸國羣
臣共會一處然後可行今請東西樓諸君同赴此宴則人之各隨
其主而來耳漢祖曰君言甚好即遣人請東西樓諸君之

皆欣然而來於是廣開選席以次坐定諸臣皆侍立階下冠服

濟之劍佩鏘之漢祖謂孔明曰諸國羣臣咸造在庭鄉可區

別使人之各得其當豈非曠世一勝事乎孔明頭戴綸巾身被

鶴氅左執牙笏右秉羽扇趨拜而前奏曰小臣才學庸陋識見

淺薄如此重任千萬不當伏願陛下以日月之明河海之量照臣

愚衷測臣淺智丞疏臣任廣衆高明而代之則臣之罪庶可除

矣臣之責從可免矣漢祖衆中知能識見者錐多無如卿才

鄉勿固辭斯行公孔明辭不得已周覽己畢復奏曰周

敦順程顥程頤張載邵朱熹學究天人道接孔孟爲世儒

耶宗者也非臣之妄評擅論者也漢祖曰卿恭承皇命公行廩

貶何謂妄擅乎衆情已咮勿復疑慮孔明四拜稽首受命卽令

諸人分次而立告曰吾以庸才陋見已承天命錐行麼敗

然若方才之間有一毫私意則天必罰之神其殛之諸君咸

聽吾言衆皆曰君之才學千古耶共知聖主耶擇必當其職

衆情咸顯願君幸勿謙讓孔明乃言曰

周敦頤　程顥　程頤　張載　邵雍　朱熹　韓琦　富弼　范仲淹　韓愈　董仲舒　蘇軾　張栻　呂祖謙　蔡沆　司馬光

起百世後啟千聖統宋

孟子後一顏氏殆庶宋

布帛菽粟規矩準繩宋

貫乎一理怳然三代宋

探月躍天內聖外王宋

潮吞百川當閗萬戶宋

公可學否吾無閒然宋

量實遜韓氣能折膀宋

惡心中物先天下憂宋

起八伐文爲百世師唐

廣川通儒江都賢相宋

何等主文無以易子宋

覷公骷子晬翁同志宋

中原文獻後世承父師宋

詩入陶韋學承武宋

衛士加額遠夷縮首宋

張良　蘇轍　李白　杜甫　采□　陸游　歐陽脩　司馬遷　李賀　范□　蕭何　晏□　劉□　陳平　劉基　房玄齡　杜如晦

天淵應龍珠樹甃蟬漢
東坡難弟兄先知于宋
金華高士玉署儒賢明
風月閒王詩酒中仙唐
聖於詩者窮乃工也
南渡文章北征經綸宋南
嘉祐多士韓愈後身
以三長才鳴萬古久宋
輔國誠心助主久矣宋
雞欠一死寅合三公宋
高帝賢婦曹參良即漢
桃國水民畫魯畫義唐
冠玉好讀捐金舍販漢
自詩王佐帝呼先生明
千里面談一代宰村唐
裨諶草創季路免言虜

裴　楊　長　盧　陸　王　叔　曹　李　范　趙　李　霍　趙　裴　陸
寂　素　孫　世　　　導　孫　參　斯　增　　　綱　光　普　度　贄
　　　　無　南　賈　　　通　　　　　　　鼎
　　　　忌

内相綸綍王佐才咢唐

子儀勲業午橋風流唐

雛狙藩樊忍負金櫃宋

無才周公不學尸伊漢

一身用舍四海安危宋南

中興三公元鎮一人嗣南

此亦人傑幾敗乃公娄

生菱倉鼠死歎市犬叅

清淨師蓋竹來尊何漢

禮讓遜古才亦救時漢

雖賛中興終愧伯仁醜

前席詩書南藩冠盖漢

一部秘書五絶音才唐

王之元舅男我有良翰唐

才藝超絶富貴来逼隋

有此際遇何憂貧賤唐

劉文静　李泌　汲黯　魏徵　褚遂良　趙抃　尹洙　周顗　陳亮　庾統　羊祜　荀彧　張華　蔣琬　虞允文　王安石

顗寫廣貌見淵然深知唐
黃臺諷君自衣還　山唐
將軍揖客社稷重臣漢
管如死科汲豈輔漢唐
寫忠附人聲節殉主唐
鐵面御史西京循吏宋
清朝隆望文垣雄才宋
登亨流涕入臺不顧魏
胍恢萬古眼空一時南宋
西山書劍南州冠冕巇
小心翼翼墓遺惠平吳晉
八龍家聲三日坐香魏
贈諡博物彌健盡忠晉
才非百里蓁贄三分蜀
文高能武儒亦有此宋南
以掷而壞請妖則不宋

柳宗元
曾肇何元
隨倉
張衡
武絳武
李元
燕巡皓
洪遠
張清
許相如如
景聖
司馬相
黃庭堅
呂大防
范純仁
姚崇

識何昧蘼光措被柳唐
文章名世制誥得體宋
能北使命需北形勢漢
恭時故國蕭歎治平唐
未達相業惜遇良筆漢
經綸邦國常慮唐
剗武十節泣山十年輔
一片雎陽萬古綱常唐
齊芳中興丞快洗宗廬
題曲韜靈視草炳斷明
語調治忠右詩同志宋
名父鳳郎古人忠恕宋
人補房杜自許筐篚唐
元祐諸治同志宋

李　解　范文　王宗　胡　張東　荄采　董費　封　張
淳　　祖彦　彦　　安方　　　　　德　九
風　縉病博　通澤　腔國　蹇胡　阜環　禕燊　齡

市醫唐三　優材　著　乗　漢　鐵　誠　鼇　人
僧醫鑑朝　處能　然　槎　隱　石　功　車　世
提齧一元　小擎　戍　萬　金　剛　稽　輅　仙
形　部老　廷天　松　里　門　腸　首　優　鶴
宮　血四　普志　竝　通　才　時　志　圖　天
斌　疏海　陪在　其　道　子　補　竣　茶　寶
免　萬異　東過　棠　三　梁　家　防　見　靈
禍　言人　海河　棣　邊　園　國　閣　量　龜
唐　明宋　宋宋　宋　漢　漢　詞　漢　漢　漢東　唐
　　　　　　　　　　　客
　　　　　　　　　　　漢

關　韓　王　蒙　徐　曹　岳　鄧　祖　郭　彭　王　章　常　李　馮
　　　　　　　　　　　子　　　　　　　　　　　　遇　　光
羽　信　剪　恬　達　彬　飛　禹　赴　儀　越　賣　邯　春　彌　異

塞于天地傲然今古鑠

仙朮兵者道則未也漢

至老無恃臨軍問戲秦

威振遠塞名高長城秦

山河大勳日月心事明

四鮮降律一不妄殺宋

頂天立地驅山駕海煉

化愁闔門功冠雲臺鑠

勒猶畏服晉必中興酬

百年歌舞四海安危唐

梁王何罪漢帝忌功漢

能版國統不墜家聲秦

咸陽請事迴水流涕秦

開平忠武寧頡頌明

靴刀勳忠壁旗憂彩唐

披荊空關屏樹讓功漢

張　狄　李　高　杜　韓世　衛　周　李　馬　周　馬　賀若　霍去　耿　韓擒
浚　青　靖　頴　預　忠　青　勃　廣　援　瑜　燧　弼　病　弇　虎

志恢半壁隆長城楠
武曲天使銅面摳相宋
李氏日月花陣風雲唐
籌運如神鏡磨逾明隋
左氏義理叔子風流晉
帝果知人珝豈由天漢
錦花驄馬電目雷音絅
重厚木訥全安火德漢
高皇呆遇程尉賴重漢
有屹銅柱惜漏雲臺爍
青春少將赤壁主人吳
跡援西郊功大北平唐
當一面才有三太插隋
功禪姑衍塚象祁連漢
智能辨偽勇不挫兵爍
健闢平陳秘訣授靖隋

渾李
李勳
瑊
灌嬰
蔡遵
李文忠
吳玠
李晟
樊噲
李陵
馬陵
王陵
吳漢
尉遲敬德
馬武
賈復
胡大海

将用福人法斬愛婿唐
力過泚焰忠復唐社唐
縛侯同列馮敬敢當漢
軍市執法投壺推歌漢
武空中原文論太學明
東南柱石陝蜀盤桓輔
國耳忘家天生為社唐
以若伯王猶曰壯七漢
雛未曹沬元非衛律漢
五漢似壺三河平羌漢
小懇不妨大臣如是漢
訥如三緘隱若一敵漢
鐵鞭如山最稍靡風唐
攀鱗南陽挾掌北塞漢
裹胷報讐闔門卷威漢
先登采石大鬧鄱陽明

薛仁貴　張飛　鄧愈　韓　劉弘　王鎬　郭清　姜英　陸遜　岑彭　李善長　吳長　魯肅　冦恂　陶侃甫　屈突通

志在報主忠奮射子唐
八翼已高分陰猶惜軀
河覘不德潁民願留漢東
臨事不苟部界無廢真
制變若神敵畏如天宋南
中良手開國元功明

一往征南千艘衛西燕
虓亭燒營荊泛艘吳東
豈無忠志其奈閹奸漢東
功贊興吳力竭㝵燕明
王刀吓夢萬斛成㓮晉
建順昌旗斫拐子馬宋南
累世宰相三軍徳唐
三千同德十六冠軍明
武勇無論禮士可尚棘
單搶掃遼三箭前定闕唐

黃　王　王　甘　朱　徐　苗　張　馬　王　許　呂　趙　湯　石　李
　　　全
忠　霸　藏　寧　歆　晃　訓　遼　超　常　褚　蒙　雲　和　守　想
　　　　　　　　　　　　　　　　　　　　　　　信

擊鴨出奇具難知禮　唐
戴圭效力釋兵優遊　宋
智勇服人切名保身　明
宣一武夫可百執事　漢東
狙攖出神恤腹多奇　吳
委頑厈癡倒擲牛奔　魏
斷草衜前威振夏西　蜀
伏波英孫戰渭雄聲　漢東
義交雲長威震孫權　魏
黑龍知瑞黃袍戴王　宋
縱橫漢河伯仲張許　魏
仕節拆偎抽刃責馬　漢東
趨練登城百騎嘗刼　吳
廉雄遜曹切則平蜀　宋
詭氷安家招市斬叛　漢東
能以一韋並列五將　漢東

-22-

薛李張關鄧太楊程李殷張減秦典李史
萬道　　　史沂知漢開　叔　孝萬
徹宗苕興文慈中節山趙卻宮寶章恭歲

涵楯驍將亮許勝我隋
關而從義江南剪冠唐
復戰如飛萬人俱靡觀
天策統軍烟閣功臣唐
歲駕推岑伊呂鳴劍陳東
勇駕再拒聲震一吞魏
葉贊化家功高畫閣唐
關南鎮守塞北鄜清宋
歊金神勇仙李元勳唐
十年殿巖一視郭令爛
義報文舉勇鬬伯符吳
才捷對鳳計若賞魚魏
虎父之子龍驤之將灘
勇退鸞領位居虎翼灘
江夏親王唐與名將唐
戰必大勝袁為名將唐

曲　雷　南　李　魏　丁　韓　嚴　程　夏　岳　關　徐　張　紀　王
萬　霧　光　　　　　　　　　　　　　侯　　　　　　　　　　　　平
端　春　雲　顏　延　奉　當　顏　普　惇　雲　栗　雲　盛　翼　信

街亭全軍成固却敵漢

黃屋炳節草靈盡香漢

剛為夷悼名不祖乘辣蜀南

恥君臣魏束莘拒曹吳

明君之臣万父之子漢束

喫睛烈氣固阿良策魏

愛我鵬舉有此虎子束南

誠深喬權年長俟瑜吳

喻帝先鹽斬韓神勇灤

赤壁辯聲烏林揚武吳

雲中短兵水裡長技吳

以若神勇傳淮酋灤

義還汴殊勇傳淮酋唐

嗞揹精忠射塔烈氣唐

六矢不動雙廟同高唐

金酉骄畏鐵象可惜脼

其餘諸人各以其行論其臧否言畢孔明百拜稽首姜曰臣以枉言
胡說妄論諸賢罪死罪死漢祖曰卿之才識朕雖聞之尚未知其如此
高明也細觀今日之評論人之得宜箇之合當可謂萬世不易之言也
因廣詢于諸國羣臣曰孔明之襄貶何如衆皆歎服曰善急見一人出班
揮淚而向孔明曰先生不識弟子乎吾降鍾會非畏死貪生終為大計
欲復漢非耳皇天眷顧則西蜀之地不入司馬之手後主之駕之忠義乎
之塵時運不幸死矣兒不許以忠義則此心宪攀爵何廉
暴自平衆視之乃姜維也孔明執手流涕曰吾豈不識汝之忠義乎
然當校蔑之際身為降俘不如立節死義也姜維歎息而退漢祖
即命設宴與東西樓諸君同庸酌悅酒至數巡漢祖慨然長歎曰
天地無窮人生有限浮世之事如月之西傾江河之東流百年佳
蹟一杯荒土是以羨始皇寧宅俄月之歌孟嘗君落淚於雍門之
琴者也芥舟蟻蟻何可足記撫念千古只坳傷感衆皆凄然無語
忽見西邊一王將西眉堅重瞳呼曰鴻門不用擧砍之謀坡下躄受
養虎之患雖住泉臺之視難忘烏江之恨也乃項王也宋
祖曰君自恃勇力不聽計畫至於敗亡故玉珠虛勞於謀臣之手

寶劍空費於壯士之力也事已至此言之何益悔之何及　上曰姑
舍悲言各論快事可也寨始皇曰寨有三快盡遣王剪等掄六國
諸侯跪於阿房宮階下此一快也遣蒙恬北伐凶奴高築長城胡
人不敢南下而牧馬壯士不思彎弓而報怨此二快也遣徐市求
三神山不死藥與安期生同遊胸界中此三快也漢祖曰寨人十生
九死宣有快事但破黥布歸故鄉會父老宴酣之際風起雲揚正如
寨人之氣像因起舞作歌此一快也洛陽南宮獻壽于太上皇之喜
曰季當年耕田之時宣知有今日乎人子之樂莫過於此之三快也
上聞之舍淚有悲感之意漢祖曰大丈夫何為兒女子之態乎
上揮淚曰寨人早矢怙恃雖有寨皇之快未有漢祖之樂人非木石
安得不凄然乎漢祖曰此孝誠之至也因問眾人之快事唐宗曰寨人化
家為國破突厥擒頡利越裳交趾獻鸚鵡大宛西域貢駿馬此一快也
與群臣置酒於凄烟閣上皇自彈琵琶寨人起舞公卿獻壽此二快
也宋祖曰寨人別無快事然但營造宮室墻垣瀟洒軒閣敞豁重門
洞闢少有邪曲人皆見之正如寨人之心意此一快也與趙普論治道
曹彬定亂畧寨人卧榻之外不容他人鼾睡此二快也因廣問諸人之

曰別無快事曹操進曰臣有一快冒瀆敢奏與義兵破黃巾奉乘輿

於是張循屈膝呂布授首公路野死本初摧敗奉辭伐罪掃靡南指

劉琮束手治水軍八十萬眾順流東下舳艫千里旌旗蔽空二喬入於眼下

三吳運於掌上月明星稀烏鵲南飛釃酒臨江橫槊賦詩此一快也眾

中胡大海指曹操大笑曰彼耶謂快事乃簒逆之謀也曹操面

色如土大嘲而退漢祖請於　　　　　上曰三代以下公議已泯正論不行

邦國之治亂帝王之賢否史或不載世無其傳者多矣君虞之

下眾君之事蹟昭然可知勿辭煩勞細加評論以為百代之水鑑何如

上辭曰孔子云吾之於人誰毀誰譽以聖人之知猶尚如此況庸之

之徒而輕毀與譽眾皆曰吾等雖值一時之運為高帝為王然君暗臣詔

未聞公正之言徒為萬幸上曰如此則先論氣像後言是非可

使是非炳然可實為萬幸上曰如此則先論氣像後言是非可

也乃言曰期風淅瀝波濤洶湧秦始皇之氣像也春風浩蕩秋霜凜

烈漢武帝之氣像也夏日照耀霹靂震動漢光武之氣像也王宇

寥廓秋色峥嶸漢昭烈之氣像也浩之岷江或波或潯晉武帝

之氣像也鶯囀幽谷豹隱深山晉元帝之氣像也東邊日出

-27-

356　왕회전 王會傳

西邊雨霏隋文帝之氣像也龍彩鳳輝天高日明唐太宗之氣像

也大海泛舟無楫無楫唐胄宗之氣像也曉色蒼蒼晨星耿之唐憲

宗之氣像也崑山白玉麗水黃金宋太祖之氣像也天地晦冥月月巖

齡宋高鈖氣像也疾風暴雷震動天地枝之伯王之氣像也漢祖曰此寶

鑑也擒不言寞人氣像何也上曰龍得雲變化不測君也也若以

是非言之則秦始皇奮六世之餘烈振長策而駒宇内六合為家崎函

為宮自以為金城千里子孫萬世之業也未及三世而亡何㧑或謂㲄民

力傾府財空代凶奴筑長城實其外而虛其内之故也寞人之意則士

者國之元氣而盡坑之詩書載聖賢之語迂而雜燒之太子國本而放

逐扶蕷此乃速滅之道也始皇曰寞人席父兄之勢奮有天下不思治

道耶為暴戾禍幾及身子孫滅亡到今思之嘖臍莫及君明言其過)

固耶甘心然寞人若在宮中則趙高何敢謀迂而章邯豈能降楚戟

上曰此乃天空之運非人力耶能為也迂悔何為漢高祖開寬弘之路

納善若渴從諫如流英雄盡力羣策畢舉三年滅秦五載戲楚克

創大業何其功烈也如彼其壯也如非才智量大有過人者則能如

是乎然抑有一短焉輕罵儒生凌蔑詩書故禮不復古樂不作可

勝惜我漢武承文景富養之業窮兵黷武虐民事神財力殫竭
海內虛耗若無秋風之悔輪臺之詔則亦亡秦之續耳光武愲毅世之
失權急彊臣之竊命受命中興東西誅戰掃平禍亂嚴屬爲政有志
牧治而輔相非其人可勝惜我聰剛當漢陽九之運德義桃園屈駕草
盧君臣相得翼乎如鴻毛遇順風沛乎如巨魚縱大壑可謂千載一際
會也惜乎翔業未半中道崩姐豈非天耶晉武帝承父兄之勢奄有天下
悠心斷生晼好逸宴之政事不思燕翼之謀惟恣羊車之行如此而享國
豈能長久乎元帝以微弱之質開草劍之華恭儉有餘而明断不足故大業
未復禍亂興隋文帝天性嚴重行禁典務爲儉素勤牧政事然猜
忍苛察信受讒言誅戮勳舊乃至于刑措不用寇敵此共延希世之賢君也唐太宗
然以君德論之則用啓人私待以胡其父殺兄害弟而東不失舊
化家爲國倔武修文勵精求治身致太平刑措不用寇敵此希世之賢君也
閱門如此其子孫爲得有正家之法乎甫宗祝兵靈武反弒而
物可謂賢矣然而不思徑遠之謀專爲姑息之政節度由軍士廢立則
其他可知矣憲宗削平藩籬誅剪僭逆其切感奧然竄逐韓愈迎佛
骨入御如臭豈可謂有道之君乎宗太祖未嘗爲學晼好讀書鞭扑不

行殿陛罵辱不及牧公卿臣下得以有為而昏君愛國之心油然而生矣命

曹操下江南則戒以勿暴掠遣吳越歸國而使知不留之意庶將相之間則

喻以相安之情待諸降王以實禮易諸節鎮以儒臣使舉德行孝悌之士以

隆禮氣廉恥之風可謂湯之平之道矣神宗刻意圖治上慕唐虞

君臣之間求濟斯道未嘗不以堯舜相期三代以後未之有也廢幾後

見都俞吁咈之治矣惜乎傾心安石引用兇邪反治為亂使天下之人

覽然喪其樂生之心而濂洛羣拒曾無一人登相位者是不得興斯文之也

高宗信任姦邪屏逐忠良兩宮幾還而秦檜矯殺岳飛若不聞也通天之

罪不可逭也六朝五季朝暮失世降至此襄樓美名雖君臣實為

寇敵何足道哉急見西遷項王大呼曰論帝王之中我豈不預哉上曰

君員罪積罪行惡貫盈以大寧言之則自有十大罪曰員君若忍為冒耻而飲

聽之則何難之有項王曰顧聞其說上乃數羽十罪約丙王漢王柰巳

蜀罪一矯殺卿子冠軍罪二坑秦降卒二十餘萬罪三敕趙不報而擅封

諸侯入關罪殺秦降王子嬰罪五燒秦宮室掘始皇塚私其財罪六

王諸將善地而放逐故主罪七放逐義帝自都彭城奪韓梁地罪

八使人陰弑義帝罪九為政不仁主約不信大逆無道罪十也

項王黙然無語，慚愧無地。

上避席曰：寡人以枉言悖辭，妄論是非，抱心不安。衆皆曰：吾等當日未抵言，故辱迷不審，至於大過。今君以藥石之言，明論是非，不覺使人慚然，披雲霧而觀天日，實所萬幸。

漢祖曰：孔明之褒貶群臣，明祖之評論衆帝，用以經權，論以長短，真萬世不易之言也。

今兩隊武將較藝。

飲一斗，文臣獻詩。

且說漢祖命諸國將相文武忠智之人起舞作歌。第一隊張良、蕭何、韓信、陳平、紀信；第二隊諸葛亮、關羽、李靖、張巡、許遠；第三隊曹彬、岳飛、徐達、劉基等，風骨卓犖，氣宇磊落。張良欣然而起舞，琅琅而作歌曰：

受書黃石，贊簒赤帝，八年運籌千里，決勝滅秦，報韓戲楚，興漢三傑之魁，萬乘之師，功成身退，辭榮避位，昂昂之鶴，泛泛之亮，敢當青霄之萬戶，願從赤松於三山。

蕭何歌曰：

刀筆為吏，文墨持論，勞無汗馬功，非獵狗，饋餉不乏，封食獨多，今夕何夕，居樂臣樂。

韓信歌曰

鴻門識主鳥道出兵定三秦虜魏豹擒趙歙燕齊從風楚項
投首高鳥盡兮良弓藏狡兔死兮走狗烹敵國破兮謀臣亡殞身
於兒女子之手結寃於千百載之下

陳平歌曰

良禽擇木而棲良臣擇君而事八年從征六出奇計日既吉而辰
良弓侍舊主於宴會曾蹲起舞而作歌兮聊以盡千吉未盡之歡

紀信歌曰

滎陽危急國勢蒼黃謀臣閉舌壯士抛兮丹心為漢黃屋誰兮芝歙
孤魂於火炎抛忠遺靈草偶

諸葛亮歌曰

感風篤技三顧許驅馳水塵愛仕顛沛奉命危難魚水密契蟄兼歡
局一心攽八怨負托孤五月瘦瀘六出祁山皇天不吊星落五丈翰躬盡瘁
死而後已

關公歌曰

桃園結義兄事皇叔手中青龍腾下赤兔瞷睨天地掀動山河時運不幸

誤陷奸計淚灑麥城秋風魂歸玉帛夜月

李靖歌曰

丈夫挺鞱早識英主一心為唐尺劍掃胡明相良得今日同會且舞且歌樂

莫樂乎

張巡歌曰

一髮孤城月暈重圍外無援兵如之糧食賊聲登城力竭身病此頭可斷此

心不改

許遠歌曰

風雨圍城日月照心矢盡力竭何以拒賊丹氣激厲赤血淋漓東都不屈

雙廟同高

曹楸歌曰

掌酒見心俠感輸誠恩深沃面感功枏背四縛僭王位極使相君臣同樂

至于今日

岳飛歌曰

精患報國望背備殘屢忤東窗誓掃北塞兩宮未逭身死棘寺魂雖

婦扶九原恨莫消扵千秋

劉基歌曰

潮西望氣江南贊業大明日月洪武乾坤天子穆穆賢臣濟濟聖

絕神承祚千萬年

徐遵歌曰

丈夫慶世兮遇明主兮人兮立功名兮兮四海清兮兮兮天下太平

太平兮君臣同樂兮兮兮兮更何耶求

衆歌已畢漢祖各氣像論之以徐達歌為第一其餘皆有差等各賜酒襃

美之

上曰今日之會古今罕有豈可無一言以記此勝事平漢祖

曰歷代詞章之士多矣執為襄首僉曰昔李白以天上太白之星誤

讀黃庭徑一字謫下人間以雄詞鳴於威唐世人以詩中天子稱之非

此人則不可也漢祖即命李白卿有酒一斗詩百篇之名當此佳

會不可無記故茲以命卿欲觀倚馬之作吐鳳之奇宜須搆成一詩以象

太平之宴可也即賜御醞一斗及文房四寶李白俯首聽命一飲而盡展

開筆箋一揮而成文不加點其詩曰

混沌開闢後三皇從天極萬理咸成務庶物首出息芒忽都因

功迹杳難識義軒剣始後五帝相代禪大虛浮雲過午會瑞日遍

欽明與溽哲勤勞老兩倦俎落陟方後三王又相從亳都千里兩釜山

萬國幣港八百基永壽蒼姬系嬴秦大寒後漢德布陽春恢度

包英雄尺剗掃風塵太宇祀聖廟洪基即此囿隋室離亂後聖唐复天

命拕代武功定偃修文德感光御廿三載至治寰海夐五季長夜後奎

運啓宋治城頭紫雲起橋上紅日瑞洞開九重門楊外無新睡胡元百年

後　大明光天下始應金陵氣孕立紅羅社當萬年不援基光宅御中夏，

明相

顤实三古俊列聖誕膺時或值五百軍或當十一期漢唐與宋

縱兩興邦四后創大業文武世無雙非但神姿挺抑又天命受任之祥符

見篋之靈瑞有頔王入蓁歲神龍出沛水東井列星聚芒山五雲起煌之

朱家港樹篆武字手中有王文玄符叶黃瑞亂極當治運天人

龍見祥馬上韃黃花點檢登皇極苍寵濠上氣一掃胡穢德魚夢

金刀業垂統四百年神聖我皇祖龍飛晉陽天河南楊花落江北李花

榮七德九功舞戢亂又守成圖書啓文明至治先露彩夾馬生異香黑

共一理聖主洪功業必賴賢士黃帝夢風汕牧后為將陵之泉成

功大漲野權武壯恊心同一體嶐峒護仙伏掎欽唐虞盛明良登濟之

元凱咸賛襄岳牧共拜稽千載一際會揖讓三杯醴美裁殷商世

伊傅相伯仲玉帛勤三聘丹青感一夢一德與三命言乄必有中文
王得賢輔獵車載呂尚渭川釣璜叟牧野鷹揚用兵爲後法韜
墨風雲滃良平興漢祚智謀多神奇蕭曹刀筆吏論議文墨持韓
勤業贊四七際勳揚廿八畫南陽高臥龍受恩許馳驅蠻蠢義歡癸
魚水感際遇錦官城外祠一體君臣同張公兩龍闘推權贊戌功平兵壯元凱
登覩歎叔子彥秘佐吳平世仙李勳爲萬里巍奏十斷跪功臣二十四烟閣
并馳譽開元又至德豪俊接踵起姚宋通法尚李郭寬嚴以同心三臣
恊贊元和治犀帶揚輝光廿載繁安危昌黎雲錦詞解撰平淮頌五星聚
朢躇諸賢佐吳乄元戎乎借僞藩卻無鼾眠學究論語工補綴姱御筵
太極玄坻理濂翁善摸畫河南兩程氏洙泗源流蕉茁子厚乚梅發邵
翁窩深又乚蘇泥馬南渡後將相多賢得真工九曲武夷洞三登庶武揚緜聽
精太蘓又乚蘇泥馬南渡後將相多賢得真工九曲武夷洞三登慶武揚緜聽
韓太尉千城張魏公德徔開未業考乚如是切烈記鼎鼐桑姓名
徐劉佐明皇切業四海徔古君臣際會省如是切烈記鼎鼐桑姓名
耀青史烈興羣拒今日共相會穆乄垂衣裳濟乄趨冠帶大設太

平宴四聖位最高金樽千日酒生盤萬年桃莊頗龍動律呂鸞鳳
鳴酬酥戌和氣言笑佈歡聲絕勝崑山會兄遄葵卯盟酬歡人々豪蹲
舞蘭々英中臣本酒仙一辛快濡首不盡北桃誠拜獻南山尊題詩傳勝
事此會可傳後
書畢進呈漢祖與象帝見之大悅曰俗諺云名下無虛士即此之謂矣
特命侍臣蒲一大白以賜李白曰卿本睥酒之人也故以此為潤筆之賞
卿可快飲李白俯首拜謝受歐而退上四支臣已成佳什武将各誠戰藝
如何象白善漢祖曰然則各方東西以為偏隊可也即以列國帝王分為東
西隊
東隊漢髙祖唐太宗漢武帝漢光武唐肅宗漢昭烈唐憲宗楚伯
王曹操袁紹
西隊 明太祖宋太祖恭娃皇宋神宗晉武帝宋髙宗晉元帝侑
文帝孫策李密
分隊已畢出城十里外東西遍各成陣勢髙等将臺安排巳罕漢
祖即命樊噲特一條紅心挂枝百步地畫楊枝上兩傳諸将身披巾袍
腰帶弓箭林立嚴整人々豪俊箇々英雄東傳中青紅旗森列

一字擺開三通鼓罷一員大將出來乃韓信也頭戴青巾身披紅袍拈

弓搭箭一箭正中紅心金鼓亂鳴眾人齊聲唱来西陳中紅白旗羅

列一字擺開三通鼓罷一員大將出來乃徐達也頭戴紅巾身披白袍

拈弓搭箭一箭正中紅心金鼓亂鳴眾人齊聲唱来西陳中李靖出来

一箭正中紅心眾人齊聲唱来東陳中李廣出来一箭正中紅心眾人齊

聲唱来西陳中王翦出来一箭正中紅心眾人齊聲唱来東陳中吳

漢出来一箭正中紅心眾人齊聲唱来東陳中秋青出来一箭正中

紅心眾人齊聲唱来西陳中郭子儀李光弼出来一箭各中紅心眾

人齊聲唱来東陳中關公張飛趙雲出来一箭各中紅心眾人齊聲

唱来東陳中賀若弼韓擒虎出来一箭各中紅心兩陳齊聲唱来

陳中岳飛張浚韓世忠出来一箭各中紅心眾人齊聲唱来東陳中韓

弘出来一箭正中紅心西陳中祖逖出来一箭正中紅心而東陳終無出射者忽見項王

西陳中小霸王孫伯符出来一箭大呼曰沒芽百步命中豈足為竗觀我射法乃退出

出来地舉弓搭箭欲發箭卻不覺用力太猛弓折矢墮西陳將

千步地紅心將欲發箭卻不覺用力太猛弓折矢墮西陳將

辛皆大笑曰項王非拔山將軍乃折弓壯士也競相揶揄不已項王羞

發起怒仍大呼曰汝陣寧有折弓之力乎徐達忿然而出用角弓三

張並挽曰我射則能百步兩中力則能折弓三張耳豈如彼之畫

虎不得而反不成拘者乎項王黙然慚愧兩入漢祖見之大笑曰項王

元來力猛有此失舉衆嘲笑矣然今日較藝負一枰於彼矣

上遣人請於漢祖曰弓材既試戰藝又較如何漢祖使人答曰若較戰

藝則槍刃擊刺之間易為傷殺耳君以為較藝之人各將不愛性命

謂耶

上復使人答曰人命至重豈無顧惜之理較藝之人或集

槍劍或脱盧或刺馬以此為勝可也如有復害人命則是賈鈞也漢祖

許之兩陣諸將一時聽令且鎧冑秉駿馬持兵器以待之東陣中項

王怒折弓之事手持方天戟坐驅烏騅馬飛出陣前當先以呼

曰斯速出來正是人如哮虎馬如騰龍形如暴

風聲如震雷慴人耳目奪人魂氣西陣中徐達出馬應聲曰我生

無名小將焉敢當我乎徐達笑答曰當與不當在我而已君豈以是

么麼勇力欺我無己太愚項王曰我之無敵於天下汝之所知也以單

騎破秦兵數十餘萬於鉅鹿破漢軍五十餘萬於睢水暗噎則千

人自廉叱咤則萬夫喪氣順我者生逆我者死汝敢以螻蟻之力犯

虎狼之威妄矣之徐達冷笑曰君敗北京索困扶後下失路陰陵浪死烏

江可謂無敵矣項王大怒挺槍驟馬直取徐達之人舞刀未近戰到二百餘合

不分勝負項王惟起右手用鐗指徐達之廚而左手歇脫徐達之區徐達右手輪

刀擋項王之鐧而左手歇打項王之馬兩簡戰藝正是敵手又到二百餘合不分勝

負　上恐徐達有失即鳴金漢祖亦鳴金兩人各歸本陣東陣中吳漢出馬西

西陣中曹彬輪刀未近戰到一百餘合不分勝負各回本陣東陣中李靖挺鐗出馬

陣中王翦未近戰到一百餘合不分勝負各歸本陣東陣中郭子儀出馬西

陣中狄青未近戰到一百餘合又不分勝負各回本陣東陣中關公出馬西

陣中岳飛未近戰到二百餘合又不分勝負關公怒氣騰之舉青龍刀急向岳飛

面門上剌來岳飛舉鐗迎之以流星槌散打關公之舞刀拒之又戰到五十餘

合不分勝負各歸本陣東陣中一人柰頭環眼挺鐗出馬火呼曰燕人張飛

在此兩陣中一人揮斧出馬應呼曰岳雲在此兩箇相合戰八十餘合張飛舉

鐗急向岳雲腦袋剌來雲輪斧拒之又以鋼剌張飛之馬人飛急下馬以

鐗急向岳雲之馬之亦仆雲亦下馬地鬪又三十餘合雄未決張飛急以

鐗急向岳雲面門剌來雲即去斧以手接張飛之鐗用刀惡狠長中斷兩人

各持一半又戰五十餘回合勝負又未決各四本陣東陣中韓弘出馬西陣中祖

逃出迎戰一百餘合勝負又未決各回馬歸陣只着斛日西沉夕島提林兩陣合

為一隊回馬入城設宴甚惟

漢高祖大封文武

却說漢祖請狄象帝曰諸國支武大會於此未有官爵位次雜鋪令各以其
職隨材授任如何衆曰善漢祖即命諸國羣臣羅立於階下乃命曰

忽必烈怒起兵馬

右丞相　程顥
左丞相　韓琦

長史　張栻
長史　呂祖謙
參軍　范增
參軍　龐統

太師　周敦頤
太傅　邵雍
少師　司馬光
少傅　朱熹
同平章事張載
樞密院使房玄齡
尚書令　李綱

舍人　虞世南
侍講　程頤
詹事　范祖禹
洗馬　王通
樞密副使劉基
左僕射　裴度

門下侍郎李絳　　　　　右僕射　高頲

吏部尚書范仲淹　　　　侍郎　張九齡

户部尚書蕭　　　　　　侍郎　劉晏

禮部尚書韓愈　　　　　侍郎　姚崇

兵部尚書關羽　　　　　侍郎　陳平

刑部尚書宋　贄　　　　待郎　杜如晦

工部尚書陸　　　　　　待郎　張如華

都察院都御史

太尉知外兵馬征討事　　諸葛亮

文淵閣大學士　直學士

瑞明殿學士　陸游　　　直學士　蘇軾

寶文閣學士　宋濂　　　待制　蘇轍

文章閣學士　司馬遷　　待制　柳宗元

通奧殿學士　歐陽修　　待制　王安石

翰林學士　李白　　　　待制　曾鞏　　修撰　胡安國

國子祭酒　董仲舒　　　博士　范純仁　司馬相如

御史大夫　　　汲黯

諫議大夫　　　趙覬　徵

執金吾　　　　魏徵

光祿大夫　　　張良

左光祿大夫　　交孚傳

左光祿大夫　　李沁

右光祿大夫　　長孫無忌

左紫光祿大夫　冑胤

左金紫光祿大夫　陸賈

左顧青光祿大夫　羊祜緒

右顧青光祿大夫　宗澤　趙普

京兆尹

左馮翊　羊祜

右扶風　解縉　　長史

都元帥　韓信　　長史　杜穎

副元帥　李靖　　贊軍校尉

大司馬　霍光

侍御史　緒遂良

監察御史　趙㧑

司隸校尉　景清

太常　叔孫通

大鴻臚　封德彝

太史令　李淳風

司馬王導

司馬陳亮

荀彧

大将軍　徐達　　秉節校尉　周勃

車騎大將軍　常遇春　　步兵校尉　李陵

驃騎大將軍　岳飛　　果毅校尉　秦叔寶

冠軍大將軍　彭越　　定威校尉　陸遜

鎮軍大將軍　張浚　　建武校尉　典韋

撫軍大將軍　韓世忠　　騎都尉　灌嬰

中軍大將軍　郭子儀　　奉車都尉　王平

前軍大將軍　李光弼　　車騎都尉　史萬歲

後軍大將軍　李廣　　中郎將　王濬

驍騎大將軍　霍去病　　虎賁將軍　岳雲

征東大將軍　曹彬　　折衝將軍　王賁

征西大將軍　馮異　　禦侮將軍　曲端

征南大將軍　賀若弼　　都護將軍　樊噲

征北大將軍　祖逖　　積弩將軍　龐開山

鎮東大將軍　馬燧　　曠野將軍　王陵

鎮西大將軍　鄧禹　　平敵將軍　魏延

鎮南大將軍　　李文忠　　帳前叅護衛使龍驤將軍　　南霽雲
鎮北大將軍　　李世勣　　帳前叅護衛使虎翼將軍　　雷萬春
平東大將軍　　王翦　　　忠壯將軍　　　　　　　許褚
平西大將軍　　李晟　　　忠翊將軍　　　　　　　紀信
平南大將軍　　韓擒虎　　偏將軍　　　　　　　　關興
平北大將軍　　衛青　　　鏢衛將軍　　　　　　　張苞
安東大將軍　　渾瑊　　　前將軍　　　　　　　　趙雲
安西大將軍　　屈突通　　左將軍　　　　　　　　薛仁貴
安南大將軍　　狄青　　　右將軍　　　　　　　　張飛
安北大將軍　　吳璘　　　後將軍　　　　　　　　黃忠
武威大將軍　　劉錡　　　都先鋒　　胡大海
羽林大將軍　　吳漢　　　左先鋒　　尉遲敬德　　超
武衛大將軍　　郭英　　　右先鋒　　馬
詩虜大將軍　　韓弘　　　水軍大都督　　　　周瑜
破虜大將軍　　蒙恬　　　副都督　　　　　　吳玠
征虜大將軍　　蔡遵

-45-

振武大將軍　　石守信

振武威將軍　　湯和

揚烈大將軍　　鄧艾

揚武大將軍　　李愬

錫威大將軍　　鄧愈

奮威大將軍　　李道宗

奮武大將軍　　薛萬徹

中堅大將軍　　馬援

伏波大將軍　　苗訓

歸德大將軍　　章邯

游擊大將軍　　岑彭

征遠大將軍　　馬・成

征邊大將軍　　李孝恭

護軍大將軍　　姜維

討逆大將軍　　王全斌

鎮遠大將軍　　李漢超

平遠大將軍

輔國大將軍

左驍衛大將軍　　　寇恂

右驍衛大將軍　　　李光顏

減宮　　　　　　　賈復

其餘各拜爵有差讌飲已畢衆人皆謝恩甫拜而退衆帝相顧稱善

曰漢祖之封拜羣臣如作大廈棟樑隨材得成各稱其職皆當其

任雖虞舜之命九官無以過此乃相與親酌一觥獻賀於漢祖之餘

謝不已因與酬酢醉歡終日更不提說

且說元世祖急必烈聞四國翊業之主會於洛陽禮請羣帝設宴懽遊自

負翊業之功以謂少諸己也當下久無消息万大怒傳令起兵又作一書遣使

詣洛陽漢祖方與衆帝宴酣之際閽者告曰元國遣使至門外漢祖即命召

入使者入拜於階下獻上一書衆莫不驚恠爭前視之乃元世祖急必烈之書

也其書曰

大元世祖皇帝致書于諸國皇帝座下近聞列國之君會於洛陽大設太平

之宴是誠千古一勝事也然而不請賓客人何也宴人應天受命混一區宇創

業之功無愧於古今君等不知而不請是蒙眛也知而不請是輕蔑也君萬乘

之君寡人亦萬秉之君也以萬秉之君請萬秉之君禮則然矣今終不以禮請

其故可知也以事狄待寡人而擯斥之也寡人雖曰夷狄洪鈞威烈足以祓漢

唐宋明而漢唐宋明之會終不得預憤莫甚焉此事不得不問故茲以遣

書而即屬兵秣馬以待回音

眾帝見畢漢祖曰夷狄猖狂自古有之然未有若此之甚者也奄滅大宋悍

擾中夏茫然髡遍祓九州此神人之所憤疾也況今書辭悖慢是可忍也

孰不可忍即命都察院都御史文淵閣大學士蘇戟草詔答之其墨曰

朕聞用夏變夷者也未聞用夷變夏者也昔在殷時鬼方肆進商宗伐之

周時獫狁內侵宣王討之漢時呼韓來朝而宣帝待以諸侯王上唐時頡利

諸酋咸服而太宗係王會之圖自古帝王之抗夷狄侵則誅之服則懷之

此中國撫御之道而汝亦耶知也今汝以凶胡之孽敢生猾夏之志滅宋擾

華猶為不足而又遣使悖書最詭天曰罪莫大焉即當下斧鉞之嚴誅

介鱗之倫突然膚體蒼天好生之心憐赤子入井之狀不施霜雪之威將

降而露之澤汝雖夷種是亦臣若有一半分臣子之心則即當執贄楷

頴奉称接踵遠戀鬼方撫祓之惡同歸呼韓頡利之順則朕亦不作殷

周討滅之舉宜施漢唐容受之恩而用夏變夷其亦在茲矣

-48-

大漢太祖高皇帝

太宗文武皇帝 詔

使者回至燕京元世祖見書大怒目光如炬曰朕滅金平宋集成大統初業洪
歟而今為狂兒耶辱此辱必雪即令張弘範為都元師斡離不為副元帥元
粘罕為先鋒呂文煥為中軍劉整為合後精兵八十萬騎即日發行伯顏元
木顧兵十萬留守燕京

大明太祖高皇帝　大宋太祖高皇帝　大唐元

頒天下蘇學士草詔

戰河北漢佚獻馘

却說元世祖率大軍前至晉陽招旗散天閫戟耀日探馬飛報洛陽漢祖與
衆帝高議御需敵之策養姓皇漢武帝曰寡人等昔日簞城登壇為胡耶惜
今日當徃破之太尉諸葛亮進曰千斤之弩不為鼪鼠而發不頂崖下御
驚親征起楚漢之戰傷也大野百里一塵無際山陵在其右背水澤環其前
辭退黠起諸國將一百餘負精兵二百餘萬騎此渡黄河前到大梁
大深古楚漢之戰傷也大野百里一塵無際山陵在其右背水澤環其前孔明即前
左界是知兵者之得意也偵探敵信報曰元兵在三十里外孔明即擇
地下寨以待之俄而元兵亦至下寨兩軍對圓孔明高坐將墼諸將一時
聽令各歸方位布成陣勢東方青旗下八員將擁劍而立乃韓信

-49-

李靖常遇春彭越岳飛徐達張浚韓世忠也西方白旗下八員大將秉旄

而立乃郭子儀李光弼李廣霍去病曹彬馮異賀若弼祖逖也南方紅

旗下八員大將挺鎗而立乃馬燧鄧禹李文忠李世勣王翦李晟韓擒

虎衛青也北方黑旗下八員大將彎弓而立乃渾瑊屈突通狄青吳璘

劉錡吳漢郭英韓弘也東南角青紅旗下八員大將執弓而立乃蒙恬

祭遵石守信湯和鄧艾李愬鄧愈李道宗也西南角紅白旗下八員

大將植矛而立乃馬援薛萬徹苗訓岑彭馬成姜維李孝恭也西

北角青黑旗下八員大將持刀而立乃王全斌李漢超滅宮寇恂

復周勃灌嬰也東北角青黑旗下八員大將舉斧而立乃岳雲王貴

樊噲許褚趙雲張飛薛仁貴黃忠也中央黃旗下四輪車中孔明

端坐頭戴綸巾身被鶴氅手持羽扇指揮諸將南霽雲雷萬春各

執兵器分左右而立整齊踴躍令明甫又於陣前當先一人乃

大明勇將胡大海也左邊一人乃大唐各將尉遲敬德也右邊一人乃大漢虎

將西涼錦馬超也器械精嚴鎧甲鮮明元世祖在將臺上良久視之頓謂

幹離不曰此何陣也幹離不對曰陛下不識此陣乎是(聯)謂九宮八卦之

陣也昔黃帝戰於涿鹿設此陣擒蚩尤者也元祖曰此陣有何妙理乎幹

離不對曰八面八將應大易六十四卦各成方位出入奇正臣雖知其法而
未知其機術也然出沒神鬼變化風雲皆在此中矣孔明之智畧如被
諸將之英勇難敵戰則必敗臣以為連和則好矣元勣然怒曰孔
明儒者雖智豈識戰機諸將雖多彼皆烏合之眾一戰可破也乃
令張弘範出馬孔明使岳飛近戰五餘令不分勝負孔明舉羽扇
接戰忽遇張飛之一鎗刺於馬下粘罕亦為岳飛耶殺元祖與幹離
散六十四將乘勢突入中軍呂文煥被亂劍砍殺劉整韋後軍將欲
一揮八面八將一時殺出將張弘範困在垓心孔明麾兵大亂潰
可得出臣遇徐達戰不數合被斬於馬下孔明催殺元兵大亂潰無
之間忽聞喊聲大起韓信李靖徐達常遇春岳飛彭越張浚韓世
不將殺十騎田馬向北而走孔明催促諸將追之幹離不隨護元祖正走
忠前面殺來郭子儀李光弼李廣霍去病曹彬馮異加貫者祖
迸左邊殺來馬燧鄧遇李世勣李文忠王前力李晟韓擒虎衛
青右邊殺來渾瑊屈突通狄青吳璘劉錡吳漢郭英韓弘後重
殺来元祖大骇与幹離不将欲分頭迎敵正遇岳雲之揮父子而進
幹離不措手不及早被砍死元祖見幹離不死獨衝重圍落荒

而走後面黃忠搭弓搭箭射之元祖背中一箭翻身落馬張浚韓世忠
急用緄索綑傅元祖致之帳前孔明令以檻車囚之大犒三軍唱凱而
歸獻俘於南宮漢祖聞之大喜與眾帝共坐讌飲俄而眾將擁元祖而
至繫頸於階下漢祖令元祖拜稽眠罪元祖張目怵視不肯拜稽曰我
以天子之尊豈可拜稽於天子之前乎時運不幸今為俘虜速殺可
也何必凌辱如是乎漢祖曰夷狄禽獸數不可馴擾至死而終不悔
悟可謂頑蠢無知者也宋高宗即命岳飛推出斬之須史獻首級於
殿下漢祖令梟示軍中以王禮葬於北卯山下
且說漢祖與眾帝議曰自秦漢以來皇綱失馭王風不振上下數千
百年之間亂臣賊子相繼而出竊命簒位者不可勝計而各據一方
奸謀匹測倘有不虞之變生於朝夕則征戰之事無時得息矣今列
國共會謀臣淵深猛將雲聚以此征伐蕩平區宇措百世於磐泰之地
躋萬姓於太平之域如何宋祖曰君言是也然聖人之道先敎化而後
謀伐今當作一通敎文頒示四方使不輯之輩一歸於順若有迷命
者則誅伐之可也漢祖曰君言正合寡人之意即命都察院都御

-52-

史文淵閣大學士蘇軾制製進教文軾俯伏聽命須史而成其文曰

皇帝若曰溥天之下莫非王土率土之濱莫非王臣是以元封之域日

月所耀禹貢之州山川備錯玉地人衆舟車篚籃之多輻湊並進

咸歸於王之者何也出令而使下者也臣者何也奉令而上者也

故臣無逆亂之罪則王無誅伐之志上下相安天祿永終矣然而

至於叔世堯風已變禹迹漸陳兵者凶器也而聖王不得已而用之

戰者死地也而賊臣敢肆然而赴之是故有苗不恭而虞階舞

羽之化猶逼茹而周師揚出車之威此皆聖王先教化而後誅伐

之意也三代以降治日常少亂日常多漢唐天地東征而西伐五

季風塵朝鬭而暮息皆緣於亂臣迷子盜名抗命之故也今者

四國共會於天下之中兀日復明禹貢重修上有聖知之君下有

忠良之臣穆之臨朝濟之登延春臺之勝鄉壽域之熙皞復見

於今日矣雖然寰宇之內畿甸之外未霑王化不修臣職陰厓阻

陽春之澤江漢失朝宗之路昆虫草木蟄伏而寒凍潢池蹄涔

沈溫而奔漢不知幾人稱帝幾人稱王此皆釜中之游魚燈

上之撲蛾豈不哀憐也哉近者胡元猖狂自以為強提兵吽謹

侵寇羈縻皇命討之猛將雲集銳卒星馳一戰掃滅而忽必烈
之頭已懸於洛陽南宮彼之誅滅則自取之禍自作之孽亦自是之後
邊鄙不驚於沙漠永清皇威遠振窮髮之地四夷盡為編戶之氓詩曰
戎狄是膺荊舒是懲咨爾多方訛誤之輩宜戒覆轍同歸順軌遵正
路而不頗改及側而自安恭承王命守臣節則大者可以為王小者
可以為侯有功者可以記於彝族常有德者可以彼於金石孫竹
簡冊之名難於千載之下苧土之封及於萬世之後山礪河帶永存
無疆矣大抵聖人治天下之道則有二焉教化與誅罰是已教化者教
人以仁化人以善竭誠於忠孝之地游心於禮義之場顯身有榮也誅
罰者誅人之罪罰人之惡騰威於斧鉞之下見畏於鑊之中滅身
無赦也然抑有先後焉先以教化之方告諭之如有不遵者則後以誅
罰之令施行之使天下之人畏威而知恩善而懲惡就自刃之誅
龍蛇有赤子之化迷順於蒸判矣而聖王體乾御坤之道倫矣肆敘作此教
丈大誤天下甫宜皆改於邪歸正轉禍為福萬國執金山之幣四海為貞
觀之家則亦福善有道立賢無方矣甫苧欲為吉人耶欲為凶人耶
以諭知悉慎無後悔

且說宋主劉裕在建康聞漢高祖會列國頒藥中與之主宴於洛陽自
謂已有頒藥之功久待禮請終無信息心已十分不好當下見頒教之文大
怒謂羣臣曰朕以布衣尺劍身致萬乘與漢

書成呈上漢祖與衆帝覽畢大悅曰此文溫雅典重及覆曉辟大得譜論之

體凶醜妖藥必自歸服矣乃分遣使者行下州縣頒示四方

劉裕大會列國

宋主先封諸臣

明之君同一揆也東西征
戰誅滅篡逆與唐宋之君同一致也何渠不若漢祖而北面事之乎又彼不
遣使禮請而以此教文頒示則是以篡逆待我也朕雖庸愚不可安忍愛
之也今欲大起軍衆洗此憤憤以為如何劉穆之對曰陛下之功藥無
愧於彼名位不遜於彼宣可受恥厚於即驅貔貅之塵於
理當然之彼則八國之衆也我則一國之衆也將卒雖勇不可以一而服八臣
竊料洛陽之會未預者尚多各擁士宇將勇兵精每有一奮發之志今
又見此頒書必不勝忿憤陛下若以咫尺之書使告四方說以合從連兵
之事論以洗恥雪憤之意則列國之君必多望風響應者矣宋
主曰此朕之本志也即命范曄草檄於坐其文曰
大宋高祖武皇帝為急之馳書於列國帝王座下蓋天下者非

-55-

一人之天下也乃衆人之天下也帝位者非一人之帝位也乃衆人
之帝位也書曰天命無常歸于有德有德則皆可以有天下而
登帝位也皇天豈有一毫私意於其間哉是以堯舜之禪代湯
武之征伐其義一也而天命之歸于有德於斯可鑑矣若天命永在
其一人一國而無改革之道則虞夏之代堯代舜殷周之伐桀伐紂
皆是簒逆也豈可以聖王稱之乎然後世以堯舜之者以其有德
而可承天命也吾等生於昏亂之世居於搶攘之時扶正興義或
受堯舜之禪授或行湯武之征伐誕膺天命極濟生民是亦堯舜
湯武之後堯舜湯武也國祚之脩短是亦天命何必贅言哉近者
漢高祖即偕位於洛陽而以私意召致亂之非軍自謂太平之會
而有恩者請而同樂有怨者知而不請不惟不請乃以教文告示而
驕言慢辭周有紀極此天地神人耶共憤疾而誅弑者也是故寡
人乘機而作時而倡將欲洗恥雪憤而軍孤力單似未能遂意
故勶以檄文告通於列國會位之之心即實寡人之心也豈可朝
夕志洗湔之念栽各宜大舉師軍會於建康寡人即成蠢蓁洹
上之盟驅樂轂濟西之師飲馬於濁河之水洗兵於清洛之波快靈

衆人之憤樹立百世之功笑以爲先告各冝知悉

書成宋主即分遣使者馳傳四方ここ借偽之輩未預洛會者不知幾

人矣皆憤悒不已又見教文益加忿怒皆欲與兵犯迷而莫敢先

發猶豫之須觀望之際見此檄文一時響應各拿兵馬會於建康

但說宋主與群臣諸將商議起兵之策劉穆之曰古者**王**師之致討必

先正其罪而告之使敵人無耶容辞而後伐之則賊乃不戰而自服矣今

可作一書先送洛陽告諭其罪而後加兵則師出有名而戰可勝矣

宋主曰善即令范曄做成一書遣使詣洛陽

却說漢祖及衆帝頒下教文以來日夜偵探四方久無動靜方疑

訝之間閣人報曰宋主劉裕遣**使修書而至**漢祖即命召入宋使入

拜而獻書拆視之其畧曰

寄斯人聞之四海之內皆兄弟也至於君我之間即姓同兄弟也兄

之會宴不請其弟可乎兄弟之會宴不請其兄可乎詩曰兄弟既具和

不施其愛可乎弟之事兄不施其禮可乎兄雖不學何其昧識之甚

樂且湛又曰兄及弟矣式相好矣君雖不學何其昧識之甚

也君之於我不以禮請是無兄弟禮愛也無兄無弟即一禽

獸也無禮無愛則一夷狄也寡人以兄弟禮愛之道期君而君及以夷

狄禽獸之事自處誠可痛也夷狄禽獸寧可貴也但今有言者聞君

以恢廓之度納善改過又無顧惜故以此曉告君宜改前日之失深思

後時之悔翻然同来則兄弟禮愛之情従可得矣夷狄禽獸之

責庶可免矣

漢祖覧畢大笑曰狂童之狂也且即命㒜載製詔答之其畧曰

君言四海之内皆兄弟也至於祖孫亦謂之兄弟耶祖孫之事朕且祥言而歴

告之昔陶唐氏之後皆有劉累者亦於甲有善於擾龍故謂之御龍氏因姓劉

其後以劉為姓者皆鄙也然則君即朕之孫也祖尊禮請其孫可乎強之

事祖坐待禮請百乎又曰祖雖不慈孫不可以不孝汝即躬操秋兄越

待於前坐於此之偽反以狂妄辭致逆我是無祖無父之罪不

可一日容於覆載之間矣汝寧能高飛遠走不任人間耶雖然汝亦人子

若有一分人子之心則面縛歸順稽首請罪朕當施天地涵育之恩篤祖

父愛養之心大者荅之小者䕶之使知狂言之罪復修孝敬之道笑萬

忽我戒我無忝厥祖

書成付送宋使宋使四至建康宋主見書大怒曰山鬼妖魅妄言

辱我此辱不可不雪正憤恚之間忽報列國之君至矣宋主怱出
門視之乃齊主蕭道成梁主蕭衍陳主陳霸先蜀主公孫述漢主劉淵
魏王拓跋珪燕主慕容皝秦王符堅北齊主高洋周主宇文覺
後梁主朱全忠後唐主李存勗後晉主石敬瑭後漢主劉知遠後周
主郭威南唐主李煜又有實建德王世充蕭銑薛舉劉黑闥安祿山朱
泚李懷光李希烈吳少誠黃巢張士誠陳友諒王莽董卓翟讓袞
衛茅次第而至將師兵馬施旗劍戟森列蔽天宋主大喜即迎接入
宮各施禮畢分賓而坐大開宴席謂衆人曰大事之舉寡人當
躬造面請而自多拘碍又不可至國人論之故馳送檄文坐屈衆位
之車騎幸勿咎責衆皆謝曰寡人茅各稱帝王擾有一方不作進取
之計只存保守之志不出壃境者許多年矣聞貴尊欠仰聲
華然涇角相遠無由一見日夜馳慕而已近者漢高祖大會列國
於洛陽不請吾茅反以教文告示以送亂之輩待之故各懷憤恨
每欲齋發而孤掌難鳴獨輪易倒故未敢生意何幸尊位以雄
男之姿出英毅之志馳撤告諭為天下倡此是吾等霊憤得
意之秋也是故各率兵馬来聽盟約耳宋主曰寡人性質庸愚

才智短淺今舉大事任盟約或有屍劣之失未副衆人之望

故以主位讓之欲推列位帝王之中智勇俱備才術超越者為盟主

斂位以為何如衆曰吾等雖多皆是愚庸之輩豈可盟約之主

歷觀此會雄圖大畧無如尊位者幸勿謙讓宋主又辭曰君以為吾

英雄必多豈無賓乎人之上恭章望斂位細加審擇衆曰君以為吾

等東西會南北相合衆心必有異同故屢次推謙然吾等實靦

盟約無復歧貳所貝之於言誓之於心一導主命願君勿復疑慮宋主辭

不辭護已乃權為盟主而居上位衆各以次列坐已定宋主會侍臣取雞狗

馬之血來火須侍臣藏血於銅盤跪進於嚴上宋主與衆人歃血而成盟出矢

言使庚信書其言書曰

寡人聞之自古列國之君有事必會有會必盟會者會同之議也盟者

盟約之言而衆人共會一心同盟者也是以大禹之於兩階夏啓之戰甘殷湯之北

亳都盤庚之於耿河武王之於牧野齊桓之於葵卯晉文之於踐土蔡昭之武

關蘇秦之於洹木毛遂之於章華皆有盟誓然誓盟則同而言語

則異矣禹之誓遷都之言也啓之誓征苗之言也湯之誓釋惠之

言也庚之誓遷都之言也武之誓伐付之言也桓文之盟尊王之

-60-

言也秦昭之盟欺隣之言也蘸毛之盟合從之言也今者列國之君
有事而會有會而盟今日之盟非湯庚桓文秦昭之盟也即禹啓
武王蘸毛之盟凡我同盟之人既盟之後言歸于一齊其心力整其兵
馬期於掃穢必於雪憤若有一二負約則衆人共討之盟約之主之
盟不明踉約之不信則天必誅之神必殛之而況共盟之人乎誓之丁寧
約之申明先言出口折金箭而咸聽載書横階奉珠盤而已矣衆帝
諸王勉哉慎旃
書成宋主令輪示一座即召列國文武将相示以盟書使各歃血於
堂下定盟已畢與衆帝羣臣商議進兵之事崔浩奏曰今列國諸
臣共會未有班位皆失次序可先以官爵大封文武分其高下行
其寮襃貶然後出兵進戰何如宋主曰卿言是也即拜崔浩為左丞
相宣令召列國羣臣羅立於階下授以官爵諭以襃貶

右丞相　宇文泰　心存王室位居冢宰　魏元
左丞相　崔浩　味若精盐許子房　魏元
長史　袁繋　鸝賦讓莊石頭愧澗　宋劉
參軍　源懷　民通有無法嚴故舊　魏元

長史　李冲

衆軍　孫晟

大師　馮道

太傅　高允

火師　陳淳

火傳　傳永

舍人　邢巒

侍講　雷次宗

大尉　王猛

同平章事　桑維翰

樞密院使　劉穆之

開府儀同三司　庚

翰林學士　范曄

國子祭酒　徐陵

御史大夫　張普惠

諫議大夫　蕭瓊

誅彪何怒遷洛有助　魏元

圍城勉守長陵效節　唐南

歷事八姓始刊九經　五代

直以事君死不貢友　魏元

深體道原服膺師訓　宋

上馬擊賊磨循草檄　魏

迕稱文學郡平禍亂　魏元

鷄籠開館巾幘侍講　劉宋

雖遜孔明是亦夷吾　秦

以若大膽胡甫北膝　晉

耳聽目覽口酬手答　宋

信南國文章北朝羈旅　梁

傳家道學掌國詞翰　宋

東宮新體南朝遺音　梁

正色而立不撓于執力　魏元

辭氣感人兄弟息訟　魏元

光祿大夫　魏仁浦

監察御史孫沔

尚書令王朴

門下侍郎張寶

吏部尚書劉仁贍

侍郎吳巒

戶部尚書張全義

侍郎源賀

禮部尚書詭績

侍郎任圜

兵部尚書李穀

侍郎元孚

刑部尚書楊愔

侍郎蔡興宗

工部尚書王廟

侍郎源子邕

忠直有餘始終不渝　後周

天爵自高彈劾不避　後周

身任軍機帝惜天奪　後晉

百家右俠漢時子房　後趙

節度江淮軍整忠正　南唐

延廣己壞德光猶欽　後晉

治剪荊棘笑發繭栗　後魏元

官不賣論議常尔佛　南齊

正色斥奸抗辭格君　後魏元

征南軍師禦北運使　後唐

能文無武憂國志家　北齊

周旋昏朝匡救刑政　北齊

私宴不狎亂邦守正　宋

南國冠冕北朝禮樂　後魏劉

誅奸北關救民東州　後魏元

司隸校尉　張暢　　辭氣辨明敵人頷愛宋

太常博士　崔宏　　清河名家白馬大人魏元

大史令　何承天　　術專推日工精造曆宋

都元師　慕容恪　　奚止霍光可許管仲燕

長史　劉郡　　五國三鎮一並百計後魏元

副元師　高歡　　駕馭英雄謚稱獻武魏元

長史　陳宮　　胡作呂謀不為曹屈

賛軍校尉　陽裕　　誰道書生能保亂民燕

步兵校尉　毛德祖　　滑臺解圍金墉破賊宋

秉節校尉　彭樂　　斷腸奮力嗔目毃賊元

果毅校尉　王峻　　才優拒燕功大入汴齊

騎都尉　馬仙埋　　援弓報主閉門拒使南

奉車都尉　王思同　　力守西京死不北面後唐

中郎將　王清　　獨當鐵鷂一身玉碎晉後

虎賁將軍　姚襄　　慱學下士猶勇能軍後秦

都護將軍　張彥卿　　能扵五季猶辨一死後唐

積弩將軍　張瓊

曠野將軍　晈韶

偏將軍　　劉毅

衛將軍　　張敬達

前將軍　　王彥章

右將軍　　何無忌

左將軍　　張蚝

後將軍　　蕭摩訶

都先鋒　　薛安都

左先鋒　　鄧羌

右先鋒　　日布

大司馬　　伯顏

大將軍　　兀术

右將軍

車騎大將軍　周德威

驃騎大將軍　宗懿

冠軍大將軍　慕容垂

碎髀扳矢噴血塞旗　北周後

當朝槍君拒河救主　齊

擔石無儲栲蒲猶賭　宋

生鐵威聲碎主貞節　唐後

執戟奪牛草似男　王代

擊神槍豹死留皮　唐後

倒騎奔牛赴越悅母　宋

單槍度陝匹馬空闕　宋

江左名將陳後護軍陳

一覷飛騰萬馬辟易　秦

去就無常驍勇可惜

諡曰忠武仰若神明　元

智勇趙人忠義脈脈　元

釋怨救昭持重破契戲

乘風破浪制衣獅虜　宋

凌霄豪鷹望雲神龍　燕

鎮軍大將軍　斛律光　軍用父法忠殉王室 齊北

撫軍大將軍　韋叡　蒙不跨馬敵猶畏虎 梁

中軍大將軍　王思政　洛陽護駕玉璧顯節 魏元

前軍大將軍　慕容翰　異域得人孤軍刻敵 燕

後軍大將軍　斛律金　喚地識兵杜門戒子 齊北

驍騎大將軍　高敖曹　馬矟絶倫膽勇冠軍 魏元

征東大將軍　夏魯奇　勇常陷陳忠能罵賊 後唐

征西大將軍　柳元景　虜馬飲江孤軍度陝 宋

征南大將軍　裴方明　孤軍下峽先聲奪荆 梁

征北大將軍　藥元福　老驍治軍智勇脈人 晉

鎮東大將軍　慕容紹宗　景耶獨軍畏歡爲未死 魏元

鎮西大將軍　檀道濟　入城十策長城萬里 宋

鎮南大將軍　高行周　叱咤生風義勇如山 晉後

鎮北大將軍　沈慶之　笑人口擊自謝耳學 宋

平東大將軍　李嗣昭　潞州威望晉陽保障 唐後

平西大將軍　謝艾　鳴梟占勝卧虎騰諒涼

-66-

將軍名	姓名	事略	
平南大將軍	王罷	城作河南塚視滎陽	元
平北大將軍	侯安都	散豆棄馬渡淮斬鯨	陳
安東大將軍	李弼	伏韋克敵絙蔓保城	魏元
安西大將軍	王鎮惡	盧鼓擒賊解般平秦	宋
安南大將軍	庾朱榮	雄據外藩遠執內政	魏元
安北大將軍	斛律羨	治著幽陵威行突厥	魏元
武威大將軍	郭崇韜	門地矣論將相俱優	魏後
羽林大將軍	韋孝寬	洹河運智玉壁餚勳	魏
武衛大將軍	丁旿	至今烈士尚歌都護	宋
討虜大將軍	張偲	愶心安都戮力侯景	梁
破虜大將軍	李罕之	百戰却梁一心附晉	唐後
征虜大將軍	沈田子	武關疑兵平秦奇功	唐
振武大將軍	傅伏愛	北軍增氣南人畏威	元
振威大將軍	葛從周	雄鎮恭寧晉陽解圍	周後
揚烈大將軍	安金全	太原起退過河東	梁後
揚武大將軍	高長恭	士歌入陳敵畏神槍	北齊

揚威大將軍

奮武大將軍　傳弘之

伏波大將軍　李存孝

中堅大將軍　楊師厚

歸德大將軍　賀援勝

游擊大將軍　武行德

征遠大將軍　李崇

征邊大將軍　達奚武

護軍大將軍　李從榮

討逆大將軍　慕容農

鎮遠大將軍　王慧龍

平遠大將軍　符彥卿

輔國大將軍　劉知俊

左驍衛大將軍　張永德

右驍衛大將軍　薛阿檀

江子一

是時伯顏兀木領兵十萬來見宋主
汪曰臣之主死於諸葛亮之

臺城危急濟　陽忠壯梁
戮田靖亂破瑣宣威宋
石人鍾氣沙陀來沈唐後
宿將重名諸軍歸心梁後
不射南烏乃心北朝　魏元
力稱一谷勇敵萬夫　晉
革車靖夷懸敲息盜　魏元
周勃重享尤國老鍊　魏元
齊各行周不嗣源燕
理解取果男舊斬名燕
強敵遠塞刺客守墓　魏元
不求飯囊直攉戲　鵠後
汴梁論兵岐龍拔跡　殷
高平翊主濠梁攉敵　殷
背賀晉王飛出梁園　唐後

手欲為報仇兩兵少力弱未敢生意惻聞陛下大會列國親征征洛陽

故章邯兵遠來欲助一臂之刃伏望陛下憐而扱之宋主以泊顏為

大司馬兀术為大將軍章邯兵助戰

明太祖親征到豫州　劉儔之巧言說項王

却說宋主封拜巳畢與衆帝諸王各分隊隊以次進兵第一隊齊
主蕭道成梁主蕭衍第二隊陳丰陳霸先漢主劉淵第三隊魏王拓
跋珪王后勒第四隊燕王慕容皝晉王苻堅第五隊北齊主高洋後
梁主朱全忠第六隊後唐主李存勗晉王石敬瑭第七隊後漢主
劉知遠後周主郭威第八隊蜀主公孫述南唐主李煜第九隊閩員建
德王世充第十隊蕭銑薛舉每一隊大將五人精騎十萬其餘諸人

宋主自章邯成一隊猛將五十餘員精騎五十萬商議擇日出師探馬
報知洛陽漢祖會衆帝高議應敵　上曰今羣賊犯逆蟻聚

蜂屯轨力大熾熾此為大患不可遣將討之必須御駕親征然後制
敵耳漢祖曰君言是也寡人當留守洛陽　上許之大會衆帝羣將大章
兵馬親駕南征為諸軍節度何如　君與衆帝羣將議以
親征之事又命太尉知內外兵征討　事諸葛亮指揮諸將愁頓

兵馬項王曰賓募人力能拔山之氣又盖世以無敵雖於天下耶向必破

聑擊必滅請以本部兵自為一隊當先驅進則羣賊必聞風而自

慴矣　上許之唐太宗密言於

人也言雖如此必不久為我前驅盡力討賊後急之際若有不測則

為害不小不可許以先驅偽以聲勢矣　上曰項王為人虎悍狼戾友覆之

易於擒制且吾非軍衆多彼雖勇悍其於予何哉可權且許之見機

而制憂矣唐宗然之　上即令項王為前部謂曰君之勇力千萬無

敵今茲一舉果能掃滅羣賊本部將卒進向徐州

上矣項王心中暗喜辭應諾即辭　則賓募人等當推為盟主位在漢祖之

上即與衆帝及諸將一時進發駕次豫州細作報知建康宋主與衆商

議進發劉稜之曰項王英勇無敵為彼前驅其執難當臣雖不才

請以三寸不爛之舌往說項王使之背彼為我矣宋主曰以項之勇

而用於我則衆敵何憂即送穆之百宇賚金幣雜化貨住說項王

且說項王先發前至徐州安排已畢與諸將方議進戰忽報江南一人

特來請見項王即令召入禮之入拜禮畢奉獻貨幣項王賜坐而問曰

卿何為者穆之對曰臣即宋高祖之臣劉穆之也項王怳聞開曰聲聞

卿乃來團任框秉機之人緣何廢職而速來見我乎穆之曰臣之
在江南也身居東府目覽辭訟耳行聽斷口酬應答手機書不計
百雜職盜今特遠來見於大王者臣聞大王之名如雷灌耳千秋之
下仰慕區區每欲承顏接辭而東西阻遠南北涯角未得遂誠矣
今者大王身為前驅躬秉武節奮勇南征此臣之償願遂誠之日
也是故特來謂耳項王曰我之聲名何能及卿言耶卿聽之太過穆
之曰大王勇力過於賁育鞜畧過於孫吳威武過花始皇暗啞則千
人失魂叱咤則萬夫喪氣雄風掀動天地英名垂耀竹帛此百世之公
言也非愚臣之私諂也項王曰我之英勇威錐如卿言功烈葉赤威
徒為憤恨何足言哉穆之曰大王勇力有餘而機斷不足故鴻門
不應舉玦之示烏江空貽引劍之恨可勝哉可勝惜我歎哉項王悽
然顏類單感曰前日之事言之無益悔之無及姑舍是也而細論當
今之事可也若以當今之事論之則漢宋角鬬列國蝟爭大
王以為孰勝項王曰漢勝矣穆之曰大王何以知漢宋之勝也項王曰漢
唐宋　明之君皆天下之英雄也謀臣猛將淵深雲合不可勝數
以此觀之則漢之勝可知矣穆之曰宋主之雄圖大畧不下漢

祖齋梁陳魏之君亦天下之英雄也謀臣猛將亦不減於彼以此觀之
則漢宋之勝敗不可知矣而大王獨以為漢勝何也項王奮然曰勝敗
之事在於量敵審執力耳令我以拔山之力蓋世之氣為漢前驅單
搶匹馬將蹀躞江淮掃平楊粵視眾敵若蠛蠓滅群蜚軍如螻蟻
不審甫國敢有敵我者乎或有敵我之心則是耶謂蚊蚋負山螳
蜋拒轍者也穆之曰大王以匹夫之勇一隊之眾敢當列國之師亦無異
於蚊蚋螳蜋也大王戰有三敗之道不若連和而罷兵保全性命耳
項王怒曰何謂三敗之道穆之曰大王勇而無謀必敗一也驕而侮敵
必敗二也寡而敵眾必敗三也項王轉怒曰我之聊向無敵以單騎破
秦兵四十餘萬於鉅鹿撟漢軍五十餘萬於睢水當時聞吾之風者魂
悸氣喪後世聞吾之名者膽寒神亂順我者生逆我者死汝亦借殘命勿
知也令汝以狂言妄辭批龍之鱗將虎之鬚罪當死陰陵浪死烏江今
復出言穆之曰大王昔日敗於京索困於垓下失路陰陵浪死烏江今
又為漢前驅必敗於宋古今也項王怒氣衝天大聲叱曰
豎子能生乎促令左右推出斬之穆之了無怖色惟仰天大笑項王
罵曰汝令臨死而笑何也穆之曰伏乞大王少收震怒臣願一言而死

項王曰汝欲何言穆之曰臣聞昔有婦乘其夫者其奴言於其夫曰
婦乘其夫可乎其夫怒而咎奴是其夫不能專制其婦而反被怒
於其奴也今大王之恥過於其夫而臣之受罪甚於其奴是以笑之項
王曰我有何恥耶穆之曰大王無才明勇略恥莫甚於大王不以為
恥乎項王曰何謂無才明勇略穆之曰有勇而無謀非勇也不審其事
機非明也為人下而不恥非勇也怒臣而欲戮非謀也項王曰何謂我為
人之下乎穆之曰臣請而來者實之上也不請而來者實之下也
往者洛陽之會大王不請而自來是下實也居高而主盟者人之上
也當先而執銳者人之下也漢宋之戰大王執銳而前行是下人也居
下實職在下人而安受羊之驅徒施犬馬之勢臣竊為大王咄之也
項王怒氣少息低聲而語曰古人云狂夫之言聖人擇焉是狂夫之
言或有一善高聖人擇而行之也沒言雖狂近似於理吾擇之彼可試為
我明言其事勢穆之見項王怒息而意憂乃起拜伏地而謝曰臣
冒觸尊威以致天怒罪合萬死而大王不施誅訓寬貸性命此臣之
受恩更生之日也臣雖愚昧豈敢不瀝肝吐膽為大王言之項王曰第言之
穆之後起拜跪促膝而言曰大王第觀今日之事勢漢宋相爭列國

-73-

並鬪雲擾星馳風飛雷奮此是蓋世英雄得意之秋也今大王為
漢前驅獨自征戰則敵可盡乎項王曰吾雖勇蓋羣敵亦未
可必也穆之曰大王之神勇絶世無雙今執銳前驅豈不能一戰成功
成功之後必有精惡而賊害者項王驚曰誰能害我穆之曰大王以
漢祖為何如人哉項王曰寬仁濶達者也穆之曰大王之為人
也漢祖之為人勝己者厭之過己者害之寬仁之中有一叚暴戾之心濶
達之中有一叚偏窄之志誅韓彭少無顧惜今日之大王即昔日之
韓彭也豈不惕然傷念乎借使不然而大王之雄勇無敵於天下當為
天下之盟主耳何必讓於別人而受其節制乎項王曰吾亦念之自
知為恥卿明言之使人不覺烘然燒之曰昔日鴻門之宴大王宰割山河
顛倒羣雄視劉李若小兒輩今日洛陽之會劉李碩為朋盟主而大王反
為役使足居上而居下此臣愚之平痛恨者也而況大王之英雄乎
項王曰今日之事正為憤悒如之何其可也穆之曰臣聞與衆則勢大而興
孤立則力單兩敗昭然之前鑑在於周秦也今宋主大會列國帝王之
雄勇將率之衆借勝於漢其勢終必掃清伊洛蕩平關河為大王計莫
若背漢而歸宋之之則宋主必喜而推為盟主矣莫若背漢而歸宋之之則

宋主必喜而推為盟主矣項王曰吾聞宋主列國之盟主也豈以主位讓於我乎穆

之曰宋主聞大王之聲名矣矣慕大王之雄勇雅矣以待勝狀已者將推讓

之故瞻仰之餘一見大王則禮讓之志薆於素必以主位讓之願大王勿疑狀也項王曰宋主何

如人也穆之曰宋主以布衣尺劍奮起寒微不階尺土而身致萬來以一旅之眾斬柁玄於江

左北擒暴起於廣固兩滅姚泓於關中南梟盧循才明勇畧非人敵也性又豁達善聽受

恭儉兩質直身不衣錦綺之耀手不持珠玉之玩常有善之志而少無精貳之心是以英雄

盡力聲策單舉以成帝業也項王曰果如卿言則宋主真振古之英主早知如此豈不拜漢

而為宋主斗我之愚眛詳言而明導之便我聞來不覽披雲霧而觀青天穆之喜而言拜

曰臣未見大王徒知其猛勇威武而已今見大王何以言之穆之拜

闊聖明之君改過不吝從決之以過而不昧決於事而無殺廓之主包容真受納

愚用其言而不遺赦其罪而無誅令匡告之以過而大王改之以狂遏而大王受納之不以誅罰

之以事勢而大王奮而決之以聽直而大王包容之施之以狂遏而大王受納之不以誅罰

旋以聽用臣是以知大王之聖明恢廓絕世無雙也項王笑曰如我者可以王天下而有萬民

牛穆之曰大王是何言耶大王以猛勇威武之姿蓋聖知恢廓之度又有恭敬仁愛之心

雖先舜之明哲陽武之仁義無以過也項王曰我之恭敬仁愛可得聞歟穆之曰大王見人

言語嗚嗚見人疾病涕泣分食飲言語嗚嗚非恭敬而何涕泣分食非仁愛而何項

王曰然則卿謂何如宋主穆之曰勝之矣項王曰何謂勝耶穆之曰

論請以戰爭之事言之大王與宋主戰則以為孰勝項王曰吾勝矣穆之曰

臣亦以為大王勝之也大王之英勇蓋漢之耶未敵何況於宋主乎是故

臣以為宋主以盟主之位讓於大王矣大王一居盟主之位高據列國之上

指揮諸將驅進兵馬掃清伊洛蕩滌羶腥穢衣循還鄉復都彭城垂衣

裳而深拱揖讓則天下之君王相率而朝於大王矣大王如是則五帝何羨

為三王何異哉項王大喜曰真金王之論也吾計決矣然去就何以

為之穆之曰兵貴神速又曰先聲奪人有功而後可以服人令大王先立大功而歸宋

則兆皆縮首而畏服屏息兩聽命矣大功難以圖成計將安在

穆之曰兵不厭詐令夜大王乘其無備揚其空虛暗地劫塞則敵皆可就擒是所謂

疾雷未及掩耳者也如此則大功可成於一夜矣項王大喜曰卿之計妙哉三即偹書竹之

聞達康

王會傳上終

王會傳 上

왕회전 상(王會傳 上) 影印

金濟性 원저, 한국학중앙연구원 장서각 소장 한문필사본